Brigitte Märker

Liebster Justus

Brigitte Märker

Liebster Justus

Feldpostbriefe einer Offiziersfrau

rosenheimer

Lektorat: Dagmar Becker-Göthel, München
Titelfoto: Süddeutsche Zeitung Photo / Scherl
Satz: Bernhard Edlmann Verlagsdienstleistungen, Raubling
Druck und Bindung: CPI Moravia Books s. r. o., Pohořelice
Printed in the Czech Republic

ISBN 978-3-475-53927-5

Der Sommer 1914 ist strahlend schön. Wer es sich leisten kann, fährt ans Meer, lässt es sich in den mondänen Seebädern gut gehen.

Klara und Justus sind mit ihren Zwillingen Helene und Paula und dem kleinen Emil nach Usedom gereist. Dort hatten sie sieben Jahre zuvor ihre Flitterwochen verlebt, und die Insel ist ihnen in angenehmster Erinnerung geblieben. Die Liebe zwischen der behüteten Tochter aus reichem Haus und dem selbstbewussten Oberlehrer ist noch immer ungetrübt, auch wenn das Leben nicht mehr ganz so unbeschwert ist wie damals. Aus dem Oberlehrer Doktor Sander ist inzwischen Direktor Sander geworden, der die Verantwortung für eine ganze Schule trägt, und die behütete Tochter hat sich in den lebhaften Alltag einer dreifachen Mutter einfinden müssen. Aber jetzt sind Ferien, sorglose Tage am Meer sollen es werden.

Usedom! Ahlbeck, Bansin, Heringsdorf, Swinemünde! Klingende Namen, die sonnenglitzernden weißen Strand verheißen, weit ausgebreitet, eine wärmende Decke zwischen Wasser und Dünen. Prächtige Villen mit säulenumrahmten Balkonen säumen die Promenaden. Strandkörbe, blau-weiß gepolstert – wie über den Strand gekullerte Würfel erscheinen sie aus der Ferne. Sanft streicht der Wind über die Dünen hinweg, treibt die salzige Luft von der See herein. Wellen brausen ans Ufer, ergießen sich über nackte Füße. Kinder tollen zwischen den Strandkörben, buddeln im feinen Sand, bauen Burgen, jedes sein eigener Baumeister. Überall ist Lachen, Singen und Necken. Postkartenidylle!

Die turbulente Hafenstadt Swinemünde lockt auch in diesem Sommer viele Besucher an, den einfachen Kur- und Badegast und die Prominenz. Sie bietet Abwechslung für den

Ruhesuchenden und den, der ein bisschen große weite Welt schnuppern möchte. Sogar der Kaiser schaut in jedem Jahr auf eine Stippvisite vorbei.

Unvergesslich das Spektakel am 4. August 1907, die Begegnung zwischen ihm und seinem Cousin Zar Nikolaus II.: Von Bansin bis Swinemünde standen die Menschen dicht gedrängt am Strand, bewunderten die »Hohenzollern«, die stolze weiße Jacht des Kaisers, die im Schutz der deutschen Seeflotte den hohen Besucher erwartete. Ein Aufschrei des Erstaunens ging durch die Menge, als die »Kronstadt« aus dem Dunst am Horizont hervorstach. Umkreist von russischen Torpedobooten glitt das mächtige schwarze Zarenschiff auf die Insel zu, begleitet von den Begeisterungsstürmen der Zaungäste ging es vor Anker.

Später hieß es, der Zar und der Kaiser hätten sich an diesem Tag ewige Freundschaft geschworen, und das grandiose Feuerwerk in der Nacht sollte sie besiegeln. Die Schiffe erstrahlten im Licht unzähliger Glühlampen, die bis in die Masten hinaufgezogen waren. Grüne, blaue, weiße und rote Raketen zischten in die Höhe, tauchten die Nacht in schillernd bunte Farben. Zum Zeichen der Einheit wurde schließlich noch ein »W« neben einem »N« an den Himmel geworfen. Wilhelm und Nikolaus, Deutschland und Russland, in Freundschaft vereint.

Bis in die frühen Morgenstunden wurde auf der Strandpromenade getanzt. Die Menschen waren ausgelassen und voller Hoffnung auf einen andauernden Frieden.

Juli 1914: Noch scheint die Sonne in Swinemünde. Am Strand tragen die Damen züchtige Badeanzüge, auf der Promenade spazieren sie in langen, schmal geschnittenen Kleidern, breitkrempige Hüte mit Federn auf den wohlfrisierten Locken. Dann und wann zeigt sich ein freches farbiges Hütchen, das sich an den Kopf schmiegt, ganz wie es die Modewelt in Paris erdacht hat.

Die Herren ganz elegant, in hellen Anzügen, Strohhüten, ein goldumrandetes Monokel in der Westentasche und die

Bärte nach oben gezwirbelt, alle kleine Kaiser. Die Buben in kurzen Hosen mit kurz geschorenen Haaren, selbstbewusst mit wachem Blick. Die kleinen Mädchen, reizend wie Püppchen, in weißen Spitzenkleidchen, Lackschühchen und mit geflochtenen Zöpfen, von glänzenden Taftschleifen gehalten.

Auch die Zwillinge Paula und Helene und der kleine Emil gehören zu diesen niedlichen Geschöpfen, die unbeschwert um die Eltern herumspringen. Die beiden Mädchen, fünf Jahre alt, und der zweijährige Stammhalter sind der ganze Stolz von Klara und Justus.

»Komm in meine Liebeslaube, in mein Paradies« und »Püppchen, du bist mein Augenstern«, spielen die Kurorchester, und will man die jungen Damen zum Erröten bringen, dann wird Claire Waldoff gesungen: »Hermann heeßt er! Wie der Mann knutschen, drücken kann …«

Noch tanzt Swinemünde, noch will niemand das Schreckliche denken. Der Kaiser gilt doch etwas, sein Wort hat Gewicht. Er wird die Krise beenden, die plötzlich den Frieden in Europa bedroht.

Aber die Sache ist ernst. Die Ermordung des österreichisch-ungarischen Thronfolgers Erzherzog Franz Ferdinand und seiner Frau am 28. Juni in Sarajevo hat die schon seit Langem aufgeheizte Luft zwischen den Völkern zum Flimmern gebracht. Der Seemacht Großbritannien erscheint die deutsche Flotte inzwischen zu mächtig. Das Verhältnis zwischen Frankreich und Deutschland ist seit der französischen Niederlage von 1871 ohnehin äußerst angespannt. Auf dem Balkan konkurriert Russland mit Österreich-Ungarn um die Vormachtstellung.

Das Attentat von Sarajevo ist der letzte Funke, der das Pulverfass Europa explodieren lassen wird. Hektisch und unüberlegt agiert die Diplomatie – und versagt.

Ende Juli 1914 überschlagen sich die Nachrichten. Mit der Rückendeckung des deutschen Kaisers stellt Österreich-Ungarn Serbien ein Ultimatum. Kaiser Franz Joseph I. verlangt die rückhaltlose Strafverfolgung der Hintermänner des Attentats. Doch Franz Joseph ist mit der Antwort aus Belgrad nicht zufrieden und erklärt Serbien nach Ablauf des Ultimatums den Krieg. Sofort schlägt sich Russland auf die Seite Serbiens und verkündet nun seinerseits die Generalmobilmachung. Deutschland mit Österreich-Ungarn, Russland mit Serbien im Verbund – sind die beiden Cousins, Zar und deutscher Kaiser, nun Gegner? Wilhelm reagiert umgehend: Er drängt Nikolaus, die Mobilmachung zurückzunehmen.

Die Extrablätter werden den Verkäufern aus den Händen gerissen. Der Kaiser lässt keinen Zweifel daran, was werden soll, wenn Russland nicht einlenkt.

»Ich hoffe, dass, wenn es nicht in letzter Stunde meinen Bemühungen gelingt, die Gegner zum Einsehen zu bringen und den Frieden zu erhalten, wir das Schwert mit Gottes Hilfe so führen werden, dass wir es mit Ehren wieder in die Scheide stecken können«, verkündet Wilhelm II. am 31. Juli 1914 in Berlin.

Wenige Stunden später die Gewissheit: Der Zar wird nicht nachgeben. Am Samstag, den 1. August 1914, erschüttert ein Trompetenstoß aus der Swinemünder Garnison die Stadt: Wilhelm II. hat die Mobilmachung verkündet.

Es dauert nicht lange, bis die Strandkörbe verwaisen, die Promenaden wie leergefegt sind. Traurig klappern die Fensterläden der in aller Eile verlassenen Hotels im Wind. Mit Koffern beladene Autos verstopfen die Straße. Hupen, Schimpfen, Drängen! Der strahlend helle Sommer 1914 hat sich jäh verdunkelt.

Stiefel marschieren, Feldgrau, Marineblau – das sind die Farben, die Swinemünde nun beherrschen. Die Damen in den hübschen Garderoben, die Mädchen in ihren Lackschühchen, die kleinen Buben, jungen Männer, Väter, alle strömen davon. Auch Klara und Justus wollen nach Hause. Schnell los, nur nicht noch länger warten.

Auf dem Bahnhof herrscht heilloses Durcheinander. Die einfahrenden Züge sind überfüllt, und kaum jemand findet einen Platz. Klara fürchtet um ihre am Abend zuvor telegraphisch bestellten Billets für ein Schlafwagenabteil von Berlin nach Frankfurt. Sie war doch so glücklich, als man sie ihr zusicherte. Aber wie sollen sie jetzt rechtzeitig nach Berlin kommen? Plötzlich ein Geraune in der Menge, irgendjemand hat gehört, dass in Heringsdorf noch Züge abfahren.

Ein Auto! Jetzt braucht man ein Auto! Klara muss sich nicht lange sorgen, Justus hat sich schon gekümmert. Im offenen Wagen rasen sie in zehn Minuten nach Heringsdorf. Die Haare fliegen, die Hüte werden auf den Kopf gepresst. Klara drückt den kleinen Emil fest an sich. Sie fürchtet, dass sie bei diesem Tempo noch allesamt aus dem Auto fallen. Aber die mutige Fahrt lohnt sich. Gerade fährt ein Zug in den Bahnhof ein. Koffer aus dem Wagen, schnell, schnell, einsteigen. Geschafft! Wenigstens im Gang ist noch Platz, und da sitzen sie nun auf ihren Koffern.

Die junge Frau in dem blauen Seidenkostüm, ein Blau, das beinahe so hell ist wie die Farbe ihrer Augen. Das dunkle, seidige Haar hochgesteckt unter dem gelben Sommerhut. Klara zieht so manchen heimlichen Männerblick auf sich, doch das nimmt sie nicht wahr. Sie lehnt ihren Kopf an den Mann, der neben ihr sitzt und liebevoll ihre Hand streichelt. Justus' Schläfen sind schon ein wenig grau, aber schnell ist der Altersunterschied zwischen ihm und Klara vergessen, wenn er mit den Kindern scherzt und sich vergnügte Fältchen um die klugen dunklen Augen zeigen.

Der Zug kommt gut voran, es steigen kaum Leute zu, die meisten sind wohl schon fort. Irgendwann werden Plätze in der 1. Klasse frei, die Justus für die Familie erobert.

Einigermaßen ausgeruht kommen sie alle in Berlin an. Doch sie finden sich auf einem von Menschen überquellenden Bahnsteig wieder. Die Züge haben alle Verspätung, und die Stimmung unter den Reisenden ist angespannt. Die Kinder sind nach der langen Fahrt kaum zu bändigen, Lokomotiven stampfen über die Gleise, schnaubende Kolosse, die die Wartenden in dunkle Rauchwolken hüllen, dazu das flirrende, summende Stimmengewirr. Alles ist in Bewegung.

Eine Stunde müssen sie auf dem Bahnsteig ausharren, bis der voll gestopfte Zug nach Frankfurt am Main eintrifft. Aber noch ist die Ordnung nicht ganz verloren. Das Schlafwagenabteil für Klara und ihre Familie ist reserviert. Endlich ein bisschen Geborgenheit.

Gleichmäßig rattert der Zug durch die Nacht, noch ist es eine friedliche Nacht. Die Kinder und Justus schlafen. Klara denkt an das, was vielleicht kommen wird. Zärtlich streicht sie die Haarsträhne aus Justus' Stirn. Wie lange wird sie ihr Glück noch festhalten können?

Am nächsten Morgen treffen sie zu Hause ein. Alle sind in heller Aufregung, die Köchin, das Dienstmädchen und das Kinderfräulein. Im Schulhof, gleich neben ihrem kleinen, aufgeräumten Häuschen mit dem blühenden Garten, sieht man schon Soldaten aufmarschieren. Klara hat keine Zeit für tröstende Worte. Justus hat schon seine Einberufung, er muss noch am Abend nach Mainz abreisen, dort sammeln sich die Truppen. In großer Hetze hilft sie ihm bei den Vorbereitungen, um sechs Uhr fährt sein Zug.

Alles geht so schnell, sie kommt kaum zum Luftholen, und dann steht sie mit Justus auf dem Bahnsteig und versucht tapfer zu sein. Sie will ihm den Abschied nicht schwer machen. Er hat gesagt, dass sie ihn vielleicht noch einmal besuchen kann, bevor er ins Feld muss. Das Hotel hat er schon bestimmt. Eine kleine Hoffnung, die trösten soll.

»Auf Wiedersehen«, wie bedeutungsvoll diese Worte auf einmal sind. Wie betäubt schaut Klara dem davonrollenden Zug nach. Ganz allein fühlt sie sich auf einmal.

»Justus, mein Einziger, mein Liebster, ich will dir schreiben, wann immer es mir möglich ist. Wenn ich nur dann auch die richtigen Worte finde, um dich spüren zu lassen, was ich fühle. Du sollst all meine Gedanken wissen, dann bleiben wir uns nahe. Ja, ich will dir schreiben, mein lieber, guter Justus, schreiben …«

4. August 1914

Liebster Justus!

Seit drei Tagen habe ich nichts mehr von Dir gehört. Seid Ihr vielleicht schon fort? Ich hatte so sehr gehofft, Dich noch einmal besuchen zu dürfen. Wie es Dir bei der Hitze wohl gehen mag? Sind Deine Füße denn noch gut?

Justus, mein Herz, ich würde Dich so gern ein letztes Mal in meine Arme nehmen, bevor Du ins Feld musst. Ich warte ganz sehnsüchtig auf eine Nachricht von Dir. Ich weiß, wir müssen uns nun alle in diese neue Zeit einfinden, aber es ist so schwer. Wenn ich in der Nacht aufwache und spüre, dass das Bett neben mir leer ist, dann wünsche ich mir, dass Du gleich morgen wiederkommst.

Aber ich will tapfer sein und ich werde lernen, Geduld zu haben, das verspreche ich Dir. Du sollst Dich nicht um Deine Frau sorgen müssen.

Heute Vormittag war ich bei Frau Reimer. Er marschiert auch in diesen Tagen. Sie glauben nicht, dass sie sich je wiedersehen. Wie wollen sie diese Zeit nur überstehen, wenn sie sich schon jetzt solches ausmalen? Manchmal denke ich ja auch daran und frage mich, was ich dann noch auf der Welt sollte, wenn Du nicht mehr bist. Aber so darf ich nicht denken, da sind doch unsere Kinder! So will ich lieber zuversichtlich sein und darauf vertrauen, dass Du gesund nach Hause kommst.

Frau Reimer meinte übrigens, dass ihr Mann die Stelle an der Schule nie angenommen hätte, wenn Du hier nicht Direktor wärst. Er bewundert Dich sehr, so wie alle Deine Kollegen. Aber sie wäre wohl lieber in Lübeck geblieben, wegen ihrer Eltern, die sie doch sehr vermisst. Paula und Helene haben gestern gefragt, ob der Krieg nicht bald aus sei und der Papa wieder nach Hause kommt?

Stell Dir vor, Nolde hat bereits genug von seinem Posten. Dabei dachte ich, dass er schon seit Langem auf das Amt des Direktors aus sei. Stattdessen sagt er, es gehe ihm stark an die Nerven, dass er sich jetzt nicht nur mit Schülern und Eltern auseinandersetzen müsse, sondern auch noch mit der Lehrerschaft und für alles die Verantwortung trage. Mein Liebster, ich hoffe, dass es Dir gut geht und Gott Dich beschützt, wo immer Du bist. Und wenn es so kommt, dass Du Dein Leben für unser Vaterland geben musst, dann sei gewiss, dass ich Dein bin für alle Ewigkeit. Ich liebe Dich, Justus, nie wird ein anderer diesen Platz in meinem Herzen einnehmen können.

Ich küsse und umarme Dich.

In innigster Liebe
Deine Klara

5. August 1914

Mein Liebster!
Danke für Deinen lieben Brief, den ich heute erhielt und der mich ein wenig tröstet. Wenn ich nur recht oft von Dir höre, dann wird mir die Zeit nicht ganz so schwer werden.

Was meinst Du, wie wird dieser Krieg wohl ausgehen? Ich fürchte, es gibt eine grausame Massenschlachterei. Wie erleichtert wäre ich, wenn Du erst gar nicht ins Feld müsstest!

Der Stabsarzt Doktor Baum ist gestern nicht gekommen, wie er angekündigt hat. Ich bin seinetwegen den ganzen Nachmittag zu Hause geblieben. Als ich heute in der Stadt war, da telefonierte er, dass er das Rad und die übrigen Sachen für Dich mitnehmen wird.

Ich war heute schon viermal in der Stadt, um alles zu besorgen. Papa und Albert halfen mir tüchtig. Wir waren mit dem Auto unterwegs, sonst wäre das alles gar nicht zu schaffen. Greta meinte, dass ich ihr und Albert immer sagen solle, wenn ich Hilfe bräuchte. Meine Schwester ist überhaupt gerade sehr nett zu mir. Sie sieht wohl, wie sehr ich unter unserer Trennung leide. Ihr Albert muss ja nicht fort. Ingenieure werden in der Heimat gebraucht, heißt es.

Nach Tisch gehe ich nun zum fünften Mal in die Stadt. Der Sattel ist leider immer noch nicht fertig. Sachen aus Leder sind nur noch schwer zu bekommen, und ich bin froh, dass Sattler Müller die Arbeit noch ausführt. Du schreibst, das Rad sei zu teuer. Der Sattel, von dem Du nichts schreibst, ist doch noch teurer. Aber Du brauchst doch beides. Das Rad gefällt Dir hoffentlich. Papa hat es gekauft und will es Dir schenken, ebenso das Sattelzeug. Die Pistole ist auch von ihm.

Mein Liebster, ich habe so viel zu tun, dass ich nicht zum Denken komme, und darüber bin ich froh. Ich will auch noch mehr Gemüse einmachen, es ist gerade so billig. 30 Gläser habe ich schon, ein guter Vorrat für den Winter. Einquartierung haben wir übrigens auch. Drei Soldaten und zwei Offiziere.

Ob Du Robert zu sehen bekommst? Er soll Freitag in die Kaserne nach Gonsenheim abreisen. Mutter ist schon ganz mit den Nerven herunter, und auch ich denke viel an meinen »kleinen« Bruder. Er ist ja noch nicht mal 20 Jahre, und wer weiß, welches Elend er zu sehen bekommt. Wenn er wenigstens zu Dir käme, dann wäre uns allen wohler.

Ich bete zu Gott, dass er Dich und Robert behütet und Euch beide wohlbehalten zu uns zurückschickt.

Leb wohl, mein Liebster, bleib gesund. Wir haben uns doch noch so viel zu sagen und zu geben.

Immer Deine Klara

6. August 1914

Liebster!
Die letzten Tage bin ich kaum zur Besinnung gekommen. Nachts schießen sie hier wie toll auf Flieger. Wenn nur keiner herunterfällt! Heute scheint es draußen zum ersten Mal ruhiger, und ich will mir auch ein wenig Ruhe gönnen.

Um fünf Uhr war ich mit Lena auf dem Bahnhof, jede von uns schob ein Rad, und sie trug noch das Paket. Sie war ganz verträglich und hat sich einmal nicht über Berta beschwert. Sonst muss ich mir fast jeden Tag anhören, dass Berta gar nicht kochen könne und sonst auch nicht viel tue. Greta meint, dass ich mich irgendwann zwischen unserer Köchin und dem Hausmädchen entscheiden muss, da Berta ihrerseits auch für Lena kein gutes Wort übrig hat. Aber das sind jetzt Nebensächlichkeiten. Ich werde schon damit fertig werden. Hast Du denn alle Pakete bekommen?

Die Satteltasche habe ich heute abgeholt. Sie kostet 14 Mark! Der Sattel und das Zaumzeug kommen in einer Kiste als Eilgut an die Hoteladresse. Es tat mir so leid, dass ich heute Nachmittag nicht zu Hause war, als Du telefoniertest. Ich besorgte gerade die Satteltasche.

Nolde lässt Dich grüßen und Dir sagen, dass er immer noch nicht amtlich bestätigt sei. Er ist übrigens sehr nett zu mir, gar nicht mehr so knorrig wie sonst.

Justus, mein Liebster, ich bin sehr stolz, dass Du dabei bist, so sehr ich Dich auch entbehre. Mach Dir bitte keine Gedanken darüber, was das Rad gekostet hat. Und überhaupt, kaufe alles, was Du brauchst, und schicke mir bitte kein Geld. Ich habe genug.

Nun hat Greta auch Einquartierung. Vier Mann! Die fremden Menschen im Haus, das wird ihr nicht nur wegen der Unbequemlichkeit unangenehm sein. Du weißt, wie meine Schwester ist. Ich sage nur – Kosten! Mir gefällt es auch nicht, wenn wir unser Häuschen mit Fremden teilen müssen, aber die Männer sind ja nicht freiwillig hier. Ich denke dann, wenn Du irgendwo einquartiert wärest, dann möchte ich doch auch, dass man Dich gut behandelt.

Ob Ihr in Mainz bleibt, ist also unsicher. Mit dem Wiedersehen in 14 Tagen wird es dann wohl nichts werden. Nun, da England noch gegen uns ist und Italien sich nicht erklärt, wird es uns wohl übel ergehen. Hoffentlich habt Ihr noch ein bisschen Ruhe, bevor es losgeht. Hast Du genug Wäsche? Brauchst Du noch etwas? Nolde habe ich zum Geburtstag ein Glas Marmelade verehrt. Ich habe ihn nicht vergessen, Du kannst ganz beruhigt sein. Er und die anderen Kollegen lassen Dich herzlich grüßen.

Die Erklärung zu der Pistole vergaß ich leider mitzugeben. Da sie ganz französisch geschrieben ist, will ich sie nicht in einen Brief legen. Man wird vorsichtig. Man wird hier wegen Kleinigkeiten verhaftet. Behüte Dich Gott, mein Liebster.

Herzlichste Grüße und Küsse von

Deiner Klara

9. August 1914, Sonntag

Mein lieber Justus!
Deine Stimme zu hören, das war ganz wunderbar. Ich lebe heute noch ganz in dieser Erinnerung. Das Telefon ist eine famose Erfindung! Ich bin gestern Abend gleich bei Nolde und den Eltern gewesen und habe ihnen erzählt, dass ich Dich am Donnerstag besuchen darf. Wie glücklich ich bin, dass wir uns noch einmal sehen werden!

Heute ist eine furchtbare Hitze! Die Soldaten tun mir zu leid. Wir hatten die ganze Woche Soldaten auf dem Schulhof, die eingekleidet und instruiert wurden. Ich habe viele kindliche Gesichter gesehen, die so gar nicht zu diesen Uniformen passen.

Vorgestern habe ich so einem armen Jungen den Arm verbunden, den er sich bei einer Übung verletzt hatte. Das eigene Kind in den Krieg ziehen zu lassen, das muss für eine Mutter doch ganz unerträglich sein. Ich sehe es ja bei Mutter, wie sie um Robert bangt, was ihm vielleicht noch alles bevorsteht. Die ersten Verwundeten sind bereits im Krankenhaus, und jeden Tag werden jetzt Gefangene durchtransportiert. Hier passiert so viel. Frankfurt liegt doch im Mittelpunkt.

Ich bin froh, dass Du Landwehrleute und Reservisten zugeteilt bekommen hast, die alle schon gedient haben. Keine Freiwilligen, wie Du geglaubt hast. So kann man ein bisschen beruhigter sein. Hoffentlich kommt dieser Brief richtig in Deine Hände. An Deine Mutter habe ich gestern geschrieben.

Leb wohl, Justus, Liebster. Ich freue mich so sehr auf unser Wiedersehen.

In Liebe, Deine Klara

Am Donnerstag, dem 13. August 1914, steigt Klara in den Zug nach Mainz. Wieder sind die Abteile überfüllt, die Reisenden stehen dicht an dicht, darauf bedacht, sich nicht zu berühren. Klara atmet ganz flach, nur nicht ohnmächtig werden, denkt sie. Gleich wird sie in Mainz sein, dann dauert es nicht mehr lange, bis Justus sie in seine Arme nimmt. Der Krieg muss noch warten.

Wie hat die Stadt sich verändert! Der Marktplatz, auf den Stühlen vor den Cafés: alles feldgrau. Zeitungsverkäufer bieten die neuesten Extrablätter an. Deutsche U-Boote sind an der englischen Ostküste angelangt, französische Truppen wurden bei Lunéville zurückgeworfen. Österreich-Ungarn, Frankreich, Russland, England, Serbien, Deutschland, so viele sind schon beteiligt.

Klara zwängt sich durch die Menschenmassen, die die Straßen bevölkern. Geschulterte Gewehre, der schwere Tritt der Stiefel, das Klappern des Feldbestecks, das an den Rucksäcken befestigt ist. Väter, Söhne, Brüder, Neffen, alle müssen fort. Wie viele von ihnen werden nicht wiederkommen? Klara denkt an Justus und Robert, die Verwandten und Freunde, die ins Feld ziehen. Tapfer unterdrückt sie die Tränen. Heute ist kein Tag, um traurig zu sein. Wie die Sonne die Türme des Doms streichelt! Schon glitzern und funkeln die goldenen Kreuze auf ihren Spitzen, dann ist der mächtige Bau ganz in weißes Licht getaucht.

»Bestes Obst und Gemüse!«, tönt es von den Markständen, die auf dem Platz vor dem Kirchengebäude aufgebaut sind.

Die Leute kaufen, stopfen sich Körbe und Taschen voll. Wer weiß, was es noch geben wird, in ein paar Wochen oder Monaten? Klara bahnt sich ihren Weg durch die mit Kopfstein gepflasterten Straßen und Gassen, lauscht den Gesprächsfetzen, die sie auffängt. Von Eroberungen und dem großen Sieg über die Feinde Deutschlands ist die Rede, und alle scheinen ganz fest daran zu glauben. Auch Klara will daran glauben, warum sonst sollte sie denn ihren Liebsten ziehen lassen?

Ganz entzückt ist sie, als sie das Hotel erreicht, das Justus für ihr Treffen ausgewählt hat. Beinah mondän wirkt das helle Gebäude mit den efeuumrankten Balkonen, alle mit Blick über den Rhein bis hinüber nach Kastel. Justus! Ihr Herz macht einen Sprung, als sie den Mann in Uniform erkennt, der in der weit geöffneten Flügeltür des Hotels steht. Jetzt gibt es kein Halten mehr. Wie ein verlorenes Vögelchen, das nach Hause gefunden hat, fliegt Klara ihrem Justus entgegen, und die Welt steht für einen Augenblick still, als er sie an sich zieht und sie sich seiner Umarmung hingibt. Endlich haben sie sich wieder, dass es nur für kurze Zeit ist, daran wollen sie nicht denken.

Morgens und abends muss Justus für zwei Stunden in die Kaserne, den Rest des Tages hat er Zeit für Klara. Hand in Hand spazieren die beiden über die Rheinwiesen, sehen den Kindern zu, die am Ufer herumtollen und im grünblau schimmernden Wasser baden. Schiffe mit fröhlichen Menschen gleiten in der Mitte des Flusses stromabwärts. So ganz will sich die Menschheit noch nicht in den Krieg einfinden.

Auch Klara und Justus suchen das unbeschwerte Leben, bummeln durch die Stadt und lassen es sich in feinen Cafés gut gehen. Die Luft ist warm, und ein leichter Wind weht vom Wasser herüber. Zartschmelzendes Eis, Sahne und Schokolade, noch ist das Leben süß. Drei Tage haben die beiden miteinander und zwei Nächte, die für lange vorhalten müssen. Ganz innig schmiegt sich Klara an Justus. Sie denkt an die warmen, glücklichen Tage in Swinemünde; vorbei, alles vorbei. Die Angst hat die Leichtigkeit erdrückt.

Dann kommt der Marschbefehl, und Justus muss packen. Klara hilft ihm, und bei jedem Kleidungsstück, das sie ordentlich zusammenlegt, spürt sie einen quälenden Schmerz. Es ist, als gäbe sie ihren Liebsten Stück für Stück her, ohne zu wissen, ob sie ihm jemals wieder nahe sein kann. Wie schön war es, in seinen Armen zu liegen und sich gegenseitig ihrer Liebe zu versichern. Sie haben viel gesprochen in den letzten Stunden, über die Kinder, die Familie und über den Krieg.

Klara kann so manches nicht begreifen. Warum ist man denn durch Belgien marschiert? Das Land hatte sich doch neutral erklärt. Nun hat man das mächtige England zum Gegner, das ebendiese Neutralität zu schützen versprach. Aber all die Fragen, die Zweifel sind vergeblich. Der Krieg fordert jetzt seine Opfer.

Irgendwann ist alles gepackt. Justus' Bursche holt das Gepäck. Wie unendlich weh tut der Abschied. Ein letzter Kuss, und Klara muss ihren Justus ziehen lassen. Aber noch ist keine Zeit zu weinen.

Eine halbe Stunde später marschiert das Bataillon am Hotel vorbei, und Klara steht auf dem Balkon. Sie trägt ein weißes Kleid und keinen Hut. Die dichten schwarzen Locken fallen über ihre Schultern und schmeicheln ihrem zarten Gesicht. So soll Justus sie in Erinnerung behalten, so soll er sie in seinen Träumen sehen. »Justus«, flüstert sie, als er hochschaut zu ihr. Sie wirft ihm die rote Rose zu, die sie für ihn in der Hand hält. Ein letzter Blick der Liebe, als er sie aufhebt, dann ist er fort.

Nun ist es mit Klaras Fassung vorbei. Sie läuft ins Zimmer und wirft sich weinend aufs Bett, umschlingt das Kissen, auf dem noch ein paar Stunden zuvor Justus geruht hat.

19. August 1914

Liebster!
Unsere Abschiedstage in Mainz nehmen mir vorläufig alle Traurigkeit. Sie waren so unsagbar schön. Und wenn Du wiederkommst, wie schön soll es dann erst werden! Der Krieg hat auch Gutes, die Kleinigkeiten des Lebens verlieren an Bedeutung, wenn man so eine Zeit durchleben muss.
Paula und Helene haben ihre Sparkassen geleert – für die armen Soldaten! Da können sie sich etwas zu essen kaufen, haben sie gesagt. Sie hören ganz genau zu, wenn man über den Krieg spricht. Man muss aufpassen, was man sagt, gerade weil sie

noch nicht alles verstehen und dann noch mehr um den Papa fürchten.

Heute Vormittag habe ich Nolde für ein paar Minuten im Amtszimmer besucht. Er meint, er habe schon einige Pfunde abgenommen, weil er so viel zu tun hat. Er sieht aber noch recht gesund aus. So schlimm kann es also nicht sein. Gestern konnte ich leider nicht schreiben, da ich die 25 Damen vom Kränzchen bei mir hatte und meinerseits die große Schlacht schlagen musste. Ich habe mit der Klingel in der Hand geredet und wieder einmal an Deine Worte denken müssen: »Es wird nie mehr von einem verlangt, als man leisten kann.«

Ich gebe zu, dass ich ein bisschen stolz auf mich war, weil sich keine der anderen Damen zugetraut hat, laut zu sprechen, und ich allein mich überwand, obwohl ich mich doch sonst auch vor solchen Auftritten scheue. Verköstigt habe ich die Damen auch. Ich hatte 80 Brötchen gemacht und von 20 Zitronen Limonade. Wir haben nun beschlossen, alle 14 Tage zusammenzukommen zum Nähen und Stricken. Bis Weihnachten haben wir dann viele nützliche Gegenstände, die wir ins Feld schicken können.

Ob Ihr wohl mehr wisst von den Ereignissen an der Grenze als wir? Hier denken alle, dass wir bald einen großen Sieg erreichen, wenn auch vielleicht noch ein paar kleine Niederlagen dazwischen liegen. Stell Dir vor, Robert hat in der Kaserne kein Zimmer mehr für sich allein. Er muss sich nun eines mit 30 anderen teilen. Er schläft auf einem von ihm selbst gestopften Strohsack! Nun scheint er wohl ein bisschen selbstständiger zu werden – werden zu müssen! Wie froh bin ich, dass Du noch in einem Hotel wohnst, jeder Tag dort ist ein Geschenk. Die Kinder und ich sind wohlauf.

Mein Liebster, komm gesund zurück.

In Liebe, Deine Klara

23. August 1914, Sonntag

Liebster Justus!
Gestern Morgen um elf Uhr erlebten wir hier einen ganz und gar unglaublichen Aufruhr. Belfort sei genommen, wurde überall ausgerufen. Ganz Frankfurt war plötzlich auf den Beinen. Deine Frau natürlich mit! Die Glocken läuteten, die Fahnen wurden ausgehängt, alle schrien: »Hurrah!« Und schließlich stellte sich heraus, es war gar nicht wahr. Wir hatten schon alle auf das Ende des Krieges gehofft, und dann diese Enttäuschung! Nun heißt es: weiter Geduld haben. Heute Morgen in der Kirche hat Pfarrer Meyer über die Geduld als eine Tugend gesprochen und dass wir nur mit dem Vertrauen in Gott durch diese schwere Zeit kommen. Ich hoffe so sehr, dass Gott uns nicht zu sehr prüfen möchte.

Wie nah wart Ihr denn an der letzten Schlacht? Habt Ihr sie vielleicht sogar mit geschlagen? Ich denke, Ihr dürft nur schreiben, dass es Euch gut geht, sonst wärst Du in Deinem letzten Brief sicher deutlicher gewesen. Aber schreibe doch mal, ob Du von Nolde und Albert auch Briefe erhalten hast. Das darfst Du doch wohl? Man kann hier kaum etwas anderes denken als Krieg und wieder Krieg. Und es ist zu furchtbar, dass wir vermutlich erst ganz am Anfang sind und noch gar nicht abzusehen ist, wann das alles zu Ende ist.

Justus, mein Einziger, ich vermisse Dich unendlich, und doch will ich alles ertragen, wenn Du nur gesund zu mir zurückkommst.

In innigster Umarmung
Deine Klara

28. August 1914

Liebster!
Verzeih, dass ich erst heute wieder schreibe, aber hier war so viel zu tun, dass ich abends todmüde war. Durch Frau Doktor Baum hörte ich, dass Ihr seit Mittwoch bei Dieuze steht. Er scheint also nicht so vorsichtig beim Schreiben zu sein wie Du. Die große Schlacht muss ein großartiges, wenn auch gleichzeitig erschüttern-

des Schauspiel gewesen sein. Es heißt, dass unsere Soldaten mit größter Tapferkeit die Festung von Longwy eingenommen haben. Hier ist alles für die Siege geflaggt. Der Siegeslauf ist herrlich, und wir müssen Gott danken, dass er uns so fest beisteht.

Die Verlustlisten sind allerdings schaurig lang! Das ist die andere Seite. So viele Tränen, die da jeden Tag vergossen werden, und daneben die anderen, die erleichtert und froh davonziehen, weil der geliebte Name nicht dort stand. Jeden Tag fürchtet man aufs Neue, und doch darf man nicht ständig an das Schlimmste denken.

Seit über einer Woche habe ich nichts mehr von Dir gehört. Ich weiß nicht, wie es Dir geht. Ich weiß nicht, wo Du bist. Bist Du in einem Gefecht oder bist Du in Sicherheit? Jeden Abend gehe ich mit der Hoffnung schlafen, dass ich am nächsten Morgen ein Lebenszeichen von Dir bekomme. Dass ich zu jeder Stunde an Dich denke, weißt Du sicher, und doch bin ich froh, dass ich mich mit Arbeit ablenken kann und nicht wie die arme Frau Reimer vor Sehnsucht vergehe. Sie isst kaum etwas und sieht schon ganz krank aus.

Zwei Tage in der Woche gehe ich nun zum Stricken zu Pfarrer Meyer, und alle 14 Tage treffe ich mit den Damen vom Kollegium in der Aula. Ich habe übrigens einen Fahnenhalter bestellt, damit ich die Fahne heraushängen kann, wenn wir Siege feiern. Deiner Mutter schrieb ich, dass ich mich freue, dass Du mitten im Kriege stehst und nicht zu Hause bleiben musstest und wie stolz ich bin, dass Du eventuell die Schlacht miterleben durftest. Das war ihr unbegreiflich. Bei Nolde fand ich da mehr Verständnis. Ich werde ihn wohl bald einmal einladen. Er scheint darauf zu warten.

Deiner Mutter habe ich 200 Mark geschickt, wie wir es besprochen haben. Deine Löhnung soll uns abgezogen werden, heißt es. Weißt Du etwas darüber? Wenn nur endlich eine Nachricht von Dir käme! Meine Liebe fliegt zu Dir, wo immer Du auch bist. Ich wünschte, ich könnte meinen Gedanken folgen, Dich wenigstens kurz sehen, damit ich weiß, ob es Dir gut geht. Ich küsse und umarme Dich.

Deine Klara

30. August 1914, Sonntag

Liebster!
Endlich ein Lebenszeichen! Wie sehr haben wir alle darauf gewartet. Es scheint, dass Deine Karte zehn Tage unterwegs war. Seitdem hast Du sicher wieder viel erlebt. Schreibe doch bitte das Datum auf Deine Karten, das wirst Du doch dürfen. Dass Ihr so schnell aufbrechen musstet und Du nicht einmal Deine Konserven mitnehmen konntest, das ist doch zu schrecklich. Wenn Du nur nicht verhungerst! Hast Du denn keine Schokolade auf dem Marsch essen können? Papa meinte, Du hättest sicher wieder mal alles verschenkt. Ich kann jetzt keine Schokolade schicken, sie ist zu lange unterwegs und schmilzt bei der Hitze. Aber Strümpfe werde ich Dir schicken. Da Deine Karte schon zehn Tage alt ist und ich noch keine neue Nachricht habe, bin ich noch immer in Sorge um Dich. Frau Doktor Baum hat Nachricht über eine Schlacht, die Ihr mitgemacht habt. Hoffentlich bist Du nicht doch verwundet. Bitte sage Stabsarzt Doktor Baum, er möchte mir telegrafieren, wenn Dir etwas passiert, und Dich möglichst nach Hause befördern lassen, wenn es irgendwie geht. Und er möchte mich nicht schonen, sondern mir gleich die Wahrheit darüber sagen, wie es um Dich steht. Das ist besser, als in der Ungewissheit zu leben. Dass Ihr gar nichts von den anderen Kriegsschauplätzen hört, dachte ich mir. Da sind wir besser dran. Wir können alles in der Zeitung lesen. Ich gehe morgen in die Stadt und bestelle Dir die »Frankfurter Zeitung«, damit Du wenigstens etwas erfährst. Heute Abend bin ich bei den Eltern zum Essen. Robert hat Urlaub und kommt für ein paar Tage nach Frankfurt. Alle hoffen, dass Weihnachten wieder Frieden ist. Wie wäre das herrlich!

Die Abende sind gerade so wunderbar warm und sternenklar. Wie gern würde ich sie mit Dir genießen. Aber noch ist ja nicht Frieden, und der Krieg fordert jeden Tag so viele neue Opfer. Die Verlustlisten sind endlos. Die letzte war klein gedruckt und zwei Zeitungsblätter lang. Hast Du das von Deinem Vetter Konrad gehört? Sein Pferd ist neben ihm erschossen worden, er selbst ist unverletzt. Welch ein Glück für den armen Jungen! Aber seine Eltern sind schon ganz krank vor Sorge um ihren Jüngsten.

Hier ging doch vor ein paar Tagen das Gerücht um, Belfort sei gefallen. Nun heißt es, ein irrsinnig gewordener Feldwebel habe es aus München telegrafiert.

Nun lass mich für heute schließen, ich bin sehr müde. Ich bin so erleichtert, dass es Dir gut geht. Auch die Kinder vermissen Dich sehr.

Es küsst und umarmt Dich
Deine Klara

4. September 1914

Liebster!
Dass Du mir gleich geschrieben hast, das war eine große Erleichterung für mich, so musste ich nicht wieder tagelang um Dich bangen. Die Schlacht bei Nancy muss furchtbar gewesen sein! Und Du mitten im Gefecht! Und Orden hat man Dir verliehen! Aber die sind mir gar nicht wichtig. Die Hauptsache ist, dass Dir nichts geschehen ist. Und wenn Du mir ohne jede Auszeichnung zurückkommst, wichtig ist nur, dass Du wiederkommst. Ich will gleich zu den Eltern, weil ich so erregt bin über das, was Du erlebt hast.

In der Zeitung heißt es, die Verpflegung der Truppen sei sehr gut. Ich hoffe, dass auch Du genug zu essen hast. Wenn sie nur das Essen nicht vergiften! Ich habe solche Angst um Dich. Wenn Dich Gott doch weiter so gut behüten wollte! Ich will jedenfalls immer darum bitten. Dass Du eine Erkältung hattest, tut mir so leid. Dass Ihr jetzt so feuchtes Wetter habt, ist schrecklich. Sobald Pakete gehen, werde ich Dir einen Schlangenhautmantel schicken, damit Dir der Regen nicht so viel anhaben kann. Ich hörte von Nolde, dass das für Offiziere erlaubt sei. Alles andere: Zigarren, Würste etc., sende ich, sobald es erlaubt ist. Butter kann ich bei der Hitze nicht schicken, aber geräucherte Würste.

Ich hoffe nur, Ihr kommt nicht mehr so sehr ins Gefecht. Die Verluste sind doch enorm, aber die Siegesnachrichten umso glänzender! Vorgestern der große Sieg unseres Kronprinzen und der österreichische Sieg! Wir sind zu fünft, die Eltern und beide

Jahns, Greta und Albert, mit mir, nachts um zehn Uhr zur Börse gefahren. Dort werden jeden Abend die neuesten Depeschen in Lichtbildern veröffentlicht. Es waren gestern ein paar tausend Menschen dort, und alle sangen: »Heil dir im Siegerkranz«. Ich sah Dich wieder in der Schlacht vor mir und dankte Gott aufs Neue, dass er meinen Justus so beschützt. Wenn Du wiederkommst, wie will ich Dich empfangen und wie will ich Dich pflegen!

Die Siege sind ja eben kolossal! Man ist schon so verwöhnt, dass man täglich auf Neues wartet. Der deutsche Kronprinz ist ja nun über das Schlimmste hinaus, nur der Kronprinz von Bayern hat noch starke feindliche Stellungen zu überwinden, das macht mir ein bisschen Angst. Wollen wir alle hoffen, dass er gut vorankommt und es bald vorbei ist.

Von uns gibt es nicht viel zu erzählen, die Kinder sind munter und wohl, mein großer Hausputz ist beinahe fertig. Ich habe sämtliche Gardinen allein gewaschen. Das Kinderfräulein und Emil, die wegen der Einquartierungen in meinem Zimmer geschlafen hatten, sind wieder in das Kinderzimmer umgezogen. Fräulein ist glücklich, dass sie wieder in ihrem Zimmer ist. Sie geniert sich doch zu sehr, dabei bin ich stets später ins Bett gegangen und später aufgestanden als sie, um sie nicht in Verlegenheit zu bringen. Und das mit den fremden Herren in unserem Haus, war ihr auch nicht angenehm. Sie war immer ganz verlegen, wenn sie mit uns am Tisch saßen, und traute sich kaum aufzublicken. Ach Justus, ich komme mir sehr einsam vor im Schlafzimmer!

Zu nächsten Mittwoch habe ich nun endlich Nolde eingeladen, wie ich es mir schon lange vorgenommen hatte. Ich werde die Eltern dazubitten, vielleicht auch noch Jahns. Nolde ist wirklich ein treuer Freund. Er freut sich riesig über die Orden und nimmt an allem sehr teil. Ich war nie so viel im Amtszimmer wie jetzt, da ich ihm alle Ereignisse von Dir erzähle. Du schreibst, dass Du Dein Pferd noch gar nicht bestiegen hast. Es ist wohl auch das Beste, da Du ja so gut marschieren kannst.

Gib nur immer gut auf Dich Acht. Schicke nur nicht mehr Geld, als Du wirklich entbehren kannst.

In Liebe, Deine Klara

6. September 1914, Sonntag

Liebster Justus!
Heute ist der Himmel strahlend blau. Ich habe das Fenster geöffnet, und die Sonne scheint so hell und warm herein, dass mein Zimmer ganz in Licht getaucht ist. Wenn Du nur sehen könntest, wie rot die Äpfel an unserem Baum dieses Jahr leuchten, sie werden köstlich schmecken. Und die Rosen duften so herrlich. An Tagen wie heute kann ich meine Sehnsucht nach Dir kaum bezwingen und kann doch nur in Gedanken bei Dir sein. Ob Ihr heute Ruhetag habt oder ob Ihr kämpft? Es ist so ein richtiges Wetter zum Siegen. Vielleicht hören wir morgen schon, dass Nancy gefallen ist. Wenn man nur erahnen könnte, wie lange der Krieg noch dauert. Manche meinen, es könnte Jahre so weitergehen. Wenn Frankreich wirklich geschlagen ist, so bleiben ja noch Russland und England. Letzteres scheint mir besonders gefährlich. Es hat so viele Verbündete: Kanada, Neuseeland, Australien, Südafrika; alle sind gegen uns. Ich will lieber nicht weiter darüber nachdenken, sonst verliere ich noch die Hoffnung auf ein baldiges Ende des Krieges.

Ob meine Briefe mit Inhalt angekommen sind? Zu uns scheint die Post jetzt schneller zu gehen als zu Euch. Deine liebe Mutter hat mir geschrieben. Sie ängstigt sich so um Dich. Ende September will ich mit den Kindern für ein paar Tage zu ihr fahren, das habe ich ihr nun versprochen. Meine Mutter ist heute zu Robert. Ich glaube, sie hat auch Angst um Dich. Sie fragt ständig nach Dir. Die Kinder sind alle sehr wohl und wünschen sich den Papa ganz schnell zurück. Unser Emil sah gestern verwundete Soldaten, die an unserem Haus vorbeiliefen, und dann rannte er zur Tür und rief, dass der Papa wiederkommen soll! Er rief es wieder und wieder, und die Tränen liefen ihm vor Wut über die runden Bäckchen, weil Du nicht kamst. Was ein Krieg bedeutet, können die Kinder natürlich noch nicht begreifen. Paula und Helene sind entsetzt, wenn man vom Totschießen redet. Man muss so aufpassen, was man sagt, wenn die Kinder dabei sind. Ich darf sie nicht merken lassen, dass ich solche Angst um Dich habe. Ich weine ja nicht vor ihnen, aber sie spüren, dass ich mich sorge. Nun will ich aber wieder ganz tapfer sein. Ich weiß doch, dass Du gut auf Dich Acht gibst.

Deine 100 Mark habe ich heute bekommen und danke Dir herzlich. Ich habe immer noch etwa 500 Mark Rechnungen zu bezahlen. Von der Bank will ich aber nichts holen, wegen der Zinsen, da müssen die Rechnungen bis 1. Oktober warten. Doch das ist Nebensache. Ich will dankbar sein, dass es Dir gut geht, und möge Gott uns ein herrliches Wiedersehen schenken. Ich nehme Dich in meinen Gedanken ganz fest in die Arme.

In Liebe, Deine Klara

10. September 1914

Liebster Justus!
Großer Sieg Maubeuge! Welche Freude! Heute Mittag wollte ich mich gerade hinlegen, da läuteten eine Stunde lang alle Glocken! Ich hoffte zuerst, Nancy sei gefallen, aber wenigstens geht es nun vorwärts. Schon nach fünf Tagen Beschuss soll die Festung nachgegeben haben, heißt es hier. Heute Nachmittag haben wir auch gleich die Fahne wieder herausgehängt. Wir legen sie jetzt immer nur auf die Treppe, die hinauf zu den Schlafzimmern führt, um sie gleich bei der Hand zu haben. Es geht jetzt so schnell mit dem Siegen. Schreib mir bitte, ob Du warme Handschuhe brauchst? Es wird bald kalt werden, und vor Ende des Jahres wird der Krieg nicht vorbei sein, heißt es überall.

Gestern hat Nolde doch wirklich bis elf Uhr abends auf dem Amtszimmer gesessen! Dass ein Direktor so viel Arbeit hat, das hat er nicht erwartet. Der Krieg ist wohl auch für manches gut. Morgen kommt er nun zum Abendessen. Die Eltern haben abgesagt, sie wollen ein paar Tage nach Königstein. Die Beschreibung Deines Gefechts ist übrigens famos. Ich begreife nur nicht, warum Ihr dreimal in dieselbe Stellung zurückmusstet. Das ist doch unnötige Anstrengung. Das stundenlange Liegen in den Schützengräben muss entsetzlich gewesen sein. Wo Du wohl heute bist? Frau Reimer sagte, dass ihr Mann auch schon schwere

Gefechte mitgemacht hat, aber nicht verletzt wurde. Der älteste Sohn von Weiners ist verwundet, aber nicht schlimm.

Von Deiner Löhnung sollen mir nun 7/10 abgezogen werden, also wenn Du 500 Mark bekommst, so werden mir 350 Mark abgezogen. Nun, irgendwie wird es schon gehen. Mach Dir nur keine Sorgen um das Geld. Und kaufe Dir nur immer, was Du brauchst.

Deine Klara

12. September 1914

Mein Liebster!
Wie warm wurde mir heute Morgen ums Herz, als Dein Brief kam. Ich küsste ihn wieder und wieder und stellte mir dabei vor, dass Du ihn gestern noch in Deinen Händen hieltest. Ich bin so froh, dass es Dir gut geht. Manchmal sind mir die Gedanken an eine lange Trennung nach dem Krieg oder das entsetzliche Opfer, das er vielleicht von uns fordert, einfach unerträglich. Nachricht von Dir ist dann eine Erlösung von diesen Qualen. Wie viele Frauen hoffen auf die Rückkehr ihrer Männer und Söhne, wie wenigen wird es zuteil werden! Die Verlustlisten sind so ungeheuerlich lang. Auch unter den Bekannten mehren sich die schrecklichen Nachrichten. Anbei ein Nachruf von Hans Wehrnig. Rolf Berger soll auch gefallen sein. Seine Frau schrieb mir heute ganz trostlos. Hauptmann von Falkner, mit dem ich seinerzeit nach Afrika reiste, ist auch gefallen. Wie viele werden noch folgen? Zu grausam, welches Leid der Krieg mit sich bringt!

In der Zeitung stand vor ein paar Tagen dieser Aufruf: »Kein Trauerstaat, kein Trauerprunk, schlicht und unauffällig tragt eure Trauer oder schiebt sie heldenmäßig ganz auf bis nach dem Sieg.« Aber wie soll man denn die Trauer um einen geliebten Menschen aufschieben? Da müsste ja das Herz zu Stein werden!

Wenn Nancy fällt, so werdet Ihr sicher mit einziehen. Wenn es dann nur nicht zum Partisanenkampf kommt. Papa sagt, dass diese belgischen und französischen Freiheitskämpfer schrecklich verroht seien und man dann das Schlimmste für Euch befürchten müsste. Pass nur gut auf Dich auf, mein Liebster, dass Dir ja nichts geschieht. Es freut mich, dass meine Sendungen nun bei Dir sind. Mit den sechs Flaschen Cognac willst Du wohl die ganze Kompanie glücklich machen?

Gestern Abend war also Nolde da. Es war sehr gemütlich. Wir haben eine Flasche Wein getrunken. Erst haben wir über die Schule und den Krieg gesprochen, und dann hat er von seinen Abenteuern erzählt. Eine richtige Prinzessin will er in der Wüste getroffen haben, und eine Karawane könnte er auch anführen, hat er behauptet. Dass er dabei gern ein wenig flunkert, wissen wir ja. Ich glaube, er würde liebend gern wieder eine Reise in den Orient unternehmen, aber die Schule lässt ihm keine Zeit dazu, wie er meint.

Justus, mein Liebster, es gefällt mir nicht, dass Du keinen Revolver mehr hast. Kannst Du denn nicht einen von einem gefallenen Offizier nehmen? Ich darf vorläufig nichts schicken, und die Waffe ist so nötig. Es fallen täglich so viele Offiziere! Du hättest den Revolver nicht weggeben sollen. Papa meint, Dein gutes Herz würde Dich eines Tages noch das Leben kosten. In diesem Fall hoffe ich sehr, dass er sich irrt.

Wie geht es Deinem Magen? Ich bin nur froh, dass Ihr eben nicht zu hungern braucht, wenn auch das Essen wohl wenig Abwechslung bietet. Robert schreibt, dass er das Essen nicht gut verträgt und oft sehr daneben ist. Wenn ich nur etwas für Dich tun könnte. Dir wenigstens mein Bett mal geben dürfte, damit Du Dich mal richtig ausschläfst. Aber Du bist so weit fort! Wie gern würde ich Dein Gesicht streicheln und Dich küssen. Du fehlst mir so sehr, und manchmal kann ich gar nicht mehr tapfer sein und dann kann ich auch die Tränen nicht mehr zurückhalten. Ich will ja nicht an das Schlimmste denken, aber heute sind wieder zwei Jungen gefallen, die mit Robert in die Schule gegangen sind. Ich habe sie schon gekannt, da konnten sie gerade laufen. Und plötzlich ist das Sterben wieder so nah. So lange kann es doch nicht mehr dauern, darf es nicht mehr dauern! Es muss doch eine Lösung geben. Meine Geduld ist mal wieder erschöpft, und doch ist dieses Warten zu Hause gar nichts gegen das, was Ihr da draußen alles aushalten müsst.

Bitte, Justus, lass mich nicht allein zurück.

Deine Klara

15. September 1914

Liebster Justus!
In den letzten Tagen war es hier recht stürmisch, aber jetzt scheint wieder die Sonne, und man kann den Herbst in seiner schönsten Farbenpracht genießen. Für unsere beiden Großen habe ich Faltenröcke und Sweaters für die Turnstunde gekauft, worüber ihre Freude groß war. Ihren Geburtstag können sie kaum noch abwarten. Paulas Hauptwunsch ist eine Post. Ich habe einen großen gelben Postwagen mit zwei Pferden gekauft, aus Blech. Der ist von Dir, will ich ihr sagen. Und Helene kaufe ich die Poststation, die sie sich gewünscht hat. Da sieht man, wie unterschiedlich die beiden doch sind. Paula, die immer gern draußen ist und gar nicht genug sehen kann von der Welt, und Helene, die ganz zufrieden zu Hause ist, sich aber über jeden Besuch freut.

Von Greta bekommt Paula eine Puppe (17 Mark) und Helene ein Schaukelpferd (18 Mark). Von meiner Mutter für Paula einen Pferdewagen (10 Mark), für Helene ein Schiff aus Blech (9 Mark) und für beide zusammen ein Puppenhaus. Deine Mutter schenkt Paula einen hübschen Schal und Helene einen Hut. Von uns bekommen sie noch jede einen großen Kasten mit Knetgummi mit Vorlagen und Modellen (jeweils 4,50 Mark) und Bücher mit Buntstiften zum Malen. Es ist eigentlich viel zu viel, aber sie werden glückselig sein. Wenn ich als kleines Mädel ein Schaukelpferd bekommen hätte, ich wäre entzückt gewesen. Vielleicht schwinge ich mich in einer stillen Stunde mal heimlich auf das kleine Holzross. Mit 30 Jahren das erste Mal auf einem Schaukelpferd! Du siehst, Deiner Frau fehlt noch eine Menge Lebenserfahrung. Ach Justus, viel lieber setzte ich mich aber auf ein richtiges Pferd und sauste damit zu Dir, wenn es auch mitten ins Feld wäre!

Am Sonntag hatten wir hier allerdings auch ein kleines Scharmützel, das recht schlecht hätte ausgehen können. Robert war da und hatte die Idee, nach Königstein zu fahren. Trotz unseres Abredens wegen des schlechten Wetters, blieb er dabei. Mutter wollte ihm natürlich den Gefallen tun. Robert bestand darauf, dass wir alle mitkommen, und da Greta und ich nicht gut darin sind, unserem kleinen Bruder etwas abzuschlagen, fuhren wir dann schließlich. Greta mit Agnes und Gerhard und ich mit Helene und Paula. Emil blieb bei Fräulein. Zum Glück! Denn wir gerieten auf halbem Weg in einen rasenden Sturm. Äste flogen über die Straße, und es regnete so heftig, dass die Pferde einmal sogar scheuten. Wir waren in größter Gefahr, auf offener Landstraße umgeworfen zu werden. Der Wind griff immer wieder unter das Verdeck, und wir sahen überall ausgerissene Bäume liegen. Es war zu schlimm! Wie waren wir froh, als wir endlich oben am Haus ankamen. Im Garten der Eltern waren etwa zwei Zentner Äpfel von den Bäumen gefallen. Wir nahmen sie auf dem Rückweg mit, um schwere Ladung zu haben. Das ging auch sehr gut. Ich bekam dann gleich einen Sack Äpfel und habe nun Gelee gekocht. Dieses Jahr habe ich gleich mehr eingemacht als sonst. Im Weinkeller ist genug Platz, da wir ja gerade keine Gesellschaften geben und deshalb auch keinen Wein kaufen müssen. Es ist mir eine Beruhigung, wenn ich weiß, dass wir genug Vorräte haben. Wenn der Krieg länger dauert, dann ist man vielleicht mal sehr froh darum. Wie ist es mit Taschentüchern? Ich könnte Dir billige schicken, die kannst Du dann wegwerfen, wenn sie schmutzig sind.

Heute Abend gehe ich mit Greta ins Theater. Sie geben die »Wildente« von Ibsen. Das Stück rührt mich sicher wieder, und ich werde ein bisschen weinen, und wie immer wird mich Greta verständnislos ansehen. Sie weint nie im Theater.

In den nächsten Tagen hofft man nun wieder auf eine große Nachricht. In den Zeitungen schreiben sie nichts darüber, aber von verschiedenen Seiten hört man von geplanten Operationen, die aber keiner so richtig versteht. Der Krieg ist eben eine wirkliche Kunst, und für den Laien klingt vieles merkwürdig und verkehrt, was doch sicher einen tieferen Sinn hat. Dass Du immer noch keine Pistole hast, ängstigt mich. Ich will sehen, ob ich einen Browning auftreibe. Papa und Albert wollen mir dabei helfen. Ich hoffe, wir finden schnell einen.

Die Kinder und ich grüßen und küssen Dich.

Deine Klara

18. September 1914

Liebster Justus!
Heute kam nun die Nachricht, dass zwei französische Armeecorps geschlagen seien. Wie herrlich! Die Glocken läuteten eine Stunde lang. Unsere Erwartung wurde also nicht enttäuscht. Wenn Ihr nur endlich aus diesen feuchten Gräben herauskämt. Ihr könnt da ja auch gar nichts tun und langweilt Euch sicher furchtbar, und dabei werdet Ihr alle vielleicht noch krank. Wie sollt Ihr denn dann eine Schlacht gewinnen? Am Ende werdet Ihr dann alle gefangen, aber das wäre dann nicht einmal das Schlimmste.

Warum kann dieser Krieg nicht einfach aufhören? Der Kaiser ist doch auch mit England verwandt, wenn sie vielleicht einmal Familienrat hielten? Verzeih, dass ich solche Gedanken habe, ich weiß ja, dass der Kaiser nicht anders handeln konnte, aber ich vermisse Dich so, mein Justus. Heute habe ich Deine Kleider gemottet, und bei jedem Stück gedacht, wann Du es wohl wieder anziehst, und dann habe ich wieder ein bisschen geweint. So ganz für mich allein, dass es niemand sieht.

Ich schicke Dir bald eine dicke wollene Jacke, die brauchst Du jetzt. Heute sende ich besonders präparierte Fußlappen mit Salbe darin, die Dir hoffentlich gute Dienste tun werden. Nächste Woche folgen dann Kniewärmer, Kopfwärmer, Taschentücher. Wie steht es mit Unterwäsche? Habt Ihr überhaupt Wasser, um Euch zu waschen? Ihr kommt doch sicher tagelang nicht aus Euren Kleidern. In Nancy wäre es bestimmt bequemer für Euch. Aber sicherer ist es, wenn Ihr unter lauter Deutschen seid.

Hier heißt es jetzt, Nancy soll noch gar nicht genommen werden, die aktiven Truppen seien alle vor Verdun, um schneller nach Paris vorzudringen. Ich hoffe nur, dass Russland uns dann nicht ins Land kommt. Die Übermacht scheint kolossal.

Wie schön, dass die Butter gut angekommen ist. Greta schickt gleich wieder welche. Sie hat gesalzene, die hält viel länger. Ich war eben bei ihr zum Kaffee mit Mutter und den Kindern. Mutter schenkt Dir eine wasserdichte Weste. Ich sende sie morgen ab. Sie wird Dir gute Dienste erweisen, die Beschreibung steht darauf. Sie ist nicht billig, also benutze sie auch! Wie lange werden wohl Deine Stiefel halten, wenn Ihr in den nassen Schützengräben liegt? Wie könnt Ihr nur bei all der Unbequemlichkeit noch ans Kämpfen denken? Liebster, wenn ich Dich nur mal wieder in meine Arme nehmen dürfte, mein Gesicht an Deine Brust legen und Dein Herz schlagen hören. Wie schön wäre das!

Die Kinder lassen Dich grüßen, die Eltern und Jahns auch.

In Liebe, Deine Klara

22. September 1914

Liebster Justus!
Ich war am Samstag fast den ganzen Tag in der Stadt und habe mich nach einem Schlangenhautmantel umgesehen, aber er war überall ausverkauft. Ich habe nun einen bestellt, er soll in den nächsten Tagen kommen. Heute schicke ich Wurst und ein Päckchen mit Strümpfen und einen gestrickten Kopfschutz. Letzterer ist sehr praktisch, lässt sich auch unter dem Helm tragen. Er schützt Kopf, Backen und Hals. Man streift ihn über den Kopf, sodass die eine Öffnung den Hals umschließt und die andere an der Stirn und unter dem Kinn festsitzt. Wird es zu warm, so streift man ihn herunter und hat ihn dann als Halswärmer. Mit dem Browning hatte ich keinen Erfolg. Albert will sich aber weiter umsehen. Die Strümpfe, die ich heute schicke, sind nicht gewaschen, die im Paket davor waren gewaschen. Schreibe mir bitte, welche weicher sind.

Dein Magen ist also noch nicht in Ordnung. Pass nur auf, dass es nicht Ruhr gibt, davon hört man so viel. Kann euer Koch nicht mal Schleimsuppe kochen? Er muss doch auf Eure kranken Mägen ein bisschen Rücksicht nehmen.

Ich habe heute in einem Brief von der Stadt Frankfurt einen Erlass des Ministeriums erhalten, wonach Dir monatlich 270 Mark abgezogen werden, und zwar diesmal für August, September und Oktober. Ich erhalte also 1790 Mark anstatt 2600 Mark. Papa findet es gerecht. Ich finde den Abzug etwas zu reichlich, die Hälfte wäre auch genug. Das bedenkt der Staat freilich nicht, dass es Euch im Felde viel kostet und dass Ihr doch auch an Wäsche etc. viel braucht. Ich habe heute wieder etwa 40 Mark dafür ausgegeben, dazu kommt der Schlangenhautmantel, der auch zwischen 30 und 40 Mark kostet. Uns trifft es ja nicht so, da ich den Hintergrund auf der Bank habe, andere sind da schlechter dran. Bitte schreibe Deine Wünsche immer, es soll Dir an nichts fehlen. Solltet Ihr nach Nancy kommen, schlafe bitte nicht allein! Du hast noch keinen Browning, und wenn Du angefallen würdest, dann könntest Du Dich nicht wehren. Möchte es Dir weiter gut gehen und Dein Magen sich kräftigen.

Hier ist es schon mächtig kalt. Wir frieren in der Wohnung und sitzen im Esszimmer beim Gasofen. Ich will mich heute gleich nach einem Heizer umsehen. Ich muss wahrscheinlich 20 Mark monatlich an ihn bezahlen. Aber das will ich schon ausgeben, wenn es dann immer gemütlich warm bei uns ist. An dem guten Ausgang des Krieges zweifelt wohl niemand. 5 Milliarden Kriegsanleihen sind in Deutschland bereits gezeichnet! Deine Frau ist auch beteiligt! Mit 7000 Mark! Fünfeinhalb Prozent Zinsen, die der Staat zahlt, das ist eine glänzende Kapitalanlage, wenn wir siegen. Und siegen werden und müssen wir!

Herzlichste Grüße auch von den Kindern.

In Liebe, Deine Klara

25. September 1914

Liebster Justus!
Gut, dass es Deinem Magen endlich besser geht, da muss ich mich nicht länger sorgen, dass es etwas Ernsthaftes sein könnte. Wir alle zittern und hoffen für den guten Ausgang der Schlacht im Westen. Die Franzosen scheinen aber mehr Kräfte zu haben, als wir annahmen. Eigentlich wollten wir doch schon vor Paris stehen. Wie lange wird sich das denn noch hinziehen? Wie viele Menschen werden ihr Leben dabei noch verlieren?

Albert hat noch immer keinen Browning oder eine Pistole bekommen, es ist alles ausverkauft. Er probiert es weiter. Kannst Du Dir nicht eine von einem anderen Truppenteil besorgen lassen? Es ist mir schrecklich, dass Du ohne Waffe bist. Hier ist es nun fast wie im Frieden, da die meisten Soldaten fort sind. Nur die Jungens auf der Straße spielen mit Vorliebe Soldaten und die Mädchen Rotes Kreuz. Sie tragen die Jungen umher, die sich mit roter Farbe anmalen und die Verwundeten mimen. Die Kinder allein genießen die Kriegszeit.

Heute Nachmittag bin ich bei Pfarrer Meyer zum Stricken und heute Abend bei den Eltern zum Essen. Die Tage fliegen schnell dahin, weil man fieberhaft arbeitet, so ist es auch am besten. Ich habe mir für die Erholungsstunden zwei Bände Armeemärsche und Soldatenlieder gekauft. Ich spiele mit Fräulein zusammen auf dem Klavier und singe dazu. Emil kommt immer gleich angelaufen und klatscht vor Freude in seine Händchen. Stell Dir nur vor, er singt schon »Deutschland, Deutschland über alles«; es ist zu gelungen!

Abends: Eben habe ich das Paket an Dich fertig: zwei dicke Hemden, eine dicke Unterhose, eine gestrickte wollene Jacke, Zigarren und die Pistole mit Munition, die Albert nun doch noch erstanden hat und mir gleich am Nachmittag vorbeibrachte. Er hat sie mir erklärt. Ich habe einen Zettel darangesteckt, den Du erst lesen musst. Morgen schicke ich Butter und Taschentücher. In das große Paket habe ich oben und unten Emils alte Gummihosen getan, damit es nicht durchregnet. Die kannst Du natürlich wegwerfen. Ein Gruß von Emil lebt in ihnen. Gestern Abend telefonierte mir Frau Doktor Baum, sie sagte, sie habe Nachricht, dass es Euch gut gehe. Darüber war ich natürlich hocherfreut. Aber das Schicksal des Hauptmannes Sänger, von dem Du mir schriebst, ist mir unbegreiflich. Wie kann ein Hauptmann vermisst werden, wenn gar keine Franzosen in Eurer Stellung waren? Wo soll er denn hingekommen sein? Wenn Du das wärest, dann würde ich mir die schrecklichsten Gedanken machen. Ihr seid also wieder in Deutsch-Lothringen? Also auch zurückgegangen? Man versteht das nicht so von Weitem, warum alles zurückgeht und es trotzdem gut stehen soll. Dass die Russen drei Wochen in Tilsit waren, ist auch erst jetzt herausgekommen. Es wird doch vieles verschwiegen.

Pass Du nur gut auf Dich auf, mein Liebster.

In Liebe
Deine Klara

26. September 1914

Mein Liebster!
Nun hast Du das Eiserne Kreuz! Wie bin ich stolz auf Dich! Und doch bin ich ganz beunruhigt, weil Du wieder im Gefecht warst. So haben die Franzosen also doch einen Vorstoß gewagt. Ich bin so froh, dass Du mithelfen kannst, das Vaterland zu verteidigen, aber ich zittere auch vor Angst um Dein Leben. Einen geliebten Menschen zu opfern, das ist zu schrecklich, und doch wird es verlangt. Was für ein Gefühl hattest Du bei der Überreichung des Eisernen Kreuzes? Ist es nicht der schönste Orden für einen Mann? Ich telefonierte gleich mit Mutter und Greta, dann rannte ich rüber zu Nolde. Er hat sich auch riesig gefreut und will morgen den Schülern und den Lehrern verkünden, dass ihr Direktor das Eiserne Kreuz hat. Das wird ein Hallo geben. Die Jungens freuen sich immer so, wenn sie etwas von Dir hören. Am meisten aber freut sich Deine Klara! Liegt Ihr immer noch auf Vorposten? Ich bin ganz wie im Traum, sehe Dich im Geiste fortwährend im Gefecht, geschmückt mit dem Eisernen Kreuz! Ich glaube, Du bist der Erste von Deinen vielen Vettern und auch der Erste der Schule,

der das Eiserne Kreuz hat. Wir sind alle so stolz auf Dich und froh, dass Du unverletzt bist.

Ich war gestern mit Greta im Lichtspielhaus und danach mit ihr und Albert und den Eltern im »Carlton« zum Essen. In dem Hotel saßen fünf verwundete Offiziere, sie konnten kaum gehen. Hier sieht man jetzt viele Verwundete auf den Straßen, manche sind ganz entstellt. Das ist zu traurig anzusehen. Der Erfolg der großen Schlacht lässt aber auch lange auf sich warten! Du schreibst, Ihr ginget wahrscheinlich nach Norden, also nach Metz zu.

Das wundert mich, dann liegen doch vor Nancy nur noch ganz schwache Truppenteile. Was bleibt denn dann, um einen Ausfall der Franzosen abzuwehren? In den Zeitungen steht fast nichts darüber, trotzdem lese ich mit großem Eifer täglich mehrere. Ihr erfahrt sicher auch nicht so viel davon, was in den anderen Stellungen vor sich geht.

Unsere beiden Großen freuen sich riesig auf ihren Geburtstag, auf den Besuch und natürlich die Geschenke. Ich habe auch schon einen wundervollen Zwetschgenkuchen gebacken, wenn ich Dir doch ein Stück davon schicken könnte! Man bekommt die Zwetschgen jetzt für fünf Pfennig das Pfund. Durch die Stürme der letzten Tage ist viel Obst heruntergefallen. Ob Ihr auch solche Stürme habt? Sicherlich! Der Herbst kommt nun mit Macht, und wir dürfen gar nicht klagen, haben wir doch einen prachtvollen Sommer gehabt. Paula meinte heute, ob der Papa zu ihrem Geburtstag Urlaub haben kann? Wie wäre das schön! Ich will mir gar nicht vorstellen, dass Du stattdessen vielleicht in so einem fürchterlichen Graben sitzen musst und nicht weißt, wann Du da wieder herauskommst. Das muss doch für alle Seiten ganz schrecklich sein. Jeder Mensch sehnt sich doch nach Wärme und Bequemlichkeit und seinen Lieben. Heute sende ich Dir Butter, Schokolade und acht Taschentücher.

Schreib mir gleich, wenn Du etwas brauchst. Ich will es dann umgehend schicken. Heute habe ich noch viel für das große Fest zu tun und muss schließen. Ich vermisse Dich!

Deine Klara

27. September 1914, Sonntag,
Helenes und Paulas Geburtstag

Mein Liebster!
Paula und Helene waren heute ganz glückselig über die vielen schönen Geschenke. »Und von Papa sind die Postkutsche und die Poststation!«, wiederholten sie strahlend. Sie leben beständig in der Vorstellung, dass Du bald wiederkommst und etwas für sie mitbringst, obgleich ich ihnen schon so oft erklärt habe, dass Du nichts mitbringen könntest, weil Du nichts hast.

Jahns, die Eltern und Robert kamen um drei Uhr, und wir haben gemütlich Kaffee getrunken. Mutter hat sogar meinen Zwetschgenkuchen gelobt. Du weißt ja, mit Lob ist sie sehr sparsam. Unsere Mädchen waren so froh gelaunt, dass sie sogar Agnes und Gerhard mit ihren neuen Spielsachen spielen ließen. Emil wollte auch mittun, war aber dann auf einmal so überreizt, dass wir ihn ein Stündchen ins Bett packten. Danach war er wieder unser zufriedener kleiner Emil und verbrachte den Rest des Nachmittags auf dem Schoss seines Großvaters. Unser Bübchen konnte Papa sogar überreden, Knetmännchen mit ihm zu basteln. Mutter meinte, dass es schön gewesen wäre, wenn Papa nur die Hälfte der Geduld für seine eigenen Kinder aufgebracht hätte. Greta wies Mutter dann darauf hin, dass die Enkelkinder bei ihr ja auch viel mehr Freiheiten hätten als wir damals, abgesehen natürlich von Robert, der konnte ja bei ihr schon immer seinen Kopf durchsetzen. Unser Emil, der natürlich wieder ganz genau zuhörte, hat dann Robert ganz treuherzig angeschaut und gefragt: »Wo hat Onkel Robert Kopf duchsetzt?« Und das klang so allerliebst, dass wir plötzlich alle laut gelacht haben, und danach war es wirklich ein ganz einträchtiger Familiennachmittag. Gegen Abend kam dann noch Nolde auf eine halbe Stunde vorbei, um den Mädchen zu gratulieren. Er hat ihnen ein sehr hübsches Buch geschenkt, »Die Biene Maja«, und auch gleich ein paar Seiten daraus vorgelesen. Sogar Gerhard, der doch nicht so leicht zu beeindrucken ist und mit seinen acht Jahren schon immer so erwachsen tut, war ganz begeistert. Um sieben Uhr waren dann alle gegangen, und jetzt schlafen die Kinder. Ich will noch mal auf ein Glas Wein zu den Eltern. Robert muss morgen früh wieder in die Kaserne einrücken, und ich will mich noch von ihm verabschieden. Vielleicht muss er ja bald ins Feld.

Bleib Du uns nur gesund! Leb wohl und sei tausendmal gegrüßt und geküsst auch von den Kindern.

Deine Klara.

28. September 1914

Mein Liebster!
Am Donnerstag will ich nun mit Fräulein und den Kindern nach Kassel reisen. Deine Mutter wartet sicher schon ganz sehnsüchtig auf die Kleinen. Ich fürchte nur, dass sie den Geburtstag dort noch einmal ganz groß feiern wollen und die Kinder wieder ganz aufgeregt sein werden. Aber es ist nicht zu ändern, Deine Familie möchte ja auch etwas von den Kindern haben, und so werden wir es schon irgendwie durchstehen.

Lena und Berta sind natürlich ganz hoch, weil sie nun vier Tage allein sind. Aber ich kann mich auch gerade nicht über sie beschweren. Trotz unseres Besuches haben sie nicht gemurrt und waren ganz fleißig. Vielleicht kommen sie nun doch miteinander aus und ich kann sie beide behalten. Das wäre mir am allerliebsten. Ich gewöhne mich doch so schwer an neue Mädchen.

Mutter war gestern Abend wieder ganz daneben. Papa meint schon, es wäre fast besser, dass Robert sie nicht mehr besucht. Sie leidet immer schrecklich unter dem Abschied und malt sich dann die schlimmsten Dinge aus, die ihm bald zustoßen könnten. Robert ist aber ganz zuversichtlich. Ich glaube, weil er noch so jung ist, denkt er, ihm könnte nichts passieren.

Wenn ich an unsere Ferien in Swinemünde denke, dann erscheinen mir diese Tage wie aus einer fremden Welt, und ich kann mir gar nicht so recht vorstellen, dass es einmal wieder so friedlich werden könnte. Wie sehr beneide ich Dich um Deinen festen Glauben, der Dir immer so viel Frieden und Stärke verleiht. Wenn ich nur die gleiche Festigkeit darin besäße, dann fiele mir das mit der Geduld viel leichter, und ich müsste mich nicht zwingen, tapfer zu sein.

Mein Liebster, komm gesund zu mir zurück. Ich liebe Dich so sehr, und ich will auch noch so viel von Dir lernen. Ich umarme und küsse Dich.

Deine Klara

1. Oktober 1914

Liebster Justus!
Seit zwei Monaten haben wir nun Krieg, und wir stehen noch immer nicht vor Paris. Gerade eben kam Dein Brief mit der Beschreibung des Gefechts. Ich hatte mit einem Bravourstückchen gerechnet und muss ganz offen sagen, ich finde es erstaunenswert, dass man das Eiserne Kreuz so leicht verdienen kann. Ich glaubte, man bekäme es nur bei einer ganz herausragenden Extraleistung, aber Du schreibst ja, dass es schon andere bekommen hätten, die viel weniger geleistet hätten als Du. Und das glaube ich wohl, dass Deine Kompanie glänzend von Dir geführt wird, dafür verdienst Du die Auszeichnung ganz bestimmt. Ohne Dich wäre doch manch einer sicher nicht mehr am Leben. Ich hoffe nur, Ihr kommt nicht mehr so bald in ein neues Gefecht. Es ist doch immer wieder ein so schreckliches Bangen, wie es ausgeht.

Hast Du das Paket mit den Wollsachen und der Pistole bekommen? Wenn das mit der Wurst ankommt, und die Leberwurst nicht mehr ganz frisch sein sollte, so iss sie bitte nicht. Metzger Röder behauptet zwar, sie hielte 14 Tage, aber ich bin mir nicht sicher. Es ist also besser, Du schenkst sie her, weil Dein Magen doch nicht in Ordnung war. Schreibe mir immer genau, was Du erhalten hast. Ich möchte sicher sein, dass Du gut versorgt bist. Verliere nur Dein Eisernes Kreuz nicht! Wisst Ihr schon etwas Neues über den Verbleib des Hauptmanns Sänger? Das ist ja eine zu merkwürdige Geschichte, dass er einfach verschwindet.

Nun muss ich schließen, Fräulein und die Kinder warten schon. Wir wollen mit dem Elf-Uhr-Zug nach Kassel. In den nächsten

Tagen werde ich wohl nicht zum Schreiben kommen, da wir sicher von der Verwandtschaft in Anspruch genommen werden.

Bleib mir gesund, Liebster. In Gedanken bin ich immer bei Dir.

Deine Klara

4. Oktober 1914, Sonntag

Liebster Justus!
Frisch gestärkt durch einen kräftigen Schlaf ergreife ich die Feder. Ich hatte gestern noch bis gegen elf Uhr abends zu ordnen, zu schreiben etc. und habe heute bis zehn Uhr geschlafen. Es wird mir guttun, da ich heute Nachmittag nach Königstein fahre und keinen Mittagsschlaf halten kann. Robert hat wieder einmal Urlaub, er erreicht den Urlaub öfter durch Trinkgelder. So etwas kannst Du Dir in Deiner Position ja nicht erlauben, Du musst Deinen Urlaub doch immer vorbereiten, damit die Leute nicht ohne Führung dastehen, und eine gute Führung ist doch so wichtig.

Gestern auf der Heimfahrt von Kassel ist mir das Leid des Krieges wie schon lange nicht mehr vor Augen gestanden. In meinem Coupé saßen Verwundete, die ganz schreckliche Dinge erzählten. Sie waren bei dem Hauptheer dabei gewesen und beinahe bis Verdun vorgedrungen. Es muss ganz furchtbar zugegangen sein, wie sie auf die Franzosen getroffen sind. Einer sagte, es war ein regelrechter Granatenhagel, in den sie gelaufen sind. Die Männer hatten ganz entsetzliche Verletzungen, auch im Gesicht, ganz entstellt waren einige. Und sie sagten noch, sie hätten Glück gehabt, viele sollen gefallen sein. Wenn es nur bald ein Ende hätte!

Aber lass mich noch etwas über unsere Tage in Kassel erzählen. Sie waren leider nicht erholsam. Gleich am ersten Abend waren wir 30 Leute bei Deiner Mutter zum Abendessen. Alle wollten Paula und Helene zum Geburtstag gratulieren, und jeder brachte etwas mit: gehäkelte Söckchen, Haarbänder, Malstifte und Schokolade.

Den Kindern will ich aber nicht so viel von der Schokolade geben, sie ist nicht von der besten Qualität. Die Tanten und Onkel waren alle sehr liebenswürdig und ganz entzückt über die Kinder. Von jedem wurden wir eingeladen, und das hat uns sehr angestrengt. Ich hätte gern wenigstens einen Tag mit Deiner Mutter und den Kindern allein verbracht. Wenn sie die Kinder einmal ganz für sich haben will, dann ist es besser, sie kommt zu uns. In Kassel findet man so gar keine Ruhe. Tante Rohlich strengt mich besonders an. Sie ist so schrecklich nervös, und keiner kann es ihr recht machen. Sie tyrannisiert die ganze Familie, besonders ihre Schwester. Aber sie merkt es nicht, gerade so, wie meine Mutter es nicht merkt, wenn sie uns herumkommandiert. Deine Mutter ist übrigens schrecklich erregt beim Gedanken, dass Du Gefechte mitmachst.

Morgen Vormittag ist die erste Turnstunde der Mädchen, zu der ich sie natürlich begleiten werde. Die Vorfreude der beiden ist groß. Besonders Paula ist schon ganz begierig auf die anderen Kinder. Sie schließt doch zu gern Freundschaften. Nachmittags ist dann das Kränzchen bei mir. Ich will morgen früh noch einen Marmorkuchen backen. Berta kann ich es nicht auftragen, dann kommt nur wieder so ein Kohlekranz aus dem Ofen. Sie ist zu ungeschickt beim Backen. Am Abend fahre ich nach Königstein. Ich will dort übernachten.

Stell Dir vor, Reimer hat auch das Eiserne Kreuz, aber sie kann sich gar nicht richtig freuen. Sie denkt schon an das nächste Gefecht und fürchtet, dass sie ihn dann verliert. Rolf Berger ist tatsächlich vor Maubeuge gefallen, jetzt ist es gewiss. Die arme Frau, wie wird sie mit den vier kleinen Kindern allein durchkommen? Sie tut mir so leid.

Was Du wohl heute machst, Liebster? Komm mir nur gesund wieder und Dein Leutnant Rasch auch. Für den habe ich ein Faible, er hat mir gut gefallen. Er steht Dir treu zur Seite, da bin ich sicher. Den lade ich Dir später mal so oft ein, wie Du nur willst. Eben schellt es.

So, da bin ich wieder. Die Frau, die in den vergangenen zehn Tagen bei mir Essen geholt hat, war gerade da. Ich hatte ihr einen ganzen Koffer voll Kleider für ihre Kinder herausgesucht. Sie kommt jetzt nicht mehr zu mir, da ihr Mann gestern aus dem

Lazarett entlassen wurde. Er meint, er könne seine Familie nun wieder allein ernähren. Aber als Maurer mit nur einem Bein, wie soll das gehen?

Nun leb wohl für heute, Liebster.

Herzlichste Grüße von den Kindern und

Deiner Klara

7. Oktober 1914

Liebster Justus!
Ihr seid also weiter nach Frankreich hinein? Ich habe Thiaucourt auf der Karte gefunden. Da seid Ihr aber wieder tüchtig marschiert. Ich hatte heute auch einen anstrengenden Tag. Um zehn Uhr kam ich aus Königstein und hatte dann bis mittags zu kochen. Berta bringt allein immer noch nichts Richtiges zustande, da hat Lena gar nicht so unrecht. Wie soll das erst werden, wenn wir mal am Essen sparen müssen? Manche befürchten schon, dass einiges knapp werden könnte, sollte der Krieg länger andauern. In der Zeitung schreiben sie, dass wir uns auf unsere Landwirtschaft verlassen können und die Ernte dieses Jahr auch wieder reich ausgefallen ist. Aber wie wird es werden, wenn der Krieg länger dauert und keine Leute mehr da sind, die die Äcker bestellen? Aber so weit will ich gar nicht denken. Es wird schon bald ein Ende haben. Die Kräfte auf allen Seiten sind doch schon gar zu sehr verbraucht.

Um drei Uhr war ich in der Stadt. Überall sind die Geschäfte voll, die Leute schicken wie wild ins Feld. Du siehst, noch ist alles reichlich vorhanden.

Der Abend gestern in Königstein war sehr schön, Papa war gut aufgelegt. Wir tranken süßen Apfelwein. Liebster Justus, heute fehlst Du mir wieder an allen Ecken! Wären wir nur erst ein halbes Jahr weiter! Ich bin recht deprimiert, dass Du die großen Pakete immer noch nicht hast. Es tut mir zu leid. Du könntest alles so gut gebrauchen, besonders die Pistole und die Hemden und die dicke Weste. Du musst doch schon frieren in den Nächten, nur mit dem Cape. Soll ich Dir nicht einen Mantel anfertigen lassen? Ja, wer hätte das gedacht, dass Du einmal solch ein Wanderleben führen müsstest? Danke für das Bild von Eurem Blockhaus. Das ist ja ganz famos, was Deine Leute da zustande gebracht haben. Bett, Tisch, Stühle und ein hübsches Tischchen, und das alles aus sauber geschälten Birkenholzästen gezimmert. Ich habe das Bild gleich den Kindern gezeigt. Ganz besonders reizend finde ich die Gardinen, die Du aufhängen ließest. Dass Du sogar einen Waschtisch hast und ein paar Fotografien an den Wänden, darüber haben die Kinder recht gestaunt. Emil meinte: »Ist wie zu Hause.« Ich bin froh, dass Du es so behaglich hast. Trotzdem werdet Ihr sicher mit Ungeduld warten, mal wieder in einem richtigen Bett schlafen zu können.

Viele Menschen sprechen mich darauf an, dass Du das Eiserne Kreuz erhalten hast. Seitdem es in der Zeitung stand, wissen es ja alle. Berta und Lena haben es auch überall ganz stolz erzählt. Sie meinen, dass Du noch als General aus dem Krieg heimkehrst.

Mir ist es ganz egal, welche Orden Du bekommst und welchen Dienstgrad Du erreichst. Ich wünsche mir nur, dass Du gesund bleibst und dass Dir nichts geschieht. Möge Gott Dich vor allem Leid behüten und stets über Dich wachen.

In treuer Liebe
Deine Klara

9. Oktober 1914

Mein Liebster!
Die Riesenschlacht, von der jetzt alle sprechen, dauert so unheimlich lang. Antwerpen steht nun mitten im Feuer. Ich meine, die beiderseitigen Kräfte in der Westarmee müssten nun bald erlahmen. Hoffentlich geht es Dir gut, und Du stehst nicht auch in einem Gefecht! So genau weiß man das doch nie. Es kann ja überall jederzeit losgehen, heißt es. Und doch scheint der Krieg manchmal ganz weit fort, so als sei das nur ein Gespenst, über das man redet, das es aber gar nicht gibt. Aber dann sehe ich wieder

diese armen Menschen mit ihren schrecklichen Verwundungen, und dann weiß ich, dass ich nicht aufhören darf, Gott zu bitten, dass er auf Dich Acht gibt. Es sind schon so viele Opfer unter den Bekannten zu beklagen. Der Jüngste vom Apotheker Schröder war nur drei Wochen im Feld und ist schon verwundet. Er kam gestern nach Hause, es soll ihm jedoch schon wieder besser gehen. Aber genug davon.

Justus, mein Liebster, heute Nacht träumte ich von Dir. Wir ruderten über einen See, die Sonne funkelte im Wasser, und dann hieltest Du an, legtest Deine Arme um mich, und wir waren uns ganz nah. Welch ein strahlend heller Traum. Es war zu schön! Könnte ich im Traum doch nur zu Dir reisen, Dich wirklich sehen. Nun muss ich los zur Schneiderin, mein grünes Samtkleid verändern, und ich will auch noch einige Sachen für Dich besorgen.

In Liebe, Deine Klara

11. Oktober 1914, Sonntag

Liebster!
Vorletzte Nacht läutete es, weil Antwerpen gefallen ist, und eben läutete es wieder von elf bis zwölf Uhr. Seit etwa vier Wochen flattern zum ersten Mal wieder die Fahnen, und die Glocken klingen. Es ist ein erhebendes Gefühl, ich war dem Weinen nahe. Gestern war ich um elf Uhr zu Bett gegangen und lag gerade im ersten Schlaf, als ich den Schuldiener hörte, der nach Hause kam und Hurrah schrie, so laut, dass ich erst glaubte, viele Menschen hätten sich im Hof versammelt. Wir sind alle aus den Betten gesprungen und haben vor lauter Freude und Aufregung schwer wieder einschlafen können. Helene meinte heute früh: »Ich habe auch das Läuten gehört, da sind wohl wieder Franzosen gefangen. Das ist aber fein.« Und dann tanzte sie im Zimmer umher. Gestern Abend beim Essen, als wir so viel auf dem Tisch hatten, überlegten wir zusammen, was man Dir schicken könnte. Die Kinder wollten alles schicken: Brötchen, Butter, Erbsensuppe

und Gurkensalat, Schwarzwurst und Leberwurst und sogar Kartoffelbrei. Es war zu nett, wie sie Dir alles zukommen lassen wollten. Helene deutete neulich auf ein Fenster, auf dem das rote Kreuz gemalt war, und fragte, ob das gerade so ein Eisernes Kreuz sei, wie Du es habest?

Abends: Eben habe ich die Kinder zur Ruhe gebracht, und nun ist Stille im Haus. Helene und Emil sind verbandagiert, das heißt, ich habe ihnen steife Pappdeckel um die Arme gelegt. Emil hat doch diesen Ausschlag, und er kratzt sich jede Nacht die Backe wieder auf. Das Puder von Doktor Greif hat gar nichts genutzt. Nun probieren wir es so. Die erste Nacht hat er furchtbar geschrien, aber nun scheint er sich an die steifen Arme zu gewöhnen. Bei Helene, die schon verständiger ist, hilft es glänzend gegen das Lutschen.

Heute Morgen habe ich erst tüchtig geschlafen, war dann in der Kirche. Viele sehen jetzt schwer in die Zukunft, weil alles nicht recht vorwärts geht. Ich verstehe ja nichts von Krieg und Schlachten, von Politik und Geographie. Ich lese zwar immer die Zeitung, kann aber doch nicht ermessen, wie die Sache steht. Ich hoffe bestimmt, dass wir schließlich siegen werden und Du gesund zu mir zurückkommst. Gott behüte Dich!

Liebster, das mit der Reise in den Süden nach dem Krieg, das ist eine zu wundervolle Idee. Nur, ob man nach dem Krieg noch genug Geld dazu hat, das muss man erst sehen. Es wird ja alles so teuer. Wir bezahlen jetzt schon viel mehr für Brot, Eier etc. Aber ich will Dir nicht die Freude nehmen. Himmlisch wäre eine solche Reise schon. Nolde war eben hier, ich habe ihn gleich gebeten, nach Deiner Rückkehr noch ein Vierteljahr die Amtsgeschäfte zu verwalten. Er will es tun, und wir könnten verreisen! Mit Bedienung in blauer Livree, ganz wie wir wollen. Liebster, ich bin schwer enttäuscht, dass Du in Eurer Tafelrunde so knapp bestellt bist und nur bescheiden Keks und Butter austeilen kannst. Und Rasch erhält täglich sechs Paketchen! Wie stehe ich da? Weit zurück! Und ich glaubte schon, viel zu schicken. Nun, ich verspreche, mich zu bessern, und habe heute gleich den Anfang gemacht, indem ich mir den Mittagsschlaf entzog und dafür vier Paketchen machte. Ich sende morgen: Klosettpapier, Sternenknöpfe, Bleistifte, zwei Paar Handschuhe, Schere, Uhrfutteral, Kniewärmer, Wurst und Butter. Die Idee, an Deine Kompanie etwas zu schicken, hatten wir auch schon, aber ich habe von vielen Seiten gehört, dass die großen Pakete nicht ankommen, und wenn man sie zurückbehält, bis die große Schlacht geschlagen ist, dann sind Wurst und Schinken verdorben. Das wäre zu schade.

Ich freue mich schon auf Deinen nächsten Brief. Du solltest mal sehen, wie wir jetzt immer nach der Post rennen!

Herzlichste Grüße und Küsse von

Deiner Klara.

14. Oktober 1914

Liebster!

Unsere Gedanken kommen sich jetzt oft entgegen. Heute schreibst Du um Kniewärmer, und vorgestern sandte ich sie ab. Ebenso ist es mit dem Briefpapier und den Wollsachen an die Leute. Ab Montag nimmt die Post Pakete bis fünf Kilogramm an, für eine Woche. Da werde ich tüchtig schicken. Gleich am Montag sollen der Schlangenhautmantel und die Thermosflasche abgehen und ein großes Paket an Deine Leute. Wenn ich weiß, dass es angekommen ist, stifte ich was von meinem Geld und kaufe Westen und Hemden, die kannst Du dann an die verteilen, die sie nötig brauchen.

Außerdem habe ich Dir heute einen wunderbaren feldgrauen Mantel bestellt. Er wird nach Deinem Sommermantel gemacht, mit dicker, aber leichter Einlage. In acht Tagen soll er fertig sein. Beide Mäntel sind Geschenke von mir aus meiner Privatschatulle. Sorge Dich also nicht, dass ich das Geld an anderer Stelle einsparen muss.

Justus, mein Liebster, das ist nicht wahr, dass ich denke, Du habest das Eiserne Kreuz nicht verdient, wie Du schriebst, nur weil ich mir da so ein ausgefallenes Bravourstückchen vorstellte. Seine Leute sicher durch ein Gefecht zu führen, ist doch auch ein

Bravourstückchen, das weiß ich wohl. Und natürlich hast Du das Eiserne Kreuz verdient. Ich bin vollständig zufrieden, Du hast genug geleistet. Nun denkst Du womöglich, Du müsstest erst etwas ganz Besonderes leisten und lässt Dich vielleicht noch erschießen, nur um Deine Frau zu befriedigen. Das tut mir wirklich leid, dass Du meine Frage so aufgefasst hast. Da siehst Du, was das Gerede der Leute so alles anrichten kann. Man glaubte doch schon, dass jeder, der das Eiserne Kreuz bekommt, erst einmal tüchtig in Lebensgefahr geraten muss. Du hast Deine Leute so gut geführt, dass sie erst gar nicht in diese Gefahr gerieten, und das ist doch wirklich ein Grund, geehrt zu werden! Ich bin so stolz auf Dich. Versprich mir, solltest Du verwundet werden, dass Du mir möglichst telegrafieren lässt, in welchem Lazarett Du liegst. Ich will dann zu Dir reisen, um Dir beizustehen.

Denke Dir, Dein Vetter Martin soll mit einem Bauchschuss im Lazarett liegen. Wenn er nur am Leben bliebe! Immer die besten und immer die einzigen oder Lieblingssöhne fallen. Eder aus Roberts Klasse ist auch gefallen. Und nun muss auch Robert fort. Er wird am 25. von Mainz ausrücken. Ich stricke und häkele eben einen Brust- und Rückenwärmer und einen Ohrwärmer für Dich. Wenn ich nur in ein Auto steigen könnte, um Dir alles zu bringen. Aber das ist leider nicht erlaubt.

Abends: Deine Mutter ist gut angekommen. Ich habe sie vor einer Stunde am Bahnhof abgeholt. Sie war ganz angestrengt von der Reise. Eben sind überall so viele Menschen unterwegs. Das Abholen vom Bahnhof war auch sehr schwierig, da er ganz dunkel gehalten wird, aus Angst vor feindlichen Fliegern. Über Düsseldorf waren wieder welche. Wenn Flieger kommen, dann wird es hier gefährlich zwischen Hauptbahnhof und der Zeppelinhalle. Wenn der Bombenwerfer sich irrt, dann trifft er uns. Möge Gott das nur verhüten.

Ob Ihr nun endlich abgelöst seid und ein bisschen Ruhe habt? Du schreibst, dass die Post für einige Zeit abgebrochen wird. Das gibt wieder eine Geduldsprobe! Und dass Du die Wollsachen immer noch nicht hast, darüber könnte ich weinen. Und all die kleinen Paketchen zu Deinem Geburtstag kommen nun vorläufig nicht an, und sie haben von allen Seiten geschickt. Nun werde ich wohl lange nichts von Dir hören und Du nichts von uns. Wie soll man das denn aushalten!

Die Kinder bekommen eins nach dem anderen den Schnupfen. Gestern Abend war Emil sehr kläglich, bekam schlecht Luft und hatte Fieber. Er muss heute das Zimmer hüten. Die beiden Großen waren mit meiner Mutter im Palmengarten. Sie haben Direktor Siebert getroffen, und er hat ihnen die Beete gezeigt, die er für den Gemüseanbau bestimmt hat. Er meint, dass sie mit dem Ertrag die Lazarette in Frankfurt versorgen könnten. Demnächst will er Vorträge über die ungenutzten Kleingärten in der Stadt halten.

Morgen kommt Nolde zum Abendessen. Die Schule hat gestern wieder angefangen, und er sitzt eifrig am Stundenplan, so wie Du es auch immer getan hast. Justus, mein Liebster, ich freue mich auf nichts mehr als auf das Vierteljahr Urlaub nach Deiner Rückkehr. Manchmal sehe ich Dich nur noch mit einem Arm vor mir, aber damit würden wir schon fertig werden. Wenn Du nur wiederkommst, das ist das Wichtigste. Ein Leben ohne Dich, das will ich mir gar nicht ausmalen. So dunkle Farben gibt es auf der ganzen Welt auch gar nicht. Nein, Justus, ich will zuversichtlich sein und ganz fest an Deine Rückkehr glauben.

In innigster Liebe
Deine Klara

16. Oktober 1914

Mein Liebster!
Heute ist Dein Geburtstag, und ich wäre so gern bei Dir. So aber kann ich Dich nur im Geiste umarmen und küssen und Dir all meine guten Gedanken schicken. Unser Herrgott möge Dich beschützen, Dich vor allem Schrecklichen bewahren und Dich gesund wieder in meine Arme zurückschicken. Du bist doch mein Ein und Alles, nie wieder werde ich einen Mann so lieben wie Dich. Ich weiß, dass ich vielleicht, sollte das furchtbarste aller Opfer von mir verlangt werden, eines Tages für meine Treue werde kämpfen

müssen, weil ich noch jung und leidenschaftlich bin, aber ich verspreche Dir, dass ich über mich siegen werde und ich es Deinen Kindern nicht antue, einen anderen Vater zu bekommen. Ich habe gelernt, dass man die Treue nicht leichtfertig aufgeben darf. Noch jetzt gibt es Augenblicke, wo ich es nicht recht verwinden kann, dass ich eigentlich Edgar Winter gegenüber nicht treu genug war und mich zu leicht von ihm trennen ließ, nur weil Mutter meinte, die meisten Chemiker würden es doch zu nichts bringen. Von Dir aber, da hätte sie mich nicht trennen können, auch wenn sie mir die Zukunft eines Lehrers in den schlimmsten Farben ausgemalt hätte. Bei Dir wäre es nicht gegangen, weil ich Dich so sehr liebe, wie ich es gar nicht beschreiben kann. Ach, Justus, was bin ich noch so hungrig nach Dir. Wie sehne ich den Frieden herbei! Wenn wir nur dann nicht fortwährend Familienfeste feiern müssen. Vielleicht verheimliche ich Deine Rückkehr erst einmal, sonst kommt gleich die ganze Familie angereist, und ich habe das Nachsehen. Sie lieben Dich alle zu sehr, um dann zurückzustecken. Stell Dir vor, Frau Reimer meinte neulich, die Männer könnten aus dem Krieg nicht wieder so nach Hause kommen, wie sie gegangen seien. Sie wären sicher viel roher und rücksichtsloser oder sogar brutal. Das kann ich mir nun gar nicht denken, wenigstens nicht von den Gebildeten, höchstens von den Gemeinen. Was meinst Du dazu?

Ich hoffe sehr, dass Du heute wenigstens mit einem Glas Wein auf Deinen Geburtstag anstoßen konntest. Wenn ich mich nur bald wieder an Deine Schulter lehnen dürfte. Wie gern möchte ich all meine Gedanken mit Dir teilen und mir Rat von Dir holen. Ich wünsche Dir, dass Du die schwere Zeit gesund überstehst und dass dieses Leid, das Du siehst, Deinem Leben nichts anhaben kann. Gib Du nur immer gut auf Dich Acht, mein Liebling. Sei meiner Liebe gewiss für ewig. Von den Kindern kommt ein extra Brief. Sie haben alle ein Bild für den Papa gemalt. Sogar unser Emil hat sich an einem Gemälde versucht.

Es küsst und umarmt Dich

Deine Klara

20. Oktober 1914

Liebster!

Ich traute meinen Augen nicht, als heute Dein langer Brief kam. Die Post ist also doch nicht unterbrochen. Wie bin ich froh darüber! Ich las Deiner Mutter den Brief vor, in dem Du unsere Reise in den Süden so schön ausgemalt hast. Wie wir mit unseren nackten Füßen durch den heißen Sand laufen, das Meer uns mit seinen Wellen streichelt, dazu der Gesang der Palmen im Abendwind. Sie wurde ganz still, und ich konnte ihr an den Augen ablesen, dass sie zu gern mitkommen würde. Eigentlich soll das ja unsere Reise werden, aber Deine Mutter muss auch etwas haben, worauf sich freuen kann, für ihre Angst, die sie um Dich aussteht. Aber komm Du erst wieder gesund nach Hause, und dann werden wir schon alles einrichten.

Ich hatte gestern und heute viel Arbeit. Berta liegt mit einer Influenza im Bett. Lena meinte, es könnte sich auch um »Faulenza« handeln. Natürlich sagte sie es so laut, dass Berta es mitbekam. Ich nahm Lena dann gleich mit zum Bahnhof, und nach dem Abschied von Deiner Mutter ging ich mit ihr auf die Post, und wir gaben zwei große Pakete ab. Von dort mit dem Waffenrock zum Schneider, danach einkaufen bei Röder, dann eilig nach Hause und ins Kränzchen. Alles in ziemlicher Hetze. Der Mantel ist fertig und passt hoffentlich. Nur darfst Du vor dem Feind den Kragen nicht hochklappen, da er innen rot ist und sehr leuchtet. Er kostet 150 Mark, die Achselstücke extra. Der Schneider hat mich ausgelacht, als ich sagte, 80 bis 90 Mark dürfte er nur kosten. Er meinte, diese Qualität bekommt man nicht so billig. Du musst Dich aber nicht um das Geld sorgen. Wir leben gut, es fehlt uns an nichts.

Heute habe ich wundervolle Konserven gekauft und werde sie morgen abschicken. Robert, unser armer junger Krieger, konnte seine schweren Sachen kaum schleppen, als er heute von zu Hause abzog. Er wollte sich aber so gar nichts anmerken lassen. Es sind bestimmt beinahe 50 Pfund, die sie schleppen müssen. Noch fünf Tage wird er in Gonsenheim bleiben, dann muss er fort. Wohin, weiß er noch nicht.

Nolde war gestern Abend bis beinahe elf Uhr da. Wir sprachen über den Krieg. Seine Ansicht hat mir ein bisschen Angst gemacht. Er glaubt, dass wir uns auf ein paar Jahre einrichten müssten. Gerade die Franzosen würden sicher nicht noch einmal eine Niederlage in Kauf nehmen wollen wie 1871. Ich hoffe sehr, dass Nolde sich irrt und Ihr alle bis Weihnachten wieder zu Hause seid.

Tausend Küsse und Grüße von

Deiner Klara.

22. Oktober 1914

Liebster!

Ihr liegt also nun unter der Erde? Das denke ich mir schrecklich. Es hat nur den Vorteil der größeren Wärme. Hoffentlich braucht Ihr dort nicht mehr zu lange auszuhalten. Ich bin froh, dass es Dir gut geht und Du nicht hungern musst. Paula meinte gestern, wenn der Onkel Robert in den Krieg geht, dann könnte er nachsehen, ob der Papa auch nicht tot sei. Die Kinder sind so rührend. Ich ließ Paula vorgestern, als Doktor Greif wegen Berta hier war, auf das Herz untersuchen. Gottlob hat er nichts gefunden.

Nachher kommen meine Mutter und Frau Reimer zum Kaffee. Mutter weint den ganzen Tag, wegen Robert. Es war für uns alle ein ernster Augenblick, den Jungen so in den Krieg ziehen zu sehen. Wir hoffen, dass er die Strapazen aushält. Frau Reimer erzähle ich lieber nichts von Noldes Vermutung über die Länge des Krieges. Stell Dir vor, sie wacht jeden Morgen mit dem Gedanken auf, ihr Mann könnte tot sein. Wie soll sie das denn so eine lange Zeit aushalten? Eben kommt Frau Reimer durch das Gartentor. Sie sieht wirklich ganz elend aus. So blass und dünn, dazu das dunkle Kleid und der nachtblaue Hut, gerade so als sei schon jemand gestorben. Ich denke, ich muss sie mal ein bisschen aufheitern.

Leb wohl, Justus. Wir sehen uns bald wieder, da bin ich ganz sicher.

In Liebe, Deine Klara

23. Oktober 1914

Mein Liebster!
Ich schicke Dir heute Wurst in Feldpostbriefen. Metzger Röder hat diese kleinen grauen Päckchen, die als Feldpostbrief gehen, nun auch im Angebot. Rum schicke ich Dir auch gleich mit und ein Fleischpaket.

Mein Tag war heute recht anstrengend. Den ganzen Vormittag habe ich gekocht und gearbeitet. Berta liegt heute den fünften Tag zu Bett. Morgen darf sie aufstehen.

Um drei Uhr kam Frl. Kern zum Kaffee. Sie hat sich verändert, seitdem ich sie das letzte Mal gesehen habe. Sie ist schmaler geworden, und in ihren dunklen Augen liegt so etwas Ernstes, aber das sieht man alles gar nicht mehr, wenn sie ihren Hut absetzt. Dieses schwere honigfarbene Haar, so etwas Schönes! Um vier Uhr kam ihr Bräutigam Herr von Meininger, eine elegante Erscheinung mit scharfen hellen Augen und einem zierlichen Schnurrbärtchen, an dem er dreht, wenn ihm etwas unangenehm erscheint. Im Alter scheinen die beiden mir aber sehr weit auseinander. Er geht wohl schon auf die 40 zu, und sie ist gerade mal 18 Jahre. Wir gingen dann gemeinsam in die Stadt. Herr von Meininger ist recht unterhaltsam, und Frl. Kern scheint wirklich rasend verliebt in ihn. Um sechs Uhr kam ich erst wieder nach Hause und musste gleich das Abendessen richten. Der Bräutigam ist nächste Woche ein paar Tage in Frankfurt, da will Frl. Kern bei mir wohnen. Es ist mir kein sehr angenehmer Gedanke, da sie so maßlos verwöhnt ist. Sie gibt nur allzu gern die reiche Bankierstochter. Ich habe überhaupt in letzter Zeit so viel Besuch, dass es mir manchmal schon zu viel wird. Eine wirkliche Freude aber habe ich durch das Kind, das bei mir zu Mittag isst. Der Junge ist acht Jahre alt und hat durch das regelmäßige gute Essen bei mir schon ganz rote Backen bekommen. Es ist mir eine große Freude, dass er so aufblüht. Ich gebe ihm auch immer etwas aus unserem Garten für seine Mutter mit. Sie hat noch ein Baby zu versorgen, und der Mann ist im Feld.

Eben telefonierte Frau Baum, dass Herr Lennert, Euer Versorgungsoffizier, morgen käme und Liebesgaben mitnähme bis Metz.

Ich habe sofort an den Schneider telefoniert und hoffe, dass der Mantel noch nicht fort ist, dann könnte Lennert ihn mitnehmen. Ich will noch einige Kleinigkeiten dazupacken und gleich damit anfangen. Sonst geht es uns allen gut. Ich hoffe, Lennert bringt mir gute Nachrichten von Dir.

Sei innigst umarmt von

Deiner Klara

24. Oktober 1914

Liebster Justus!
Herr Lennert hat heute die Sachen für Dich abgeholt. So bin ich sicher, dass auch alles wirklich in Deine Hände kommt. Er hat gesagt, ich könne so viel mitgeben, wie ich wollte, da er einen ganzen Waggon Liebesgaben zu Euch befördere. Mutter hat 30 Mark gestiftet, davon sind all die guten Esswaren, die Dir und den anderen hoffentlich gut munden werden. Nun kannst Du auch einmal tüchtig abgeben und richtig Butter essen. Letztere hätte ich noch mehr geschickt, ich hatte aber keine gesalzene, und die andere hält sich nicht so lange. Wie ist denn die Tubenbutter? Ich bin so froh, dass alle Pakete nun angekommen sind. Liebster, ich glaube, Lennert schien enttäuscht über mich, wahrscheinlich hat er sich Deine Frau anders vorgestellt. Du hast sicher zu viel gelobt, und er hatte nun eine ganz und gar außergewöhnliche Erscheinung erwartet.

Was er von den Kämpfen der letzten Tage erzählte, das hat mich sehr erschreckt. In den Stellungen gehe es so aufreibend zu, dass manche von Euch schon beinahe vollständig ergraut seien. Dass es so schlimm bei Euch ist, davon merkt man in Deinen Briefen gar nichts.

Lennert beneidet Dich übrigens um Deinen Schlaf! Und auch ich bin sehr froh darüber, so findest Du wenigstens ein bisschen Erholung.

Heute Morgen habe ich noch ein paar Kleinigkeiten für Dich eingekauft und fahre am Nachmittag nach Mainz, um sie Lennert ins Hotel zu bringen. Leider war der Militärmantel gerade abgeschickt, sonst hätte ich ihn auch mitgegeben. Nun hast Du aber wenigstens die warme Jacke, da wird es vorläufig gehen. Der Mantel wird sicher vier Wochen unterwegs sein, wie man mir sagte.

Vielleicht glückt es mir, dass ich mich heute Nachmittag Herrn Lennert von einer besseren Seite zeige als bei unserem ersten Zusammentreffen. Er soll sich doch nicht fragen müssen, was mein Justus wohl an seiner Klara findet. Sehr begierig bin ich auch auf seine Frau und werde Dir berichten, welchen Eindruck sie auf mich macht.

Erschrick nicht, wenn Lennert mich vielleicht blass aussehend fand. Ich bin gerade unwohl und habe einen Anflug von Influenza von Berta übernommen.

Leider hatte ich gestern auch einen Streit mit Nolde. Ich kam strahlend über Lennerts Besuch zu ihm ins Amtszimmer und fragte ihn, ob er einen Brief an Dich mitgeben wolle. Er sagte, er habe keine Zeit, ich möchte ihn entschuldigen. Wir sprachen dann über dies und das. Als ich ging, sagte ich, dass Frau Krüger sicher schon mit dem Essen auf ihn warte. Darauf sagte er, dass seine Wirtin schon wüsste, dass er immer erst um Punkt zwei Uhr nach Hause komme, weil der Direktor von Anfang bis Ende des Unterrichtes in der Schule bleiben muss, da er nicht weniger tun darf, als er von seinen Kollegen verlangt. Für mich war dieses Gerede ein Angriff gegen Dich, und da habe ich Dich natürlich verteidigt. Dass Du schon gerade genug Arbeit hättest und Deine Gesundheit noch ruinieren würdest und dass ich Dich überhaupt kaum zu sehen bekäme, wenn nicht gerade Ferien seien. Dann wollten mir die Tränen kommen, und ich eilte davon. Nachdem ich mich beruhigt hatte, bedauerte ich meine Heftigkeit und ich schrieb ihm eine kurze Entschuldigung, die Lena ihm gleich ins Amtszimmer brachte. Du weißt, wie sehr ich unter Disharmonie leide. Aber ich kann es nun einmal nicht vertragen, wenn er an Dir korrigiert, und das tut er öfters. Er ist doch auch nicht fehlerlos! Wenn Du doch wieder bei mir wärst. Manchmal sind es der Kämpfe einfach zu viel.

Nun muss ich zum Bahnhof, mein Zug nach Mainz geht in einer halben Stunde. Leb wohl, ich wünschte, ich dürfte mit nach Metz reisen, um Dich zu sehen. Ich vermisse Dich so sehr, mein Liebling.

Tausend Küsse und Grüße von

Deiner Klara

25. Oktober 1914, Sonntag

Liebster Justus!
Wie habe ich mich seit Freitag gesorgt, da in der Zeitung stand, dass heftige Angriffe aus Richtung Toul gegen die Höhen südlich Thiaucourt unter schweren Verlusten für die Franzosen zurückgeworfen wurden. Die Franzosen haben also wieder einen Ausfall gewagt, demnach seid Ihr nicht so sicher, wie man glaubte. Gegen zehn Uhr telefonierte Frau Baum, sie habe ein Telegramm erhalten, dass Ihr nach schwerem Gefecht wohlauf seid. Ich war wie erlöst, die Tränen kamen mir, und ich dankte unserem Gott für seine Güte. Was mögt Ihr da wieder alles ausgehalten haben! Ich hoffe, Ihr bekommt nun einmal ein paar Tage Ruhe und dass Lennert bald mit den Paketen bei Dir eintrifft und Ihr einmal richtig gut leben könnt.

Ich war also gestern Nachmittag mit Lena in Mainz, schwer beladen mit vier Paketen, drei für Dich und eines für Robert. Wir haben die Pakete für Dich ins Bahnhofshotel geschleppt, aber Herr Lennert und seine Frau waren nicht da. Lena ist dann weiter nach Gonsenheim gefahren, um das Paket für Robert dort in der Kaserne abzugeben. Ich blieb in Mainz und spazierte bei herrlichstem Sonnenschein durch die Stadt. In unserem kleinen Café am Rhein suchte ich mir ein gemütliches Plätzchen und trank eine heiße Schokolade. Es war eine Erinnerungsstunde schönster Art.

Als ich mit einem Rosenstrauß für die junge Frau wieder ins Hotel kam, traf ich Lennerts an. Wir plauderten ein Viertelstündchen, dann brachte mich das Ehepaar auf die Bahn. Herr Lennert nahm sogar ein Auto und behauptete, seine Frau fahre so gerne Auto! Meine Bedenken von gestern nehme ich zurück. Herr Lennert und ich sind sehr gut miteinander ausgekommen. Ich denke, ich habe nun beim zweiten Mal auch einen besseren Eindruck auf ihn gemacht. Obgleich ich Halsschmerzen hatte und ziemlich erledigt hier wieder ankam. Heute Vormittag bin ich im Bett geblieben, aber jetzt geht es mir wieder sehr gut. Was ist Herr Lennert eigentlich in seinem Privatberuf? Frau Lennert hat mir übrigens sehr gut gefallen. Sie ist bildhübsch und sehr liebenswürdig, etwas berlinerisch in der Art zu sprechen und sehr wichtig in ihrer neuen Eigenschaft als Ehefrau. Er ist rasend verliebt in sie, während sie in jugendlicher Unschuld, aber sich ihrer Schönheit ganz bewusst, die Augen gern umherstreifen lässt. Er wird schon noch recht eifersüchtig werden!

Schreibe mir doch bitte, ob die Pistole im Paket gut angekommen ist? Funktioniert sie auch? Die dicke Weste passt doch? Nun leb wohl für heute, Liebster, lass Dich umarmen mit der reifen Liebe einer Frau, die nur Dir gehört.

Immer Deine Klara

26. Oktober 1914

Liebster Justus!
Ich war heute auf einen Sprung bei Nolde. Er war sehr nett zu mir, trotz unserer Meinungsverschiedenheiten. Es ist schade, dass er keine Frau hat, die ihn manchmal auf andere Gedanken bringt. Aber es müsste schon eine sehr gebildete sein. Eine, die nichts von Kunst und Kultur und der Welt überhaupt versteht, die würde ihn schnell langweilen. Schön müsste sie auch noch sein, weil er ja so wählerisch ist. Ob er so eine noch findet?

Hast Du die beiden Esskisten bekommen? Die eine für Dich zum Geburtstag und die andere, damit Du sie an die Kompanie verteilst? Leider habe ich die Zigarren verwechselt und habe die Schachtel, die für Dich war, in das Paket der Leute gepackt. Tausche es bitte wieder um, denn die Zigarren für Dich waren besser. In Deinem Paket waren Konserven aller Art: Zunge,

Kalbskopf, Gänseleber, Sardinen, Butter, Milch, Kaffee etc. Lass es Dir gut schmecken. Unsere Helene war heute mit mir am Güterbahnhof und hat ein Paket mit Mühe, aber großer Freude getragen, weil es für den Papa ist. Es waren etwa tausend Pakete dort, die alle morgen per Bahn abgehen sollen. Die Post nimmt noch keine Pakete, nur die Bahn, die von Unteroffizieren geleitet wird.

Wie lange müsst Ihr denn noch aushalten, bis Ihr abgelöst werdet? Ich kann es mir gar nicht vorstellen, wie Ihr es macht, wenn Ihr nur für ein paar Tage abgelöst werdet. Nehmt Ihr da alles Gepäck mit? Ich frage mich, ob das letzte Gefecht wohl in der Nacht angefangen hat und Du gerade in Deinem Schlafsack stecktest? Oder hattest Du gerade Wache?

Was Du wohl zu dem Wärmeapparat sagst, den ich Dir sandte, und ob er funktioniert? Ich hörte, der arme Herr Reimer soll ganz dünn geworden sein. Er gäbe immer alles der Kompanie und dächte an sich selbst zuletzt. Sie fürchtet schon, er könne dadurch noch krank werden, wenn er so gar nicht an sich denkt.

Von Dir wurde in der Stadt erzählt, Du seist nach Hause gekommen und hättest Ischias, und im Kränzchen empfing man mich so: »Sie kommen ins Kränzchen, und ihr Mann ist da?« Es ist zu schade, dass es nicht wahr war. Wie gern wäre ich nach Hause gelaufen, um meinen Justus in die Arme zu schließen, und den Ischias hätten wir Doktor Greif überlassen. Sei mir nur vorsichtig, Justus, es heißt, dass die Gefechte andauern und man nicht weiß, wann sie ein Ende finden werden. Ich hoffe, bald wieder von Dir zu hören.

In innigster Umarmung
Deine Klara

28. Oktober 1914

Liebster!
Wie gut, dass wir das Telegramm hatten und wenigstens wissen, dass Ihr Sonntag noch wohl wart. Ich bin jetzt verwöhnt dadurch,

dass Du täglich schriebst, und deshalb anspruchsvoll. Viele Frauen bekommen sicherlich viel weniger Nachrichten.

Dass Lennerts Eltern dieser Modesalon in Berlin gehört, das ist mir sehr interessant. Da hat er wohl auch die hübsche Frau kennengelernt. Und wenn er so ein richtiges Organisationstalent ist, wie Du meinst, und er für jedes Problem eine Lösung findet, dann wird er wohl mal einen famosen Chef abgeben.

Robert hat gestern geschrieben. Sie haben gleich am dritten Tag ihre eiserne Ration abkochen müssen. Es scheint unterwegs nichts zu geben. Er ist 60 Stunden Bahn gefahren, dann zu Fuß gegangen, und ist jetzt irgendwo in der Nähe von Verdun.

Ich muss immerzu an Dich denken. Heute Vormittag war ich bei Pfarrer Meyer stricken. Es sind sehr nette Damen dabei, nur die älteste Tochter Meyer gefällt mir nicht. Sie greift mich direkt an, weil sie möglichst viel gearbeitet haben will, und man gibt sich doch schon alle Mühe. Ich bin dann immer das dumme Hühnchen, das sich alles gefallen lässt. Nächstens werde ich aber auch mal gegen sie auftreten.

Liebster, wie sehr ich Dir ein wenig Ruhe wünsche, dass Du mal schlafen und Dich waschen könntest. Die Schlacht in Flandern muss schlimm sein und die Verluste enorm. Und gerade die Jüngsten haben sie dort hingeschickt, heißt es, Lehrlinge, Studenten, vielleicht sogar Schüler. Wir werden eine ganze Generation verlieren, wenn das noch lange andauert. Wenn nur das Ergebnis ein gutes wäre, dass das viele Blut nicht umsonst geflossen ist.

Liebster Justus, die Frage nun tut mir selbst weh, aber ich möchte doch nach Deinen Wünschen handeln. Möchtest Du, wenn das Unglück uns trifft, nach Kassel oder nach Frankfurt gebracht werden? Und was meinst Du ist besser als Inschrift? »Heldentod fürs Vaterland« oder »Er starb den Heldentod fürs Vaterland«? Bitte, komm uns gesund wieder und bleibe uns noch lange erhalten. Wie lange meinst Du denn dass der Krieg dauert? Ich scheue mich schon so vor dem Besuch von Frl. Kern. Wenn sie nur nicht gar so viele Ansprüche stellt.

In Liebe, Deine Klara

29. Oktober 1914

Liebster!
Heute erscheint mir die Welt gleich wieder in schönerem Lichte, erhielt ich doch einen so lieben Brief von Dir. Ich bin so glücklich, dass Du das Gefecht gut überstanden hast. Aber wie leid tut es mir, dass Dein Leutnant Rasch krank ist und Dein Vizefeldwebel und Feldwebel auch. Aber Du kannst doch nicht alles allein machen! Wer löst Dich denn im Wachdienst ab? Es ist nur ein Glück, dass Lennert mit den Wollsachen zu Euch kam und die armen Leute nicht mehr frieren müssen. Ich sende heute noch Kohlen für den Wärmeapparat.

Von Robert haben wir nichts mehr gehört. Der arme Kerl, wo er wohl sein mag?

Liebster, ich gratuliere Dir von ganzem Herzen zur Beförderung zum Hauptmann! Wie freue ich mich, dass Du es nun erreicht hast. Wie stolz werde ich sein, wenn Du einst in der grünen Hauptmannsuniform heimkehrst. Ich hoffe, dass bis Weihnachten Frankreich erledigt ist, und dann gibt es vielleicht einen Waffenstillstand, wenigstens für kurze Zeit. Aber England! Jedenfalls glaube ich fest an einen Sieg und möchte sehr gerne, dass die Engländer was Richtiges abbekommen.

Nolde war vorhin hier und war so lieb und nett, wie ich es nur wünschen kann. Er meinte, ein richtiger Freund müsse doch seinen Freund korrigieren, um ihn noch vollkommener zu machen, als er schon sei. Wir trennten uns jedenfalls mit einem freundschaftlichen Händedruck.

Eben war ich auf seine Einladung hin im Sammelzimmer im 1. Stock des Gymnasiums und habe die Liebesgaben bewundert. Nolde meinte, ich möchte mich öfters in der Schule zeigen, damit die Jungens nicht so zugeknöpft sind, wenn sie mich sehen. Nun, wenn Du erst wieder den Direktorenstuhl übernimmst, werden sie mich schon oft sehen. Ich werde meinem Justus dann die eine oder andere Minute von seiner Dienstzeit stehlen. Und nun Schluss für heute.

In Liebe, Deine Klara

31. Oktober 1914

Justus, mein Liebster!
Überall erzähle ich strahlend, dass Du Hauptmann geworden bist. Es ist viel schöner, es auf diese Weise erlangt zu haben als bei einer Übung. Bewiesen hast Du nun zur Genüge, dass Du eine Kompanie führen kannst, und sicherlich erziehst Du die Leute glänzend. Sie werden sehr an Dir hängen. Eben war ich bei Nolde, habe ihm 10 Mark für die Sendungen von Liebesgaben an alte Schüler gebracht und habe Zigarren, Zigarillos, Tabak und Zigaretten bei ihm eingekauft. Er hat alles en gros bezogen und bot mir an, davon zu kaufen. Ich werde demnächst Deiner Kompanie eine Sendung schicken. Nolde hat alles selbst ausprobiert. Es ist also kein Schund, aber Fabrikpreise. Die Zigarette 1 Pfennig, fünfzig Zigarren 3,50 Mark. So kann man doch einiges verteilen. Der Chauffeur der Eltern ist nun leider auch eingezogen, und das Autofahren hat aufgehört. Sogar der alte Herr Frischmann, der immer die Milch austrägt, muss sich nächstens stellen. Sie nehmen jetzt alles. Wenigstens ist Albert glücklich zurück, er hat Interessantes erzählt. In Belgien ist wohl unglaublich viel zerstört. Er meint, er hat bestimmt 10 000 zerstörte Häuser gesehen. Die Brücken sollen übrigens sofort wieder aufgebaut werden. Albert soll die Vorbereitungen übernehmen.

Uns geht es allen gut. Die Turnstunde heute habe ich wieder genossen. Paula passt famos auf. Sie wird mal eine glänzende Schülerin werden. Wenn Helene ihr doch in dieser Beziehung nur ein bisschen ähnlicher wäre. Sie will so gar nicht hinhören, wenn man ihr was sagt, und dann weiß sie nicht, wie es geht. Von Robert haben wir endlich gute Nachrichten. Er muss vorläufig landwirtschaftliche Arbeiten verrichten.

Von Reimers gibt es traurige Nachrichten. Sein Bruder ist vor ein paar Tagen gefallen. Die Frau hat doch erst vor 14 Tagen ein Baby bekommen, das wird nun seinen Vater nie kennenlernen. Ist das nicht schrecklich traurig? Ich habe natürlich gleich geschrieben, aber nur kurz. Was soll man da auch schreiben? Wir warten alle mit Spannung auf den Ausgang der Schlacht in Belgien. Es muss ein sehr schwerer Kampf sein! Reimer schrieb, bei ihnen sei

Typhus ausgebrochen. Das wird nun noch zusätzlich Leben kosten. Warum ist Verdun denn noch immer nicht gefallen? Die großen Geschütze arbeiten doch schon so lange. Wenn nur der Enderfolg gut ist und all diese Opfer nicht vergeblich waren! Nun will ich noch ein Kränzlein für Emils Geburtstag binden und habe noch allerlei zu erledigen, was mir die letzten Tage liegen blieb. Ich wünschte, ich würde jede Nacht von Dir träumen und Dir dabei ganz nah sein, so als seist Du wirklich hier bei mir. Ich warte noch immer auf Frl. Kern, die heute eigentlich kommen wollte.

Es küsst Dich viel tausendmal

Deine Klara

1. November 1914, Sonntag

Mein Liebster!

Wie habe ich mich über Deinen Brief gefreut. Ich bin so froh, dass es Dir gut geht. Wie schön Du wieder über unsere Liebe geschrieben hast. Ich bin auch fest davon überzeugt, dass wir beide füreinander bestimmt sind. Wären wir in unseren gemeinsamen stillen Stunden sonst so glücklich miteinander?

Ich war vorhin bei Nolde drüben und habe ihm ein Stück von unserem Geburtstagskuchen gebracht. Er war heute besonders elegant gekleidet. Der Nachmittag mit Jahns und den Eltern war sehr nett. Von den Eltern hat Emil einen bunten Ball bekommen und von Jahns Buntstifte und Bücher. Den Teddy von uns hat er den ganzen Tag stolz herumgetragen. Jetzt hat er ihn mit ins Bett genommen. Das arme Kind plagt sich gerade wieder sehr mit dem Ausschlag. Der Hautspezialist hat ihm etwas zum Bepinseln verschrieben und Nauheimer Salzbäder. Beim Schuster hat sich herausgestellt, dass Paula mit einem Teil des Fußes ganz hohl geht. Ich glaube, sie geht genau wie Du. Du trittst doch auch immer die Absätze schief. Sind denn eigentlich Deine Stiefel noch ganz? Schreibe es nur beizeiten, wenn ich welche schicken soll.

Ich hoffe, Du hast von Deinen Vorräten ein kleines Gastmahl geben können. Liebster, was machst Du Dir für Gedanken! Du meinst, ich würde schwer daran tragen, wenn Du gealtert oder verkrüppelt wieder nach Hause kämst. Das wäre ja scheußlich von mir, wenn ich das nicht tragen könnte. Was wäre denn dann die Liebe wert? Ich hoffe nur, dass ich Dir, wenn es einmal so sein sollte, helfen kann, Deine Schmerzen zu ertragen. Ich hörte von einem, dem beide Augen ausgeschossen sind, einem anderen haben sie beide Beine weggeschossen. Das ist schwer, sehr schwer und muss doch ertragen werden. Aber wir wollen uns das gar nicht ausmalen. Ich möchte darauf vertrauen, dass Du gesund wiederkommst. Wir brauchen Dich doch! Du ahnst sicher nicht, wie sehr ich mich davor fürchte, die Kinder ohne Dich erziehen zu müssen. Es würde ihnen dann so viel fehlen, was nur ihr Vater ihnen geben kann.

In Liebe, Deine Klara

2. November 1914

Mein lieber Justus!
Ich sitze hier und warte immer noch auf Nachricht von Frl. Kern. Sie hatte sich doch für diese Woche angekündigt. Es ist zu dumm, wenn man es nicht bestimmt weiß. Der Sonntagvormittag war mir gründlich verdorben. Am Samstagabend haben sich Berta und Lena mal wieder in den Haaren gelegen und sich gegenseitig schlecht gemacht. Ganz schlimm wurde es, als Lena sie als fette Kanone bezeichnete und Berta ganz rot vor Zorn wurde, weil sie doch so stolz darauf ist, dass sie so heißt wie die Krupp-Tochter, nach der der große Mörser benannt ist. Sie drohte Lena, dass sie ihr schon gleich zeigen würde, wozu ein 42-er Mörser fähig sei, und dabei schwenkte sie die Pfanne. Ich bin dann dazwischen, aber das Gezanke ging noch den ganzen Tag, man konnte es gar nicht mehr mit anhören. Am Abend war ich mit Jahns im Theater, die Eltern waren auch mit, und nachher waren wir zum Essen. Papa spielte mal wieder darauf an, dass Du mehr Geld im Feld bräuchtest als andere, weil Du zu viel abgäbest. Ich habe mich darüber so geärgert, dass ich behauptete, dass das gar nicht sein

könne, weil ich, seitdem Du weg bist, viel mehr Geld bräuchte als vorher. Das war ihm dann sehr unangenehm. Das Blut stieg ihm zu Kopf und er schwieg. Wir hatten uns beide geärgert, was eigentlich unnötig war. Die ganze Zeit war er so nett. Warum musste das sein? Ich bekam so ein bitteres Gefühl. Wie schön könnten es die Eltern haben, wenn sie einmal etwas genießen könnten, ohne gleich nachzurechnen. Was hilft all das Geld, wenn es sie nicht glücklich macht?

Mach Dir jetzt aber keine Gedanken über meine Ausgaben. Ich habe ja nur so viel gebraucht, weil ich alle Rechnungen bezahlt und nun auch gar keine Schulden mehr habe. Und die Reise nach dem Süden machen wir, egal, was sie kostet. Du sollst etwas haben, worauf Du Dich freuen kannst, nach all dem Schrecklichen.

Ich erzählte den Kindern neulich von verwundeten Soldaten und davon, dass wir unser Haus bekränzen wollten, wenn Du wiederkämst. Und als ich erzählte, dass manche auch gar nicht wiederkämen, sondern in der Erde begraben würden, da meinten sie, dann werden sie aber ganz dünn wie der Suppenkasper, weil sie da nichts zum Essen hätten. Es kam alles so drollig heraus. Ich bereitete sie auch vor, dass es sein könne, dass dem Papa ein Arm oder ein Bein abgeschossen würde. Da waren sie entsetzt, und Helene meinte, dann will ich aber den Papa nicht mehr ansehen, überlegte dann weiter und fand einen Ausweg, nämlich in einen Laden zu gehen und ein neues Bein oder Arm zu kaufen.

Liebster, bleib mir nur gesund und genieße die Ruhe, die Ihr gerade habt.

Es umarmt und küsst Dich

Deine Klara

4. November 1914

Liebster!

Das ist keine gute Nachricht, dass Ihr Thiaucourt schon wieder verlassen musstet, da ist es wieder vorbei mit der Ruhe, und Ihr hättet sie so dringend nötig!

Für Donnerstag bin ich mit Nolde bei Meisners eingeladen. Nolde war selbst hier, um es mir zu sagen. Ich finde es wirklich sehr nett, dass Deine Kollegen mich auch allein einladen. Das zeigt, wie sehr sie Dir alle zugetan sind, wenn sie auch Deine Frau mit einschließen. Meisner hat auch einen sehr guten griechischen Reim gemacht, der bei den Liebesgaben eingelegt wird. Nolde besteht übrigens darauf, dass er mich morgen Abend abholt, wenn wir zu Meisners gehen, und mich auch wieder nach Hause bringt. Er ist wirklich rührend und glaubt, mich beschützen zu müssen. Ich wollte es nicht annehmen, aber er blieb dabei.

Heute Nachmittag war ich bei Pfarrer Meyer zum Stricken und Nähen. Ich hörte, dass Werner verwundet sein soll, aber vielleicht stimmt es auch nicht. Ich traf ihn vor etwa vier Wochen noch so frisch und munter in einem Geschäft, da erzählte er mir von all den neuen Ideen, die er für seinen Physikunterricht habe. Er denkt viel an die Zeit nach dem Krieg, sagte er, damit er ein Ziel vor Augen hat. Ich hoffe, es geht ihm gut. Es wird ja viel geredet, was nicht wahr ist. Aber dass Metzger Röders Sohn, 19 Jahre, ein Bein ab hat, das ist leider wahr. Der Ärmste hatte Offizier werden wollen, hat die Schule nun bis Prima durchgemacht und ist trotzdem ganz vergnügt und sagt, er habe eben dem Vaterland etwas opfern müssen. Das finde ich rührend.

Ist Rasch wieder gesund? Und wie geht es der Kompanie? Was hast Du eben noch nötig? Was Du wohl machst? Der Krieg schreitet ja recht langsam vorwärts, und man muss wieder Geduld haben. Es ist gut, dass die Türken uns ein paar Russen abnehmen. Aber Italien ist recht wankend. Was werden wir noch alles erleben? Die Flieger sollen in Düsseldorf viel Schaden angerichtet haben. In der Zeitung steht nicht viel darüber, aber die, die dort waren, sagen, dass es ganz entsetzlich war und die Leute um ihr Leben gerannt sind. Hoffentlich bleiben wir hier in Frankfurt von einem Luftangriff verschont.

Heute habe ich 500 Mark von Dir bekommen. Warum denn so viel? Es wäre mir schrecklich, wenn Du plötzlich zu wenig für Dich hättest. Es soll Dir nicht am Nötigsten fehlen! Schreibe mir, was Du brauchst, ich will es Dir gleich schicken.

Letzte Nacht habe ich wieder so wundervoll von Dir geträumt. Träumst Du eigentlich auch manchmal von mir? Du hast noch nie etwas darüber geschrieben.

In Liebe, Deine Klara

6. November 1914

Liebster!
In der Zeitung steht, dass bei Verdun und Toul öfter Angriffe abgewiesen werden. Da brennt man auf nähere Nachricht und muss sich doch gedulden. Mit den 140 Mark, die Du mir heute noch extra sandtest, habe ich mir eine große Freude gemacht, indem ich das ganze Haus beschenkte. Die Kinder bekamen je 2 Mark von ihrem Papa, was sie sehr entzückte. Fräulein und die Mädchen jedes ein Theaterbillet, was ebenfalls großen Jubel hervorrief. Außerdem stiftete ich einen Kuchen mit Schokoladenguss und einen Ball. Aber eigentlich bin ich gar nicht einverstanden, dass Du nochmals Geld sandtest. Die 500 Mark waren doch schon zu viel. Dass Du Deiner Mutter 200 sandtest, freut mich sehr. So hat sie nun wenigstens keinen Mangel durch den Wegfall der Pensionärinnen. Wenn Du mir bitte mal genau aufzählen wolltest, welche Feldpostsendungen angekommen sind. Wie kam denn der Schweizer Käse an? Und wie schmeckte Euch der große runde Holländerkäse? Sind die Pakete vom 8. Oktober jetzt da? Was brauchst Du noch am Nötigsten? Und welche Extrawünsche hast Du für Deine Verpflegung? Sind die Zigaretten an die Kompanie angekommen?

Eben waren wir bei Doktor Greif, Emils Ausschlag ist viel besser. Er soll wenig Brot und Butter essen, dagegen mehr Obst, um dünner zu werden. Wie steht es mit Deinen Leibbinden? Soll ich mal neue schicken? Der Brust- und Rückenwärmer, den ich Dir arbeitete, ist Dir also zu dick. Natürlich ist es mir recht, wenn du ihn verschenkst.

Nun zu meinem gestrigen Abend. Nolde holte mich also ab, und wir fuhren per Tram zu Meisners. Bei Meisners war es sehr gemütlich. Herr Meisner war äußerst zuvorkommend und verwöhnte mich grenzenlos mit Kissen, Fußbank und Handkuss. Du weißt ja, dass er merkwürdigerweise ein kleines Faible für mich hat. Und das macht uns Frauen ja immer Spaß. Hoffentlich erreicht Dich die gestern Abend von uns gemeinschaftlich geschriebene Karte. Gegen elf Uhr brachen Nolde und ich dann wieder auf, erst unter einem Schirm zu zweit, weil es regnete, dann per Tram.

Nach allerlei Hausarbeit holte ich die Kinder heute von der Turnstunde ab, in der Herr Büchner unter anderem zu Helene sagte: »Springen kannst Du sehr gut, aber aufpassen nicht.« Das war ihr etwas unangenehm. Uns allen geht es ausgezeichnet, nur Du fehlst uns. Nolde hat übrigens gemeint, Du habest immer viel zu viel Besuch und Verwandtschaft im Haus, das müsstest Du alles abschütteln, um mehr Zeit für Deine eigene Erholung zu bekommen. Worauf ich ihm sagte, dass ein Schuldirektor vielleicht nicht einmal eine Frau und Kinder haben sollte, damit er immer in seinem Amtszimmer sitzen könnte, dem stimmte er aber nicht zu. Er meinte das Gegenteil, der Direktor müsse jemanden zur Aussprache haben und das sei am besten die Frau. Ob er vielleicht doch gern verheiratet wäre?

In Liebe, Deine Klara.

8. November 1914, Sonntag

Liebster!
Heute Vormittag war ich in der Kirche, danach bei den Eltern zum Essen und am Nachmittag mit den Kindern im Palmengarten. Eben habe ich alle ins Bett gesteckt. Nun kommt die Ruhe des Abends, und ich lese Deinen letzten Brief. Die Beschreibung des kleinen Gefechtes hat mich sehr interessiert. Ich wundere mich nur, dass der Major sich die Kritik von Dir sagen ließ, im Allgemeinen hören doch militärische Vorgesetze nicht auf Untergebene. Das denke ich mir überhaupt als das Schwierigste, dass Ihr manchmal etwas Eurer Meinung nach Verkehrtes tun müsst, weil Ihr gehorchen müsst. Wer nicht gehorcht, der wird ja wohl erschossen.

Ich glaube, wenn Du nicht wiederkämest, ich würde immer wieder Deine Briefe lesen. Sie würden mir Kraft geben, auch das Schwere zu meistern. Wenn ich Dein Bild anschaue, dann brennt die Sehnsucht in mir, Dich endlich wieder umarmen zu können. Komm Du mir nur zurück, Justus, mein Liebster!

Ich hatte mal wieder Ärger mit Mutter und Greta. Sie haben sich furchtbar aufgeregt, dass ich den Kindern neue Lackschuhe gekauft habe. Mutter hat mir vorgehalten, dass ich das Geld besser einteilen müsste, jetzt, wo doch die Zeiten so unsicher seien. Am liebsten schriebe sie mir vor, was ich kaufen soll und was nicht. Es ist schrecklich, wenn das Geld so die Hauptrolle spielt und man so gar keinen Spaß am Leben hat. Ich gebe auch gern mal fünf oder zehn Mark, wo ich es für richtig halte. Das macht mir Freude, und ich überlege nicht lange, ob ich dann ein paar Mark weniger für mich habe. Der Junge jedenfalls, der zu uns zum Essen kommt, soll nicht hungern müssen, solange wir abgeben können. Mutter und Greta haben sich noch nicht dazu entschließen können, jemand mit durchzufüttern. Allerdings hat Greta 2000 Mark für die Kriegsfürsorge gegeben, und Mutter sorgt für die Königsteiner Armen. Sie helfen schon, aber am liebsten aus der Ferne.

Aber ich will mich nicht ganz über ihre Meinung erheben. Mit Geld ist schon vieles leichter zu ertragen, gerade jetzt. Es sollte nur nicht immer und überall an erster Stelle stehen.

Nun leb wohl und schreibe mir bald.

Deine Klara

9. November 1914

Liebster!

Welche Freude war mir Deine heutige Depesche. Freilich, zuerst bekam ich einen Schreck und hatte Angst sie aufzumachen, da ich als Absender Metz las. Aber dann war die Freude desto größer. Es ist mir ein Rätsel, wie Du die Erlaubnis bekamst, zu depeschieren. Ich denke mir zweierlei, entweder warst Du im Gefecht, und es ist ausnahmsweise erlaubt, oder Du hast Krach gemacht, dass am 18. Oktober Deine Depesche nicht ankam, und hast es dadurch erreicht. Jedenfalls ist meine Freude groß, und ich bin so dankbar, dass es Dir gut geht. Es freut mich, dass die Pakete vom 8. Oktober endlich angekommen sind. Es ist eigentlich unerhört, dass sie vier Wochen brauchten. Aber nun, da ich weiß, dass alles ankommt, habe ich heute gleich wieder welche geschickt. Darin sind enthalten: Büchsenkonserven, Spiritus für Dich, Cognac, gute Wurst, Gänseleberpastete, Senf und Schokolade. Zigarren und Tabak sind für die Mannschaften. Es sind die Zigarren, die ich bei Nolde kaufte. Papa fand sie so gut, dass er sich 1000 bestellte. Du kannst also auch davon rauchen, aber nicht diese. Ich denke es mir so schön, den Leuten die ganze Kiste zu geben. Für Dich habe ich ein extra Päckchen mit Zigarren geschickt. Deine Mutter schreibt immer, ob Du nicht Urlaub nehmen könntest. Sie ahnt nicht, wie ausgeschlossen das ist. Da könnten viele kommen und um Urlaub bitten.

Ich denke Deiner unablässig und bin so stolz, dass Du das Vaterland verteidigst. Es hat schon seinen Sinn, dass man Dich an die Front berufen hat. Ich höre nur Gutes über Dich, wie umsichtig Du Deine Leute führst und wie viel Verständnis Du für ihre Nöte aufbringst.

Frl. Kern schreibt mir heute, dass sie Sonntag für einen kurzen Besuch kommt und dann vom 20. bis 28. gerne bei mir wohnen wolle, da ihr Bräutigam voraussichtlich ein paar Tage in Frankfurt sein wird. Nun steht mir also dieser Besuch doch noch bevor.

Denke nur, wie schrecklich traurig, Moritz aus Lübeck ist gefallen, in Russland. Sie haben fünf kleine Kinder, die arme Frau! Hier ist der Pfarrer Wegner gefallen. Er war erst 37 Jahre alt. Der Sohn von Friseur Beringer wurde letzten Sonntag hier beerdigt, sie haben ihn nur mit Schwierigkeiten bekommen. Er muss ganz fürchterlich zugerichtet gewesen sein. Man hat jetzt manchmal das Gefühl, es können überhaupt nur ganz wenige wiederkommen. Es fallen ja zu viele. In fast jeder Familie gibt es schon Opfer zu beklagen. Möge Gott uns nur weiterhin gut behüten. Deine Mutter ist schon sehr herunter vor Sorge. Ich glaube, wenn Dir etwas zustieße, sie würde krank vor Entsetzen und ich sicher auch.

Justus, mein Liebster, heute Nacht träumte ich wieder so schön, und das hält mich dann wieder hoch. Du standest plötzlich in der Tür, strahltest mich an und sagtest: »Nun ist der Krieg zu Ende.« Und dabei sahst Du so gesund und munter aus.

In innigster Liebe
Deine Klara

12. November 1914

Liebster!
Ich habe so oft so ein tiefes Glücksempfinden, dass Du so gut behütet wirst. Der neueste Beweis ist der Schuss durch das Fenster Deines Zimmers. Wie furchtbar wäre es auch für den Soldaten gewesen, wenn er Dich getroffen hätte. Andererseits war er doch auch recht unachtsam, dass sich der Schuss einfach so lösen konnte! – Stell Dir vor, heute Morgen telefonierte Frau Lennert, ob sie mich am Nachmittag besuchen könne. Ich sagte zu und lud sie mit Frau Baum zum Tee ein. Letztere kam nur für ein halbes Stündchen. Ich wusste gar nicht, dass Frau Baum auch in Metz war. Die beiden Damen haben sich wohl dort angefreundet. Sie waren heute sehr nett, nur leider ist mir alles zu üppig, zu reich! Frau Baum ist in ein neues Haus gezogen, das muss wunderbar sein. Aber mir wäre es lieber, sie hätte weniger Geld. Ich könnte dann leichter mit ihr verkehren. Frau Lennert hat heute erzählt, dass sie im Modesalon ihres Schwiegervaters Kleider vorgeführt hat. Dachte ich es mir doch, dass sich dort der junge Lennert für dieses hübsche Persönchen entflammt hat. Frau Lennert und Frau Baum waren ganz erstaunt, dass unsere Kinder noch so klein sind. Ich muss entschieden älter aussehen, dass sie mir viel größere Kinder zutrauten. Aber davon kannst Du Dich selbst überzeugen, wenn mein nächstes Foto kommt. Ich will mich beim Künstler Roth aufnehmen lassen. Er ist zwar reichlich teuer, aber ich möchte meinem Mann auch so hübsch und natürlich erscheinen wie möglich. Du brauchst deshalb das Bild nicht zu schonen, kannst es ruhig in die Tasche stecken. Ich hebe eines für Dich zu

Hause auf. Wäre es denn nicht möglich, dass Du Dich im Feld mal aufnehmen ließest? Wenn es auch nur ein winziges Bild gibt, so wäre es doch für mich das schönste Weihnachtsgeschenk und das einzige, was ich mir erbitte. Interessant ist mir, dass Du kein Feind von England bist. In den Zeitungen wird ja furchtbar auf England gehetzt, aber ich verstehe zu wenig davon. Jedenfalls ist mir der Krieg an sich unsympathisch. Welch ein Jammer, das unsere »Emden« dahin ist! 23 Handelsschiffe soll sie zerstört haben, heißt es, bevor die Australier sie aufgebracht haben. Scheinbar ist schon die ganze Welt an diesem Krieg beteiligt.

Für heute Abend habe ich Fräulein ein Billet für die »Zauberflöte« geschenkt. Sie hört doch Musik zu gerne. Morgen gehe ich dann mit Mutter ins Freitagskonzert. Du siehst, ich habe genug Abwechslung.

Kannst Du nicht um Weihnachten herum einmal Zahnschmerzen vorschieben und einige Tage nach Hause kommen? Oder wenigstens nach Metz, wo wir uns treffen könnten? Ach Justus, natürlich weiß ich, dass Du das nicht tun würdest, aber meine Sehnsucht nach Dir kommt eben auf solch merkwürdige Ideen.

In Liebe, Deine Klara

14. November 1914

Liebster!
Welche Freude, dass Du nun den hessischen Orden auch noch hast. Ich gratuliere Dir von Herzen dazu. Du hast ihn auch redlich verdient als tapferer Führer Deiner eisernen Kompanie. Mögest Du ihn noch lange gesund in der Heimat tragen dürfen. Wie nett, dass Du ein kleines Frühstück zur Feier geben konntest. Ich versuche es mir vorzustellen: Ihr alle zusammen in Eurem Zimmer, ohne Tischtuch, ein paar Teller ohne Bestecke, ohne Servietten, eine Pulle Rotwein oder Cognac, eine Schüssel vom braven Rasch gestrichene Brote mit Wurst und als Endgenuss eine Zigarre. War es so ähnlich? Sicher hat es Euch glänzend geschmeckt. Ist Lennert jetzt bei Euch? Er hat ja auch das Eiserne Kreuz, seine Frau hat es

mit nach Hause genommen. Das ist mir eigentlich unverständlich, es ist doch schön für Euch, die Orden zu tragen. Er wird doch nicht denken, dass er ihn verliert?

Fräulein kam gestern Abend ganz entzückt aus der »Zauberflöte« zurück, das war so was für sie. Sie ist doch eine richtige Romantikerin. Lena habe ich gestern mit Kündigung drohen müssen, da sie fortwährend mit einem Soldaten am Tor steht und poussiert, obwohl ihr Peter halbtot im Lazarett liegt.

Du fragst, ob ich mal nach Metz kommen will? Und wie ich will! Es wäre gar nicht auszudenken, wie wunderbar das wäre! Aber wenn es so weit ist, so vergiss nicht, dass Du mir telegrafisch einen Ausweis des Metzer Polizeipräsidenten schickst, ohne den komme ich nicht durch. Es steht in den Zeitungen, dass das Reisen nach Metz sehr erschwert sei. Am schönsten wäre es, wenn ich Mitte Dezember kommen könnte. Zwei Tage mit Dir, das wäre zu wundervoll! Heute Vormittag war ich bei Frau Professor Roth, die acht verschiedene Aufnahmen von mir gemacht hat. Er ist bei den Sanitätern, aber sie kann es auch recht gut, weil sie schon immer mit fotografiert hat. Am Dienstag soll ich die Proben ansehen und dann auswählen. Das Bild fürs Feld wird auf starken Karton gezogen, es wird also etwas aushalten. Das Heim der beiden war mir sehr interessant. Jedes einzelne Möbelstück oder Bild ist ein Kunstwerk. Man hat wirklich den Eindruck, in der Wohnung eines Künstlers zu sein. Dabei war sie selbst sehr geschmacklos angezogen und die alte Mutter von ihm so einfach, dass ich erst glaubte, es sei eine Aufwartefrau. Das ist oft so merkwürdig bei Künstlern, dass sie selbst sich hässlich anziehen und von Möbeln kein schlechtes Stück um sich mögen. Es scheint, als seien sie von der Kunst so gefangen, dass sie für ihre eigene Schönheit kein Empfinden mehr haben.

Denke nur, Felix Emser aus Lübeck ist gefallen, Ludwig hat es geschrieben. Nun hat er zwei Brüder in 14 Tagen verloren. Wie viele der besten deutschen Männer müssen denn noch fallen, bis es Frieden gibt? Du meinst, Ihr seid Weihnachten auf derselben Stelle? Wird denn Verdun gar nicht mehr eingenommen? Die Schlacht in Flandern geht auch so langsam vorwärts. Wenn die doch erst ein Ende hätte! Die Belgier haben ja kaum noch Leute, und die Franzosen müssten, meine ich, auch bald erledigt sein. Die schlechte Organisation müsste sich doch mal bemerkbar machen. Wie viele sterben doch schon vor Hunger, nicht einmal mehr Wasser sollen sie genügend haben. Die Russen fürchte ich am meisten, die kommen sicher noch mal nach Ostpreußen, und dann werden sie dort ganz fürchterlich hausen.

Gestern war ich im Freitagskonzert, Strauss als Dirigent, das war ein wirklicher Genuss. Heute traf ich Frau Baum mit ihrer Mutter in der Trambahn. Sie war sehr nett und hat die Kinder eingeladen, mal zum Spielen zu kommen. Ich werde wohl nächste Woche hingehen, auch wenn ich mich ein bisschen vor der Üppigkeit dort fürchte. Ich kann ja nicht auf die gleiche Weise bei uns auftrumpfen.

An Tante Rohlich sandte ich zum Geburtstag ein Kaffeegedeck mit Servietten (22 Mark). Hoffentlich habe ich ihren Geschmack getroffen.

Nun leb wohl für heute. Die Kinder lassen Dich herzlichst grüßen.

Deine Klara

15. November 1914, Sonntag

Liebster Justus!
Heute Morgen war ich in der Kirche. Pfarrer Meyer hat sehr gut gesprochen. Er fand auch tröstende Worte für die, die jetzt so große Verluste zu beklagen haben. Man klammert sich an solche Worte, wenn der Schmerz zu groß wird, sonst ist doch nichts da, woran man sich festhalten kann. Manchem legt unser Herrgott schon recht schwere Prüfungen auf.

Heute Nachmittag war nun Frl. Kern ein Stündchen da, mit einem kleinen französischen Jungen. Er heißt Lucien und ist vier Jahre alt. So ein armes, verstörtes Kind! Er spricht kein Wort Deutsch und hat uns immer nur mit seinen großen dunklen Augen angesehen. Frl. Kerns Bräutigam Herr von Meininger hat ihr den Jungen geschickt. Sie hat ihn heute in Frankfurt vom Bahnhof abgeholt. Der Bräutigam möchte, dass sie sich um das Kind kümmert. Es ist doch gar zu schrecklich, was die Menschen in diesen Zeiten mitmachen müssen, auf allen Seiten. Herr von Meininger ist vor ein paar Tagen mit der Landwehr durch ein französisches Dorf marschiert, da wurde aus einigen Häusern hinterrücks auf seine Männer geschossen. Wie viele Familien nun wieder den Verlust eines geliebten Menschen zu beklagen haben! Frl. Kern hat gesagt, dass es Kriegsbrauch sei, solche Häuser dem Erdboden gleichzumachen und die Bewohner auf der Stelle zu erschießen. Was auch geschehen ist. Herr von Meininger, der selbst dabei war, hat den kleinen Lucien, seine Eltern wurden auch erschossen, in seine Obhut gebracht. Nun will er ihn adoptieren, sobald er und Frl. Kern verheiratet sind. Aber Frl. Kern scheint mir darüber nicht glücklich. Sie ist doch mit ihren 18 Jahren fast selbst noch ein Kind und kann so gar nichts mit dem Jungen anfangen. Sie will ihn nun erst einmal zu ihren Eltern geben. Ich stellte mir vor, wenn unsere Kinder mit ansehen müssten, wie wir erschossen werden und dann von denselben Menschen mitgenommen würden, da wollte es mich fast zerreißen vor Schmerz. Ja, ich weiß, der Krieg hat andere Gesetze als der Frieden, aber manchmal sind sie zu grausam und nicht zu verstehen. Wenn doch nur bald alles vorüber wäre. Geduld zu haben, fällt immer schwerer.

Diese Woche werde ich wohl doch an den Zahnarzt glauben müssen. Ich habe so oft Schmerzen. Im Übrigen geht es mir so gut wie nie. Ich arbeite sehr viel, gehe meist erst gegen zwölf Uhr ins Bett und sehe dabei vorzüglich aus.

Nun muss ich los, heute Abend ist doch bei Pfarrer Meyer der Abend für die Verwundeten, und ich habe zugesagt, zu helfen. Bleib gesund und komm bald zurück zu mir, mein Liebling.

Deine Klara

16. November 1914

Mein Liebster!
Heute läuteten seit langer Zeit wieder einmal die Glocken. 28 000 Gefangene in Russland und etwa 70 Maschinengewehre, das ist famos! Wenn das Wetter besser wäre, dann ginge es sicher nun schnell vorwärts. Einen besonderen Gruß soll ich Dir von Pfarrer Meyer und Familie sagen. Gestern war doch der Abend für die Verwundeten. Es waren über hundert Verwundete da, im Ganzen etwa 700 Menschen. Das Programm war sehr reichhaltig, Ansprache von Meyer, musikalische und dichterische Vorträge. Es war sehr schön. Wenn doch der Krieg nur in ein paar Wochen zu Ende wäre, dann müssten die Männer nicht mehr zurück ins Feld.

Die Kinder haben ein bisschen Husten. Ich habe Paula und Helene einen Umschlag gemacht und will sie morgen aus der Turnstunde lassen. Unser Emil ist ganz munter und ein frecher kleiner Lümmel, der seine Schwestern zu gern neckt. Dabei ist er zu niedlich, Paula und Helene können ihm gar nicht böse sein. Wenn sie ihn einfangen, dann küssen und herzen sie ihn, dass es ihm manchmal zu viel wird und er nach der Mama ruft, die ihn dann retten soll.

Es heißt, dass man diese Woche Ein-Pfund-Pakete schicken darf. Ich werde Dir morgen einen Schub senden. Dass ich im Monat nur um 30 Mark für Dich ausgebe, das kann ich nicht versprechen, das ist doch zu wenig. Und dass schon wieder Sendungen verloren gegangen sind, das ist wirklich schade. Du hättest alles so gut gebrauchen können! Es war auch recht teure Schokolade von Sarotti dabei. Ich hoffe jetzt ganz fest auf unser Wiedersehen in Metz. Denkst Du, ich darf einen großen Koffer mitnehmen, damit ich Zivilsachen für Dich einpacken kann?

Heute früh habe ich mir den mich ewig quälenden Zahn ziehen lassen wollen, aber Peter Frei ist fort, und sein Fräulein, die nach Noldes Aussage vorzüglich ziehen soll, hat ihn nicht herausgebracht. Sie hat mich nur gequält. Ich glaube, er ist schwer zu ziehen, weil die Krone abgebrochen und die Wurzel sehr dick ist. Sie sagte, man müsse es mit Lachgas machen und das hätte sie nicht. Nun lass ich es vorläufig. Die Schmerzen werden wohl nachlassen, sonst muss ich zu einem anderen Zahnarzt gehen. Für morgen Abend haben mich die Eltern in den »Rosenkavalier« eingeladen, Strauss dirigiert wieder. Nachher will ich noch einmal zu ihnen und einen Tee mit ihnen trinken. Papa hat wieder vorzügliche Sorten aus dem Orient bekommen. Soll ich Dir auch welchen schicken? Hoffentlich hast Du es warm genug. Es wäre mir zu schrecklich, wenn Du frieren müsstest.

In Liebe, Deine Klara

18. November 1914,
Buß- und Bettag

Liebster!
Wir haben gerade zu Mittag gegessen, die Kinder sind mit Fräulein und Lena im Park, und ich sitze am Fenster in meinem Zimmer und bin ganz in Gedanken bei Dir. Der »Rosenkavalier« gestern Abend hat mir ausgezeichnet gefallen. Ein paar Mal habe ich wieder mit den Tränen gekämpft, weil die Musik mich so wunderbar bewegte. In der Loge uns gegenüber saßen zwei junge Offiziere, beide hatten den rechten Arm amputiert. Der eine war mit seiner Frau oder Braut, die saß im tief ausgeschnittenen rosa Ballkleid neben ihm. Es war so auffällig, dass jeder hinschaute. Wie kann man nur so herumlaufen?

Nach dem Theater luden mich die Eltern noch zum Essen ein. Denk Dir, Mutter war am Vormittag sogar mit mir in der Kirche. Das liegt daran, dass sie um Robert bangt. Sie sucht nach Trost, dabei ist sie aber so unruhig in der Kirche und kann nicht einmal die Hände still halten. Sie tut mir in der Seele leid, und ich würde ihr gern helfen. Sie fürchtet sich so sehr vor dem Alleinsein. Wehe, wenn Papa und Robert einmal früh sterben müssten, die einzigen, die es mit ihr aushalten. Uns andere vertreibt sie doch nur allzu oft mit ihrer Unbeherrschtheit und damit, dass man ihr nichts richtig machen kann.

Die Türken stehen ja nun ganz fest an unserer Seite. Papa sagte, dass der Sultan in Konstantinopel den Heiligen Krieg, den

Dschihad, wie sie ihn nennen, gegen unsere Feinde ausgerufen hat. Unser Kaiser, der Sultan und Kaiser Franz Josef: Das ist doch eine Macht, die unsere Gegner vielleicht zum Einhalten bringt! Vielleicht weißt Du ja schon mehr darüber, ob das Ende des Krieges bald bevorsteht?

Gestern sandte ich: Frankfurter Würstchen, Presskopf, Aal, Kekse, Honigkuchen, Ostseeheringe, Kräuterkäse, Strümpfe (selbst gestrickt), Taschentücher und Zigarren.

Sei umarmt und geküsst
von Deiner Klara

19. November 1914

Lieber Justus!
Wie habe ich mich über Deinen Brief gefreut, dass Du nun Urlaub bekommst! So sehr ich auch darauf gewartet habe, dass Verdun fällt, so hoffe ich jetzt, dass es noch so lange andauert, bis wir uns gesehen haben. Sicher ist es nicht recht, wenn ich so denke, aber ich sehne mich so sehr nach Dir, da kann ich nicht anders.

Hier hat es in den letzten Tagen auch viel geregnet, aber seit vorgestern ist es so kalt, dass wir unsere Wintersachen herausgeholt haben. Der Husten der Kinder ist mithilfe von kalten Umschlägen, Bonbons und Honigmilch viel besser. Ich hoffe, dass ich sie morgen wieder in die Turnstunde lassen kann. Es ist ihnen die größte Strafe, wenn sie einmal fehlen müssen. Herr Büchner ist ihre ganze Liebe.

Hoffentlich habt Ihr Euch wieder nett eingerichtet in Eurem Unterstand. Das Stehen im nassen Walde muss abscheulich sein und ist mir recht unverständlich. Es ist doch so ungesund. Und Dein schöner Regenmantel ist immer noch nicht angekommen! Heute habe ich Weihnachtsgebäck gemacht und eine Schachtel an Dich gesandt. Den Zwillingen kamen die Tränen, als ich sagte, Du müsstest auch was zu Weihnachten haben. Das haben sie nicht für möglich gehalten, dass Du Weihnachten noch nicht hier bist. Ich soll Dir schreiben, wenn der Winter kommt, möchtest Du bitte nach Hause kommen. Der Winter fängt bei ihnen mit Eis und Schnee an.

Liebster, Deine Orden machen uns allen Freude. Die herzlichsten Grüße auch von den Kindern.

In Liebe, Deine Klara

22. November 1914, Sonntag

Liebster!

Es ist fünf Uhr, draußen läuten die Glocken, im Zimmer nebenan spielen die Kinder mit Lena. Fräulein und Berta haben Ausgang. Das Haus liegt in sonntäglicher Ruhe. Die letzten Tage brachten erschütternde Nachrichten. Am meisten ergriff es mich, als mir heute Morgen Herr Professor Schmidt in der Tram mitteilte, dass Schachner gefallen sei. Ich kann es noch gar nicht glauben, und hoffe, dass es nicht wahr sein möge. Das mit Werner hat sich leider bestätigt. Er ist tot, und Neuner ist auch gefallen. Wer wird überhaupt noch wiederkommen? Wenn nur Reimer nicht fällt! Ich glaube, sie würde es nicht überleben. Sie ist zu zart und erwartet doch jetzt ihr erstes Kind.

Gestern hatte ich rechtes Kopfweh, heute ist es wieder gut. Ich habe leider das Pech, dass immer an den Tagen, in denen ich nicht wohl bin, besonders viel an mich herantritt. Heute schreibt Deine Mutter, wenn etwas aus der Reise nach Metz wird, dann möchte sie mitkommen. Ich muss sagen, es hat mir einen kleinen Stoß ins Herz gegeben. Ich liebe Deine Mutter sehr, wie Du weißt, aber bei einem solchen Wiedersehen, da gehört kein Dritter dazwischen. Nun kann ich ihr das aber unmöglich schreiben, ohne sie zu verletzen. Nolde, den ich um Rat fragte, sagte, dass ich Deine Mutter mit nach Metz nehmen solle. Sie vermisst Dich doch ebenso wie ich. Er versteht mich wohl nicht so ganz, weil er nicht verheiratet ist. Ich weiß nicht, wie Du darüber denkst. Aber ich habe oft so grenzenlosen Hunger nach Dir und habe diese Empfindungen, die doch nicht unrecht sind, immer rasch unterdrückt. Nun kommt endlich ein Tag, wo ich alles haben könnte, und nun soll ich teilen. Ich denke fast, es ist das Beste, wenn Du nach Frankfurt kommst. Dann könnten alle zu uns kommen, und wir werden die Zeit schon irgendwie einteilen. Die Kinder wären auch glücklich, ihren Papa zu sehen. Was meinst Du dazu?

Der Major, der vorgestern mit seiner Frau bei mir war, um mir Deinen Brief zu bringen, erzählte, dass Ihr nun sehr friert. Als ich ihm sagte, dass Du noch keinen Mantel hast, meinte er, ich solle Dir doch irgendeinen alten Zivilmantel besorgen zum Unterziehen, er wolle ihn auch mitnehmen. Da holte ich mir gleich Geld von der Bank und kaufte einen Unterziehpelz, der unter den Uniformmantel passen soll. Abends ließ ich ihn Albert und Papa ausprobieren. Er war zu eng. Da tauschte ich ihn gestern Morgen um acht Uhr um, komme um neun Uhr strahlend ins Hotel, um ihn abzugeben, da ist der Major schon abgereist. Du kannst Dir meine Enttäuschung denken. Nun habe ich den schönen Pelz, und Du hättest ihn gestern Abend haben können. Die Eltern wollen ihn Dir übrigens zu Weihnachten schenken, das ist sehr nett, denn er war recht teuer, 175 Mark. Ich fürchte fast, Ihr hattet gestern wieder ein Gefecht, da der Major, wie man mir sagte, ein Telegramm erhielt und daraufhin sofort abreiste.

Hoffentlich geht es Dir gut und es ist nichts Schlimmes gewesen. Hier ist es so friedlich, man glaubt gar nicht, dass es draußen in der Welt so schrecklich zugeht. In der Stadt ist es wie immer, nur dass die Menschen sich vor den Anschlagssäulen stauen und Unmassen von Zeitungsverkäufern durch die Straßen schreien. Ich muss schließen, Emil ruft nach mir. Er lässt sich nur von mir zu Bett bringen. Ich werde ihm einen dicken Kuss von seinem Papa auf die wonnigen Bäckchen drücken.

In Liebe, Deine Klara

26. November 1914

Mein lieber Justus!
Du hast Dich also entschlossen, nach Frankfurt zu kommen, und ich denke, so ist es auch für alle das Beste. Die Kinder sind

schon ganz aufgeregt, dass der Papa kommt. Wie wird es Dir ergehen bei dieser schrecklichen Kälte? Es ist mir ein Rätsel, wie Ihr das aushaltet. Ich kann mir auch kaum denken, dass es jetzt vorangeht. Die Wege waren erst so durchweicht, und nun ist alles gefroren. Sie werden für Fuhrwerke ganz unpassierbar sein. In Polen sind eben sehr hartnäckige Gefechte, liest man in der Zeitung. Aber darüber kannst Du mir mehr erzählen, wenn Du da bist. An Deine Mutter und die Kasseler Vettern habe ich Paketchen gesandt, hoffentlich kommen sie an. Martin ist ja gut wiederhergestellt. In ein paar Wochen muss er ins Feld zurück. Ich bin nun schon beim Weihnachtseinkauf für die Kinder und die Mädchen. Wie einsam wird die Weihnacht werden, besonders für Dich, ich habe ja die Kinder. Womöglich gerätst Du noch in ein Gefecht. Wenn mal 14 Tage Waffenstillstand wäre, aber das gäbe sicher ein schönes Durcheinander, dann wollten ja alle nach Hause.

Die Kinder sind eben in Wintermänteln und Gamaschen mit Fräulein spazieren. Unser Emil ist so schlau geworden, Du glaubst kaum, was er alles spricht und versteht. Auch hat er wunderschöne Haare, so dicke Locken wie Du. Die Kinder bekommen zu Weihnachten einen zoologischen Garten. Sie werden so viel Freude haben, dass sie an den Krieg kaum denken. Sie glauben ganz fest, dass der Papa Weihnachten hier ist.

Frl. Kern wollte doch ein paar Tage bei mir wohnen, sie ist aber bis jetzt nicht gekommen. Vielleicht kommt sie morgen. Ein Kollege von Albert, Baumeister Götz, fährt morgen nach Metz und wird bei dem Friseur ein Paket für Dich abgeben. Inhalt: Pelzunterziehmantel, Wollunterhosen, mit Fell gefütterte Handschuhe, Ordensband, meine Fotografie, zwei Tuben Senf. Hoffentlich funktioniert euer Ofen gut, damit Du nicht frieren musst. Was Du über die Männer schreibst, die die Gesellschaft gewisser Frauen suchen, das ist mir schon verständlich. Es ist für die einfachen Soldaten sicher schwerer als für die Offiziere, monatelang so ganz ohne Frauen auszukommen. In dieser Hinsicht glaube ich auch an Verrohung wie Frau Reimer. Was nutzt es, wenn man mit Erschießen droht? Viele können nicht dagegen an. Das beste Mittel ist Arbeit, und die haben sie eben über genug.

Aber wenn sie mal in einer Festung liegen sollten, wird die Sache schwieriger, besonders da sich viele Frauen auch für diese gewissen Vergnügungen hergeben würden. Wenigstens bis zum Juni sollte der Krieg vorbei sein, dann hätte man bei warmem Sonnenschein den Sommer noch zur Erholung vor sich. Aber ich denke fast, er dauert noch viel länger. Wir haben am Anfang unsere Feinde wohl unterschätzt. Nolde hat Dich sehr gelobt und meinte, Du hättest es in vielem Dir selbst zu verdanken, dass Du noch lebtest. Die Feinde näher kommen zu lassen, ohne die Leutnants zu wecken, das war grandios. Da bewundere ich Dich auch.

Ich muss demnächst einer Versammlung vorstehen. Es sollen Verwundete in der Schule mit Kaffee und Kuchen bewirtet werden, danach ist ein Oratorium. Zwölf Damen sollen helfen, und ich als Frau des Direktors bin das Oberhaupt. Das ist mir gar nicht angenehm, Du weißt ja, wie ungern ich im Vordergrund stehe.

Nun will ich schließen, es gibt noch einiges für Deine Ankunft vorzubereiten.

Deine Klara

Samstag, der 28. November: Flammend rot ist der Himmel, als Klara an diesem Morgen aufwacht. Welch ein herrlicher Tag wird es werden! Sie wirft die Bettdecke zurück, setzt sich auf und streckt die Arme in die Höhe. Während sie ein paar Mal tief Luft holt, huscht ein glückliches Lächeln über ihr Gesicht. Zufrieden schaut sie sich um, alles ist vorbereitet. Die Betten mit dem glänzenden Damast bezogen, die beiden Polstersessel vor dem Fenster ausgeklopft, das Zeitungstischchen poliert, sogar das Sammelsurium von Parfums und Cremes auf ihrem Frisiertisch hat eine gewisse Ordnung. Sie schaut auf die zierliche goldene Uhr auf dem Kaminsims, gleich acht Uhr. Ihr Herz klopft schneller, nur noch ein bisschen aushalten, dann ist es so weit.

Eine Stunde später steht Klara in ihrem grünen Samtkleid mit der roten Spitzenschärpe um die Taille unten in der Diele.

Sie setzt den grünen Hut mit der roten Feder auf und lässt sich von Lena in die Pelzjacke helfen. Aus dem Esszimmer hört sie die fröhlichen Stimmen der Kinder. Fräulein ist bei ihnen, sie sind in guter Obhut. Sie muss los.

Ein kalter Wind schlägt ihr entgegen, als sie über das raschelnde Laub läuft, das von den Kastanien auf dem Schulhof herübergeweht wurde. Aber Klara spürt die Kälte kaum, nicht heute, an einem Tag, wo alles nur Wärme ist. Auf der Straße rattert die Trambahn an ihr vorbei, hält nicht weit von ihr an. Ein Mann in feldgrauer Uniform müht sich, auf einen Stock gestützt auszusteigen. Das rechte Hosenbein ist hochgeschlagen. Er braucht es nicht mehr. Ein schicker Wagen rauscht an Klara vorüber. Der feine Herr auf dem Rücksitz in dickem Pelz mit Melone auf dem Pomade glänzenden Haar hat es eilig. Schnatternde Hausmädchen in schwingenden Kleidern und Mänteln stolzieren mit großen Körben zum Einkaufen. Die Stadt ist schon so geschäftig.

Nur ein paar Minuten sind es zum Bahnhof, einem hellen, luftigen Gebäude mit halbrunden Glasbögen, die die Gleisanlagen überspannen. Auch hier schon ein endloses Kommen und Gehen. Mit Koffern bepackte Reisende, Droschken, Trams, Autos, Radfahrer. Klara wirft zwei Mark in den Hut des Bettlers, der in einen schäbigen Mantel gehüllt auf dem Vorplatz hockt. Schnell tritt sie zur Seite, als ein Verwundeter auf seine Liebste gestützt aus dem Bahnhof humpelt. Auf einmal sieht sie überall Mull, Pflaster, Krücken.

Klara kämpft sich auf den überfüllten Bahnsteig, noch ein paar Minuten muss sie aushalten. Endlich die erlösende Ansage, und dann fährt das schwer arbeitende Stahlross mit seiner kostbaren Fracht ein. Kaum steht der Zug, schlagen die Türen auf. Justus! Gleich wird sie ihn sehen, gleich wird er bei ihr sein. Sie hält Ausschau nach ihm, streckt sich, will über die anderen hinwegsehen. Justus! Ja, dort! Justus! Wie fliegt sie dem Geliebten entgegen! Ein bisschen schmaler ist er geworden und die dunkeln Augen sind so müde, aber das will sie jetzt nicht sehen. Für ein paar Atemzüge hält sie sich an ihm fest, fühlt sein Herz schlagen. Er lebt, er ist bei ihr, das ist alles, was sie erhofft hat.

Zu Hause in der gemütlichen warmen Stube schrumpft die Zeit der Trennung für Klara auf einen unbedeutenden Augenblick zusammen. Justus aber schaut nachdenklich drein, lässt seinen Blick durch das Zimmer schweifen, als sähe er es zum ersten Mal. Er streicht über den braun-weiß gestreiften Seidenstoff des Polsterstuhls, so als wollte er herausfinden, wie er sich anfühlt. Er schmunzelt, als er das Ölgemälde betrachtet, das ihn mit Klara und den Kindern zeigt, ein Wedel der Stechpalme, die in dem Kübel neben dem Bild steht, verdeckt sein Gesicht. Gehört er nicht mehr dazu? Dann fliegt die Tür auf, und die Kinder stürmen herein, gefolgt von dem aufgeregten Fräulein, eine blasse hagere Gestalt im dunklen Baumwollkleid mit steifem weißem Kragen. Mit strenger Stimme ruft sie die Kinder zur Ordnung. Vergeblich! Ohne Scheu laufen Paula und Emil auf den Vater zu. Helene aber bleibt stehen. Sie hält die Hände auf dem Rücken verschränkt und mustert Justus. »Ist noch alles dran? Ist noch alles heil?«, scheint sie zu denken. Endlich fliegt auch sie dem Vater entgegen und wirft sich in seine Arme. Justus umfasst sie alle drei gleichzeitig, seinen kleinen Kronprinzen und die beiden Prinzessinnen in ihren weißen Kleidchen und glänzenden Lackschuhen. Klara möchte weinen vor Glück.

Berta kommt mit dampfenden Kaffee, auch sie hat sich fein gemacht, trägt eine weiße Schürze mit Spitzenkragen, dazu ein flaches Häubchen, das wie ein Spitzendeckchen mit einer Spange in ihrem Haar befestigt ist. Berta stemmt die drallen Arme in die Hüften, als sie Justus mit einem angedeuteten Knicks begrüßt. Die zierliche Lena in ihrem blauen Leinenkleid folgt ihr auf dem Fuß und zeigt ein schüchternes Lächeln. Neugierig sind sie, wie der Herr Hauptmann aussieht. Justus sagt nicht viel, immer wieder schaut er Klara und die Kinder an, die dem Papa so viel zu erzählen haben. Von der Turnstunde und den anderen Abenteuern aus ihrer Kinderwelt.

Noch vor dem Mittagessen stehen die ersten Bekannten vor der Tür. Die Familie muss ihn nun teilen. Gegen Abend reisen Justus' Mutter und deren Schwester, Tante Rohlich, aus Kassel an. Die beiden fordern ihre Zeit mit Justus ein. Ein bisschen ältlich sehen sie aus in ihren dunklen Kleidern und seidigen Häubchen, darunter das zu flachen Schnecken gedrehte Haar. Nachdem sie eine Weile mit ihrem Justus beisammen sind, zeigt sich ein Lächeln auf den faltigen kleinen Gesichtern, und auf einmal funkelt die vergangene Jugend in ihren Augen. Dann kommen Klaras Eltern, die Mutter, eine schlanke elegante Gestalt mit einem feinen Gesicht, der Vater, eine staatliche Erscheinung mit dickem Schnauzbart und fröhlichen blauen Augen. Im Schlepptau der Eltern die Jahns, Greta und Albert. Greta, eine jüngere Kopie der Mutter, und Albert, ein schlanker, groß gewachsener Mann mit freundlichem Lächeln. Schließlich Nolde, der Herr Direktor in Vertretung, eine höchst elegante Erscheinung mit sinnlichen Lippen. Die dunkel umrandeten Nickelbrille kann den Schalk in seinen hellen Augen kaum verbergen. Gut aufgelegt ist er an diesem Abend und sorgt für beste Stimmung. Klara und Greta lassen sich mitreißen, bemerken nicht, wie man sie nachdenklich beobachtet. Gegen Mitternacht löst sich die Gesellschaft auf, und Klara ist voller Ungeduld. Hat sie doch so lange auf den Moment des Alleinseins mit ihrem Justus gewartet. Wie enttäuscht ist sie, als sie endlich in ihren nach Lavendel duftenden Kissen liegen und er gleich einschläft. Aber soll sie ihm böse sein? Nach diesem Tag, den Wochen und Monaten draußen in der todbringenden Hölle? Behutsam streichelte sie seine Wangen, schmiegt sich an ihn, bis auch sie eingeschlafen ist.

Der Sonntag wird turbulent, morgens mit Tante und Schwiegermutter in die Kirche, Spaziergang mit den Kindern zum Main die Schiffe betrachten, auf der Brücken stehen und winken, am Ufer die Schwäne füttern. Die sonntäglichen Spaziergänger, so viele grüßen. Man kennt den Herrn Direktor, will wissen, wie es ihm geht. Mittagessen zu Hause, die Eltern kommen, Jahns, es wird geplaudert, gescherzt, gegessen, getrunken. Kollegen, Freunde klingeln, nur kurz schauen, nur ein paar Worte wechseln. Wein wird aus dem Keller heraufgetragen, die Herren ziehen sich in Justus' Zimmer zurück, rauchen Zigarren. Die Damen bleiben unter sich, was macht die, was macht der? Hat man schon gehört? Nein, das gibt es doch nicht. Ach was? Ach so? Klara horcht auf die gedämpften Männerstimmen, wann wird man sich endlich verabschieden? Geduld, immer wieder Geduld, ist es denn nie genug? Es wird zehn Uhr, bis alle fort sind, Schwiegermutter und Tante zu Bett gegangen sind. Was, wenn es wieder zu viel für ihn war, wenn sie wieder verzichten muss? Aber da ist dieser Blick, dieses Flackern in seinen Augen, als sie das Licht im Schlafzimmer löschen will. Justus! Justus, mein Liebling! Endlich! Diese Nacht ist eine dieser Nächte, von der sie so lange nur hatte träumen dürfen.

Am nächsten Tag will sie ihren Justus einmal ganz für sich haben. Sie will mit ihm ausgehen, ein Stadtbummel, der wäre schön. Allein können sie wohl nur unter den vielen sein. Justus trägt einen eleganten Anzug, den Klara ihm ausgesucht hat, einen warmen Mantel mit Pelzkragen und Gamaschen. Das Glück nimmt sie in die Arme, die beiden, die da nebeneinander die Kaiserstraße hinunterlaufen, an den Schaufenster stehen bleiben und die Auslagen betrachten. Im Café an der Hauptwache trinken sie eine Schokolade und betrachten das vorbeiziehende Leben. Die Menschen scheinen alle in Eile, schleppen Taschen, Pakete, Kisten, schleppen und schleppen. Gefährlich nah kommen sie den Droschken und Autos, wenn sie im Zickzackkurs die Straßen überqueren, noch können nicht alle den Rhythmus der neuen Zeit einschätzen. Plötzlich gespannte Aufmerksamkeit! Ein Schatten senkt sich über die Stadt. Der Zeppelin, erst vor wenigen Minuten gestartet und noch ganz tief, gleitet mit seiner tödlichen Fracht über sie hinweg. Hier noch staunend betrachtet, in wenigen Stunden verflucht für das Leid, das er bringt. Ein Pferdewagen mit Verdeck hält vor dem Café. Soldaten mit geschulterten Gewehren springen heraus, die Absätze der Stiefel knallen auf das Pflaster. Sie schlagen die Plane zurück und gestikulieren wild. Halb verhungerte Männer in zerrissenen Mänteln klettern mühsam von der Pritsche herunter, französische Gefangene, die sich mit scheuem Blick umsehen.

Klara nippt an ihrer heißen Schokolade, aber sie schmeckt ihr nicht mehr so gut. Den Nachmittag verbringen sie mit Schwiegermutter, Tante und den Kindern im Zoologischen Garten. Am Abend geht es ins Theater. Wie genießt Klara dieses Zusammensein mit Justus in der Loge, die die Eltern ihnen überlassen haben. Danach das Essen im »Carlton« mit den Eltern, glitzernder, prickelnder Luxus!

Der letzte Tag gehört allein den Kindern, die Kassler sind abgereist. Spielen, Herumtollen, ein langer Spaziergang. Wie sie vor Vergnügen kreischen, die kleinen Wesen in ihren dicken Mäntelchen und den Wollmützen, wenn sie sich verstecken und der Papa sie hinter einem Baum erspäht. Am Abend noch einmal vorlesen, dann muss der Papa wieder fort. Wann er wiederkommt, wollen sie wissen? Bald, sehr bald, manchmal kann nur eine Lüge trösten. Eine letzte Nacht für Klara und Justus, dann bleibt wieder nur die Sehnsucht. Sie will ihn zum Bahnhof bringen, aber er lässt es nicht zu. Es tut so weh, als sie am nächsten Morgen auf das leere Kopfkissen neben sich fasst. Sie schluckt die Tränen hinunter, sie will tapfer sein. Das hat sie ihm doch versprochen.

3. Dezember 1914

Mein Liebster!
Heute Morgen war Leutnant Rasch da und brachte mir Blumen und Grüße von Dir. Er sah tadellos aus, in glänzend sitzender Uniform. Es war sehr liebenswürdig, dass er kam, so hörte ich doch, dass Du gut angekommen bist. Ich bin so froh und wohlgemut und so dankbar, dass Du hier sein durftest. Ich habe seit Deiner Abreise oft ganz fröhlich vor mich hin gesungen, dabei kam mir der Gedanke, ob ich vielleicht einmal das Singen richtig

lernen sollte. Ich meine, nach dem Krieg. Das Singen macht mir so viel Freude!

Was Ihr wohl nun auf Vorposten erlebt? Da wird Euch das Singen sicher vergehen. Deine halbe Zigarre, von der du glaubtest, Lena habe sie weggeworfen, lag übrigens auf dem Kleiderschrank im Schlafzimmer! Nur gut, dass sie verglüht war! Ich warte eben auf Frl. Kern, die jeden Augenblick kommen muss. Ihr großer Koffer ist schon da. Hoffentlich wird der Besuch nicht zu schwierig. Sie muss sich schon ein bisschen in unseren Tagesablauf fügen. Heute Morgen war ich ein halbes Stündchen bei Nolde, der mir sehr herzlich entgegenkam. Ich besprach das Weihnachtsfest für die Verwundeten mit ihm, und wir waren uns über den Ablauf der Feier schnell einig. Er ist, glaube ich, froh, dass ich ihm da so manche Entscheidung abnehme.

Mein Liebster, alles, was Du zu mir allein gesagt hast, trage ich voll glühender Freude tief in meiner Seele. Wie glücklich ich doch bin, dass ausgerechnet Du mich so innig liebst. Und wie sehne ich mich danach, dass wir bald wieder vereint sind. Wie lange werden wir noch warten müssen? Wann hört dieses endlose Bluten denn auf? Ich wünsche mir den Frieden so sehr herbei.

Eben kommt Frl. Kern, daher muss ich für heute schließen.

In innigster Liebe

Deine Klara

5. Dezember 1914

Liebster Justus!

Über Deinen letzten Brief habe ich erst tüchtig geweint, aber schließlich musste ich lachen über Deine törichten Gedanken. Du musst doch nicht eifersüchtig werden, Liebster, das nimmt Dir sonst den Freund. Was Nolde betrifft, kannst Du doch wirklich ruhig sein. Ich bin sicher, dass er nicht eine Regung des Herzens für mich hat und nicht daran denkt, Dein Nachfolger zu werden, auch in der Schule nicht. Er weiß jetzt, wie viel Arbeit das Direktorat bedeutet, da kommt seine Wissenschaft viel zu kurz, bei der ihn eine Frau wie ich auch nur stören würde. Wenn er eine Frau nimmt, dann eine, die ebenso an seinen geliebten Altertümern interessiert ist wie er. Du warst gewiss recht übermüdet, da sieht man oft Gespenster. Greta und ich nennen Nolde zuweilen scherzend Direktor, weil es ihm natürlich schmeichelt. Jeder Mensch ist doch eitel. Aber das heißt doch nicht, dass wir Dich nicht mehr als Direktor sehen. Wenn der Schluss Deines Briefes nicht so wundervoll und lieb wäre, so könnte ich verzweifeln, denn der Anfang ist recht schlimm für mich. Da Du doch nur von Kassel Wärme und Liebe nach Deinem Tod erwartest. Solche Gedanken dürfen Dir nicht kommen. Ich meine, das hätte ich auch nicht verdient. Aber es kommt von der ewigen Geselligkeit, da hatten wir kaum Zeit für uns. Da wir fortwährend Gäste hatten in den Stunden, die uns allein gebührt hätten. Und Nolde mussten wir doch gut behandeln. Dass es Dir einen Stich versetzt hat, weil Du glaubst, dass Mutter und Greta ihn ganz besonders freundlich behandeln, das tut mir wirklich leid. Du musst überhaupt nicht eifersüchtig sein, Justus, mein Liebster. Glaube mir, wenn er in der Familie wäre, dann wäre er nicht so beliebt, weil dann auch seine Schwächen herauskämen. Wie hat Mutter Dich gut behandelt, als wir noch nicht verlobt waren!

Und die Sache mit der Eleganz! Gewiss macht es mir Freude, einen eleganten Herrn zu sehen, und Deine Uniform gefiel mir nicht, das ist wahr. Lennert und Rasch hatten nun einmal schönere an, als sie mich besuchten. Aber warst Du mir deshalb weniger willkommen? Oder hat das etwas mit Liebe zu tun? Wenn wir mehr Geld hätten, dann wärst Du vielleicht auch eleganter. Außerdem, bist Du in dieser Hinsicht erzogen? Nein, das bist Du nicht, und deshalb ist das Äußere Dir auch nicht so wichtig. Deiner Mutter ist es noch heute ganz gleich, ob Du elegant bist oder nicht. Das mit der Eleganz lernt sich später nicht mehr so einfach. Ich bin übrigens auch nicht elegant. Und nun, Liebster, weg mit all den hässlichen Gedanken. Es war die erste große Enttäuschung meines Lebens, dass Du mir so wenig Treue zutraust. Du glaubst wohl so gar nicht an mein Versprechen, dass ich nie wieder einen anderen lieben könnte. Aber so sehr ich auch mit Deiner Familie verbunden bliebe, sollte das Schreckliche eintreten, nach Kassel würde ich nicht ziehen. Mitten im Leben will ich stehen und für die Kinder und mich kämpfen. Hergeben werde ich sie nicht, und niemand soll mir in ihre Erziehung hineinreden! Ich will sie lieben und selbst erziehen, damit ich eines Tages vor unseren Herrgott treten kann mit der Gewissheit, etwas Ordentliches vollbracht zu haben.

Und was Du mir da von Lennert und Rasch geschrieben hast, das nehme ich ihnen nicht übel, aber die Sympathie für sie ist fort. Ich sagte es ja gleich, dass die Männer nicht ohne Frauen auskommen. Die meisten nehmen dann eben, was am Wege steht. Da habe ich wieder die größte Achtung vor meinem Justus. Was ist dagegen Dein Kleid, rein gar nichts. Du bist ein prachtvoller Mensch und ich Deiner vielleicht gar nicht wert, wenn ich Dich mit meinem Verhalten so quäle, obwohl ich das doch gar nicht will. Ich bin so froh, dass Du mir alles so offen geschrieben hast, auch wenn es mir in manchem recht weh tut. Ich hoffe, dass Dir mein Brief nun sagt, dass Du in vielem nicht richtig lagst. Es muss unsagbar schwer sein, seine Frau einem anderen zu gönnen, ja, sich über ein neues Glück zu freuen und selbst vom Leben Abschied zu nehmen. Du hast es Dir vorgestellt, wie es sein könnte. Nur, so wird es nicht kommen, Justus, mein Liebster, weil Du der einzige Mann bist, den ich liebe, in alle Ewigkeit. Das musst Du mir glauben! Niemand wird Deinen Platz an meiner Seite einnehmen, auch Nolde nicht.

Letzte Nacht schreckte ich auf und hörte die Klingel um vier Uhr. Ich dachte entsetzt an eine Depesche. Es war aber nichts, ich muss geträumt haben.

Es küsst und umarmt Dich
Deine Klara

6. Dezember 1914, Sonntag

Mein Liebster!
Anbei die Photographie, die wir bei unserem Wiedersehen machen ließen. Als ich sie betrachtete, bekam ich einen solchen Schreck,

dass ich nichts sagen konnte. Du siehst so elend darauf aus wie ein Schwerkranker. In Wirklichkeit ist mir das gar nicht so aufgefallen. Liebster, was Du alles aushalten musst! Wenn ich Dich nur endlich wieder ganz hier hätte und wir unsere Reise in den Süden machten, wo Du nichts tun würdest außer essen, trinken, spazieren gehen und schlafen, schlafen und wieder schlafen. Ich hoffe so sehr, dass Du wieder heil zu mir zurückkommst. Das Leben ist noch so lang, und ich möchte nicht den ganzen Weg allein gehen. Und wenn Du mir auch körperlich gebrochen und mit weißen Haaren zurückkommst, ich werde Dich lieben und pflegen, damit es Dir immer gut geht. Mit großer Angst las ich in der Zeitung, dass bei Euch wieder ein Gefecht gewesen sein muss. Wie zittere ich in Gedanken um Dich. Ich flehe zu Gott, dass alles gut gegangen ist. Aber das Gefecht muss in derselben Nacht gewesen sein, als ich um vier Uhr so aufschreckte. Es gibt wohl doch Ahnungen.

Frl. Kern ist noch da. Ihr Bräutigam war in Homburg und ist nun wieder in Frankfurt. Einen Stoß gab es mir heute, als sie mir ganz aufgeregt ins Haus kam, ganz blass, sie müsse sofort nach Wiesbaden per Auto und für ihn unterschreiben. Er habe ihr heute Morgen gebeichtet, er müsse bis Dienstagmittag 15 000 Mark Schulden bezahlen. Sie telefonierte ihrem Vater, der ihr das Geld geben will. Ihr Vater habe schon vier- oder fünfmal Schulden von ihm bezahlt, gestand sie mir. Dabei hat der Bräutigam ein großes Vermögen geerbt. Ist aber alles wohl schon verschwendet. Ihr Vater hat nun das letzte Mal bezahlt, er wird es nicht noch einmal tun. Was wird das noch geben? Ich fürchte, sie erlebt eine bittere Enttäuschung, denn wenn er mit 40 Jahren noch Schulden macht, dann ist er nicht mehr zu bessern. Und nun hat sie auch noch den Jungen. Wenn er sich nicht kümmert, dann wird sie es wohl übernehmen müssen. Der Herr Bräutigam ist wirklich von großer Eleganz, äußerlich gewandt, aber innerlich! Nun, wenn sie es nicht sehen mag, dann hilft auch kein noch so wohlmeinendes Zureden.

Liebster, vertraue auf meine Treue, wie ich auf Deine vertraue, sei meiner Liebe gewiss für alle Ewigkeit.

Deine Klara

9. Dezember 1914

Liebster!
Gestern ging es noch einmal hoch her mit Frl. Kern und ihrem Bräutigam. Wir saßen gerade beim Mittagessen, als er zwei Stunden früher als verabredet vor der Tür stand und dringend nach dem Geld verlangte. Man hatte fast den Eindruck, es ginge um Leben und Tod. Nachdem er es bekommen hatte, ist er gleich davongeeilt und kam zwei Stunden später völlig gelöst zurück. Er ist dann mit Frl. Kern in die Stadt, und als er sie gegen sieben Uhr wieder brachte, gab es einen herzzerreißenden Abschied mit vielen Tränen ihrerseits. Heute Morgen ist sie nun endgültig abgereist. Mit ihrem Bräutigam wird ihr sicher noch so einiges bevorstehen. Sie tut mir fast ein bisschen leid. Ganz so verwöhnt wie früher ist sie aber nicht mehr. Zumindest in dieser Hinsicht hat der Bräutigam wohl etwas Vorteilhaftes bewirkt.

Dass Du mich in Deinen Träumen immer auf dem Balkon in Mainz stehen siehst und ich Dir wie ein beschützender Engel erscheine, das macht mich sehr glücklich. In meinen Gedanken wache ich ja auch über Dich und bitte unseren Herrgott, dass er Dich beschützen möge.

Heute waren wir in der Turnstunde, danach war ich mit Frau Baum in der Stadt. Sie hat für ihren Jungen eine Uniform zu Weihnachten gekauft. Das tun jetzt viele, damit ihre Kinder ganz wie kleine Soldaten aussehen. Sogar Soldatenpuppen von Käthe Kruse gibt es. Sie sind schön gearbeitet, aber ich denke, der Krieg sollte nicht ins Kinderzimmer marschieren. Deine Sommerwäsche ist angekommen, fein verpackt, aber mit einem eigenartigen Geruch behaftet. Manches scheint gar nicht gebraucht zu sein, muss aber alles ins Waschfass. Die Kniewärmer schicke ich bald zurück, die wirst Du brauchen. Ihr werdet wohl auf Vorposten sein, da muss man wieder Geduld haben. Ich sende Dir ein Weihnachtsbäumchen von den Kindern und mir mit vielen lieben Gedanken und Wünschen. Rasch, der heute hier war, meinte, Lennert käme vielleicht am Sonntag, um ein paar Liebesgaben abzuholen. Bis dahin richte ich einiges für Dich her: Lebkuchen, Gebäck und ein paar andere Kleinigkeiten. Sollte er es nicht mitnehmen können, so sende ich Montag alles per Post nach Metz an den Friseur. Eine genaue Liste der Gegenstände folgt bald, damit Ihr möglichst alles gerecht verteilen könnt. Mit meinem Geld wird es Weihnachten knapp, da muss ich wieder pumpen. Von der Bank will ich nichts holen, wegen der Zinsen. Hoffentlich kommt das Gehalt vor Weihnachten. Rasch hat mir übrigens einen Nelkenstrauß mitgebracht und den Kindern Schokolade. Er war sehr herzlich. Vier Wochen kann er daheimbleiben. Wie himmlisch, da wird seine Frau ganz selig sein.

Abends: Ich komme gerade von Pfarrer Meyer. Fräulein Meyer war heute recht bedrückt. Der junge Herr, den sie uns schon als ihren Bräutigam vorstellte, hat wohl das Interesse verloren. Nun, wenn sie ihn immer so angefahren hat, wie wir es von ihr gewohnt sind ... Stell Dir vor, heute hat sie doch tatsächlich verlangt, dass wir uns alle einen Knäuelhalter basteln, damit uns die Wolle nicht mehr so oft herunterfällt. Es geht ihr wohl immer noch zu langsam. Freitag ist nun die große Sitzung bei mir. Ich habe also viel zu tun, und Berta war nun so liebenswürdig, mir soeben zu sagen, dass sie zum 1. Januar lieber bei Mutter die Stelle als Köchin annehmen wolle. Sie könne unmöglich noch länger mit Lena zusammen hierbleiben. Mit Mühe und Not habe ich es erreicht, dass sie bleibt. Wenn das mit den beiden so weitergeht, dann werde ich wohl eher Lena entlassen müssen. Solltest du verwundet nach Hause kommen, dann geht es nicht ohne Köchin. Nun hatte ich endlich mal Mädchen, die ich behalten wollte, und sie sind wie Katze und Hund. Nicht auszudenken, wenn Deine Leute sich im Feld genauso benähmen, das würde ein Unglück nach dem anderen geben!

Nun will ich schlafen gehen, ich bin so müde von all den Aufregungen.

In Liebe, Deine Klara

11. Dezember 1914

Liebster!

Nachmittags war die Sitzung, die gut verlief, und nun atme ich auf und kann in Ruhe an meinen Liebsten schreiben. Heute kam die Karte von der neuen Stellung. Ich bin enttäuscht, dass Deine Erdhöhle so primitiv ist. Lennert schwärmte so von der Stellung. Ihr wolltet doch auch Tisch und Stühle mitnehmen. Nun muss mein armer Justus wieder in einem solchen Loch sitzen, wo es nichts gibt außer einem Feldbett und einem Holzschemel. Ich hoffe nur, dass Ihr Weihnachten in Reserve seid und in einem Hotel logieren könnt. Wie gut, dass die Konserven und Zigarren angekommen sind. Unsere Geschenke an das Bataillon sind: 3000 Zigarren, also drei für jeden, 100 Pakete Tabak, 625 Stück Lebkuchen und 225 Stück Briefpapier.

Ich habe mich dummerweise wieder richtig geärgert, sodass es mir in den Fingern zittert, und zwar über Berta. Heute nahm Lena von sechs Uhr ab Urlaub, und Berta wäscht sich ausgerechnet um diese Zeit den Kopf und setzt sich an die Heizung. So blieb die ganze Arbeit des Abends an mir hängen. Gestern sagte ich ihr, die 330 Tassen bei dem Schulfest für die Verwundeten würden abends in unserer Küche von einer Frau gespült. Da brummte sie dermaßen, dass ich sie aus dem Zimmer schickte, weil ich es nicht mehr hören konnte. Ich habe gestern bis ein Uhr nachts nicht geschlafen vor lauter Aufregung. Wenn sie mir das nächste Mal so kommt, dann setze ich sie hinaus! Ich kann dieses Gemurre nicht mehr ertragen. Umso mehr man gibt, umso mehr will sie haben. Nun aber genug davon.

Denke Dir nur, jetzt haben mir die Damen vom Kränzchen auch noch den Tee aufgebrummt. 25 verwöhnte Damen bei mir zum Tee! Die hätten doch ebenso gut zu Hause Tee trinken können. Am Sonnabendnachmittag muss ich das Porzellan holen, beaufsichtigen, am Sonntag früh das Porzellan und Kuchen auf die verschiedenen Stellen verteilen und für die 25 Damen in zwei Zimmern decken. Nachmittags von zwei Uhr ab alles ordnen, abends ab sieben Uhr mich mit Berta und der Spülfrau herumärgern und dann um neun Uhr das Geschirr wieder abliefern.

Die Arbeit ist mir allerdings weniger als die Verantwortung. Ich klagte Nolde mein Leid, dass ich zu solchen Dingen nicht passe, da tröstete er mich und meinte, es gehe ihm genauso. Er verkapsele sich lieber zu Hause, als dass er Reden halte und Direktor spiele. Und sobald Du wieder kämest, verschwinde er mit Wonne wieder in sein ruhiges Heim.

Aber was sind all diese kleinen Dinge gegen das, was Ihr da draußen alles erlebt. Hier hört man, dass der Krieg noch bis zum Herbst dauern soll. Das wäre zu furchtbar, und das will ich auch gar nicht glauben. Gib auf Dich Acht!

Deine Klara

13. Dezember 1914, Sonntag

Mein Liebster!
Heute Morgen war ich mit Jahns spazieren, und am Nachmittag haben sie mich zum Tee in den »Englischen Hof« eingeladen. So lange will ich Lena die Kinder überlassen. Für ein Weilchen kommt sie immer gut mit ihnen zurecht. Helene hatte heute Nacht Fieber, schlief dann aber mit einem halben Aspirin vorzüglich und war heute am Tag sehr vergnügt. Paula und Emil sind bei ausgezeichneter Gesundheit und haben ganz rosige Backen.

Nächste Woche habe ich noch viel für Weihnachten zu besorgen für die Mädchen und Kinder. Ich möchte den Weihnachtsabend gern allein mit den Kindern feiern, nur die Eltern für ein Stündchen einladen. Am Abend gehe ich dann zu Jahns zum Essen. Deine Mutter kommt am ersten Festtag, und ich hoffe, dass sie es mir nicht übel nimmt, wenn ich am Abend vorher beschere. Am zweiten Festtag sind dann die Eltern, Jahns und Nolde bei mir. Von Jahns habe ich mir das Bild »Kriegstrauung« gewünscht. Wie wäre es schön, wenn der Krieg einfach über Nacht zu Ende ginge und alle Soldaten an Weihnachten zu Hause sein könnten! Aber das bleibt wohl ein Traum, stattdessen wird so mancher dieses Weihnachten gar nicht mehr erleben. Mit Berta bin ich wieder ausgesöhnt. Sie hat sich für ihr Benehmen entschuldigt.

Abends: Als ich vom Tee mit Jahns zurückkam, war Lennert hier. Er war liebenswürdig, schien aber etwas schlechter Laune oder war vielleicht auch nur überanstrengt. Am Mittwoch lässt er die Kisten holen, drei für Dich und eine für das Bataillon. Den Inhalt teilte ich Dir schon mit. Dazu kommt ein Karton mit 1700 Zigaretten für Deine Kompanie, von Albert gestiftet. Hoffentlich teilt Lennert nicht verkehrt aus. Ich hatte ihn zum Essen eingeladen, aber er lehnte ab, weil Frau Baum ihn erwartete. Ich gebe ihm noch einen kleinen Karton zusätzlich mit: Gebäck, Nüsse, Weihnachtslebkuchen, Marzipan, Äpfel und unser Familienbild mit Rahmen für Deine Höhle als Wandschmuck. Lennert sagte, ich solle nicht mehr so viel schicken, Ihr hättet alles. Er nimmt enorm viele Liebesgaben mit, sogar Bier und Sekt.

Heute Nachmittag war ich bei Nolde und habe mich gut mit ihm unterhalten. Ich kenne doch meinen Justus, er ist nicht eifersüchtig und hat auch keinen Grund dazu. Aber es ist für mich von großem Wert, dass ich einen männlichen Berater habe, der Dir ein guter Freund ist und mir in manchem eine Stütze.

Ich habe Edgar Winters Schwester in der Stadt getroffen. Sie sagt, er ist vom Dienst befreit und wurde an das Kaiser-Wilhelm-Institut nach Berlin berufen. Er soll dort an einer geheimen Sache arbeiten. Hast Du etwas von Reimer gehört? Ich habe sie schon eine ganze Weile nicht mehr getroffen.

Ich vermisse Dich so sehr, mein Justus.

In Liebe, Deine Klara

16. Dezember 1914

Lieber Justus!
Gestern war wieder ein Durchbruchversuch ganz in Eurer Nähe. Die Angst, Dir könne etwas zugestoßen sein, hat sich erst heute Morgen gelegt, weil glücklicherweise keine Depesche kam. Hoffentlich ist Dein schreckliches Erdloch wenigstens schrapnellsicher gebaut. Ich sehe Dich immer in dem Loch liegen. Was musst Du nur alles durchleben! Und wenn man bedenkt, dass das noch

monatelang so weitergehen kann. Ich bin nur froh, dass es eben nicht so schrecklich kalt ist.

Leider ist heute mit der gewohnten Pünktlichkeit die Geschichte eingetroffen. Der nächste kleine Sander lässt also noch auf sich warten. Nun, wer weiß, wozu es gut ist. Vielleicht brauche ich meine Kräfte noch zu Deiner Pflege und wäre dann zu schwach.

Gestern Abend war ich mit Greta in »Fidelio«. Es war eine wunderbare Aufführung und hat mich natürlich zu Tränen gerührt. Wie die Frau ihren Mann aus dem Kerker rettet, unter Einsatz ihres Lebens, das hat mich tief beeindruckt. Wenn man Dich irgendwo einsperrte, dann würde ich auch alles daransetzen, Dich zu befreien. Es ist doch zu furchtbar, den Geliebten so in Not zu wissen!

Lennert sagte mir, dass Doktor Baum zu Weihnachten nach Hause kommt. Ob ich sie mal einlade? Oder ob ich ihnen lieber die Ruhe lasse? Ich will mal überlegen. Wenn nur der Sonntag erst vorbei wäre, hoffentlich verläuft alles gut. Ich möchte doch gern, dass den Verwundeten und auch allen anderen die Feier gefällt und dass sie sie in guter Erinnerung behalten.

Herzliche Grüße von den Kindern, den Eltern, Jahns und Nolde. Agnes hat mich gefragt, ob Du und Robert auch eines von den Päckchen bekommen habt, die die kleinen Mädchen für die Soldaten ins Feld geschickt haben. Ist das nicht ganz reizend, wie sie an ihre beiden Onkel denkt? Sie hat mir auch gleich das Gedicht aufgesagt, das sie in jedes Päckchen gelegt haben: »Ich bin erst eben sechs Jahre gewesen, doch kann ich schon in der Zeitung lesen, da lese ich immer, dass Ihr siegt, und sparte, dass Ihr was zu Weihnachten kriegt. Mit tausend Grüßen schick ich's Euch hin, weil ich Euch allen so dankbar bin.« Damit will ich für heute schließen.

Es umarmt und küsst Dich

Deine Klara

18. Dezember 1914

Liebster!

Die Post scheint mir gegen Weihnachten schlechter zu werden. Du hast einige von meinen Paketchen noch nicht bekommen, da wird vielleicht auch manches verloren gegangen sein. Heute erhielt ich das Bild von Dir. Dein Bursche sieht ein bisschen verschlagen aus, wie ein großer Lausejunge, der sich immer zu helfen weiß. Also genau richtig für den Posten. Links neben Dir, ist das Doktor Baum?

Ihr seht alle so vergnügt aus, das freut mich sehr. Ich bin die Letzte, die verlangt, dass Ihr immer würdig und ernst sein sollt. Ich verstehe auch, dass manche die Gelegenheit nutzten, mal in ein Lokal zu gehen, wie Du schreibst. Da lässt sich der Krieg sicher ein Weilchen vergessen. Nur kann mich immer die Ungerechtigkeit ärgern, wenn ein Mann sich in solchen Lokalen amüsiert, so soll man nichts dabei finden. Käme eine Frau auf die Idee, so wäre sie erledigt. Und ich meine, wenn man sich wie Rasch mal eben hat kriegstrauen lassen mit einer jungen, bildhübschen Frau, so müsste man nicht auf solche Gedanken kommen. Du, der schon über die erste Verliebtheit hinaus bist, hast Dich auch nicht verleiten lassen. Aber mir steht kein Urteil zu. Ich werde die Herren genauso gut behandeln wie zuvor. Sie haben eben ein anderes Naturell als mein Justus.

Gestern kam ein Paket aus Kassel von Deiner Mutter und Tante Rohlich. Sie haben mir eine große Krippe geschenkt. Sie ist sehr schön und hat mich recht erfreut. Andererseits hatten wir ausgemacht, uns nichts zu Weihnachten zu schenken. Nun habe ich nichts gekauft, und jetzt kommt dieses große Geschenk. Nun muss ich sehen, ob ich noch etwas für die beiden finde. Für die 100 Mark von den Eltern habe ich mir lauter praktische Dinge gekauft, wie Kochtöpfe, Handtücher und dergleichen. Der zoologische Garten für die Kinder wird wundervoll! Ich richte ihn gerade ein, was mir selbst viel Freude macht. Die Kinder zu haben, ist ein solches Glück, wie man es nicht sagen kann, besonders in dieser Zeit. Du wirst dieses Glück sehr entbehren, obwohl ich glaube, ein Vater entbehrt es nicht so sehr wie eine Mutter.

Vorgestern hatte hier alles geflaggt. Der russische Sieg unsererseits ist glänzend, ebenso ist es gut, dass England mal etwas Pulver bekommen hat. Wenn mir auch die armen Leute leid tun, die so unvermutet ums Leben gekommen sind. Im Westen scheint es auch an verschiedenen Stellen wieder aufzublitzen. Dass Ihr von den letzten Kämpfen bei Toul nichts mitbekamt, wundert mich. Es ist doch gar nicht so weit von Euch entfernt. Eben telefonierte Lennert von Frau Baum aus, ob ich noch was mitgeben wolle. Er scheint bei Frau Baum zu wohnen. Baums und Lennerts sind wohl dicke Freunde geworden. Frau Lennert hat ja auch so eine umgängliche Art. Ihr fällt es viel leichter, Freundschaft zu schließen, als mir. Ich höre gerade die Jungens kommen, die mir beim Geschirrtragen helfen sollen. Um vier Uhr sollten sie hier sein, jetzt ist es drei Uhr, die haben aber einen Eifer! Nun, bei dieser Gelegenheit lernen sie die Frau ihres Direktors einmal kennen, den sie doch alle so bewundern. Nolde sagte mir mal, als ich klagte, dass die Jungens mich gar nicht kennten, das liege daran, weil ich mich während der Unterrichtszeiten nie zeigte. Aber vielleicht liegt es auch an der Frankfurter Hochnäsigkeit, da zählt eben nur der Herr Direktor. In Lübeck kannten sie mich alle. Es ist mir auch egal, ich habe mich daran gewöhnt. Die Eltern haben übrigens einen neuen Chauffeur, der fährt wie ein Donnerwetter.

In Liebe, Deine Klara

21. Dezember 1914

Mein liebster Justus!
Welch ein Tag in der Schule! 14 Stunden! Von morgens acht Uhr bis abends zehn Uhr hatte ich für das Fest zu tun. Ich bin aber sehr zufrieden, denn es ist alles wohl gelungen. Es war ein schönes Bild, wie die Verwundeten es sich in den Klassenzimmern schmecken ließen und nachher in der Aula den festlichen Tönen des Oratoriums lauschten. Aber etwas überanstrengt war ich doch, denn bis zwei Uhr nachts konnte ich nicht schlafen. Ich nahm dann ein Aspirin, aber auch da wollte der Schlaf nur langsam kommen, und

ich wachte immer wieder auf. Ich hatte morgens frische Strümpfe angezogen, die waren abends ganz durchgelaufen. Da kannst Du Dir sicher vorstellen, wie viel es zu tun gab! Aber Du hättest mich mal sehen sollen, verschiedene Jungens rissen sich die Beine aus für die Frau Direktor, es war allerliebst.

Und nun freue ich mich auf die Feiertage und auf Deine Mutter, weil sie immer so viel Ruhe und Gemütlichkeit verbreitet. Schade, dass sie und die Eltern nicht so gut miteinander auskommen, das macht mir immer ein bisschen Sorge. Mutter hat übrigens einen Anflug von Influenza, und Papa hat einen komischen Pickel im Gesicht, er sagt, es sei Krebs, das glaube ich aber nicht.

Ich muss schließen, weil ich noch in die Stadt will, ein paar Kleinigkeiten einkaufen.

In Liebe, Deine Klara

24. Dezember 1914

Liebster!
Deine Karte mit den Kameraden macht mir viel Freude. Sie steht auf meinem Tintenfass, sodass ich sie immer vor mir habe. Was mögt Ihr wohl in Euren Höhlen anfangen? Ob Euch die Franzosen heute in Ruhe lassen? Lennert hat sicher gut für alles gesorgt, und so werdet Ihr es hoffentlich ein bisschen weihnachtlich haben. Um fünf Uhr kommen die Eltern zur Bescherung. Die Kinder sind schon den ganzen Tag in großer Erwartung. Emil hat versucht, durch das Schlüsselloch zu sehen. Ich habe ein nur halb so großes Bäumchen wie sonst geholt, aber es ist sehr schön dicht gewachsen, und ich habe es gestern Abend mit viel Freude geschmückt. Es steht im Erker auf Deinem alten Rauchtischchen. Das Zimmer machen wir dunkel, bis auf die beiden fünfarmigen Leuchter. Die erhellen uns das Zimmer und die Geschenke, die im reichen Maße die Tische bedecken. Der Glanzpunkt für die Kinder ist ganz sicher der zoologische Garten. Für Deine Mutter habe ich auch ein paar Kleinigkeiten gefunden, und die Mädchen habe ich

sehr reichlich beschenkt. Nolde habe ich unser Familienbild, die Postkarte von uns beiden und Backwerk geschenkt. Die größte Weihnachtsfreude habe ich aber wohl Frau Müller gemacht, der Mutter des Jungen, der bei mir zu Mittag isst. Ich hatte sie gestern zu Rotkraut, Kartoffeln und Braten eingeladen und ihr so einiges für ihr Weihnachtsfest zu Hause eingepackt. Sie war so gerührt, dass sie das Essen kaum herunterbrachte und sich erst einmal beruhigen musste. Anderen Menschen Freude zu machen, ist doch wirklich das Schönste! Wie dankbar darf man sein, dass man die Mittel dazu hat. Wir werden heute Abend fest an Dich denken, und wenn wir unsere Weihnachtslieder singen, dann werden diese Gedanken den Klang unserer Stimmen bis zu Dir ins Feld tragen, und wenn auch Du ganz fest an uns denkst, dann werden wir alle für diesen Augenblick vereint sein. Es schmerzt so sehr, dass Du nicht bei uns bist. Gerade an einem solchen Tag wie heute, da gehört doch die Familie zusammen.

In innigster Liebe

Deine Klara

26. Dezember 1914

Liebster Justus!
Der Tag gestern mit Deiner Mutter war ganz wunderbar, wir haben viel geplaudert und mit den Kindern gespielt. Es ist herrlich, sie bei uns zu haben. Der Weihnachtsabend war so friedvoll, wie ich ihn mir gewünscht habe. Die Kinder waren reizend, und ihre Freude war das Schönste. Bevor ich schlafen ging, habe ich mir Dein Bild angesehen und gedacht, wenn ich Dich nur in die Arme nehmen könnte und Dich küssen und streicheln dürfte. Du bist so weit fort, und ich will mir gar nicht vorstellen, wie ungemütlich Du den Weihnachtsabend verbracht hast.

Heute Morgen beim Kaffee, als Dein lieber Brief kam, traf auch gleichzeitig ein Brief von Tante Rohlich ein. Es ist sehr traurig, was ich Dir jetzt sagen muss: Konrad ist gefallen. Er war so schwer verwundet, dass er nur noch wenige Stunden gelebt hat. Es ist so gekommen, wie er es selbst vorausgesagt hat. Deine Mutter und ich sind tief erschüttert, und Du wirst es gewiss auch sein. Wie werden es die armen Eltern nur ertragen? Welch ein trauriges Fest für die Familie. Deine Mutter will heute Nachmittag abreisen, damit sie zusammen mit Tante Rohlich ihrer Schwester beistehen kann. Es tut mir so leid, dass die Tage unseres Zusammenseins auf diese Weise beendet werden.

Gestern Abend waren die Eltern, Jahns und Nolde hier. Nolde hatte in seiner feinen Art daran gedacht, Briefe von Schülern und Lehrern aus dem Felde mitzubringen und vorzulesen. Jahns haben mir meinen Wunsch erfüllt und mir die »Kriegstrauung« geschenkt, in einem sehr schönen Rahmen, eigentlich viel zu kostbar. Aber das Bild ist wundervoll, der Ausdruck der Braut und des Bräutigams, im Hintergrund die alte Mutter, die Brautjungfer noch fast ein Kind, einige Offiziere, dazu der ehrwürdige Pfarrer. Ganz ergreifend! Es wird Dir gefallen.

Heute kam ein Brief von Robert. Stell Dir vor: Am Heiligen Abend haben sie den Franzosen in der Stellung ihnen gegenüber kleine Geschenke gemacht und auch welche von ihnen bekommen, anschließend haben sie zusammen Fußball gespielt und Wein getrunken. Dass so etwas möglich ist! Aber daran sieht man, dass alle genug vom Töten haben und die einfachen Menschen sich gar nicht feind sind. Das Blutvergießen muss endlich ein Ende haben! Nun lass mich schließen, der arme Konrad steht mir immer vor Augen. Nächste Woche wäre er 21 Jahre alt geworden. Er hatte doch noch gar kein Leben. Jetzt ist das Sterben so nahe, woher soll die Geduld kommen, weiter auszuhalten?

In Liebe, Deine Klara

28. Dezember 1914

Liebster!
Heute kamen vier Briefe auf einmal von Dir. Wie verwöhnst Du mich! Wenn ich sie lese, habe ich oft das Gefühl, gar nicht von Dir getrennt zu sein, so deutlich sehe ich Dich vor mir und fühle

Deine Nähe. Dann habt Ihr also auch mit den Franzosen Wein getrunken am Weihnachtsabend! Aber wie könnt Ihr dann wieder aufeinander schießen, wenn das nächste Gefecht ausbricht? Wie soll man denn dieses Kriegmachen noch verstehen können?

Gestern geriet ich mit Mutter und Greta aneinander und bin mir mal wieder wie das hässliche Entlein vorgekommen, das zwischen den Schwänen ausgebrütet wurde. Es ging natürlich um die Sparsamkeit. Mutter meinte, ich gäbe zu viel aus. Ich konnte sie nicht überzeugen, dass ich weit glücklicher bin, seitdem ich mich nicht mehr über jeden Pfennig ärgere. Dass ich aber trotzdem versuchte, so viel als möglich zu sparen. Sie blieb dabei, ich hätte es von Dir gelernt, nicht zu sparen. In solchen Fällen fehlt so vollständig das Verständnis in meiner Familie, da ist keine Brücke zu schlagen. Ich gebe gerne zu, dass ich vieles verkehrt anfange und manches besser einteilen könnte, aber sie sollen mir doch nicht so die Freude des Lebens verderben. Mutter meinte, ich sei zu üppig in der Kleidung. Aber wenn ich mit ihr nach Baden-Baden gehe, dann ist sie entrüstet, dass ich nicht genügend vornehme Kleidung habe. Dies Widersinnige ist zu komisch.

Die Postkartenfotografien habe ich nachbestellt. Das gibt eine ziemlich hohe Rechnung, aber die Bilder sind ein schönes Geschenk für Verwandte und Freunde. Konrads Eltern sende ich aber keins. Sie werden in ihrem Schmerz um ihren Jungen kaum danach fragen. Es steht mir den ganzen Tag vor der Seele, die armen Eltern und der liebe frische junge Vetter, der so früh dahin musste. Wenn nur Onkel Markus' Gesundheit diesen Schlag aushält.

Ich habe mir heute einen schwarzen Rock gekauft. Eine schwarze Bluse habe ich noch und schwarz-weiße Schlipse und einen weiß schwarzen Hut. Eine schwarze Samtjacke lasse ich mir von der Schneiderin machen. Ich denke, es ist in Deinem Sinne, wenn ich einige Wochen schwarz und schwarz-weiß gehe. Und wenn der Krieg nicht bald zu Ende geht, werde ich das Schwarz auch vielleicht für lange Zeit nicht mehr ablegen.

Möge Gott Dich beschützen, Liebster.

In Liebe, Deine Klara

31. Dezember 1914

Liebster Justus!
Zu Silvester wird bei uns ja gewöhnlich jemand krank. Letztes Jahr war es Helene, dieses Mal ist es Paula. Gestern Nacht hat sie nicht geschlafen vor Bein- und Kopfschmerzen. Ich nahm sie in Dein Bett und schlief natürlich auch nicht. Heute Morgen erklärte sie, aufstehen zu wollen. Aber schon um neun Uhr hatte sie wieder hohes Fieber. Ich warte nun auf Doktor Greif, denke mir aber, dass es Influenza ist.
Das arme Ding hat wirklich Pech! Wir hatten mit Jahns zusammen zwei Logen für »Schneewittchen« bestellt. Es sollte ihr erster Theaterbesuch werden. Nun musste Helene allein mit der Großmama gehen und hat im Theater geweint, aus Angst vor der bösen Stiefmutter.

Heute Morgen hat mich Konrads Bruder Heinrich besucht. Er war auf der Durchreise und blieb etwa zwei Stunden hier. Wir frühstückten zusammen, und er erzählte mir von Konrad, der enorm viel durchgemacht hat, etwa 50 Gefechte. Er sollte das Eiserne Kreuz erster Klasse erhalten, hat es aber nicht mehr erfahren. Gelitten soll er nicht haben. Er ist sanft entschlafen, hat sich innerlich verblutet.

Doktor Greif war gerade da. Paula hat Influenza, aber nur ganz leicht. Sie kann bald wieder aufstehen. Dass Du mein Weihnachtspaket nicht erhalten hast, das ist mir sehr arg. Ich hatte gleich so eine Ahnung, habe darum noch dem Feldwebel, der die Kisten abholte, ausdrücklich gesagt, das eine Paket sei für den Herrn Hauptmann persönlich, und habe zweimal die Adresse daraufgeschrieben und dem Mann dazu zwei Hände voll Zigarren gegeben. Alles vergebens! Es war ja nicht viel darin, aber mit so viel Liebe für Dich zurechtgemacht. Die Äpfel werden nun sicher faul sein, und die Wurst und das Gebäck werden nach Zigaretten schmecken, wenn es so lange eingepackt steht. Wie enttäuscht musst Du gewesen sein, gar nichts von zu Hause erhalten zu haben. Es tut mir zu leid.

Abends neun Uhr: Eben habe ich Paula im warmen Bad gehabt und ihr heißes Zitronenwasser gemacht. Nun schläft sie schon in

Deinem Bett und schwitzt hoffentlich tüchtig, damit sie morgen wieder munterer ist.

Um sechs Uhr war ich in der Kirche. Es müssen Tausende von Menschen da gewesen sein. Uns alle eint die Sorge um unsere Lieben. Ein gemeinsames Gebet und die Bitte um eine glückliche Heimkehr weckt die Verbundenheit mit sonst ganz fremden Menschen. Nun sitze ich hier aber ganz allein und denke an die wundervolle Zeit, die wir bisher zusammen hatten. Ich wünsche mir, dass noch viele Jahre dazukommen mögen, die uns in Liebe vereinen. Paulas Krankheit kam mir als Ausrede für den Silvesterabend gerade recht. Ich wollte diesen Abend allein verbringen. Am Bett eines kranken Kindes sitzend, kommt mir immer der Frieden, und ich glaube, Gott sendet mir gerade deshalb in unruhigen Zeiten stets eine kleine Kinderkrankheit.

So sehe ich dankbaren Herzens und voll Zuversicht dem neuen Jahr entgegen und wünsche nur, dass Gott Dich gnädig behütet und mir gesund wiederschenkt. Liebster, ich vertraue fest darauf, dass wir bald die Sonne im Süden genießen werden. Möchten doch die Glocken heute Nacht den Frieden einläuten, das wäre das Schönste, was uns widerfahren könnte. Ich vermisse Dich so sehr, mein Liebling.

Sei geküsst und umarmt
von Deiner Klara

3. Januar 1915, Sonntag

Lieber Justus!
Heute erhielt ich Deinen Brief mit dem Bild des Postens auf dem Schneefeld. Dass Eure Feldwache nur 25 Meter vom Feind entfernt ist und da so seelenruhig auf und ab wandert, das ist unglaublich! Man könnte fast meinen, dem Feind ist es zu kalt, um anzugreifen.

Bei uns ist das Wetter eben sehr trostlos, immer trübe und Regen, daher sind viele erkältet, und man hat wenig Lust auszugehen. Ich will versuchen, morgen Abend die große Abrechnung zu machen. Ich habe auch die Vorlagen für die Steuererklärung bekommen, werde dazu aber Papas Hilfe in Anspruch nehmen müssen. Unsere Paula war heute Morgen wieder ganz vergnügt und ist auch aufgestanden. Da entschloss ich mich am Mittag, mit Helene und den Eltern nach Königstein zu fahren. Emil ließ ich zu Hause, an einem Nachmittag nach Königstein hin und zurück, das ist noch zu anstrengend für unser Bübchen.

Um sechs Uhr waren wir dann wieder zu Hause und kamen in ein unglaubliches Durcheinander. Emil kam ganz aufgeregt zur Tür gelaufen, als er mich hörte. »Mama, komm, schnell, is was los!«, rief er, nahm mich an die Hand und zog mich in die Küche. Dort saßen Lena und Berta zwischen dem immer noch nicht abgewaschenen Geschirr und heulten. Wie ich nach mehrfachem Nachfragen erfuhr, hatte Lena Berta in einem Streit den Stuhl weggezogen. Berta ist hingeschlagen und hat sich dabei den Kopf blutig gehauen, danach hat sie sich erst mal ins Bett gelegt. Nach dem ersten Schreck stand sie wieder auf und ging mit dem Nudelholz auf Lena los, die es ihr aber mit heftigstem Einsatz aus den Händen riss und aus dem Fenster feuerte. Es steckte noch zwischen den Rosenbüschen. Nach diesem Kampf waren beide sichtlich erschöpft.

Fräulein fand ich völlig aufgelöst mit Paula im Schlafzimmer. Das Kind lag mit einem glühenden Kopf im Bett, hatte eine dicke gestrickte Jacke an, und im Zimmer war eine furchtbare Hitze und ganz schlechte Luft. Fräulein hatte die Heizung an meinem Bett aufgedreht, die doch furchtbar riecht, und zu spät wieder zugedreht. Ich habe sofort Fieber bei Paula gemessen: 40 Grad! Ich steckte das arme Kind sofort in ein Bad, gab ihr Aspirin und lüftete das Zimmer gehörig. Nun schläft sie und schwitzt. Ich war wirklich böse mit meinem Personal. Da habe ich hundertmal erklärt, wie sie die Heizung kontrollieren sollen, habe ein Kindermädchen und zwei Hilfen bei den Kindern, und sie machen solch dummes Zeug! Da kann ich ja gar nicht daran denken, dass ich mal ein paar Tage zu Dir fahre, wenn ich nicht einmal sechs Stunden weg sein kann! Ich werde Paula nun erst aufstehen lassen, wenn der Husten ganz vorbei ist. Da hat Doktor Greif das Aufstehen wohl zu früh erlaubt. Mach Dir aber keine Sorgen,

Kinder haben leicht hohes Fieber. Morgen ist es bestimmt besser. Nun genug von den kleinen häuslichen Dramen.

Onkel Egon hat geschrieben. Arthur war bei der Seeschlacht vor den Falklands dabei. Er hat aber noch nichts von ihm gehört und weiß auch nicht, auf welchem Schiff er war. Er hofft auf die »Dresden«, die konnte ja als Einzige entkommen. Aber vielleicht ist sie auch schon untergegangen. Man weiß doch gar nichts über ihren Verbleib. Ist es nicht fruchtbar? Die »Scharnhorst«, die »Gneisenau«, die »Leipzig«, die »Nürnberg«: alle verloren! Und erst diese vielen Leben! Nur ganz wenige wurden gerettet, heißt es. Um Arthur will ich noch nicht trauern, so lange wir keine Gewissheit haben.

Nun leb wohl, mein Liebling, ich bin in Gedanken immer bei Dir.

Deine Klara

5. Januar 1915

Lieber Justus!
Heute telefonierte der Feldwebel, er sei hier auf dem Güterbahnhof und suche die Kisten Liebesgaben von uns. Das ist aber eine schöne Geschichte! Ich dachte, sie seien längst bei Dir. Was hat Lennert denn damit gemacht? Ich war der Meinung, er passt selbst darauf auf, dass sie richtig ankommen. 200 Mark umsonst ausgegeben, und die Mühe dazu! Ist bei den vermissten Sachen auch die Schachtel mit den Zigaretten und dem Familienbild? Ich dachte wirklich, mit Lennert, das wäre der sicherste Weg. Was sagt er denn dazu?

Liebster, ich bin gerade bei unserer Jahresabrechnung. Ich muss Dir sagen, dass wir nach meinen langen Berechnungen anhand Deines und meines Ausgabenbuches im Jahr 1914 17989 Mark ausgegeben haben. Davon gehen 3000 Mark auf die Miete, 3800 Mark auf den Haushalt, und das andere verteilt sich auf Kleidung, Gesellschaften, Geschenke usw. Die genaue Aufstellung lege ich Dir bei. Das große Ausgabenbuch ist wirklich hervorragend und bewährt sich nun glänzend. Da kann man sehen, welche Fehler man gemacht hat.

Deine Nachricht, dass wir uns vielleicht in vier Wochen wiedersehen, hat mich ganz in Aufregung versetzt.

Übrigens, Nolde hat es mit Mutter ganz verdorben, weil er neulich was gegen Robert sagte. Du siehst, so schnell ist es mit der Sympathie in meiner Familie vorbei.

Morgen ist Fräuleins Geburtstag. Sie wird 31. Ich schenke ihr eine Bluse und Handschuhe. Die Geburtstagstorte hat sie von zu Hause bekommen. Ich hoffe, Fräulein bleibt noch lange bei uns.

Nun werde ich den Christbaum abräumen und dabei an Dich denken. Wenn wir den nächsten aufstellen, dann wirst Du wieder bei uns sein, das will ich ganz fest glauben.

In Liebe, Deine Klara

8. Januar 1915

Mein Liebster!
Paula ist wieder wohlauf. Ich traue mich aber noch nicht, sie mit Fräulein allein zu lassen. Wie Du weißt, ist Fräulein mit gesunden Kindern sehr zuverlässig, bei kranken ist sie aber ein bisschen unsicher. Andererseits achtet sie so auch auf Kleinigkeiten und geht nicht leichtfertig mit der Gesundheit der Kinder um.

Heute waren nun Baums zum Tee da. Sie waren beide sehr liebenswürdig und zuvorkommend und blieben zwei Stunden. Die Zwillinge erschienen in ihren weißen Kleidern und Lackschuhen! Emil habe ich den niedlichen Matrosenanzug angezogen. Es war allerliebst anzusehen, wie er Herrn Stabsarzt Baum und seine Frau mit einem Diener begrüßte, sie dann aber ganz selbstbewusst anschaute. Doktor Baum meinte, dass der Junge bestimmt einmal eine führende Position einnähme. Unser Emil macht schon großen Eindruck, wie Du siehst. Nach dem Tee ging ich mit Baums in Dein Zimmer, wo ich ihm eine Zigarre von Papa anbot, die er sehr gern rauchte. Er erzählte, dass Deine Leute Dich sehr verehren und Du Dich um jeden so recht kümmerst. Das hörte ich natürlich gern, und es machte mich auch wieder so stolz auf meinen Justus. Ich dankte Herrn Baum für seine große Fürsorge für Dich. Es ist mir ein Trost, wenn ich weiß, dass er in Deiner Nähe ist. Ich wüsste Dich doch im Ernstfall gut bei ihm aufgehoben. Er hat übrigens acht Tage Urlaub bekommen. Wenn Du das doch auch erreichtest! Aber nun heißt es, Ihr kämt am 15. fort nach Holland. Ich befürchte, dann wird wohl nichts aus Deinem Urlaub, bis Ihr auf dem neuen Posten eingewöhnt seid.

Gesundheitlich sind wir eben alle wohlauf. Wenn es nur ein wenig Schnee und Eis gäbe! Es wäre so viel gesünder, auch für Euch wäre das angenehmer als das eintönige Grau und die kalte Nässe der letzten Wochen.

Leb wohl, mein Liebling, und bleib gesund.

In Liebe, Deine Klara

10. Januar 1915, Sonntag

Lieber Justus!
Wie schön, dass Ihr ein paar Ruhetage habt und mal richtig schlafen könnt. Vielleicht kommt Ihr gar nicht mehr auf Vorposten in die alte Stellung, wenn Ihr am 15. nach Holland sollt. Ich werde nun vorläufig nur Zigarren oder etwas in Büchsen schicken. Wenn Ihr wegkommt, bleibt sicher die Feldpost liegen.

Nun hat es auch Bübchen erwischt. Er schrie heute Morgen ganz schrecklich über Ohrenweh. Ich machte ihm sofort heiße Umschläge mit essigsaurer Tonerde und telefonierte Doktor Greif, der eben da war. Er sagte, es sei nur eine Erkältung und kein Grund zur Sorge. Emil hat auch nachher ein Stündchen geschlafen, und jetzt sitzt er schon wieder beim Spielen. Doktor Greif, dem ich klagte, dass Emil so oft Schnupfen habe, sagte, ich solle im Sommer mit ihm in ein Solbad oder an die See. Er meinte auch, man solle vielleicht mal die Rachenmandeln herausnehmen und damit dem Übel wehren. Dazu habe ich aber gar keine Lust. Auf jeden Fall werde ich mit den Kindern in den Sommerferien nach Königstein gehen. Die frische Luft wird ihnen allen guttun.

Ob man im Sommer verreisen kann, das weiß doch niemand. Es ist alles so ungewiss.

Robert hat es jetzt ganz schlecht getroffen. Der Ärmste muss Wege bauen mit Arbeitern, die alle schon gesessen haben und fünf Mark täglich Löhnung bekommen. Er muss sie beaufsichtigen, und die Leute nennen ihn »Kamerad«. Das alles wirkt nicht gerade angenehm auf ihn, und Mutter ist natürlich ganz entsetzt. Man weiß doch nicht, was diese Leute so alles auf dem Kerbholz haben.

Abends: Papa war gerade hier und erzählte mir eine sehr interessante Geschichte: Er war heute in Wiesbaden, und Kerns hatten ihn zum Kaffee eingeladen. Stell Dir vor, Herr von Meininger, Frl. Kerns Bräutigam, hat einen Hang zum Glücksspiel! Herr Kern hat es über einen Kunden seiner Bank erfahren. Deshalb also die Schulden. Herr Kern ist gar nicht einverstanden mit seinem Schwiegersohn, aber seine Frau spricht für ihn. Das macht der Adelstitel, meint Papa. Dass es auch bei Frl. Kern der Titel ist, glaube ich allerdings nicht. Sie scheint den Mann wirklich zu lieben, was die Angelegenheit nun nicht gerade leichter macht. Da ist das Unglück doch schon abzusehen.

Wie froh bin ich, dass unsere erste Verliebtheit ohne einen Augenblick der Reue in eine echte Liebe überging. Das ist ein Glück, wie ich es jedem Menschen auf Erden wünsche.

Deine Dir ewig treue Klara

12. Januar 1915

Liebster!
Ich bin gerade beim Schneidern von Kinderkleidern und hoffe, es dieses Mal zu schaffen, ohne zu verzweifeln. Den Schal für Dich habe ich fertig.

Du schreibst ja gar nichts mehr von Eurem Fortkommen, sondern vom Beziehen derselben Stellung, die Ihr schon vor drei Wochen hattet. Das klingt, als wäre der ganze Krieg ins Stocken geraten. Sehr erschreckt war ich durch die Nachricht, dass Herr von Hoffer gefallen ist. Die arme Frau! Ich habe gehört, dass sie ein Baby erwartet. Der einzige Trost ist, dass ihr auf diese Weise etwas von ihm bleibt. Durchbringen kann sie sich schon mit dem Kind. Sie ist durch ihre Eltern gut gestellt, alter preußischer Adel, wie Papa sagt. Auch der Bruder von Oberlehrer Wagner ist gefallen und sein Schwager auch, beide am selben Tag. Man wiegte sich eben fast in Sicherheit, und jetzt kommen unerwartet diese Trauerbotschaften. Nun wird man sich der steten Gefahr wieder bewusst.

Die Steuererklärung habe ich nach Deinen Anweisungen umgeändert, Albert hat mir geholfen. Ich habe viel dabei gelernt. Du wirst staunen, wie raffiniert man sie machen kann. Mein Schwager ist da ein richtiges Talent. Ich sende Dir eine Abschrift.

Gestern war ich mit den Eltern in der Oper »Die Königin von Saba«. Es war wunderbar! Ich habe selten solch prachtvolle Musik gehört. Wie habe ich innerlich gebebt vor Sehnsucht nach Dir.

In Liebe, Deine Klara

15. Januar 1915

Liebster Justus!
Heute Nachmittag brachte mir ein Gefreiter der 4. Kompanie einen Brief von Dir. Ich habe ihn zum Kaffee eingeladen, dabei hat er uns allerlei erzählt. Auch von dem Gefecht in Vilcey, wo der arme General ein Auge verloren hat. Sage bitte Stabsarzt Baum noch einmal, er möchte mir stets alles klar depeschieren. Sollte Dir etwas zustoßen, möchte ich nicht hingehalten werden. Ich möchte gleich die Wahrheit wissen! Die arme Frau von Hoffer war nach Metz gereist, hat aber wohl ihren Mann nicht mehr sehen können. Das war sicher besser, er soll ganz entstellt gewesen sein, erzählt man sich hier.

Du schreibst, dass man als Bataillonsführer weniger Ruhe hat, aber dafür mehr Bequemlichkeit. Nun, ist das nicht ein gerechter Ausgleich? Albert meinte gestern, Du solltest Dich als Berichterstatter in den Generalstab melden, dann kämst Du doch aus den Schützengräben heraus. Es ist doch ein elendiges Leben in diesen

Behausungen. Denke doch bitte einmal über Alberts Vorschlag nach. Wir alle sorgen uns so um Dich.

Heute Morgen war ich mal wieder bei Nolde und habe ein halbes Stündchen mit ihm geplaudert und zwar schon um neun Uhr. Er liebt es im Gegensatz zu Dir, vormittags überrascht zu werden. Er hat mir übrigens auch erzählt, dass es mit der Munition der Artillerie schlecht stehen soll. Das wundert mich eigentlich, ich dachte, man hätte in diesen letzten Monaten noch reichlich vorgesorgt. Wenn es aber stimmt, wie soll es denn dann weitergehen? Wie leicht könnte man sich all dieser Sorgen entheben, wenn man den Frieden ausriefe.

Deine Klara

17. Januar 1915, Sonntag

Lieber Justus!
Gestern habe ich Helene und Paula in der Schule angemeldet. Es sind erst 27 Schülerinnen gegen sonst 40 angemeldet. Viele schicken die Kinder jetzt auf Mittelschulen. Es war mir schon ein wenig merkwürdig, dass unsere Mädchen nun schon an dieser Schwelle stehen. Die Kinderzeit geht viel zu schnell vorüber, und plötzlich muss man diese kleinen Menschen, die man doch so gern um sich hat, in ein eigenes Leben ziehen lassen.

Das Wetter ist wieder abscheulich. Es regnet und stürmt wie im April. Wenn es so weitergeht, werdet Ihr noch ganz im Schmutz versinken. Gestern habe ich Frau Reimer in der Stadt getroffen. Stell Dir vor, sie erhielt am Silvesterabend eine Depesche, ihr Mann sei gefallen, und erst am nächsten Tag stellte es sich als Irrtum heraus. Aber da war es schon zu spät. Sie hatte sich so sehr aufgeregt, dass sie noch in derselben Nacht das Kind verlor. Glücklicherweise waren ihre Eltern bei ihr. Sie tut mir zu leid. So elend wie sie aussieht, muss sie jeden dauern. Ihre Eltern nehmen sie nun für ein paar Wochen mit nach Lübeck, damit sie sich erholt. Sie hat mir versprochen, dass sie mir Nachricht gibt, wenn sie zurück ist. Ich will sie dann mal besuchen.

Ich glaube, mit dem Essen kommt wirklich noch etwas auf uns zu. Manche verdünnen ihre Milch schon mit Wasser, weil es heißt, dass sie knapp wird. Wir haben aber noch reichlich, Du musst Dich nicht sorgen. Ich möchte auch Dir wieder etwas schicken, schreibe mir bitte, was Du brauchst.

Nun leb wohl und sei geküsst
von Deiner Klara

19. Januar 1915

Mein Liebling!
Was habe ich gestern und heute durchlebt! Gestern Abend lese ich zu meinem Schrecken in der Zeitung, dass ein tüchtiger Kampf im Gange sei und man davon ausgehe, dass die Franzosen Eure Stellung eingenommen haben. Ich hatte solche Angst um Dich, und da klingelt es plötzlich beim Mittagessen. Ich war sicher, dass es eine Depesche ist. Und so war es auch. Ich nahm sie entgegen, und da sie fest verschlossen war, glaubte ich, dass darin nun die unglückselige Nachricht stünde. Mit zitternden Fingern öffnete ich sie. Als ich dann die gute Botschaft las, war es vorbei mit der Fassung: Ich stürzte hinauf ins Schlafzimmer und dankte Gott auf meinen Knien für diese neue große Bewahrung. Wie dankbar bin ich Dir, dass Du gleich depeschiert hast! Ach Justus, Liebster, wenn ich doch zu Dir dürfte. Ich brenne darauf, Näheres zu erfahren. Ob sie Euch mit Übermacht überfallen haben? Führst Du noch das Bataillon? Gewiss war es bei dem Angriff ganz schwierig, die richtigen Maßregeln zu treffen. Ich fürchtete schon, Ihr würdet alle gefangen. Die Ecke scheint mir recht brenzlig zu werden. Hoffentlich werdet Ihr bald abgelöst. Schade, dass Dir Alberts Vorschlag abwegig erscheint, aber natürlich verstehe ich, dass Du Deine Leute nicht im Stich lassen willst, obwohl ich mir insgeheim wünsche, Du wärst vielleicht in diesem Punkt weniger pflichtbewusst. Verzeih, das war mal wieder ganz Deine Frau, die Dich am liebsten ganz für sich hätte. Aber es ist doch auch das Recht des Liebenden, dass er sich den Geliebten immer ganz nah wünscht.

Ich hörte, dass Lennert morgen kommt, hoffentlich bringt er weitere gute Nachrichten mit. Seine Frau kommt heute schon zu Frau Baum. Sie sind wohl richtige Freundinnen inzwischen. Ich gebe diesen Brief dem Gefreiten Hans mit und dazu ein Wurstpaket. Die Fleischwurst kannst Du warm machen lassen. Das andere ist frische Wurst, die bald gegessen werden muss. Die Koteletts habe ich selbst gebraten. Es ist vielleicht mal eine Abwechslung zum Frühstück. Die Sardinen, Wurst und Schinken hast Du ja erhalten. Mein Liebster, es wäre zu furchtbar, wenn ich Dich verlieren müsste. Ich hatte heute einen Vorgeschmack davon. Und doch müsste man tapfer sein, wie so viele andere. Äußerlich wollte ich es schon sein, aber innerlich litte ich maßlos.

Abends: Wie habe ich mich gefreut, als ich heute noch einen Brief von Dir erhielt. Da hat die Post sich aber mal beeilt. Ich danke Dir für die reizende Fotografie, die mir ausnehmend gut gefällt. Du siehst famos darauf aus, so stramm und jung und unternehmend, viel besser als hier in Frankfurt! Frau Baum telefonierte, dass ihr Mann sich gemeldet hat. Er erzählte, dass es ein sehr blutiges schweres Gefecht war und mehr als zwölf Stunden andauerte.

Hoffentlich habt Ihr jetzt erst mal Ruhe. Den Kindern und mir geht es vorzüglich. Es friert nun, und wir hoffen, bald auf die Eisbahn zu können. Helene hat Gerhard Jahns Schlittschuhe zu Weihnachten bekommen und freut sich sehr auf die Eisbahn. Ich glaube, sie wird es bald lernen. Paula lass ich noch nicht anfangen. Ihre Beine müssen erst gerade werden und die Gelenke sicherer. Helene ist in der Turnstunde wieder am besten gesprungen. Emil würde am liebsten schon mit seinen Schwestern mitgehen. Was meinst Du, wie lange dauert dieser Krieg denn noch?

In Liebe, Deine Klara

21. Januar 1915

Mein Liebster!
Eben kam Dein Telegramm, tausend Dank. Wie bin ich froh, dass auch dieser Tag gut vorüberging. Die Zeitungsnotiz zeigt Eure Fortschritte, von Stillstand kann also keine Rede mehr sein. Wie furchtbar waren die Verluste am Sonntag! Könntest Du mal nachfragen, ob unter den Toten des 49. Bataillons einer mit Namen Schlander ist? Das ist der Bräutigam von Josefa, Gretas Köchin. Die Ärmste ist in großer Sorge, da sie keine Nachricht hat. Wie leid tut es mir um Bürgermeister Pietsch, nun kann er die gute Ehe nicht mehr führen, die er sich wünschte. Wie schrecklich, dass man ihn noch nicht bergen konnte. Es muss furchtbar hergegangen sein. Welch gnädige Bewahrung, dass Ihr gerade die günstige Stellung hattet.

Morgen bin ich bei Frau Baum zum Essen eingeladen. Frau Lennert wird auch da sein. Denke Dir, wie traurig: Friedbert Greif, Doktor Greifs Bruder, hat man das Bein abnehmen müssen, und der Arm liegt in Gips. Es gibt kaum noch Familien, die keine Opfer zu beklagen haben. Wie wird das alles noch enden?

Ich muss nun leider schließen, Greta will mit mir in die Stadt. Pass Du nur gut auf Dich auf.

In Liebe, Deine Klara

24. Januar 1915, Sonntag

Liebster!
Es ist Sonntag, und die Glocken läuten. Heute Nachmittag geht Fräulein aus und ich habe die Kinder, so will ich Dir gleich jetzt schreiben. Gestern kam Dein Brief mit der Beschreibung des Gefechts. Ich werde ihn weiterreichen an die Eltern, Jahns und dann an Deine Mutter. Es wird alle gewiss sehr interessieren, und es steht ja auch nichts Persönliches drin. Dass Ihr acht Bataillone zur Hilfe hattet, ist kolossal. Man sieht daraus, wie viele nötig sind, um den Gegner zu fassen. Mithin sind die Franzosen doch noch recht stark. Man hat durch die Zeitungen immer das Gefühl, als

ob wir so viel stärker wären. Wenn nur die Franzosen nicht noch einmal angreifen. Man scheint es zu vermuten, sonst hätte man nicht Maschinengewehre zur Hilfe gegeben. Wann kommt denn endlich der neue General? Ich wundere mich, dass das so lange dauert. Hoffentlich ist er Dir sympathisch.

Berta ist nach wie vor schlechter Laune, aber ich finde mich damit ab. Lena benimmt sich auch nicht viel besser. Einzig Fräulein ist nach wie vor eine wirkliche Stütze, nur etwas pingelig. Sie war entsetzt, dass ich mich mit den Kindern im Schnee balgte. Das mag sie gar nicht. Aber da lasse ich nicht mit mir reden. Es sind doch meine Kinder, da werde ich mir doch nicht verbieten lassen, mit ihnen zu spielen.

Vorgestern Abend bei Baums war es sehr nett und gemütlich. Aber wie soll ich diese Gastfreundschaft nur erwidern? Und wie soll das später werden, wenn wir mit Baums verkehren? Und das werden wir doch! Es ist alles so viel üppiger dort. So ungefähr wie bei Jahns oder noch mehr. Sie haben vier Dienstmädchen, ein großes wunderbares Haus, prachtvoll eingerichtet. Das Hausmädchen piekfein, das Geschirr wunderbar. Alles in allem bedrückt es mich, mit Menschen zu verkehren, die viel wohlhabender sind. Es ist sicher dumm, denn jeder kann eben nur nach seinen Verhältnissen. Dann hat es mir einen kleinen Stoß versetzt, dass Frau von Hoffer neulich zu Frau Baum gesagt haben soll, ich sei immer so kalt. Woran liegt das nur, dass die Menschen glauben, ich sei kalt? Bin ich so unfreundlich? Ich könnte weinen darüber, wenn ich nicht dächte, in diesen Zeiten sollte man nur über wirklich Schweres weinen. Ich habe nicht Frau von Hoffers Natur, die den Verlust ihres Mannes mit Geselligkeiten zu überwinden sucht. Vielleicht hat sie ihn sogar schon vergessen. Sie erwähnt ihn kaum noch. Vielleicht spreche ich sie mal auf ihre Meinung über mich an. Andererseits, wenn Du mich nur lieb hast, dann sollen die anderen doch reden, sie kennen mich dann eben nicht richtig.

Nun ist auch noch der Boiler in der Küche kaputt, und wir haben die Handwerker im Haus. Heute haben wir auf dem Gas nur eine Suppe gekocht, aber sie hat uns vorzüglich geschmeckt. – Wenn ich Dich doch nur bald wiedersehen könnte. Mit Dir an meiner Seite mache ich mir viel weniger Sorgen, und die Zukunft erscheint dann immer so hell. Leb wohl, Liebster, ich will noch mal zu den Eltern.

Deine Klara

26. Januar 1915

Lieber Justus!
Da hat also der blonde Gefreite das Paketchen bei Dir abgeliefert, das ich ihm mitgegeben habe. Es freut mich, dass die Würste Euch geschmeckt haben. Er hat auch eine kleine Belohnung bekommen, Zigarren und Zigaretten, und seiner Frau brachte ich einige Babysachen für das Kind. Nolde entschuldigt sich, er hat noch keine Zeit gefunden, Dir zu schreiben. Er hat den ganzen Sonntagnachmittag im Amtszimmer gearbeitet.

Heute, während der Turnstunde der beiden Großen, war ich mit Fräulein und Emil in der Stadt, um ein paar Besorgungen zu machen. Mutter hat mir übrigens 10 Mark dazugestiftet, wofür ich eine Hose für Emil kaufte. Unsere zwei selbst gemachten Kleidchen schreiten langsam vorwärts. Ich habe mich bis jetzt noch kein einziges Mal darüber geärgert. Die Zwillinge machen sich in der Turnstunde prächtig. Heute Abend gehe ich mit Mutter in »La Traviata«, eine Oper von Verdi, die ich noch nicht kenne. Mutter hat einen Brief von Onkel Egon und will ihn mich lesen lassen. Ach, könntest Du doch mit uns in die Oper, wie schön wäre das!

Gestern Nachmittag war ich bei Frau von Hoffer zum Tee. Es waren auch noch einige andere Damen dort, Frau Baum kam auch dazu. So fand ich keine Gelegenheit, Frau von Hoffer auf ihre Meinung über mich anzusprechen. Es ist mir jetzt auch egal. Der Nachmittag war unterhaltsam, wir haben einmal nicht über den Krieg gesprochen, was alle Damen als eine Erholung empfanden. Frau von Hoffer las uns Gedichte von einem jungen Mann vor, den sie aus Nackenheim kennt, sie hat dort Verwandte. Sie meinte, wir sollten uns seinen Namen merken, man würde bestimmt einmal von ihm hören. Er heißt Carl Zuckmayer.

Komm mir bitte bloß wieder, Justus, sonst werde ich eine ganz einsame Frau. Die Gesellschaft suchen, wie Frau von Hoffer, das könnte ich einfach nicht.

In treuer Liebe
Deine Klara

27. Januar 1915,
Kaisers Geburtstag

Mein Liebster!
Zuerst eine gute Nachricht: Arthur hat sich gemeldet. Er war auf der »Gneisenau« und wurde von den Engländern halb erfroren aus dem Wasser gezogen. Er hat sich bis auf eine Knieverletzung gut erholt. Stell Dir vor, Onkel Egon hat es erreicht, dass der Junge nach Hause darf. Durch seine Reederei kennt Onkel Egon einflussreiche Leute in England. Er erwartet Arthur schon in ein paar Tagen in Hamburg. Ist das nicht eine wundervolle Neuigkeit?

Gestern Abend hat mir die Oper ausnehmend gut gefallen. Der Liebhaber hatte eine glänzende Stimme und Aussprache, aber leider die Figur und Bewegung eines kleinen Schneiders oder Friseurs. Dafür war Violetta einzigartig. Du kennst doch die Oper oder jedenfalls das Buch »Die Kameliendame«? Der Schluss hat mich natürlich zu Tränen gerührt. So eine Oper ist für mich solch ein Genuss, dass ich den ganzen Abend davon reden möchte, und da muss man mit Mutter Haushalts- und Mädchennöte erörtern.

Heute Morgen war ich in der Aula zur Feier, sie war sehr schön, anbei das Programm. Kirchen und Schulen feiern heute alle Kaisers Geburtstag, aber es ist ganz anders als sonst. Keine Parade, dabei ist prachtvolles Wetter, nur etwas Frost. Wie schön waren die Paraden immer anzusehen! Man hatte sich schon so daran gewöhnt, dass das Jahr mit diesem Fest begann. Das muss wieder ein tolles Gefecht gewesen sein, von dem Du in Deinem Brief von gestern schreibst. Aber ich verstehe nicht, warum Ihr gegenseitig immer wieder Schützengräben nehmt oder verliert, ohne auch nur viel vorwärtszukommen, doch mit ungeheuren Verlusten. Man will sich wohl gegenseitig langsam schwächen. Ich verstehe leider nichts davon, sonst könnte ich es mir erklären. Was die Zeppeline eines Tages noch so ausrichten? Davon erwartet ja jeder viel. Ob der Krieg dann ein Ende findet?

Heute Nachmittag waren Frau Baum, Frau Lennert, Mutter und Greta bei mir zum Tee. Es war sehr nett. Nur Frau Lennert war etwas still, so ganz anders, als ich es von ihr gewohnt bin. Aber dafür war Frau Baum umso unterhaltender. Sie ist wirklich eine reizende Frau. Sie haben übrigens ein Erbbauhaus, das ändert die Sache sehr. Dann sind sie doch nicht so reich, wie ich annahm. Sie hat nur die herrliche Gabe, aus wenig etwas zu machen, und ihr Haushalt ist daher eins a.

Ich aber habe mich schon wieder über Berta ärgern müssen. Sie wird wirklich zu frech. Es ist ein ganz unerfreuliches Kapitel. Frau Baum hat zwei ihrer Mädchen schon zehn Jahre und ist vollkommen zufrieden. Ich bildete mir früher immer ein, das könnte ich auch erreichen. Hätte ich nur mehr gelernt, dass ich wenigstens geistig was erreichen könnte. Unsere Töchter sollen mal viel lernen und möglichst wenig im Haushalt gefordert sein, das ist viel besser.

So, und nun will ich noch etwas recht Schönes denken. Vor mir steht Dein liebes Bild und daneben ein herrlicher Fliederstrauß aus dem Süden. Welch ein Duft! Wie Honig im Frühling! Denk doch nur, Justus, vielleicht sind wir im Sommer schon auf unserer Reise, wie schnell wirst Du da all das Schreckliche vergessen. Wir wollen beide fest daran glauben, dass es bald so weit ist.

Deine Klara

29. Januar 1915

Liebster!
Seit gestern haben wir starken Frost und Schnee. Ich war eben mit Helene zum ersten Mal auf der Eisbahn, das heißt, Helene mit Schlittschuhen, und ich lief ohne nebenher. Sie hat sich gar nicht schlecht angestellt. Ich denke, sie wird es bald lernen. Glänzend laufen Jahns Kinder. Beide haben Stiefel mit Schlittschuhen dran.

Solche habe ich nie besessen. Du siehst, Greta hat durchaus ihre Extravaganzen, was die Kinder betrifft. Aber ich sage nichts dazu.

Metzger Röders Jungen soll es schlechter gehen. Die Eltern sind zu ihm gereist, hoffentlich finden sie ihn noch lebend vor. Es ist so traurig, auch wenn er überlebt, dann wird er mit nur einem Bein nie ein Leben führen können, wie man es einem jungen Menschen wünscht. Bei älteren, die vom Leben schon etwas gehabt haben, finde ich es nicht so schlimm.

Ich muss schließen, mir scheint, als habe ich Fieber. Aber mach Dir keine Sorgen, morgen geht es mir bestimmt besser. Mein Liebster, ich sehne mich so nach Dir.

In Liebe, Deine Klara

1. Februar 1915

Mein Liebster!
Heute nur eine kurze Nachricht. Mir war die letzten Tage nicht wohl, ich hatte 39,8 Fieber. Gerade war Doktor Greif da und meinte, es sei Influenza und ich müsse mich ein paar Tage sehr schonen. Ich liege nun im Bett und hoffe, dass ich mich bald erhole. Sei mir nicht böse, wenn ich Dir in den nächsten Tagen nicht so viel schreibe, weil ich sicher viel schlafen werde.

Leb wohl und sorge Dich nicht, hier kümmern sich alle gut um mich.

Deine Klara

8. Februar 1915

Lieber Justus!
Endlich kann ich Dir wieder mal ein Brieflein schreiben. Da hatte mich die Influenza nun doch richtig erwischt. Seit gestern habe ich nun kein Fieber mehr und fühle mich schon viel besser. Gestern Abend habe ich gebadet, und mit zwei Aspirin schlief ich herrlich in meinem frisch bezogenen Bett. Heute bin ich nun den ersten

Tag aufgestanden. Es war zu lieb, dass Du zweimal telefoniertest, um zu hören, wie es mir geht. Dass Deine Mutter gleich hergekommen ist, dafür bin ich sehr dankbar. Sie ist mir eine ganz große Stütze, und die Kinder sind sehr glücklich mit ihrer Großmutter. Greta hat uns auch geholfen und die Kinder einige Male zu sich geholt.

Papa hat mich gestern Abend besucht und mir erzählt, dass die Österreicher in den Karpaten schwere Kämpfe auszuhalten haben und vor England gab es wieder ein Seegefecht. Der Frieden lässt wohl doch noch auf sich warten. Wenn nur Du gesund bleibst, dann wollen wir es schon aushalten. Arthur ist jetzt in Hamburg, er hat geschrieben, dass er uns bald mal besuchen will.

Brauchst Du etwas, Justus? Schreibe es mir nur, ich will es Dir gleich schicken.

Sei innigst umarmt und geküsst

Deine Klara

11. Februar 1915

Liebster!
Gestern habe ich nur zwei Stunden am Nachmittag geschlafen, sonst war ich den ganzen Tag auf. Es geht mir wieder sehr gut. Deine Mutter wird wohl morgen nach Kassel zurückfahren. Sie sagt, dass sie die Zeit mit den Kindern sehr genossen hat. Berta und Lena hatten sich auch weniger gezankt und ihre Arbeit gemacht. So hoffe ich, dass Deine Mutter nicht zu überanstrengt ist.

Heute kam leider wieder eine Trauernachricht. Herr von Schulzendorf ist gefallen, am Suezkanal. Die arme Leonore, bis jetzt verwöhnt, geliebt, behütet, und jetzt dieser Schlag! Erst zwei Jahre verheiratet und schon wieder allein. Das Kind ist sechs Monate alt, und er hat es nicht ein einziges Mal gesehen. Dem Sohn von Röders geht es besser. Er wird bald nach Hause kommen. Wie es für den armen Jungen weitergeht, das wissen sie noch nicht. Die Metzgerei wird er ja nun nicht übernehmen können, mit nur einem Bein. Er selbst möchte gern studieren. Ob die Eltern das ermöglichen können? Robert hat immer noch keine andere Stellung, was Mutter sehr aufregt. Aber das Aufregen hilft nicht. Wir müssen geduldig ausharren und hoffen, dass unseren Lieben nichts Schlimmes geschieht. Was diese Zeit uns nur allen noch abverlangen wird?

Den Kindern geht es sehr gut, sie haben gefragt, ob die Großmama wiederkommt, wenn ich noch einmal krank würde. Deine Mutter ist sehr nachgiebig gegenüber den Kindern, was sie natürlich sehr schätzen und ihnen für ein paar Tage auch nicht schadet. Nun lass mich schließen, es ist schon elf Uhr, und ich bin sehr müde. Ich hoffe, Dir bald mal wieder einen längeren Brief schreiben zu können. Onkel Heinrich ist übrigens sehr krank. Er liegt im Heilig-Geist-Krankenhaus. Es seien die Nieren, heißt es.

Wann denkst du denn, können wir uns mal wieder sehen?

Deine Klara

14. Februar 1915

Mein Liebster!

Nun fühle ich mich wieder ganz wohl und hoffe, dass ich den Winter ohne weitere Krankheit überstehe. Wir haben es warm und gemütlich zu Hause, und es fehlt uns an nichts. Wo Du wohl heute bist? Wenn Du nur nicht frieren musst und genug zu essen hast! Hier verdünnen immer mehr Leute die Milch mit Wasser, was ich ganz abscheulich finde, aber wohl nicht zu ändern ist. Wie bin ich dankbar, dass ich noch in der Lage bin, die Kinder gut zu ernähren. Meine Ersparnisse schätze ich jetzt mehr denn je. Aber ich werde auch sonst an manchem noch einsparen, wie Essengehen, Theater usw., damit es den Kindern und Dir an nichts fehlt.

Frau Lennert war gestern Abend auf ein Stündchen hier. Sie war auf der Durchreise zu ihren Eltern nach München und hatte sich ganz überraschend angesagt. Stell Dir vor, sie erwartet ein Kind! Es ist aber noch ganz am Anfang. Sie hofft sehr, dass der Krieg vorbei ist, wenn das Kleine kommt, und ihr Mann dann bei ihr sein kann. Frau Reimer ist wieder in Frankfurt. Es geht ihr wohl besser. Sie hat gestern telefoniert und mich für morgen zum Tee eingeladen. Nolde war übrigens ganz rührend um mich besorgt und hat sich jeden Tag nach meinem Befinden erkundigt. Er hat mir auch einen Strauß Nelken bringen lassen und ein Buch, das mir sehr zu Herzen gegangen ist: »45 Jahre aus meinem Leben. Die Aufzeichnungen der Fürstin Anton Radziwill«. Sie schreibt sehr einfühlsam über ihre Familie, auch über ihren Onkel Friedrich den Großen und ihren Bruder Louis Ferdinand, für den sie eine ganz tiefe Zuneigung empfand. Er ist ja noch sehr jung 1806 bei Saalfeld gefallen. Das mit der Tapferkeit ist so eine Sache, sie führt oft zu einem frühen Ende, und das ängstigt mich sehr, da ich weiß, wie ernst es mein Justus damit nimmt, das Vaterland zu verteidigen.

Für Helene und Paula hat Nolde auch einige Bücher mitgebracht. Die beiden freuen sich schon sehr darauf, dass auch der Papa ihnen mal wieder vorliest. Wir vermissen Dich!

Deine Klara

17. Februar 1915

Mein lieber Justus!
Heute Vormittag war ich mit Helene und Paula in der Stadt. Gegen neun Uhr begannen alle damit, die Fahnen herauszuhängen, und um zehn Uhr läuteten die Glocken für den großen Sieg. Es war mir ordentlich feiertäglich zu Mute. Der Erfolg ist herrlich, aber wie sollen wir nochmals 50 000 Mann oder mehr ernähren, wo wir doch alle sparen müssen? Hat es je einen Krieg gegeben, in dem so viele Gefangene gemacht wurden?

Von Robert haben wir Nachricht. Er ist nach Ypern versetzt und hat dort einen gefährlichen Posten, mehr hat er aber nicht darüber geschrieben. Ich denke, es ist ihm verboten. Wenigstens wissen wir, dass es ihm im Moment gut geht. Das Neue Testament habe ich ihm geschickt, weil er mich darum gebeten hatte. Mutter wollte er nicht fragen. Sie hätte sich auch sehr gewundert, waren ihm die Kirche und der Glaube bisher doch egal. Aber bei all dem Elend, das er gesehen hat, braucht er wohl etwas, was ihm Halt gibt. Es wäre schön, wenn er unserem Herrgott nun ein bisschen vertraute.

Nach dem Mittagsschlaf habe ich heute den ganzen Nachmittag genäht. Ich sah Dich im Geiste neben mir stehen und fühlte, wie Du Dich zu mir herunterbücktest und meine Stirn küsstest. Diese schöne Einbildung ließ mich innerlich lächeln. Wie sehr bedaure ich, dass der Stabsarzt Baum versetzt ist, das ist ein großer Verlust für Euch. Sie hat es mir gerade telefoniert. Hoffentlich ist diese Versetzung nur vorübergehend. Nun ist nur der kleine Ludwig als Arzt bei Euch. Es ist mir kein sehr angenehmer Gedanke, denn Doktor Baum hat doch wohl entschieden mehr Erfahrung. Wenn etwas passiert wäre, hätte ich Dich in guten Händen gewusst. Es ist wirklich sehr schade. Heute Nachmittag habe ich während des Nähens die Kinder sehr genossen. Sie spielen so reizend. Emil allerdings geriet heute in Wut, weil er ein Spielzeug nicht gleich bekam, und hat Paula blutig gekratzt. Er versucht sich jetzt immer häufiger gegen seine Schwestern durchzusetzen. Ich habe ihnen gesagt, dass sie sich nicht alles gefallen lassen dürfen, sonst wird noch ein kleiner Tyrann aus unserem Bübchen.

Vorgestern war ich nun bei Frau Reimer zum Tee. Sie sieht schon wieder viel besser aus und ist fest entschlossen, es bald wieder mit einem Baby zu versuchen. Sie hofft, dass ihr Mann nächsten Monat Urlaub bekommt, und ich wünsche es ihr sehr. Ich glaube, das Alleinsein ist so überhaupt nichts für sie. Sie ist in vielem doch noch recht unsicher.

Nolde war gestern Abend für ein Stündchen hier, um nach meinem Befinden zu fragen. Wir haben auch über die neuesten Zeitungsnachrichten gesprochen. Ich hoffe, dass Du nicht in Gefechte verwickelt bist und ein bisschen Ruhe hast.

In innigster Liebe

Deine Klara

18. Februar 1915

Liebster Justus!
Vielen Dank für deinen lieben Brief. Der Sieg Hindenburgs entwickelt sich immer glänzender. Es ist wunderbar, dass nun Ostpreußen endlich befreit ist. Heute soll nun auch der Seekrieg beginnen, den ich mir noch gar nicht vorstellen kann und von dem ich auch immer noch glaube oder fürchte, er wird uns einen jetzt noch neutralen Gegner mehr bringen. Wie es Dir wohl geht, mein Liebster? Die Gefechte im Priesterwald nördlich Toul sind wohl nicht in Eurer Nähe. Es ist zu dumm, dass ich keine Karte von dort habe. Ich muss mich doch noch einmal danach umsehen. Ich hoffe, Du sitzt in Deinem fürstlichen Bataillonsunterstand und hast etwas Ruhe.

Ich habe heute Morgen tüchtig in der Küche gearbeitet, was mir sehr gut getan hat. Berta und Lena haben geputzt, einmal ohne Zank! Denke doch mal daran, das eingemachte Obst zu essen. Ich schicke Dir heute wieder ein paar Konserven und Wurst. Ich hoffe, dass alles bei Dir ankommt. Was macht denn Lennert? Du hast schon lange nichts mehr von ihm geschrieben. Weiß man inzwischen etwas von Hauptmann Sänger, oder ist sein Schicksal noch immer ungewiss?

Um vier Uhr will ich mit Jahns einen Spaziergang in den Wald machen und abends mit ihnen und den Eltern einen Lichtbildervortrag über den Krieg im Osten hören. Die Eltern haben uns dazu eingeladen. Es geht uns allen ausgezeichnet. Das Wetter ist himmlisch, das reinste Frühlingswetter, ganz warm und wundervolle Sonne. Wie schön es wäre, wenn Du jetzt hier wärest und nicht wieder fort müsstest. Wir hätten es dann sicher recht gemütlich zusammen. Wenn Du doch wenigstens auch etwas wärmeres Wetter hättest, das wäre doch eine kleine Erleichterung bei all diesem Unangenehmen, das Ihr auszuhalten habt.

Sei tausend Mal gegrüßt und geküsst von

Deiner Klara

21. Februar 1915, Sonntag

Mein lieber Justus!

Wie hast Du wieder lieb geschrieben! Aber ich glaube, Du lobst mich manchmal doch zu sehr. Ich habe in vielem noch so viel zu lernen und bin noch lange nicht die Frau, die ich gerne für Dich wäre. Aber ich fühle wohl, dass der Krieg mich vorwärtsgebracht hat. Oder vielmehr manches herausgebracht hat, was schon in mir lag. Und das Herz, das mir Nolde einst absprach, habe ich immer gehabt. Ich denke, er weiß das inzwischen auch, da er mich nun besser kennt. Und Du, mein Liebster, wusstest es schon immer, sonst hättest Du mich wohl nicht genommen. Schon als 16-Jährige, wenn ich bei meiner kranken Großmutter saß, wie sehr durchströmte mich dann das Mitgefühl, und wie gern hätte ich es mehr gezeigt! Der Erste, der in dieser Beziehung ganz auf mich einging, war Edgar Winter, deshalb habe ich wohl auch so sehr an ihm gehangen. Und es ist für mich ganz wunderbar, dass Du mich nun so ganz verstehst, wie niemand sonst. Du hast erst etwas aus mir gemacht, und deshalb gebührt mir kein Lob, sondern Dir. Du bist das größte Glück für mich, Justus! In meinem Leben wäre eine tiefe Leere, wenn Du nicht wiederkämst, und diese Leere würde auch nie vergehen.

Frau von Hoffer ist da anders, ich hatte es ja schon erwähnt. Sie soll schon beim Anprobieren ihres Trauerkleides gesagt haben, das sei ihr zu schwarz. Frau von Hoffer ist eben eine glückliche Natur, die nie lange traurig sein kann. Als ich vor ein paar Tagen mit Frau Baum bei ihr zum Tee war, kamen nach uns gleich die nächsten Gäste; ihrem Aussehen nach wohl Künstler, Maler oder Musiker oder Ähnliches. Wie sie ihren üppigen Haushalt gerade fortführt, da müssen wohl die Eltern schon tüchtig zuschießen. Als Hauptmannswitwe bekommt sie ja nur eine Pension von 2000 Mark. Sie hat übrigens ein sehr tüchtiges Kinderfräulein, schon etwas älter und sehr erfahren.

Ich sprach gestern mit Albert über den Fall einer Kriegsgefangenschaft. Es heißt, dass dein Hauptmannsgehalt nicht mehr gezahlt würde, wenn Du in Gefangenschaft gerätst, da Du vom feindlichen Land etwas erhältst. Die Stadt würde mir aber für ein

Vierteljahr Dein volles Direktorengehalt bezahlen. Die Witwen der Reserveoffiziere erhalten keine Pension vom Staat und nur zwei Monate Gehalt.

Der Vortrag, den ich mit den Eltern besuchte, war sehr gut. Vor allem die Lichtbilder waren hervorragend. Neues hat er aber eigentlich nicht gesagt. Die Freude über unsere Siege ist hier immer ganz verhalten. Seit dem falschen Jubel über Belfort sind die Frankfurter nicht mehr so leicht zu begeistern. Heute steht die Versenkung eines Transportdampfers mit 2000 Engländern in der Zeitung. So schrecklich solch ein Massentod in den Wellen ist, so glänzend wäre es als Erfolg für uns. Es ist allerdings noch nicht amtlich und vielleicht auch gar nicht wahr. Manchmal weiß man gar nicht, was man noch glauben kann. Am Abend war ich noch mal drüben bei Nolde. Er ist leider gar nicht wohl. Er kam mir hinkend entgegen und sagte, er habe eine Venenentzündung am Fuß. Beim Arzt ist er nicht gewesen, aber er kann kaum laufen. Ich riet ihm, einige Tage zu Hause zu bleiben. Aber vor Ostern ist das schwierig, und er hält das für ausgeschlossen. Es sei denn, ich würde ihn vertreten, und er glaube bestimmt, die Jungens würden auch fein parieren, wenn ich durchs Gymnasium schritte und »Ruhe« riefe. Wir haben schön über diese Vorstellung gelacht.

In innigster Liebe

Deine Klara

22. Februar 1915

Mein Liebster!

Heute ist der große Sieg über die Russen in Ostpreußen nun endgültig verkündet. Sieben Generäle, 100 000 Mann gefangen, es ist wunderbar. Die Glocken läuteten, die Fahnen alle heraus, und vom Turm des Polizeipräsidiums bliesen Posaunen. Es war ergreifend. Frankfurt kann doch noch jubeln!

Verzeih, wenn ich heute so kurz schreibe, aber ich habe Kopfweh und will mich früh zu Bett legen. Morgen mehr.

Deine Klara

23. Februar 1915

Lieber Justus!

Du musst Dich nicht sorgen, wenn ich von Kopfweh schreibe, du weißt doch, dass das bei mir immer vorübergehend ist. Es wird wohl das Frühjahr sein, das ich etwas spüre.

Heute Morgen war ich mit den Kindern in der Turnstunde und denke Dir nur meinen Schrecken, Herr Büchner muss morgen einrücken, und die Turnstunden haben ein Ende. Die Kinder sind natürlich sehr traurig. Es muss aber auch alles fort, auch mein Heizer muss nun gehen. Gestern, als ich Frau von Hoffer zum Tee einladen wollte, hörte ich, dass sie im Krankenhaus liege. Kaum ist sie glückliche Mutter geworden, hat sie sich im Wochenbett eine Gebärmutterentzündung zugezogen. Das tut mir wirklich sehr leid für sie. Ich glaube, ich habe ihr Unrecht getan, sie trauert wohl doch sehr um ihren Mann, auch wenn sie sich nach außen hin so lebenslustig gibt. Frau Baum meinte nämlich, dass Frau von Hoffer wohl ihre Trauer zu sehr verdrängt habe und die sich jetzt in einer Krankheit austobe. Frau Baum hat das Kind mit dem Fräulein zu sich genommen. Das finde ich geradezu großartig. Frau Baum bringt wirklich viel fertig. Man kann sich ein Beispiel daran nehmen.

Nun bin ich aber ganz von dem abgekommen, was ich Dir eigentlich schreiben wollte. Du spielst wieder darauf an, dass ich nicht allein bleiben würde, wenn Dir das Schlimmste zustößt. Und ich weiß, dass ich selbst schuld daran bin, dass Du so etwas denkst.

Ja, ich will es ganz offen und mit Beschämung zugeben, wie ich es wohl schon einmal schrieb, dass ich mit dem Gedanken einmal spielte, und das war großes Unrecht. Ich will mich auch nicht entschuldigen damit, dass es wohl für uns Frauen eine Versuchung ist, wenn man geschmeichelt bekommt. Und das hast Du selbst getan, als Du mir vor ein paar Tagen wieder einmal schriebst: »Klara, Du bist noch so jung, ganz nett anzusehen und hast Geld« usw. Da kam mir mal der Gedanke des Triumphes, noch mal jemandem gefallen zu können. Es war ein leichtsinniger Moment, ein Unterliegen einer Versuchung, und man sollte doch auch in Gedanken rein sein. Ich gestehe ein, dass es mir direkt

Freude macht, wenn ich Nolde nicht unangenehm bin. Du siehst, ich lege alles offen vor Dich hin. Kein Fältchen meines Herzens soll Dir verborgen bleiben, und nun richte über mich! Ich habe schon das Pech, den meisten Frauen nicht zu gefallen, so freut es mich eben, wenn der eine oder andere Herr gern in meiner Gesellschaft ist.

Du musst mich nicht falsch verstehen, ich gehe nicht auf Männerjagd und ich kokettiere nicht, es macht mir nur Freude, mal jemandem zu gefallen. Ich kann tagelang ganz allein in meinem Haus leben, nur für die Arbeit und die Kinder, ich bummle nicht in der Stadt herum, aber mal ein halbes Stündchen bei Nolde, das frischt mich auf. Es ist nur eine kleine Freude, sonst nichts. Und wenn ich meinen liebsten einzigen Justus hergeben müsste, so würde doch diese kleine Freude ganz gut bleiben können, ohne einen Gedanken daran, dass Nolde Dir etwas wegnähme. Diese tiefen Empfindungen, die ich für Dich hege, sind unantastbar und so wunderbar, dass ich nichts dem gleichstellen werde. Meine Liebe gehört Dir, Justus, nur Dir, das musst Du mir glauben, aber diese Liebe verbietet mir doch nicht die rein freundschaftlichen Gefühle für jemand, der Dir ebenso wohlgesinnt ist wie mir.

Sei meiner Liebe gewiss für alle Ewigkeit, Justus, mein Einziger.

Deine Klara

24. Februar 1915

Liebster!

Gestern Abend quälten mich nun doch noch Gewissensbisse über meinen gestrigen Brief. Ich habe mich doch recht ungeschickt ausgedrückt und fürchte, Dir womöglich wieder eine böse Stunde bereitet zu haben. Ich wollte Dir nur alles recht offen schreiben, aber Du darfst es Dir nicht zu Herzen nehmen!

Wenn Du es wünschst, kann ich meine kleinen Gänge hinüber lassen, obgleich ich andererseits gerade das so schön finde von Dir, dass Du mich nie in meiner Freiheit beschränkst. Und meine Gedanken sind doch ganz rein, mit keiner Regung des Herzens bin ich untreu. Ich bin sogar davon überzeugt, dass es nur die Freundestreue zur Dir ist, von der ich ein wenig abbekomme, sonst würde ich wohl wie Luft behandelt. Das ist auch immer wieder mein Gefühl: Wenn ich Dich verlöre, wer kümmerte sich wohl dann noch um mich?

Aber Du bist ja da, und ich bin voller Zuversicht, dass Du uns erhalten bleibst.

In aufrichtiger Liebe
Deine Klara

25. Februar 1915

Lieber Justus!
Heute Nachmittag war Frau Baum mit ihren beiden Jungen da. Es war ganz reizend. Mutter und Greta kamen auch dazu. Mutter fragt, was sie Dir schicken könne? Ich bat um Zigarren. Ich habe heute die letzten 100 Mark vom Gehalt geholt, die Kohlen kosten ein sündhaftes Geld. Am Essen müssen wir aber noch nicht sparen, mache Dir also keine Sorgen.

Lenas Peter ist nun doch gestorben. Sie hat recht geweint, aber ich glaube, sie wird schnell darüber hinwegkommen. Sie hat zu Berta gesagt, sie wolle zu Ostern ihre Schwiegereltern besuchen. Ich will es ihr ausreden, sie kennt diese Leute doch gar nicht und wird sicher bald einen anderen heiraten. Sie hat die ganze Zeit schon an andere geschrieben. Außerdem kann ich sie Ostern nicht fortlassen, sonst muss ich die Arbeit allein tun.

Wie ist es denn eben bei Euch? Gibt es viele Gefechte?

Sei gegrüßt und geküsst
von Deiner Klara

28. Februar 1915, Sonntag

Mein Liebster!

Ich möchte noch mal über das Thema sprechen, das uns so viel zu schaffen macht. Dass Du aus meinem Schreiben nicht recht klug geworden bist, kann ich gut verstehen. Das ist wieder mal »die Logik der Frau«! Es ist aber auch so schwer für mich, meine Empfindung richtig auszudrücken auf diesem Gebiet, das doch nur aus Empfindung besteht. Wenn ich Deine Erklärung noch einmal genau durchlese, so weiß ich wieder nicht, wie ich sie beantworten soll. Ich will es aber wenigstens versuchen: Das Eine ist mir jedenfalls klar, mein Gewissen spricht mich vollständig frei, bis auf den einen Moment, wo ich mit dem Gedanken einer zweiten Heirat spielte und dabei nicht an Nolde, sondern an eine x-beliebige Möglichkeit dachte. Aber mir wurde doch auch gleich klar, dass es nie so weit kommen würde, weil ich es gar nicht könnte, einen anderen nach Dir zu lieben, das musst Du mir glauben! Meine kurzen Besuche drüben sind doch nur eine kleine Anregung, eine kleine Freude, nicht im Entferntesten zu vergleichen mit Liebe. Andererseits entsinne ich mich, dass Du einmal gesagt hast, Freundschaft zwischen Mann und Frau gibt es nicht, da stimmt immer etwas nicht. Also soll man sich doch wohl davor hüten. Es trübt aber eine Freundschaft, wenn man immer denkt: »Du musst auf der Hut sein.« Deshalb ist es wohl doch besser, mit Männern nur formell gesellschaftlich zu verkehren und sich mit den Männern, die der engsten Familie angehören, zu begnügen. Ab und zu hat nun einmal jede Frau eine männliche Gesellschaft nötig, wenn sie nicht vereinsamen will und mal ausruhen von dem vielen unnötigen Geschwätz der Frauen. Und du weißt ja, dass ich mich leider schwer anschließe an Frauen. Ich hoffe, dass Gott mich behüten möchte vor den Versuchungen oder mir wenigstens die Kraft geben möchte, ihnen zu widerstehen. Und wenn Dir etwas Schlimmes geschieht, dann werde ich Dir auch treu bleiben, so wie ich es Dir schon so oft versichert habe. Und dass Du Dich auf mich verlassen kannst, das weißt Du doch! Es ist mein schönstes Glück, dass Du mir nicht misstraust, weil Du weißt, dass ich Dir alles erzähle, was mich bewegt, und nicht wie so viele Frauen, die sagen, das muss mein Mann gar nicht wissen.

Die Mädchengeschichte hat sich eingerenkt. Sie wollen wieder versuchen, zusammen auszukommen. Es wäre zu schön, wenn es gut ginge. Stell Dir vor, welch ein Glück, Herr Büchner ist bis zum 1. April zurückgestellt. Die Turnstunde geht also weiter. Bitte, Justus, sei Dir meiner Liebe und Treue gewiss, für ewig.

In tiefer Liebe

Deine Klara

2. März 1915

Mein lieber Justus!
Eben gerade vor dem Abendessen komme ich von einem Stadtgang nach Hause. Als ich vor der Kirche aus der Trambahn stieg und unser Häuschen so friedlich liegen sah, da erfüllte mich wie schon oft das beseligte Gefühl und der heiße Dank, eine so teure Heimat zu haben. Wenn erst die Linden im Hof wieder knospen und die Rosen blühen und Du nach Hause kommst, dann wird es paradiesisch werden. Dann werden wir abends auf dem Balkon sitzen, ein Glas von unserem besten Rotwein trinken und den Blick auf den Taunus genießen. Und dann der Winter, wie schön kann auch diese Jahreszeit sein, wenn man sie richtig auskostet! Schade, dass wir dieses Jahr nicht so viel Schnee hatten. Du weißt, wie sehr ich den Anblick liebe, wenn das Mondlicht die verschneiten Hänge berührt und es überall blitzt und funkelt. Als kleines Mädchen habe ich immer gedacht, dass der liebe Gott in solchen Nächten Diamanten vom Himmel rieseln lässt.

Verzeih, da schwärme ich Dir von unserem kleinen Paradies vor, und Du musst schon wieder umziehen und aus Deinem bequemen Unterstand heraus. Deine Leute werden es Dir aber bestimmt in der nächsten Stellung ebenso gemütlich herrichten. Herzlichen Dank für das Geld, das ich gestern früh erhielt. Es kam gerade im richtigen Augenblick. Die Mädchen wollten nämlich Schuhe kaufen und erwarteten ihren Lohn am 1., aber ich wollte doch nichts von der Bank holen. Lena war dann gestern auch gleich noch im Theater. Sie erzählte, ihre Schwiegereltern hätten ihr geschrieben, der Bruder von Peter sei in der Stadt und solle sie etwas aufheitern. Ich glaube das aber nicht. Es wird wohl eher eine neue Liebe dahinterstecken, und sie will es nur noch nicht zugeben.

Am Nachmittag kommt Mutter zum Tee zu mir. Sie ist im Augenblick sehr verträglich und hält sich auch mit ihren üblichen Vorhaltungen über das Geldausgeben zurück. Onkel Heinrich geht es besser, er ist seit gestern zu Hause. Heute Abend sind wir dann bei Jahns zum Essen. Greta lässt Josefa jetzt manchmal nach den Rezepten aus der Kriegsküche kochen. Sie meint, dann kann sie es, wenn es auch bei ihnen mal nötig wird. Zum Kuchenbacken soll man ja kein Mehl mehr verwenden, damit es noch eine Weile für Brot reicht, das jetzt schon knapp ist. Heute kam auch die Aufnahmeliste für die Brotkarten, die vom 8. März ab ausgegeben werden.

Morgen Nachmittag bin ich bei Frau Pfarrer Meyer. Übermorgen gehe ich mit den Eltern und Jahns wieder zu einem Vortrag. Du siehst, ich habe immer etwas vor. Es geht mir gerade auch ganz vorzüglich.

Die Kinder lassen Dich herzlichst grüßen. Wie würden die Kinder sich freuen, wenn sie Dich endlich wieder einmal sehen dürften, und Deine Klara würde vor Glück ganz selig sein.

Deine Klara

3. März 1915

Lieber Justus!
Gestern habe ich ein Paket abgesandt, hier der Inhalt: Schweizer Käse, Erdbeerkompott, Spargel zum sofortigen Essen, Corona-Zigarren, Kuchen, Heringe in Remouladensoße, vier frische Eier, Letztere sind in eine Zigarrenkiste verpackt mit Watte und Papier, nimm sie vorsichtig heraus. Hummer ist leider in der ganzen Stadt ausverkauft, und es kommt auch keiner mehr herein. Haselnüsse

schicke ich nächste Woche. Heute Morgen kam ein Brief mit den schönen Fotopostkarten. Hat die alle Rasch gemacht und Dir so viele davon geschenkt? Die Idee, Euch vor der Treppe fotografieren zu lassen, wo der General verwundet und von Hoffer tot zusammengebrochen ist, finde ich aber eigentlich furchtbar. Man sieht, wie der Krieg abstumpft. Ihr habt Euch sicher gar nichts dabei gedacht. Du bist vorzüglich auf dem Bild getroffen, Lennert weniger.

Gestern Abend bei Jahns war die Stimmung über den Krieg recht mäßig. Die letzten Zeitungsberichte sind auch ernüchternd. Italien soll wieder wacklig sein, und der Schlag in Russland hat uns anscheinend auch nicht viel geholfen, weil die Russen immer wieder Reserven vorschieben. An ein Ende des Krieges im Juli denkt kein Mensch mehr, mindestens noch bis November wird er gehen, heißt es jetzt.

Justus, mein Liebling, wie gern würde ich Dich mal wieder an meiner Seite spüren. Wie lange muss ich denn noch warten, bis Du mich wieder in die Arme nimmst? Dass unser Herrgott so viel Geduld von uns verlangt! Ich glaube, er überschätzt seine schwachen Menschenkinder schon ein bisschen.

In innigster Liebe

Deine Klara

5. März 1915

Lieber Justus!

Schlimmer konnte der Schrecken nicht sein als heute Nacht durch das Telefon. Ich war bis nach elf Uhr auf, las im Bett bis zwölf Uhr und war gerade eingeschlafen, als das laute anhaltende Klingeln mich jäh weckte. Ich stürzte, wie ich war, mit Hemd und bloßen Füßen ans Telefon, da stand auch schon Lena auf der Treppe in derselben Verfassung. Dringendes Gespräch von Thiaucourt wurde gemeldet, und dann bemühte ich mich etwa eine Viertelstunde vergebens, den Mann am anderen Ende der Leitung zum Sprechen zu bekommen. Das Fräulein vom Amt half mit, bis der Mann endlich sagte: »Ich bin der Telefonist. Herr Hauptmann lässt sagen, dass es ihm gut geht. Er lässt fragen, wie es Frau Hauptmann geht?« Nach meiner Anfrage, warum er denn mitten in der Nacht anrufe, meinte er, er hätte nicht früher Anschluss bekommen. Dann, wie aus weiter Ferne: »Haben Herr Hauptmann noch was zu bestellen?« Und, wie ein Hauch so leise, Deine Stimme: »Nein, nichts weiter.«

Ich habe am Apparat gezittert wie Espenlaub, bis endlich die erlösende Antwort kam. Ich hatte fest damit gerechnet, zu hören: »Herr Hauptmann Sander schwer verwundet, sofort herkommen.« Was sollte sonst ein dringendes Gespräch mitten in der Nacht bedeuten? Heute früh kam nun Dein Brief mit der Ankündigung eines Telefonates. Hätte ich den Brief doch nur am Abend vorher bekommen, dann wäre uns allen diese Aufregung erspart geblieben! Trotzdem bin ich froh, dass ich nun sicher weiß, dass es Dir gut geht.

Robert ist immer noch nicht befördert. Er scheint aber körperlich alles gut auszuhalten, hat nun schon viele schwere Gefechte mitgefeuert und sich an alles gewöhnt. Ihre Artillerie scheint mehr gefährdet zu sein als die Eurige, denn sie haben fortwährend Verluste. Papa versteckt schon die Zeitungen vor Mutter, damit sie sich nicht jeden Tag so aufregt. Der Mann unserer Gemüsefrau ist gefallen, einen Tag bevor er den Heimaturlaub antreten sollte. Die Söhne von Pfarrer Meyers Bruder: beide gefallen. Ich könnte endlos so weiter aufzählen, es ist zu traurig. Ich habe auch noch viele Briefschulden, die Kondolenzbriefe müssen doch immer zuerst geschrieben werden, und es sind jetzt so viele!

Was Lena betrifft, da hatte ich mal wieder recht. Sie hat gelogen, als sie sagte, sie ginge mit Peters Bruder ins Theater. Berta sagte ihr auf den Kopf zu, dass dieser Besuch bei den Schwiegereltern nur Anstellerei sei und sie Peter schon längst vergessen habe. Außerdem sei Peters Bruder überhaupt nicht in der Stadt gewesen und man habe sie ja auch mit einem anderen im Theater gesehen. Das hat Lena dann auch ganz frech zugegeben und Berta vorgehalten, dass sie sich wohl aufs Spionieren verlege, weil sie selbst keinen Verehrer abbekomme. Ich bin ganz ruhig geblieben und habe gar nichts dazu gesagt, aber ich fürchte, das Gezanke wird nun wieder richtig anfangen. Schnell noch eine Neuigkeit, die ich von Frau Reimer habe: In Lübeck gibt es lauter Kinder bei Ehepaaren, die man in dieser Beziehung schon aufgegeben hatte. Nieders, Leonhards, Tischlers, beinahe das ganze Kollegium. Was sagst Du dazu? Mir scheint, sie haben alle den Feldurlaub gut genutzt.

Sei umarmt und geküsst
von Deiner Klara

8. März 1915

Lieber Justus!
Jetzt kommt der schönste Augenblick des Tages, mein Plauderstündchen mit Dir. Heute ist es besonders schön, denn Dein liebes Bild direkt aus dem Unterstand steht eingerahmt vor mir. Der Blick und die Haltung auf dem Bild sind so wunderschön, Du musst etwas sehr Liebes gedacht haben, und ich bin fast eifersüchtig, dass Du dieses Bild vervielfältigen willst, um es Familie und Freunden zu schicken. Ich hätte es am liebsten für mich allein, aber ich will Dir natürlich die Freude nicht nehmen. Ich bin übrigens auch angenehm überrascht über die Einrichtung des Unterstandes. Ich hatte es mir viel primitiver vorgestellt, allerdings sieht man auf dem Bild wohl nicht die Rohheit des Holzes usw. Der Blick des Betrachters fällt auf das Tanzbild an der Wand. Ich denke fast, es ist Sarah Bernhardt, die darauf zu sehen ist. Das passt so gar nicht zu Dir, ich habe laut gelacht. Alle Kleinigkeiten, sogar das Eau de Cologne, habe ich wissbegierig betrachtet. Riesig gern würde ich auch einmal die Bettseite des Unterstandes fotografiert sehen. So, inzwischen musste ich erst mal das Bild abküssen. Es gefällt mir zu gut, mein Justus ist zum Anbeißen darauf, so sprechend, als ob er mir gegenübersäße.

Bitte sende doch von den 500 Mark Deiner Mutter 200 Mark und an mich nur 100 Mark. Die übrigen 200 Mark musst Du unbedingt für Deine Ausstattung und ein Festessen behalten.

Gestern Nachmittag habe ich meine Brotkarten in der Schule geholt. Ich bin gespannt, wie wir damit auskommen. Nun mach Dir keine Sorgen, wir haben wirklich genug und müssen nicht hungern, auch wenn das Brot noch knapper wird.

Sei innigst geküsst
von Deiner Klara

10. März 1915

Mein Liebster!
Du schreibst von schlechtem Wetter, bei uns ist das Wetter auch umgeschlagen. Seit zwei Tagen haben wir nachts bis zu sieben Grad Kälte. Am Tag ist es wärmer, etwa zwei Grad Kälte. Gestern war ich mit den Eltern im Theater und danach zum Essen. Papa war sehr aufgeräumt, Mutter auch, bis auf eines: Sie hat nämlich einen tiefen alten Hass auf Nolde. Das ist doch ganz bestimmt eine Beruhigung mehr für Dich. Sie würde es nie zulassen, dass Nolde an Deine Stelle tritt, da kannst Du ganz sicher sein. Sie hält ihn für arrogant und weltfremd, sagt sie, aber ich denke, am meisten wirft sie ihm vor, dass er mal über Robert gesagt hat, der Junge sei noch ein verspieltes Kind, das den Ernst der Lage nicht begriffen hätte. Ihr Robert und etwas nicht begriffen, da ist Nolde schön über das Ziel hinausgeschossen bei ihr! Wir haben übrigens wieder Nachricht von Robert. Es geht ihm gut.

Als ich gestern um zwölf Uhr nachts nach Hause kam, war Fräulein noch auf und erklärte mir, dass Lena fort sei. Sie war telegrafisch zu ihrer Schwester nach Nied gerufen worden, die plötzlich schwer an Lungenentzündung erkrankt ist. Heute Morgen um sieben Uhr war Lena aber wieder hier und hat recht geweint wegen ihrer Schwester. Der Arzt meinte wohl, es stehe sehr schlecht.

Ich habe mal wieder Zahnschmerzen. Sie fingen in der Nacht an und haben sich im Laufe des Vormittags verschlimmert. Eben ist es wieder besser. Ich war gestern schon mit Helene bei dem neuen Zahnarzt. Sie hat vier Zähne plombiert bekommen, und morgen sollen noch zwei gemacht werden. Sie ist musterhaft artig. Morgen nehme ich auch Paula mit, wovor ich etwas Angst habe. Sie wird sich wie immer sehr anstellen. Da gehört für die Mutter ebenso viel Mut dazu wie für das Kind, wenn man es mit ansehen muss.

Deine Mutter hat mich gefragt, ob die Zwillinge Ostern zu ihr kommen? Ich habe mich aber noch nicht entschieden. Sie sind eben so schön gesund. Ich fürchte, sie kommen mir mit einer Erkältung zurück zum Schulanfang. In den Wohnungen in Kassel zieht es so schrecklich, und das Husten dort ist man schon fast gewöhnt. Was meinst Du? Soll ich sie schicken?

Mit ganz sehnsüchtigem Blick schaue ich Dein liebes Bild an und denke ganz fest an Dich. Ich küsse Dich tausend Mal.

Deine Klara

11. März 1915

Liebster Justus!

Wie tut es mir leid, dass du solchen Ärger hattest. Dein Vorgesetzter ist aber sehr kritisch. Dass die Menschen auch nie zufrieden sein können! Wenn sie recht im Feindesfeuer drinstehen, wird alles Kleinliche vergessen, aber sobald es etwas ruhiger wird, gibt es wieder Ärger. Sich über ungeputzte Stiefel bei Deinen Leuten aufzuregen, in einem staubigen, feuchten Schützengraben! Du nimmst Dir das doch nicht zu sehr zu Herzen? Ich meine, was Du schon alles geleistet hast für unser Vaterland, da ist so etwas doch keinen Gedanken wert.

Gestern Abend war ich bei Frau Baum, drei Damen kamen noch dazu, Frau Katzenbogen mit Tochter, eine Offizierswitwe, und Frau von Gerster, eine sehr elegante Dame, die bei Katzenbogens zu Besuch ist. Frau Katzenbogen hat einen Jungen bei uns im Gymnasium, Adolf. Sie sagte, dass sie schon viel Gutes von Dir gehört habe und auch Nolde sehr schätze. Katzenbogens haben eine Villa in Kronberg und kennen das Königsteiner Besitztum. Leider! Es dient uns doch gar nicht zum Vorteil, dies

Königstein! Die Leute bilden sich immer ein, dass auch wir beide im Geld schwämmen. Die Damen waren wirklich sehr elegant, das Abendessen mit Bedienung eins a. Und mein Herz sank wieder einmal in die Schuhe, als ich daran dachte, wie wir diese mühelose Geselligkeit mit Baums nach dem Kriege aufrechterhalten sollen? Es wird mich sehr viel Anstrengung kosten. Ich glaube, Baums haben mindestens einmal die Woche abends Gäste, genau so, wie Du es liebst.

Heute Nachmittag bin ich bei Frau von Hoffer. Merkwürdig, nicht wahr, dass sie mich immer wieder einlädt, obwohl sie mich doch für so eine kalte Natur einschätzt. Und eigentlich habe ich jetzt auch mal genug von diesen Geselligkeiten, aber es geht immer so weiter. Tante Rohlich kommt am Sonnabend!

Die Verluste in der Champagne sind furchtbar! 15 000 Mann! Und die Franzosen 45 000 Mann! Da sieht man, wie schwer eine Offensive bei guten Stellungen ist und auch für Euch sein würde. Hoffentlich brauchen wir dort keine Offensive zu ergreifen. Die Verluste wären zu groß, wie Du es schon immer vorausgesagt hast. Italien kann sich wohl gar nicht entscheiden. Niemand weiß, ob sie noch eingreifen werden und auf welcher Seite. Der Frieden rückt immer weiter in die Ferne.

Die Kassler wollen uns nun zu Ostern alle haben. Das heißt, Fräulein, die drei Kinder und mich. Aber ich finde, das kostet zu viel. Für die Verwandten dort und für uns auch (etwa 100 Mark). Ich bliebe am liebsten zu Hause. Was meinst du dazu? Glaubst Du auch, dass der Krieg noch lange dauert?

In ewiger Treue
Deine Klara

14. März 1915, Sonntag

Lieber Justus!
Tante Rohlich wollte doch nur kurz kommen, jetzt ist sie seit zwei Tagen da. Gestern war ich mit ihr beim Auktionator und heute Vormittag wieder. Sie hat in Kassel Schmuck gesammelt für den

Flottenverbund und will ihn hier verkaufen. Er soll nun Anfang April bei Barkel versteigert werden. Heute Abend wollen wir in die Oper, morgen gegen zehn Uhr fährt sie dann nach Hause, und ich muss sofort danach zum Zahnarzt. Das Anstrengende bei Tante Rohlich ist das fortwährende Reden. Ich schlafe nachts auch ganz schlecht, da sie mich mit ihrer Unruhe ständig weckt. Sie schläft in Deinem Bett.

Paula hat sich gestern Abend furchtbar übergeben, durch einen mitgebrachten Kassler Kreppel. Allein werde ich die Zwillinge auf gar keinen Fall nach Kassel schicken, da hätte ich keine ruhige Minute.

Wie habe ich mich gefreut, als Du gestern telefoniertest! Das Telefon ist doch eine ganz famose Erfindung. Ich war gestern noch stundenlang wie in einem schönen Traum, weil ich Deine Stimme gehört hatte.

Es küsst und umarmt Dich

Deine Klara

16. März 1915

Liebster Justus!
Gestern Morgen beim Zahnarzt war Paula recht tapfer und ist nun beinahe fertig. Übermorgen muss sie zum letzten Mal hin. Ich bin sehr erleichtert, dass sie sich nicht mehr so anstellt wie früher. Ich habe drei Zähne plombiert, die Zwillinge jede sieben Zähne und Emil zwei. Er war ganz ruhig, nicht eine Träne. Das gibt wieder mal eine Rechnung! Zur Belohnung für das gute Stillhalten kaufte ich jedem Kind einen Osterhasen, und dann durften sich alle drei etwas von Papas Geld im Spielwarengeschäft aussuchen. Sie zogen strahlend mit einem Spiel ab, alles etwa fünf Mark. Die übrigen 45 Mark bringe ich für sie auf die Sparkasse. Deine Mutter hat geschrieben, dass sie für einige Monate eine Pensionärin in Aussicht habe, eine Generalin, die sich Kassel ansehen will. Sie will für die zwei Zimmer gut bezahlen. Hoffentlich wird etwas daraus. Deine Mutter kann das Geld gut gebrauchen. Ich überlege, noch

500 bis 1000 Mark Kriegsanleihe zu zeichnen. Wenn Du wirklich gefangen würdest, was Gott verhüte, so könnte mir Papa ja etwas vorschießen, wenn ich nicht auskommen sollte.

Deine Kuckucksuhr, die Deine liebe Mutter Weihnachten mitgebracht hat, haben wir nun endlich in der Diele aufgehängt, zur großen Freude der Kinder. Die Uhr macht das Haus so gemütlich. Mit Tante Rohlich war ich übrigens in »Oberon«. Das Ehepaar Gentner spielte Hüon und Rezia ganz prachtvoll in empfindendem Spiel und Gesang. In Wirklichkeit liegen sie aber eben in der Scheidung. Welcher Kontrast!

Ich habe nun doch Hummer bekommen, er geht mit Mayonnaise heute an Dich ab. Ein paar Zigarren sind auch dabei, die guten Coronas das Stück zu 30 Pfennig. Hoffentlich hat die Cholera-Impfung nicht wieder unangenehm gewirkt. Ihr müsst wohl zwei- bis dreimal geimpft werden. Wie oft bist Du überhaupt schon geimpft worden?

Lena geht! Sie will aber keine neue Stelle annehmen, sondern zu ihrer Schwester nach Nied ziehen. Der Schwester geht es zwar besser, aber sie ist noch sehr schwach. Ich habe Lena heute einige alte Teppiche und Gardinen für ihre Schwester geschenkt. Sie geht aber ungern fort, wie sie sagt, und ich lasse sie auch nicht gerne ziehen. Es ist eigenartig, bei all ihren Schwächen und Fehlern hat sie so etwas Gutmütiges und hängt wirklich an uns. Fast zwei Jahre war sie nun da. Ich habe mich schon nach einem neuen Mädchen umgehört, bis jetzt hat sich aber noch keines vorgestellt. Morgen müssen wir zum letzten Mal zum Zahnarzt, dann atmen wir auf. Wenn ich nur das Kränzchen bei Pfarrer Meyer los wäre, da gäbe ich was drum. Ich würde wirklich gern mal ein bisschen ausruhen.

In Liebe, Deine Klara

17. März 1915

Lieber Justus!
Unser Telefongespräch heute war etwas unklar. Aber es ist herrlich, so direkte Nachricht zu haben, geradewegs aus dem Schützengraben heraus.
Ich wundere mich, dass Ihr so oft die Erlaubnis zum Telefonieren erhaltet, bin aber natürlich sehr froh darüber. Unsere Helene klagte doch heute Morgen über Gesichtsschmerzen. Ich schickte sie ins Bett, da ich es für Mumps hielt. Doktor Greif, der kurz nach unserem Gespräch kam, stellte fest, dass die Infektion von einem Zahn her kommt. Sie hat Fieber, und wir haben den ganzen Nachmittag Kartoffelumschläge gemacht. Ich hoffe sehr, dass es so vorübergeht und sie nicht geschnitten werden muss oder die Plombe wieder herausmuss. Es ist wirklich schrecklich, sobald man erst zum Zahnarzt geht, kann man sicher sein, Schmerzen zu bekommen. Da macht man es schon schlauer so wie Du und geht gar nicht erst hin.

Der Abend gestern mit Frau von Hoffer verlief sehr nett. Sie hat uns sozusagen ihre Lebensgeschichte erzählt. Die Arme hat schon so viel Schweres erlebt, dass es kein Wunder ist, wenn sie sich nach ein wenig Freude sehnt. Sie hat ihren Mann wirklich geliebt, das weiß ich jetzt. Was ihre Vermögensverhältnisse betrifft, da ist sie abgesichert, wie vermutet. Den Eltern war es auch ein interessanter Abend. Sie lassen Dich schön grüßen.

Heute will ich mal früh zu Bett gehen und mich tüchtig ausschlafen. Morgen mehr.

Sei umarmt und geküsst
von Deiner Klara

18. März 1915

Lieber Justus!
Den Brief gebe ich dem Gefreiten mit, der mir heute die Blumen von Dir brachte und für die ich Dir sehr danke. Es ist ein herrlicher Frühlingsstrauß. Helene ist noch nicht besser. Heute Morgen

hatte ich sie beim Zahnarzt, und unter vielen Tränen wurde der Zahn geöffnet. Eigentlich sollte die ganze Plombe heraus, aber sie ließ es nicht zu. Es tat ja auch furchtbar weh. Die Backe ist immer noch dick geschwollen. Ich fürchte fast, es muss morgen geschnitten werden. Dass die arme Kleine so viel aushalten muss! Wenn ich es ihr doch abnehmen könnte! Sie isst natürlich gar nichts, trinkt nur Milch und Suppen.

Vorhin war ich bei Nolde, der ist auch nicht gerade glänzender Laune so kurz vor den Ferien. Ich soll Dir vom ihm bestellen, in der Schule stehe es schlecht. Er meint damit, so glaube ich, die Sorgen um den Stundenplan, weil so viele Lehrer fort sind. Im Übrigen ist er sehr stolz auf seine Schule, sie scheint fast sein einziger Lebenszweck. Ich stifte Nolde jetzt wöchentlich etwas Grahambrot, dann kommt er mit seinem Kriegsbrot gut aus. Wir haben reichlich.

Im Priesterwald sind wieder tüchtige Gefechte, wie gut, dass Ihr nicht mehr dort seid. Reimer soll auf Urlaub sein. Ich hoffe es sehr für sie, dass es wahr ist. Mutter ist wieder in Aufregung um Robert. Es heißt, er soll an geheimen Versuchen teilnehmen. Weißt du etwas darüber? Helene ruft nach mir. Ich will lieber nach ihr sehen, wenn sie so krank ist, lässt sie sich von Fräulein nicht trösten, da will sie ihre Mama bei sich haben.

In innigster Liebe
Deine Klara

19. März 1915

Lieber Justus!
Helene ist noch nicht besser. Heute Morgen war ich wieder per Droschke mit ihr beim Zahnarzt. Der erneute Versuch, die Plombe herauszunehmen, scheiterte wieder an ihren Schmerzen. Weder mit Güte noch mit Gewalt ließ sie sich behandeln. Nun soll bis morgen Nachmittag gewartet werden, und dann wird vielleicht geschnitten. Ich schwebe also immer noch in derselben Angst und Aufregung.

Nachmittags: Helene ist auf. Sie sagt, sie habe keine Schmerzen mehr, obwohl die Backe noch dick geschwollen ist. Aber sie hat mit Appetit Suppe und Ei gegessen, das hat mich ermutigt. Den ganzen Nachmittag haben wir mit Kamille gespült. Ich war nur auf ein Stündchen in der Stadt, um Abschiedsgeschenke für Frau von Hoffer zu kaufen, die Frau Baum und ich morgen zur Bahn bringen wollen. Sie fährt um ein Uhr nach Berlin, mit Kind und Mädchen. Ihre Eltern holen sie dort ab. Ich denke, sie wird gar nicht mehr zurückkommen. Gestern habe ich nun noch 1000 Mark Kriegsanleihe gezeichnet. Ich bin sehr gespannt, wie dieses Mal das Resultat wird. Ich glaube, fast besser als das letzte Mal, weil die vielen kleinen Sparer dieses Mal zeichnen werden. Berta habe ich auch geraten, 500 Mark zu zeichnen. Sie hat doch von ihrer Mutter 1200 Mark geerbt.

Heute hat sich nun ein neues Mädchen vorgestellt. Sie heißt Lieschen Menke, eine kleine, zierliche Person, die mir aber versicherte, dass sie kräftig zupacken kann. Sie tritt Montag in acht Tagen ein.

Mutter hat heute Nachricht von Robert. Es geht ihm gut, über das Erwähnte hat er wieder nichts Genaues geschrieben. Im Sommer werden wir wohl alle nach Königstein ziehen. Nun, wir werden uns schon irgendwie alle vertragen, aber für Mutter ist meiner Meinung nach die Arbeit zu viel. Und wenn Robert kommt, dann wird sie uns sowieso alle am liebsten ganz schnell loswerden wollen, damit sie Zeit für ihn hat.

Wie wäre es schön, wenn Du im Sommer ein paar Tage Urlaub bekämst, dann würden wir uns auch einmal ganz zurückziehen von der Welt und nur uns gehören. Ich sehne mich doch so nach meinem Justus.

In treuer Liebe
Deine Klara

21. März 1915, Sonntag

Lieber Justus!

Im Haus ist sonntägliche Stille. Die Kinderstimmen dringen aus dem Garten fröhlich herauf. Sie spielen Klicker und jubeln, wenn die Glaskugeln mit einem feinen »Pling« gegeneinander kullern. Auf der Straße drängen sich die Spaziergänger, und die Luft schwirrt von ihrem fröhlichen Plaudern und Lachen. Fräulein ist mit einer Freundin aus. Sie wollen den »Schützengraben« ansehen, der hinter der Festhalle von Soldaten aufgeworfen wurde und gegen Eintrittsgeld zu besichtigen ist. Ach, Justus, bei diesem wundervollen Frühlingswetter regt sich bei mir mal wieder die rechte Lust am Leben. Heute möchte ich mit Dir wandern, weit in Gottes schöne Welt hinein, die Sonne und die Luft einatmen, dann abends heimkehren und auf dem Sofa sitzen bei einer Flasche Wein und Dir Liebes zuflüstern und dann ganz Dein sein. Liebster, die Trennung im Winter ist leichter zu ertragen als im Frühling. Der Frühling regt wirklich die Sinne an, wie es in vielen Gedichten so herrlich beschrieben wird. Wie fehlst Du mir, Justus!

Ich überlege, ob ich im Sommer nicht das Hausmädchen sparen könnte. Wenn ich Wohnzimmer und Salon zuschließe, dann würde es gehen. Allerdings müsste ich dann für die Waschfrau und die Putzfrau mehr Geld ausgeben, weil dann ja kein Mädchen mehr für diese Arbeiten da wäre, und Berta würde es auch nicht unter fünf Mark Lohnerhöhung mitmachen. Es klingt doch eigentlich unglaublich: eine Dame und drei Kinder und dazu drei Personen Bedienung. Da ist aber vor allem das Haus daran schuld, die beiden Stockwerke und die vielen Zimmer, die kann man ohne Personal nur sehr schwer schaffen. Und dann denke ich, wenn du vielleicht verwundet wiederkommen solltest, dann bin ich ganz abgearbeitet, und das wäre doch auch nicht gut. Man sollte sich gerade jetzt möglichst frisch erhalten, da man nicht weiß, was uns noch bevorsteht. Was nutzen die 300 Mark, die man da im Jahr vielleicht einspart, wenn man es an der Gesundheit zusetzt. Mutter war natürlich sehr dafür, dass ich ein Mädchen abschaffe. Aber sie selbst hat ja für ihren Haushalt ohne Kinder zwei Mädchen. Auch nicht gerade sparsam!

Ich sende heute ein paar Ostereier an Dich, beste Schokolade von Sarotti. Ich hoffe, dass Du sie isst, Du hast lange keine Schokolade gehabt. Der Krieg soll noch bis zum Winter dauern, hört man. Im Augenblick ist es wie die Stille vor dem Sturm. Memel von den Russen besetzt, das hat wohl nicht viel Bedeutung, wenn es auch für die Einwohner dort furchtbar ist. Nach dem großen Sieg in Masuren hatte man viel rascher an einen Frieden mit Russland gedacht. Auch von der Blockade hatte man viel mehr erwartet. Russland ist noch lange nicht am Ende, wie es vor Monaten schon in der Zeitung stand. Wenn wir sie bis zum Hochsommer zum Frieden bringen, so können wir froh sein. An die Revolution glaube ich nicht mehr. Ich möchte gern Deine Ansichten mal hören, aber brieflich ist es wohl zu schwierig. Die traurigen Nachrichten heute: Wilhelm Krüger ist bei einer Patrouille gefallen, Otto Zeiger und Herr Maler sind auch gefallen.

Wir sind glücklich, mal nicht zum Zahnarzt zu müssen. Gestern war ich mit Helene noch einmal dort. Er hat ein bisschen geschnitten, aber der Eiter hatte sich noch nicht weit genug gesammelt. So wird er wohl morgen erst richtig schneiden können und alles herausdrücken. Danach muss der Zahn entweder behandelt oder gezogen werden. Ich bin für Letzteres, weil ich finde, das Kind ist genug gequält worden und hält eine lange Behandlung nicht aus.

Gestern Mittag war ich mit Paula am Bahnhof, um Frau von Hoffer Lebewohl zu sagen. Sie war sehr freundlich und nett, gab mir sogar zum Abschied einen Kuss. Es scheint, dass sie mich nun nicht mehr für kalt hält. Das hat mich beruhigt und mir wieder mehr Selbstzutrauen gegeben.

Wenn du telefonierst, brauchst du übrigens nicht so langsam zu sprechen, ich verstehe Dich sehr gut, und die Zeit geht so schnell herum, wenn Du so langsam sprichst. Unangenehm ist es, wenn der Telefonist und das Fräulein vom Amt alles mit anhören. Dadurch werde ich befangen und spreche weniger, als ich möchte. Aber ich genieße Deine Stimme, mein Liebster, so bist Du mir wenigstens für einen Augenblick ganz nah.

In Liebe, Deine Klara

22. März 1915

Lieber Justus!

Gestern Abend blieb ich extra zu Hause, obgleich die Eltern mich erwarteten, weil ich so eine Ahnung hatte, Du könntest telefonieren.

Und richtig, um zehn Uhr klingelte es an. Ich freute mich schon, und dann stand ich etwa zehn Minuten am Apparat und hörte zu, wie die Telefonisten stritten: »Kommt der Herr Hauptmann?« – »Herr Hauptmann kommt gleich, er wird eben gerufen.« – »Kommt der Herr Hauptmann noch nicht? Das geht aber nicht.« – »Herr Hauptmann muss gleich hier sein.« – »Ja, wenn der Herr ein dringendes Telefongespräch verlangt, so muss er dableiben und nicht fortgehen. Das Gespräch ist beendet.« – »Warten Sie doch noch einen Augenblick.« – »Nein, das Gespräch ist beendet.«

Ich war sehr enttäuscht, muss allerdings dem Telefonisten recht geben. Wenn die Verbindung hergestellt ist, so darf es nicht so lange dauern, bis man zum Apparat kommt. So war es nämlich fast jedes Mal. Ich muss gewöhnlich fünf bis zehn Minuten warten, bis ich Dich höre. Was mir natürlich nichts schadet, aber im Telefongespräch nicht erlaubt ist.

Ich denke mir, das Warten dauert Dir zu lange, und der Weg zum Telefon ist weit, oder Du kommst einfach nicht rasch genug. Sprich aber bitte bei unserem nächsten Gespräch schneller, damit ich auch mal zu Wort komme.

Deine Mutter hat in ihrer Güte und Liebe heute Ostereier an die Kinder gesandt. Die Freude war groß, aber leider sind die Schokolade und der Zucker etwas zweitrangig, so echt Kassel. Ich möchte sie die Kinder lieber nicht essen lassen, sonst geht es ihnen wie mit dem Kreppel, an dem sich Paula den Magen verdarb.

Euer Befehlsempfänger hat sich mit der Kriegsanleihe etwas geirrt. Anstatt zwölf sind es neun Milliarden, die gezeichnet wurden, was wir alle schon herrlich finden. Wie schön, dass Ihr jetzt immer mal einige Männer nach Hause schicken dürft. Wie gut wird das den Leuten tun! Dass Ihr Offiziere noch nicht wieder an Urlaub denken dürft, glaube ich wohl. Der Major scheint recht ungeduldig zu sein. Ich denke, vielleicht könnte man im Juni wieder mal auf Urlaub rechnen.

Gib nur immer gut auf Dich Acht, mein Liebling.

Deine Klara

24. März 1915

Lieber Justus!
Eben habe ich Ostereier gefärbt für Dich und Robert. Die Kinder waren entzückt, dass der Osterhase eben bei Mama in der Küche so schöne Eier für den Papa gelegt hatte.

Heute schrieb mir Frl. Kern, dass ihr Bräutigam seit einem Sturmangriff vom 17. vermisst sei. Es tut mir zu leid, aber seltsam, ich hatte immer so eine Ahnung, dass er nicht wiederkommt. Und er selbst sprach es auch aus und nahm ihr das Versprechen ab, nie einen anderen Mann zu heiraten. Das finde ich aber nicht gerecht. Sie sind doch noch gar nicht verheiratet, und sie ist doch auch erst 19 Jahre. Das wäre doch nicht richtig. Eben telefoniert Mutter, ich muss aufhören.

Sei geküsst und umarmt
von Deiner Klara

26. März 1915

Lieber Justus!
Dass Ihr bald wieder in den Priesterwald kommt, ist nicht schön. Man war so in Ruhe und fühlte kaum noch, dass Ihr in Gefahr seid. Es ist nur gut, wenn Ihr über Ostern noch in Eurer Stellung bleibt. In letzter Zeit gibt es wieder so viele Verluste unter Bekannten. Es ist schrecklich, und doch muss man geduldig und ruhig sein und Gott vertrauen. Wenn es doch in Russland mal wieder vorwärtsginge. Dass man Przemysl aufgeben musste, ist sehr traurig. Es waren doch wohl noch 40 000 Mann darin. Was

werden die Russen jubeln. Es heißt, dass unsere Leute durch die Belagerung ausgehungert waren. Wenn wir nun in Memel wären, denke Dir mal so etwas aus. Man ist doch einfach schutzlos. Wir können nicht genug danken dafür, dass wir hier im tiefsten Frieden sitzen und Ihr uns die Feinde fernhaltet. Ich glaube nur, wir werden noch mal gehörigen Fliegerbesuch bekommen, mit Bomben. Die Franzosen werden es sich nicht nehmen lassen, sich für die Zeppeline über Paris zu rächen. Letztere richten übrigens meiner Meinung nach viel weniger aus, als man hoffte.

Gestern Abend bei Reimers war es sehr nett. Die Leutnantsuniform steht ihm wirklich gut, ganz frisch und gesund sieht er darin aus. Und sie ist auch wieder richtig aufgeblüht. Es ist entzückend, wie die beiden miteinander umgehen, ganz wie jung Verliebte. Wie sehr man den anderen liebt und braucht, merkt man bei solchen erzwungenen Trennungen ganz schnell.

Ich muss noch an Frl. Kern schreiben, deshalb Schluss für heute. Leb wohl, mein Liebster.

Deine Klara

28. März 1915, Sonntag

Lieber Justus!
Heute ist Palmsonntag. In die Kirche gehe ich aber nicht, weil sie Konfirmation haben, und das dauert meist drei Stunden. Ich will heute Nachmittag mit Jahns auf die Saalburg wandern, worauf ich mich sehr freue. Wenn es nicht zu kalt ist, nehme ich Paula und Helene mit. Es ist ordentlich winterlich geworden nach der Wärme der vorigen Woche, nur noch ein Grad. Aber das ist gut, sonst kommt im April der Rückschlag.

Dass Du die Kriegsaussichten für uns nun schlechter beurteilst, ist mir sehr arg, denn bis jetzt warst Du immer so optimistisch. Es wäre schrecklich, wenn die ganze Schlachterei sozusagen umsonst gewesen wäre. Wenn nur dann wenigstens das dabei herauskommt, dass nie wieder Krieg ausbricht und die Völker einsehen, dass es keinen Gewinn bringt, sich gegenseitig umzubringen, nur

Schaden. Im Augenblick steht es für uns wirklich nicht besonders günstig. Przemysl gefallen, die Russen beinahe in Tilsit, in den Vogesen der Hartmannsweilerkopf von den Franzosen genommen. Nun müsste die Karpatenschlacht noch schief ausgehen, das wäre ein Schlag. Und wenn sie gut ausgeht, ob wir dann endlich die Russen klein haben und zu einem Separatfrieden bringen, das ist auch nicht sicher. Gestern Abend waren Jahns zu einem Vortrag von Hardn. Ich werde mir heute Nachmittag von Albert erzählen lassen, was er gesagt hat. Der Vortrag war tituliert: »Wie steht's?« Und Hardn hat ja die besten Beziehungen, der wird schon etwas wissen. Ich denke wieder oft an unsere Reise nach dem Süden. Wie es aussieht, wird daraus wohl so bald nichts werden. Nolde hofft nach Friedensschluss auch auf ein Vierteljahr Urlaub, aber nicht zum Reisen, sondern zum Arbeiten. Er hungert nach wissenschaftlicher Arbeit.

Ich habe Deine Mutter nun Ostern zu uns eingeladen. Helene kann nämlich auf keinen Fall fort, da sie noch vierzehn Tage in zahnärztlicher Behandlung bleiben muss. Schmerzen hat sie glücklicherweise nicht mehr.

Nun lass mich schließen, die Sonne kommt eben durch und ich will mich vorbereiten für unseren Spaziergang. Wenn es Dir nur gut geht.

In Liebe, Deine Klara

29. März 1915

Liebster!
Es ist kurz nach Mittag. Ich sitze hier und warte auf das neue Hausmädchen. Mir ist es nicht sehr angenehm, mich wieder an jemand Fremden gewöhnen zu müssen. Und dann das Anlernen, das ist auch kein Vergnügen. Lena zog vorhin ab, ohne eine Träne für uns und ohne Abschiedswort an Berta. Einige Ostereier habe ich ihr noch geschenkt und heute Mittag ihr Leibgericht gekocht: Apfelreis. Ich hoffe, sie weiß auch etwas Gutes über ihre Zeit bei uns zu erzählen.

Gestern waren Paula, Helene und ich mit den Eltern und Jahns auf der Saalburg. Wir fuhren mit der Elektrischen hinauf und tranken im Restaurant einen Kaffee. Ist es nicht wunderbar, dass sie die Ruine vor ein paar Jahren wiederaufgebaut haben? Die Kinder hörten sehr gespannt zu, als Albert ihnen von den Römern und dem Limes erzählte. Gerhard ließ sich auch gleich den Verlauf des Grenzwalls aufmalen. Manchmal ist der Junge schon erschreckend verständig, Agnes hängt immerzu an seinen Lippen. Sie ist auch schon die Beste in ihrer Klasse. Ich bin sehr neugierig, wie unsere beiden sich in der Schule anstellen werden. Nach dem Kaffee ging es zu Fuß eineinhalb Stunden bis Hohe Mark, von dort per Elektrische zurück nach Frankfurt. Die Bahnfahrt war etwas langweilig, aber der Spaziergang war herrlich. Helene und Paula haben sich recht anstrengen müssen, um mit Jahns Kindern mitzukommen. Man sieht doch, was die Übung ausmacht. Jahns nehmen fast jeden Samstag und Sonntag die Kinder mit. Es ist so gesund und so herrlich, in der Natur zu wandern. Wenn Du wieder da bist, dann wollen wir mit unseren Kindern auch immer tüchtig wandern.

Mutter und Greta haben nach langer Zeit mal wieder sticheln müssen. Sie können es nicht lassen. Die Leute hätten sich darüber aufgehalten, dass wir vorigen Winter so viel eingeladen hätten, meinten sie. Ich wollte mich nicht ärgern, weil es nichts Neues ist, aber leider tat ich es dann doch. Ich konnte auch nichts Richtiges dagegen sagen, weil es ja stimmt, dass wir viel Geld für Einladungen ausgegeben haben. Du wiegst Freundschaften und Bekanntschaften eben nicht mit Geld auf, aber das kann ich ihnen nicht begreiflich machen. Mutter und Greta wissen sicher gar nicht, dass sie mir den ganzen schönen Nachmittag mit ihrem Gerede verdorben haben. Was nutzt mir die Einladung, die sie, wie sie mir vorrechneten, etwa vier Mark gekostet hat. Da wäre ich tausendmal lieber allein zu Hause geblieben! Ach, Justus, mein Liebster, dass die Menschen nicht in Frieden leben können! Mutter hat Greta übrigens vorgeschlagen, ein Familienhaus zu bauen. Greta hat es glatt ausgeschlagen. Ich hoffe, dass meine Töchter später einmal gern mit mir zusammenwohnen würden, wenn es sich ergäbe. Und Mutter hätte sowieso am liebsten Robert bei sich wohnen. Wäre sie nur ein wenig friedlicher gestimmt, dann würde vielleicht auch etwas daraus. Ich hoffe nur, dass Papa noch lange gesund bleibt. Im Gegensatz zu Mutter ist er meist gut gelaunt, und ich bin gern mit ihm zusammen.

Welche Freude hast du mir gemacht mit der herrlichen Osterschokolade! Da habe ich nun einen wundervollen Vorrat und heute gleich so tüchtig gegessen davon, dass ich mir hoffentlich nicht zu viel zugemutet habe, aber es schmeckte himmlisch. Deine Mutter hat für Ostern abgeschrieben, sie ist zu sehr erkältet. Das tut mir sehr leid, dass wir uns nun Ostern gar nicht sehen, sie hatte sich doch so auf die Kinder gefreut. Dafür hat sich Frl. Kern für einen kurzen Besuch angesagt. Sie will wohl ihr Herz bei mir ausschütten über ihren vermissten Bräutigam. Für Karfreitag habe ich ein Billet zur »Matthäuspassion« und freue mich sehr auf diesen Genuss. Morgen haben wir leider wieder das zweifelhafte Vergnügen des Zahnarztes, danach wartet Meyers Kränzchen.

Die Kinder vermissen Dich wirklich sehr. Emil ist ein ganzes Stück gewachsen. Die dicken Beinchen sind nun schon viel dünner. Unser Bübchen streckt sich in die Länge.

Nun leb wohl und sei innigst umarmt

von Deiner Klara.

1. April 1915

Mein Liebster!
Seit gestern mache ich mir wirklich Sorgen. Die Zeitungsberichte über Eure Gegend lauten recht beunruhigend, und brieflich oder telefonisch höre ich seit drei Tagen nichts von Dir. Du wirst also meine Angst ermessen können.

Es ist mir heute unmöglich, mehr zu schreiben. Meine Gedanken drehen sich nur um Dich, und ich klammere mich an die Hoffnung, dass es Dir noch gut gehen möge. Sobald das Telefon klingelt, zucke ich zusammen. Ich bange so sehr um ein Lebenszeichen von Dir. Mögen diese Zeilen Dich erreichen.

Deine Klara

2. April 1915

Liebster Justus!

Eben nach dem Kaffee, vier Uhr, klingelt es. Ich stürze an die Tür – eine Depesche! Geschlossen und gegen 50 Pfennig! Da ging es mir nun wieder gerade so wie damals, als Lennert die Depesche aufgab. Ich wagte kaum, sie zu öffnen, und nun muss ich wieder weinen vor Glück, dass es Dir gut geht. Liebster, es ist nicht auszusprechen, wie viel mir dies Telegramm ist, wie es jede Angst von mir genommen hat. Die letzte Nacht war furchtbar. Ich habe kaum geschlafen, erst von drei Uhr morgens ab, und im Traum glaubte ich das Telefon zu hören und stürzte hinaus. Es war aber nichts. Du glaubst nicht, wie schwer es ist, wenn man von Gefechten liest, in die der Liebste verwickelt sein könnte. Bei jedem Klingelzeichen schrickt man zusammen. So sehr man auch tapfer sein will und äußerlich sich nichts anmerken lässt, so wenig kann man den inneren Gefühlen standhalten, die einem die schrecklichsten Bilder malen. Wie sehr hängen doch wir Frauen von unseren Männern ab und ich ganz besonders. Ich muss es immer wieder sagen, ohne Dich wäre ich verloren!

Ich bin begierig auf die Gefechtsbeschreibung und ob Ihr nun in den Priesterwald kommt. Wie wunderbar wäre es, wenn Du Ostern Urlaub bekämst. Aber ich will mich noch nicht allzu sehr freuen, nachher wird doch nichts daraus, und dann ist die Enttäuschung groß. Die Eltern haben mich nach Baden-Baden eingeladen, aber Baden-Baden lockt mich gar nicht mit seinem eleganten Publikum, es passt nicht zu meiner jetzigen Stimmung. Da bin ich lieber ruhig und glücklich zu Hause und mache den Osterhasen für die Kinder. Deine Schilderung von Eurem Souper mit Schokoladennachtisch hat mir viel Freude gemacht.

Nolde war gestern ein Viertelstündchen bei mir, strahlend, dass er nun Ferien hat. Er war sehr nett und brachte mir das Buch mit den Briefen von Bismarck. Er sagte, dass er Dir nun bald schreiben wolle. Nun lebe wohl für heute, ich will mit Fräulein und den Kindern noch ein Stündchen spazieren gehen vor dem Abendessen.

Es küsst und umarmt Dich tausendmal

Deine Klara

3. April 1915

Mein Liebster!

Heute bin ich ganz glückselig, dass Ihr an den letzten Gefechten nicht beteiligt wart. Eben ist auch das Geld von Dir gekommen. Vielen Dank! Da muss ich nicht auf die Bank und mir auch nichts borgen. Mit doppelter Freude gehe ich nun ans Färben der Ostereier und die Vorbereitungen für das Fest. Morgen lebe ich dann ganz mit den Kindern. Jetzt will ich noch schnell in die Stadt, später mehr.

Abends: Als ich aus der Stadt zurückkam, fand ich Deinen Brief, in dem Du leider nicht mehr an den Urlaub glaubst. Aber ich lasse die Hoffnung nicht sinken. Eben läuten die Glocken den Ostersonntag ein. Man ist schon richtig in Osterstimmung. Die vorbereitende Arbeit ist getan, nur Du fehlst uns. Meine Gedanken sind unablässig bei Dir. Ob Du wohl jetzt Ruhe hast oder wieder kämpfen musst? In der Zeitung steht, es sei ruhiger, aber ob das stimmt? Ich habe einige Reclambüchlein für Dich gekauft und eine Kiste mit Cognac und Konserven. Sollte aus dem Wiedersehen nichts werden, so schicke ich Dir alles. Gestern Abend habe ich ein Aspirin genommen, weil ich durch die Aufregung der letzten Tage nicht einschlafen konnte. Es hat vorzüglich gewirkt. Ordensband und Zigarillos kommen nach Ostern. Ich lese eben Bismarcks Briefe und lerne ihn auf diese Weise mehr kennen. Arthur hat geschrieben. Er will uns im Mai mal besuchen.

Nun leb wohl, mein Liebster. Hoffentlich wird doch noch etwas aus Deinem Urlaub.

Deine Dir ewig treue Klara

4. April 1915,
Ostersonntag

Lieber Justus!

Heute bin ich recht müde und werde bald zu Bett gehen. Ich war den ganzen Nachmittag mit den Kindern und Lieschen, unserem neuen Mädchen, allein. Fräulein und Berta haben Ausgang. Am

Vormittag haben die Kinder im Garten Eier gesucht. Das war vielleicht eine riesige Freude! Eine Stunde später fing es an zu regnen und hat bis jetzt nicht aufgehört. Heute Morgen war ich in der Kirche. Pfarrer Meyer hat sehr schön gepredigt.

Ich erhielt heute Deine Karte von Karfreitag. Das ist ja kolossal: elf Bataillone als Hilfe in den Priesterwald. Ich hoffe, die Hauptsache ist nun vorbei und Du kannst vielleicht doch noch um Urlaub fragen. Ich lese eben wieder in Bismarcks Briefen. Da kommt einem so ein gelinder Zweifel am eigenen Schreibkönnen. Ich lese mit Genuss, während es sonst nicht zu meinen Liebhabereien gehört, Briefe zu lesen. Aber Bismarcks Briefe haben was ungemein Fesselndes, Lebendiges, da könnte man immerzu lesen.

Gerade war ich drüben im Amtszimmer, um etwas im Adressbuch nachzuschlagen. Auf dem Schreibtisch liegt ein Stapel Briefe. Nolde kommt aber erst morgen wieder. Er genießt Ostern und hat sich als Osterfreude ein großes neues Bücherregal bestellt. Seine Wohnung, sagt er, komme ihm vor wie eine Sommerfrische. Er kenne sie ja gar nicht mehr, da er in den letzten Wochen nie darin gewesen sei, nur zum Essen und Schlafen. Meiner Meinung nach müssten nach dem Krieg nicht nur verschiedene Neuerungen im Heerwesen geschaffen werden, sondern auch im Schulbetrieb, indem man dem Direktor mancherlei erleichtert. Bei den wenigen Männern, die es dann noch gibt, muss dem Staat doch daran gelegen sein, die Kräfte zu erhalten. Wenn ich an Albert denke: jeden Samstag frei, alle Abende frei. Was kann man da alles unternehmen im Familienkreis.

Mein neues Hausmädchen ist nun acht Tage hier und stellt sich recht gut an. Lena hat schon zweimal eine Karte geschrieben. Ich glaube, sie vermisst uns doch. Die Eltern kommen morgen aus Baden-Baden zurück. Robert hofft, im Mai Unteroffizier zu werden. Er hat entschieden Pech mit seinen Vorgesetzten. Sein jetziger Hauptmann erlaubt ihm nicht mal, dass er mal Reimer besuchen darf, der nur ein paar Kilometer von ihm entfernt liegt. Aber er fasst es humoristisch auf und ärgert sich nicht. Ich vermute ja, er darf nicht weg, wegen dieser Sache, von der er neulich schrieb.

Meine Geschichte bin ich gerade los und daher sehr unternehmungsbereit, wenn man es so nennen darf. Der Frühling wirkt unheimlich auf diese Sehnsüchte, und ich bin so einsam. Wenn Du heute Abend hier wärest, dann säßen wir auf dem Sofa in seidenem Schlafrock, und ich schmiegte mich an Dich. Justus, Du fehlst mir so sehr.

In innigster Liebe
Deine Klara

7. April 1915

Lieber Justus!
Nun finde ich meine Sorge bestätigt, dass Ihr mit in die Gefechte gekommen seid. Nach dem ersten Zeitungsbericht gestern Abend scheinen die Kämpfe in der Gegend des Priesterwaldes weiter anzudauern. Es soll einen Durchbruchversuch mit großen Kräften der Franzosen dort gegeben haben. Da ist man hier zu Hause wieder in rechter Angst und Sorge und bangt bei jedem Klingelzeichen. Gestern Abend ging ich nur widerwillig mit den Eltern ins Opernhaus und telefonierte von dort aus noch mal nach Hause, ob eine Depesche gekommen sei. Und doch war es ganz gut, dass ich mit war, denn zu Hause hätte ich es mit meiner Unruhe auch nicht ausgehalten. Es gehört der ganze Wille dazu, dass man weitermacht und nicht ständig weint vor Angst. Die Leute finden mich mutig und tapfer, und ich gebe mich auch heiter, aber innerlich will es mir manchmal das Herz abdrücken. Ich rede mir dann zu und finde auch wieder Ruhe.

Draußen regnet es in Strömen. Und jetzt gerade überfällt sie mich wieder, diese Angst! Angst und nochmals Angst! Ich gäbe etwas darum, wenn ich heute eine gute Nachricht von Dir bekäme. Ich denke ganz fest an Dich und bete, dass unser Herrgott Dich behüten möge.

Deine Klara

8. April 1915

Mein Liebster!
Wie danke ich unserem Herrgott, dass er meine Gebete erhört hat! Mit Schrecken und Grauen las ich eben Deinen kurzen Bericht, dass Du eine halbe Stunde vorher noch auf dem Lager gelegen hattest, das dann so plötzlich durchschlagen wurde. Was hast Du wieder durchmachen müssen! Wenn ich doch nur bei Dir sein könnte, bei Dir hätte ich keine Angst, nicht vor dem furchtbarsten Geschützhagel. Bei Dir fühlte ich mich sicher. Der Major tot, Gernot schwer verwundet, Barstedt leicht verwundet usw. Es ist grausig! Wie wird die bedauernswerte Frau Major das aufnehmen? Wieso konnte der Major getroffen werden? Ich vermutete ihn in Thiaucourt, und bis dahin kamen die Geschosse doch diesmal nicht. Und der arme Gernot, wie wird er leiden.

Eben waren Nolde und Mutter da, voller Angst durch die Zeitungsberichte. Wenn Ihr doch nur abgelöst würdet! Will denn dieses furchtbare Schlachten gar nicht mehr aufhören? Der Zeitungsbericht heute sprach wieder von vier Angriffen bei Fleury und von dreien im Priesterwald.

Ich kann nicht mehr schreiben, kann nichts tun, verzeih, aber Du glaubst nicht, wie es angreift, Dich so in steter Gefahr zu wissen. Mir zittern die Hände. Wie sehne ich mich danach, Dich in meine Arme zu nehmen.

Deine Klara

9. April 1915

Liebster!
Dass die Unternehmung noch nicht am Ende ist, ging aus den Zeitungen gestern hervor. Ich wundere mich nur, wo wir die Truppen zur Ergänzung herschaffen. Es steht doch überall dünn im Westen, da alles nach den Karpaten gekommen ist. Daher glaube ich auch nicht an Eure Ablösung, obgleich es eigentlich schlimm ist, dass Ihr immer wieder in solchen Gefechten aushalten müsst, wo die Truppe doch schon recht mitgenommen ist. Man

fragt sich, wer überhaupt von den Bataillonen zurückkommt. Vielen anderen geht es natürlich auch so, aber einige sitzen doch auch schon Monate so recht im Frieden an ungefährdeter Stelle. Robert hofft auch auf Urlaub. Wir wissen immer noch nicht richtig, was er dort in Ypern macht.

Mutter ist heute mit einem Möbelwagen, mit Kühen bespannt, nach Königstein gezogen. Das Wetter ist schrecklich, und sie zieht ungern hinauf, da sie vielerlei Arbeit erwartet, ohne Mohr und Frisch, die doch beide an der Ostfront sind. Sie hofft, für den Sommer einen Aushilfsgärtner zu finden. Ich will vielleicht Sonntag nächster Woche mal hinaufgehen.

Eben kommt der Abendbericht der »Frankfurter Zeitung«, danach ist es nördlich und nordöstlich von Flirey zu erbitterten Handgemengen gekommen. Seid Ihr das? Wenn ich nur wüsste, wie weit Ihr von diesen Gefechten entfernt seid! Ich habe die Karte genau studiert und gesehen, dass Ihr viel näher an Flirey als am Priesterwald steht. Es ist zu schrecklich, Dich in solcher Gefahr zu wissen.

Schreib mir bitte, so oft es Dir möglich ist – und wenn es nur ein paar Worte sind. Wie bange ich um Dich!

Deine Klara

11. April 1915

Mein Liebster!
Heute habe ich auch nichts von Dir gehört, demnach scheint die Post gesperrt zu sein, aber das soll mich nicht abhalten, Dir zu schreiben, dann erhältst Du später recht viel auf einmal. Gestern Nachmittag kam Frl. Kern. Sie bleibt für zwei Tage in Frankfurt. Ich war überrascht, wie gefasst sie war, obwohl das Schicksal des Bräutigams noch immer ungewiss ist. Niemand weiß, wo er ist, ob er gefallen ist oder noch lebt. Draußen ziehen gerade wieder Soldaten an unserem Haus vorbei. Sie singen: »Haltet aus, haltet aus!« Es ist gerade so, als sei es für mich bestimmt, die ich wieder so ungeduldig bin.

Nachmittags: Gottlob eine gute Depesche von Dir: geschlossen und unfrankiert, wie die eiligen traurigen. Aber das macht nichts, ich bin sehr dankbar, dass ich nun weiß, dass es Dir gut geht. Was mögt Ihr alles erlebt haben? Wie groß sind Eure Verluste?

Deiner Mutter habe ich in den letzten Tagen öfter geschrieben, sie war ebenso in Sorge wie wir. Die Kiste mit dem Cognac und den Konserven steht noch hier, ich sende sie erst nach Metz, wenn die Gefechte glücklich vorüber sind. Frische rohe Eier, Apfelsinen und Zigarren habe ich abgesandt. Ich hoffe, die Post kommt bald zu Euch durch, sonst wird noch alles schlecht. Ob Ihr ordentlich zu essen habt? Es wird schwierig sein, unter diesem furchtbaren Beschuss Nachschub zu besorgen. Auf Deiner Depesche stand heute zum ersten Mal als Abgangsort: »Aus dem Felde«! Sonst steht immer Metz darauf. Man soll wohl nicht wissen, woher die Post kommt.

Draußen scheint heute verlockende Sonne, und ich hoffe, wir kommen noch zu einem Spaziergang. Acht Tage lang hat es ununterbrochen geregnet, aber dank der guten Frankfurter Straßenreinigung merkt man nicht viel vom Schmutz, da wird es bei Euch anders aussehen.

Frl. Kern kommt, ich muss abbrechen.

Sei geküsst und umarmt
von Deiner Klara

14. April 1915

Lieber Justus!
Frl. Kerns Besuch war ja recht nett, aber auch sehr anstrengend. Dazu kam, dass mein neues Hausmädchen sehr brummig war.

Wie sehr erfreut mich das gute Lebenszeichen von Dir. Ich hoffe, Ihr seid heute schon in Reserve und könnt endlich ausruhen. Freitag ist nun Schulanfang, und am Sonntag will Deine Mutter kommen. Dass Dir der Tod Gernots nahegeht, glaube ich wohl. Es tut mir auch zu leid. Er war ein lieber Mensch, soweit ich es beurteilen kann.

Helene geht es heute wieder ausgezeichnet, nachdem ich gestern schon glaubte, sie bekäme die Masern. Sie war so müde und hatte keinen Appetit, aber ich glaube, der Besuch Frl. Kerns und der Zoologische Garten, wo wir gestern fast den ganzen Tag verbrachten, das war alles zu viel für sie. Da kommt sie ganz nach mir.

Von Robert haben wir schon seit über einer Woche nichts mehr gehört. Mutter telefonierte mir gestern, dass sie ihm nichts mehr schicke, er sei ja doch wohl tot. Ich meine, sie übertreibt. Wenn etwas passiert wäre, dann hätte sie doch inzwischen Nachricht, und er ist doch auch gar nicht in Gefechte verwickelt.

Ich sende Dir heute: Wurst, Zigarren und ein paar Konserven.

Sei gegrüßt und geküsst

von Deiner Klara

15. April 1915

Lieber Justus!

Heute Nacht habe ich übrigens mal wieder sehr intensiv von Edgar Winter geträumt. Ich hatte immer das unangenehme Gefühl dabei, dass etwas an diesem Traum nicht stimmte, und dann ließ ich Edgar stehen und suchte nach Dir, konnte Dich aber nicht finden. Als ich aufwachte, war ich froh, dass es nur ein Traum gewesen war, als Folge des gestrigen Abends. Papa hatte uns mit französischem Sekt bewirtet, und das brachte mein Blut in Wallungen. Ich bin eben so gar keine Getränke gewöhnt. Das ist auch seit Jahren nicht vorgekommen, dass Papa mit seinen beiden Töchtern allein ausgeht. Wir waren im »Frankfurter Hof«. Es war alles piekfein, man findet dort auch noch alles auf der Speisekarte.

Papa hat übrigens auch große Sorge wegen Robert. In Ypern werden Versuche mit Gas gemacht, das ist es also! Papa meint, dass vielleicht eine Änderung des Kriegsverlaufs bevorsteht. Ach Justus, ich vermisse Dich so, auch unsere Tischgespräche, die mir so viel bedeuten. Du bist doch der Einzige, der mir meine Fragen immer geduldig beantwortet. Außer vielleicht Albert, aber der ist nun auch oft nicht da. Im Augenblick ist er wieder in Belgien.

Nolde kann ich ja auch fragen, wenn ich etwas wissen will, aber bei ihm habe ich immer so das Gefühl, dass er denkt, warum weiß sie das denn nicht selbst? Aber vielleicht täusche ich mich auch. Es ist eben so seine Art, immer mit so einem Lächeln zu antworten. Hier zu Hause verlaufen unsere Mittags- und Abendtische auch sang- und klanglos. Fräulein schweigt fast immer, und über den Krieg äußert sie sich überhaupt nicht. Sie mahnt auch die Kinder zur Ruhe bei Tisch, was mir eigentlich gar nicht gefällt. Aber wenn ich ihr in allem hereinrede, wird sie mir am Ende noch kündigen, da sehe ich lieber über solche Kleinigkeiten hinweg. Heute war mal wieder himmlisches Wetter. Dieser Duft des Frühlings ist einfach zu zwingend, um nicht vor Sehnsucht nach dem Liebsten zu vergehen.

Deine Mutter kommt morgen Abend und bleibt bis Montag. Ach, Justus, wenn Du doch nur ein paar Tage Urlaub bekämst!

In innigster Liebe

Deine Klara

17. April 1915

Lieber Justus!

Deine Mutter ist gestern angekommen. Sie sieht sehr gut aus. Nun will ich Dir ein wenig von Paulas und Helenes erstem Schultag erzählen. Die Aufnahmefeier war sehr schön, mit Gesang und sogar einer Aufführung und einer Ansprache des Direktors. Dann eine halbe Stunde im Klassenzimmer bei der Lehrerin Frl. Schwan, einem sehr netten jungen Mädchen. Alle Mütter warteten auf dem Vorplatz, und ich entdeckte einige frühere Schulkameradinnen. Alle sprachen ganz reizend miteinander, und wir waren alle stolze Mütter. Niemand verlor auch nur ein Wort über den Krieg, obwohl manche Kinder sogar Schultüten trugen, die mit Bildern von Soldaten und Heerführern bedruckt waren. Es blieb auch nicht viel Zeit, bis wir unsere Sprösslinge wieder in Empfang nahmen. Helene und Paula erklärten mir, sie gingen allein nach Hause und liefen mir auch gleich fort. Ich glaube, es ist sehr gut für sie, dass sie zur Schule kommen und selbstständiger werden, gerade für Helene, die sich doch immer ein bisschen schwerer tut als Paula. Vielleicht wird Helene die Schule aber auch angreifen, heute merkte ich es schon etwas. Und Fräulein hat da nicht die richtige Hand. Der Schulanfang ist ein großer Schritt für ein Kind, da muss die Mutter selbst gut aufpassen.

Es ist zu schade, dass Du bei diesem Ereignis nicht dabei sein konntest! Wie gut hättest Du unsere Kinder geleitet. Emil hat heute Morgen beinahe einen Wutanfall bekommen, weil er nicht mit in die Schule durfte. »Emil auch Schule!«, rief er, und Fräulein hatte Mühe, ihn festzuhalten, denn er wollte uns partout nachlaufen. Als wir nach Hause kamen, gaben seine Schwestern ihm etwas von ihren Süßigkeiten ab, und da war er dann wieder ganz das zufriedene Bübchen und saß beim Mittagessen ganz stolz zwischen unseren beiden Großen, die ihm von ihrer Lehrerin vorschwärmten.

Wie gern hätten die Kinder Dich an diesem Tag in ihrer Mitte gehabt!

Es küsst und grüßt Dich tausendmal

Deine Klara

18. April 1915, Sonntag

Lieber Justus!

Welch ein herrlicher Tag, strahlender Sonnenschein, die Sträucher und Bäume sind grün, die ersten Magnolien blühen, die Du doch so gern hast, und mein Herz jubelt der Schönheit zu. Wenn ich Dich heute hier hätte, ich würde Dich halb totdrücken vor lauter Wonne und Liebe. Ich habe mich auch extra fein gemacht, mein blauseidenes Kostüm, einen sehr schönen neuen Strohhut, der Dir sicher gefallen würde, neue Lackhalbschuhe, weißseidene Bluse, gerade richtig, um mit meinem Liebsten spazieren zu gehen und ihm zu gefallen. Nur kann der Liebste leider nicht kommen, und ich muss sehen, wie ich mit meiner Lebenslust allein fertig werde. Wir wollen nun mit den Kindern in den Wald gehen. Deine

Mutter hat sich leider etwas den Magen verknackst. Es ist komisch, die Kasseler werden jedes Mal bei uns krank. Den Kindern geht es vorzüglich. Du hättest die Mädchen heute sehen müssen, wie lieb sie aussahen in den selbst gestrickten Kleidern, so frisch und rosig, und Emil in seinen kurzen Hosen und dem Matrosenhemdchen! Es ist ein Geschenk Gottes, solche Kinder zu haben! Heute früh waren wir bei Pfarrer Meyer. Deiner Mutter ist er zu frei in seinen Ansichten, während ich jedes Mal aufs Neue von ihm begeistert bin.

Abends: Nolde war noch ein Stündchen hier. Er meinte, dass es mit den Sozialdemokraten in Berlin noch Ärger geben wird. Bisher war aber doch Liebknecht der einzige, der weitere Kriegskredite verweigern wollte.

Wäre denn der Krieg so einfach vorbei, wenn es kein Geld mehr dafür gäbe? Ich fürchte mehr, dass wir dann von unseren Feinden einfach überrollt würden. An einen schnellen Frieden scheint im Augenblick niemand zu glauben. Die Geduld ist also wieder gefragt.

Gib nur immer gut auf Dich Acht, mein Liebling.

Deine Klara

19. April 1915

Lieber Justus!
Heute Vormittag war ich mit Deiner Mutter in der Stadt und im Palmengarten, und um vier Uhr brachte ich sie auf die Bahn. Dann war ich noch einmal mit Helene und Paula in der Stadt, um ihre Schulutensilien zu besorgen. Eben haben wir gegessen, und ich bin nun recht müde. Von Robert kam heute eine Karte, die mich sehr beunruhigt. Er bat darin, dass Greta und ich Mutter nicht allein lassen, sollte ihm etwas passieren. So etwas hat er noch nie geschrieben! Ich will jetzt noch mal zu Greta, vielleicht weiß sie mehr.

Verzeih, dass ich heute nur so kurz schreibe.

Deine Klara

20. April 1915

Lieber Justus!
Gerade habe ich Helene und Paula zur Schule gebracht. Fräulein und Emil holen sie um zehn Uhr ab und gehen dann zusammen in den Palmengarten. Die Mädchen bügeln, und ich sitze hier in Ruhe an meinem Schreibtisch. Die Sonne scheint durch das geöffnete Fenster, und das fröhliche Singen und Gezwitscher der Vögel lässt aus deiner Frau eine kleine Lerche werden, die ungeniert mit einstimmt. Ich bin so froh, dass es Dir gut geht. Deine Leute haben eben tüchtig zu arbeiten, und für Dich ist es auch anstrengend, so früh herauszumüssen, aber sicher viel gesünder in freier Luft als im Unterstand. Gerade jetzt bei dem schönen Wetter freue ich mich für Dich, dass Du an der Sonne sein kannst und nicht in Erdlöchern herumkriechen musst.

Deine Mutter hat uns die kleine Kommode, die Du als Spielschrank hattest, aus Kassel kommen lassen. Allerdings sieht sie sehr verbraucht aus, die Politur ist schon ziemlich ab. Ich habe bereits mit dem Schreiner gesprochen, es wird mich etwa 20 bis 30 Mark kosten, um sie wiederherstellen zu lassen. Es ist mir eine unangenehme Ausgabe, aber so kann ich sie nicht zu meinen Möbeln stellen.

Meine Hauptgedanken drehen sich eben um Helene. In der Schule ist sie sehr brav und schwätzt auch gar nicht, zu Hause weiß sie aber dann doch nicht viel von dem, was die Lehrerin gesagt hat. Paula dagegen behält alles, wenigstens kann sie so ihrer Schwester helfen. Entzückend ist der Eifer, mit dem sie beide zur Schule gehen. Morgen sollen sie das erste Mal allein hinlaufen.

Greta weiß übrigens auch nicht mehr von Robert. Ich hoffe nur, er schreibt bald, ob er bei diesen Gasversuchen in Ypern dabei sein wird oder was er da überhaupt macht. Mutter wird sonst noch ganz krank vor Sorge. Wenigstens weiß sie jetzt, dass er noch lebt, und hat auch schon ein Paket an ihn geschickt.

In treuer Liebe
Deine Klara

21. April 1915

Mein Liebster!

Deine angekündigte Depesche ist leider nicht angekommen. Im Augenblick bin ich glücklicherweise ruhiger, da ich Dich weiter zurück weiß. Heute habe ich fleißig gearbeitet, erst mit Lieschen Parkett geschrubbt, dann mit Berta an der Kassler Kommode gearbeitet. Um drei Uhr war ich mit Helene beim Zahnarzt. Das letzte Mal! Wir waren dann noch in der Stadt, und bei meiner Rückkehr hatte ich einen mörderischen Hunger. Daran siehst Du, dass ich mich ganz ausgezeichnet fühle. Heute Morgen sind Helene und Paula zum ersten Mal alleine in die Schule gegangen. Ich blickte ihnen aus dem Fremdenzimmerfenster hinterher, von dort kann ich den größten Teil des Weges einsehen. Zuerst gingen sie sehr tapfer darauflos, dann, oh Schreck, kamen drei spielende Hunde, und unsere Zwillinge waren mutterseelenallein auf der ganzen Promenade. Ich sah, wie sie erst rechts ausbogen, die Hunde liefen hinterher. Dann nach links, die Hunde wieder hinterher. Und schließlich, nachdem ich schon glaubte, sie würden zurückeilen, gingen sie tapfer weiter und erzählten später strahlend, sie seien sogar früher in der Schule gewesen als die anderen Kinder. Es war so ein eigenes Gefühl für mich, die Kinder zum ersten Mal meinen Fittichen entwachsen zu sehen. Unwillkürlich kam mir der Gedanke, wie rasch wird die Zeit vergehen, und unsere beiden Großen verlassen das Vaterhaus und gehen ganz ihre eigenen Wege oder die eines »fremden« Mannes. Möge uns geschenkt werden, dass wir es zusammen noch erleben, wenn unsere Kinder das Glück finden, das wir selbst in so reichem Maß gefunden haben! Emil hängt jetzt sehr an mir. Sobald seine Schwestern aus dem Haus gegangen sind, möchte er am liebsten nur noch auf meinem Schoß sitzen. Ich denke mir, dass er vielleicht fürchtet, ich könnte auch fortgehen, wie der Papa und die Schwestern.

Justus, ich wünsche mir, endlich wieder einmal neben Dir einzuschlafen.

In innigster Liebe

Deine Klara

23. April 1915

Lieber Justus!
Das ist ja wunderbar, dass Du nächste Woche vielleicht nach Saarbrücken kommen kannst! Auch wenn ich Dich dort nur für einen Tag sehen könnte, ich wäre so dankbar für dieses Geschenk!

Helene und Paula haben heute Morgen eine Tracht Prügel bezogen, da sie reichlich gebummelt haben auf dem Schulweg nach Hause. Ich saß eine halbe Stunde am Fremdenzimmerfenster und hielt Ausschau nach ihnen. Schließlich kamen sie an der Seite einer wildfremden Dame ganz gemütlich an. Das sind die ersten kleinen Schwierigkeiten, ihnen begreiflich zu machen, dass sie nicht mit Fremden gehen sollen. Aber in diesem Fall muss man gleich durchgreifen, da darf man überhaupt nichts durchgehen lassen.

Heute Nachmittag sind wir bei Reimers eingeladen. Er hat wieder Urlaub. Sie telefonierte, dass es eine Neuigkeit gäbe. Am Samstag wollte ich Nolde einladen, aber ich werde es nun wohl lassen, da ich in dieser Woche schon genug vorhatte. Vorgestern war ich bei Antonia Busch, eine meiner früheren Schulkameradinnen. Sie hatte mich ganz überraschend eingeladen, nachdem wir uns bei der Einschulung der Kinder trafen. Bei ihr habe ich gesehen, was es für pedantische Lehrerinnen gibt. Lena Bucher, die auch mit uns in die Schule ging, ist Lehrerin geworden und hat ganz furchtbare Ansichten. Sie stellt die Kinder beim geringsten Vergehen in die Ecke und schlägt ihnen mit dem Stock auf die Finger. Dabei gehörte sie selbst zu den Lautesten und Frechsten in unserer Klasse. Wenn man sie so behandelt hätte, dann könnte sie ihre Finger sicher gar nicht mehr bewegen. Und dann diese gewöhnliche Frankfurter Aussprache, die sie noch immer nicht abgelegt hat! Die sollte an Schulen verboten sein, damit tut man den Kindern nichts Gutes. Welch ein Glück, dass Helene und Paula nicht zu Lena gekommen sind. Wir gehen jetzt zu Reimers, hoffentlich langweilen sich die Kinder nicht zu sehr, aber sie hat darauf bestanden, dass ich sie mitbringe.

Abends: Die Neuigkeit bei Reimers: Sie erwarten wieder ein Baby. Ich freue mich sehr für sie und hoffe, dass es dieses Mal gut geht. Der Nachmittag war aber sehr anstrengend, weil die Kinder furchtbar wild waren und durch die Wohnung tobten. Außerdem war so wenig geheizt, dass ich entsetzlich gefroren habe. Hoffentlich gibt es keinen Schnupfen. Bisher sind wir aber alle wohlauf und sehnen uns nur sehr nach dem Papa. Die Kinder sagen immer abwechselnd, dass der Papa nicht geschossen werden darf, sonst kommt er ja nicht wieder.

Ich sitze jetzt oft am Fenster unseres Fremdenzimmers, und ich finde, es ist das romantischste Zimmer im Hause. Wenn ich von dort nach den Zwillingen ausschaue, komme ich mir wie ein junges Mädchen vor, das nach dem Glück Ausschau hält. Da möchte ich am liebsten aufsteigen und mich vom Wind tragen lassen, so lange, bis ich meinen Justus sehe, und dann stürzte ich mich wie ein Adler in die Tiefe und würde ihn mitten aus der Schlacht reißen, damit ich ihn endlich wieder einmal ganz für mich allein hätte. Ich wünschte, ich würde heute Nacht von Dir träumen und das Gefühl haben, Dir nahe zu sein.

Deine Klara

25. April 1915, Sonntag

Lieber Justus!
Heute zum Sonntag kam Dein Brieflein. Ich habe den Eindruck, dass Euch die jetzige Stellung wenig angenehm ist. Ihr bekommt wohl auch kein Heimgefühl bei dem fortwährenden Wechsel. Ich hoffe sehr, dass Ihr Anfang der Woche mal richtig zum Ausruhen kommt. Doktor Baum ist ja nun wieder bei Euch, wie seine Frau mir sagte. Sie hat eben telefoniert, dass ich sie bald wieder besuchen möchte, und meinte, dass ihr Mann sich um einige Leute recht Sorgen mache, weil sie so gar keine Ruhe mehr fänden. Er selbst scheint auch schon ziemlich runter.

Ich lese jeden Abend etwa eine Stunde in Sven Hedin und komme doch nur langsam vorwärts. Unsere Töchter müssen nach der Schule unbedingt wissenschaftliche Stunden nehmen, damit sie nicht so unwissend sind wie ihre Mutter. Und wenn sie vom Haushalt wenig verstehen, so kümmern sie sich auch weniger darum und werden besser mit dem Leben fertig. Doch genug davon. Meine Erkältung hat sich trotz Aspirin nicht ganz zurückdrängen lassen, scheint aber in einem harmlosen Schnupfen zu verlaufen. Heute bekam ich eine Karte von Deiner Mutter, dass sie nun eine nette Pensionärin hat, mit der sie gut auskommt.

Gestern Abend war ich bis elf Uhr bei Jahns. Die Eltern waren in gedrückter Stimmung. Robert hat noch nicht geschrieben. Papa will morgen versuchen, ihm zu telefonieren. Die Gefechte mit Stickgasen bei Ypern machen uns große Sorgen. Man hört zwar, dass es nur unangenehmen Geruch verbreitet und den Gegner deshalb in die Flucht schlägt. Was Papa und Albert dazu meinen, davon mal mündlich. Ich bete zu Gott, dass Du nicht auch in so einen Kampf verwickelt wirst.

Sei geküsst und umarmt
von Deiner Klara

26. April 1915

Lieber Justus!
Das Wetter ist seit gestern umgeschlagen. Es ist kalt und regnet viel. Es wird wohl nicht so schnell warm dieses Jahr. Aber das ist vielleicht ganz gut für die Ernte, dann friert es vielleicht später nicht mehr. Heute Vormittag war ich bei Nolde im Amtszimmer. Er war glänzender Laune und sah auch den Krieg in den rosigsten Farben. Er meinte, dass er nun wieder in Bewegung geraten sei und glaubt fest daran, dass er nun schnell vorüber ist. Ich habe ihn für Mittwoch zum Abendessen eingeladen, hoffe aber im Stillen, dass ich dann in Saarbrücken mit einem gewissen anderen soupieren darf. Von Montag ab werde ich stündlich auf eine Depesche lauern. Hier heißt es, vom 1. Mai ab sei Großes im Gange, besonders in Russland. Aber auch für Frankreich sollten alle Urlauber bis zum 1. Mai zurück sein. Wer weiß, was dran ist. Dass man das bessere Wetter im Mai ausnutzen wird, ist wohl sicher.

Stell Dir vor, Robert hat telefoniert, er ist wohlauf. Er ist noch in Belgien, aber in Bois de Ville und wohnt in einem Blockhaus mit einem Unteroffizier zusammen. Er ist ganz selig über das bessere Quartier. Er hofft, in ein paar Tagen mal Urlaub zu bekommen.

Heute Morgen war ich mit den Kindern in der Schule, da erzählte mir Frl. Schwan, Helene habe riesigen Eifer, neulich habe sie gerufen: »Fräulein Schwan, Fräulein Schwan, kommen Sie schnell, ich halt's nicht mehr aus vor Freude.« Ist das nicht reizend? Heute waren die Kleinen schon mit bei einer Kriegsfeier in der Aula. Ich finde das allerdings verfrüht. Paula und Helene haben von diesen Reden über die Fronterfolge nichts verstanden und die anderen in ihrem Alter sicher auch nicht.

Eben kam Deine Depesche! Ja, ich komme! Ich fliege! Bis morgen, mein Liebling. Ich kann Dir gar nicht sagen, wie sehr ich mich freue!

Tausend Küsse
von Deiner Klara

In dieser Nacht kann Klara kaum schlafen, sie spürt diese Fremdheit, die nach den Monaten der Trennung zwischen ihrem Justus und ihr liegt. Sie weiß, sie wird nicht lange andauern, dazu sind sie sich in den letzten Jahren doch zu vertraut geworden. Aber einen Augenblick lang wird sie die gleiche Spannung und Aufregung empfinden wie damals, als sie sich im Haus von Professor Banner das erste Mal begegneten. Welch ein königlicher Moment in ihrem Leben, als man dort den neuen Lehrer vorstellte und sie, die noch völlig von ihren Afrika-Erlebnissen erfüllt war, plötzlich eine ganz neue Leidenschaft empfand, eine Leidenschaft, die manchmal nur durch einen einzigen Blick des Geliebten wieder aufflammte.

Um sieben Uhr am nächsten Morgen steht Klara am Bahnhof, eine schöne junge Frau in orangefarbenem Seidenkleid und mit weißem Hütchen auf dem dunklen Haar. Fest klemmt sie das braune Lederköfferchen unter den Arm, als der Zug in den Bahnhof einfährt, der sie zu ihrem Justus bringen soll. Sie hat eine Fahrkarte für die erste Klasse und findet auch gleich einen Platz, sogar am Fenster. Das Geld für die erste Klasse reut sie nicht. Nur ein paar Stunden wird sie mit ihrem Justus verbringen können, da will sie den Tag nicht entnervt von all dem Gedränge und Geschwitze beginnen.

An jeder Station steigen Soldaten ein, ein Gewirr der Dialekte rauscht durch die Gänge, so viele traurige Gesichter. Der Zug quillt über vor Angst. Klara schaut nicht hin, die Welt, die gerade an ihrem Fenster vorbeizieht, gaukelt ihr den Frieden vor, den sie sich so sehr herbeisehnt. Das gewundene Flüsschen, das sich zwischen den bewaldeten Hügeln hindurchschwingt, der knospende Frühling im Tal.

Um kurz nach elf Uhr fährt der Zug in den Bahnhof von Saarbrücken ein, bremst, stampft, will sich zwischen all den anderen mächtigen Dampfrössern bemerkbar machen, die in dieser qualmenden Höhle Unterschlupf suchen. Auf den Bahnsteigen lärmt und brüllt es, Kofferwagen rattern zwischen den Bepackten hindurch, Ankommende, Abreisende, Suchende, eine stoßende, drängelnde Menge Mensch. Klara hat sich in den Gang gezwängt, schaut aus dem offenen Fenster. Justus! Ja, er dort, in der grünen Hauptmannsuniform, mit den glänzend polierten Lackstiefeln. Ganz vorn steht er, ob er sie auch gesehen hat? Klara muss warten, nur langsam leert sich der Zug, zu viel wird geschleppt und gesucht. Endlich erreicht sie die Tür, tritt vorsichtig hinunter, nur nicht das Gleichgewicht verlieren. Wer das Gleichgewicht verliert, geht unter. Aber Klara muss sich nicht sorgen, sie muss nicht einmal Acht geben, eine Hand streckt sich ihr entgegen, packt sicher zu, und dann liegt sie ihrem Justus in den Armen, ganz tief saugt sie das Gefühl dieser aufregenden »Fremdheit« ein und genießt das Verlangen, das es ihr schenkt. Justus und Klara haben 24 Stunden, die ihnen nun ganz allein gehören. Er hat eine Pferdekutsche gemietet, die vor dem Bahnhof auf sie wartet. Ein schöner Tag soll es werden, einer der unvergesslichen aus einer Zeit, an die man sich vielleicht später nicht mehr erinnern will.

Saarbrücken ist das pulsierende Soldatenherz, von hier strömt das Leben in die sumpfigen, fiebrigen Gräben, von hier fließt zurück, was von diesem Leben übrig bleibt. Schlagende Fuhrwerke zwischen brüllenden Autos, Uniformierte im Marsch, Gefangene im Gleichschritt, eine graue Masse treibt durch die Straßen. Die hübsche Stadt an dem grün schimmernden Flüsschen will sich unter der Last schier biegen. Wohin nur mit dem Krieg?

Die Kutsche rollt über eine Brücke, stoisch halten die stämmigen Pferde ihren Weg. Die Straßenbahn, eine voll gestopfte graue Schlange mit rasselnden Koppelschnallen, schreckt sie nicht, sie ist ihnen vertraut. Herrschaftliche Häuser mit Türmchen und Spitzen säumen die Straßen, das Bürgertum hat sich eingerichtet. Klara betrachtet die Geschäfte mit den sauberen Markisen. Noch erfüllen die Auslagen die Versprechen der Reklameschilder. Ein Junge in kurzen Hosen jagt über die Straße, schafft es gerade noch vor dem Fuhrwerk. Erschrocken schaut Klara dem kleinen Kerl nach, der kaum, dass er der Gefahr entkommen ist, selig in ein Stück Brot beißt. Nicht viel älter als unser Bübchen, denkt sie. Den Bäcker, der auf der anderen Straßenseite schimpfend vor seinem Laden steht, sieht sie nicht. Justus legt seinen Arm um Klara, drückt sie fest an sich. Diesen Tag will er dem Krieg und dem Elend stehlen.

Die Fahrt geht hinauf zum Winterberg, dort lässt Justus die Kutsche anhalten. Er führt Klara zu einer Bank, von drei Seiten von einer Weidenhecke umgeben, aber mit einem freien Blick ins Tal. Justus hat einen Korb gepackt, mit Wein, Weißbrot, Butter und Käse. Lennert hat ihm diese Schätze besorgt.

Die Stadt sieht nun ganz friedlich aus. Weiße Häuser, rote Ziegel, die Hügel, wie grüne Knospen auf einer weiten Ebene. Das brummende Flugzeug, das über sie hinweg in Richtung Westen knattert, wollen sie nicht hören. Der Krieg ist jetzt nicht ihr Krieg. Wie herrlich warm die Sonne scheint. Justus legt die Uniformjacke ab, knöpft das weiße Hemd auf, und Klara zieht Schuhe und Strümpfe aus. Sie fühlt sich auf einmal so frei! Die Selbstzweifel sind fort, mit diesem Mann an ihrer Seite kann sie doch alles erreichen, alles bezwingen, auch sich selbst. Wie der Wein duftet! Nach roten Trauben schwer und süß, und wie köstlich er Klara schmeckt. Sie fasst nach Justus' Hand, ganz still halten sie sich fest und spüren sich. Die Fremdheit ist längst verloren. Wieder ein Flugzeug, tiefer als das zuvor. Justus und Klara wollen nicht mehr bleiben, ein Versteck wollen sie sich gönnen.

Das kleine Hotel liegt auf einer Lichtung mitten im Wald, leicht erhöht auf einem Hügel an einem See. Das weiße Haus mit dem roten Fachwerk spiegelt sich in dem glitzernden Wasser, ein verwunschener Zwilling der Wirklichkeit. Das Hotel hat nur wenige Zimmer, und sie haben das schönste bekommen, mit Palmentapete, Mahagonimöbeln und dem Wintergarten zum See.

Sie richten sich ein, wollen bleiben, aber der Duft des tanzenden sprießenden Frühlings lockt sie noch einmal hinaus. Sie machen einen langen Spaziergang, atmen die Luft des Waldes und berühren sich. Wie glücklich sie sind, einander zu haben. Klara schaut betroffen zu Boden, als ein junges Paar ihnen entgegenkommt. Der Junge, hoch gewachsen, ein schlanker gerader Körper, mit grässlichen noch frischen Narben im kindlichen Gesicht. Dem Krieg ist nicht zu entkommen. Ganz fest klammert Klara sich an ihren Justus. Nein, sie darf nicht nachdenken, tapfer muss sie sein, sie alle müssen tapfer sein. Sie will ins Hotel zurück, in das Zimmer, in dem sie nur sich gehören. Sie lassen sich das Abendessen bringen, die Gegenwart soll sie nicht mehr stören. Wie weich die Betten sind und wie der Mond in dieser Nacht funkelt! Warum kann er nicht immer so hell leuchten? Bleib da, bleib doch bitte da, möchte Klara ihm zurufen. Erschöpft lässt sie irgendwann ihren Kopf auf Justus' Brust sinken. Ganz warm ist ihr, so ganz von Glück durchflutet. Endlich hat die so lange aufgestaute Sehnsucht ihre Erfüllung gefunden.

Am nächsten Morgen nehmen Sie Abschied im Café Windsor in der Bahnhofstrasse, ein prächtiger Saal mit Säulen und Palmen, in dem es nach Kuchen und Kaffee duftet. Wer die Augen vor dem allgegenwärtigen Feldgrau verschließt, für den ist der Krieg weit fort.

Um elf Uhr steigt Klara wieder in den Zug, sie winkt und lächelt, obwohl es entsetzlich weh tut, den Geliebten auf dem dunklen Bahnsteig zurückzulassen. »Mein Justus kommt zu mir zurück!«, denkt sie. Er muss ja zurückkommen, weil sie doch ohne ihn nicht leben kann.

29. April 1915

Mein Liebling!
Da wäre ich nun wieder zu Hause. Mit dankbarem Herzen, aber auch mit großer Sehnsucht nach Dir. Nun habe ich wieder von dem Kuchen genascht, der mir immer so köstlich schmeckt, und nun muss ich wieder für so lange Zeit danach darben. Wenn die Mächte doch endlich einlenkten und die Welt dieses Kapitel schlösse!

Gestern kam ich mit Verspätung an. Der Zug war wieder überfüllt, und ich bekam nur mit Mühe einen Platz, zusammen mit vier Offizieren und einem Zivilherrn. Auch das Aussteigen kostete mich große Anstrengung mit meinen schweren Paketen (Du hattest ja gesagt, ich soll die Wäsche nicht mitnehmen) an den dicht gedrängten Menschen vorbei. Schließlich sah ich Berta, die mich abholen kam. Glücklicherweise fanden wir sofort eine Droschke und waren dann auch bald zu Hause, wo schon alles schlief. Die Kinder bei 17 Grad Wärme im Zimmer mit geschlossenem Fenster! Das ist die große Vorsicht unseres Fräuleins. Heute war ich nun auch zum ersten Male wirklich ärgerlich auf sie, als ich hörte, dass sie anstatt, wie ich gesagt hatte, in den Palmengarten zu gehen, mit den Kindern gestern Vormittag und Nachmittag in der Stadt war, nur um für sich Schuhe zu kaufen. Bei dem wundervollen Wetter fand ich das geradezu unglaublich. Dabei waren die Schuhe gar nicht eilig. Es war mir ein rechter Ärger, aber ich habe es ihr sehr freundlich und höflich gesagt. Sie hat auch nicht viel darauf erwidert.

Robert schreibt, er käme voraussichtlich am 6. auf Urlaub. Er hat sich einen Liederabend gewünscht, wie wir ihn früher immer veranstaltet haben. Ich bin noch ganz wie im Traum und lebe in den verflossenen wunderbaren Stunden. Die Wagenfahrt, die Bank auf der Höhe, die wundervolle Nacht. Es war zu schön! Gott sei gelobt, dass er Dich bisher behütet hat, und möge er Dich auch weiter beschützen.

Heute Abend kommt der Mann aus Deiner Kompanie. Ich mache ihm eben ein Paketchen zurecht aus Wurst und Schinken, das er Dir hoffentlich gut abliefert, dazu 75 Zigarren von Papa.

Ich bin bereits seit gestern nicht wohl, Du weißt, was ich meine. Sonst geht es uns allen vorzüglich. Ich hoffe, Dir auch. Ich will nun schließen. Die Ruhe fehlt doch ein bisschen.

Ich denke an Dich und umarme Dich

Deine Klara

1. Mai 1915

Lieber Justus!

Der Mann aus Deiner Kompanie hat heute früh das Paketchen abgeholt und wird es Dir hoffentlich gut abliefern. Die 25 Zigarren kosten das Stück 90 Pfennig, es sind also ganz gute. Die 50 anderen kosten das Stück 18 Pfennig. Ich freue mich, dass Du nun endlich wieder einen Vorrat Zigarren hast.

Eben habe ich wieder einmal mit Helene lesen geübt. Sie begreift es ziemlich schwer. Es wird noch oft Geduldsproben mit ihr geben. Paula kann es schon viel besser, mit ihr muss ich kaum üben.

Berta ist seit gestern Abend sehr schlechter Laune. Leider fühle ich mich dabei wieder ganz elend. Ich lasse mir äußerlich zwar nichts anmerken, aber innerlich fühle ich mich ganz aufgeregt und zittrig. Es ist zu dumm, aber ich trage immer so schwer daran, wenn meine Umgebung so unfreundlich ist. Nun will ich los, wir sind bei Frau Baum zum Kaffee eingeladen. Frau Lennert ist auch da.

Abends: So, nun bin ich wieder ganz ruhig und heiter, trotzdem meine Köchin noch immer brummt und es heute Nachmittag auch noch fertiggebracht hat, das neue Hausmädchen zum Weinen zu bringen. Sie hat Lieschen ausgezankt, nur weil sie das falsche Brot angeschnitten hatte. Das Mädchen tat mir zu leid. Sie ist wirklich fleißig und ein rechter Sonnenschein, wenn Berta ihr nicht die Laune verdirbt.

Der Nachmittag bei Frau Baum war ganz reizend. Paula und Helene haben mit den Jungen im Garten getobt. Schaukel, Kletterstangen, es ist alles da. Während die Kinder draußen waren, haben wir viel über den Krieg gesprochen. Frau Lennert war furchtbar nett zu mir, und beide Damen haben auch sehr gut von Dir gesprochen. Frau Baum meinte, Du wüsstest sicher mehr als die meisten anderen darüber, ob es bald Frieden gibt. Sie schätzt Dich sehr, vor allem Deine Klugheit und Bestimmtheit. Ich war mal wieder ganz stolz auf meinen Justus. Es ist doch wundervoll, wenn einem der eigene Mann so glänzend dargestellt wird. Frau Lennert hat guten Appetit und ist sehr munter. Das Baby soll Anfang August kommen. Sie hofft sehr auf Urlaub für ihn. Dass der Krieg bis dahin vorüber ist, das darf man wohl nicht hoffen.

Bleib gesund und komm bald zurück.

Deine Klara

3. Mai 1915

Lieber Justus!
Vielen Dank für Deinen lieben Brief. Sehr viel Freude macht mir das einliegende Bildchen, so schlecht wie Du es machst, ist es nicht. Wenn es auch gerade keine gute Aufnahme von Dir ist. Baum ist sehr gut, Lennert weniger. Was sagt Ihr denn zu dem großen Karpatensieg? Um zwölf Uhr kam Nolde strahlend mit der Neuigkeit. Ich telefonierte sofort an Greta, die wusste es auch schon, daraufhin hängte ich die Fahne heraus. Da kommt

heute Nachmittag um vier Uhr, als ich gerade in die Stadt wollte, Nolde in den Garten (sein ganzes Entzücken sind übrigens die Kinder, nicht ich!) und sagte, die Fahne sei voreilig, kein amtliches Gebäude habe aufgezogen. Daraufhin lasse ich einziehen, und wir dachten schon, es sei alles Schwindel wie damals die Nachricht über den Fall von Belfort. Während ich aber die Fahne einziehe, sehe ich im selben Moment die Fahne auf dem Polizeipräsidium, da zog ich auch sofort wieder hoch. Nachher läuteten die Glocken, und Musik spielte. Es scheint also wahr. In der Stadt allerdings ist die Freude gedämpft, so ganz vertraut man den Siegesmeldungen nicht.

Jetzt habe ich aber eine riesige Freude, eben telefonierte mir Mutter, dass Robert heute Abend kommt. Ich habe sofort mein Kränzchen abgesagt. Gestern Abend ist nun Papa gerade nach Berlin gereist. Mutter will ihm gleich eine Depesche schicken. Ich bin ganz begierig, was Robert alles zu erzählen weiß.

Wo Du wohl jetzt bist? Ich werde sicher einige Tage Geduld haben müssen, bis ich das erfahre. Vielleicht höre ich es durch Frau Baum. Er telefoniert ihr ja sehr oft.

Morgen fangen wir mit dem Hausputz an. Da werden wir bestimmt drei Wochen Arbeit haben, und ich hoffe sehr, dass alles friedlich bleibt. Du glaubst nicht, wie abhängig ich davon bin, fröhliche Gesichter um mich zu haben.

Ich hoffe auf gute Nachricht von Dir, mein Liebster.

Sei geküsst und umarmt
von Deiner Klara

4. Mai 1915

Lieber Justus!
Eben telefonierte Frau Baum, dass Ihr wieder im Priesterwald seid und dass Du leider 17 Mann verloren hast. Wie mir das zu Herzen geht, kannst Du Dir denken. Was musst Du alles wieder mitgemacht haben, mein Liebster! Ich hoffe so sehr, dass Ihr nun endlich abgelöst werdet. In den Priesterwald müssten einige frische

Regimenter, damit es vorwärtsgeht. Der Sieg in den Karpaten war wieder mal mit großem Schwindel verbunden. Hier erzählte man von 160 000 Gefangenen usw., so groß war der Erfolg aber gar nicht, wie man hört.

Ich bin in Gedanken so viel bei Dir, ich meine, Du müsstest es spüren. Es ist ja eigentlich kaum glaublich, dass Du mir gesund wiederkommen kannst. Wer bleibt denn überhaupt übrig? Nun wieder Hauptmann von Wachter. Es ist ein grausamer Krieg. Dieses furchtbare Hinschlachten von Menschen! Und wir daheim sollen tapfer sein, immer nur tapfer. Das ist auch manchmal schwerer, als man denkt. Wir sollen stolz sein, unser Liebstes fürs Vaterland hinzugeben, aber danach fragt niemand, wie schwer es ist, ein ganzes Leben einsam zu sein. Nein, der Krieg ist und bleibt das Roheste und Menschenunwürdigste, was es gibt. Frau Baum telefonierte vorhin, Lennert kam gestern Abend, um seine Frau abzuholen. Er habe schlecht ausgesehen und käme wohl kaum so schnell zurück ins Feld. Manchmal kann eine kleine Krankheit ein richtiges Glück sein.

Ich habe heute großen Hausputz mit Putzfrau und sitze deshalb zu Hause fest. Greta will nachher mal kommen. Robert ist gestern mit den Eltern nach Königstein hinauf. Papa kam gleich zurück, als ihn die Depesche erreichte. Ich denke, wir werden Samstag auch hinaufgehen und über Nacht bleiben. Robert sieht gut aus. Er ist größer geworden und noch dünner. Man muss hoch an ihm hinaufsehen. Sein Kopf ist winzig klein gegen die Figur. Er ist vorläufig überflüssiger oder überzähliger Unteroffizier und hat 14 Tage Urlaub bekommen, großartig, nicht wahr?

Heute Vormittag war ein Invalide hier mit nur einer Hand, dessen Haus und Geschäft vollständig zerstört sind durch den Einfall der Franzosen im Elsass. Der Ärmste geht nun von Haus zu Haus und verkauft Leinen. Er tat mir so leid, ich habe ihm natürlich gleich etwas abgekauft. Wie viele werden nach dem Krieg in der gleichen Lage sein? Jedem kann man doch nicht helfen.

Eben kommt Deine Depesche, ich bin wie erlöst! Oh, mein Justus, Du ahnst nicht, wie glücklich ich bin, wenn ich höre, dass Du lebst und gesund bist. Alles andere ist dann vollkommen gleich-

gültig. Die Kinder lassen Dich grüßen. Emil setzt sich manchmal zu den beiden Großen, wenn sie Hausarbeiten machen, lässt sich Papier geben und versucht, Buchstaben zu malen. Dabei ist er so eifrig, dass es ganz rührend anzusehen ist. »Papa scheiben«, sagt er dann. Ich lege Dir mal eines seiner Kunstwerke bei.

In ewiger Treue
Deine Klara

5. Mai 1915

Liebster!
Robert war am 22. April in Ypern dabei. Professor Haber war höchstpersönlich anwesend und hat den Angriff mit den sogenannten Stickgasen geleitet. Es war aber nicht das altbekannte Stickgas, sondern Chlorgas, hochgiftig! Es soll unzählige Tote gegeben haben, tausende! Stell Dir vor, Robert hat Edgar Winter in Ypern getroffen. Er hat erzählt, dass Clara Immerwahr, Habers Frau, sie hat ja auch Chemie studiert, diese ganze Sache »Perversion der Wissenschaft« genannt hat. Sie wollte nicht, dass das Gas eingesetzt wird. Haber hat ihr »Landesverrat und antimilitärische Einstellung« vorgeworfen. Denk Dir, Clara Immerwahr hat sich vor drei Tagen das Leben genommen! Ich glaube nicht, dass sie geistig erkrankt war, wie es heißt. Welch eine Ehe muss das gewesen sein, in der die Weltanschauung so sehr auseinanderging! Dagegen sind die Unterschiede bei uns doch wirklich sehr gering. Bitte, Justus, setzte Dich diesem Gas nicht aus! Es ist kein Schnupfenqualm, der nur vorübergehende Übelkeit hervorbringt, wie es in den Zeitungen steht. Es bringt den Tod! Einen ganz, ganz schrecklichen, quälenden Tod!

Ich habe diesen Brief nur geschrieben, weil Dein treuer Rasch überraschend heute Morgen hier war und ich ihm diese Nachricht gefahrlos mitgeben konnte. Wie sehr ich nun wieder für Dich bete, mein Liebling.

In ewiger Treue
Deine Klara

7. Mai 1915

Mein Liebster!
Eben kam Dein Brief. Aber was hast Du nun wieder alles durchmachen müssen! Ich lese mit Schaudern Deinen Bericht und habe auch von Deinem Boten, der gerade wieder gegangen ist, gehört, wie furchtbar es gewesen sein muss. Die Tränen stehen mir noch in den Augen. Diese Verluste, das ist unglaublich, und zwei Kompanieführer sind darunter. Ich bin so dankbar, dass Du verschont geblieben bist! Ich beuge meine Knie mit Dir und danke unserem Vater im Himmel für seine unendliche Gnade. Ja, Gott allein die Ehre, so soll unser Wahlspruch sein. Aber warum darf ich nicht stolz sein auf meinen Liebsten? Dass der Oberst Dich gelobt hat, das hast Du doch verdient. Ich werde es nicht weitersagen, das heißt, ich habe den Brief stückweise Fräulein vorgelesen und sah erst hinterher, dass ich es niemanden sagen soll. Aber sie macht ja keinen Gebrauch davon. Wie bewundere ich Dich, dass Du Deine Leute auch noch tragen und heben kannst. Man sollte meinen, dass jeder mit sich selbst genug zu tun hat, dass er unmöglich noch anderen helfen kann. Aber das ist Deine Größe, dass Du anderen so viel sein kannst.

Die Eltern und Robert (strahlend in funkelnagelneuer Uniform) sind gerade gekommen. Wir wollen essen gehen. Wie wunderbar wäre es, wenn Du nun auch bei uns sein könntest.

Es umarmt und küsst Dich

Deine Klara

8. Mai 1915

Lieber Justus!
Ich reise nach dem Mittagessen mit den Eltern, Robert und Jahns nach Königstein. Ich bleibe über Nacht und komme morgen Nachmittag zurück. Ob Du nun ein paar ruhigere Tage hast? Bei Fleury sind neue Kämpfe ausgebrochen. Ich fürchte, das geht wieder bis an Eure Stellung heran. Eben bekam ich eine liebe Karte von Deiner Mutter, die uns zum Pfingstfest einlädt, mit Fräulein und

allen Kindern. Ich finde es wirklich rührend von ihr, sich solche Arbeit zu machen. Ich will die Einladung gern annehmen. Oder meinst Du, es wird ihr zu viel werden? Meine Mädchen würden sicher froh sein, einige Tage frei zu haben.

Gestern Abend waren wir im »Frankfurter Hof« und haben üppig zu Abend gegessen. Aber es fehlten mal wieder der Geist und die Harmonie. Mutter und Robert lagen sich wegen Kleinigkeiten in den Haaren. Es ist mir unbegreiflich. Sie weint sich die Augen nach ihm aus, sobald er fort ist, kaum ist er aber da, hat sie schon wieder zu kritisieren. Es war natürlich nichts Schlimmes und auch schnell wieder ausgestanden, aber es nimmt mir immer ein bisschen die Freude. Was nutzt denn das ganze Geld, das feine Essen, der Champagner, wenn man es nicht in Harmonie genießen kann? Wie fein versteht es da Deine Familie, ohne all diese Zutaten immer ganz harmonisch zu sein! Jahns waren gestern Abend nicht mit. Josefa, ihre Köchin, hat die Brieftasche ihres Bräutigams zurückbekommen, und sie glaubt nun, dass er gefallen ist. Sie war natürlich außer sich vor Trauer. Greta und Albert wollten sie nicht allein lassen. Es geht uns allen sehr nahe. Das Mädchen hat sieben Jahre auf die Hochzeit mit dem jungen Mann gewartet. Sie haben beide in der Zeit fleißig gespart, und im Juni sollte es nun so weit sein. Es wäre wieder ein zerstörtes Glück.

Komm Du mir nur gesund nach Hause, mein Liebling. Wir brauchen Dich so sehr.

Deine Klara

9. Mai 1915, Sonntag

Lieber Justus!
Eben komme ich von Königstein zurück und finde Deinen Brief mit den vorzüglichen Bildern, die mir eine große Freude sind. Man bekommt ein gutes Bild vom Priesterwald. Die Aufnahmen sind hervorragend. Wer hat sie gemacht? Wie freue ich mich, dass Du meinst, wir würden auch noch mit Italien fertig werden. Albert war ganz blass vor Aufregung, dass es mit Italien so steht.

Ich kann es immer noch nicht glauben, dass sie sich gegen uns stellen. Natürlich schwinden damit die Friedensaussichten erst einmal vollkommen. In Russland geht es ja eben mächtig vorwärts. Aber was nutzt es, wenn die Österreicher nun ihre Truppen gegen Italien führen müssen?

In Königstein war es heute ideal schön. Die Luft ist herrlich, wo eben alles grünt und blüht. Heute Vormittag haben wir den Krocketplatz gemäht. Ich mit der Maschine voraus und Greta, Albert und Robert mit dem Rechen hinterher. Wir hatten riesig viel Spaß und haben herumgealbert wie ausgelassene Kinder. Aber ich bin jetzt auch sehr müde. Man ist diese Arbeit doch nicht so gewöhnt. Gestern habe ich Robert zuliebe meine Lieder durchgesungen, und er hat mich auf dem Klavier begleitet. Es war beinahe wie früher. Unser Robert scheint mir aber nicht die rechte Ruhe für seinen Urlaub zu haben. Jeden Tag lädt er einen anderen Freund ein. Aber vielleicht braucht er gerade diese Ablenkung, er ist ja noch jung, ausruhen kann er später.

Morgen gebe ich dem Mann aus Deiner Kompanie ein Paket mit fünf gebratenen Schweinekoteletts und einigen sauren Gurken mit. Sollten sie beschlagen sein, so wasche sie nur mit klarem Wasser ab. Liebster, wenn Du heute hier wärst, dann würden wir in den Palmengarten gehen, im Freien sitzen und Musik hören und dann abends müde nach Hause kommen und himmlisch schlafen. Möchten doch solche schönen friedlichen Tage bald wiederkehren! Die Welt ist so schön, so wunderbar, und die Menschen müssen so in Unfrieden leben. Es ist eigentlich gar nicht verständlich.

Josefas Bräutigam ist wirklich gefallen, es ist amtlich bestätigt. Wie tut das arme Mädchen uns leid.

Arthur will nun in den nächsten Tagen nach Frankfurt kommen. Ich habe ihn bestimmt schon drei Jahre nicht mehr gesehen und bin begierig zu erfahren, was inzwischen aus ihm geworden ist. Frau Reimer ist übrigens zu ihren Eltern nach Lübeck gereist. Ich glaube beinahe, sie wird dort bleiben, bis das Baby kommt.

Es umarmt Dich
Deine Klara

12. Mai 1915

Mein Liebster!
Umrahmt von Maiglöckchen, so steht Dein Schützengrabenbild vor mir auf dem Schreibtisch. Die duftende und blühende Frühlingszeit wäre doch der richtige Zeitpunkt für den Friedensschluss. Die armen gequälten Menschen könnten sich in der prächtigen Natur erholen. So schönes Wetter war aber auch noch selten im Mai. Und da kann ein Volk wie Italien sich nichts Schöneres wünschen als den mordenden Krieg? Aber sie scheinen doch noch zu überlegen. Heute steht in der Zeitung, um den 20. herum fiele die Entscheidung.

Morgen fahre ich mit den Kindern nach Königstein. Ich hatte eigentlich keine Lust, aber Jahns haben mich überredet, und Robert ist ja auch nur noch einige Tage da. Die Kinder freuen sich schon riesig, ihren Onkel wiederzusehen. Ich war nur etwas müde von meiner Gardinenwäsche und wollte mich lieber morgen ausruhen. Ich muss schließen. Helene ruft gerade, dass Besuch kommt.

Abends: Arthur ist da! Ich habe ihn kaum wiedererkannt. Er ist inzwischen genauso groß wie Robert, aber nicht ganz so dünn, es steht bei ihm alles im richtigen Verhältnis. Und er sieht famos aus, hat die feinen Gesichtszüge seiner Mutter und die gleichen hellgrünen Augen wie sein Vater, dazu goldblondes Haar. Dass er wegen seines Knies ein wenig humpelt, fällt gar nicht auf. Er macht das sehr geschickt. Fräulein und die Mädchen sind ganz verlegen, wenn er mit ihnen im selben Zimmer ist. Wenn er nicht mein kleiner Vetter wäre und ich nicht ganz und gar in Liebe für meinen Justus entbrannt, dann würde er mich sicher auch mit seinem Charme einfangen. Er lässt Dich übrigens recht herzlich grüßen und hofft, Dich bald zu sehen. Morgen nehme ich ihn mit nach Königstein. Er will dann ein paar Tage bei Robert bleiben. Das wird Fräulein und den Mädchen nicht gefallen. Berta zeigt sich seit heute Mittag von ihrer besten Seite, hat das Essen mit einem zuckersüßen Lächeln serviert. Emil und unsere Töchter haben den ganzen Nachmittag an Arthur gehangen und ihn sogar dazu gebracht, dass er mit ihnen im Garten tobt. Eben sitzen sie alle drei brav auf dem Boden vor dem Klavier und hören ganz andächtig zu, wie er spielt. Es scheint, wir haben gerade einen richtigen Engel zu Gast.

Es küsst und umarmt Dich

Deine Klara

13. Mai 1915

Lieber Justus!

Eben komme ich mit den Kindern aus Königstein zurück. Arthur ist bei Robert geblieben. Es war wirklich rührend mit anzusehen, wie gut die beiden sich noch immer verstehen. Wir haben alle einen wundervollen Tag genossen. Die Luft dort oben ist prachtvoll und hat uns sehr gut getan.

Als wir morgens beim Krocketspielen waren, kam Dein langer Brief an Papa. Er hat sich sehr darüber gefreut und ihn sogar laut vorgelesen. Ich habe die ganze Familie zum Abschiedsessen für Robert eingeladen. Papa will sechs Flaschen Champagner dazustiften. Was nicht getrunken wird, soll in unserem Keller bleiben. Greta will Eis als süße Speise mitbringen, das Übrige übernehme ich. Robert muss Sonntag früh um sieben Uhr hier abfahren. Da hielt ich es für das Praktischste, dass sie alle herkommen. Ich freue mich sehr, die ganze Familie mal bei mir zu haben. Ich stehe zwar morgen und übermorgen noch tüchtig im Hausputz, im ersten Stock sind alle Gardinen ab, aber das macht nichts. Es wird auch so gemütlich werden. Das große Wohnzimmer wird heute fertig. Die Bücher habe ich alle geklopft, das Parkett ist spiegelblank.

Wie herrlich, dass wir gestern noch den schönen Himmelfahrtstag hatten. Hoffentlich ist es Pfingsten auch so schön, sonst wird es etwas eng in Kassel mit den drei Kindern, wenn wir nur in der Wohnung sitzen. Jahns gehen natürlich nach Königstein. Greta versteht es vorzüglich, aus Königstein recht viel Gewinn zu ziehen. Mich dagegen strengen die Fahrten hinauf oft an. Es scheint, dass Deine Frau alt und gebrechlich wird. Trotzdem hat mich jetzt jemand für zehn Jahre jünger als Greta gehalten. Das sind acht Jahre zu meinen Gunsten. Welch ein Genuss!

Ich habe heute ein Paket mit Konserven, Wurst und Tabak geschickt. Ich hoffe, es kommt gut bei Dir an.

Sei gegrüßt und geküsst
von Deiner so jugendlichen Klara

16. Mai 1915, Sonntag

Lieber Justus!
Es ist Sonntag! Ruhetag nach einer sehr anstrengenden Woche. Ich sitze an meinem Schreibtisch, das Fenster steht weit offen, wie ich es um diese stille Stunde liebe. Die Kinder sind mit Lieschen im Garten. Die Mädchen in ihren weißen Kleidchen und unser Emil in kurzen Hosen und weißem Hemdchen. Drei muntere Schmetterlinge in der duftenden Frühlingsluft.

Gestern Abend hatten wir einige frohe und harmonische Stunden. Ich hatte die Tafel festlich geschmückt mit Flieder und Maiblumen, und bei dem köstlichen Champagner, den Papa mitbrachte, wuchs die Stimmung schnell. Die Stunden flogen nur so dahin. Etwa um zwölf Uhr trennten wir uns, und ich nahm Abschied von Robert. Arthur ist mit zu den Eltern in die Wohnung gegangen und wollte Robert heute zum Bahnhof bringen. Heute Abend kommt er dann wieder zu mir. Er will in den nächsten Tagen einige Bekannte in Frankfurt aufsuchen. Gestern Abend erhielten wir noch die traurige Kunde, dass Felix Mann, 18 Jahre, gefallen ist. Mutter hat es sehr erregt. Manns tun mir unendlich leid. Erst der Schwiegersohn und nun der Sohn, gerade dieser Sohn, der zu den schönsten Hoffnungen berechtigte und die Schokoladenfabrik des Großvaters hätte weiterführen sollen. Die Familie besteht nun fast nur noch aus Frauen. Welch ein Jammer, dass all die blühenden Menschen dahingegeben werden müssen. Ja, Lust hat niemand mehr am Krieg, aber nachgeben wird auch niemand. Papa meinte gestern, es würde noch länger dauern als bis zum Herbst. Vielleicht würde Russland ja nachgeben, aber England sicher nicht. – Deine Magenverstimmung macht mir Sorgen. Liegt es am Wasser oder am Brot? Oder ist es Überanstrengung? Man müsste doch etwas dagegen tun. Es ist ja nicht das erste Mal, dass Du das hast. Ein bisschen Ruhe würde Euch allen gut tun. Wenn Ihr es nur erreichen könntet!

In der Schule geht es recht gut. Paula lernt sehr gern und leicht, Helene tut sich noch immer schwerer, kommt aber gut mit. Fräulein bewährt sich nun doch recht glänzend. Sie verliert nie die Geduld beim Lehren, selbst wenn Helene sich mal furchtbar dumm anstellt und noch herumtrödelt, wenn Paula längst fertig mit der Arbeit ist. Helenes Gedächtnis und ihre Phantasie scheinen aber besonders gut. Frl. Schwan sagt, dass sie die beste im Geschichtenerzählen ist. Ich finde es sehr schön, dass die Kinder ihre Lehrerin so mögen. Helene strengt sich gleich wieder an, wenn Fräulein ihr sagt, dass Frl. Schwan ganz traurig sei, wenn sie ihre Hausaufgaben nicht mache. Frl. Schwan hat übrigens zum ersten Mal eine erste Klasse. Dafür macht sie ihre Sache wirklich sehr gut.

Von Sonnabend an sind wir nun in Kassel. Deine Mutter hat mit ihrer Nachbarin, Frau Rill, gesprochen, sie hat ein Telefon, und Berta kann dorthin telefonieren, sollte eine Depesche von Dir nach Frankfurt kommen.

Abends: Hier musste ich vorhin abbrechen, um Emil ins Bett zu bringen. Deine Militärstiefel habe ich gestern für 25 Mark an Robert verkauft. Sie passen ihm ganz gut. Mit den 25 Mark kann ich gerade den Hut bezahlen, den ich mir habe machen lassen. Heute habe ich zum letzen Mal den Heizer entlohnt. Die Heizung ist seit acht Tagen abgestellt. Am Vormittag hatten wir allerdings im Esszimmer den Gasofen angesteckt, weil es windig und kühl war. Gegen Nachmittag kam dann die Sonne heraus, und es wurde wärmer. So einen ruhigen Sonntag liebe ich über die Maßen, man kann sich so schön mal auf sich selbst besinnen und kommt zur Ruhe. Arthur hat das Gästezimmer bezogen und ist schon wieder unterwegs. Ich denke, ich werde ihn nicht viel zu Gesicht bekommen.

Es küsst und umarmt Dich

Deine Klara

17. Mai 1915

Lieber Justus!
Wie geht es Dir wohl heute? Wir sitzen hier so behaglich wie mitten im Frieden. Es kommt einem immer widersinniger vor, dass diese Massen von Männern gegeneinander ziehen, monatelang die furchtbarsten Entbehrungen und Anstrengungen tragen, das ganze reiche und fruchtbringende Land verwüsten und im Grunde genommen nicht viel erreichen. Dabei werden schon Stimmen laut, die sagen, dass der Krieg noch über den Winter hinaus dauern wird. Wer hält das aus? Und wie viele Kranke werden dann wiederkommen, die für Jahre ruiniert sind! Es ist zu furchtbar.

Heute Nachmittag will ich in die Stadt, Gardinen kaufen. Durch die Heizung sind einige entzweigegangen. Für solche Sachen haben wir eigentlich kein Geld übrig, und ich sehe immer mehr ein, dass wir mindestens 18 000 Mark jährlich brauchen, woran das Haus die größte Schuld trägt. Die Reise nach Kassel, die mich wieder mindestens 100 Mark kostet, geht eigentlich auch über das Budget. Nun, es lässt sich nicht ändern. Das Geld ist eine Plage, aber ich mache mir kein Kopfzerbrechen mehr darum, weil es davon auch nicht besser wird.

Roberts Hauptmann soll furchtbar geizig sein, fordert aber die anderen immer zum Geldausgeben auf. Nach dem Krieg kommt er als Richter nach Frankfurt, hat Robert erzählt. Der wird dann wohl sehr darauf achten, dass die Bürger recht viel Geld an die Staatskasse zahlen müssen.

Dass der Krieg eine wirkliche Läuterung für manche Menschen bedeutet, das glaube ich schon, aber für die meisten wird das wohl eher nicht zutreffen. Hier in Frankfurt hat man immer mehr das Gefühl, die Menschen leben weiter wie immer, stöhnen etwas, im Übrigen haben sie sich aber an den Alltag gewöhnt. Vielen, gerade denen aus dem Volke, geht es pekuniär viel besser, und wenn sie gute Nachrichten haben, so sind sie zufrieden. Anders natürlich die, die schwer betroffen werden durch den Verlust eines Menschen. Und wenn man ganz gerecht sein will, so muss man auch diejenigen, die weiterleben wie immer, nicht verurteilen.

Sie werden vom Krieg selbst nicht berührt, und die Schrecknisse, von denen sie lesen, machen nicht mehr den Eindruck wie am Anfang. Dazu dauert der Krieg schon zu lange. Und diejenigen, die an der Front sind, glaubst Du wirklich, dass sie durch diese schwere Zeit bessere Menschen werden? Ich glaube es kaum, im Gegenteil. Wenn sie gesund zurückkehren, so werden sie in zwei Fehler verfallen: Erstens prahlen sie, was sie alles erlebt haben, und zweitens hoffen sie darauf, dass man sie bis zu ihrem Lebensende verwöhnt und sie sich schonen können. Sie werden das Leben genießen wollen als Belohnung für ihre Taten. Ich meine damit natürlich nicht Dich, und überhaupt nicht solche Männer, die schon vor dem Krieg höhere Ziele hatten, und deren gibt es gottlob sehr viele. Aber die Durchschnittsmenschen, die werden kaum besser durch solche Erlebnisse.

Unsere Köchin zankt nicht mehr so sehr, beklagt sich aber jetzt fortwährend, die Arbeit sei ihr zu schwer. Sie war gestern beim Arzt, der meinte, sie bräuchte ein bisschen Ruhe. Ich will versuchen, für sie eine Erholungskur von der Krankenkasse zu erwirken. Greta sagt, ich müsste Berta in ihren Ferien außer dem Gehalt noch jeden Tag 1,40 Mark Kostgeld geben. Stimmst Du da zu? Nun muss ich schließen. Mutter kommt, da ist es mit der Ruhe vorbei. Ich soll heute mit ihr und Jahns zum Essen gehen.

Es küsst und umarmt Dich

Deine Klara

19. Mai 1915

Lieber Justus!
Heute bin ich sehr müde, weil ich mit Greta den ganzen Tag in der Stadt war. Morgen und übermorgen ist Parkettputz im Parterre. Nach Pfingsten kommen dann noch der zweite Stock und das Souterrain. Die Packerei für Kassel ängstigt mich ein bisschen. Ich muss einen großen Koffer mitnehmen, da ich für kalt und warm rechnen muss. Viel Erholung ist es sicher nicht, mit drei Kindern für vier Tage zu verreisen, aber Deine Mutter und Tante Rohlich

freuen sich riesig auf uns, deshalb nehme ich es auf mich. Paula und Helene haben so ihre ganz spezielle Freude, nämlich, dass sie in den Ferien nicht lernen müssen. Am Dienstag will ein Mann aus Deiner Kompanie etwas für Dich mitnehmen. Da ich nicht hier bin und Berta keine gute Verpackung von Esswaren zutraue, mache ich morgen nur ein Paket Wäsche zurecht. Strümpfe sind auch bald wieder fertig.

Heute kam endlich die Kommode vom Schreiner zurück. Sie ist prachtvoll geworden. Ein Staatsstück, nur weiß ich leider nicht, wo ich sie hinstellen soll. Für das Spielzimmer ist sie mir zu schade, und in mein Wohnzimmer passt sie nicht. Im Schlafzimmer, in das sie sehr gut passen würde, ist kein Platz mehr. Ich werde sie erst einmal in die Diele im oberen Stock stellen, da sieht sie sehr schön aus.

Nolde war gerade hier, und wir sprachen über Italien. Es wird wohl in den nächsten Tagen losschlagen. An ein Ende des Krieges ist nun wieder gar nicht zu denken, wenn es noch mehr werden, die mitmachen. Ich finde das alles zu schrecklich. Jede Woche hofft man aufs Neue, und was ist? Es wird noch schlimmer!

Nolde wird übrigens Pfingsten nicht nach Königstein gehen, wie er eigentlich vorhatte. Er behauptet, er sei so abgearbeitet, dass er sich nicht aufschwingen könne zu packen. Da hast Du aber anders ausgehalten! Der Direktorposten ist und bleibt eine ungeheure Zumutung für Kräfte und Geldbeutel. Und das Lächerliche dabei ist, dass es niemand glaubt. Selbst die eigenen Kollegen nicht, wenn sie nicht einmal, wie eben Nolde, ans Ruder gesetzt werden.

Arthur ist gerade mit Nolde abgezogen. Unser sonst so sparsamer Gelehrter hat ihn eingeladen. Ich glaube, ihn interessieren Arthurs Erlebnisse vor den Falklands. Der Junge hat wirklich einiges durchgemacht. Er hat Dir ja darüber geschrieben.

Arthur kostet mich übrigens einiges von unserem guten Geschirr. Lieschen hat schon zwei Tassen fallen lassen und Berta drei Teller, nur weil sie ihm mal wieder mit verklärten Augen nachgesehen haben. Fräulein ist noch schweigsamer bei Tisch als sonst. Sie bringt kaum ein Wort heraus, wenn Arthur mit uns zusammen isst. Die Kinder sehen sie schon so merkwürdig an, sagen aber nichts.

Ich packe eben das Paket mit Wäsche für Dich. In die Mitte lege ich einen Flasche Eau de Cologne, also packe bitte vorsichtig aus. Wenn Du noch irgendetwas brauchst, dann schreibe es bitte. Es soll Dir an nichts fehlen.

In treuer Liebe
Deine Klara

21. Mai 1915

Lieber Justus!
Heute Morgen bekam ich einen tüchtigen Schrecken, als es plötzlich hieß, der Stabsarzt Doktor Baum wünsche mich am Telefon zu sprechen. Eine schlimme Nachricht! Was sonst hätte er mir am Telefon zu sagen? Ich sah Dich im Geiste mit einem Arm oder noch schlimmer verwundet und suchte schon die Züge nach Metz heraus. Wie hätte ich ahnen können, dass euer Stabsarzt den Telefonisten mal vertreten wollte und ein Gespräch von Dir ankündigt, so als Dein ganz persönlicher Vermittler? Wie war ich erlöst, als ich dann, statt seiner Stimme, Deine hörte. Deine Stimme allein hat mich so belebt, auch wenn Du nicht alles verstandest, was ich sagte. Diese Erfindung des Telefons ist doch wirklich famos! Wenn es jetzt noch etwas gäbe, dass man den anderen auch sehen könnte! Aber da geht wohl mal wieder die Phantasie mit Deiner Frau durch.

Frl. Kern war heute Nachmittag auf ein Stündchen hier. Von ihrem Bräutigam hat sie immer noch nichts gehört. Sie hat schon mit ihrer Schwesternausbildung angefangen. Es war ihr also ernst damit.

Arthur war gerade da, als sie kam. Er hat sehr nett mit uns geplaudert und Frl. Kern dann zum Bahnhof begleitet. Heute Abend geht er mit Jahns ins Theater. Greta meinte, dass er vielleicht mal ein Wohltätigkeitskonzert in Frankfurt geben könnte. Sie will sich darum bemühen. Er hat uns auch anvertraut, dass er viel lieber Pianist werden möchte, als die Reederei zu übernehmen. Stell Dir vor, Mutter hat versprochen, einmal in Ruhe mit ihrem Bruder zu reden. Sie will sich für ihren Lieblingsneffen einsetzen.

In innigster Umarmung
Deine Klara

22. Mai 1915
Kassel

Lieber Justus!
Per Droschke fuhren wir heute Morgen um acht Uhr von zu Hause ab. Von den Mädchen strahlend weggewinkt, die sich auf ihre freie Zeit freuen. Auf dem Bahnhof war schon viel Trubel, wir bekamen aber noch ein Coupé für uns. Freilich, mancher riss die Tür auf, prallte aber entsetzt zurück, wenn er die drei Kinder sah. Schon nach einer Stunde entwickelten wir alle einen Appetit, dem Du staunend zugesehen hättest. Acht Butterbrote, gut belegt, und sechs Apfelsinnen waren im Handumdrehen gegessen. Wir waren eine fröhliche kleine Gesellschaft, die ihre Reise genoss. Auf dem Bahnhof in Kassel erwarteten uns Deine Mutter und Tante Rohlich samt Onkel Gottfried. Es war rührend, wie sie uns begrüßten. Im schönsten Sonnenschein fuhren wir dann durch Kassel, und die Müllergasse lag in hellstem Licht, so einladend und friedvoll, dass wir mit Vergnügen dort ausstiegen. Heute Nachmittag machten wir dann einen prachtvollen Spaziergang nach Schloss Wilhelmshöhe.

Abends: Ich bin froh, dass wir hergekommen sind. Es ist so friedlich und schön hier, nur Du fehlst. Mir ist ganz wehmütig zumute, wenn ich daran denke, wie viele glückliche Stunden wir hier schon zusammen verlebt haben. Wie sehr hoffe ich auf weitere, wenn der Krieg endlich vorbei ist.

Deine Mutter lässt herzlich grüßen, die Kinder und Tante Rohlich und Onkel Gottfried auch. Ich denke immer ganz fest an Dich.

In Liebe, Deine Klara

23. Mai 1915, Sonntag
Kassel

Lieber Justus!
Heute Vormittag waren wir in der Kirche und hörten eine gute Predigt. Am Nachmittag hatte Deine Mutter die Nachbarn zum Kaffee eingeladen. Wir saßen in der Laube im Garten, und es war sehr sonnig.

Den Kindern war es aber viel zu heiß, und sie langweilten sich. Ich schickte sie mit Fräulein spazieren und zeigte dann Deine Bilder vom Feld. Alle haben Dich sehr bewundert, lobten sogar Dein gutes Aussehen auf den Bildern, auf denen Du gar nicht gut getroffen bist. Tante Rohlich las danach eine Geschichte über das Pfingstfest vor, und so saßen wir bis zum frühen Abend.

Nachher will ich noch Deinen Vetter Friedrich besuchen, und morgen wollen wir mit dem Wagen durch den Wald zum Staatstheater hinauf. Das wird eine köstliche Partie geben bei dem Prachtwetter. Eben ist das richtige Kasseler Wetter für Dich. Das Schloss hebt sich so prachtvoll klar vom Himmel ab. Wäre nicht die Eisenbahn, die dann und wann vorbeidonnert, könnte man die Welt da draußen beinahe vergessen. Ich kann nicht aufhören, an die wundervolle Zeit nach unserer Hochzeit zu denken, die wir hier so glücklich waren. Die Straßen, die Höhen, die Häuser, ja sogar die blumig duftende Luft, alles erinnert mich an Dich. Wie sehr ich mich nach Deiner Umarmung sehne, kann ich Dir gar nicht beschreiben. Ich wünsche mir so sehr, dass Du bald mal Urlaub hast und wir irgendwo ganz allein für uns sein könnten.

Heute Nachmittag gehe ich zu Tante Anna und Onkel Markus. Wir werden sicher viel von Konrad sprechen. Mir wird das Herz wieder ganz schwer, wenn ich daran denke, dass der arme Junge so früh von uns gehen musste. Diesen Verlust werden seine Eltern nie verwinden. Es ist ja auch ganz und gar unmöglich.

Am Abend sind wir dann alle bei Tante Rohlich zum Essen. Die Kinder fühlen sich sehr wohl hier in Kassel. Emil ist so herzig, und jeder möchte ihn am liebsten auf den Arm nehmen, was er natürlich nur bei Deiner Mutter zulässt. Ich glaube, Tante Rohlich ist eifersüchtig, dass er mit ihr nicht so vertraut ist.

Komm bald!

Deine
vor Sehnsucht glühende
Klara

25. Mai 1915
Kassel

Mein Liebster!
Gestern Abend tat mir der Hals weh vom vielen Sprechen. So zwei Festtage hintereinander, von einem zum anderen eingeladen, ist für mich eine größere Leistung, als wenn ich putze und wasche. Gestern Abend waren wir also bei Tante Anna und Onkel Markus. Da habe ich mal wieder gesehen, wie billig man Gäste haben kann. Die wenigen Spargelstangen reichten nicht einmal herum, und Onkel Markus bekam dann auch keine, hat es aber mit einem Lachen abgetan. Für acht Personen hatten sie etwa zwei Pfund. Ich nehme für sechs Personen fünf Pfund. Auch der Wein war ganz billig, der Pudding von Pulver gemacht usw. Deine Cousine Elise servierte mit, übrigens ganz verkehrt, aber das merkte keiner außer mir. Das Köstliche bei Deiner Familie ist, dass sich niemand um etwas sorgt, sondern die größte Gemütsruhe hat, wenn es auch schiefgeht. Das kann meine Familie nicht, und deshalb greift uns ein Missgeschick auch mehr an. Es ist bei Euch zum Beispiel auch ganz egal, ob um zehn oder um elf Uhr gefrühstückt wird, Mittag um ein oder zwei Uhr gegessen wird usw. Die Hauptsache ist, dass die Familie zusammen ist.

Heute früh waren wir auf dem Friedhof, und denke Dir, Paula hat das Grab Deines Vaters ganz allein wiedergefunden. Wir brachten ihm drei Blumenstöcke, da Kränze nicht vorrätig waren. Dann besuchten wir Deine Cousine Auguste und machten einen Gang durch die Stadt, dort trafen wir so viele Leute, die mich nach

Dir fragten und ganz besorgt um Dich waren. Wie sehr sie Dich alle lieben! Und es ist auch rührend von den Verwandten, dass sie mich alle einladen. Wenn es nur nicht so viele wären! Du musst mich nicht falsch verstehen, aber Du weißt, wie mich dieser Trubel angreift. Fräulein und ich haben uns auch erst an die harten Betten gewöhnen müssen, aber nun sind wir alle eingewöhnt. Vor lauter Einladungen bin ich nicht zum Zeitunglesen gekommen. Ich weiß daher gar nicht, wie es mit Italien steht. Das Wetter hier ist so himmlisch, wie wir es uns nicht besser wünschen könnten. Wir haben uns deshalb überreden lassen, bis Donnerstag zu bleiben.

Denk Dir, Onkel Markus und Tante Anna haben Konrads Zimmer nicht ausgeräumt, es sieht gerade so aus, als käme er jeden Augenblick zurück. Sie wollen es einfach nicht wahrhaben. Es ist wirklich zum Weinen.

In innigster Umarmung
Deine Klara

27. Mai 1915

Lieber Justus!
Nun sind wir wieder in Frankfurt. Ich leider mit Kopfweh und Unwohlsein, deshalb wollte ich eigentlich schon gestern abreisen, aber sie ließen uns nicht fort. Hier wurde ich zu meiner großen Freude von meinen beiden Mädchen strahlend empfangen. Sie haben sich gut ausgeruht und mich mit ihrem Fleiß überrascht. Alles war blitzblank, was vielleicht auch daran liegt, dass sie Arthur imponieren wollten. Er ist gerade zu einem geheimnisvollen Treffen fort, wenigstens hat er nicht verraten wollen, mit wem er sich trifft. Die Tage in Kassel waren wirklich schön, und die Verwandten beschämten mich mit ihrer Liebe und Güte. Dass ich mich nicht erholt fühle, sondern eher das Gegenteil, das liegt wohl daran, dass ich furchtbar viel sprechen musste.

Im Übrigen scheint es mir besser, wenn ich Dir künftig meine gesundheitlichen Schwankungen sowie die in der Stimmung und Geld- und Hausangelegenheiten verschweige. Ich habe Deinen letzten Brief mit Tränen in den Augen gelesen. Es tut mir zu leid, dass Dich diese Schilderungen immer so sehr angreifen. Du hast wirklich genug andere Sorgen, die weitaus schwerer wiegen als diese Kleinigkeiten! Aus Deinen Zeilen ersehe ich mit Schmerzen, dass unsere Ehe kein reines Glück für Dich ist, wie ich hoffte. Du musst mich lieben und kannst doch nicht so glücklich leben wie in früheren Jahren, das ist doch ein rechtes Verhängnis für Dich. Du glaubst nicht, wie furchtbar schwer mir diese Erkenntnis ist. Und nun erwägst Du sogar, auf das Direktorat zu verzichten. Aber was würde ein Verzicht bessern? Ja, wir würden billiger leben und ruhiger. Aber diese Zufriedenheit wie bei Deinen Verwandten, die wird es bei uns sicher nicht geben. Auch mit dem besten Willen werde ich meine Natur nicht so ummodeln können, dass ich Euch gleich werde. Das habe ich in Kassel wieder gesehen. Mit meinen Verwandten vollständig zu brechen, um Deinetwillen, das könnte ich und würde ich tun, aber ich würde dann auch mit Deinen Verwandten brechen, weil es mir ungerecht vorkäme gegen meine Eltern, die nur mein Bestes wollen und so viel für mich getan haben. Sie haben doch keine Ahnung davon, dass ich manchmal darunter leide und mir wünschte, ich käme mit viel weniger zurecht und wäre auch noch glücklich dabei. Aber so bin ich nicht, das wusstest Du auch, als Du mich wähltest. Ich hänge nicht am Direktorat, ich würde auch in eine andere Wohnung ziehen und ein Mädchen entlassen, das ginge dann auch irgendwie. Aber Du würdest diesen Wechsel sehr schmerzlich empfinden und wärest auch nicht an dem Platz, an den Du gehörst. Es tut mir unsagbar weh, dass ich nicht das für meinen Mann geworden bin, was er verdient. Die meisten unserer Bekannten sind sowieso erstaunt, dass Du mich genommen hast, und denken wohl im Inneren, das Geld und das ganz nette Gesicht hätten Dich bestochen. Deine Verwandten lieben Dich rührend und haben in ihrer Güte diese Liebe auf mich übertragen. Das hätte aber jede andere auch erreicht, weil sie alles annehmen, was Du tust. Ich schlage also noch mal vor, alles was mir Sorgen bereitet, verschweige ich künftig und werde nur noch die Freuden mit Dir teilen. Du darfst aber dann nicht böse sein, wenn ich manchmal nur Karten schreibe, ich bin gerade Dir gegenüber nicht geübt im Verstellen. Dass Du im Juli statt zu mir in eine militärische Erholungsanstalt gehen willst, ist freilich das Schlimmste, was Du mir antun kannst. Ebenso meine ich, müsstest Du wissen, dass mir kein Geld zu viel ist, wenn es sich um Deine Erholung handelt. Übrigens bringen es Deine Verwandten, ich will keine Namen nennen, auch fertig, mir meine drei Dienstmädchen vorzuwerfen. Es ist also nicht nur meine Mutter. Ich bin eben unfähig, einen größeren Haushalt mit weniger Hilfe zu leiten. Außerdem denke ich, Gott hat es vielleicht gewollt, dass unsere so verschiedenen Familien zusammenkamen, und uns damit ein Päckchen auferlegt, das nicht leicht ist. Sollen wir es darum abschütteln? Vielleicht erziehst Du Dir Deine Frau noch so, dass der Friede endlich bei uns einkehrt. Es ist mir grenzenlos weh ums Herz. Ich bin erschüttert, dass mein Mann aus dem Feld kommend seine Erholung bei seinen Verwandten suchen will oder bei fremden Menschen. Wie beneide ich die Verwandten. Liebster Justus, willst Du lieber ohne mich sein? Leidest Du unter mir? Sage es mir doch frei heraus, wie kann ich Dich nur glücklich machen? Ich liebe Dich doch so sehr! Wenn es aber gar nicht mehr geht und Du mehr unter meinen Eigenheiten leidest, als die Liebe aufwiegen kann, dann muss ich das auch ertragen. Ich will Dich nicht quälen und Dir das Leben schwer machen, alles, was ich will, ist, Dich glücklich zu machen.

Nun will ich schließen und noch ein bisschen weinen, weil mir das Herz so unendlich schwer ist.

Deine Klara

28. Mai 1915

Lieber Justus!
Danke für Deinen Brief, der die politische Lage recht günstig darstellt. In Russland scheinen wir mächtig vorwärtszukommen, nun liegt alles an Rumänien. Wenn sie sich doch gegen Russland entscheiden möchten. Vor den Italienern hat wohl niemand Angst, aber ich verstehe ja nichts davon und rede nur nach, was andere

sagen. – Uns geht es allen vorzüglich. Mein Kopfweh ist fort, und ich habe ausgezeichnet geschlafen, was in Kassel leider nicht der Fall war. Ich komme auch schon in das Alter, in welchem man in seinem eigenen Bett am besten schläft.

Wie es Dir wohl heute geht? Hoffentlich habt Ihr jetzt eine ruhigere Zeit und keine Angriffe. Hast Du denn einen neuen Leutnant? Wie kam denn Rasch zu epileptischen Anfällen? Das ist ja furchtbar. Hast Du das mit angesehen? Ich will heute nicht mehr schreiben und erst einmal Deine Antwort auf meinen letzten Brief abwarten.

Bitte, mein Liebling, verlass mich nicht und suche Deine Erholung nicht bei anderen.

In innigster Liebe
Deine Klara

31. Mai 1915

Lieber Justus!
So, nun ist mir wieder der ganze Nachmittag verpfuscht. Eben kam Berta und hat mich mit ihren Klagen aufgehalten. Sie war den halben Nachmittag an der Ortskrankenkasse und kam heulend wieder, weil sie nichts erreicht hat. Zwei Erholungsheime seien dieses Jahr nur offen, und die seien mit Soldaten belegt. Für alle Geschäftsmädchen würde was getan, nur die Herrschaften täten nichts für ihre Mädchen, klagte sie. Da hat sie selbst 1200 Mark, will davon aber nichts für ihre Erholung nehmen. Ich will persönlich zu Doktor Sauer und ihn bitten, Berta mal gründlich zu untersuchen. Ich glaube, sie hat ein Unterleibsleiden. Etwas ärgere ich mich schon über ihre Undankbarkeit. Erinnerst Du Dich noch, wie elend sie in Lübeck aussah und wie sich ihr Zustand gebessert hatte, nachdem sie bei uns war? Und nun schiebt sie wieder alles Schlechte mir zu. Ich kann ihr doch nicht eine vollständige Badereise bezahlen? Ich selbst gräme mich schon, wenn mich die Kassler Reise so viel kostet. Danken tut sie es mir ja doch nicht. Aber genug davon.

Eben kam der Radfahrer, der fünf Tage Urlaub hat, und brachte Dein Brieflein von gestern. Dass Du wieder erkältet bist, tut mir so leid. Bei den ewigen Nachtwachen ist es aber kein Wunder, Du bist wohl eben auch anfälliger. Du müsstest nun wirklich mal Urlaub haben. Lennert hatte es doch auch erreicht! Jetzt soll er ja wieder im Feld sein.

Nun habe ich Dir in diesem Brief wieder von meinen Sorgen geschrieben, obwohl ich es gar nicht wollte, aber ich kann nun mal nicht anders, als Dir immer zu schreiben, wie es in mir aussieht. Da helfen auch die ganzen Versprechen nicht. Da wirst Du wohl mit Deiner unverbesserlichen Frau zurechtkommen müssen, wenn Du sie behalten willst. Und ich hoffe sehr, dass Du willst.

In zwei Wochen gibt Arthur ein Konzert im Palmengarten. Greta hat es erreicht. Die Karten sind schon alle verkauft. Arthur hat ja schon einen Ruf als Pianist, auch wenn Onkel Egon das Ganze als Zeitvertreib abtut. Er hat an Mutter geschrieben, dass er von den Plänen seines Sohnes nichts hält. Nach dem, was der Junge erlebt hat, lässt er ihm noch ein bisschen Freiheit, dann muss er zurück nach Hamburg. Ich glaube, da geht der Musikwelt ein großes Talent verloren.

In ewiger Liebe
Deine Klara

2. Juni 1915

Lieber Justus!
Jetzt kommen Deine Briefe so regelmäßig, das ist wundervoll! Du hast ja so recht, dass alles andere nichtig ist im Vergleich zu unserer Liebe. Wie fühle ich mich heute wieder hoch und glücklich, dass Du mich liebst, so wie ich bin, und mich auch gar nicht anders haben möchtest. Den ganzen Tag jauchze ich im Innersten. Er liebt mich, ja, er liebt mich! Das Gefühl ist so unsagbar groß, dass es alles andere übertrifft. Ich fühle mich so leicht, dass ich schweben möchte. Angst und Sorge machen mir allerdings Deine Ahnungen, dass die Straße nach Thiaucourt dem Feind überlassen

wird. Da könnt Ihr doch abgeschnitten und zu Gefangenen werden, ich fürchte dann eine schlechte Behandlung für Euch. Hier meinten verschiedene, dass die Vogesen und das Land bis Metz in nächster Zeit von uns geräumt würden, sollten die Italiener dort mit angreifen. Das Straßburger Lazarett soll schon geräumt sein, aus Angst vor dem Beschuss der Italiener mit ihren Kruppschen Geschützen! Wer weiß, was dran ist? Man darf nichts glauben, bevor es amtlich ist. Es wird so viel Falsches erzählt.

Heute habe ich mit Wonne geputzt, gewaschen und gekocht. Nachmittags habe ich mir einen wundervollen Hut bestellt, der passend zu dem neuen Kleid gemacht wird, damit ich meinem Justus gefalle, wenn ich ihn, so Gott will, Ende Juni ab und zu mal im Offiziersheim besuchen darf! Du siehst, ich scherze schon wieder. Ich weiß, dass ich Dir so viel besser gefalle, als wenn ich klage. Am Sonnabend werde ich Deinem Radfahrer ein Paket mitgeben. Ich werde auch Pertussin hineinlegen, das ist das vorzügliche Hustenmittel, besonders für die Nacht. Nimm es bitte möglichst regelmäßig, es wird sicher helfen. Auch die eingelegten Bonbons sind bewährt gegen Husten.

Traurige Nachrichten: Tapezierer Jägers netter Sohn Wilhelm ist gefallen. Es tut mir so leid. Bertas Vetter ist schwer verwundet. So hört man überall von Verlusten. Wie wird das noch werden? Andererseits sind die Erfolge in Galizien glänzend, und das Herz schlägt hoch vor Freude. Ich habe mit viel Mühe unsere alte Fahne gewaschen und hoffe, sie bald für einen großen Sieg wieder aufziehen zu dürfen. Vorerst aber bleiben Glaube, Liebe, Hoffnung.

Eben kam Deine Karte. Wie bin ich erschrocken, dass Du wieder in einem Gefecht warst. Aber Gottlob bist Du auf so wundervolle Weise bewahrt worden, weil der Schuss nur Deinen Arm gestreift hat. Anbei eine Locke von Emil, ich ließ ihm heute die Haare abschneiden. Nun sieht er aus wie ein richtiger Junge. Ich muss schließen, ich habe Greta versprochen, sie heute Abend zu besuchen. Sie ist gerade mal wieder Strohwitwe.

Sei geküsst und umarmt
von Deiner Klara

4. Juni 1915

Lieber Justus!
Heute habe ich Nolde mal gefragt, ob er sich vorstellen könnte, das Direktorat ganz zu übernehmen. Das hat er sofort abgewehrt. Im Gegenteil, er möchte es so bald wie möglich wieder loswerden. Er bildet sich nämlich ein, dass er es jetzt ganz besonders schwer hat. Er meinte auch wieder, dass Du für Deine Verwandten und Freunde viel zu viel Zeit aufbringst, deshalb könntest Du Dich nie von der anstrengenden Arbeit erholen. Mich wundert, dass er nicht gesagt hat, zu viel Zeit für die Frau. Wir haben uns natürlich mal wieder ein bisschen über dieses Thema gezankt. Am Nachmittag habe ich wegen Berta eine Stunde in Doktor Sauers Wartezimmer gesessen, bis ich drankam. Er sagt, sie habe nichts an der Niere, und ich bat ihn, sie nun wegen des Unterleibes zu untersuchen. Das soll nun am Montag geschehen. Ich habe auch ein Erholungsheim ausfindig gemacht, in das ich sie schicken werde, wenn sie einverstanden ist.

Justus, mein Liebling, wie bist Du wieder gut zu mir! Du nennst mich »Krone Deines Lebens«, und doch bist Du nicht ganz glücklich. Was Du über die beiderseitigen Verhältnisse unserer Verwandtenhäuser schreibst, macht mir Gedanken. Es war mir auch gar nicht bewusst, dass Du glaubst, ich mag Deine Verwandten nicht, nur weil ich sie manchmal kritisiere. Dass mir das Einleben in Kassel anfänglich nicht leicht wurde, trotz der mir so rührend entgegengebrachten Liebe, ist wohl verständlich durch den enormen Unterschied der ganzen Lebensführung. Aber ich habe Dir auch immer gesagt, dass ich gern in Kassel bin und mich wirklich redlich bemühe, Deinen Verwandten Liebe und Anhänglichkeit entgegenzubringen. Ich bildete mir ein, dass es mir gut gelungen wäre. Deine Ansicht, dass ich mich noch zu abweisend verhalte, hat mich daher sehr überrascht und auch enttäuscht. Und nun versuche ich vergeblich, mir über meine richtigen Gefühle klar zu werden. Andererseits glaube ich, dass Du nun meine Verwandten etwas zu schlecht beurteilst. Ich glaube, dass sie Dich mehr lieben, als sie auszudrücken vermögen. Niemand erkundigt sich so oft und sorgenvoll nach Dir wie Mutter. Doch genug davon. Es kommt mir klein und erbärmlich vor, dass wir nicht einmal in dieser Zeit über die Unterschiede zwischen unseren Familien hinwegsehen können.

Ich war heute in der Schule, und dort hat mir Frl. Schwan erzählt, dass Helene gesagt habe, ich hätte sie neulich beim Lesen gehauen, und dann gab sie mir vorsichtig zu verstehen, man dürfe das Kind nicht mit dem Lesenlernen quälen, damit sie die Lust nicht verliere. Das Lesen falle ihr eben besonders schwer, aber dafür sei sie ja im Erzählen sehr gut. Sie erzähle überhaupt am meisten aus der ganzen Klasse. Neulich hat sie der Lehrerin erzählt, dass die Betten noch einmal überzogen würden, dann gingen wir nach Königstein. Nächstens erzählt sie, dass ich seidene Wäsche trage! Von Paula hat Frl. Schwan gesagt, dass sie zu den Besten in der Klasse gehört, besonders im Rechnen ist sie schon viel weiter als die anderen. Unsere beiden Großen sind eben nicht in allem gleich.

Heute früh war der Radfahrer hier, Dein treuer Jonas, und hat das Paket mitgenommen. Inhalt: Rehbraten, Kekse, Pflaumen, Anchovis, Heringe, Nüsse, Leberwurst, Apfelsinen. Bitte schreibe mir, wie die Zunge mit Spargel geschmeckt hat. Ich habe nie erfahren, wie die verschiedenen Fleischkonserven waren und welche Sorte ich öfter schicken könnte.

Arthur war heute in der Stadt und hat sich einen Anzug für das Konzert am 19. Juni gekauft. Er hat erzählt, dass er Frl. Kern getroffen habe und sie hat ihn beim Kauf beraten. Ich hege den Verdacht, dass Frl. Kern unserem Arthur gefällt. Von dem Bräutigam weiß er, er wird sich also nichts Falsches einbilden. Onkel Heinrich ist nun wegen Blinddarm im Krankenhaus. Wir sorgen uns sehr um ihn, weil er so schwach ist.

Ach Justus, wenn wir uns nur bald wieder sehen. Dass es Lennert wieder besser geht und er für gute Stimmung bei Euch sorgt, das freut mich sehr.

Es umarmt und küsst Dich

Deine Klara

6. Juni 1915

Lieber Justus!
Es ist doch eigentlich lächerlich, dass man sich in dieser ernsten Zeit, wo man täglich danken sollte, wenn man den Liebsten noch gesund weiß, um die Zukunft irgendwelche Sorgen macht. Wie man sich nachher das Leben einrichtet, das wird sich von alleine finden. Wer weiß, ob man nicht von selbst seine ganzen Lebensgewohnheiten ändern muss, wenn ein Leiden, das vom Feldzug zurückbleibt, einen dazu zwingt. Wir wollen uns also keine Gedanken mehr darüber machen. Gestern Abend wanderte ich mit Jahns nach Königstein, in einer furchtbaren Hitze. Glühend heiß kamen wir oben an der Villa an und wurden von Mutter sehr nett empfangen und gut bewirtet. Mutter hat glücklicherweise einen Herrn gefunden, der ihr im Garten hilft. Er ist schon 63, aber noch sehr beweglich. Später wurde es so herrlich kühl dort oben in Königstein, dass man beinahe fror und wir gegen neun Uhr sogar hineingingen und uns ins Esszimmer setzen. Dort spielten wir den unvermeidlichen Skat und gingen gegen elf Uhr ins Bett. Jahns blieben den ganzen Tag noch oben, während ich nach dem Mittagessen wieder abfuhr. Nun habe ich den ganzen Nachmittag mit den Kindern im Garten gesessen, und am Abend haben wir mit großem Eifer die Beete gegossen. Ich ließ die Kinder etwas barfuß laufen, zu ihrer größten Freude. Eben sitze ich allein in meinem Zimmerchen und denke an meinen Justus. Ach, Justus, wie sehr wünsche ich mir, dass Du morgens beim Aufwachen wieder neben mir lägest und ich nur meine Hand ausstrecken müsste, um Dich zu fühlen. Es ist so einsam ohne Dich hier, und wenn ich dann von überall her von den Verlusten höre, dann ist in mir eine solche Angst, wie ich sie gar nicht beschreiben kann. Ich will diese Gedanken ja nicht zulassen, weil ich Dir versprochen habe, immer tapfer zu sein und in unseren Herrgott zu vertrauen, aber wie Du siehst, bin ich eben manchmal nur eine schwache Frau, die nicht anders kann, als sich zu sorgen.

Gib Du nur immer auf Dich Acht, mein Liebling, damit wir uns recht bald gesund wiedersehen.

In Liebe, Deine Klara

7. Juni 1915

Lieber Justus!

Wie hast Du mir wohlgetan mit Deinem lieben Brief! Du verstehst mich aber auch großartig. Dass ich mal davon sprach, es wäre schön, wenn Du das Direktorat aufgäbest, das war natürlich deshalb, weil ich zu gern mehr von meinem Mann haben möchte. Dass Du nun ernsthaft daran denkst, nur um Deine Frau glücklich zu machen, das zeigt mir, wie sehr ich im Unrecht war, als ich an Deiner Liebe zweifelte. Was das Direktorat betrifft, da gibt es aber so viel zu bedenken, und schließlich wird alles an mir hängen bleiben. Die Leute werden sich fragen, wie diese Frau aus solch selbstsüchtigen Gründen ihrem Mann die Karriere so leichtfertig verderben kann? Deine Verwandten, außer Deiner Mutter, würden sagen: Nun können wir nach Frankfurt nicht mehr gehen. Die Frau war in guten Verhältnissen schon schwierig mit Besuch, nun gibt sie noch freiwillig das Geld auf und verlangt von ihrem armen Justus, dass er sich furchtbar abquälen muss mit Privatstunden für ihre viele Bedienung, und rechnet einem dann womöglich jeden Pfennig nach, den man bei ihr verisst. Papa wird uns für verrückt halten, dass wir uns freiwillig einschränken, und Mutter wird sich fragen, ob sie uns weiterhin Geld zuschießen soll, wo ich doch offensichtlich mit weniger auszukommen gedenke. Greta wird diesen Abstieg unbegreiflich finden, aber kühl lächelnd mit ansehen, wenn sie selbst nur im Golde sitzen bleibt. Das klingt hart, aber ich habe an Beispielen gesehen, dass Greta noch viel weniger gern gibt als Mutter. Sie lebt nach Papas Prinzip des Geldansammelns. Und Deine Freunde werden Steine auf mich werfen, weil ich Dir die Zukunft verderbe, und sie sind auch im Recht. Der Boden Frankfurts wird mir unter den Füßen brennen. Natürlich lockt es mich kolossal, mit Deinem Erworbenen auszukommen, wenn Du nicht mehr Direktor wärest und auch nicht mehr so hart arbeiten müsstest. Wir könnten dann irgendwo in den dritten Stock ziehen, sechs Zimmer würden bestimmt reichen, vielleicht eine Veranda an der Wohnung, dann ein tüchtiges Mädchen. Den Kindern schadete die Einfachheit natürlich gar nichts. Nur fürchte ich, dass wir im Verhältnis zu unserem Gehalt solche Wohnung noch zu teuer bezahlen müssten. Da müssten wir schon nach Eschersheim oder Lechbach ziehen. Für Privatstunden deinerseits bin ich nicht. Das wäre doch unglaublich, dass Du Dich abrackerst, während ich 60 000 Mark auf der Bank liegen habe, die jährlich etwa 1800 bis 2400 Mark Zinsen bringen. Von den Zinsen könnten wir jedes Jahr eine Reise im Sommer machen für etwa 800 Mark, den Arzt mit 200 Mark bezahlen und die Garderobe für mich, die etwa 600 Mark ausmacht. Letzteres könntest Du gut annehmen, denn viele Frauen erhalten nach ihrer Heirat Nadelgeld. Dann hätten wir immer noch 200 bis 800 Mark übrig für Extrafälle. Die Privatstunden gib dann lieber Deiner Frau, die es viel nötiger hat, um in der Schule des Lebens mitzukommen. Alles zusammengefasst sehe ich, dass uns enorme Schwierigkeiten entstehen würden, dass aber voraussichtlich mein Frieden größer würde und ich mit Freuden mir ein stilles kleines Heim im Glück ausmale, wo ich als Prinzessin meines lieben Mannes wahrhaft glücklich wäre. Die Leute würden sich schließlich auch beruhigen, aber ob wir wirklich auskommen würden? Ohne Geselligkeit kannst Du doch nicht leben, und den billigsten Wein wirst Du nie kaufen. Du wirst unter der Knickerei sehr leiden und es merken, wenn Du Reisbrei essen musst und keine großen Geschenke mehr machen kannst. Unter der einfachen Garderobe wirst Du sicher nicht leiden, aber unter manch anderem. Trotzdem war ich gestern schon fest entschlossen, einzuwilligen, da machte mich ein Zufall wieder schwankend. Ich räumte Dein Stehpult auf, fand dabei übrigens die vermisste Papierschere und mehrere vergessene Fotos mit Rahmen, als mir plötzlich eine alte Depesche in die Hand fiel von Deinem früheren Lehrer Lebert, der schrieb: »An meinen hochbegabten lieben Kollegen!« Alle halten doch so viel auf Dich! Wie darf ich da Deine Laufbahn im Sande verfließen lassen, nur weil ich es nicht verstehe, die Sorgen von Dir fernzuhalten? Nein, das darf ich nicht. Die paar Jahre muss ich aushalten. Wenn Du dann Provinzialschulrat bist, dann sind wir doch auch über den Berg. Ich glaube Dir vollkommen, dass Dein Ehrgeiz befriedigt ist, obgleich ich weiß, welches Opfer dazugehört, alle Zukunftspläne aufzugeben. Aber ich darf es doch auch der Menschheit gegenüber nicht – und gerade nach dem Krieg, wo alle Begabten an die Spitze des Volkes treten müssen und viel leisten müssen, kann und darf ich nicht Dein Licht unter den Scheffel stellen. Das wäre unerhört! Aber lass Dir viel tausendmal danken für Deine große Liebe, mit der Du es fertig bringst, um meinetwillen so viele Opfer zu bringen. Ich kann sie nicht annehmen, aber ich will mich bemühen, mich zufriedenzugeben, auch wenn das Geld zerrinnt. Für mich will ich auch keine Schätze sammeln, aber für die Kinder. Wenn ich doch Deine Natur und Deinen Glauben hätte, dass sie auch ohne Geld durchkommen, dass die Erziehung die Hauptsache ist. Und wie lächerlich ist es, dass ich, die mal behauptete, mit 5000 Mark auszukommen, nun 18 000 Mark braucht. Wo bleibt da bloß meine Erziehung?

Dein leiser Vorwurf, dass mein Verhältnis von mir zu Deiner Mutter noch nicht so vertraut ist, wie das von Deiner Mutter zu mir, der ist wohl wahr, das gebe ich zu. Es liegt an meinem Egoismus und an meiner Schwäche, mich an Kleinigkeiten zu stoßen. Ausschlag im Gesicht, schlecht sitzende Kleider, solche Dinge sind mir leider immer noch ein kleiner Anstoß, ebenso große Unpünktlichkeit, langsames Gehen und wenn man wenig zu Ende bringt. All dies ärgert mich noch immer, und es ist eben meine Unvollkommenheit, dass ich über solch Äußerliches nicht einfach hinwegsehe. Das hat aber mit meiner grundsätzlichen Liebe und Anerkennung nichts zu tun. Ich werde es bestimmt auch nach und nach ganz überwinden. Ihr seid darin viel größer als ich, und das bewundere ich sehr.

Doch nun ist der Bogen beinahe zu Ende, und ich bin noch nicht dazu gekommen, über Deinen möglichen Urlaub zu schreiben. Da muss ich mal so klein schreiben wie Du. Also, ich bin entzückt über die Idee, hier im Häuschen zu bleiben. Das ist eine famose Idee und eine übergroße Freude für mich, weil ich Dich dann so schön allein habe. Alle anderen sind im Urlaub! Wir würden ungestört die Gegend durchstreifen und wären herrlich ungebunden. Abends können wir zu Hause baden und morgens schlafen, so lange wir wollen. Die einzige Schwierigkeit sind die Brotmarken, aber das wird sich finden.

Du mein Einziger, mein Traumprinz, komm zu mir! Ich werde Dich mit offenen Armen und glühenden Wangen empfangen.

In ewiger Treue
Deine Klara

10. Juni 1915

Lieber Justus!
Gestern Abend war ich mit Jahns im Theater, »Die Meistersinger«. Es war eine sehr schöne Aufführung. Zu schade, dass Du sie nicht mit uns genießen konntest. Heute Vormittag habe ich die letzten Gardinen gewaschen und hatte die Putzfrau zum großen Putz des Fremdenzimmers hier. Nachmittags machte der Schuldiener die Gardinen auf, endlich nach vier Wochen. Um fünf Uhr ging ich mit den Kindern ins Schwimmbad, das war ganz ideal bei der Hitze. Paula und Helene gingen sehr tapfer hinein und wollten dann gar nicht mehr heraus. Emil ließ ich unter strengster Beobachtung auch ein bisschen herumplantschen, und er war dabei überglücklich. Wie dachte ich heute an Lübeck, wo wir so fröhlich alle zusammen badeten. Wir schlafen jetzt alle in Taghemden, kein Lüftchen regt sich nachts, und am Tage prallt die Sonne so furchtbar, dass wir alle Fenster und Jalousien fest schließen und wie in einem verwunschenen Hause leben. Wenn es nicht bald regnet, so verdorrt alles. Der Schuldiener gießt zweimal täglich den Garten, und wir schleppen Gießkannen. Ihr habt es gewiss ebenso heiß, wenigstens hörte ich das heute von einem Mann Deiner Kompanie, den ich zum Kaffee hier hatte. Ich habe ihm ein Paket für Dich mitgegeben.

Berta war gestern bei Doktor Sauer, er meint, sie sei sehr mit den Nerven herunter und eine Kur würde ihr bestimmt helfen. Ich habe ihr das Erholungsheim im Odenwald vorgeschlagen, das ich schon ausgesucht hatte. Sie war sofort einverstanden. Nun fährt sie am selben Tag los, an dem wir nach Königstein aufbrechen und Lieschen nach Hause reist. Da wird unser Häuschen mal ganz allein für sich sein und kann ordentlich durchatmen. Wir sehen uns doch hoffentlich bald. Verzeih diesen kurzen Brief, aber die Hitze ist so groß, dass auch die Gedanken ausdorren. Morgen fahren wir alle zusammen für drei Tage nach Königstein hinauf. Dort ist die Wärme besser zu ertragen.

Deine Klara

15. Juni 1915

Lieber Justus!
Hoffentlich ist das Paket gut bei Dir angekommen und alles war noch frisch. Gestern Morgen sind wir schon um sechs Uhr aufgestanden. Mutter hatte sich für uns einen Wagen geleistet, und so kamen wir zu einer herrlichen Fahrt durch den kühlen Morgen bis zum Bahnhof. Um acht Uhr kamen wir hier an, und um neun Uhr gingen die Zwillinge in Begleitung von Arthur, der in die Stadt wollte, in die Schule. Der Sonntag in Königstein war herrlich, so schönes Wetter und harmonische Stimmung. Am Sonnabend dagegen hatte ich wieder rechten Ärger, da mich alle angriffen auf die Religion hin und behaupteten, Du seist orthodox, was ich lebhaft bestritt. Ich konnte mich aber nicht überzeugend genug erklären, was mich recht verzweifeln ließ. Beim Schlafengehen habe ich darüber geweint, dass keiner aus der Familie uns begreift, dieses Mal auch Albert nicht. Sie glauben alle, ohne Religion weiterzukommen. Papa sagt, jeder könne auf seine Art glauben. Aber warum verhöhnt er dann die Religion so oft?

Das Luftattentat auf Karlsruhe gibt uns allen zu denken. Es heißt, die schwedische Königin sei gerade dort im Schloss gewesen, als der Angriff kam. Nächstens werden sie noch nach Frankfurt kommen, man sollte vorbereitet sein. Ich habe schon die Kinder und Mädchen instruiert, in solchem Falle in den Keller zu gehen. Aber mach Dir keine Sorgen, uns geht es eben ganz vorzüglich, und die Stadt ist fast wie im Frieden. Heute war ich mit Emil und Berta auf dem Markt, wo wir Stachelbeeren und Spargel kauften und den ganzen Vormittag einmachten. Eine Probe von diesem

Spargel habe ich heute an Dich abgesandt. Dein Koch muss ihn aber sofort kochen.

Du hast mich übrigens falsch verstanden, wenn Du meinst, Nolde sei enttäuscht von Dir als Direktor. Das ist absolut nicht der Fall. Nur kritisiert er zuweilen, weil er denkt, dass Du Dich einfach überarbeitest. Ich habe ihn übrigens 14 Tage nicht gesehen, und furchtbar lange habe ich von Frau Baum nichts gehört. Ich muss unbedingt mal telefonieren und sie zum Tee einladen. Ich habe es unterlassen, weil ich vier Wochen ohne Gardinen war, und nun kommen nächste Woche auch noch die Handwerker. Denke Dir, heute früh kam ein Mann von der Stadt, und nun soll Folgendes nächste Woche gemacht werden: Linoleum in meinem Wohnzimmerchen, Mechanik an die Rolljalousinen und ein Fenster an die Speisekammer, die so direkt ungesund ist. Ich bin natürlich sehr froh, dass es gemacht wird, wenn es auch etwas Schmutz gibt.

Der Vizefeldwebel Reinhold, den Du angekündigt hast, ist noch nicht hier gewesen. Er wird wohl morgen kommen. Sind die Gefreiten, die Du für nächste Woche angemeldet hast, aus besseren Familien? Wie freue ich mich, dass die Säfte gut angekommen sind. Nun trinke sie aber auch rasch aus, dass sie nicht schlecht werden. Vielen Dank für die schönen Bildchen. Meine ersten Fotostudien sind leider sehr mangelhaft ausgefallen. Ich habe mich während unserer Tage in Königstein ein bisschen von Greta anleiten lassen, muss aber noch viel üben. Ich hoffe, nächste Woche bessere Resultate zu erzielen. Wenn Du wirklich kommst, dann schleppe Dich nicht mit Broten ab oder höchstens mit einem. Ich kann gewiss von Königstein welches holen. Außerdem werden wir nicht viel zu Hause essen, weil wir doch dauernd unterwegs sein werden.

Hoffentlich bekommst Du Urlaub und mindestens 14 Tage! Die Kinder grüßen Dich herzlich.

In Liebe, Deine Klara

18. Juni 1915

Liebster Justus!
Anbei zwei Bildchen, die nicht gerade glänzend sind, aber Dir doch vielleicht Freude machen. Es sind meine ersten vorzeigbaren Anfänge. Ich habe mir heute den Apparat nochmals von Greta erklären lassen und hoffe allmählich schärfere Bilder zu bekommen. Jedenfalls macht es riesige Freude. Besonders gefallen mir die Bilder von Emil. Letzterer sticht entschieden seine Schwestern durch sein Mienenspiel aus. Keine zwei Sekunden macht er dasselbe Gesicht. Er ist ganz reizend in seiner Art. Diesen großen Charme hat er von Dir. Gerade im letzten halben Jahr hat sich das Kind kolossal entwickelt, und es ist ein Jammer, dass Du ihn jetzt nicht um Dich haben kannst. Er ist geistig sicher am besten veranlagt und dabei so schlau, auch böse Streiche zu riskieren, um an sein Ziel zu gelangen. Er wird demnach wohl mal mein Schulideal werden, leicht lernen und sich aus nichts viel machen.

Eben kommt Dein Brief, dem ich mit Schrecken entnehme, dass Ihr wieder so arg beschossen seid. Wenn sie nur nicht wieder von Neuem angreifen wie im April, dann wird es nichts mit dem Urlaub.

Heute gehen frische Kirschen an Dich ab. Hier freuen sich schon alle sehr auf Arthurs Konzert am Samstag.

In Liebe, Deine Klara

20. Juni 1915, Sonntag

Lieber Justus!
Jahns sind heute Morgen nach Homburg, um sich Wohnungen anzusehen. Richtig schlüssig sind sie noch nicht, ob sie nicht doch im Sommer nach Königstein gehen. Albert hat sich einige Male über Mutter geärgert und daher keine rechte Lust mehr, mit ihr den Sommer zu verbringen. Wenn das Wetter so schön bleibt, gehe ich mit Fräulein und den Kindern zum Waldgottesdienst auf die Oberschweinstiege. Das denke ich mir wundervoll. Das Wetter sieht allerdings etwas unsicher aus.

Nun musst Du also das Bataillon führen und wirst dadurch viel Arbeit haben. Hoffentlich bleibt es wenigstens ruhig in der Zeit. Vom Priesterwald schweigt die Zeitung in den letzten Tagen.

Und nun zu gestern Abend: Arthurs Konzert war ein kolossaler Erfolg! Er hat wundervoll gespielt, und ganz besonders die Damen waren ganz hingerissen. Er versteht es aber auch großartig, mit ihnen zu kokettieren, das muss ich wirklich sagen. Bevor er zu Dussek überging, legte er ganz elegant erst einmal sein Jackett ab. Im weißen Hemd mit silberfarbener Fliege und seinem verwegen langen blonden Haaren zog er auch sofort alle Blicke auf sich und entlockte den Damen ein bewunderndes Raunen. Vor lauter Stolz auf meinen schönen Vetter bin ich doch glatt ein bisschen rot geworden. Fräulein, die neben mir saß, schien mir einer Ohnmacht nahe und so manche andere auch. Frl. Kern war übrigens auch da, recht fein herausgeputzt im schmalen gelben Spitzenkleid mit himbeerrotem Hütchen auf dem Goldhaar. Von ihrem Bräutigam hat sie immer noch nichts gehört. Frau Baum meinte nach dem Konzert, dass Arthur ein ganz außerordentliches Talent sei. So einen musikalischen Menschen hat sie, glaube ich, in meiner Familie nicht vermutet. In den nächsten Tagen will sie ihn mal einladen, um ihn einigen einflussreichen Bekannten vorzustellen. Ich möchte sagen, Arthur hat einen großen Eindruck in der Frankfurter Gesellschaft hinterlassen. So, nun will ich los zum Waldgottesdienst. Die Sonne steht strahlend am tiefblauen Himmel, und es zieht mich hinaus in den singenden und schwirrenden Tag.

Abends: Der Waldgottesdienst war einmal etwas anderes und nett veranstaltet, wenn man auch durch die Kinder von der Predigt nicht viel hatte. Aber die Posaunen und der Gesang in freier Natur, das allein war wunderschön, sodass wir befriedigt mittags nach Hause kamen.

Erinnerst Du Dich noch, wie Nolde uns bei unserem Einzug wünschte, dass wir viele freudvolle Stunden in diesem Heim erleben möchten? Es waren so viele, dass man vor Glück zerspringen könnte! Ich glaube, ich war drei Wochen nicht mehr bei Nolde und muss nun unbedingt mal zu ihm. Allerdings hätte er mich ja auch mal besuchen können, ich könnte doch krank sein. Du siehst, er kümmert sich nicht um mich, und Du kannst Dich vollständig beruhigen, denn ich komme auch vorzüglich ohne ihn aus. Für Freitag habe ich Frau Baum eingeladen und will noch zwei bis drei Damen dazubitten.

Es küsst und umarmt Dich

Deine Klara

21. Juni 1915

Mein lieber Justus!
Eben war ich drüben bei Nolde, der sehr nett war. Er sprach auch über Deinen Brief und über das Direktorat und sagte, er verstände Dich sehr gut, aber Du scheinst wohl mit den Nerven herunter zu sein, denn sonst könne er nicht begreifen, dass Du das Direktorat wirklich ganz aufgeben wollest. Ich musste ihm nun andeuten, dass die ganze Sache aus pekuniären Gründen hervorgehe, da begriff er es erst und meinte, ja, das sei ganz etwas anderes. Das würde er auch nicht aushalten, und da hättest Du vollkommen recht. Aber dann riet er, Du sollest Dich an einer Anstalt im Osten als Direktor melden, wo uns niemand kenne und wir einfach leben könnten und niemand große Gesellschaften von uns erwarte. Dass Du wieder als Oberlehrer gehst, das hält er für ausgeschlossen und Deinen Fähigkeiten völlig unangemessen. Nun, wir werden sehen. Noch ist keine Entscheidung gefallen. Es freut mich, dass die Führung des Bataillons Dir Freude macht, und doch wünsche ich mir mehr als alles andere, dass der Krieg endlich zu Ende ist.

Von Frau von Hoffer weiß ich nun, dass sie ganz in Berlin bleibt, wie ich es mir schon gedacht hatte. Sie wohnt mit Kind und Fräulein im Haus ihrer Eltern, was für sie sicher auch erst einmal das Beste ist. Dein fröhlicher Vizefeldwebel war heute Nachmittag mit seiner Braut hier und wird Dir ein duftendes Paket überreichen: Seife, Rasierpulver, Kölnisch Wasser.

Berta hat heute Geburtstag, ich habe sie beschenkt und eben mit Lieschen ins Kino geschickt. Ich habe den ganzen Vormittag

Bilder entwickelt und kopiert – mit mäßigem Erfolg. Aber es macht mir Spaß, und die Kinder stellen sich gern zur Verfügung. Sie sind immer genauso begierig auf das Ergebnis wie ich. Die beiden Großen sind dabei aber schon recht eitel und wollen sich immer ganz hübsch machen, bevor es ans Aufnehmen geht. Emil ist es egal, wie er aussieht, für ihn ist es immer noch das größte Wunder, das er der Junge sein soll, den er da auf den Bildern sieht. »Emil?«, fragt er immer ganz ungläubig, wenn ich sie ihm zeige. Neulich lief er mit dem Bild in der Hand in unser Schlafzimmer, kletterte auf den Stuhl vor meinem Spiegel und betrachtet sich ganz genau, dann sah er auf die Fotografie und nickte zufrieden.

Morgen kommen nun die Handwerker. Es wird Linoleum gelegt. Fräulein habe ich ein Billet für das Theater geschenkt. Sie ging, als die beiden anderen zurückkamen, und wird erst spät nach Hause kommen, deshalb habe ich gerade die Kinder gebadet und bin jetzt sehr müde. Arthur ist für ein paar Tage nach Würzburg gefahren. Er wolle sich die Stadt ansehen, hat er gesagt.

Nun leb wohl für heute, mein Liebling.

Deine Klara

24. Juni 1915

Mein lieber Justus!
Ich wundere mich immer wieder, dass Du so genau weißt, was in mir vorgeht. Du kennst mich in manchem besser, als ich mich kenne oder mich kennen will. Man beschönigt gern seine eigenen Fehler und bildet sich ein, dass man ein guter Mensch sei. Ich bin zu blind gegen meine Fehler, und ich bin Dir dankbar, wenn Du sie mir vor Augen führst, damit ich mich bessere. Dass ich Emil manchmal zu sehr in den Mittelpunkt stelle und glaube, Paula und Helene würden sich nicht daran stören, da hast Du leider recht. Ich bin froh, dass Du weißt, dass ich unsere beiden Großen deshalb nicht weniger lieb habe und es nur aus Unüberlegtheit geschieht. Es liegt wohl auch daran, dass Emil gerade in diesem

entzückenden Alter ist, in dem man sie immerzu an sich drücken möchte. Ich verspreche, mich in diesem Punkt zu bessern!

Heute wurde Linoleum in meinem Zimmer gelegt, und ich war so lange mit den Kindern im Garten. Lieschen hat einen Zahn gezogen bekommen und lag den ganzen Tag im Bett. Ich habe ihr Umschläge gemacht und ihr geholfen zu spülen. Sie hatte große Schmerzen, aber eben ist es etwas besser. Zum Schlafen will ich ihr Aspirin geben. Das Linoleum muss ich nun allein fertig putzen.

Geht es Dir gut, mein Liebling? Hast Du alles, was Du brauchst? Frau Baum hat mir abgesagt, ihr Mann kommt heute. Ich werde sie nächste Woche einmal beide zum Kaffee einladen. Ob Doktor Baum Dich vor seiner Abreise noch gesehen hat und mir von Dir berichtet?

Sei geküsst und umarmt
von Deiner Klara

27. Juni 1915, Sonntag

Liebster Justus!
Gestern sind wir nach Königstein hinaufgewandert und gerade wieder zurückgekehrt. Es war dieses Mal sehr schön und harmonisch. Papa war tagelang in Berlin krank, mit Arzt und Schwester! Er hat alle Verhandlungen am Bett geführt. Er ist jetzt zu Hause, sieht aber noch mitgenommen aus und musste auf Anraten des Arztes seine Reise nach Konstantinopel verschieben. Darüber ist er sehr ärgerlich. Robert ist beim Baden mit einem »Kopfsprung« so gefallen, dass er ein eiterndes Loch im Kopf hat und eine Quetschung des Schlüsselbeins. Ganz harmlos, schreibt er. Papa krank und Robert verletzt, das hat Mutter natürlich sehr aufgeregt. Dass Du nun wirklich in ein paar Tagen Urlaub bekommen kannst, das ist zu wunderbar! Allerdings fürchte ich, wenn wir nach Königstein gehen, dann werden Mutter die Kinder vielleicht zu viel, weil Papa krank ist und sie dann immer so nervös wird. Schlimmstenfalls mieten wir uns dann eben alle zusammen in Homburg ein. Aber vielleicht geht es Papa ja auch bald besser. Man macht sich

eben so seine Gedanken, er ist in einem kritischen Alter. Wenn er mal plötzlich sterben sollte, was Mutter natürlich schon mit Bestimmtheit annimmt, so wäre das für uns alle furchtbar. Man wagt gar nicht auszudenken, was dann aus Mutter werden sollte.

Die Bildchen aus Deinem letzten Brief sind allerliebst. Ich bekam nur einen Schrecken, wie schlecht Du aussiehst. So furchtbar mager. Ich bitte Dich dringend, mindestens für drei Wochen Urlaub einzureichen. Die Gesundheit geht schließlich vor.

Leider bin ich nun immer noch nicht zu Nolde gekommen, um ihm zu sagen, dass Du das Direktorat doch nicht aufgeben willst. Durch die fortwährenden Nachmittagtees bin ich so sehr in Anspruch genommen, ich hatte wirklich keine Zeit. Ich glaube aber, dass Du Dich in Nolde täuschst, und bitte Dich jedenfalls, Dir keine Gedanken mehr darüber zu machen. Er ist nicht auf Deinen Posten aus und auf etwas anderes schon gar nicht, das versichere ich Dir.

In Liebe, Deine Klara

1. Juli 1915

Mein lieber Justus!
Die Aussicht auf drei Wochen Urlaub ist so unglaublich schön, dass ich jetzt vor Freude tanzen würde, hätte ich nicht heute 45 Pfund Johannisbeeren eingemacht. So bin ich jetzt zum Umfallen müde und brächte wohl kaum noch eine Drehung zustande, ohne mir selbst auf die Füße zu treten. Eben telefonierte ich nach Königstein, dass wir morgen kommen. Papa geht es besser. Mit Baums habe ich auch telefoniert. Wenn Du kommst, hoffen sie, mal eine gute Flasche Wein mit Dir leeren zu können. Um Robert müssen wir uns keine Sorgen machen, es geht ihm schon wieder viel besser.

Nun aber vor allem nochmals vielen herzlichen Dank für die prachtvollen Blumen zu meinem Geburtstag, die um sieben Uhr morgens schon kamen und auf dem Kaffeetisch standen, als ich herunterkam. Was man doch alles vom Schützengraben aus erreichen kann! Die Blumen sind diesmal in einer Vase wunderbar arrangiert und halten viel länger, da sie ohne Draht sind. Gefeiert habe ich nicht, nur Greta war zum Kaffee da. Die übliche Flasche Champagner werde ich dann mit Dir leeren. Du kommst doch?

Abends: Nun bin ich doch morgens unterbrochen worden, und der Tag ging dann mit tausend Kleinigkeiten hin, ohne dass ich wieder an den Schreibtisch kam. Nolde war am Nachmittag zum Kaffee da, und wir haben endlich mal wieder gemütlich geplaudert. Er war richtig erleichtert, als ich ihm sagte, dass Du das Direktorat doch nicht aufgeben willst. Er hofft doch schon so sehr auf seine baldige Ablösung. Nun noch etwas Merkwürdiges: Frl. Kerns Vater telefonierte mir heute und meinte, seine Tochter sei bei mir. Sie hat wohl gesagt, sie fahre ein paar Tage nach Frankfurt. Da sie aber gar nicht bei mir ist, machen sie sich nun Sorgen. Ich habe da so einen Verdacht, den ich aber für mich behalten habe.

Ich muss schließen, Emil ruft nach mir, ich muss ihn zu Bett bringen. Leb wohl, mein Liebling.

Deine Klara

3. Juli 1915
Königstein

Liebster Justus!
Da wären wir nun glücklich in Königstein. Um acht Uhr früh standen die sechs Frauenzimmer bzw. -zimmerchen und der junge Herr schon bereit zur Abfahrt. Alle Jalousinen waren zu, alles verriegelt, und wir gelangten eine halbe Stunde vor Abfahrt des Zuges schon am Perron an. Die beiden Mädchen strahlend, besonders Berta, da ich ihr Reise und Kur vollständig bezahlt habe. Zusammen 36 Mark und 30 Mark Lohn. Lieschen habe ich 12 Mark für die Reise nach Hause gegeben. Deine 450 Mark kamen gestern an, vielen Dank. Ich konnte sie gut brauchen, da ich am 1. Juli glatt 500 Mark ausgegeben habe. Ich bin aber nun gottlob völlig schuldenfrei.

Hier angekommen, begrüßten uns die Eltern freudig, Papa saß schon unten auf dem Balkon. Er sieht wieder ganz munter aus, was mich sehr froh stimmte. Den Nachmittag haben wir im Garten verbracht, ich habe Mutter bei der Arbeit dort geholfen, und die Kinder spielten mit Fräulein am Sandhaufen. Eben haben wir die Kinder ins Bett gebracht, und Papa liest ihnen aus ihrem neuen Lieblingsbuch vor: »Gulliver in Liliput«. Arthur hat es ihnen geschenkt, es ist ganz entzückend, und sie wollten es unbedingt mit in den Urlaub nehmen. Mutter hat uns übrigens nochmals freundlich ins Blockhaus eingeladen. Ich bin aber dagegen, weil wir dann doch gar keine Zeit für uns allein haben. Andererseits ist die Luft in Frankfurt doch vielleicht zu schlecht für Dich, und wenn wir dann täglich herausfahren, dann kostet es uns eine Menge. Wenn Du wirklich drei Wochen bekommst, dann könnten wir vielleicht eine Woche nach Homburg, dann sind die Kinder ganz nah, dann eine Woche nach Königstein und zwei Tage nach Kassel. Oder wir bleiben ganz bei den Eltern in der Villa. Wie denkst Du darüber?

Mutter ruft gerade, dass ich am Telefon verlangt werde. Vielleicht höre ich ja gleich Deine Stimme.

Deine Klara

Das Anwesen in Königstein, auf einem Plateau erbaut, gleicht mit seinen anmutigen Erkern und Türmchen einer graziösen Burg. Dichte Lorbeerhecken umschließen den englischen Rasen mit seinen Rosenbüschen und duftenden Blumenbeeten. Hinter dem Haus der Obstgarten mit Beerensträuchern und Apfelbäumen, daneben Gemüsebeete und Kräutergärtchen. Ein Ort weit weg vom Elend des Krieges. Wie auch die Häuser der Nachbarn, alles kleine Fluchtburgen, versteckt zwischen Tannen und Fichten mit einem erhöhten Blick über die Stadt.

Welch ein klingender Morgen. Klara summt durch das weite Haus, die Treppe hinauf und hinunter. Wohin nur mit dieser Freude, die ihr fast das Herz abdrückt? Sie läuft hinaus in den Garten, winkt dem Gärtner zu, der unter seinem Strohhut hervorlugt und gemächlich den leise surrenden

Rasenmäher über den Rasen bewegt. Für einen Moment schließt sie die Augen und atmet den Duft des Grases ein, doch schon treibt es sie weiter, klapp, klapp, die Treppe wieder hinauf. Wie ein eiliges Vögelchen schwebt sie durch die vom Wind aufgebauschten Gardinen hinaus auf den Balkon, richtet den Blick ins Tal, wo die Straße sich in weiten Bögen in den Taunus hineinwindet. So ganz kann sie es noch nicht fassen, dass Justus es wirklich erreicht hat: Drei Wochen Urlaub haben sie ihm gewährt, und er kommt zu ihr! Kein Wort mehr von Kassel oder einem Offiziersheim, kein Wort mehr von einer Flucht vor ihrer Liebe. Aber wo bleiben sie nur? Sie müssten doch längst da sein.

Papa und Albert sind am Morgen mit einer Droschke nach Frankfurt gefahren. Sie wollten Vorräte aus der Wohnung heraufholen und Justus am Bahnhof in Empfang nehmen. Wenn sie ihn nur nicht verpasst haben. Klara faltet die Hände, so als könnte ein Gebet ihn herbeizaubern. Wunderbare Tage sollen ihr geschenkt werden, und sie will sie genießen, mit Justus, den Kindern, der ganzen Familie, auch mit Mutter. Zu viel Trauer haben sie alle in den vergangenen Monaten miterlebt.

Da, die Droschke! Sie läuft ins Haus, ruft die Kinder, die mit Fräulein im zweiten Stock einquartiert sind und sich zu Papas Begrüßung fein machen. Schon stürmen Helene und Paula in ihren weißen Kleidchen die Treppe hinunter, jede trägt ein Sträußchen Vergissmeinnicht in der Hand. Emil hält sich am Treppengeländer fest und stapft in seinen kurzen blauen Hosen und dem weißem Hemdchen hinter den Schwestern her. Er schaut ein wenig unschlüssig drein, beinahe so, als wäre ihm diese ganze Aufregung nicht geheuer. Als er die Arme nach Klara ausstreckt, nimmt sie den Kleinen hoch. »Nicht Papa gehn«, flüsterte das Kind und drückt sich fest an sie. Dieser Papa, von dem alle sprechen und auf den auch er sich gefreut hat, scheint ihm wohl auf einmal ganz fremd. Emil kneift die Augen zusammen und lehnt das Köpfchen an Klaras Schulter, während sie ihn nach unten trägt.

Mit klopfendem Herzen schaut sie auf die Pferdedroschke, die knirschend über den Kiesweg rollt und vor dem Gartentor anhält. Die braunen Pferde schnaufen tüchtig von dem langen Aufstieg. Wie ist sie erleichtert, als Justus gleich darauf aus dem Wagen steigt. Die Uniform sitzt grandios, das Gesicht schmal, aber keine Hungerfalten, gesund und kräftig sieht er aus. Kaum hat er das schmiedeeiserne Gartentor aufgeschoben, stürzen Helene und Paula auf ihn zu, drücken dem Papa die Blumensträußchen in die Hand und lassen sich herzen und küssen. Sie haben ihn so lange entbehrt. Emil hebt das Köpfchen und beobachtet die Schwestern, plötzlich will auch er den Papa begrüßen. Die Scheu ist verflogen. Er rennt los, drängt sich zwischen die Mädchen und gluckst vor Freude, als Justus ihn hochnimmt. Nach den Kindern ist Klara an der Reihe, eine stumme, zufriedene Umarmung, das muss erst einmal reichen. Mutter umfasst die Hand des Schwiegersohnes mit ihren beiden Händen, eine herzliche Geste, wie sie sie nur selten zeigt. Greta, Agnes, Gerhard, alle heißen Justus willkommen. Bald wird auch Robert eintreffen, und dann werden sie den Krieg einmal so richtig vergessen können.

Wie unbeschwert das Leben doch sein kann, und Klara genießt es! Die warmen Nächte bei offenem Fenster, ausschlafen in ihrem fürstlichen Zimmer bis zum späten Vormittag. Mittagessen mit der ganzen Familie, das Glas Wein abends auf der Terrasse, die täglichen Spaziergänge hinauf in die Taunushöhen. Die Kinder sind wie kleine Wirbelwinde, die ausgelassen um sie herumspringen, endlich haben auch sie einmal Papa und Mama. Papa soll jetzt immer dableiben, das wünschen sie sich mehr als alles andere.

In Königstein, in diesem kleinen Paradies, hält man inne. Greta hat die Losung ausgegeben, dass jeder, der das Wort »Krieg« ausspricht, eine Mark hergeben muss. In der ersten Woche kommt nicht viel zusammen, an dem Abend aber, an dem Nolde zu Besuch kommt, füllt sich die Kasse. Die Kinder haben den ganzen Tag an der frischen Luft zugebracht und sind früh zu Bett geschickt worden. Die Erwachsenen sitzen auf der Terrasse, haben es sich in den bequemen Korbmöbeln gemütlich gemacht. Es ist ein samtiger, rosenduftender Sommerabend, und gerade so, als seien alle trunken von dieser Schönheit der friedlichen Natur, ergehen sich plötzlich alle in den schaurigsten Vorahnungen. Wie Gretas Kasse an diesem Abend klingelt! Von einer drohenden Hungersnot sprechen sie, glauben, dass die schlimmsten Kämpfe noch bevorstehen, mit Millionen Opfern, die auf dem Schlachtfeld zurückbleiben. Irgendwann behauptet Nolde, der Krieg diene mehr der Industrie als der Verteidigung. Nach dem Krieg würde abgerechnet, dann würde man sehen, wer den höchsten Gewinn eingefahren hätte, neben der Waffenindustrie. Papa sagt, dass alles, was Menschen anpacken, auf ein Geschäft hinausläuft. Es gebe einen Kuchen zu verteilen, und jeder wollte eben das größte Stück haben. Nolde zieht die rechte Augenbraue hoch, neigt das Weinglas ein wenig, dessen Stiel er mit zwei Fingern elegant umfasst. »Wer den Weinberg besitzt, hat immer ein gefülltes Glas«, sagt er und trinkt genüsslich einen Schluck von Papas teurem Wein. Justus schweigt, das Warum des Krieges ist für ihn nicht mehr wichtig, nur das Sein: blutig, laut und stummer Nebel.

Albert spricht von enormen Zerstörungen und den Anstrengungen, die es kosten wird, alles wieder aufzubauen. Und Nolde meint, dass am Aufbau meistens die verdienten, die für die Zerstörung verantwortlich sind, man könne es das Perpetuum mobile der Wirtschaft nennen. Das wird Mutter zu sarkastisch, sie klatscht in die Hände und fordert zu einer Skatpartie auf. Nolde mit Papa, sie und Greta, Klara, Justus und Albert. Gretas Kasse verschwindet im Haus, genug vom Krieg.

Am nächsten Tag kommt Robert, ein hochgeschossener Junge mit welligem schwarzen Haar und fröhlichem Kinderlächeln. Der Krieg hat ihn noch nicht gefangen. Wie herrlich sind diese Wochen im Juli 1915. Juli 1915 in Königstein wie Juli 1914 in Swinemünde, die Tage hell und leicht mit Küssen und Kinderlachen und die Nächte weich und wärmend.

Klara genießt die Spaziergänge im Park, ihre Hand in der des geliebten Mannes. Die Holzbrücke mit dem kunstvoll geschnitzten Geländer, die über den kleinen See führt. Das Quietschen und Kreischen der Kinder, die den springenden Tropfen der hochschießenden Fontäne davontrappeln. Am Abend die Konzerte in der Kurhalle, Tschaikowsky und immer wieder Tschaikowsky. Wie gern versinkt sie in den liebenden, streichelnden Tönen von »Dornröschen« und »Schwanensee«.

Ganz abgeschnitten von der Welt ist man in Königstein nicht. Der kleine Laden im Städtchen, wie nett man dort einkaufen kann! Und was es da noch alles gibt in den Regalen, die bis unter die Decke reichen. Einmachgläser, Zündhölzer, Messer, Gartenscheren, bunte Zuckerbonbons, die in kleine Papiertütchen gefüllt werden, feste Schuhe zum Wandern, die an Fäden von der Decke herunterhängen, Käse unter Glasglocken, getrockneter Fisch auf Holzladen. Der Junge hinter der Theke schwitzt im dunklem Anzug mit weißem Stehkragen. Ein Lehrling muss eben auch die Hitze ertragen lernen. Paula, Helene und Emil bekommen Bonbons, Klara Schokolade. Die Ladenglocke schrillt, ein kurzer Blick zur Tür, schnell wieder abwenden. Die Frau, die hereinkommt, hat rot geweinte Augen. Es ist doch unschicklich, sie in ihrem Kummer zu stören. Ein wenig gebückt geht sie, das weiße Haar nur mühsam unter dem dunklen Strohhut versteckt. Sie kauft eine schwarze Seidenschleife und eine Tüte grüner Bonbons, von der Sorte, die der Junge so gern mochte. Siebzehn ist er geworden, sagt sie, ein blühendes Leben mit dem Gewehr in der kleinen Hand gestorben, irgendwo vor Verdun.

Man kann diesen Krieg einfach nie ganz loswerden, denkt Klara. Sie atmet auf, als sie wieder im Freien sind. Der Himmel in tiefem Königsblau, die Luft voller Blumen und Träume. Frieden, ich bin im Frieden, denkt sie und lehnt ihren Kopf an Justus' Schulter.

Am Sonntag kommt überraschender Besuch: Arthur und Frl. Kern. Ja, sie waren zusammen in Würzburg, gestehen sie, und verloben werden sie sich, sobald Frl. Kern sich mit

Herrn von Meininger entlobt hat. Zwei Kinder, die dem Krieg entfliehen wollen, die nur ihr eigenes Glück vor sich sehen, denkt Klara. Nur das eigene Glück, welch eine Befriedigung der Sinne! Und dieses Paar ist so schön, die Elfe mit den dunklen Augen, die noch kein Elend gesehen haben, der blonde Pianist, der es vergessen will. Sie bleiben drei Tage im Paradies voller duftender Blüten, Obst und köstlichem Wein. Wie gut es ihnen allen hier geht. Der Segen des Geldes, denkt Klara, ein ums andere Mal, aber sie spricht es nicht aus.

Arthur und Frl. Kern sind gerade abgereist, da kommen Schwiegermutter und Tante Rohlich aus Kassel, auch sie wollen ihren Anteil an Justus. Klara vermittelt zwischen Mutter und Schwiegermutter, zwischen sparsam, schnell, genau und großzügig, langsam, egal. Tante Rohlich trompetet dazwischen, ohne Gespür, einfach drauflos. Nach zwei Tagen geht es zurück nach Kassel, solange noch Frieden herrscht zwischen den beiden Welten Königstein und Kassel. Am Ende spendiert Papa eine Droschke zurück zum Bahnhof, packt ein paar Rosen in die Kassler Schöße und erntet zweimal strahlendes Mädchenlächeln. Sommer 1915 im Paradies. Klara wünscht den Krieg zum Teufel und ganz heimlich den Kaiser hinterher.

Am Tag vor Justus' Abreise geht sie mit ihm hinauf zur Ruine. In der Abenddämmerung steigen sie auf den alten Wachturm, lassen sich vom rosaroten Licht der untergehenden Sonne einfangen. Am Horizont die Hügelketten von Spessart und Odenwald, unten im Tal das große Frankfurt, emsig und treibend. Eine friedliche Welt breitet sich da vor ihr aus, sie würde sich mit ihr begnügen, wenn Justus bliebe. Ja, es wäre genug Welt für sie. Bis es dunkel ist, bleiben sie dort auf dem Turm, eng aneinander geschmiegt und ganz leise. Sie haben genug geredet, wollen sich nur noch spüren. Dann wieder eine letzte Nacht, und die geschenkte Zeit ist vorüber. Paula und Helene weinen, Emil klammert sich an Papas Hosenbein. »Nicht wieder fortgehen, Papa, bei Emil bleiben, Papa, bitte!« Papa komme bald wieder, lügen die

Erwachsenen. Helene und Paula bleiben stumm, sie wissen längst, dass nicht alle wiederkommen. In der Schule haben sie schon Kinder um ihre Väter weinen sehen.

Klara begleitet Justus hinunter in die Stadt, bleibt bei ihm, bis der Zug aus dem gläsernen Bahnhof hinausstampft. Justus legt seine Hand an die Fensterscheibe, Klara drückt ihre dagegen, nur ganz kurz, dann muss sie loslassen. Die Räder des Zuges drehen sich, rattern, kreischen, alles bewegt sich, Justus ist fort. »Sommer 1916 wird es wundervoll werden«, denkt Klara, »nächsten Sommer ist der Krieg längst vorbei.«

28. Juli 1915

Mein Liebster!
Noch bin ich ganz wie im Traum und genieße nachträglich die zauberhaften Tage mit Dir. Mir kommt es vor, als ob die Klara, die hier so umhergeht und dies und jenes tut, eine ganz andere wäre, eine, die mich gar nichts angeht, so sehr lebe ich in meiner Erinnerung. Wie bin ich Dir dankbar, dass Du mir so wundervoll Deine Gefühle gezeigt hast. Justus, mein Liebling, unsere Liebe ist so groß, wie sie sich zwei Menschen nur wünschen können. Ich werde niemals mehr daran zweifeln, dass Du genauso für mich empfindest wie ich für Dich. Das will ich Dir und mir versprechen.

Wie wohl Deine Reise war? Hoffentlich bist Du nicht mit Kanonen empfangen worden. Das Paketchen zum Geburtstag Deiner Mutter habe ich abgeschickt. Ich hoffe, dass ihr die Bettjacke gefällt. Sie ist aus weißer Baumwollspitze, meine Schneiderin hat sie nach meinen Vorgaben genäht. Greta schenkte mir doch ein paar Meter von dem Stoff, den Albert aus Belgien mitbrachte. Die 100 Mark aus der »Kriegskasse« hat sie übrigens der Armenküche gespendet.

Schreibe mir bald, damit ich weiß, wie es Dir geht. Die Kinder lassen ihren Papa recht herzlich grüßen.

Sei umarmt und geküsst
von Deiner Klara

30. Juli 1915

Liebster!
Anbei die Fotos, die ich ganz allerliebst finde. Du vor allem bist direkt eine Schönheit und vorzüglich ähnlich. Der blaue Anzug steht Dir auch zu gut, Du siehst aus wie ein Graf. Die schlanke Figur passt so gut dazu. Ich bin ganz entzückt von Dir, Du bist ganz wie mein Ideal. Es freut mich wirklich sehr, dass Ihr noch in Ruhestellung seid. Da kannst Du Dich wenigstens erst einmal wieder einleben. Vielleicht kommt es ja nun wirklich bald zu einer Einigung. Es geht doch auch so gar nicht mehr vorwärts. Welchen Sinn soll das denn noch alles haben? Ach, Justus, mein Liebster, wie sehr habe ich in unseren gemeinsamen Tagen wieder gespürt, dass ich ohne Dich gar nicht vollständig bin.

Gestern hat Nolde uns wieder besucht. Er hat dieses Jahr doch keine Urlaubsreise geplant, und Königstein ist ihm so eine willkommene Abwechslung gegenüber der Stadt. Er und Papa haben sich wie gewöhnlich glänzend unterhalten. Konstantinopel stand natürlich wieder im Mittelpunkt. Papas Landeskunde steht Noldes Wissenschaft in nichts nach, und sie könnten wohl tagelang über den Orient plaudern. Aber Wissenschaft hin oder her, schließlich wollten die Herren dann doch wieder Skat spielen, und ich musste als dritter Mann herhalten, weil Mutter Kopfschmerzen hatte und Greta und Albert schon zu Bett gegangen waren. Es war aber ganz unterhaltsam, und ich habe sogar einige Male gewonnen.

Sind denn Deine Vorräte alle heil angekommen? Es würde mich interessieren, davon zu hören.

Deine Klara

1. August 1915, Sonntag

Lieber Justus!
Heute ist der Jahrestag des Kriegsausbruches, und ich bin unserem Herrgott unendlich dankbar, dass er Dich so gut bewahrt hat. Dass mein Liebster noch lebt, ist das größte Glück für mich. Ein Leben ohne meinen Justus will ich mir auch gar nicht vorstellen.

Mutter ist heute in einer solchen Laune, dass ich froh bin, morgen abzureisen. Ihre Nerven verwandeln unser paradiesisches Königstein manchmal direkt in eine Hölle. Ich fahre morgen früh schon um acht Uhr ab, damit ich noch genügend Zeit habe, um einzukaufen. Frau Baum hat mir telefoniert, dass einige Kinder in der Nachbarschaft Keuchhusten haben, da werde ich unsere wohl für ein paar Tage von den anderen fernhalten müssen, der Ansteckungsgefahr wegen.

Die Kinder fragen übrigens jeden Tag, wann der Papa wiederkommt. Sie haben die Zeit mir Dir so sehr genossen. Emil kann es gar nicht verstehen, warum Du schon wieder fort musstest. »Papa nicht mehr Soldat sein, Papa nach Hause kommen«, hat er gestern Abend gesagt, und dabei hat er die Fäustchen ganz fest zusammengeballt und ganz energisch ausgesehen. Wie soll er auch verstehen, was selbst Erwachsenen manchmal so gar nicht verständlich ist. Ich will jetzt noch für morgen packen und dann mit den Eltern zum Abschied ein Glas Wein trinken. Hoffentlich erholt sich Mutter ein bisschen, wenn wir alle wieder weg sind. Es ist ja bewundernswert, wie sie das mit dem vielen Besuch immer fertigbringt.

Es freut mich sehr, dass Du mit Deinem neuen Burschen Schellack so zufrieden bist. So wie Du ihn schilderst, kümmert er sich ja prächtig um Dich.

Es küsst und umarmt Dich

Deine Klara

3. August 1915

Liebster!
Heute war ich den ganzen Vormittag sehr beschäftigt. Die mitgebrachten Vorräte aus Königstein mussten eingemacht werden. Die Mädchen sind zum Glück pünktlich zurückgekehrt, und ich muss mich nicht um Ersatz bemühen. Berta sieht ganz ausgezeichnet aus und ist dankbar, dass ich ihr die Kur ermöglicht habe. Denk Dir nur, sie hat für jeden eine Kleinigkeit mitgebracht! Lieschen

sieht leider schlechter aus als vor ihrem Urlaub. Ich glaube, sie hat abends zu viel gefeiert, wahrscheinlich zu zweien. Hoffentlich wirkt sich das nicht auf ihre Arbeit aus. Helene und Paula sind heute glückselig zur Schule gewandert und kamen noch glücklicher zurück, da sie nichts zu lernen hatten. Sie sind übrigens wundervoll braun gebrannt und haben so schöne rote Backen. Königstein hat ihnen wirklich sehr gut getan.

Die erste Nacht hier haben wir alle leider sehr schlecht geschlafen. Wir sind mindestens zwanzigmal aufgewacht, das macht die schlechte Luft in der Stadt, die wir wohl gar nicht mehr gewöhnt sind.

Justus, mein Liebling, die Tage mit Dir haben mir so viel Kraft gegeben, und es schien mir, als ginge nun alles ganz leicht. Aber nun wird mir allmählich wieder ganz bang, und Deine Bemerkung: »Vielleicht musst Du doch die Kinder allein erziehen«, die ist mir wie ein drohendes Gespenst.

Eben telefonierte Frl. Kern, dass sie morgen in Frankfurt sei und mich gern besuchen möchte. Sie will sich hier für einen Schwesternlehrgang anmelden. Da habe ich morgen dann ein volles Haus. Nun leb wohl, Liebster. Ich will jetzt noch mit den Kindern in den Palmengarten.

Deine Klara

4. August 1915

Lieber Justus!
Ihr habt also tüchtig Regen gehabt. Bei uns hat es heute auch geregnet, aber sehr wenig. Für unser Gärtchen viel zu wenig. Der Rasen ist schon ganz vertrocknet, da der Schuldiener es versäumt hat zu spritzen. Die zweite Nacht haben wir nun vorzüglich geschlafen. Wir haben uns schon wieder ganz an die Frankfurter Luft gewöhnt.

Heute Morgen war ich wieder einkaufen. Die Lebensmittel werden nun fast täglich teurer. Jetzt kostet die Butter schon 2,20 Mark das Pfund. Wo soll das nur noch hinführen? Und an

Frieden ist überhaupt nicht zu denken. Die Russen sind ja wohl erneut rechtzeitig aus der Umklammerung entwichen.

Mutter ist mit ihren Nerven und körperlich nun ganz herunter. Von Roberts ehemaligen Schulkameraden sind wieder drei gefallen, und sie rechnet täglich mit einer unglückseligen Depesche. Auf vieles Zureden hin wird sie nun am Sonntag für ein paar Tage nach Karlsbad gehen. Sie klagte über merkwürdige Schmerzen im Rücken und sprach mal wieder davon, Königstein zu verkaufen, weil sich nach ihrem Tod sowieso keiner mehr um den Besitz kümmern würde.

Von Deiner Mutter bekam ich heute übrigens eine Karte aus Garmisch, leider ohne Adresse, sodass ich ihr nicht antworten kann. Ich bin sehr froh, dass sie mit Tante Rohlich verreist ist. Ich hoffe, sie erholt sich gut.

Abends: Welch eine Aufregung! Frau Baum, Frau Lennert, Frl. Kern und ich saßen heute Nachmittag gemütlich im Esszimmer, da wird Frau Lennert auf einmal ganz blass und sagt, das Baby käme wohl jetzt. Wir haben sie schnell ins Gästezimmer gebracht, und Frau Baum hat nach Doktor Schäfer telefoniert, der war aber nicht da. Seine Frau sagte, er sei in einer Stunde zurück und dass er dann gleich zu uns käme. Lieschen, die ich nach der Hebamme schickte, hatte auch kein Glück, Frau Mann war gerade zu einer anderen Geburt. Wir hofften dann, dass das Baby sich noch ein bisschen Zeit ließe, aber das wollte es nicht. Frau Lennert meinte, dass es mit der Frau eines Stabsarztes, einer angehenden Krankenschwester und einer dreifachen Mutter an ihrer Seite doch wohl gut gehen würde, und begab sich völlig in unsere Hände. Lieschen und Berta wurden eingespannt, um alles herbeizuschaffen, Wasser, Handtücher, Windeln. Fräulein schickte ich mit den Kindern in den Palmengarten. Das Baby hatte es wirklich sehr eilig. Zwei Stunden nachdem es sich angekündigt hatte, lag das kleine Mädchen in den Armen seiner Mutter, umringt von drei stolzen Helferinnen. Uns allen standen die Tränen in den Augen. Kein Tag vergeht, ohne dass man von Tod und Elend hört, und wir hatten gerade einem kleinen neuen Leben auf die Welt verholfen! Es war so ein erhebender Moment. Doktor Schäfer kam erst, als alles vorüber war. Er sagte, Mutter und Kind hätten die Geburt glänzend überstanden, und gratulierte Frau Lennert zu ihren Helferinnen. Frau Baum hat gleich ihrem Mann telefoniert, dass er Lennert die Nachricht doch persönlich überbringen solle. Sie hat dann einen Wagen bestellt, und mithilfe von Doktor Schäfer brachte sie Frau Lennert und die kleine Elisabeth zu sich nach Hause. Sie hat ja so viel mehr Platz als wir und will Frau Lennert und das Kind ein paar Tage bei sich behalten.

Ich bin immer noch ganz aufgeregt von unserem Erlebnis heute und werde mal lieber ein Aspirin nehmen, sonst kann ich vielleicht nicht schlafen.

Es küsst und umarmt Dich

Deine Klara

6. August 1915

Liebster!
Heute war schulfrei, Warschau zu Ehren. Den ganzen Nachmittag war ich mit den Kindern und Lieschen im Palmengarten, und sie kamen strahlend und mit roten Backen von dort zurück. Der Palmengarten ist im Moment ihre größte Freude, und sie möchten am liebsten jeden Tag dorthin. Sie waren glückselig, weil ich mit ihnen heute auf die Schaukel ging. Sie sagten, das würde Fräulein nie tun. Was meinst Du, könnte man eine Schaukel und Ringe wohl auf unserem Vorplatz anbringen? Das wäre doch zu schön, wenn die Kinder ihren eigenen Spielplatz hätten, auch ihre Mama hätte damit großen Spaß.

Morgen Nachmittag wollen wir nach Königstein hinauf und Sonntagnachmittag zurück. Mutter war heute hier, um sich ihren Pass ausstellen zu lassen. Sie wird am Montag mit Papa nach Karlsbad reisen.

Liebster, seit gestern denke ich wieder unentwegt daran, wie wundervoll es wäre, auch selbst noch einmal so einem kleinen Wesen das Leben schenken zu dürfen. Andererseits sollte ich meine Kräfte vielleicht besser schonen, wir wissen ja nicht, was in nächster Zeit noch alles von uns verlangt wird. Überlassen wir die Entscheidung darüber am besten unserem Herrgott, er wird schon die richtige Zeit bestimmen.

Frl. Kern hat übrigens mit ihren Eltern gesprochen. Der Vater war ganz entzückt über ihren Entschluss, die Verlobung mit von Meininger zu lösen. Die Mutter fürchtet um den in Aussicht gestellten Adelstitel. Frl. Kern weiß allerdings noch nicht, wie sie es dem Bräutigam beibringen soll. Sie hat ja immer noch nichts von ihm gehört, und wenn er vielleicht inzwischen verkrüppelt wäre, dann könnte sie es ihm doch gar nicht sagen, meint sie. Das arme Ding, da ist sie ganz erglüht für unseren Arthur, der ja auch viel besser zu ihr passt, und nun packt sie das Gewissen. Welch ein Glück ich doch habe, dass mir mein Ideal so rechtzeitig begegnet ist.

In treuer Liebe

Deine Klara

9. August 1915

Mein Liebster!

Ich hoffe, Du hast unsere Karte aus Königstein bekommen. Wir haben ein paar wirklich prächtige Stunden in der Natur verbracht, und jetzt gibt es schon wieder eine kleine Aufregung. Gestern früh wachte Helene, die vorgestern noch ganz gesund war, mit einem Ausschlag auf. Ich trennte sie sofort von Paula und Emil und ließ sie allein im Garten spielen, da sie sonst sehr munter war. Gegen elf Uhr kommt sie weinend herein, eine Fliege habe sie am Auge gestochen. Ich machte ihr sofort Spiritus darauf, das Auge schwoll aber rasch an. Zu Mittag aß sie nichts, aber am Abend klagte sie über fürchterlichen Hunger. Sie hat dann auch gut gegessen. Der Ausschlag ist aber nun am ganzen Körper. Fieber hat sie nicht. Ich hoffe, es sind nicht die Masern, sondern nur Röteln oder Schafblattern. Unsere Paula war sehr unglücklich, dass sie mit ihrer geliebten Helene nicht mehr spielen durfte. Als ich ihr erklärte, dass Greta sie und Emil gleich abholen würde, ich dachte an eine mögliche Ansteckung, da fängt sie an zu weinen und gerät ganz außer sich. Unter Tränen hat sie mich gefragt, ob Helene denn so krank sei, dass sie jetzt sterben müsse. Das hat man nun von all dem Elend, dass schon die Kleinsten sofort an den Tod denken. Paula beruhigte sich dann aber wieder schnell, als ich ihr erklärte, dass ihre Schwester schon in ein paar Tagen wieder gesund wäre. Danach ist sie mit ihrem Brüderchen und Fräulein fröhlich zu ihrer Tante Greta umgezogen. Ich musste aber versprechen, jeden Tag zu telefonieren, wie es Helene geht.

Du Ärmster, dass Du wieder nachts so viel schanzen musst. In Saarbrücken sind nun auch Bomben gewesen, es kann wohl jede Stadt treffen. Warschau konnte mich nicht so recht begeistern, weil die russische Armee durch ist. Wenn unsere Zeitungen doch nicht vorher immer so viel von der Zange prahlten. Nolde war allerdings glückselig über den Fall von Warschau. Denk Dir, ich hatte seinen Geburtstag vergessen und ihm nachträglich Blumen auf den Tisch gestellt. Ich will ihn in den nächsten Tagen mal zum Essen einladen, so als kleine Wiedergutmachung.

Eben kommt Lieschen nach Hause, sie hatte den ganzen Tag frei, war im Wald und hat geschlafen, und nun fragt sie, ob sie noch einen Besuch in der Nachbarschaft machen könne. Ich habe es ihr abgeschlagen, da Berta schon zu Bett ist, die mir den ganzen Tag ohne zu murren half und sich ihren Feierabend mal verdient hatte. Ach, wie wäre es schön, wenn ich morgen früh aufwachte und überall läuteten die Glocken, weil der Krieg zu Ende ist. Ich vermisse Dich so sehr!

Deine Klara

10. August 1915

Liebster!
Heute hat Doktor Greif erkannt, dass Helene die Röteln hat, eine Drüse ist geschwollen. Ich habe das arme Kind in Deinem Bett einquartiert. Leider muss sie die ganze Woche aus der Schule bleiben. Paula telefoniert uns die Aufgaben, so wird Helene hoffentlich nicht zu viel versäumen. Ich sitze gerade im Schlafzimmer

am Waschtisch und schreibe diesen Brief. Nebenher diktiere ich Helene Wörter, die sie mit ihrem Buchstabenkasten legen muss. Jedes Wort dauert ungefähr so lange, bis ich zwei Sätze geschrieben habe. Auch bemühe ich mich seit drei Tagen, ihr beizubringen von zehn abwärts zu zählen. Heute hatte es endlich Erfolg. Das Rechnen fällt ihr noch schwerer als das Lesen, besonders das Subtrahieren. Vielleicht kaufe ich ihr eine einfache Rechenmaschine, damit sie sich leichter tut.

Mir setzt die Hitze leider etwas zu. Ich habe Greif um ein Eisenpräparat gebeten. Er riet mir zu Arseneinspritzungen, die mir vor ein paar Jahren schon gut getan haben. Er kümmert sich um eine Schwester, die dann jeden Tag zu mir kommt und es macht. Ich fürchte, dass es ein teures Vergnügen sein wird, aber ich will es mir schon gönnen. Das ständige Sitzen an Helenes Bett fällt mir auch recht schwer, doch will ich das Kind nicht allein lassen.

Wie schwer muss es sein, wenn man ein Bein verliert und ein Leben lang nicht mehr richtig laufen kann. Da gewöhnt sich der Körper sicher nur sehr langsam daran. Für mich ist das Laufen eine so herrliche Freude. Nach dem Krieg sollten wir uns unbedingt Räder anschaffen, und dann ab mit uns, hinaus ins Freie. Wie ist der Städter doch zu bedauern, dass er immer nur auf dem Pflaster herumlaufen kann und die frische atmende Natur nur in den Ferien genießen darf. Es ist wohl der Ausgleich für all die Anregungen des Geistes, die besonderen Genüsse und Bequemlichkeiten, die es nur in der Stadt gibt.

Wie nett Du das Abholen der Ersatzmannschaften beschreibst. Ich wundere mich nur, dass sie zu Euch kommen. Sollen sie schanzen helfen oder kommen sie nach vorn? Und ja, das glaube ich wohl, dass der Sternenhimmel jetzt nachts ganz wunderbar ist und man sich dabei Gott so nahe fühlt und die schönsten Gedanken an die Heimat hat. Ähnlich habe ich empfunden, als ich damals nach Afrika reiste und meist von zehn bis zwölf Uhr abends den Sternenhimmel bestaunte. Wie sehr hat mich das beeindruckt, und hätte ich zu jener Zeit nicht noch diese Sehnsucht nach einem Menschen in mir getragen, der mich ganz und gar versteht, so wäre ich vollkommen glücklich gewesen. Ich stelle es mir wunderbar vor, wenn wir beide nach dem Krieg in den Süden reisen. Auch wenn es nicht ganz bis nach Afrika geht, so warten doch auch so herrliche Sommernächte auf uns, die wir in all ihrer Pracht genießen wollen. Ja, wie schön muss es werden nach dem Krieg!

Ein Paket mit Socken und Schokolade ist unterwegs.

Deine Klara

11. August 1915

Lieber Justus!
Heute bin ich nun endlich mal wieder an die Luft gekommen und habe Berta zu Helene ans Bett gesetzt. Ich habe zu Fuß einige Besorgungen gemacht, was mir sehr gut getan hat. Ich bin ganz platt, dass Du nun reitest, aber etwas in Sorge, Dein braver Max könnte mal wild werden. Nicht, dass ich an Deinen Reitkünsten zweifelte, aber man hört so viel von Unglücken mit Pferden. Lass Dich mal auf dem Pferd fotografieren! Den neuen Unterstand habt Ihr also bezogen. Wie nobel das klingt: »Wir sitzen auf der Veranda«. Man könnte gerade glauben, Ihr bestauntet einen friedlichen Urlaubsort.

Gestern Abend war Nolde nun zum Abendessen hier, und danach haben wir noch im Garten gesessen, eine Flasche von dem guten Rotwein getrunken und uns sehr nett unterhalten. Er erzählte mir von einem seiner Vettern, der ist jetzt in Sibirien. Die Russen haben ihn mit seiner Familie aus seinem Heimatdorf in Wohlynien vertrieben, sein ganzes Hab und Gut wurde beschlagnahmt. Das gleiche Schicksal müssen wohl die meisten Deutschstämmigen in dieser Gegend erdulden. Man fürchtet, sie könnten sich auf die Seite des alten Vaterlandes schlagen. Wenn man solches hört, ist man ganz demütig, noch ein sicheres und gemütliches Zuhause zu haben.

Komm uns nur gesund zurück, mein Liebling. Nolde lässt Dich herzlich grüßen.

Deine Klara

12. August 1915

Lieber Justus!
Helene war heute Vormittag auf und wieder sehr munter. Ich ließ Lieschen bei ihr und bin in die Stadt gegangen, um wieder einmal richtig fürs Feld einzukaufen. Ich habe ein ordentlich schlechtes Gewissen, dass ich Dir 14 Tage fast nichts sandte. Deine Vorräte werden sicher aufgebraucht sein. Ich schicke Dir auch Obst und Tomaten. Letztere könntest Du aufs Butterbrot schneiden lassen, das ist ein billiger und guter Belag. Wir machen es auch so, und da Butter so teuer ist, mischen wir sie sogar mit Margarine.
Ein Pfund Schweinefleisch kostet nun auch schon 2 Mark. Die Mädchen sind aber eben sehr bescheiden im Essen und murren nicht über meine Einteilung, auch erledigen sie ihre Arbeit ganz zufrieden.

Am Samstag kommen die Eltern aus Karlsbad zurück. Wir fahren dann alle zusammen nach Königstein. Fräulein wird mit Emil und Paula auch mitkommen. Helenes Ausschlag ist ja schon ganz abgeheilt, und Doktor Greif meint, dass die beiden sich nicht mehr anstecken. Ich hoffe, dass Mutter sich ein bisschen erholt hat und guter Laune ist. Wenn nicht, dann werden wir alle etwas auszuhalten haben …

Ist es bei Euch auch so warm? Wie haltet Ihr diese Hitze eigentlich aus in Euren Uniformen? Ihr müsst doch ganz fürchterlich darin schwitzen? In der Zeitung hatten sie ein Bild von einem Zugwaggon, einem Badewagen mit Duschen und sogar einer Badewanne für die Offiziere. Habt Ihr bei Euch auch so einen Wagen? Oder gibt es bei Euch keine Gleise in der Nähe? Ich denke so sehr an Dich, Liebster.

Deine Klara

15. August 1915, Sonntag

Lieber Justus!
Wir sind seit gestern in Königstein! Da sitze ich nun in Roberts Zimmer und denke an Dich. Die Rosen vor dem Fenster ver-

strömen einen Duft, der mich ganz trunken vor Sehnsucht nach meinem Liebsten macht. Ach Justus, wie vermisse ich Dich! Aber ich darf mich nicht zu sehr in meine Sehnsucht hineinsteigern, sonst werde ich am Ende noch ganz traurig, und dazu habe ich doch eigentlich keinen Grund. Ich weiß ja, dass es meinem Justus gut geht und wir nur noch ein bisschen aushalten müssen, bis wir wieder zusammen sind.

Mutter hat sich gut erholt und ist zu uns allen sehr nett. Sie hat sogar mit den Kindern im Garten gespielt. Emil war ganz erstaunt über seine Großmutter, die er so gar nicht kennt. Wenn es doch nur jeden Tag so harmonisch zuginge, wie glücklich wären wir dann alle!

Mutter ruft zum Abendessen. Ich muss schließen. Verzeih diesen kurzen Brief.

Es grüßt und küsst Dich tausendmal

Deine Klara

18. August 1915

Lieber Justus!
Wieder zu Hause in Frankfurt. Heute war es kühler, und deshalb geht es mir auch gleich besser. Sorge Dich bitte nicht um uns, wir können uns noch immer satt essen, auch wenn wir nun einfacher leben. Die Preise für Lebensmittel sind so unglaublich gestiegen. Aber vielleicht ist es ja nun bald vorbei. In Russland geht es jetzt wohl glänzend vorwärts, und manche glauben, der Krieg sei noch vor dem Winter zu Ende. Allerdings haben sie aber in der großen Dumasitzung erklärt, dass sie an Frieden nicht dächten. Ich will mir also keine großen Hoffnungen machen. Nach allem, was man weiß, glaube ich, dass bald in Russland viele Truppen für Frankreich frei werden und es dort noch vor dem Winter zu großen Schlachten kommt. Heute hat die Einnahme von Kowno helle Begeisterung in der Schule hervorgerufen. Die Glocken läuteten, und ich habe gleich die Fahne herausgehängt. Die Einzelheiten habe ich aber noch gar nicht gelesen. Nolde meinte, dass Kowno

das Herz von Litauen sei, weil dort die Wilija in die Memel mündet, und das seien die Lebensadern des Landes, und wer das Herz besitzt, der hat das Ganze gewonnen, das sei bei Menschen auch nicht anders. Manchmal kann er ein richtiger Poet sein.

Heute war Helene den ersten Tag wieder in der Schule. Sie zog mit einer Entschuldigung und einem Blumenstrauß für Frl. Schwan strahlend ab. Ich habe Paula auf dem Schulweg beobachtet, wie sie schnell noch ein paar Blümchen in der Anlage pflückte. Sie wollte ihrer Schwester wohl nicht nachstehen. Frl. Schwan wird ja auch von ihr sehr verehrt. Dass Reiten Dir so viel Freude macht, das ist ganz wunderbar. Aber gib nur immer recht gut auf Dich Acht, besonders wenn Du im Feuer stehst. Lennert soll doch auch vom Pferd gefallen sein. Er hat eine Rippe gebrochen, wie mir Frau Baum sagte. Davon hast Du mir gar nichts geschrieben, auch nicht, dass er wieder Urlaub bekommen hat. Es freut mich ja sehr für ihn, er soll doch ganz vernarrt in die kleine Elisabeth sein. Ich danke Dir auch sehr für die Fotografie, Ihr seht wieder recht lustig darauf aus. Wie froh bin ich, dass Ihr das Schreckliche auch mal für ein paar Stunden vergessen könnt.

Nolde lässt Dich grüßen, er hat gefragt, ob ich hin und wieder mal ein Stündchen mit ihm spazieren ginge. Doktor Greif hat ihm das Spazierengehen verordnet, und Nolde weiß ja, wie gern ich laufe.

Justus, mein Herz, ich habe eine neue glänzende Idee: Ich will mit Lilly Berg zusammen Vorlesungen in der Universität belegen, vor allem Literatur. Ich werde mich an Nolde um Rat wenden. Wie findest Du das? Es kann mir jedenfalls nichts schaden. Eben habe ich den Roman »Uarda« beendet und möchte gern noch mal Deine Kritik haben. Wenn ich nicht irre, so sagtest Du, das Buch sei nicht viel wert, weil der Dichter es nicht verstanden habe, die Personen der Zeit gemäß zu schildern. Das begreife ich eigentlich nicht, denn in den Punkten Liebe und Ehrgeiz haben die Menschen doch immer gleich empfunden, sicher auch im alten Ägypten. Wie freue ich mich darauf, wenn wir nach dem Krieg wieder zusammensitzen, uns vorlesen und dann darüber sprechen. Wie liebe ich diese Stunden mit Dir!

In einem Monat soll es bei Euch wieder losgehen, sagt man hier, dann werdet Ihr schwere Gefechte zu bestehen haben. Aber ohne die kein Sieg. Ich will nun noch mal zu Jahns hinüber, sie reisen morgen nach Karlsbad ab, und ich werde dann Agnes und Gerhard mit beaufsichtigen. Gib auf Dich Acht!

Deine Klara

20. August 1915

Liebster!
Heute Morgen hat mich die erschütternde Nachricht erreicht, dass Frau Wendler gestorben ist. Es hat mich sehr bewegt. Man sagt, sie habe sich an den Masern des Kindes angesteckt. Die schönen Abende, die wir mit Wendlers in Lübeck verbracht haben, standen mir wieder vor Augen. Wie glücklich und zufrieden Frau Wendler immer war! Es ist zu traurig.

In letzter Zeit werden überhaupt wieder so viele Todesfälle bekannt. Möhring, Flachner, Bornmann. Mich beschleicht nun auch manchmal so ein banges Gefühl. Wie soll ich nur die nächsten Wochen oder vielleicht gar Monate überstehen? Das mit der Tapferkeit und der Geduld ist aber auch zu schwer. Heute haben alle Schulen frei, wegen Nowo-Georgiewsk. Denk Dir, Professor Banner war gestern hier und hat sich sehr liebenswürdig nach Dir erkundigt. Er erzählte, dass ein Unteroffizier von Eurem Bataillon gesagt habe, so ein Hauptmann wie Du, der wäre selten. Du habest alles immer mit der Kompanie mitgemacht, selbst zu Fuß seist Du alles mitgelaufen, und dass sie Dich alle vergöttern. Später habe derselbe Unteroffizier erzählt, Du seist jetzt etwas nervöser, und deshalb wollte Banner sich nach Deinem Wohlbefinden erkundigen. Er war sehr erleichtert zu hören, dass es Dir gut geht. Wie lange ist er jetzt eigentlich schon in Pension? Zwei Jahre?

Jahns sind heute früh um acht Uhr abgereist. Albert hat mir gestern Abend freundlicherweise 20 Mark gegeben, dafür möchte ich Dir in seinem Namen etwas schicken. Ich dachte an Zigarren oder Liköre. Schrieb ich schon, dass Mutter wieder über

Schmerzen klagt? Sanitätsrat Schütz meinte aber, das sei nicht schlimm. Sie habe sich nur zu sehr abgerackert. Da haben wir es wieder mal, aber sie glaubt es nicht und hält es für ein inneres Leiden. Soll ich Dir mal einen Mückenschutz schicken? Ich meine, diese Schleier aus dunkelgrüner Seide, die man über den Helm zieht und mit einem Gummiband unter den Armen befestigt, die sind doch recht praktisch.

Heute Nachmittag bin ich bei Frau Baum zum Kaffee.

Deine Klara

21. August 1915

Mein Liebster!
Ich weiß immer noch nicht, wo Du eigentlich bist. Höre nur von »hinter der Stellung« und »in der Stellung«! Wer ist denn jetzt Euer Arzt? Am liebsten wäre es mir, Doktor Baum käme wieder zu Euch, aber er wird wohl jetzt an höherer Stelle gebraucht. Bei Frau Baum war es gestern sehr nett. Nur kam ich leider wieder mit dem deprimierenden Gefühl nach Hause, dass meine Haushaltsführung sich mit der ihrigen so gar nicht messen kann. So war es mir doppelt lieb, dass zum Abendessen Nolde kam und wir uns ein bisschen austauschten. Er hat ja auch so seine Schwierigkeiten mit dem sehr Vornehmen. Heute Vormittag beschlich mich dann aber gleich beim Aufwachen erneut das Gefühl des Unvermögens. Kaum waren Paula und Helene aus dem Haus, packte ich Emil und ging mit ihm in den Zoo, was mir recht gut tat. Emil war ganz glücklich, seine Mama mal so ganz allein für sich zu haben, und dankte es mir mit herzigen Küssen.

Ich bin gerade recht in der Zwickmühle. Mutter möchte, dass wir Ende nächster Woche nach Königstein kommen, es gebe so viel im Haus zu tun. Ich habe aber doch Greta versprochen, nach den Kindern zu sehen. Auch wenn sie sich auf ihre Josefa und das Kinderfräulein gut verlassen kann, so sollte doch immer jemand von der Familie da sein. Die Arbeit oben in der Villa kann sicher auch noch warten. Albert sagte neulich mal, bei einem Einkommen von jährlich 500 000 Mark könnte sich Mutter ja wohl hin und wieder eine Putzfrau leisten und müsste ihre Töchter nicht unnötig belasten. Ihre Sparsamkeit schlüge allmählich schon in Geiz um. Doch ich will nicht richten, komme ich mir doch gerade wieder so unwissend vor wie selten. Ich versuche dagegen anzukämpfen, doch da ist so eine dunkle Kraft in mir, die sich nur schwer in Schach halten lässt. Aber ich werde sie nicht über mich siegen lassen, ich weiß doch, wie sehr mein Justus sich eine gut gelaunte Frau und Mutter für seine Kinder wünscht. Albert sagte neulich auch, die Herren, die in Belgien an den Schulen wären, bekämen täglich 40 Mark. Ist das wahr? Es interessiert mich nur, es soll kein Wink sein und auch kein Neid. Es kommt mir nur so unglaublich viel vor.

Deine Klara

23. August 1915

Liebster!
Das tut mir so leid, dass ich gestern nicht zu Hause war, als Du telefoniertest! Ich war gerade in der Kirche. Lieschen hat wie gewöhnlich nicht alles verstanden und sagte etwas von einer Verwundung eines Herrn und deshalb seist Du in Thiaucourt auf dem Bahnhof. Ich denke mir aber, Du bist zum Baden dort. Dass einer der Herrn verwundet sein soll, erschreckt mich etwas, hoffentlich ist es nicht wahr.

Gestern in der Kirche habe ich eine sehr gute Predigt über Frieden und Harmonie der Seele gehört. Sie hat meiner ins Schwanken geratenen Gemütsverfassung sehr wohl getan. Heute früh telefonierte mir Mutter, dass sie Freitag nach Frankfurt kommt und bei mir übernachten will. Papa ist wieder in Berlin, und Mutter kann ja nicht allein sein, das ist ihr der größte Schrecken. Nun wird sie wohl mit den Kasselern zusammentreffen. Deine Mutter und Tante Rohlich haben mir heute geschrieben, dass sie mich auf ihrer Rückreise von Garmisch am Freitag besuchen.

Uns geht es allen vorzüglich. Ich trinke jeden Morgen ein Glas guten Portweins. Du siehst, ich pflege mich. Die schlechte Stimmung ist auch ganz verschwunden. Ich will mich zukünftig nicht mehr von diesen bedenklichen Empfindungen beeinflussen lassen. Sie sind mir ja selbst der größte Gräuel.

Heute Abend gehe ich mit Frau Baum in einen Vortrag über den Krieg.

Deine Klara

24. August 1915

Lieber Justus!
Der Vortrag gestern war leider nicht sehr ausführlich, und wir haben gar nichts Neues erfahren. Wir waren danach noch im »Café Hauptwache«, Frau Baum mit ihren zwei Nichten, Frau Professor Kahn und ich. Frau Baum meinte, dass sie von ihrem Mann doch weitaus mehr über die gegenwärtige Situation erfahre als aus diesem Vortrag von Herrn Örtel, der wohl nur die offiziellen Nachrichten aus den Zeitungen zusammengestellt habe. Ich konnte ihr nur zustimmen. Wir haben uns dann noch eine ganze Weile sehr angenehm unterhalten, und ich kam erst gegen elf Uhr nach Hause. Heute Vormittag war ich in der Stadt, und nachher will ich in »Don Carlos«. Ob ich mich noch so begeistern kann wie mit 18 Jahren? Damals habe ich das Stück zum ersten Mal gesehen, danach leider nie wieder. Eben sehe ich mit Schrecken, dass es schon fünf Uhr ist. Die Vorstellung ist um sechs Uhr, und ich muss mich noch frisieren, umziehen und etwas essen. Sagte ich Dir, dass Nolde mich begleitet? Er war ganz gerührt, als ich ihn fragte, ob er mitkommen wolle. Ich denke, es wird ihm mal wieder eine rechte Abwechslung sein. Immer nur mit der Nase in den Büchern ist wirklich nicht gut für die Gesundheit. Spazieren waren wir auch schon ein paar Mal, mit den Kindern, er ist ein sehr unterhaltsamer Begleiter.

In treuer Liebe
Deine Klara

25. August 1915

Mein Liebster!
Zunächst über meine Eindrücke gestern Abend. Ich muss zu meiner Schande gestehen, ich war noch genauso begeistert wie mit 18 Jahren. Ich sage »zu meiner Schande«, da ich offensichtlich die Einzige war, die so empfand. Die anderen Menschen, die dort waren, redeten in den Pausen von tausend nichtigen Kleinigkeiten, ich hörte aber niemanden über die Größe des Stückes sprechen. Ich dagegen war zu Tränen gerührt und gleichzeitig erschüttert, sodass mir die Knie wie im Fieber zitterten. Mir scheint, ich bin in meiner Entwicklung in den letzten Jahren nicht weitergekommen und im Grunde immer noch 18 Jahre. Aber weißt Du, Justus, es ist mir nicht leid darum, was ich empfinde, weil dieses Gefühl einfach zu schön ist. Die Aufführung war auch wirklich gelungen. Don Carlos spielte Herr Janssen, Marquis Posa Herr Manz, und beide waren ganz wunderbar. Ebenso die Königin Frl. Maren, der König Alba Domingo, Eboli auch sehr gut. Die 4 Mark Eintrittsgeld habe ich nicht bereut. Nolde fand die Aufführung nicht so gelungen wie ich. Wie freue ich mich darauf, wenn Du wieder da bist und wir zusammen ins Theater gehen können, danach vielleicht ins »Carlton«, wenigstens hin und wieder. Ach, Justus, wie sehne ich mich nach den Abenden mit Dir.

Nolde lässt Dich übrigens herzlichst grüßen. Er meint, es wäre eine gute Idee, dass ich zur Universität gehen will. Kann eine Mutter von drei Kindern aber überhaupt an so etwas denken?

Am Freitag reisen nun meine Gäste gerade aneinander vorbei. Deine Mutter und Tante Rohlich kommen am Nachmittag und fahren um sieben Uhr abends wieder ab, etwa eine Stunde, bevor meine Mutter kommt. Für sie ist es ganz gut so, dann muss sie sich über niemanden aufregen. Die 20 Mark von Albert teile ich nicht mit Dir, wie Du geschrieben hast. Ich habe doch genug. Da der Friseur eingezogen ist, schicke ich nach Deinem Wunsch nun kleine Päckchen ins Feld. Nach und nach wirst Du auch so alles erhalten. Heute gehen gleich Zigarren an Dich ab.

Denke Dir, in letzter Zeit wurde einiges aus unserem Garten gestohlen. Von unserem Spielzeug sind schon sieben Schippen und drei Eimer verschwunden, und drei Gießkannen sind auch fort. Dass ich mich an die Polizei wende, hat wohl keinen Wert, die haben sicher genug anderes zu tun. Das Beste ist, wir räumen täglich alle Spielsachen ins Haus. Aber ärgerlich ist es schon. In den drei Jahren, in denen wir hier wohnen, ist noch nie etwas weggekommen. Ich denke, es sind Jungens von der Straße, die über die zugeschlossenen Tore klettern.

Habt Ihr eigentlich inzwischen etwas von Hauptmann Sänger erfahren? Oder ist er immer noch spurlos verschwunden? Danke für die genaue Erklärung Eurer Stellung. Ich bin froh, daraus zu ersehen, dass Du nicht in allererster Linie liegst. Ich begreife allerdings nicht recht, warum man nicht alle vier Kompanien in die erste Linie legt und sie dann von einem frischen Bataillon ablösen lässt. Bleibst Du nun vorläufig in zweiter Linie oder musst Du bald nach vorne wechseln? Robert ist jetzt in Lüttich. Es geht ihm gut.

Heute kam die Freudennachricht, dass Brest-Litowsk gefallen ist. Nolde war kurz hier. Er hat einen Freund im Rathaus, der hat es ihm telefoniert. Merkwürdigerweise haben die Glocken nicht geläutet, und die Musik hat auch nicht gespielt, nur die Fahnen sind heraus. Ich begreife das eigentlich nicht, es ist doch ein glänzender Sieg. Ich fürchte, es geht im Westen schon Anfang September los. Einmal muss es ja anfangen, ob früher oder später, ist schließlich egal. Interessant ist mir, dass die aktiven Offiziere mit einem diesjährigen Frieden rechnen, was ich aber nicht recht glauben kann. Sie haben doch schon angefangen, alles Kupfer und Messing zu beschlagnahmen, das noch in Privatbesitz ist. Demnach braucht man noch viel Munition, und das kann doch nur heißen, dass der Krieg noch lange dauern wird. Ich wünschte sehr, ich täuschte mich.

Heute Nachmittag saß ich mit den Kindern im Garten und habe sehr fröhliche Stunden mit ihnen verlebt. Es war zwar wieder empfindlich heiß, aber man war doch froh, nach dem vielen Regen mal gutes Wetter zu haben. Bei Jahns habe ich heute wieder kontrolliert und mir dabei so gedacht, dass Josefa eine Perle ersten Ranges ist. Solch eine Sparsamkeit und Tüchtigkeit verbunden mit Fleiß ist mir noch nie begegnet. Jahns könnten ihre Kinder in keiner besseren Pflege haben. Meiner Berta dagegen muss ich morgen den ganzen Vormittag bei den Vorbereitungen für unseren Besuch helfen. Aber ich will nicht klagen, meine Perle ist eben Fräulein. Ein gutes Kinderfräulein wiegt doch ein Dutzend Hausmädchen auf.

Deine Klara

27. August 1915

Lieber Justus!
Die Vorbereitungen für den Besuch sind getroffen, ein gut geratener Kuchen steht in der Küche, halb Apfel, halb Zwetschgen. So habe ich ein wenig Zeit übrig, Dir zu schreiben. Meine Mutter wird heute Nacht in Deinem Bett schlafen, es ist doch viel bequemer als das im Gästezimmer. Ist es nicht merkwürdig, seitdem wir in Frankfurt sind, hat sie noch nie bei uns übernachtet. Es ist überhaupt schade, dass die Eltern so wenig die Haushalte ihrer beiden verheirateten Töchter genießen. Sie haben beide nicht die Natur dazu. Wenn Robert einmal verheiratet ist, dann wird das anders, da bin ich sicher. Ich glaube, ich bin mal wieder ein bisschen eifersüchtig auf meinen kleinen Bruder. Eine Warnung für mich, Bübchen den Zwillingen nicht vorzuziehen. Die Kinder lasse ich heute allein essen, dann brauche ich nicht so einen riesigen Tisch zu machen. Die Verwandten kommen ja schon vor drei Uhr und können dann den Nachmittag mit den Kindern verbringen, die sich auch schon sehr auf ihre Großmütter freuen. Hoffentlich bekommt Tante Rohlich ein bisschen von dieser Freude ab, sonst ist sie wieder beleidigt.

Was Du wohl gerade tust? Ich hoffe so sehr, dass Du nicht in einem Gefecht steckst, lieber wüsste ich Dich bei einem Plauderstündchen mit den anderen Offizieren bei einem guten Glas Wein.

Heute dachte ich mal daran, dass meine Reise nach Afrika nun schon zehn Jahre zurückliegt. Es ist mir fast unglaublich, dass ich schon so alt bin. Die Jahre des Glücks sind nur so dahingeflogen, man hat die Zeit kaum bemerkt. Wie rasch werden die nächsten zehn Jahre vorbei sein, und die Kinder sind erwachsen. Sicher werde ich mich dann fragen, ob ich recht gelebt habe und die kostbare Zeit, die ich geschenkt bekam, nicht einfach nur verschwendet habe. Wie sehr wünsche ich mir, dass ich die Menschen in meiner Nähe ein bisschen glücklich gemacht habe, und wie grausam wäre es mir, wenn ich erkennen müsste, dass sie ohne mich viel besser dran gewesen wären.

Nun sei tausendmal gegrüßt und geküsst

von Deiner Klara

28. August 1915

Lieber Justus!

Gestern waren also die Verwandten hier. Deine Mutter scheint mir wenig erholt. Sie meinte auch selbst, die Berge täten ihr nicht so gut. Ich habe immer den Eindruck, ihr bekommt am besten ihre stille Häuslichkeit, ohne Pensionäre. Wenn man ihr doch so viel geben könnte, dass sie keine Pensionäre mehr aufnehmen müsste! Reisen bekommen ihr nie, fast immer leidet sie an Magenbeschwerden. Sie kann auch zu wenig laufen für die Berge. Die See, das wäre etwas für sie. Sie sagte auch, sie habe solche Sehnsucht nach Usedom, wo sie doch früher oft war. Tante Rohlich dagegen blüht auf in den Bergen. Sie war so elastisch und angeregt, und wir hatten einige sehr schöne Stunden zusammen. Als ich die beiden am Abend zur Bahn brachte, war der Zug schon so besetzt, dass sie dritter Klasse keinen Platz mehr fanden, dabei waren es fünfzehn Wagen. Sie mussten sich dann in die vierte Klasse quetschen, und das tat mir sehr leid für sie. Nachdem sie abgefahren waren, hatte ich noch beinahe eine Stunde auf Mutter zu warten. Ich setzte mich mitten im tollsten Trubel auf eine Bank und las in der Zeitung. Abends ist der Bahnhof immer gestopft voll mit Soldaten, die nach allen möglichen Richtungen reisen. Zu meiner Freude kam Mutter dann sehr fröhlich an, und wir haben noch bis um elf Uhr erzählt. – Am Montag fange ich nun mit meiner Arsenkur an.

Deine Klara

29. August 1915, Sonntag

Lieber Justus!
Heute gegen zwölf Uhr wurde mir ein Mann Deiner Kompanie gemeldet, der mir einen Brief von Dir überreichte. Mein Liebster, ich bin sehr darüber erschrocken, wie schlecht Du auf der Fotopostkarte aussiehst, die Du einlegtest! Ich wollte ja sagen, das Bild ist schlecht gemacht, aber die anderen auf dem Foto sehen nicht so elend und blass aus wie Du. Verheimlichst Du mir was? Bekommt Dir das Reiten nicht, oder hast Du wieder Husten? Tue mir die Liebe und schreibe mir genau, wie es Dir geht. Ich kann die Wahrheit schon vertragen. Schone mich also nicht.

Heute früh regnete es hier in Strömen. Am Nachmittag hörte es dann auf, und wir machten einen Ausflug in der klaren frischen Luft. Wir fuhren per Tram bis zum Sachsenhäuser Friedhof und liefen von dort eine gute Stunde durch den Wald bis Isenburg. Dort saßen wir in einer Gartenwirtschaft, tranken Apfelwein und aßen Butterbrote. Gegen Abend fuhren wir dann mit der Waldbahn zurück. Es war ein wunderbarer Nachmittag. Ich will jetzt öfter mal mit den Kindern in den Wald. In der Natur fühlt man sich so herrlich frei von allen Sorgen.

Übrigens, Deine Mutter hat mich eingeladen, ich möchte in den Herbstferien doch mit den Zwillingen zu ihr kommen. Was mache ich da? Ich lasse Emil wirklich nicht gern allein. Eigentlich liebe ich solche kleinen Reisen ja auch nicht. Sie kosten immer so viel Geld, und das steht in gar keinem Verhältnis zu ihrem Nutzen. Und gerade jetzt, wo ich noch so einige Rechnungen zu begleichen habe. Schreibe mir doch, was Du für das Richtige hältst. Ich möchte Deiner Mutter ungern wehtun. Manchmal fällt es mir einfach schwer, Entscheidungen allein zu treffen. Ich hoffe allerdings, dass ich an dieser Aufgabe inzwischen gereift bin und Du in Zukunft eine erwachsene Frau an Deiner Seite hast, keine 18-Jährige, die sich an »Don Carlos« entzückt und vom richtigen Leben nichts versteht.

In Liebe, Deine Klara

30. August 1915

Lieber Justus!

Heute war ein bewegter Tag. Mutter war mit Unterbrechungen dreimal am Vormittag hier und sorgte für die nötige Unruhe. Sie aß mit uns zu Mittag, danach brachte ich sie auf die Bahn. Am Nachmittag kam Schwester Kunigunde, die mir die erste Einspritzung machte. Das Ganze war schmerzlos, das heißt, nicht ganz, man spürt es immer ein bisschen. Aber die Schwester ist reizend und strömt eine solche Ruhe aus, das tat mir sehr gut. Am Vormittag hatte ich dann mal wieder Ärger mit den Mädchen, die sich heftig stritten. Ich selbst bin ruhig geblieben, habe ihnen nur gesagt, dass ich ihr Gezanke ungehörig finde, da es ihnen wirklich nicht schlecht bei mir geht. Sie haben dann auch gleich Besserung gelobt. Ich bin sehr begierig, wie lange sie sich daran halten.

Am Samstag wollte Mutter Robert in Lüttich besuchen. Sie hat sich bei der Polizei und dem Generalkommando erkundigt, ob es möglich ist. Zu ihrem großen Kummer hat sie erfahren, dass nur Papa reisen dürfe, Lüttich sei für Damen gesperrt. Man riet ihr, Robert solle doch Urlaub nach Aachen nehmen. Nun hat sie ihm telegraphiert und Papa nach Berlin auch. Morgen für die Oper hat sie abgesagt, es dreht sich nun alles nur noch um das Wiedersehen mit Robert, was ich ja auch verstehe.

Das Verzeichnis der Vorlesungen habe ich mir nun schicken lassen. Mir scheint, dass es recht schwierig ist, sich da durchzufinden. Ich werde es erst mit Nolde besprechen und dann Dir das Verzeichnis schicken und Dich um Rat bitten. Ich glaube, man braucht mächtig viel Zeit, wenn man einigermaßen was hören will. Ach Justus, ich habe hunderterlei Fragen über die Einrichtung einer Uni. Was heißt überhaupt Universität? Du siehst, Deine Frau hat noch so viel zu lernen. Es wird wirklich Zeit, dass Du wiederkommst. Niemand kann mir meine Fragen so verständlich beantworten wie Du.

Sei tausendmal geküsst und gegrüßt

von Deiner Klara

1. September 1915

Liebster!
Die Karte von Fräulein gestern wirst Du wohl erhalten haben. Ich bat sie darum, und sie ging mit vielem Zagen an diese große Aufgabe! Sie wird Dir wohl berichtet haben, dass ich vormittags in der Stadt war, nachmittags im Café und abends in der Oper mit Nolde, der für Mutter einsprang, da ich die Karten schon gekauft hatte. Was Fräulein wohl nicht berichtet hat, dass ich nicht einmal einen Mittagsschlaf hatte, da ich mit dem Schuldiener über den neuen Diebstahl sprach und schließlich auf der Polizei alles gemeldet habe. Zwei Rechen und der Liegestuhl aus Königstein sind in der vergangenen Nacht den anderen Sachen gefolgt. Das war das erste Mal in meinem Leben, dass ich etwas angezeigt habe. Ich musste alles ganz genau erzählen und schließlich Deinen Namen, Geburtstag und Geburtsort angeben. Auf meine erstaunte Frage, wozu das alles, antwortete der Polizist lachend: »Ja, wenden Sie sich nur an die Polizei, dann fängt der Umstand erst an.« Viel Hoffnung, dass sie den Dieb finden, hat er mir auch nicht gemacht.

Heute Vormittag bin ich nun zu Hause und habe gekocht, gefüllte Gurken und Zwetschgenkuchen. Ich hatte die unerwartete Freude, dass zum Mittagessen und zum Kaffee Mutter kam. Sie war sehr guter Stimmung, weil Robert nun nach Aachen kommt und sie ihn sehen wird. Um drei Uhr kam die Schwester zur Einspritzung, die heute etwas weher tat.

Ich freue mich, dass die erste Sendung Coronas von Albert in Deinen Händen ist. Die zweite Sendung schicke ich in etwa acht Tagen, und für den Rest des Geldes kaufte ich eine Flasche Cognac, die ich dem Urlauber mitgebe, den Du mir vorbeischicken willst. Du hast noch nicht quittiert: Mettwurst, Knackwurst, Presskopf, Hühnerfrikassee, Glühweinessenz, Ochsenfilet, Perlkarotten. Hoffentlich hast Du alles erhalten. Ich schreibe es nur noch einmal wegen der Kontrolle.

Nun lass mich schließen, ich bin heute sehr, sehr müde.

Deine Klara

2. September 1915,
Sedantag

Liebster!
Heute habe ich etwas zusammengefroren! Wenn es noch kälter wird, dann müssen wir heizen. Der Sommer ist mir noch nie so kurz vorgekommen wie in diesem Jahr. Am Vormittag waren wir auf dem Forsthaus zur Feier von Sedan. Dort sind wir leider etwas eingeregnet. Nachmittags war ich mit den Kindern bei Nolde im Amtszimmer, er spielte sogar mit ihnen. Emil war ganz ausgelassen und hatte großen Spaß. Der Papa muss aber überhaupt nicht eifersüchtig sein! Nolde hat mit mir auch über die Universität gesprochen und will in den Herbstferien mit mir hingehen, den Erlaubnisschein holen. Die Einzelheiten schreibe ich Dir, wenn ich mich fest entschlossen habe. Hast Du Noldes Brief erhalten? Er fragte danach. Deinen Pelzmantel lasse ich eben ausbessern. Ich hoffe, bei Euch ist es noch nicht so kalt wie hier. Schreibe mir nur immer, wenn Du etwas brauchst, ich will es dann gleich schicken.

Was Du über Lilly Berg und meine früheren Schulkameradinnen geschrieben hast, das scheint mir nicht ganz gerecht. Ich denke nicht, dass ich mit ihnen meine Zeit vergeude, wenigstens sehen sie in mir nicht nur die Frau Direktor.

Das Universitätsbuch sende ich Dir heute mit. Bitte Dich aber, es möglichst bald zurückzusenden. Es bleiben für mich eigentlich nur: Einführung in die Geschichte der Pädagogik, Anfänge der christlichen Religion und Geschichte der italienischen Kunst in der Renaissance. Ich hätte noch liebend gern Bismarck und Richard Wagner gehört, doch ist dies beides dienstags und somit am einzigen Tag, auf den meine Vergnügen fallen wie Oper und Kränzchen. Nun bin ich sehr begierig, was Du mir rätst. Man müsste noch viel mehr Zeit haben, und ich bedaure, dass ich als junges Mädchen meine ganze Zeit auf die Musik verschwendet habe, die ich jetzt gar nicht brauche. Und die viele Zeit für die Malerei! Hätte ich stattdessen nur lieber Vorträge in der Akademie gehört.

Nun muss ich mich aber erst mal entscheiden, wie ich die Herbstferien verbringen will. Ich dachte daran, mit den Kindern nach Kassel zu reisen. Mutter und Nolde reden aber dagegen. Ich war ja eigentlich schon recht entschlossen, fürchte mich aber vor dem vielen Reden von Tante Rohlich und vor allem vor den Kosten für die Reise. Mutter meinte, wir sollten doch alle nach Königstein kommen, da hätten wir sicher um diese Zeit auch noch ein paar recht schöne Tage. Das Einfachste ist wohl, ich bleibe zu Hause. Rate Du mir!

Heute bin ich mit meinen Erziehungsversuchen bei Helene mal wieder kläglich gescheitert. Ich muss zu meiner Schande gestehen, ich habe sie tüchtig verhauen. Sie kann absolut den Federhalter nicht halten, und dadurch schreibt sie unglaublich schlecht. Sie ist nicht imstande, auch nur eine gerade Linie zu machen. Ich begreife nicht, dass sie in der Schule das erste Vierteljahr die Hand halten durfte, wie sie wollte, dadurch hat sie es sich ganz falsch angewöhnt. Paula dagegen schreibt schon ganze Stücke ab. Sie hat schon drei Hefte voll geschrieben, und Helene ist auf der ersten Seite. Ich glaube, selbst Du würdest zuweilen verzweifeln.

Deine Klara

5. September 1915, Sonntag

Liebster!
Eben komme ich mit den Kindern aus der Kirche und hoffe, dass ich nun ungestört schreiben kann. Unsere und Jahns Kinder sind mit den beiden Fräuleins spazieren und die Mädchen in der Küche. So ist es sonntäglich still im Haus. Emil war heute auf seinen dringenden Wunsch hin zum ersten Mal mit in der Kirche. Aber er ist wohl doch noch zu klein. Er gähnte etwa zehnmal mit offenem Munde, deutete mit dem Finger in der Luft herum, und es fiel ihm schwer, still zu sitzen. Man kann es ihm nicht verdenken, denn er versteht noch kein Wort von dem, was da gesprochen wird. Heute Nachmittag werde ich mit den Kindern im Hof spielen, da das Wetter recht unsicher ist. Ach Justus, ich glaube, ich bin keine gute Mutter! Unser Bübchen jedenfalls hat mich gestern recht getadelt. Er wollte sich nicht von mir ins Bett legen lassen und erklärte mir,

wenn ich ins Theater oder die Oper ginge, dann lege Fräulein ihn ja auch ins Bett. Das sollte mit anderen Worten heißen: »Warum willst Du mich denn heute ins Bett legen, wenn Du es sonst nicht tust?« Emil hängt auf einmal überhaupt fabelhaft an seinem Fräulein. Paula und Helene, besonders Erstere, versuchen immer mal eine Gelegenheit zu erhaschen, Fräulein zu entwischen, und Paula hat hierbei den festeren Charakter. Es ist ihr völlig gleichgültig, ob Fräulein sich darüber ärgert. Die Kinder in ihrer Eigenart zu beobachten, ist interessant. Ich male mir manchmal aus, wie sie sich entwickeln werden und was aus ihnen wird, und doch kann es später ganz anders kommen, als man es sich jetzt denkt. Ich habe mich nun entschlossen, es mit dem Hören an der Universität zu versuchen, auch wenn es viel Zeit und Kraft erfordert.

Für die Heizung habe ich Herrn Wintermeier engagiert. Er will allerdings monatlich 20 Mark dafür haben, trotzdem habe ich ihn genommen, da ich weiß, dass er zuverlässig ist. Eigentlich hätte Berta in diesem Jahr die Heizung machen können, wenn man ihr 3 Mark monatlich mehr gegeben hätte. Aber ich habe sie gar nicht erst gefragt, da sie bereits gesagt hatte, dass sie froh sei, wenn wieder geheizt wird, dann müsse sie die Mülleimer nicht mehr ausleeren. Wenn ihr das Hinunterbringen der Eimer schon zu viel ist, wie hätte sie sich dann erst aufgeführt, wenn ich mit meiner Idee zu ihr gekommen wäre?

Abends: Der Nachmittag mit den Kindern ist reizend verlaufen. Wir hatten schließlich herrliches Wetter und haben mit Reifen und Bällen im hinteren Schulhof gespielt. Es war wirklich famos, und die Bewegung in der frischen Luft bekam mir ausgezeichnet.

Nur kurz zu einem Thema, das Dir wohl immer wieder zu schaffen macht. Die Kinder sehen in Nolde bestimmt keinen Ersatz für ihren Papa, nur einen guten Freund ihres geliebten Papas. Aber was sollten sie denn von einem Freund des Papas halten, der kein freundliches Wort für sie übrig hat? Justus, mein Herz, ich versichere Dir, dass die Kinder und ich mit treuester Liebe an Dir hängen, nur an Dir. – Ich habe auch 1000 Mark für die neue Kriegsanleihe gezeichnet. Wie viel wohl diesmal zusammenkommt?

Deine Klara

7. September 1915

Mein Liebster!
Gestern machte mir die Schwester die vorläufig letzte Einspritzung, und um vier Uhr gingen wir alle zum Zahnarzt. Emil bekam einen Zahn plombiert. Er hat mörderisch geschrien. Ich habe ihm mit Gewalt den Mund aufhalten müssen, wobei er mir auf die Finger gebissen hat. Aber schließlich war es erreicht. Donnerstag muss er aber wieder hin. Paula hat einen hohlen Zahn und Helene drei, die alle am Donnerstag gemacht werden sollen. Zuletzt komme ich dann dran. Zur Belohnung für die Prozedur heute kaufte ich Emil ein Hundchen aus Stoff, mit dem er dann glückselig war. Dann haben wir noch Mäntel für den Winter gekauft und kamen endlich um sieben Uhr hier wieder an.

Heute geht es mir ausgezeichnet. Ich war den ganzen Tag so frisch, dass ich glaube, die Einspritzungen haben schon geholfen. Ich glaube, ich lasse sie mir jetzt jeden Sommer machen. Das tun viele Damen, und ich komme immer mehr zu Deiner Ansicht: Vorbauen und sich möglichst schonen, dann kann ich den Meinen mehr sein! Gerade die Frau muss doch immer am wohlsten sein, weil sie gewissermaßen den Mittelpunkt der Familie bildet.

Heute Nachmittag war ich im Kränzchen. Frau Reimer war auch dort. Sie hat noch drei Monate, bis das Baby kommt, und sieht dieses Mal glänzend aus. Nächste Woche muss ich die Damen zu einer Sitzung im Gymnasium einladen und will mir morgen Noldes Zustimmung holen. Du glaubst nicht, wie schwer es ist, zwanzig Damenzungen im Zaum zu halten. Immer reden sie alle durcheinander.

Wir hatten heute himmlisches Wetter. Ich hoffe, Ihr auch, denn unter der Nässe müsst Ihr doch sehr leiden. Der Urlauber hat sich mit dem Paket wohl recht abschleppen müssen, wenn er klagte, dass es so schwer gewesen sei. Aber ich war so froh, die Fischkonserven und den Cognac auf diese Weise in Deine Hände gelangen zu lassen.

Mutter lässt Dich herzlich grüßen. Sie macht sich gerade Sorgen um Papa und meint, er lebe nicht mehr lange. Ich glaube, es ist nur ihre Angst, dass er vor ihr sterben könnte. Robert haben sie übrigens sehr wohl angetroffen. Mutter wäre liebend gern länger bei ihm geblieben, aber er musste schon nach einem Tag wieder nach Lüttich zurück.

Wegen der Herbstferien habe ich mir jetzt selbst aus der Klemme geholfen. Ich habe Deine Mutter einfach zu mir eingeladen. Ich bin begierig, was sie antwortet.

Deine Klara

8. September 1915

Lieber Justus!
Dein letzter Brief hat mich weinen lassen. Dass ich Dich wieder quälte, das habe ich nicht gewollt. Meiner Meinung nach hatte ich gar nicht viel vom Geld geschrieben, oder habe ich es falsch im Gedächtnis? Ich wollte nur gern vor dem Winter glatt sein mit den Schulden, und da ich binnen 14 Tagen 752 Mark Steuern zahlen musste, so wollte ich nicht gleich wieder was für eine Reise ausgeben.

Liebster, womit habe ich Dich denn nur geärgert? Meinst Du meine Geldsorgen, wenn Du schreibst: »Musst Du mich denn immer mit meinen Schwächen ärgern?« Warum denkst Du nur, ich wollte Dich ärgern? Es sind doch meine Schwierigkeiten! Entweder ich mache mir keine Sorgen und werfe das Geld mit vollen Händen raus, oder ich mache mir Sorgen und spare. Ich kann nun einmal nicht gegen meine Natur. Ich will ja gar nicht alles vom Geld abhängig machen, aber ich sehe gerade in dieser Zeit, wie gut es ist, wenn man es hat. Bitte verzeih mir, Liebster, wenn ich Dich quälte. Ich leide selbst am meisten darunter, wenn ich merke, was ich angerichtet habe. Und bitte sprich nicht von der »glänzenden Heirat«, die Deine Geldsorgen klein hält. Du weißt nicht, was Du mir damit antust.

Deine Mutter hat mir heute leider abgesagt, da es Onkel Markus nicht gut geht. Nun habe ich mir überlegt, dass ich mit den Zwillingen allein acht Tage nach Kassel fahre. Emil und Fräulein bleiben zu Hause, allerdings fällt es mir schwer, da ich fürchte, die

Mädchen bummeln sehr und versorgen mir das Kind nicht gut genug. Berta ist schon wieder so müde und launisch, andererseits möchte ich sehr gerne zu Deiner Mutter und glaube auch, dass es mir vorzüglich bekommen würde, da Deine Mutter es so gut versteht, einem das Leben angenehm zu machen. Nolde begründet sein Abraten wegen Kassel damit, dass die Verwandten mich zu viel in Anspruch nehmen würden und ich deshalb keine Ruhe hätte. Ich will noch mal darüber nachdenken.

Diesen Sonntag werden wir nach Königstein wandern, da das Wetter eben wundervoll ist. Wir vermissen Dich!

Deine Klara

10. September 1915

Lieber Justus!
Gestern waren wir wieder beim Zahnarzt. Helene und Paula sind fertig. Mit Emils zweitem Zahn wollen wir noch warten, da er eben keine Schmerzen hat. Ich bin seit heute nicht wohl und muss daher meine eigenen Zähne wieder hinausschieben.

Heute telefonierte Frl. Kern, dass der Bräutigam von den Russen gefangen wurde. Sie hat ihm geschrieben, dass sie die Verlobung lösen will, und hat jetzt ein ordentlich schlechtes Gewissen, ob er das überhaupt verkraftet. Ich meine, er müsste, sie passen doch so gar nicht zusammen! Von Arthur habe ich Nachricht, dass er nun vielleicht doch die Reederei übernehmen will. Was eines Teils gut wäre, pekuniär gesehen, andererseits: Was wird dann aus seiner Musik?

Liebster, vielen Dank für Deine Karte, die ich heute früh erhielt. Das ist aber ein glänzender Vorschlag, und ich habe ihn auch sofort befolgt. Die Karte mit Rückantwort nach Braunfels Schlosshotel ist fort. Was sagst Du nun? Vorläufig weiß niemand etwas davon außer Fräulein. Deren Augen leuchteten bei dem Vorschlag, die Ferien in Braunfels zu verbringen, während ihr ein erneuter Königstein-Aufenthalt wenig angenehm wäre, weil sie sich immer so von Mutter beobachtet fühlt. Und damit ich endlich auch einmal Rosen streuen kann, will ich Deine Mutter einladen, mit uns zu kommen. Nun fragt es sich, ob ich Zimmer bekomme. Es heißt auch, es sei um diese Zeit schon recht kühl dort, deshalb schrieb ich gleich an den Wirt, ob er mir eventuell heizen kann. Und diese Entschlussfreudigkeit Deiner Frau hast Du diesem einen Satz zu verdanken, den Du Deinem Urlaubsvorschlag hinzufügtest: »Aber das kostet wohl alles zu viel!« Dieser Satz hat mir einen wirklichen Stoß gegeben, und Deine sonst so vorsichtige Klara hat sich gesagt: »Gut, da mag es mal was kosten. Mein Mann ist dafür, nun werfe ich die Sorgen ab, und wir wollen uns schöne Tage machen, den wundervollen Wald genießen und nur in Liebe leben.«

Ich glaube, Nolde würde gern mitkommen, und bin gespannt, was er sagt, wenn er es erfährt. Justus, Liebster, wärst Du jetzt hier, ich würde mit Dir im Zimmer herumtanzen. Kannst Du denn nicht mitkommen? Schiebe doch mal Übermüdung vor, die anderen tun es doch auch. Ich würde Dich auch gar nicht ärgern, bin ich doch jetzt ganz frei von allen Sorgen.

Sehr interessieren mich Deine Schilderungen über Deine jetzige Tätigkeit. Allerdings ist das doch eigentlich keine Arbeit für Dich, so als Aufpasser bei Bauarbeiten? Aber wenn sie die Offiziere schon so verwenden, so überlege ich, ob Du nicht doch irgendwo als Berichterstatter ankommen könntest. Albert könnte da sicher allerlei erreichen für Dich. Doch dann höre ich Dich gleich wieder sagen: »Ich dränge mich zu nichts, wer weiß, wozu es gut ist, dass ich aushalte.« Und Du hast recht, die Kugel oder ein anderes Unglück kann Dich hier wie dort treffen. Ich will mich bemühen, immer ganz fest in Gott zu vertrauen und mir das Leben nicht mit Sorgen vollzustopfen.

Deine Klara

11. September 1915

Liebster!
Gestern so fröhlich und heute so traurig. Den ganzen Vormittag war ich harmonisch und glücklich, da machte mir Berta so gegen ein Uhr eine solche Szene, dass ich über Mittag geheult habe, natürlich im Stillen, nicht vor den Augen der Mädchen. Zum Kaffee habe ich mir dann Jahns eingeladen und sie gebeten, mir zu raten. Ich will Dir nicht die ganze Sache auseinandersetzen, jedenfalls war Berta unerhört frech. Albert riet mir, sie sofort zu entlassen. Ich habe aber nicht den Mut dazu, besonders jetzt nicht, denn dann fallen meine Reisepläne ins Wasser und womöglich meine Universitätsstudien, da ich dann eine neue Köchin anlernen müsste. Aber nun genug davon, ich will Dich mit dieser Geschichte nicht anöden, es genügt, wenn ich allein daran trage.

Albert war mal wieder sehr optimistisch in Fragen des Krieges und glaubt an einen Frieden noch in diesem Jahr. Ich glaube ja nicht daran, kann es aber sicher nicht richtig beurteilen. Morgen früh wollen wir alle nach Königstein und hoffen auf einen schönen Tag. Heute war es hier auch ideal schön, aber leider bin ich nicht viel herausgekommen, nur vorhin kurz vor dem Essen gegenüber zur chemischen Reinigung. Vor der Tür traf ich Nolde, der zu mir wollte und der mich dann zur Reinigung begleitete. Er erzählte, dass seine Haushälterin in den Ferien verreisen will und er sich nun wohl oder übel auch ein Quartier suchen müsse. Ich riet ihm sehr zu Königstein, aber er meinte, er ginge vielleicht nach München zu seiner Schwester. So, und was unsere Berta betrifft, die wird jetzt gezwiebelt. Sie hat es zu gut, sie muss mal schlecht behandelt werden, damit sie das begreift.

Herzliche Grüße von den Kindern und Jahns.

Es küsst und umarmt Dich

Deine Klara

12. September 1915, Sonntag
Königstein

Liebster!
Du wirst Dich wundern, von hier einen Brief zu bekommen. Wir sind heute früh schon um sechs Uhr aufgestanden und waren um zehn Uhr hier oben. Ich wollte eigentlich um vier Uhr wieder hinunter, nun ist aber so wunderbares Wetter wie selten, sodass wir uns von Papa leicht überreden ließen, die Nacht zu bleiben. Für morgen früh spendiert er uns eine Droschke nach Frankfurt, damit die Kinder noch rechtzeitig in die Schule kommen. Nachtzeug haben wir nicht mit, aber Mutter hat ja für alle immer etwas auf Vorrat. Es ist sehr nett, mal so aus dem Stegreif zu handeln, und wir hatten auch einen sehr schönen Nachmittag. Und den Ärger mit meiner Köchin bin ich nun auch ganz los und bade mir Körper und Seele in der Sonne rein. Ach, Justus, wie wohl das tut!

Vorhin haben wir Krocket gespielt, sobald die Kinder im Bett sind, folgt wohl der unvermeidliche Skat.

Nun muss ich schließen, wir wollen zu Abend essen. Zu schade, dass Du in unserer fröhlichen Runde fehlst.

Deine Klara

13. September 1915

Lieber Justus!
Heute habe ich die Postkarte aus Braunfels mit ganz annehmbaren Bedingungen zurückbekommen. Der Tag Pension würde für mich, Fräulein und die drei Kinder 26 Mark kosten mit Deiner Mutter 7 Mark mehr. Also der gesamte Aufenthalt etwa eine Gesamtsumme von 320 bis 400 Mark. Ich will die Zimmer nun zum 28. September mieten. Du schreibst, dass Du versuchen willst, im November oder zu Weihnachten Urlaub zu bekommen. Also, ich bin entschieden mehr für November, weil wir ohne Fest viel mehr von Deinem Urlaub haben. So schön ich mir das Fest mit Dir denke, es wäre doch keine Erholung wegen der vielen Gäste und Einladungen.

Berta hat mich übrigens empfangen, als ob nichts gewesen wäre. Ich kann aber den alten Ton noch nicht wiederfinden. Es ist, als ob etwas entzwei gesprungen sei in meinem Herzen. Ich bin ruhig und freundlich, gehe ihr aber möglichst aus dem Weg. Ach, wärest Du doch wieder hier! Man muss sich immer wieder von Neuem hart machen, um alles zu ertragen.

Heute Nachmittag habe ich mir eine blauseidene Bluse gekauft. Ich will mir auch noch ein Kleid machen lassen, da ich nichts mehr anzuziehen habe und doch in Braunfels ordentlich aussehen will. Die Eltern waren natürlich baff über meine Braunfelser Reise. Mutter begnügte sich aber damit, zu sagen: »Hast Du denn dazu Geld?« Papa bekam einen roten Kopf, sagte aber nichts. Und mir ist es nun egal, mag es doch kosten, was es will.

Deine Klara

16. September 1915

Liebster!
Zuerst eine Geschichte aus dem Erziehungsalltag Deiner Frau: Gestern waren Helene und Paula zu einer Klassenkameradin eingeladen. Es waren zehn Kinder, und sie haben tüchtig im Garten getollt und viel Kuchen gegessen. Ich ließ die beiden schon um sechs Uhr holen, weil ich nicht wollte, dass sie sich überanstrengen. Aber die Mutter dort ließ sie nicht fort, und Fräulein und Emil mussten noch mit Kuchen essen. Kurz vor sieben kamen sie dann alle freudestrahlend hier an. Wie ich erfuhr, hat Helene meiner Erziehung leider keine Ehre gemacht, indem sie dort sagte, sie wolle noch Pudding, statt höflich darum zu bitten oder auf den Nachschlag ganz zu verzichten. Es ist derselbe Fehler, den Du ihr schon hundertmal korrigiert hast. Ich weiß gar nicht, wo sie das her hat. Man bringt es doch den Kindern schon als Baby bei, bitte zu sagen. Ich werde sie mir wohl noch einmal vornehmen müssen.

Gestern Nachmittag war Nolde auf einen Kaffee hier. Er braucht dringend einmal Urlaub, da er sich nicht einmal mehr die Zeit für seine Spaziergänge nimmt, die Doktor Greif ihm doch so dringend empfohlen hat. Um fünf Uhr ist heute die Sitzung der Damen im Konferenzzimmer. Ich werde alle meine Kräfte brauchen, um die zwanzig Mundwerke zu übertönen.

Mit Berta habe ich mich wieder ausgesöhnt. Sie kam selbst zur Besinnung und hat sich entschuldigt. Ihren Vorschlag, ihr das Kochen in Zukunft allein zu überlassen, musste ich ablehnen. Was dabei herauskommt, habe ich vor ein paar Tagen doch wieder erlebt: ein verbrannter Kuchen und ein zäher Braten. Nun geht es erst mal in den Kochkurs.

Dass Du eben noch nicht an Urlaub denken darfst, glaube ich wohl. Aber vielleicht kannst Du nach den Herbstferien mal nach Saarbrücken »ausbüxen«. Angst vor Fliegern hätte ich nicht, wenn ich käme, ich wäre ja bei Dir. Und wenn wir getroffen werden sollten: Mit Dir zu sterben, das wäre nicht schwer. Nur um der Kinder willen wäre es schwer.

Abends: Eben komme ich aus der Sitzung zurück. Es ging viel glatter, als ich dachte. Wir waren aber auch nur elf Damen.

Deine Klara

18. September 1915

Lieber Justus!
Vorhin habe ich Braunfels endgültig zugesagt, für uns und Deine Mutter, nachdem ich gestern von ihr eine so fein empfindende und liebevolle Antwort bekam. Ich las ihre Nachricht im Schlafzimmer abends beim Ankleiden für Gretas Geburtstagsgesellschaft, und die Tränen kamen mir vor Rührung. »Ihr seid tausendmal besser als wir!«, rief ich leise aus und wiederhole es heute. Wer von uns könnte solch einen Brief schreiben? Ja, Liebster, wie freue ich mich, dass es Onkel Markus besser geht und Deine Mutter sich entschlossen hat, mit uns zu reisen. Es kommt wie eine herrliche Ruhe über mich, und ich schlug heute leichten Herzens meiner Mutter ab, mit ihr und Greta nach Wien zu fahren. Papa und Albert müssen Anfang Oktober in die Türkei, und Mutter und Greta haben sich entschlossen, bis Wien mitzureisen.

Dass Deine Mutter mit nach Braunfels geht, verschweige ich vorläufig. Die Rosen, die ich mal streuen durfte, sollen noch im Geheimen blühen und nicht durch Mutters Eifersucht zerpflückt werden. Morgen früh um sechs Uhr kommt Robert hier an. Ich hole ihn ab und fahre mit ihm nach Königstein. Wie lange er bleibt, wissen wir nicht.

Gestern Abend war es zwölf Uhr, als ich nach Hause kam. Es war sehr nett bei Jahns und sehr üppig. Zum Abendessen gab es Rebhühner! Ich schenkte Greta ein sehr schönes Nussbesteck, das heißt, Nussknacker und sechs Nusspieker, alles zusammen 17 Mark, es ist gleich für Weihnachten mit. Albert schenkte ihr zwei wunderbare Blumenarrangements, zwölf Bücher und eine silberne Keksdose.

Es küsst und umarmt Dich

Deine Klara

19. September 1915, Sonntag

Mein Liebster!
Eben von Königstein zurückgekehrt, erwartet mich etwas Unangenehmes. Berta liegt mit argem Halsweh im Bett. Ich sehe mich schon morgen ganz allein in der Küche stehen. Ich habe die Eltern, Jahns und Robert zum Abendessen eingeladen. Robert muss am Dienstag früh ja gleich wieder weiter.

Heute früh bin ich also um fünf Uhr aufgestanden und bin zum Bahnhof, um Robert abzuholen. Der Zug hatte aber eine halbe Stunde Verspätung, und ich habe jämmerlich gefroren auf dem Perron, was mir aber nichts schaden wird, da ich mich den ganzen Tag in Luft und Sonne gebadet habe. Robert kam strahlend an und sah vorzüglich aus. Wir haben einen reizenden, sehr harmonischen Tag in Königstein verlebt. Mutter war auch ganz liebevoll. Mir haben die Stunden dort oben sehr gut getan. Die letzten Tage war ich so müde, heute in der schönen Luft oben gar nicht.

Du hast mir gar nicht geschrieben, dass Lennert Urlaub hat. Lennerts und Baums sind zusammen nach Warnemünde gereist.

Ich traf Frau Reimer vorgestern Abend auf dem Weg zu Jahns. Sie hat es mir erzählt. An die See mit dem Baby, ob das der kleinen Elisabeth schon bekommt?

Nun will ich noch mal nach Berta sehen. Hoffentlich geht es ihr morgen wieder besser.

Deine Klara

20. September 1915

Liebster!
Justus, mein Liebling, ich glaube, wenn der Krieg vorbei ist, so kommst Du mit so feudalen Angewohnheiten oder Ansprüchen nach Hause, dass es Dir hier gar nicht mehr gefällt. Ich meine damit das Reiten und die Bedienung. Ich denke mir, es muss Euch ähnlich gehen wie uns damals in Afrika. Man gewöhnt sich fabelhaft rasch an viel Bedienung, Reiten und dergleichen und vermisst es dann zu Hause. Es freut mich herzlich, dass Du solchen Genuss am Reiten hast und es nun endlich mal richtig betreiben kannst. Es fällt einem schließlich doch immer mal noch etwas in den Schoß, was man nie geglaubt hätte erreichen zu können. Allerdings auch durch die Verbindung mit dem Krieg, an den man nie geglaubt hat.

Um sieben Uhr kommen nun meine Gäste. Ich habe den ganzen Vormittag gekocht und nun noch ein wenig Zeit, ehe ich an die letzten Vorbereitungen gehe. Liebster, ich danke Dir, dass Du mir 100 Mark zu der Reise geben willst, aber ich meine, die solltest Du behalten und Dir mal einen extra Genuss verschaffen, vielleicht ein Festessen für Dich und die Herren Offiziere. Papa hat mir gestern auch 100 Mark zu der Reise geschenkt. Du hast wieder mal so recht: Gott hilft immer und gibt uns mehr, als wir nötig haben. Ich habe auf Deinen Brief hin auch daran gedacht, Fräulein jetzt nach Hause zu schicken, damit sie sich mal von uns erholt. Der Aufenthalt in Braunfels für sie kostet mich etwa 80 Mark, ihre Reise nach Hause 50 Mark, die könnte ich ihr dann schenken. Aber dann habe ich es wieder verworfen, weil ich mich erst mal selbst erholen will. Ich habe mit Fräulein aber gesprochen wegen eines Urlaubs. Sie meinte, sie sei körperlich ganz wohl, nur ihre Mutter habe manchmal Sehnsucht nach ihr. Das wäre aber bei Müttern ja immer so. Ich meine nun auch, sie war sieben Wochen in Königstein und kommt nun wieder mit nach Braunfels, das ist doch auch ein bisschen Urlaub für sie, schließlich ist sie mit den Kindern nicht allein und erhält oft Hilfe. Ich werde zusehen, dass sie richtig ausschläft, dann muss ich mich sicher nicht um sie sorgen. Im Frühjahr kann sie dann drei Wochen nach Hause. Nolde hat sich übrigens entschlossen, mit nach Braunfels zu reisen. Was sagst Du dazu? Ich denke es mir sehr nett, bin nur begierig, wie lange er und Deine Mutter es mit uns aushalten?

In treuer Liebe

Deine Klara

21. September 1915

Lieber Justus!
Heute erhielt ich das Bild vom Casino der Maschinengewehrkompanie, auf dem Du leider nicht sehr vorteilhaft bist. Du siehst so übermüdet und angestrengt aus. Die Stimmung und Gruppierung der Leute ist aber sehr nett. Am besten gefällt mir der junge Mensch rechts stehend hinter Dir. Wer ist das?

Ich hatte heute einen gemütlichen Tag nach all den Unruhen der letzten Tage. Erst habe ich Gelee gekocht, dann war ich mit Emil bei der Schneiderin. Mein neues Kleid wird famos! Es ist nach meinem speziellen Wunsch dunkel schottisch. Dazu wird die Samtjacke verändert, und aus Deiner alten Pelzmütze, die Du in unserer Ehe nie getragen hast, wird eine flotte Mütze für mich gearbeitet. Wie sehr freue ich mich auf den Augenblick, Dir alles vorführen zu dürfen! Wenn man so lange nichts Neues an Kleidern gehabt hat, so macht es einem besonders Spaß. Und denke Dir, Papa meinte gestern, der Krieg würde nicht mehr lange dauern. Wenn Papa so was sagt, der doch sehr vorsichtig urteilt und mit vielen einflussreichen Leuten zusammenkommt, so kann man schon etwas darauf geben. Vielleicht bist Du ja Weihnachten schon wieder ganz zu Hause.

Je näher die Zeit rückt, umso mehr freue ich mich auf Braunfels. Nolde will ja nur drei bis vier Tage bleiben. Ich hoffe, dass Deine Mutter aber mindestens acht Tage bleibt.

Die ganze Familie lässt Dich herzlich grüßen. Wir hatten gestern einen sehr schönen Abend. Greta hat tüchtig mit angepackt, und es hat alles ganz wunderbar geklappt. Der Abschied von Robert fiel mir allerdings sehr schwer. Meinen kleinen Bruder wieder an die Front ziehen zu lassen, das ist ein ganz unbehagliches Empfinden. Wenn nur alle, die man für das Vaterland gehen lassen muss, gesund wiederkämen, das wäre dann das größte Glück.

Deine Klara

25. September 1915

Lieber Justus!
Eben klingelt die Post! Hurra, ein Brief von Dir, mit dem entzückenden Bild: Eingang zum »Haus Klara«. Das ist ja ganz reizend gemacht! Wenn das Haus so schön ist wie der Eingang, muss es ein Prachtbau sein, und Du fühlst Dich sicher sehr wohl darin. Und wie gut Du auf dem Bild getroffen bist, richtig zum Anbeißen! Dass es bei Euch nun schon so kalt ist, das finde ich gar nicht schön. Bei uns ist es dagegen seit acht Tagen so warm, dass manche Mädels wieder Sommerkleider tragen. Unser Häuschen fängt eben auch jeden Sonnenstrahl auf, sodass es im Nu durchwärmt ist. Nachts ist es aber leider auch schon recht kühl, und ich fürchte, das Wetter wird bald umschlagen. Das zwingt uns dazu, Kleider für warm und für kalt mit nach Braunfels zu nehmen. Das gibt eine rechte Ladung. Heute war übrigens schulfrei, da die Schulen so fleißig bei der Kriegsanleihe geholfen haben. Die Zwillinge waren natürlich hocherfreut! Heute Nachmittag sind sie schon wieder bei einer Schulkameradin eingeladen. Sehr zu Emils Kummer, der zu gern mitmarschieren würde.

Gestern Vormittag war ich bei Sanitätsrat Schütz, Greif meinte, ich sollte diesen Kollegen mal aufsuchen, wegen meiner Bleichsucht. Schütz ist auch sehr für Arsenspritzungen, meinte aber, dass es besser sei, sie von einem Arzt machen zu lassen. Dann sagte er, die Hauptsache sei jedoch gute Ernährung. Er verordnete mir Malzbier, Gemüse, Kartoffeln, Fleisch dazu und gekochtes Obst. Möglichst weglassen soll ich Milch und Schokolade, beides wäre nichts für Bleichsüchtige. Er schlug vor, die Niere mal mikroskopisch zu untersuchen. Hausarbeit hält er für gut, aber ich müsste unbedingt zum ersten Frühstück richtig essen. Die Zwischenmahlzeiten sollten möglichst wegfallen. Ist das nicht interessant? Jedenfalls ist er riesig gründlich und geht der Sache richtig zu Leibe. Nach meinem Besuch bei Doktor Schütz war ich wieder bei der Schneiderin. Morgen muss ich noch mal hin. Es geht mir übrigens viel besser. Die Müdigkeit ist ganz weg, und wenn nun die Pflegerei in Braunfels losgeht durch meine zwei Aufpasser, Deine Mutter und Nolde, dann werde ich glänzend gesund heimkommen.

Füttere mir Deinen Max nur immer recht gut, dass er stark bleibt und Dich sicher trägt.

Deine Klara

27. September 1915,
Paulas und Helenes Geburtstag

Liebster!
Wie mag es Dir jetzt gehen? Es ist mir ein schwerer Entschluss, gerade jetzt fortzugehen, wo die Offensive im Westen beginnt. Der Tagesbericht war heute leider nicht gut. Bei Ypern sind wir zwei bis drei Kilometer zurückgedrängt, und es wird sogar zugegeben, dass wir viel an Menschen und Material verloren haben. Es muss ein mörderisches Gefecht gewesen sein! In der Champagne, wo Robert steht, ist es sehr unruhig. So wird es wohl auch bei Euch bald anfangen. Jetzt war man die ganze Zeit über immer so beruhigt. Nun fängt die Sorge wieder an, und es heißt

erneut tapfer sein. Ich werde dem Schuldiener sagen, dass er im Falle einer Depesche sofort nach Braunfels telefoniert. Nolde und wir reisen zusammen am Dienstagnachmittag ab, treffen uns in Gießen mit Deiner Mutter und sind abends um sieben Uhr in Braunfels. Könntest Du mir dieses Mal das Geld nach Braunfels ins »Schlosshotel« schicken lassen?

Ich will nun auch die Braunfelser Tage nutzen, mich mal mit Fräulein auszusprechen. Ich fürchte nur, ich bezwecke nichts damit. Sie hat so ihren eigenen Kopf in vielen Sachen und lässt sich schwer davon abbringen. Im Grunde sind solche Dinge aber doch so kleinlich, wenn man an die Kämpfe im Westen denkt. Liebster, Einziger, wenn Du mir nur gesund wiederkommst. Ich habe solche Angst um Dich!

Und nun noch etwas von dem Geburtstag unserer Töchter: Wir haben heute um neun Uhr beschert. Das Hauptgeschenk war eine Riesenpuppe von Mutter für jede. Von uns je ein Legespiel und neue Schirme, gestickte Kleidchen, vier Bücher und Stelzen. Von Greta bekommen sie heute Nachmittag das Puppenhaus. Deine Mutter hat zwei sehr hübsche Schürzen geschickt. Eben sind die beiden selig in die Schule abgezogen, um ihren Kameradinnen davon zu erzählen. Ich habe ihnen für heute Nachmittag aber keine Schulfreundinnen eingeladen, da die Frankfurter Kinder dann immer gleich mit Geschenken ankommen, und das mag ich nicht. Nun will ich noch Kuchen backen und bei den Vorbereitungen für den Nachmittag helfen.

Abends: Der ereignisreiche Tag ist mir gut bekommen. Es ist jetzt gleich Mitternacht, und ich komme gerade aus dem »Carlton«, wo ich mit den Eltern und Greta ab neun Uhr bei Sekt und Austern geschlemmt hatte. Paula und Helene waren übrigens überglücklich mit ihrem Puppenhaus. Zusammen mit Agnes haben sie auch gleich angefangen, die Puppen umzuziehen. Solange wir alle dabei waren, hat Fräulein dazu geschwiegen, aber ich habe ihr angesehen, dass sie am liebsten eingeschritten wäre. Der Geburtstag ist aber sonst sehr hübsch verlaufen. Die Zwillinge sahen in ihren neuen Kleidern mit den Kränzen auf dem offenen Haar allerliebst aus.

Aline Ambros war zum ersten Mal bei mir eingeladen. Es war höchste Zeit. Sie war riesig nett und gar nicht mehr so von oben herab. Der kleine Ambros, er ist jetzt beinahe zwei Jahre, hatte erst Angst vor der Kindergesellschaft, nachher hat es ihm aber sehr gut gefallen. Er ist ein schlauer kleiner Kerl. Die sechs Kinder machten also genügend Lärm, dazu zwei Fräuleins.

Justus, mein Liebster, den nächsten Geburtstag der Kinder wirst Du sicher wieder mitfeiern. So lange kann der Krieg ja unmöglich dauern.

Es grüßt und küsst Dich tausendmal

Deine Klara

28. September 1915

Lieber Justus!
Die Aussicht ist zu schrecklich, dass es im Osten nach ein paar Monaten nochmals losgehen soll. Ich kann es mir kaum denken, wo soll denn das Geld herkommen dazu? Von den zwölf Milliarden Anleihe sind doch etwa fünf schon verbraucht, und ob eine vierte Kriegsanleihe wieder so viel bringen würde? Viele Leute, wie zum Beispiel ich, haben dann einfach nichts mehr zum Zeichnen.

Unser armer Robert ist gründlich im Feuer, möge es gnädig für ihn ablaufen. Mutter kommt gar nicht mehr zur Ruhe. Doktor Greif hat ihr schon ein Schlafmittel verordnet.

Bei Euch scheint es ja noch ruhig. Von Metzger Röder ließ ich gestern drei Päckchen abgehen. Seinem Sohn geht es inzwischen sehr gut, er hat eine Prothese und kommt auch damit zurecht. Die Verwandtschaft hat beschlossen, den Jungen studieren zu lassen. Alle wollen zusammenlegen. Das finde ich wirklich sehr nett von der Familie. Wenn nur alle Jungen in dieser Lage solch ein Glück hätten.

Heute ging ich um zehn Uhr mit Berta los, um mein Kupfer und Messing an die öffentliche Verkaufsstelle zu bringen. Aber wenn man etwas fürs Vaterland tut, so muss man warten. Denke Dir, von zehn bis ein Uhr habe ich gewartet. Und nun habe ich leider keinen Augenblick mehr Zeit, verzeih. In einer Stunde kommt die Schwester zur letzten Einspritzung, und um vier Uhr müssen wir fort. Gestern hat es in Strömen geregnet, hoffentlich wird es in Braunfels besser.

Es küsst und umarmt Dich tausendmal

Deine Klara

29. September 1915

Braunfels, Schlosshotel

Liebster!

Da sind wir nun in Braunfels angelangt und sitzen vorläufig bei schönstem Regenwetter fest, was aber unserer Stimmung keinen Abbruch tut. Bei mir wenigstens ist sie glänzend, auch Deine Mutter und Nolde sind sehr gemütlich. Unsere gestrige Reise verlief wie gedacht, die Coupés waren alle furchtbar besetzt.

Das Essen im Hotel war gestern Abend leider sehr mäßig, sodass ich mir einen Cognac geben ließ und trotzdem sehr schlecht geschlafen habe. Dennoch bin ich eben kreuzfidel, habe tüchtig gefrühstückt und freue mich riesig, hier zu sein. Wir haben zwei reizende Zimmer mit Verbindungstür. Ich habe eben heizen lassen, und die Kinder spielen oben mit Fräulein, Deine Mutter sitzt dabei. Wir sind sehr glücklich, sie bei uns zu haben. Das Wetter wird sich ja wohl bald ändern, damit wir die herrliche Luft genießen können.

Die Zwillinge kamen ja nun gestern mit ihren Zeugnissen nach Hause. Dass es bei Paula gut ausfallen würde, das war mir klar, aber auch Helenes Zeugnis war glänzend, nur Einsen und Zweien. Sie geben entschieden sehr gute Noten in der ersten Klasse. Unsere Helene ist natürlich überglücklich.

Ich muss schließen. Nolde hat gerade einen Regenschirm besorgt, wir wollen einen kurzen Spaziergang machen, der Regen hat etwas nachgelassen.

In treuer Liebe

Deine Klara

30. September 1915
Braunfels, Schlosshotel

Liebster!
Heute beim Frühstück bekam ich Deinen lieben Brief. Die Welt ist noch einmal so schön, wenn Nachricht von Dir da ist. Leider kam zur gleichen Zeit Antwort von Frau Reimer auf meine Anfrage, wie es ihrem Mann gehe. Er hat die schweren Gefechte in der Champagne mitgemacht und ist am linken Arm verwundet. Nicht gefährlich; da er aber nicht reisefähig ist, so fürchtet sie, dass es doch nicht ganz so harmlos ist. Es ging mir den ganzen Tag im Kopf herum, einesteils ist es ja gut, dass er nun heraus ist, und der linke Arm ist noch nicht das Schlimmste. Aber er scheint traurig, dass er seine Kameraden allein lassen musste.

Uns geht es allen vorzüglich. Wir sind morgens und nachmittags tüchtig gelaufen. Es war zwar noch nass, da es die ganze Nacht geschüttet hatte, aber es war doch wunderbar: die Luft so kräftig und die Wälder schon rotgold gefärbt. In einem unserer Zimmer lass ich täglich heizen, damit wir es am Abend warm haben. Dort steht auch ein hübsches Sofa, Sessel und ein Tisch, sodass es auch für die Kinder bei schlechtem Wetter sehr gemütlich ist. Die Verpflegung ist nun ausgezeichnet. Es war wohl am ersten Abend nur zufällig so schlecht, oder wir haben es nach der Reise nur nicht richtig vertragen. Abends lassen wir die Kinder schon um sechs Uhr essen, und wir essen dann ganz in Ruhe eine halbe Stunde später. Nolde ist riesig gemütlich und widmet sich uns in ganz reizender Weise. Die Kinder hängen sehr an ihm, und er spielt überaus nett mit ihnen. Wir rennen um die Wette durch den Wald und werden selbst wieder zu Kindern. Zum Schrecken Fräuleins, die für solche Späße so gar nichts übrig hat. Deine Mutter ist einzig in ihrer beruhigenden und wohltuenden Art, wir verstehen uns famos.

Denk Dir nur: Doktor Frisch, der Rechtsanwalt der Eltern, ist auch hier. Er ist ein sehr gutmütiger Mensch. Die Frau ist auch ganz nett, hat aber so einen leidenden Zug im Gesicht. Die beiden Kinder sind ebenfalls mit. Der Sohn ist 15 Jahre, ein richtiger Tollpatsch und enorm groß. Das Mädel ist 16 Jahre, schon halb junge Dame, leider sehr hässlich, doch mit einem lieben Ausdruck. Wir berühren uns aber wenig, da wir der Kinder wegen an einem Seitentisch essen und weil ich mich gleich abends nach dem Essen aufs Zimmer setze. Außer Frischs und uns speist noch ein Herr hier, etwa 38 bis 40 Jahre alt. Er ist scheinbar Witwer, da er zwei Ringe trägt, ein sehr stiller Mann. Ich denke, ein Gelehrter. Als Kellner haben wir einen Otto, einen kostbaren jungen Kerl, der sehr gutmütig ist und einen riesig hohen unbequemen Kragen trägt, dazu einen eleganten Frack. Daneben einen Aushilfskellner, der das Faktotum für alles ist und dem unser Wohl sehr am Herzen liegt. Er serviert mit der gleichen Geschicklichkeit, wie er heizt oder die Straße kehrt. Dann ein kleiner Hausbursche, der eigentlich Schreiner ist und daher die Stiefel sehr schlecht putzt. Das Hausmädchen ist ein bisschen wie unser Lieschen, fleißig und immer mit einem freundlichen Lächeln. Wir sind wirklich sehr mit allem zufrieden.

Nur Du fehlst uns. Wenn ich Dich doch nur wenigstens in Sicherheit wüsste.

Ich küsse und umarme Dich tausendmal.

Deine Klara

3. Oktober 1915, Sonntag
Braunfels, Schlosshotel

Mein Liebster!
Verzeih, dass ich so schauderhaft schreibe, wenn ich den ganzen Tag in der frischen Luft bin und nur der Gesundheit lebe, dann fällt es mir merkwürdigerweise immer schwer, die Feder zu führen. Wir tun hier nichts als schlafen, essen, trinken, spazieren gehen. Man kommt kaum zu einem Brief. Aber Du kennst das ja aus der Sommerfrische von früher und verstehst sicher, wenn meine Berichte etwas kurz ausfallen.

Ich war eben mit Deiner Mutter in der Kirche. In der Fürstlich-Solmschen, die an das Schloss angebaut ist. Es ist eine hübsche kleine Kirche, in der sich das ganze Dorf am Sonntag versammelt.

Wir hätten auch gern das Schloss besichtigt, aber es ist leider nur bis 15. September geöffnet. Gestern waren wir in Philippstein auf der Ruine. Die Aussicht dort oben entlockte mir einen Ausruf des Entzückens. Das weite Tal, das schillernde gelb-rote Laub der Bäume und dann in der Ferne Schloss Braunfels im schönsten Sonnenschein! Wenn Du nur auch diesen Anblick hättest genießen können. Und wie leicht mir der Aufstieg fiel, alles ist so elastisch. Für die Mädchen ist es wunderbar, dies Rennen und Klettern. Fräulein sieht leider etwas missmutig zu, nie würde sie auch nur einen Schritt mitlaufen. Das überlässt sie Nolde und mir. Sie genießt den Aufenthalt eben in ihrer Art. Das Schönste ist ihr das gute Essen.

Robert, der Ärmste, hat geschrieben, er steht seit acht Tagen in tollsten Kämpfen, mit viel Artilleriefeuer und giftigen Gasen. Wir sind alle sehr in Angst um ihn. Ich habe für heute Abend ein Telefongespräch nach Königstein angemeldet, um zu hören, ob es neue Nachrichten gibt.

Hoffentlich kommst Du nicht auch noch in solch ein Gefecht. Wie sollte man das denn aushalten?

Sei tausendmal geküsst und umarmt
von Deiner Klara

4. Oktober 1915
Braunfels, Schlosshotel

Liebster!
Ich versuchte gestern nach Königstein zu telefonieren, leider ohne Erfolg. Heute kam ich dann endlich durch, aber da waren die Eltern gerade fort nach Frankfurt. Papa soll ja nun morgen nach Konstantinopel fahren. Das ist mir zu schrecklich, da Robert eben so drinsteckt und Mutter dann allein wäre. Nun will ich probieren, nachher gegen acht Uhr Jahns zu erreichen. Vielleicht sind die Eltern bei ihnen.

Die Luft ist hier himmlisch und die Gegend so schön, nur ein bisschen kalt ist es schon. Heute sind wir leider nicht sehr viel und auch nur sehr langsam gelaufen. Deine Mutter hat etwas Beinschmerzen, in ihrem Alter ist es eben nicht mehr so leicht. Für mich ist das Wandern ja die Hauptsache. Es tut mir gut, mich tüchtig auszulaufen, und ich habe großartigen Appetit. Bei unserem Spaziergang heute haben wir einen Uhrmacher entdeckt, der neben seiner Werkstatt zwei Zimmer mit lauter alten Sachen hat, Möbel, Bilder etc. Darunter war eine alte Standuhr, die Deiner Mutter sehr gut gefiel und die ich ihr gern gekauft hätte, aber sie wollte es absolut nicht. Sie sollte 120 Mark kosten. Nolde hat ein farbenprächtiges Bildchen für sich gefunden, das er für 50 Mark erstanden hat, ein orientalischer Basar ist darauf zu sehen.

Eben kommen die Kinder vom Essen herauf, da ist es nun wieder vorbei mit dem Schreiben. Paula bekommt das Essen hier nicht so ganz, und Emil hustet etwas. Es ist nicht so einfach, mit kleinen Kindern im Herbst zu reisen, man ist auch hier wenig auf Kälte eingerichtet.

Abends: Ich habe gerade mit Jahns telefoniert und dort auch Mutter erreicht. Sie und Greta sind recht in Sorge, dass Papa und Albert nun in die Türkei reisen. Es ist ja auch keine Kleinigkeit. Wer weiß, wie sie durchkommen und ob sie auf dem Rückweg nicht aufgehalten werden und aus den sechs Wochen vielleicht vier Monate werden. Nun haben wir gar kein erwachsenes männliches Wesen mehr in der Familie hier. Von Robert haben sie nichts gehört, wenn es dem armen Jungen nur gut geht! Ich will ganz fest für ihn beten.

Am Donnerstag reist Nolde wieder ab, aus den geplanten vier Tagen sind neun geworden, was ihm sicher sehr gut getan hat. In diesen Tagen des Zusammenseins habe ich ihn gut kennen gelernt, mit all seinen guten Seiten, aber auch seinen Schwächen. Und ich stelle fest, dass mir Deine kleinen Schwächen tausendmal lieber sind.

In treuer Liebe
Deine Klara

6. Oktober 1915
Braunfels, Schlosshotel

Lieber Justus!
Das tut mir sehr leid, dass Du so erkältet bist. Hast Du noch die guten Bonbons? Wenn Du nichts mehr davon hast, dann schreibe mir gleich, ich sende alles umgehend.

Wir haben wieder einen herrlichen Tag der Erholung hinter uns. Heute Morgen war ich mit Helene und Nolde tief drinnen im Wald. Wir sind tüchtig marschiert und haben dabei aus voller Kehle gesungen. Paula und Emil waren mit Fräulein im Hotel. Paula fühlte sich nicht so recht wohl. Nach einem gründlichen Mittagsschlaf ging es ihr aber wieder besser, und wir sind am Nachmittag mit allen drei Kindern gemütlich durch die breite Kastanienallee hinunter ins Dorf gebummelt. Eben schreit Paula durchs ganze Haus. Sie hatte es eilig, und es ist ihr wieder etwas in die Hose gegangen. Das ist nun schon das dritte Mal, seitdem wir hier sind. Sie kommt mit ihrem Magen einfach nicht in Ordnung. Vielleicht sind es die Hotelsaucen, die sie nicht verträgt. Emil ist auch nicht ganz auf dem Damm. Nur Helene geht es vorzüglich.

Gestern haben wir uns nach dem Essen noch recht gemütlich vor den Kamin gesetzt, und Nolde hat uns zum Abschied ein paar Geschichten aus dem Orient erzählt. Er stellt sich ja ein bisschen als tapferer Held dar in seinen Geschichten, aber ganz charmant.

Ich hoffe so sehr, dass Du nicht in diese schrecklichen Gefechte verwickelt wirst.

Es küsst und umarmt Dich tausendmal
Deine Klara

7. Oktober 1915
Braunfels, Schlosshotel

Lieber Justus!
Vielen Dank für Deinen lieben Kartengruß, den ich heute früh auf dem Kaffeetisch fand. Dass ihr wieder mal umziehen müsst, tut mir sehr leid. Interessant ist mir, dass Du das Schild »Haus Klara«

mitnimmst. Ich glaubte, wenn ein Haus mal seinen Namen hätte, so behielte es ihn auch, wenn auch jemand anders darin wohnt.

Heute wollten wir eigentlich zum Weilburger Tor wandern, es wurde aber nichts daraus, weil es die ganze Nacht in Strömen geregnet hat und auch heute früh noch nicht aufhören wollte. So blieben wir bis neun Uhr in den Betten. Gegen zehn Uhr unternahm ich dann mit den Zwillingen eine sehr nette Tour auf der Chaussee nach Burg Solms. Wir haben unterwegs schöne Lieder gesungen, wobei ich von meinen Töchtern mehrfach korrigiert wurde, was mich aber gar nicht störte, im Gegenteil, ich war sehr stolz auf die beiden, dass sie jetzt schon über so vieles Bescheid wissen. Gegen Mittag sind wir in einer sehr originellen Bauernwirtschaft eingekehrt. Tische und Stühle aus klobigem Holz gefertigt und das Geschirr aus Zinn und Blech. Aber alles sehr sauber und das Essen, Bratkartoffeln mit Ei, wirklich sehr gut. Wir kamen sehr befriedigt nach Hause. Heute Nachmittag waren wir dann alle zusammen im Wildpark und sind wieder zwei Stunden marschiert. Noldes Gesellschaft vermissen wir nun aber doch sehr. Er ist, wie auch Deine Mutter immer wiederholt, ein selten guter liebenswürdiger Gesellschafter, der in feiner Weise einen auf alles aufmerksam macht und sich sehr nett allem anschließt. So war ich zum Beispiel erstaunt, wie gut er auf die Kinder einzugehen verstand und wie glänzend er uns unterhielt. Auf der anderen Seite hat er etwas so Hartes in seinem Urteil über verschiedene Dinge, dass ich zweimal gründlich gegen ihn gerannt bin und mich reichlich geärgert habe. Doch genug davon. Mein liebster, einziger Justus geht mir doch über alles, und ich hoffe, es ihm noch oft beweisen zu dürfen! Überhaupt, wenn Du mich nur sehen könntest, Du würdest sehr zufrieden sein. Ich bin so glücklich und dankbar über die gelungene Erholung, die wir nur Dir zu verdanken haben. Helene sieht auch so vorzüglich aus wie noch nie. Sie strahlt, läuft sich tüchtig ab, klettert herum, hat famosen Appetit und schläft gut. Meiner Meinung nach muss sie möglichst in allen Ferien aufs Land. Paula und Emil sind auch wieder ganz wohl, und auch Fräulein sieht besser aus. Ich halte sie immer wieder an, dass sie morgens wenigstens bis acht Uhr schläft und sich am Nachmittag für eine Stunde hinlegt, aber es kostet mich die größte Mühe, dass sie diese freien Stunden annimmt. Seit Nolde weg ist, ist sie aber viel harmonischer. Sie war bei ihm so leicht verstimmt. Sie ist eben zu sehr Pedantin und ärgert sich, wenn jemand die Kinder anders behandelt, ihnen auch mehr Freiheiten lässt.

Bleib gesund, mein Liebster, wir warten auf Dich.

Deine Klara

8. Oktober 1915
Braunfels, Schlosshotel

Lieber Justus!
Mutter erhielt gestern ein Telegramm von Robert. Es geht ihm gut! Wie sehr danke ich Gott dafür. Papa ist auch wieder in Königstein, die Reise nach Konstantinopel wurde verschoben. Nun kann Mutter mal aufatmen.

Die Zwillinge, Deine Mutter und ich waren heute mit der Bahn in Bad Ems. Wir hielten uns zwei Stunden dort auf, was für eine Besichtigung des Städtchens auch ausreicht. Es ist wirklich ganz entzückend, die Häuser alle so fein und reinlich an den Ufern der Lahn gelegen, aber es ist doch recht dörflich. Im Winter stelle ich es mir dort sehr langweilig vor. Gegen Mittag sind wir dann wieder nach Braunfels zurückgefahren, weil ich das Essen nicht versäumen wollte.

Ich war in schönste Gedanken vertieft bei unserer Heimkehr, und Du kannst Dir vorstellen, wie ich aus allen Himmeln fiel, als ich Emil vor Ohrenschmerzen weinend auf dem Sofa vorfand und Fräulein daneben, wie immer verunsichert, was nun zu tun sei. Ich machte sofort einen Umschlag mit essigsaurer Tonerde, gab Bübchen ein Aspirin und bestellte mein Mittagessen nach oben. Gottlob, Emil hatte sich mal wieder mehr angestellt als nötig. Binnen einer halben Stunde schlief er und ist nun den ganzen Nachmittag ohne Schmerzen gewesen. Wenn die Nacht gut bleibt, gibt es sicher nur eine einfache Erkältung, andernfalls müssen wir per Eilgut nach Hause. Solch ein Abschluss unserer Ferien wäre aber sehr schade. Mach Dir aber bitte keine Sorgen, Du weißt ja, wie schnell diese kleinen Krankheiten bei den Kindern vorüber sind.

Deine Klara

9. Oktober 1915
Braunfels, Schlosshotel

Liebster!
Heute schreibe ich zum letzten Mal von hier. Es regnet mal wieder in Strömen. Vormittags waren wir nur ein Stündchen mit Schirmen und Mänteln draußen. Ich wäre gern noch einen Tag geblieben, aber für die Kinder ist es wohl besser, wenn wir morgen abreisen. Die letzte Nacht hat Helene sich übergeben. Sie hatte die furchtbarsten Leibschmerzen und hat fast einen halben Eimer voll erbrochen. Das Ganze ging eine Stunde lang und muss wohl eine kleine Vergiftung gewesen sein. Es war gut, dass es so herauskam, denn heute ist sie wieder ganz hoch. Das Hotelessen ist eben doch nicht so gut für kleine Kinder. Die Luft aber hat uns sicher allen wohl getan. Emils Unpässlichkeit ist sogar ganz verschwunden. Unser Bübchen hat heute auch mal den Lauser herausgekehrt, ein Stöckchen im Wald aufgehoben und wollte damit Paula verprügeln, die schreiend fortlief. Emil ist Dir riesig ähnlich, der ganze Körperbau, auch das Laufen, die Beine, die Haare, das Gesicht, kostbar ähnlich. Die Zwillinge kommen wohl mehr nach meiner Familie. Es ist zu schön, die Entwicklung der Kinder zu verfolgen, und jammerschade, dass Du das nun schon so lange entbehren musst.

Vor zwei Tagen sind hier neue Gäste angekommen. Sie sitzen im Nebenzimmer, drei Herren und eine Dame. Ich denke mir, es sind Berliner, entsetzlich laut und unfein in der Sprache, aber sehr teuer gekleidet und enorm anspruchsvoll. Du würdest Dich entschieden über sie ärgern. So ist es ganz gut, dass Du nicht da bist. Wären sie eher angekommen, dann hätte Nolde sicher ihre

Bekanntschaft gemacht. Er ist ja immer sehr interessiert an dem Außergewöhnlichen.

Nun leb wohl, Liebster, morgen bin ich wieder zu Hause in meinem einsamen Bett.

Deine Klara

11. Oktober 1915

Lieber Justus!
Gestern Abend waren wir um acht Uhr zu Hause und so müde, dass wir gleich ins Bett gegangen sind. Die Kinder sind wieder vollkommen wohl und haben heute famosen Appetit gehabt. Sie brauchen eben ihre Ordnung und gute einfache Kost. Heute war strahlendes Wetter hier, und ich habe einen Gang in die Stadt gemacht. Am Nachmittag war Nolde kurz da, morgen will er mit mir auf das Sekretariat der Universität gehen, um mir eine Hörerkarte zu holen, dann kann die Winterarbeit für mich beginnen. Hoffentlich mit Erfolg!

Es wird Dich interessieren, dass unsere Reise 538 Mark gekostet hat. Dies soll keine Klage sein, ich war mir ja vorher darüber klar, dass es ein teures Vergnügen wird mit sechs Personen. Denk Dir, in Braunfels bekamen wir täglich frische weiße Brötchen wie im Frieden. Das war ein seltener Genuss!

Die Beschreibung Deiner Erdhöhle hat mich lebhaft interessiert, da ist es wohl ungefähr so eng wie im Schlafwagen. Aus Deiner letzten Karte sehe ich, dass Ihr morgen abgelöst werdet. Ich verstehe das aber nicht ganz. Du schreibst, dass zwei Regimenter bei Euch schon abgezogen wurden, da könnt ihr aber doch kaum noch Reserven zur Ablösung haben.

Von Robert haben wir erfahren, dass es in der Champagne ganz furchtbar gewesen ist, viele Tote und viele gefangen. Aber durchgekommen ist der Feind nicht, das ist wohl erst mal die Hauptsache. Aber ich frage mich, wie das weitergehen soll. Es geht doch eigentlich nie richtig vorwärts. Wie viele Tausende müssen denn noch geopfert werden?

Deinen Pelz werde ich nun noch behalten müssen. Ich warte immer noch auf einen Urlauber, der ihn mitnimmt, und wünsche mir sehr, dass Du vielleicht selbst der Urlauber bist, der im November den Pelz abholt. Aber die Urlaubssperre im Westen wird wohl noch eine Weile andauern.

Sei tausendmal gegrüßt und geküsst

von Deiner Klara

13. Oktober 1915

Lieber Justus!

Gestern war ich den ganzen Vormittag unterwegs, nachmittags mit den Kindern beim Zahnarzt, und dann kam ich nur mit knapper Not noch rechtzeitig nach Hause, um mich für die Oper umzukleiden. Dort warteten nämlich die Eltern und Jahns auf mich. Es wurde »Polenblut« gespielt, ein Stück, das auch recht ins Blut ging mit seiner Leidenschaft. Welch eine Liebe muss eine Frau empfinden, die dem Geliebten aus der Not hilft, obwohl er sie zurückgewiesen hat. Nach der Oper waren wir im »Carlton« essen.

Papa hat erzählt, dass er, als er vor ein paar Tagen in Berlin war, einen Nagel in den »Eisernen Hindenburg« geschlagen hat. Es ist ja wirklich enorm, was sie da an Material verbaut haben sollen. 20000 kg Erlenholz und 2000 kg Eisen. Papa sagt, mit 13 Metern Höhe macht die Statue großen Eindruck und bringt hoffentlich auch so viel Geld für die Kriegskasse ein, wie man sich erhofft. Es gibt eiserne Nägel für eine Mark, silberne für fünf Mark und goldene für 100 Mark. Interessant war mir, dass Hindenburg das Ganze geschmacklos finden soll. Es heißt, er habe gesagt, weil man seine Frau zur Einweihung bat: »Und da muss auch noch meine Frau aus Hannover kommen, um mir den ersten Nagel in den Bauch zu schlagen.« Manchmal erscheint eine Ehre wohl eher wie eine Last. Papa hat übrigens einen goldenen Nagel eingeschlagen. Mutter meinte, er hätte das Geld auch genauso gut verschenken können. Das Ganze erinnere sie an einen Jahrmarkt, da ist sie sich mit Hindenburg einig.

Heute habe ich mit den beiden Großen einen Spaziergang zum Forsthaus unternommen, bin auf dem Rückweg über die Mörfelder gegangen und habe bei Reimers einen kurzen Besuch gemacht. Er ist gestern Abend angekommen und war gerade fort zum Verbinden. Ich habe nur ihre Mutter gesprochen, die gestern aus Lübeck gekommen ist, um ein bisschen zu helfen. Reimer musste so lange im Lazarett bleiben, weil er zuerst Fieber hatte, meinte sie. Der Spaziergang heute hat mich köstlich erfrischt. Nun will ich mal sehen, ob ich heute den Mut habe, mit Fräulein zu reden. In Braunfels waren wir alle so schöner Stimmung, da habe ich es nicht über mich gebracht. Aber einmal muss ich es ihr sagen, denn die Pedanterie geht doch manchmal zu weit. Deine Mutter und Nolde sind auch dieser Meinung.

Abends: Die große Arbeit ist getan. Ich habe mit Fräulein gesprochen und zittere noch an allen Gliedern. Ich habe es ihr mit Zucker versüßt gesagt, sie immer wieder gelobt zwischendurch. Ich hatte mir vorher alles zurechtgelegt und mich ins dunkle Zimmer gesetzt zum Nachdenken, so wie Du es immer tust. Aber ob meine Bemühungen Erfolg haben werden? Es war ihr natürlich nicht angenehm, dass ich sie kritisierte, und sie ging auch gekränkt aus dem Zimmer, trotz meiner Versicherung, dass ich im Grunde sehr zufrieden mit ihr bin. Wenn sie nur nicht fortgeht! Aber es hilft alles nichts, ich darf mir ruhig das Zeugnis geben, dass ich es ihr nicht schonender hätte sagen können. Wenn sie meine Einwände nicht versteht, ist es eben nicht zu ändern. Es war ja schon so, dass die Kinder nicht mehr mit mir spielen wollten, was ich ihnen vorschlug, da Fräulein es vielleicht nicht gutheißen würde. Doch genug, ich musste nur noch ein paar Reihen darüber schreiben, weil ich innerlich so erregt bin. Jetzt will ich aber versuchen, mich ganz frei von dieser Sorge zu machen, und mich tüchtig ausschlafen.

Tausend Küsse und Grüße.

Deine Klara

15. Oktober 1915

Lieber Justus!
Bei uns ist ganz prachtvolles Wetter. Es ist so warm, dass wir im Haus mit der Heizung schwitzen. Die Kinder sind draußen, und ich habe vor, heute Nachmittag mit ihnen einen schönen Spaziergang zu machen. Mein Haushalt funktioniert heute allein, Berta kocht, Lieschen näht. So habe ich schon vormittags Zeit, Dir zu schreiben. Wie ist es mit neuen Wollhemden oder seidenen Hemden? Ich meine, Du hättest sehr lange nichts Neues bekommen. Fräulein ist übrigens sehr nett und hat mir scheinbar nichts übel genommen. Ich bin nur neugierig, ob sie nun wirklich den Kindern mehr Freiheit gibt. Es ist schwer für sie, weil es gegen ihre Natur geht. Liebster, ich habe jetzt immer den Plan, nach dem Krieg könnten wir uns Räder kaufen. Du und ich und unsere Töchter. Dann würden wir es vielleicht erreichen, dass Du öfters mal herauskämst, und für die beiden Großen wäre es vorzüglich. Und wenn man nur mal durch die Zeppelinallee radeln würde. Das Reiten, was Du so gerne tätest, ist wohl ausgeschlossen. Du musst bedenken, dass jeder Ritt hier in Frankfurt etwa 10 Mark kostet, und zweimal die Woche müsste man mindestens reiten, um in der Übung zu bleiben. Das wären etwa 1000 Mark im Jahr. Dazu kämen noch die Reitkleider und dergleichen. Papa hat neuerdings mal wieder den Plan, nach Berlin zu ziehen, und sagte sehr nett: »Wir warten nur noch, bis Justus ins Ministerium kommt, dann ziehen wir alle mit nach Berlin.« Jahns sind eben dabei, sich hinter dem Palmengarten ein Grundstück zu kaufen. Sie bauen aber vorläufig noch nicht, sondern wollen erst abwarten, bis Albert von Kleinasien zurück ist und ob er dann eventuell noch mal einige Jahre ins Ausland muss. Ihre Liebe ist ja eigentlich auch Berlin, aber sie müssen eben abwarten, ob Albert Direktor wird und wann. Ein gutes Stück Geld müssen sie schon beisammen haben, und Greta versteht es, es glänzend zusammenzuhalten. Mir würde Berlin auch gefallen, aber so ganz in der Stadt wollte ich nicht wohnen, lieber in einer Vorstadt in einem kleinen Häuschen, so halb wie auf dem Lande. Man könnte dann immer mal in die Stadt fahren, um einzukaufen oder ins Theater zu gehen.

Was habe ich nur für Pläne, dabei lebt man im Krieg und weiß überhaupt nicht, was der nächste Tag bringen wird!

Vielen Dank auch für die Bildchen. Du blickst so merkwürdig in die Luft und siehst so blass aus. Es ist wohl im Unterstand gemacht. Dass Du Deinen Feldwebel hast hergeben müssen und einen neuen bekommst, ist gewiss sehr bedauerlich und mit viel Arbeit verknüpft, gerade so, als ob ich ein neues Mädchen anlernen müsste.

Eine Sache drückt mich seit gestern sehr, ich bin von Frau Oberbürgermeister Voigt aufgefordert, am Geburtstag der Kaiserin Marmeladen einzusammeln fürs Feld, das heißt, ich soll sie in einem Geschäft in Empfang nehmen. Das Unangenehme dabei ist, dass ich natürlich selbst eine Menge dazu stiften muss. Ich weiß gar nicht, wie ich das alles fertigbringen soll.

Denk Dir, gestern habe ich Edgar Winter gesehen, er mich aber nicht. Er stieg mit seiner jungen Frau aus der Trambahn, in die ich gerade einstieg. Er war in Zivil. In der Stadt traf ich dann seine Schwester. Sie erzählte mir, dass Edgar nicht mehr am Institut in Berlin ist, man hatte ihn ins Feld abkommandiert. Er war in der Champagne, hat aber nur kurz die Angriffe mitgemacht und gleich einen Nervenschock bekommen. Er ist nun schon zwei Wochen beurlaubt, und es scheint keine richtige Besserung zu geben. Ich enthalte mich jeder Kritik, weil man ja so was nicht beurteilen kann, aber ich habe das bestimmte Gefühl, dass mein Justus durch seine beständigen Gebete vor Ähnlichem bewahrt würde.

Als kleine Gabe schicke ich heute selbst gestrickte Strümpfe. Hoffentlich passen sie.

In Liebe, Deine Klara

17. Oktober 1915, Sonntag

Lieber Justus!
Unser ruhiger Sonntag geht zu Ende. Heute Vormittag habe ich erst lange geschlafen, nach dem Frühstück mit Helene und Paula Choräle gespielt und gesungen, dann den ganzen Vormittag

geschrieben und gelesen. Am Nachmittag wieder mit den Kindern gespielt, und eben habe ich sie ins Bett gebracht. Nun ist es mäuschenstill im Haus. Gestern Abend war ich mit Jahns bei Ambrosens. Es war riesig gemütlich, das Essen einfach und doch viel üppiger, als ich es ohne Köchin zubereiten könnte. Aline Ambros ist ja nicht mein Schwarm, aber man kann viel von ihr lernen, weil sie sehr klug ist. Wenn sie es nur nicht selber zu sehr wüsste und immer wieder betonte! Ich kam erst nach Mitternacht nach Hause, da hast Du aber eine unsolide Frau, was?

Bei Ambrosens haben sie erzählt, dass ein deutsches Militärgericht in Brüssel eine englische Krankenschwester zum Tode durch Erschießen verurteilt hat. Sie heißt Edith Cavell und soll Kriegsgefangenen zur Flucht verholfen haben. Ich finde das Urteil zu hart. Ich denke, sie hatte einfach nur Mitleid bei all diesem Elend, das sie gesehen hat. Aber der Krieg kennt wohl keine Gnade, darf er vielleicht auch nicht.

Deine Klara

19. Oktober 1915

Lieber Justus!
Heute um vier Uhr ist die Sitzung bei Frau Oberbürgermeister Voigt wegen der Marmelade und dann Kränzchen bei Lilly Berg, zu dem ich wohl kaum noch kommen werde, da die Entfernung so groß ist. Ich probiere es aber, da ich nicht gerne im Kränzchen fehle und außerdem zu einem Vortrag animieren soll, den Herr Professor Banner am 30. hält. Thema: Bubenhumor.

Eben habe ich Nolde Roberts Bericht über seine Erlebnisse in der Champagne-Schlacht gebracht. Nolde saß im funkelnagelneuen Anzug im Amtszimmer und erwartete die Baubehörde. Ich werde mich demgemäß nachher auch fein machen, um vorbereitet zu sein, falls die Herren auch mich überfallen. Ich habe mir ja gewünscht, dass die Küche und Vorküche gestrichen werden, damit Berta endlich aufhört, darüber zu schimpfen. – Michels in Lübeck haben übrigens einen zweiten Jungen bekommen. In

Lübeck kommen überhaupt jetzt entschieden mehr Kinder zur Welt als hier. Hier in der Großstadt überlegt sich leider jeder, ob er es auch bezahlen kann. Sogar Greta ist der Meinung, dass sie sich kein drittes Kind leisten können. Das ist nun aber wirklich lächerlich bei ihrem Einkommen! In ihrem Fall ein Kind danach zu berechnen, was es verbraucht und welches Vermögen man dabei einbüßt, da versündigt man sich doch geradezu gegen das Leben.

Sei tausendmal gegrüßt und geküsst

von Deiner Klara

21. Oktober 1915

Liebster!

Gestern habe ich an einem Magnolienbaum frische Knospen gesehen, es war mir für einen Augenblick, als wollte das Frühjahr den Winter überspringen. Wie wäre das schön, wenn es so ginge, dann hätte der Krieg bald ein Ende. Denn im nächsten Frühjahr, da wird er doch bestimmt vorbei sein! Manchmal denkt man, man kann es nicht mehr aushalten, und dann muss man doch immer wieder ins ewige Gleichmaß der Tage. Ich will mich aber nun feste aufs Studieren werfen, um wenigstens im Winter mal was gelernt zu haben. Ich werde mit Lilly erst mal zur Probe hören, das ist bis zum 16. November möglich.

Heute Abend muss ich leider noch ins »Carlton«, und zwar erst um zehn Uhr, da die Eltern und Jahns vorher im Theater sind. Ich hätte es unbedingt abgeschlagen, wenn nicht Papa und Albert nun doch wahrscheinlich am Samstag abreisten und ich sie dann vorher nicht mehr sehen würde. Eigentlich wollte ich früh ins Bett, da ich morgen sechs Stunden Marmeladendienst habe.

Ach Liebster, ich habe so schreckliche Sehnsucht nach Dir und hoffe so, dass wir uns wenigstens an Weihnachten sehen. Herr und Frau Reimer lassen Dich auch grüßen. Frau Reimer war heute zum Kaffee hier. Sie sieht jetzt ganz vorzüglich aus, und mit dem Baby ist wohl auch alles in Ordnung. Mutter, die auch hier war, brachte heute die traurige Nachricht mit, dass Ernst in Serbien vermisst wird. Tante Maria hat ihr telefoniert und schrecklich dabei geweint. Jetzt ist Onkel Heinrich endlich wieder gesund, und nun das! Man hofft natürlich, dass er noch lebt, aber ob viel Hoffnung ist, gerade in Serbien? Ich glaube, sie machen dort nicht viele Gefangene. Die arme Erika tut mir unendlich leid. Zehn Jahre hat sie auf ihn gewartet, nun ist sie zwei Jahre verheiratet, erwartet das erste Kind und sieht einer ungewissen Zukunft entgegen. Es ist ganz furchtbar.

Hast Du gehört, dass Fritz Made sich mit der Tochter eines Volksschullehrers verlobt hat und sich kriegstrauen lassen will? Frau Made soll außer sich sein, da die Braut keinen Pfennig besitzt. Nun, ich sage nichts dazu.

Es grüßt und küsst Dich tausendmal

Deine Klara

23. Oktober 1915

Lieber Justus!

Vielen Dank für Deine Karte, die mir heute Morgen Mutter ans Bett brachte. Ich hatte Befehl gegeben, mich nicht zu wecken, weil ich gestern Abend erst nach Mitternacht schlafen ging. Und da war es nun um acht Uhr schon wieder aus mit der Erholung. Mutter ist wirklich ein ruheloser Geist. Sie war auch nur für ein Stündchen hier, weil sie gleich weiter nach Königstein wollte. Da hätte sie mich wirklich schlafen lassen können!

Der Abend vorgestern war auch ganz unerquicklich. Greta und Mutter hatten mal wieder ihren Tag, wo sie jemand ärgern müssen, und ich bot ihnen eine willkommene Schießscheibe. Als ich mich schließlich in Stillschweigen hüllte, merkte es Mutter und unterließ dann weitere Sticheleien. Es handelte sich nur um Kleinigkeiten, die nicht der Mühe wert sind zu erzählen, aber es war so unnötig. Voraussichtlich reisen Papa und Albert nun morgen Mittag ab. Es ist ein Glück, dass Greta hier wohnt und Mutter dadurch eine Ablenkung hat. Sie passt auch viel besser zu Mutter als ich.

Nun will ich Dir kurz von der Marmeladensammlung erzählen, auch etwas, wozu Mutter und Greta behaupteten, keine Zeit und kein Geld zu haben. Und von beidem haben sie doch wirklich reichlich. Ich hatte also Dienst von zwei bis acht Uhr mit fünf anderen Damen zusammen. Ich habe hauptsächlich die Liste geführt. Es ging Tür auf, Tür zu. Es kamen fast lauter kleine Leute, die meist ein Glas Gelee brachten. Der Erfolg war laut meiner Liste 15 Zentner. Du kannst Dir denken, wie viele Menschen uns da besucht haben! Es war zum Teil rührend zu sehen, wie ganz arme Leute von ihrem bisschen Gelee brachten, und man bekam ein ordentlich schlechtes Gewissen, dass man selbst nicht mehr gegeben hatte. Ich hatte fünf große Gläser selbst eingemachtes Gelee und zwei gekaufte Eimer Marmelade gegeben.

So, nun möchte ich mal auf Deine Ausführung Edgar Winter betreffend eingehen. Ich glaube freilich, dass wir Frauen darin ganz anders sind als Ihr Männer. Du sagst, Du könntest leicht Deine alten Lieben zusammen einladen, und es wäre Dir kein bisschen unangenehm, das wäre sowieso nur der Fall, wenn man noch nicht mit der einen oder anderen Liebe abgeschlossen hätte. Ich muss Dir sagen, ich könnte natürlich auch alle einladen, außer Edgar, eben wegen meines schlechten Gewissens ihm gegenüber. Aber einladen könnte ich glänzend, Meister, Listner, Mering, Erdmann, usw. Und natürlich bin ich total fertig mit diesen alten Lieben, aber es wäre mir trotzdem unangenehm, sie sprechen zu müssen. Ich erinnere Dich jetzt mal daran, dass Dir das Zusammentreffen mit Deiner Berliner Freundin auch nicht angenehm war. Soll ich jetzt etwas dahinter sehen?

Und was Edgar betrifft, er weiß doch längst, dass ich eine sehr glückliche Frau und Mutter bin, das brauche ich ihm nicht selbst vorzuführen. Ich freue mich wirklich aufrichtig, dass auch er nun das Glück gefunden hat, wie seine Schwester mir versicherte. Wie anders hätte ich wohl die Welt anschauen gelernt mit Edgars Augen. Die Frau richtet sich hierin doch meist ganz nach dem Mann.

Dass Du glaubst, Edgar müsse unvorstellbare Schrecken erlebt haben, damit hast Du bestimmt recht. Aber ich meine doch, er ist schwächer in diesem Punkt als Du und deshalb hat es ihn gepackt.

Hast Du Sülze, Filet, Rebhuhn, Sardinen erhalten? Du schreibst nur von Leberwurst, Zigarren und Äpfeln.

In ewig treuer Liebe

Deine Klara

25. Oktober 1915

Lieber Justus!

Heute habe ich den ganzen Vormittag gekocht, und nach dem Kaffee bin ich zur Universität gegangen, um nachzusehen, wann die einzelnen Vorlesungen beginnen. Ich sah zu meinem Schrecken, dass heute schon Stadtrat Ziethen anfängt, daraufhin bin ich im Sturmschnitt zu Lilly Berg, die konnte aber nicht mit. Wotan, ihr Mops, musste zum Tierarzt. Ich habe dann schnell nach Hause an Greta telefoniert, und sie war so nett und ging mit. In der Vorlesung waren nur Damen, 30 an der Zahl, auch Frau Ziethen selbst war dabei und schrieb eifrig mit. Ich habe es auch versucht, fürchte aber, ich bin doch zu dumm und zu wenig denkgeübt, um wirklich etwas dabei zu lernen. Vielleicht wird es mit der Zeit besser, er spricht ja sehr interessant. Am Mittwoch geht es nun zu Förster. Ich bleibe dabei: Unsere Töchter sollten doch, wenn irgend möglich, das Abiturexamen machen. Man vermisst viel, wenn man so wenig gelernt hat wie ich. Das kann man nie wieder richtig nachholen.

Du wirst nun vorne in Stellung sein. Schläfst Du wieder in dem engen Schacht? Dass die Artillerie Eure vorderen Gräben beschädigt hat, beschäftigt mich sehr. Ob sie zu einem Angriff übergehen? In der Champagne fängt es auch wieder an. Welche Angst hat man nun wieder auszustehen?

Sei tausendmal gegrüßt und geküsst

von Deiner Klara

27. Oktober 1915

Liebster!

Mein Tag war gestern wieder reichlich ausgefüllt, dazu hatte ich die Nacht kaum geschlafen, da Paula fortwährend aufwachte und sich recht anstellte mit einem Schnupfen. Am Nachmittag war ich mit den Zwillingen bei der Schneiderin, wegen ihrer Wintermäntel, und um sieben Uhr war ich in der Oper. Es gab »Die Afrikanerin«. Nolde, der so freundlich war, mich zu begleiten, da sonst niemand von der Familie Zeit hatte, fand die Aufführung gelungen, und ich war natürlich wie immer hellauf begeistert. Heute ist die Vorlesung von Pfarrer Förster und Samstag der Vortrag von Professor Banner. Ich glaube, mit zwei Vorlesungen an der Universität habe ich genug. Wenn man noch ein bisschen dafür arbeiten will, so nimmt es recht viel Zeit in Anspruch. Der Tag ist sowieso jetzt etwas kürzer, da ich angeordnet habe, dass erst um acht Uhr morgens gefrühstückt wird. Weißt Du eigentlich, dass ich mit Emil nach Kassel fahren will, um Deine Mutter zu besuchen? Was meinst Du dazu?

Abends: Ich komme gerade aus der Vorlesung bei Förster. Er hat glänzend gesprochen. Viel mitschreiben kann ich aber auch hier nicht, sonst verliere ich den Faden. Anderenteils sehe ich, dass es mir außerordentlich heilsam ist, wenn ich regelmäßig jemand gut sprechen höre. Es regt zum Denken an über andere Dinge als nur Haushalt und Krieg. Mit uns in der Vorlesung saß auch ein ganz junger Feldgrauer, der solch nervöses Zittern in den Beinen hatte, dass es immerzu klapperte. Der arme Junge, es war ganz furchtbar anzusehen!

Nun lass mich schließen, ich will heute mal früher ins Bett, da es in letzter Zeit meist nach Mitternacht geworden ist. Meine Gedanken wollen nicht mehr recht.

Deine Klara

29. Oktober 1915

Lieber Justus!
Es wäre ja herrlich, wenn wir uns im November in Metz sehen könnten! Wie viele Leute hast Du nun eigentlich in Deiner Kompanie? Ich habe die Absicht, diese Weihnachten, wenn das möglich ist, jedem eine kleine Sendung zu schicken. Wenn es allerdings 150 Mann sind, so wird es kaum gehen. Vielleicht wäre es das Schlaueste, ich stifte ihnen Bier oder Wein. Wäre das eventuell aus Metz zu besorgen? Zigarren und dergleichen erhalten sie wohl genügend von ihren Angehörigen.

Als wir heute früh beim Kaffee saßen, kam plötzlich Fräuleins Bruder, der älteste, der nicht gedient hatte. Er muss nun auch zur Front nach Westen und wollte sich von seiner Schwester verabschieden. Ich ließ Fräulein natürlich mit ihm gehen, machte das Schlafzimmer selbst und behielt die Kinder. Der Bruder sieht Fräulein sehr ähnlich, ist nur nicht so fein. Er ist Gärtner von Beruf, hört etwas schwer und war deshalb früher vom Militär befreit. Aber jetzt nimmt man darauf ja keine Rücksicht mehr. Um zehn Uhr kam Fräulein dann zurück, und ich ging mit Emil zu Sanitätsrat Schütz.

Der Sanitätsrat hat mir wieder lange Reden gehalten, ich habe auch erneut einiges dazugelernt. Emil soll wieder Salzbäder nehmen, sein Ausschlag blüht, als stünde das arme Kind in Flammen. Schütz meinte heute, es sei wohl vererbt und deshalb schwer dagegen anzukommen. In Kassel haben ja auch einige damit zu kämpfen. Mit meinem Aussehen war er sehr zufrieden. Ich soll weiter Malzbier trinken und 33 Grad heiße Fichtelnadelbäder nehmen, gegen den Blasenkatarrh, den ich mir eingefangen habe.

Berta ist mal wieder ganz schlechter Laune, aber ich kümmere nicht darum, solange sie ihre Arbeit macht, ist es mir egal.

Der Krieg müsste nun auch mal bald aufhören, sonst gibt es noch eine ordentliche Hungersnot. In Dresden bekommen die Erwachsenen schon keine Milch mehr. Hier stand heute in der Zeitung, dass an verschiedenen Tagen der Woche kein Fleisch an Gewerbetreibende abgegeben werden dürfte. Dass betrifft vorläufig noch nicht die Privathaushalte, aber dazu wird es auch bald kommen. Dann hat man beschränkt Milch, Brot und Fleisch, es bleiben Gemüse und Kartoffeln. Die Hülsenfrüchte sind schon beschlagnahmt.

Um mich und die Kinder wäre mir nicht bange, aber die Mädchen, die kommen doch nicht ohne Milch aus. Da werde ich ihnen von der Kindermilch abgeben müssen. Sie essen jetzt kolossal, und als ich bei Berta mal antippte wegen der Essensrationen, sagte sie, sie wolle nicht wieder so runterkommen wie vor den Ferien. Wir brauchen fast jeden Tag ein Brot, dabei gehen meine Brotmarken alle drauf, während ich vor den Ferien oft zehn bis zwölf zurückgegeben habe. Das Essen ist jetzt überhaupt so ein Gespräch, das man auf der Straße von jedermann hört. Viele sind unterernährt, mancher macht sich große Sorgen. Auf mich trifft das natürlich nicht zu, denn durch das Wegfallen der Gesellschaften, Herrengarderobe usw. ist Geld genügend vorhanden. Am besten haben es mal wieder die Dienstmädchen, die ihr Essen wie immer verlangen und sich nicht darum scheren, woher es kommt.

Was hältst Du übrigens von so einer Art Prämie, die man den Mädchen auszahlt an ihrem Eintrittstag. Vielleicht nach zwei Jahren zehn Mark, nach drei Jahren 20 Mark, nach drei Jahren 30 Mark. Ist das zu viel oder zu wenig oder hat es überhaupt einen Wert? Jetzt zu Weihnachten erhalten sie beide die Ortskrankenkasse in bar für das verflossene Jahr. Das sind für jede etwa 20 Mark, dann etwa 30 Mark Weihnachtsgeschenke, das sind 100 Mark auf den Tisch des Hauses.

Berta wünschte sich dieses Jahr nur Geld, weil Frau Geheimrat Rothmann, bei der ihre Freundin Suse angestellt ist, im vorigen Jahr gesagt hätte, Berta habe ja so viel bekommen, es sähe gar nicht wie im Krieg bei uns aus. Das hat sie sehr übel genommen. Ich erklärte Berta, dass ich trotzdem kein Geld schenken wolle, das sei mir zu prosaisch. Morgen Abend nehme ich sie mal mit zu einem Vortrag ins Gymnasium.

Dienstag schicke ich Lieschen ins Theater. Man tut trotz des Krieges immer alles, aber es ist ihnen noch nicht genug. Nächste Woche will ich Fräulein in die Oper schicken zu »Tannhäuser«, da habe ich mehr Dank davon. Heute Nachmittag will ich mal mit den Kindern ruhig zu Hause bleiben und handarbeiten. Ich freue mich sehr auf diese Stunden, sie sind so besinnlich.

Deine Klara

30. Oktober 1915

Lieber Justus!
Nun sind wir schon so lange seit dem letzten Urlaub getrennt. Nur durch die Braunfelser Reise ging die Zeit rascher herum. Paula meinte heute, wenn wir doch mal wieder ein Baby hätten, dann wollte sie auch Emil noch in ihr Bett nehmen und sich ganz an die Wand drücken, damit das Kleine Emils Bett bekäme. Wie leicht sich Kinder doch alles denken! Eben schallt ihr frohes Spiel zu mir herauf. Sie spielen mit Jahns Kindern im Turnhof mit Reifen, und die Stelzen der Zwillinge gehen von Hand zu Hand. Richtige Herbstspiele eben. Sie können ja jetzt nur noch bis fünf Uhr draußen bleiben, weil es so früh dunkel wird. Für Euch stelle ich es mir auch sehr schwer vor, in dieser dunklen feuchten Herbstzeit in den engen Stollen, so ganz ohne Gemütlichkeit. Das denke ich so oft, wenn ich im geheizten Zimmer bei guter Beleuchtung sitze.

Denk Dir nur, die Polizei hat mich heute benachrichtigt, man hat die Diebe gefunden, die sich in unserem Garten zu schaffen machten. Es ist ein Ehepaar Bischoff aus dem Spessart. Sie treiben wohl schon länger ihr Unwesen in Frankfurt und Darmstadt. Selbst ihre Kinder sollen sie zum Räubern anstiften. Die Stühle aus Königstein haben sie wohl schon verkauft, das Spielzeug ist aber noch da. Ich werde es dem Waisenhaus stiften. Es wäre mir unangenehm, es den Kindern wiederzugeben.

Ich muss nun schließen, der Vortrag fängt in einer halben Stunde an.

Deine Klara

31. Oktober 1915, Sonntag

Lieber Justus!

Der heutige Tag ist sehr schön verlaufen. Um zehn Uhr war ich in der Kirche bei Pfarrer Meyer, danach traf ich mich mit Nolde an der Hauptwache. Er hatte mich gestern gefragt, ob ich nicht mit ihm ein Stündchen durch die Stadt spazieren wollte, allein habe er dazu keine Lust. Ich fand das eine ganz nette Idee und sagte ihm auch gleich zu. Wir besahen den neuen Ostbahnhof, gingen dann am Ostpark spazieren und dann am Main entlang. Es war ein wunderbarer Weg bei prachtvollstem Sonnenschein. Nachmittags zog ich die Kinder an – Fräulein war schon um drei Uhr nach Oberursel zu einer Freundin – und ging mit ihnen und Lieschen in den Palmengarten. Von fünf Uhr an spielten wir dann zu Hause, und eben habe ich sie alle nach einem warmen Bad ins Bett gesteckt. Ich bin nun auch recht müde, vor allem wohl durch das viele Spazierengehen.

Unser Mittagessen war heute leider sehr mäßig. Berta hatte mal wieder alles verdorben und war wenig erbaut, als ich es ihr schonend mitteilte. Zwei Pfund Fleisch für 5 Mark, das ist jetzt keine Kleinigkeit, wenn es schlecht zubereitet wird. Nun schwebe ich wieder in Ängsten, wie es nächsten Samstagabend gehen soll. Ich habe mir ein paar Gäste eingeladen, und wenn dann alles schlecht auf den Tisch kommt, so wäre mir das sehr unangenehm, besonders wegen Frau Baum, bei der immer alles tipptopp ist. Das ist überhaupt der größte Haken, warum ich nicht gerne einlade. Ich kann mich nie auf die Köchin verlassen, jetzt schicke ich sie schon jede Woche in den Kochkurs, Ergebnis null. Greta gäbe mir ja gerne Josefa zum Helfen, aber das wird Berta nicht wollen. Wenn ich es durchsetze, dann wird sie sich unerträglich aufführen und Josefa gleich vergraulen. Nun, irgendwie werde ich es schon hinbekommen.

Es ist sowieso alles so nichtig gegen meine Sorgen um Dich. Ich bete dafür, dass es Dir gut gehen möge.

Deine Klara

Emils Geburtstag

Liebster!

Über das Datum, das ich über den Brief setzte, wirst Du lachen, aber der Tag der Geburt eines Kindes prägt sich einer Mutter so sehr ein, dass sie kein anderes Datum braucht. Ich habe heute lebhaft an die Ereignisse vor drei Jahren gedacht. Wie glücklich ist dann doch alles gelaufen, bei all der Schwierigkeit des Umzuges und Deines neuen Amtes. Allerdings war ich hinterher furchtbar herunter. Ich sehe uns noch, wie ich bei unserem Spaziergang in der Anlage mit den Tränen kämpfte und glaubte, nie mit diesem Haus fertig werden zu können. Nachher ist dann manches besser gegangen, als ich dachte. Jetzt, wo die Kinder größer sind, geht es famos, aber damals habe ich mich doch oft recht abgerannt. Ein kleines Kind bedingt eine tüchtige Köchin, denn es ist ein Unding, ein Baby gut zu versorgen und dabei stets wie auf Kohlen zu sitzen, ob das Essen gelingt oder wieder anbrennt. Eine perfekte Köchin habe ich leider immer noch nicht, heute hat sie uns erst wieder den Geburtstagskuchen verdorben, aber was den Haushalt sonst angeht, kann ich mich inzwischen auf sie verlassen. Und so wäre mein größter Wunsch: ein Baby. Du wirst schön lachen, aber darin sind die meisten Mütter unverbesserlich. Ich weiß genau, dass ich dann wieder ein bis zwei Jahre nie Zeit haben werde, dass es mich anstrengt, und doch wünsche ich es mir. Es ist sehr schade, dass es nicht schon unterwegs ist. Die Kriegszeit wäre damit so gut ausgefüllt, und nach dem Krieg hätte ich dann Zeit für meinen Liebsten. Andererseits, es wird schon seinen Sinn haben, dass es noch nicht so weit ist.

Emil hat einen sehr vergnügten Geburtstag gefeiert, aber das Abgeben muss er noch lernen. Er will alles für sich behalten. Weder seine Schwestern noch Jahns durften mit seinem neuen Holzbaukasten spielen. Paula wollte sich nur das Bilderbuch ansehen, was ich ihm von Dir geschenkt habe, da hat er ihr schon auf die Finger geschlagen. Ich glaube, unser Bübchen braucht dringend den Papa, damit er sich nicht nur mit uns Frauen misst.

Bleib gesund!

Deine Klara

2. November 1915

Lieber Justus!
Heute war ich noch einmal in einer Vorlesung mit Ziethen, habe mich aber nach Rücksprache mit Nolde entschlossen, seine Vorträge nicht mehr zu hören. Er meint, Ziethen trage zu sehr nach dem Lehrbuch vor. Nach dem Krieg wolle er sich selbst mal als Gastdozent an der Universität versuchen. Er hätte da so seine Vorstellung, das Gesagte mit Bildern und Anekdoten zu verfeinern. Das werde ich mir dann sicher nicht entgehen lassen.

Heute war ich bei der Schneiderin und habe mir einen schwarzen Rock mit Spitzenbluse bestellt. Emil bekommt aus meinem grünen Samtkleid einen Wintermantel gemacht und die Zwillinge aus meinem Blümchenkleid Röcke.

Das war aber gerade ein ganz famoses Telefongespräch! Ich habe Dich ausgezeichnet verstanden, gerade so, als ob Du im Zimmer nebenan ständest. Es ist zu schade, dass Du mich so schlecht verstandest. Entweder ist der Apparat dort nicht gut, oder Euer an Kanonendonner gewöhntes Ohr erfasst keine zarte Frauenstimme mehr. Ich habe ganz laut und deutlich gesprochen, keineswegs wie jemand, der eine starke Erkältung hat. Ich bin nämlich auch ganz gesund. Nun egal, wir haben unsere Stimmen wieder gehört, und das ist doch die Hauptsache. Ich danke Dir auch für das Geld. Wenn ich mit Emil nach Kassel fahre, werde ich 100 Mark für Deine Mutter mitnehmen. Die Reise kostet nicht so viel, wir sind ja nur zwei Personen. Mache Dir bitte keine Sorgen um unser Auskommen, wir werden bestimmt keine Not leiden, auch wenn alles noch teurer wird. Von Teuerungsunruhen in Berlin habe ich nichts gehört, aber ich befürchte, dass es solche Unruhen bald hier geben wird. Die Preise sind horrend, und ab heute sind die Metzgerläden an zwei Tagen in der Woche geschlossen. Das Fleisch ist wirklich knapp. Wir trinken nun einmal die Woche Kakao und essen Butterbrot dazu. Aber das wird auch bald aufhören, wenn es keine Milch mehr gibt. Vielleicht wird es bald wieder besser, da der Weg in die Türkei jetzt frei ist. Ich beklage mich nicht über die Versorgungslage, es ist ja nicht zu ändern. Aber die Mädchen beschweren sich und das Volk. Das Volk ist überhaupt schlecht erzogen. Sie wollen auf nichts verzichten und daher kommen dann die Unruhen. Gestern entdeckte ich, dass Berta seit vier Wochen die Abfälle verbrennt, anstatt sie hinunterzutragen, wenn der Wagen vom Land kommt, der sie für die Viehfütterung einsammelt. Und als ich ihr Vorwürfe darüber machte, hat sie mich keines Wortes mehr gewürdigt, hat richtig gebrummt, sodass ich sie mir heute noch einmal gründlich vornehmen musste. Sie ist einfach zu bequem.

Heute ist Fräulein drei Jahre da, ich legte ihr Blumen auf den Nachttisch, dazu eine Ledertasche und 20 Mark darin. Als sie vom Kaffee heraufkam, war sie ganz überrascht und hat sich sehr gefreut.

Nun leb wohl, Liebster. Ich sandte Dir heute Sanatogel, bitte nimm es regelmäßig.

Deine Klara

3. November 1915

Liebster!
Gestern wurde vom lebhaften Artilleriefeuer zwischen Maas und Mosel geschrieben. Hoffentlich habt Ihr da nicht zu viel abbekommen. Ich bin übrigens nicht so furchtbar ängstlicher Natur, wie Du wohl annimmst, denn Du verheimlichst mir anscheinend alles, was mich erregen könnte. So schreibst Du immer, es ist ganz ruhig, dabei hast Du an Robert geschrieben, Euer Bataillon hätte im September 100 Mann verloren. Robert sandte Deinen Brief an ihn zum Lesen an Mutter, aber an meine Adresse, da er Mutter bei mir vermutete. Ich machte ihn irrtümlicherweise auf und las ihn, da ich glaubte, dass keine Geheimnisse für mich darin wären. Wahrscheinlich kommen Euch 100 Mann Verlust schon gar nicht mehr viel vor, und Du hast es vielleicht aus diesem Grund nicht geschrieben.

Die Damen vom Kränzchen haben beschlossen, vor Weihnachten wieder eine Soldatenbewirtung im Gymnasium zu arrangieren. Ich soll das Ganze leiten. Ich werde es mit Nolde besprechen.

Du weißt, solche Sachen liegen mir nicht. Papa und Albert haben telefoniert, dass sie gut in Konstantinopel angekommen sind. Wir hoffen, dass die Reise ohne Zwischenfälle verläuft.

Dass ich Dir nicht mehr so viel schicken soll, das gefällt mir gar nicht. Auf Deiner letzten Fotografie siehst Du so schlecht aus, dass ich mir schon Vorwürfe machte, Dir in letzter Zeit zu wenig gesandt zu haben, und da soll ich jetzt Weihnachten damit aufhören? Wie mache ich das jetzt eigentlich mit Weihnachten für Deine Leute? Wenn ich jedem extra ein Päckchen sende, so gebe ich allein für Porto 20 bis 40 Mark aus und mache der Post unnötig Arbeit. Sende ich eine Kiste an Dich zum Verteilen, so muss ich sie jetzt schon abschicken und bin dann im Zweifel, ob sie auf dem Etappenweg überhaupt ankommt. Das Klügste fände ich, ich kaufe in den nächsten Tagen alles ein, verpacke es nett in eine Kiste und gebe sie einem Urlauber mit. Hoffentlich passiert aber dann nicht das Gleiche wie im letzten Jahr mit Lennert, der hatte doch die Kisten einfach an der Bahn abgegeben. Er kommt ja nun gar nicht mehr ins Feld, seine körperliche Verfassung sei zu schwach, heißt es. Erst Rasch, jetzt Lennert, manchmal möchte ich mir eine kleine Krankheit für Dich wünschen, die aber lange andauert, mindestens bis der Krieg vorüber ist. Ja, ich weiß, das ist nicht recht, aber ich hätte Dich doch so gern wieder bei mir.

Was denkst Du, was soll ich für die Männer einkaufen? Mein Vorschlag wären Portemonnaies, Zigarrenetuis, Messer, Bücher und Spiele. Schreibe mir bald darüber, damit ich alles besorgen kann. Von den Eltern bekommen wir dieses Jahr den Teppich fürs Esszimmer, das haben sie mir schon gesagt. Und Dich werde ich bestimmt mit einer Kleinigkeit überraschen, das lasse ich mir nicht nehmen.

Der Gedanke, per Wagen und mit Bedienung nach Metz zu kommen, hat ja was sehr Verlockendes, und ich fände es himmlisch, mal als Grande Dame zu reisen. Es hätte auch die Annehmlichkeit, dass wir viel mehr sehen könnten von Metz. Anderenteils warnt mich eine innere Stimme, solch üppigen Gelüsten nachzugeben. Du kämst mit zwei Mann Begleitung, und ein Soldatenmagen fasst viel, sodass man wohl mindestens

6 bis 10 Mark täglich für einen rechnen muss. Dazu der Pferdewagen, Miete und Unterstellung, und mein Justus wird, wie ich ihn kenne, den Burschen zum Vergnügen Zigarren und Bier spendieren, der Frau Hauptmann Billets für Kino und ein kleines Geschenk, und schnell sind 80 bis 100 Mark futsch. Nimm es mir nicht übel, ich will Dir den Spaß nicht verderben, es fragt sich nur, ob er das viele Geld wert ist. Ich meine, an der einen Ecke spart man und an der anderen wirft man es heraus. Das Weihnachten für 200 Leute kostet mich schon 200 Mark, denn unter einer Mark bekommt man nichts Anständiges. Ich dachte, jedes Geschenk in ein nettes Papier zu wickeln und mit einer Widmung zu versehen. Etwa so: Dem treuen Krieger der 3. Kompanie eine kleine Weihnachtsfreude von der Hauptmannsfrau. Was meinst Du dazu?

In meinem Hause herrscht leider noch etwas Gewitterschwüle von Seiten meiner freundlichen Köchin. Ich gehe ihr möglichst aus dem Weg.

Abends: In der Vorlesung bei Förster war es famos, es hat meinen Geist so angeregt, dass ich nicht ans Schlafen denke.

In Liebe, Deine Klara

5. November 1915

Lieber Justus!

Dein lieber Brief kam heute früh in meine Hände, ebenso das Geld für diesen Monat. Mich beschäftigt immer wieder von Neuem der Gedanke, ob ich nicht doch nach Weihnachten ein Mädchen entlasse und es mal mit einer probiere. Ich weiß wohl, dass Du es nicht wünschst, aber müssen denn drei Bedienstete wirklich sein? Dein Zimmer und den Salon könnte ich zuschließen und den ganzen Haushalt einfacher gestalten. Berta bliebe freilich keinesfalls, denn sie ist sogar zu faul, die Türen aufzumachen, wenn man ihr auch sonst die Arbeit abnehmen würde. Sie ärgert sich schon über jede Mehrarbeit, den ein Besuch macht, besonders, wenn er kein Trinkgeld gibt.

Über die Schule habe ich mich auch geärgert. Voriges Jahr habe ich mich doch so abgerannt für den Tee der Verwundeten, und dieses Jahr legt man mir nahe, das Präsidium an Frau Oswald abzutreten. Aber alles für den Tag vorbereiten, das darf ich. Den Rahm soll dann Frau Oswald abschöpfen, weil man sie für geeigneter hält. Am liebsten würde ich zu der Zeit verreisen, dann können sie alles allein machen. Da kann ich mir so viel Mühe geben, wie ich will, mich abarbeiten, dass ich es tagelang hinterher spüre, und niemand erkennt es an. Und eine andere kommt einfach daher, lächelnd und mit gewandtem Reden, ohne sich viel Arbeit zu machen, und man jubelt ihr zu. Bei der Marmeladensammlung war es ähnlich. Ich habe gearbeitet für zwei, die anderen lachten und unterhielten sich, eine ging sogar nach zwei Stunden wieder fort, und es ging auch.

Was die Sparsamkeit meiner Familie und das Vertrauen auf die Hilfe Gottes Deiner Familie betrifft, so gerate ich gerade um diese Jahreszeit ständig in einen Zwist. Ich schenke doch so gern, und weil ich es mir auch gar nicht abgewöhnen kann, so schenke und kaufe ich jetzt drauflos, und es wird mir dabei immer egaler, wie viel ich ausgebe. Manchmal packt mich die Angst, was aus den Kindern werden soll, wenn ihre Mutter so sorglos mit dem Geld umgeht. Aber so ist Deine Frau eben. Ich bin es gewohnt, dass immer Geld da ist, und so sehr ich mich auch nach einem kleinen bescheidenen Glück sehne mit einem Häuschen im Grünen, nur mit Dir und den Kindern, so sehr befürchte ich, dass ich nicht ganz auf gewissen Luxus verzichten kann, was Du auch wusstest. Manchmal denke ich, je mehr ich versuche zu sparen, umso schneller fließt mir das Geld aus den Händen. Meine Familie spart und schwimmt im Geld, Deine Familie gibt und gibt und schwimmt im Überfluss gegenseitiger Zuneigung. Es scheint mir, ich will beides, was aber nicht geht. Wenn Du nur endlich wieder bei mir wärst, wie gern würde ich mich von Dir leiten lassen.

Deine Klara

6. November 1915

Lieber Justus!
Gerade hat mir der Urlauber Deinen Brief gebracht. Liebster, bitte verzeih, dass ich Dich mit den Geldangelegenheiten wieder so gequält habe, aber darin bin ich wohl unverbesserlich. Jetzt im Krieg darf das Geld bei uns keine Rolle spielen, da hast Du recht. Ich will mich auch nicht mehr sorgen, ich will nur noch Liebe schenken und Freude austeilen und die Rosen blühen lassen, damit ich nicht später an Gräbern stehe und weine, dass ich so viel zu geben hatte, es aber nicht gab.

Und Du, Justus, nimm Du nur die Pferde mit und Deinen Burschen, ich will nicht kleinlich sein. Später erbe ich das viele Geld, und dann tut es mir vielleicht leid, dass ich Dir den Spaß verdorben habe. Es soll doch auf 100 Mark nicht ankommen. Ich werde auch meine feinste Garderobe mitbringen und mich standesgemäß benehmen. Du siehst, ich habe meine Bedenken ganz beiseitegeschoben. Ich will mich freuen, und kein Wort soll mehr fallen über zu viel Ausgaben. Und wenn Du Weihnachten kommst, dann will ich Dir alle Freunde und Verwandte einladen, und ich nehme mir eine Kochfrau und werde mich über nichts ärgern. Dein Haus soll Dir wie ein Paradies auf Erden sein!

Eben lacht auch die Sonne draußen, und mein Herz ist ganz fröhlich. Ich muss mich nun an die Vorbereitung für das Essen heute Abend machen. Es gibt Rehkeule mit Rosenkohl und Kastanien, zum Nachtisch Pudding. Käse gibt es nicht, da das Brot knapp ist und ich keines dazu reichen kann. Die Zimmer sind frisch geputzt, für das Parkett kam die Putzfrau, Du siehst, ich achte auf meine Gesundheit. Im ganzen Haus duftet es nach den Rosen, die Mutter mir gestern aus Königstein mitbrachte, es sind die letzten in diesem Jahr. Auch Deine Bilder habe ich damit geschmückt. Ich hoffe, ich werde so mit meinem Haushalt vor Frau Baum bestehen können.

Deine Klara

7. November 1915, Sonntag

Lieber Justus!
Der gestrige Abend ist sehr nett verlaufen. Das Essen war gut, das Servieren passabel. Die Unterhaltung hätte aber besser sein können. Ich hatte das Gefühl, dass Nolde und Frau Baum nicht recht harmonierten, obwohl sie doch die Reife für die Oberprima hat. Einen frischen Ton brachte Mutter herein, und auch Greta war sehr nett. Ich selbst war am Anfang etwas erregt, hatte eiskalte Hände und habe den ganzen Abend nicht recht zu meiner Zufriedenheit zugebracht. Ich habe auch sehr spät erst einschlafen können. Ich schmeichle mir nur, dass ich die Tischordnung gut gemacht habe und das Tischgebet standhaft sprach, ich glaube, zum großen Erstaunen von Frau Baum. Sie war übrigens sehr unvorteilhaft gekleidet. Ich glaube, sie ist etwas üppiger geworden, und das schmal geschnittene Kleid, das sie trug, passt ihr wohl nicht mehr so richtig. Aber sie war liebenswürdig wie immer. Von ihrem Urlaub mit Lennerts in Warnemünde hat sie gesagt, dass es ganz prächtig gewesen sei und sie demnächst mal nach Berlin zu Lennerts fährt. Das scheint mir ja eine ganz famose Freundschaft zu sein!

Als der letzte Gast gegangen war, überraschte mich meine Geschichte. Das war die Erklärung dafür, dass ich ein bisschen gedrückter Stimmung war. Heute habe ich den ganzen Nachmittag mit den Kindern verbracht, Fräulein hatte Ausgang. Emil ist unglaublich schlau, es ist ein Jammer, dass Du das Kind nicht um Dich haben kannst. Er singt »Erhebt euch von der Erde« so gut wie ich und lernt jetzt bereits manches, was die Zwillinge in der Schule lernen. Emil kommt sicher einmal sehr gut durch die Welt, er haut die Großen und sagt viel Nein. Morgen will ich nun anfangen, für Deine Leute einzukaufen. Denk Dir nur, heute schrieb mir Frl. Kern, dass Herr von Meininger sich erschossen hat. Sie ist nun ganz verzweifelt und glaubt, er habe es getan, weil sie die Verlobung gelöst hat. Wie er an die Pistole kam, weiß man nicht.

Deine Klara

8. November 1915

Lieber Justus!
Heute hatten wir wieder ein bisschen Aufregung. Emil musste zum Zahnarzt. Es war eine furchtbare Prozedur. Uns dreien, dem Zahnarzt, seiner Helferin und mir hat er nach der Reihe die Finger verbissen und mordsmäßig geschrien. Schließlich habe ich ihn dann verzahnarztet. Von mir ließ er es sich machen, und als er merkte, dass es nicht wehtat, hat er sich dann schließlich was einlegen lassen zum Nervtöten. Am Mittwoch muss er wieder hin. Ich will gar nicht daran denken, was das wieder wird. Nachmittags war ich dann bei der Schneiderin und danach in der Stadt, um für die Leute einzukaufen. Ich sage Dir, es sind ganz reizende Sachen, so im Preis von 30 Pfennig bis eine Mark. Es macht mir furchtbar viel Spaß, aber es ist auch recht viel Arbeit, alles einzukaufen und nachher zu verpacken, dazu muss ich diese Woche noch dreimal zur Schneiderin. Ich werde also genügend zu tun haben. Da ich nun in meinem neuen Staat in Metz erscheinen möchte, bleiben mir noch vier Tage, weil ich ja am Samstag nach Kassel reise. Morgen in aller Frühe geht es also wieder los, aber was man gern tut, das wird einem auch nicht zu viel.

Ich habe gestern übrigens einen Rechenfehler entdeckt und gesehen, dass ich nicht nur die Schulden seit Kriegsausbruch getilgt habe, sondern auch etwa 900 Mark dazugespart habe. Da reißt meine üppige Kleideranschaffung kein so großes Loch in unsere Haushaltskasse. Es ist doch ein wunderbares Gefühl, etwas gespart zu haben! Also, keine Sorgen um Geschenke und Reisen, wir können uns das alles erlauben!

Vergiss bitte nicht, dass Du mir telegrafisch einen Ausweis des Metzer Polizeipräsidenten schickst, ohne den komme ich nicht durch. Es steht jetzt immer in den Zeitungen, dass das Reisen nach Metz sehr erschwert sei. Hoffentlich darf ich wirklich kommen.

Deine Klara

11. November 1915

Lieber Justus!
Eben habe ich die Kinder zu Bett gebracht, da ich Fräulein bereits um sechs Uhr ins Theater schickte. Sie zog ganz vergnügt ab. Jetzt bin ich zwei Tage nur in der Stadt herumgerannt, gestern beim Zahnarzt mit Emil, was dieses Mal ohne Beißen abging, dann gestern und heute noch mal bei der Schneiderin, und nun habe ich etwa 200 Geschenke in meinem Zimmerchen liegen. Es sieht aus wie in einem Laden. Der Anblick allein macht mir riesige Freude. Wenn ich nur erst genau wüsste, was ich schreiben soll. Ich wollte, Du hättest es mir schon mitgeteilt. Ob ich Dich wohl morgen am Telefon danach fragen kann? Andererseits hast Du sicher jetzt andere Sorgen, und solche Kleinigkeiten sollte ich nun wohl gelernt haben, selbst zu entscheiden. Vielleicht sind die Frauen sogar manchen Männern zu selbstständig geworden, und sie sind nach dem Krieg gar nicht damit einverstanden.

Mein neues Kleid wird entzückend, so elegant war Deine Frau noch nie. Lila Samt mit Spitzen. Wie freue ich mich auf Dich!

Deine Klara

13. November 1915

Lieber Justus!
Heute Morgen habe ich die Wunschzettel Deiner Leute bekommen, und meine Enttäuschung war groß! Da habe ich doch für einige ganz andere Dinge eingekauft, als sie sich wünschten. Ich rannte also in die Stadt und tauschte Verschiedenes um, dabei gab ich etwa 30 Mark mehr aus und bin mir immer noch zweifelhaft, ob die Leute sich freuen werden. Sie haben so teure Wünsche! Wie Taschenlampen, die man unter 2,50 Mark nicht bekommt. Ich habe jetzt 194 Mark ausgegeben.
Ich glaube, man hätte die Leute nicht nach ihren Wünschen fragen sollen, dann wären sie auch nicht enttäuscht, denn alles konnte ich schließlich nicht umtauschen. Einer wünschte zum Beispiel ein halbes Dutzend Taschentücher, die meisten wünschten

überhaupt im Wert von 3 Mark. Sie halten uns wohl für Millionäre!

Morgen Nachmittag reise ich nun mit Emil nach Kassel, wo ich mich mal tüchtig ausschlafen werde. Dienstag früh komme ich zurück, und hoffentlich geht es dann Donnerstag zu Dir! Ich fahre dann also mit dem Mittagszug und bin um 6 Uhr 44 in Metz. Und damit Du mich auch gleich findest: Ich trage eine schwarze Jacke und schwarzes Pelzbarett mit Blume als Erkennungszeichen. Ja, diese elegante Erscheinung ist dann Deine Frau!

Hier schwebt man gerade in Fliegergefahr. Ich habe heute meine Leute und die Kinder nochmals genau instruiert. In den Schulen ist auch schon Fliegeralarm geübt worden. Die Scheinwerfer haben sie schon verdreifacht. Es heißt, man hätte in französischen Berichten gelesen, die nächste Stadt, die drankäme, sei Frankfurt. Wenn es nur nicht wahr ist!

Deine Klara

17. November 1915

Lieber Justus!
Welch ein wunderbarer Satz eben am Telefon: »Wir sehen uns morgen.« Ich habe es gleich den Kindern erzählt, dass ich morgen zu ihrem Papa reise. Sie sind ein bisschen enttäuscht, dass Du nicht herkommst, weil sie Dich doch auch zu gern mal wieder sehen wollten. Ich werde sie damit trösten, dass Du vielleicht an Weihnachten hier sein wirst.

In Kassel war es übrigens sehr schön. Deine Mutter war ganz glücklich, Emil mal ganz für sich zu haben. Wir sind jeden Tag ein Stündchen spazieren gegangen und waren sonst ganz gemütlich zu Hause gesessen. Deine Mutter und ich haben uns wundervoll unterhalten, und ich habe mich ganz herrlich ausgeruht, was vielleicht auch daran lag, dass wir keine Verwandtenbesuche gemacht haben. Wie immer in der kalten Jahreszeit sind sie ja alle auch wieder recht kränklich, was wohl an den schlecht geheizten Zimmern liegt. Bei Deiner Mutter war es aber angenehm warm.

Ich hoffe, Du hast die beiden Karten bekommen, die ich Dir aus Kassel schrieb. Nun muss ich schließen; ich habe noch viel zu tun, und morgen fliege ich dann in Deine Arme!

Deine Klara

18. November 1915: Pünktlich abends um 6 Uhr 44 fährt der Zug in den Bahnhof von Metz ein. Klara steht im Gang, hat das Fenster heruntergeschoben und hält nach Justus Ausschau. Hübsch sieht sie aus in ihrem neuen lila Samtkleid mit dem breiten Spitzenkragen und dem weißen Taftband um die schmale Taille, darüber trägt sie das schwarze Jäckchen. Mit einer Hand hält sie das Pelzbarett fest, das nur locker auf ihrem Haar sitzt. Ihr Herz pocht schneller. Das riesige Backsteingebäude ist so dunkel. Wie eine Festung erscheint ihr der Bahnhof, die Wartenden auf dem Bahnsteig wie Schatten, die unruhig umherhuschen. Ein letzter Schnaufer der Lokomotive, dann ein heftiger Ruck, und der Zug steht. Klara nimmt die perlenbestickte Reisetasche wieder auf, die sie neben sich abgestellt hat, und wuchtet sie zur Tür. Ein junger Leutnant hilft ihr aus dem Wagen.

Ein bisschen verloren steht sie nun da, während der Bahnsteig sich allmählich leert. Dass Justus nicht da sein würde, damit hatte sie nicht gerechnet. Wohin soll sie denn jetzt, wenn er nicht kommt? Aber vielleicht kann er ja gar nicht mehr kommen? Drei junge Mädchen, Rotkreuzschwestern, sind auf ihrem Weg zum Ausgang stehen geblieben. Sie tuscheln miteinander, sehen immer wieder zu ihr hin. Haben die Mädchen sie vielleicht erkannt, weil sie ein Bild von ihr gesehen haben? Justus hat doch immer eines bei sich! Sie presst die Hand gegen die Brust und sieht hinüber zum Nachbargleis, dort ist gerade ein Zug eingefahren. Türen schlagen, überall Rufe, Begrüßungen, Lachen. Da, der Mann in den hohen Stiefeln, der, der gerade aus dem Zug steigt. Justus! Klara winkt. Sie ist so erleichtert, alles ist auf einmal wieder

Glück. Sie wirft einen Blick auf die Mädchen, ein bisschen triumphierend ist er schon, dieser Blick. Die drei wenden sich auch gleich ab, was immer sie gedacht hatten, sie haben sich geirrt.

Stiefel jagen über den Bahnsteig, der Mantel klatscht gegen das Leder, und schon ist Justus bei ihr. Er wollte ihr entgegenfahren, habe aber den Zug in Saarbrücken verpasst, hört sie ihn sagen, und dass er ohne Kutsche und Dienerschaft da wäre. Egal, das macht alles nichts, zufrieden schmiegt Klara sich an Justus' Brust, fühlt sein Herz schlagen. Seine Arme sind die Grenze, weiter reicht ihre Welt gerade nicht. Noch ein paar Worte, »Wie geht es zu Hause?« und »Mir geht es gut«, dann treiben sie hinaus in die Dunkelheit der Stadt. Klara bleibt ganz dicht bei Justus, sie will ihn doch nicht verlieren! Er trägt ihre Reisetasche, meint, dass sie sicher nichts gegen einen Spaziergang einzuwenden habe nach der langen Zugfahrt. Nein, gar nicht, so hat sie ihn doch ganz für sich, jeder Augenblick mit ihm ist so kostbar.

Ein Zimmer in einem erstklassigen Haus in der Stadt wollte er doch mieten, aber wo führt er sie denn jetzt hin? Durch schmale Gassen geht es, klack di klack di klack, knallen die Absätze auf das Kopfsteinpflaster, klack di klack, schallt es bis hinauf zu den Dachwohnungen der Mietshäuser. Vor einem beleuchteten Eingang bleibt Justus stehen, nur eine Pension, kein Hotel. Ein enger Raum mit einem Tresen, mehr kann Klara in dem schummrigen Kerzenlicht nicht erkennen, als sie hineingehen. Wenn es nur sauber ist und warm, denkt sie, als sie die Frau mit den zerzausten Haaren hinter dem Tresen entdeckt. Sie hat einen dicken Wollschal um den dürren Hals gewickelt und trägt eine ebenso dicke Strickjacke. Sie grüßt freundlich und schaltet das elektrische Licht an. Wann der Herr Hauptmann das Abendessen wünsche, fragt sie. Klara schaut sich vorsichtig um, die honigfarbene Holzstiege ist blitzblank, die sonnengelben Tapeten mit dem Efeumuster sauber, ganz ordentlich. »Sehr hübsch«, sagt sie laut, weil sie so überrascht ist. Die Frau hinter dem Tresen lächelt, und Klara sieht makellos weiße Zähne aufblitzen. Klara folgt Justus die Treppe hinauf und wundert sich, dass er hier essen will und sie nicht in ein Restaurant ausführt.

Wo hat er sie denn da einquartiert? Das ist ja eine kleine Wohnung! Ein Salon, gleich nebenan das Schlafzimmer mit einem riesigen Bett, sogar ein Badezimmerchen mit Wasserhähnen aus glänzendem Messing und einem mit Rosen verzierten Spiegel gibt es. Die schweren karminroten Samtvorhänge im Salon sind zugezogen, und auf dem Tisch ist mit weißem Porzellan, Silberbesteck und Stoffservietten gedeckt. Justus will, dass Klara das weiße Kleid mit dem runden Ausschnitt anzieht, das sie gerade auf einen Bügel hängt. Das lilafarbene, das neue, gefällt ihm nicht so recht. Die Spitze, der hochgeschlossene Kragen: zu gouvernantenhaft für sie, meint er. Erst ist sie ein bisschen enttäuscht; aber andererseits: Wenn er sie weniger streng gekleidet sehen möchte, dann übt sie doch noch einen gewissen Reiz auf ihn aus. Und wer will denn schon wie eine Gouvernante aussehen? Kurz entschlossen packt sie das lila Kleid in die Reisetasche. Für morgen hat sie ja noch das olivgrüne mit dem hübschen braunen Jäckchen dabei.

Ein Glöckchen läutet. Justus schiebt die Holzklappe des Speiseaufzuges hoch und nimmt das Tablett heraus. Eine cremige Blumenkohlsuppe, zarter Fisch, Salat, Kartoffeln, Käse, Obst, Weißbrot. Mit ein bisschen Geld ist noch vieles möglich, sagt Justus augenzwinkernd, während er den Wein öffnet. Ob man mit genügend Geld wohl auch den Frieden erkaufen könnte, denkt Klara, aber wem sollte man dieses Geld zahlen? Wer besitzt die Macht über den Frieden? Justus will nicht, dass sie an diesem Abend über den Krieg spricht, ein eigenartiger Glanz liegt in seinen dunklen Augen, wenn er sie ansieht. Und wie er mit ihr spricht, beinahe so wie damals, als sie sich kennenlernten und er um sie warb. Auf den Knien hätte er Gott angefleht, ihm diese Frau zu geben, hatte er ihr irgendwann einmal gestanden. Wie sehr hofft sie, dass sie solch einer Sehnsucht würdig ist.

Ist es der schwere Rotwein, die Abgeschiedenheit der kleinen Wohnung oder einfach nur ihre Liebe, die sie in dieser Nacht eine nie gekannte Leidenschaft empfinden lassen?

Als Klara am nächsten Morgen aufwacht, sitzt Justus, in einen eleganten Zivilanzug gekleidet, an ihrem Fußende und betrachtet sie voller Zuneigung. Einen wundervollen Tag wollen sie sich machen, einen der Tage, an die sich erinnern wollen, ob es nun so oder so kommt.

Klara stößt einen Schrei des Entzückens aus, als sie noch im Hemd in den sonnendurchfluteten Salon tritt. Sie wirft sich ihre Jacke über und läuft hinaus auf den Balkon, den die Gardinen am Abend zuvor noch verbargen. Wie ist das schön! Hier kann sie die ganze Stadt überblicken! Justus folgt ihr, legt seinen Arm um ihre Schultern und genießt ihr Staunen.

Eine von Bäumen gesäumte Promenade führt an ihrem Haus vorbei, trennt sie von dem Flüsschen, das sich unter einer Brücke mit vier gefälligen Bögen hindurchschlängelt. Wasser, das sich in Kanälen und Flussarmen verzweigt, überall glitzernder Morgen. Die Häuser hell und sauber, so dicht am Ufer, als wüchsen sie geradewegs aus dem Wasser heraus. Ruderkähne, die vor den Haustüren anlegen, Körbe, die aus- und wieder eingeladen werden. Venedig, denkt Klara und glaubt zu träumen. Dort fließt die Seille in die Mosel, und dort ist der Kanal, sagt Justus und nimmt ihr diesen Traum. Er deutet auf die Kathedrale, die in ihrer gotischen Pracht die Stadt wie ein mächtiges Schiff in Atem hält. Justus meint, dass Gott mehr an Inhalten als an Äußerlichkeiten läge, und zeigt auf die evangelische Kirche mit den schnörkellosen Türmen und der glatten Fassade, die auf einer Insel im Fluss liegt. Ein bisschen als habe sie sich vor der anderen geflüchtet, denkt Klara, spricht es aber nicht aus.

Nach dem Frühstück zieht es sie beide hinaus in die Stadt. Warm angezogen in Pelzjacken, Mützen und Stiefeln spazieren sie die Uferpromenade entlang. Wie klar die Novemberluft ist und doch kühl genug, um brennende Seelen zu erfrischen.

Klara kann sich nicht sattsehen an den Häusern, den Brücken, den Gärten und an Justus. In einem Café an der Mosel trinken sie eine heiße Schokolade, voll und süß. In Metz gehen die Vorräte zuletzt aus, meint Justus. Klara sieht es an den Uniformen. Majore, Generäle, selbst der Kaiser beziehen in Metz Quartier. Eiserne Kreuze schlagen gegen Metallknöpfe, Hacken knallen, Handkanten schlagen gegen die Stirn. Jawohl, Herr Hauptmann, Major, General. Jawohl, wir gehorchen.

Am Nachmittag fahren Klara und Justus mit der Straßenbahn den kleinen Hügel hinauf zur Kathedrale. Dass Menschen solch übermächtige Gebäude errichten können, wundert sich Klara mal wieder und kommt sich ganz klein vor. Justus fasst in seine Jackentasche, legt dem Bettler, der mit einem schmutzigen Sack um die Schultern auf einen Stock gestützt neben der Kirche steht, eine Handvoll Münzen in den Hut. Was wohl Mutter und Greta dazu sagen würden? Klara schmunzelt in sich hinein, als sie Justus' Blick auffängt. Er erwidert ihr Lächeln. Er hat ihre Gedanken erraten.

Am Abend entführt Justus Klara in ein Restaurant mitten in der Stadt. Stuckverzierte Wände, Plüsch und Samt, alles blitzt und strahlt. Ein Orchester spielt, und die Herren schwingen die Damen über das Tanzparkett. Dann kündigt der Conférencier ein Lied an, ganz neu sei es, aus der »Csárdásfürstin«, die gerade erst in Wien Premiere hatte. Der Sänger in Frack und Fliege streicht das glatte Haar aus dem Gesicht und besitzt auch gleich die Aufmerksamkeit des Publikums. Das Lied kommt an, schon bei der zweiten Wiederholung des Refrains sind alle mit ihm: »Ganz ohne Weiber geht die Chose nicht, ganz ohne Sonne blüht die Rose nicht …«. Offiziere in Begleitung schöner Damen, die Metzer Gesellschaft, alle edel und voller Leben. Draußen in der dunklen Kälte klirren die anderen vorbei, die, die immer nur zuschauen und nie Zutritt haben. Klara nimmt einen Schluck Wein und sieht zur Bühne. Das Schicksal war ihr gnädig, sie ist auf der besseren Seite, auf ihrer Seite ist selbst der Krieg gnädiger. Und dann will sie tanzen, nur noch tanzen.

Als sie am nächsten Morgen erwacht, liegt ihr Kopf auf Justus' nackter Brust. Er streichelt sie sanft, sagt, dass sie nun aufstehen müsse. Die letzte Nacht, wann war sie denn zu Ende? Sie kann sich nicht mehr erinnern, zu viel Tanz, vielleicht ein Glas Wein zu viel. Nur eines weiß sie, der Tag, der Abend und die Nacht, alles köstlich und samtig wie Pfirsich mit Sahne. Noch einmal umfasst Justus sie und küsst sie zärtlich, dann ist es vorbei.

Eine Stunde später sitzt Klara wieder im Zug nach Frankfurt, betrachtet den Flieder und die Maiglöckchen, die Justus ihr zum Abschied in die Arme legte, welch ein honigsüßer Duft! Woher auch immer er diese Pracht um diese Jahreszeit herbekommen hat. »Welche Frau auf dieser Welt ist mit so viel Glück gesegnet wie ich?«, denkt Klara. Und dann weint sie ein bisschen, stumm, nur mit glitzernden Tränen voller Glück.

21. November 1915, Sonntag

Lieber Justus!
Da bin ich nun wieder zu Hause, sitze an meinem Schreibtisch und träume von den unsagbar schönen Stunden mit Dir. Ich möchte fast sagen, so schön war es noch nie. Als ich hier in den Bahnhof kam, fühlte ich mich ganz verwaist, wie vom Stamme losgerissen. Aber wenig später zerstreute der Jubel der Kinder zur Begrüßung ihrer Mama diese Gedanken wieder. Ja, wenn ich die Kinder nicht hätte! Darin habe ich es doch viel besser als Du. Allerdings rechnete man hier erst mit meiner Ankunft am Abend, und so hatten alle schon fertig zu Mittag gegessen, und es war nichts mehr übrig. Ich ließ mir dann Nudeln wärmen und Eier machen, danach packte ich aus, legte mich eine Stunde hin und ging dann zum Kaffee zu Mutter, danach zu Greta, und gerade war Nolde noch für ein Stündchen hier, der natürlich auch ganz begierig war zu hören, wie es Dir geht.

Die Eisenbahnfahrt von Metz zurück war nicht so angenehm. Die ersten zwei Stunden war es mir ganz flau, so nah am

Übergeben. Dazu die Unmöglichkeit, die Toilette zu erreichen, weil überall Soldaten standen und es einfach kein Durchkommen gab. Ich aß dann gegen zehn Uhr mein Brot, und daraufhin wurde es mir zum Glück besser. Ach Justus, meine Gedanken sind noch ganz gefangen. Ich lebe sozusagen noch ganz bei Dir.

In ewig treuer Liebe

Deine Klara

22. November 1915

Lieber Justus!

Nun bin ich schon wieder zwei Tage von Dir getrennt. Heute habe ich gekocht, Schlafanzüge gewaschen und war in Erinnerung die ganze Zeit bei Dir. Am Nachmittag war ich mit den Zwillingen in der Stadt und habe jetzt noch einiges für die Ostpreußen-Spenden zusammengesucht. Paula und Helene nehmen es morgen in die Schule mit. Zuckersäckchen sollen sie auch noch mitbringen. Was die in der Schule so alles sammeln, fast jede Woche etwas anderes. Sie wollen wohl dort alle Rekorde schlagen. Ich habe mich in der vergangenen Nacht gründlich ausgeschlafen, was mir sehr gut getan hat. Ich war doch recht müde. Hier stürmt ja nun gleich wieder alles Mögliche auf mich ein, aber das ist auch sehr gut, so komme ich nicht viel zum Nachdenken. Die Tage in Metz kommen mir wie ein besonderer Lebensabschnitt vor. Es waren so wunderbar schöne Stunden in so kurzer Zeit. Auf der Kommode neben Deinem Bild stehen die Maiglöckchen und der Flieder und erzählen von Dir.

Eben kommt gerade die Anzeige der Kriegstrauung von Pfarrer Meyers Tochter. Wir hatten keine Ahnung, dass sie schon wieder verlobt ist. Scheinbar hat sie sich einen angepflegt, sie hilft doch oft im Lazarett aus. Sie ist ja jetzt schon 32 Jahre alt, und nachdem ihr der erste weggelaufen ist, hat sie dieses Mal nicht lange gezögert.

Uns geht es allen vorzüglich, nur Emil hat etwas Leibschmerzen und Durchfall. Er bekommt Hafer und Zwieback und wird wohl bald wieder in Ordnung sein. Bei der Schneiderin war ich auch schon, das lila Kleid wird tüchtig verändert, dann wird es Dir bestimmt gefallen. Donnerstag soll ich mit Mutter nach Mainz fahren, den Teppich für uns zu Weihnachten kaufen.

Wie sehr die Kinder sich danach sehnen, dass der Papa kommt, das kannst Du Dir bestimmt vorstellen. Zum Glück ist die Zeit für sie jetzt ganz ausgefüllt mit Weihnachtsvorbereitungen und dem Warten auf den Nikolaus. Den will ich ihnen dieses Mal vormachen. Hoffentlich erkennen sie meine Stimme nicht. Ich bin heute Abend bei Greta eingeladen mit Mutter. Aline Ambros mit Mann und ein paar andere Damen aus der feinen Frankfurter Gesellschaft werden auch da sein.

Deine Klara

24. November 1915

Lieber Justus!
Ich komme eben aus der Vorlesung von Förster, und mir schwirrt etwas der Kopf, weil ich manches nicht so rasch fassen konnte. Aber mein Wissensdurst ist groß.

Die Gesellschaft bei Greta gestern Abend war sehr nett. Bis auf einige Entgleisungen von Greta, die ich früher nie bemerkt hätte. Es war so eine bittere Ironie, den Krieg betreffend. Dazu war sie sehr erkältet und hatte Mühe, sich aufrecht zu halten. Morgen früh fahre ich dann also mit Mutter nach Mainz. Wir werden dort zusammen zu Mittag essen, und ich werde erst gegen Nachmittag zurück sein.

Heute war ich mal mit Emil allein in der Stadt und habe ihn sehr genossen. Er ist immer selig, wenn er mit mir allein unterwegs ist. Fräuleins Mutter habe ich geschrieben und Fotos von ihrer Tochter geschickt, leider sind sie nicht allzu gelungen. Ich habe ja schon lange nicht mehr fotografiert. Aber mir bleibt ja auch gerade kaum Zeit dazu, jetzt, wo ich auch noch in die Universität gehe, sind meine Tage restlos ausgefüllt. Wenn Du wieder da bist, dann werde ich das Fotografieren wieder aufnehmen, und mein Lieblingsobjekt wirst Du sein. Du wirst dann schön brav und still im Garten oder auf dem Sofa sitzen und auf das Kommando Deiner Frau hören. Wie freue ich mich auf diese wundervollen Stunden, mögen sie nur bald kommen! Robert wurde zur Erprobung von Rauchmasken gegen Stickgase abkommandiert. Wir haben bisher keine Nachricht von ihm, was uns alles sehr in Sorge versetzt.

In Liebe, Deine Klara

25. November 1915

Lieber Justus!
Wie habe ich mich über Deinen Brief gefreut, der mir viel mehr Gutes und Liebes sagt, als ich verdiene. Das Gefühl war auch bei mir, dass diese Tage in Metz das Schönste waren, was wir je zusammen erlebten. Diese vollständige Gemeinschaft der Seele und des Leibes war so wunderbar, dass man sie gar nicht beschreiben kann. Ja, wenn erst Frieden ist, wie wunderbar soll es dann werden! Wenn Gott Dich uns nur noch lange Jahre erhalten wollte ...

Ich komme mir manchmal klein vor, wenn ich so wenig bereit bin, dem Vaterland mein Liebstes zu opfern, aber es wäre ja dann auch nicht nur der Verlust meines Glückes, sondern auch der Verlust meiner Weiterentwicklung. Ich könnte genauso gut im selben Augenblick mit Dir die Augen schließen, denn ich würde der Menschheit nichts mehr nützen. Ich wäre wie ein Baum, dem man die Lebenskraft genommen hat. Ich glaube, es gibt wenige Frauen, die so alles ihrem Mann verdanken und so viel von ihm gelernt haben, aber auch noch lernen wollen. Trotz der wenigen Zeit hast Du es im besonderen Maße verstanden, mir alles zu sein. Deshalb kann ich auch gar nicht leiden, wenn die Frauen so reden, wie auch Mutter und Greta es gern tun: »Ja, die Männer sind die Herren der Welt, wir müssen doch nur gehorchen.« Ich glaube, sie kennen die Männer gar nicht, das kommt davon, dass sie nie richtig zuhören.

Der Teppich, den Mutter gekauft hat, ist ganz wunderbar, herrlich frische Farben und ein echtes Schmuckstück für unser Esszimmer. Er hat 800 Mark gekostet.

Bei Kommerzienrat Fuchs in Mainz, wo wir heute Mittag eingeladen waren, bekamen wir ein sehr gutes Essen serviert. Es sind sehr feine und enorm reiche Leute. Wir haben uns gut unterhalten, und Mutter und ich fuhren sehr zufrieden nach Frankfurt zurück. Allerdings war ich so erfüllt von Zahlen, Teuerung und dergleichen, dass ich mich nicht entschließen konnte, zur Vorlesung zu gehen. Ich hätte nichts mehr in mich aufnehmen können. Reichtum und Wissenschaft vertragen sich nicht bei mir. So habe ich bis zum Abendessen bei den Kindern gesessen. Paula war ganz fidel, aber als es zum Essen ging, wollte sie nichts mehr, hatte kalte Hände und einen heißen Kopf. Jetzt schläft sie, und ich hoffe, dass es nichts zu bedeuten hatte.

Deine Klara

27. November 1915

Liebster!
Seit unserem Zusammensein in Metz habe ich gar nicht mehr das Gefühl, dass ich von Dir getrennt bin. Oft ist mir, als säßest Du nebenan in Deinem roten Sessel und ich brauchte bloß hinüberzuspringen. Ich muss immer so glücklich in mich hineinlächeln. Ich glaube, manchmal sehen mich die Leute auf der Straße ganz erstaunt an. Und ich bin auch innerlich glückselig und freue mich wie ein Kind auf Weihnachten. Ehe ich bei Dir war, hatte ich gar keine rechte Lust, an Weihnachten zu denken. Jetzt stürze ich mich mit Wonne in die Vorbereitungen und habe auch noch zwei Handarbeiten für die Kassler Tanten angefangen. Für Tante Rohlich ist es höchste Zeit, sie ist schon verstimmt, dass sie so lange nichts bekam.

Liebster, ja, ich glaube auch, unsere Ehe wird erst jetzt, was sie sein soll, und sicher hat auch der Krieg ein wenig dazu beigetragen. Deshalb will ich geduldig das Ende erwarten und nicht murren.

Sag, möchtest Du lieber einen Schlangenhautmantel oder -umhang? Letzteres scheint eine Neuheit und wohl auch sehr praktisch, da keine Ärmel ausreißen können und man den Umhang auch mal gegen Schnee über Pelz und Mantel ziehen kann. Schreib mir bitte, was Du brauchst. Die Konserven, die Du Dir gewünscht hast, sind schon abgegangen.

Deine Klara

28. November 1915, Sonntag

Lieber Justus!
Heute ist ein richtig schöner Tag. Die Sonne scheint so prachtvoll, und die acht Grad Kälte machen mir gar nichts aus. Es ist eine köstliche Luft. Die Kinder habe ich in den Palmengarten geschickt. Sie sollen nachsehen, ob die Eisbahn fertig ist. Nächste Woche habe ich leider fast jeden Nachmittag doppelt besetzt. Es ist mir nicht angenehm, aber kaum zu ändern. Heute hat mich auch noch Frau Baum zu Dienstag eingeladen, und dazu will ich noch backen, handarbeiten und habe noch jede Menge einzukaufen. Aber ich bin eben so wohl und munter, dass mir nichts zu viel ist. Nur wird Helene etwas ums Schlittschuhlaufen gebracht, und Fräulein liebt diesen Sport ja leider gar nicht. Dabei wollte ich doch, dass Paula auch dieses Jahr damit anfängt. Doktor Greif meinte, dass sie sich das nun ruhig zutrauen könne, die x-Stellung ihrer Beine habe sich schon ziemlich verwachsen.

Von Papa und Albert sind gute Nachrichten da. Sie hoffen am 10. Dezember hier zu sein. Von Robert leider immer noch nichts.

Wir freuen uns alle sehr, dass Du nun bald kommst.

Deine Klara

29. November 1915

Lieber Justus!
Mein Tag war heute wieder reichlich ausgefüllt. Vormittags habe ich gebacken und gewaschen, dann mit den Kindern Kleider anprobiert, und dann war ich mit den Zwillingen in der Schule zum Konzert. Wir kamen erst um acht Uhr zurück, viel zu spät für die Kinder. Das Programm ist einfach zu lang, sehr nett, aber ermüdend.

Sehr gelacht habe ich, dass Du schreibst, ich lernte jetzt mehr, als wenn Du da wärest. Das glaube mal lieber nicht, um nachher nicht enttäuscht zu sein. Ich glaube überhaupt, Du siehst mich jetzt durch die goldene Brille. Du hältst mich aus der Ferne für das, was Du gerne möchtest, dass ich wäre.

Bei uns hat sich leider ein kleines Unwohlsein eingeschlichen. Fräulein und Berta haben Leibschmerzen und Durchfall. Paula ist aber zum Glück wieder gesund. Es war merkwürdig mit dem Kind. Es fehlte ihr scheinbar nichts, nur hatte sie absolut keinen Appetit. Ich will nun noch mal nach den Kindern und den kranken Mädchen sehen.

Es grüßt und küsst Dich tausendmal

Deine Klara

1. Dezember 1915

Lieber Justus!
Gottlob ist Berta heute etwas besser, sodass ich nur eine Stunde für sie gebügelt habe und sie nun wieder arbeitet. Nun will ich erst mal auf Deinen Brief vom 27. eingehen. Mutter redet manchmal so über die Männer, weil sie glaubt, den anderen damit zu imponieren, aber auch, weil Papa sie lange nicht so hoch stellt wie Du mich. Greta sprach neulich vom Versumpfen der Männer, die ohne ihre Frauen in Berlin wären. Sie ahnt gar nicht, welches Zeugnis sie sich selbst damit ausstellt, wenn sie Albert da miteinbezieht. Du hättest die Augen von Herrn Ambros sehen sollen, als sie so loslegte. Sie wird Mutter immer ähnlicher, manchmal furchtbar

scharf. Es ist ein Jammer um beide, denn sie haben sonst so glänzende Eigenschaften.

Wir hörten, dass so viele Truppen nach dem Westen abgehen, es heißt, es gebe dort wieder eine Offensive. Serbien ist wohl erledigt, scheint aber unglaublich zäh, da es nicht Frieden schließt. Ich kann mir gar nicht vorstellen, wie es da unten weitergeht. Griechenland kann sich doch nicht gefallen lassen, dass in diesem Land die Gegner aneinandergeraten. Ich habe so das Gefühl, wir sitzen fest, und es gibt dort auch einen Stellungskrieg. Keiner will nachgeben und Frieden anbieten. Wie soll das nur noch enden? Ach Justus, wenn nur Du mir wenigstens heil wiederkommst und Robert auch.

Deine Klara

2. Dezember 1915

Lieber Justus!
Gestern Nachmittag war ich beim Missionsverkauf, während die Zwillinge in der Handarbeitsstunde waren, die letzte vor den Ferien. Hinterher ging ich mit Mutter und Greta in die Stadt und beeilte mich dann, zur Universität zu kommen. Stell Dir meinen Kummer vor, ich hatte mich um eine Stunde geirrt und kam gerade, als die anderen die Vorlesung verließen! Ich war wirklich sehr enttäuscht.

Bei uns sind heute etwa zehn Grad Wärme, nach den zwölf Grad Kälte nicht angenehm. Und nun regnet es auch noch in Strömen. Dass der arme Max so schwach ist, tut mir leid. Wie kann er Dich denn dann überhaupt noch tragen? Aber wie sollen die Pferde auch ausreichend verpflegt werden, wenn es den Menschen schon überall fehlt. Und Heu und Hafer kann man schließlich nicht ins Feld schicken.

Fräuleins Bruder, der in Russland stand, ist verwundet. Er hat aber schon geschrieben, da wird es wohl nicht so schlimm sein. Von Robert haben wir auch Nachricht, aber wo genau er ist, hat er nicht geschrieben.

Abends: Meine Sitzung ist beendet, und Deine Frau ist etwas aufgeregt, wie immer nach solchen Sachen. Du würdest sagen überreizt. Die Damen waren alle sehr nett. Sie waren alle aus dem Kollegium, bis auf Frau Oswald. Die Damen aus dem Kollegium sind mir ja auch viel angenehmer als die Damen der besten Gesellschaft, die nichts tun wollen außer dabei sein. Frau Oswald ist da aber wohl eine Ausnahme, da sie tüchtig mithilft. Herr Wichtenberg vom Komitee konnte es sich aber nicht versagen, während der Sitzung bei uns hereinzuplatzen und zu bitten, dass doch noch einige Damen der Gesellschaft aufgefordert würden mitzumachen. Er meinte, dass von den Kollegendamen sicher einzelne gerne zurücktreten würden. Ich eilte daraufhin zu Nolde und fand ihn ganz auf meiner Seite. Auch bestätigte sich nachher meine Annahme, dass die Kollegendamen sehr erfreut waren, mitmachen zu dürfen, und es wollte auch keine zurücktreten.

Ich glaube nun auch ganz fest daran, dass es das letzte Weihnachten im Krieg sein wird. Es liegt doch schon alles so am Boden. Länger können die Menschen das nicht mehr durchhalten, auf keiner Seite.

Deine Klara

5. Dezember 1915, Sonntag

Lieber Justus!

Bei uns ist solch ein Unwetter! Es gießt fast ununterbrochen, und dabei fegt ein Sturm über die Dächer, dass man immer in Ängsten schwebt, die Fenster könnten einfallen. Die Kinder sind zwei Tage kaum draußen gewesen, nur in die Schule laufen sie in ihren Regencapes lustig drauflos, da macht ihnen das Wetter so gar nichts. Das Lesen fällt jetzt auch unserer Helene viel leichter und beginnt ihr Freude zu machen. Wie Paula liest auch sie nun ab und zu ein leichtes Buch. Große Schwierigkeiten bereitet ihr immer noch das Rechnen. Sehr nett sagt sie aber Gedichte auf und wird dafür immer sehr gelobt. Heute ist also der große Tag meines ersten Auftretens als Nikolaus. Ich habe gestern Abend geprobt, einen Anzug von Dir angezogen, das Cape darüber und die Maske, Letztere ist unangenehm heiß, dann noch dicke Handschuhe und Stiefel von Dir. So hoffe ich, sie erkennen mich nicht. Zum Kaffee kommen Mutter, Greta, Frau Reimer und Nolde. Frau Baum, die ich auch einlud, fährt morgen zu Lennerts nach Berlin. Ich bin begierig, was mein kritisches Publikum zu meiner Vorstellung sagen wird. Die Stimme zu verstellen, ist natürlich das Schwierigste.

Über Deinen Brief gestern habe ich ein bisschen lachen müssen, weil Ihr zurzeit immer nur in Stellung bleibt und Du Dich um Deine Figur sorgst. Es schadet doch nichts, wenn Du dicker wirst! Iss nur tüchtig und pflege Dich, dann kannst Du es nachher vorne auch besser aushalten.

Denk Dir, Frl. Kern ist nach der Türkei abgereist. Sie hat sich einer Rotkreuz-Expedition angeschlossen. Ich glaube, sie hält es für eine Art Buße, die sie sich auferlegt, wegen Herrn von Meininger. Mit Arthur hat sie ganz überraschend gebrochen. Der Arme ist sehr verzweifelt darüber. Ich denke, er wird es nicht einfach so hinnehmen. Er will mich Weihnachten mal besuchen, dann werde ich wohl mehr erfahren. Der kleine Franzosenjunge hat sich bei Frl. Kerns Eltern gut eingewöhnt. Sie wollen ihn nun selbst adoptieren, was Frl. Kern wenigstens die Sorge um das arme Kind nimmt.

Sehr interessant war es mir zu hören, dass die Schwierigkeiten bei Euch erst anfangen, sobald Ihr ein klein wenig auf vorderster Linie seid. Das heißt doch: Wenn Ihr Euch nicht rührt, dann bleibt auch der Feind stehen. Das kann ja dann noch Jahre so weitergehen.

Ich glaube übrigens, das viele gesellige Leben werdet Ihr alle zu Hause vermissen. Im Feld geht doch kein Tag um, an dem Ihr nicht Besuch habt oder zu Besuch geht. Hast Du auch gehört, dass Mackensen im Westen sein soll und dort bald eine Offensive von uns ausgehen soll? Es weiß nur niemand, wo. Man glaubt, wieder in der Champagne oder bei Ypern. Ich denke mir eine neue Offensive im Westen ganz furchtbar. Hoffentlich bleibt sie aus und man besinnt sich stattdessen auf den Frieden.

Deine Klara

6. Dezember 1915

Lieber Justus!
Dein lieber Brief vom 4. erreichte mich heute früh beim Kaffee. Ich las ihn so recht in Gemütsruhe und machte mich dann daran, für das Mittagsmahl ein Gänschen zu braten, das mir Deine Mutter gesandt hat. Nebenher habe ich Roberts alten Kaufladen ausgewaschen, was eine tüchtige Arbeit war und leider nicht den gewünschten Erfolg hatte. Er sieht doch recht verbraucht aus. Leider habe ich die vorige Nacht sehr schlecht geschlafen und konnte auch heute Mittag kein Auge zutun, das hängt sicher damit zusammen, dass ich in den nächsten Tagen nicht wohl werde. Heute Abend bin ich mit Mutter bei Reimers eingeladen. Wir werden aber möglichst früh wieder gehen, weil Mutter stark erkältet ist.

Gestern Nachmittag war also Familienkaffee bei mir, und anschließend kam der Nikolaus. Ich hatte Hosen von Dir an, die ich mit Schlittschuhriemen zusammenschnallte. Der Effekt war großartig. Emil schrie fürchterlich, sagte aber dann sein Gedichtchen sehr niedlich auf, Paula war halb sprachlos, halb neugierig, hatte keine Spur von Angst, während Helene wieder ängstlich war. Aber das Entzücken war dann bei allen groß, als Äpfel, Nüsse, Lebkuchen usw. aus dem Sack rollten. Als Schlusseffekt stellte der Nikolaus einen Karton auf den Tisch, den die Kinder selbst auspacken durften und aus dem dann allerlei Herrlichkeiten hervorkamen. Sehr schwer war es mir, die Stimme zu verstellen. Im nächsten Jahr werden die Zwillinge schon so schlau sein und ihre Mama erkennen. Sie hatten schon jetzt tausenderlei Fragen hinterher: Warum der Nikolaus denn so komische Augen habe und viel kleiner sei, als sie ihn sich vorgestellt haben?

Denk Dir nur, der schöne neue Teppich ist doch zu üppig für uns. Erst hatten wir ihn im Esszimmer liegen, da war er zu bunt gegen den im Salon. Nun haben wir ihn in Deinem Zimmer, da sticht er das Sofa und die alten Möbel aus. Aber vielleicht muss man sich nur daran gewöhnen, er ist in seinen Farben eben sehr prächtig.

Wie nett, dass Du Dir mit Deinen Leuten vorkommst wie der Direktor mit den Primanern. Da hast Du ja gleich wieder allerhand zu erziehen, wenn es auch nur um die ordentliche Einrichtung in Eurem neuen Quartier geht. Lass doch den Waschtisch und den Stuhl, den der Schreiner Dir extra angefertigt hatte, einmal fotografieren. Wie froh bin ich, dass Du jetzt in einem so netten Quartier untergebracht bist. Ein Unterstand, sei er auch noch so ordentlich hergerichtet, ist doch keine menschliche Bleibe. Und Eure Wirtin, kocht sie Dir Kaffee, oder macht das Schellack? Hältst Du denn auch militärischen Unterricht? Das interessiert mich sehr. Wie merkwürdig, dass Ihr so ganz junge Ärzte habt. Können die denn schon was? Doktor Baum wird ja wohl nicht wiederkommen. Ich glaube, da ist etwas mit Berlin im Gange, vielleicht fährt sie auch deshalb dorthin. Lennerts Familie soll gute Kontakte haben.

Ich war übrigens bei Regierungsrat Röhrig und beklagte mich über den Waschkessel. Der kupferne war mir geholt worden, und ich musste mich drei Wochen ohne Kessel behelfen, obgleich versprochen war, dass ich sofort einen Zinkkessel als Ersatz bekäme. Herr Röhrig war sehr liebenswürdig, ganz anders als im letzten Jahr, wo er mich, als ich nach einem Fenster für die Speisekammer anfragte, ganz miserabel behandelt hat.

Morgen muss ich mich unbedingt mal um die Steuern kümmern, da ich heute einen Pfändungsmahnbrief erhielt, der mir ziemlich unklar ist.

Deine Mutter hat mir heute einen ganz reizenden Brief geschrieben. Sie hat noch immer solche Freude, wenn sie an meinen Besuch mit Emil denkt. Was soll ich Dir denn mal schicken? Irgendeine Köstlichkeit?

Deine Klara

7. Dezember 1915

Lieber Justus!
Der Tag neigt sich dem Ende zu, da will ich noch ein Weilchen mit meinem Justus plaudern. Heute fiel mir zum ersten Mal wirklich auf, wie Helene sich verändert hat. Nach all den Schwierigkeiten

ist sie nun kein bisschen nervös mehr in der Schule und kommt auch ganz famos mit. Das ist mir alles eine große Erleichterung.

Gestern Abend bei Reimers war es sehr nett. Er denkt, im Januar nach Homburg zum Ersatz zu kommen. Sein Arm ist viel besser, aber er sieht schlecht aus und seine Frau noch schlechter. Ich glaube, sie verpflegen sich zu einfach, aber wie sollen sie es besser machen bei der Teuerung! Wie ist das eigentlich mit Deinem Geld? Wenn Du Major werden sollst, wie Du schreibst, und Ihr jetzt immer so viel trinkt, dann brauchst Du doch mehr, um da nicht hinten anzustehen. Ich frage mich auch, wie Ihr das aushaltet, jeden Abend bis Mitternacht zu feiern und dann um fünf Uhr morgens wieder raus.

Gestern Abend kam eine Depesche von Papa aus Budapest, er käme mit Albert morgen in Berlin an. Greta ist natürlich ganz erleichtert. Sie und Mutter sollen nach Berlin kommen. Papa schlug vor, dass ich auch mitkommen soll. Es hat mich einen kleinen Kampf gekostet, da ich für mein Leben gern nach Berlin fahre, besonders um die Weihnachtszeit, aber der fünf Kinder wegen, die dann ganz allein wären, bleibe ich hier.

Und nun zu unserem ewig andauernden Problem: Heute Nachmittag konnte ich es nicht mehr aushalten, das furchtbare Gefühl, dass Du um meinetwillen leidest und noch immer glaubst, Nolde sei den Kindern und mir inzwischen mehr zugetan als Dir, seinem alten treuen Freund. Ich ging also hinüber, um ihn zu prüfen. Ich zeigte ihm die Fotografien von Dir. Er wollte eine geschenkt haben, und als ich ihm keine geben wollte, da war seine Enttäuschung groß. Da sagte ich ihm, Du hättest in den letzten Tagen so pessimistisch geschrieben, und deutete ihm an, dass Du gemeint hättest, Du seist wohl auch schon überflüssig, und er, Nolde, ein viel besserer Direktor. Da hättest Du ihn sehen sollen, wie ihm das arg war, und wie er Dich lobte! Nein, mein Justus, er ist Dein treuer Freund und denkt nicht mit einem Atemzug an mich oder an das Direktorat. Er ist so rührend in seiner Freundestreue zu Dir, dass Du ihm mit diesen Gedanken furchtbar unrecht tust.

In ewig treuer Liebe

Deine Klara

8. Dezember 1915

Liebster!
Wie bin ich glücklich, dass es Dir gut geht. Ich habe ja so gelacht über die Eifrigkeit des guten Schellack, dass Du in Deinem Zimmer nur auf den Boden stampfen musst und dann kommt er schon heraufgelaufen. Mir scheint, Eure französische Wirtin hat es dem Burschen angetan. Oder warum sonst sitzt er immer bei ihr in der Küche, wenn Du ihn nicht brauchst?

Wir sind hier alle wohl und munter. Heute Vormittag war ich mal wieder mit Emil beim Zahnarzt. Ich darf vermelden, niemand wurde gebissen! Nachmittags war ich zu Hause, und eben komme ich aus der Universität, was mich heute recht müde gemacht hat. Es wird Dich auch freuen, dass Deine Mutter auf meine Einladung hin geschrieben hat, dass Sie gern zu Weihnachten zu uns kommt. Was mich nicht so freut: Tante Rohlich will sie begleiten. Denk Dir, Robert hat Weihnachten Urlaub bekommen, welch eine Freude für Mutter! Wenn Du das doch auch noch erreichen könntest!

Dass Du schreibst, ich hätte Dich jetzt erst wirklich lieb, hat mich etwas enttäuscht. So hast Du also all die Jahre auch gedacht, was Nolde bei unserer Verlobung aussprach, ich hätte mein Herz noch nicht entdeckt? Das gibt mir nun viel zu denken. Ich glaube zwar, dass die meisten jungen Frauen nicht gleich mit allem einverstanden sind, wenn sie heiraten, da sie auch unmöglich schon die Reife haben können, über Kleinigkeiten wegzusehen. Die Frauen, die erst mit dreißig heiraten, bringen ihren Männern sicher weniger Enttäuschung. Sie sind klüger und reifer, aber auch weniger umbildungsfähig, was Ihr Männer dann wohl bedauert, liebt Ihr es doch, Euch eine Frau zu erziehen. Vielleicht hast Du mich in den letzten Jahren einfach nicht richtig einschätzen können und ich Dich dann auch nicht. Es mag wohl an dem großen Unterschied in Gelehrsamkeit, feiner Bildung, Alter und Lebensanschauung gelegen haben, und es bedurfte deshalb wohl einiger Jahre des vollkommenen Zusammenfindens. Doch ich will froh und dankbar sein, wenn Du jetzt fühlst, dass ich Dich liebe, so grenzenlos und heiß, wie nur eine Frau in meinen Jahren es kann. Sehr, sehr weh tut es mir, wenn Du schreibst, ich möchte

Dich nicht mehr schlecht behandeln. Ich hatte doch nie die Absicht, Dich schlecht zu behandeln. Das wenigstens musst Du doch in all den Jahren gefühlt haben! Was Du als schlechtes Behandeln empfindest, entsteht sicher nur aus den Missverständnissen, unsere verschiedenen Lebensauffassungen betreffend. Mit großem Bedauern muss ich einsehen, dass ich nicht das geworden bin, was meine Großmutter so sicher von mir glaubte, nämlich ein Sonnenschein für den Mann und das Haus. Und doch habe ich solch ein Glück gefunden! Wenn ich abends so an die Bettchen der Kinder trete und sie so sanft schlafen sehe, dann danke ich Gott jedes Mal aufs Neue, dass sie so gesund sind und er sie uns geschenkt hat.

Deine Klara

10. Dezember 1915

Lieber Justus!
Wie leid tut es mir, dass Du so von Ungeziefer geplagt wirst. Ich sende sofort gutes Insektenpulver und hoffe, es nutzt. Dass Eure Soldaten in den nassen Schützengräben ausharren müssen, das ist doch zu schrecklich! Hoffentlich lässt der Regen mal nach, damit das Wasser aus den Flüssen zurückgeht. Der Schlangenhautmantel für Dich wird heute vom Geschäft abgesandt. Ich ließ Preis und Größe daran, da ich nicht wusste, ob er passt. Er kann also umgetauscht werden. Konserven und Zigaretten habe ich heute auch an Dich gesandt. Obst werde ich noch nachschicken.

Denk Dir, der Teppich ist schon wieder gewandert und liegt nun doch im Esszimmer. Er sieht sehr schön aus, man musste sich wohl erst an die frischen, kräftigen Farben gewöhnen. Heute Abend gehe ich mit Nolde ins Freitagskonzert. Ich habe ja die Billets von Mutter bekommen und kann ihn nun ganz großzügig einladen.

Nun noch eine ganz, ganz traurige Nachricht. Meine Hände zittern, weil ich es kaum niederschreiben kann. Frau Reimer ist gestern Nacht bei der Geburt ihres Kindes gestorben. Diese arme, kleine tapfere Frau! Das Kind, ein Junge, ist aber wohl gesund.

Reimer, der heute Morgen kurz hier war, um es mir selbst zu sagen, ist völlig am Ende. Ihre Eltern sind schon auf dem Weg hierher. Sie wollen sich um ihn und den kleinen Gustav kümmern und sie dann beide mit nach Lübeck nehmen. Ich kann es noch gar nicht fassen! Frau Reimer war mir doch schon wie eine Freundin. Sie hat sich so auf dieses Kind gefreut. Er sagte, sie sei mit dem Buben in ihren Armen gestorben, wenigstens hat sie ihn so noch einmal gesehen. Ach Justus, wie nichtig sind doch da diese kleinen Zwiste, die man so täglich austrägt! Aber so hat Reimers Verwundung wenigstens einen Sinn, er kann noch eine Weile bei dem Kind bleiben. Hoffentlich verliert der kleine Gustav nicht auch noch seinen Vater. Ich bin wirklich noch ganz erschüttert und will es nicht glauben, dass sie nicht mehr da ist.

Deine Klara

11. Dezember 1915

Lieber Justus!
Der Tag heute war für mich recht anstrengend, daher bin ich jetzt auch sehr faul. Vormittags habe ich eine Marmortorte gebacken zu Papas Empfang. Nach Tisch war ich gleich in der Schneiderei, dann in der Stadt bis um sechs Uhr, danach Abendessen mit den Kindern. Nun amüsieren sich unsere kleinen Sonnenscheine nebenan beim Insbettgehen, und ich sitze hier an meinem Schreibtisch. Morgen will ich um neun Uhr zum Bahnhof, um die Eltern und Jahns abzuholen. Von Greta hatte ich heute eine Karte, dass Mutter im Bett gelegen hat mit einer Art Influenza. Immer um Weihnachten herum ist sie so furchtbar erkältet! Mit Bertas Gesundheit ist es auch noch gar nichts, sie klagt viel und ist oft schlechter Laune. Ihr Appetit ist allerdings sehr gut.

Gestern das Konzert haben wir sehr genossen, erst der berühmte Geiger Carl Flesch und dann Strauss in persona, der seine Alpensinfonie dirigierte. Ich muss gestehen, dass mir einmal die Tränen kamen, als mir plötzlich die arme Frau Reimer vor Augen stand. Frau Baum telefonierte mir heute und fragte, ob das mit Frau Reimer wirklich wahr sei, sie habe es in der Stadt gehört. Sie ist auch ganz entsetzt. Herr Baum ist seit zwei Wochen in Kiel. Wusstest Du das?

Ich muss schließen, die Kinder rufen nach mir. Sie wollen mir gute Nacht sagen.

Deine Klara

12. Dezember 1915, Sonntag

Lieber Justus!
Heute Morgen will ich gerade Jahns Kinder abholen und mit ihnen zum Bahnhof gehen, da telefoniert es, dass sie alle schon da seien und Mutter schwer krank im Bett liegt. Ich renne also sofort hin und komme eben um vier Uhr todmüde zurück. Ich habe die ganze Zeit an Mutters Bett gesessen. Sie zu pflegen, das wird keine Kleinigkeit. In Berlin hat sie bereits gegen furchtbare Schmerzen gekämpft. Sie hat Morphium genommen und alle zwei Stunden zwei Gramm Aspirin. Das war eine sogenannte Pferdekur, die niemand außer ihr ausgehalten hätte. Doktor Rosengard, der heute Morgen gleich kam, sagte, es sei ein Wunder, dass das Herz diese Kur so glänzend mitgemacht habe. Nun hat sie aber so ein taubes Gefühl in allen Gliedern, furchtbare Kopfschmerzen und entsetzlichen Husten. Rosengard hat eine Probe des Halsbelags mitgenommen, die auf Bakterien untersucht werden soll. Wenn sich nichts findet, so ist es eine vernachlässigte Halsentzündung und Influenza und wohl in etwa acht Tagen geheilt. Mutter meint, es seien Streptokokken. Sie hat uns den ganzen Nachmittag angefleht, sie doch mit dem Messer totzustechen, so was Fürchterliches hätte sie noch nie gehabt. Ich kenne dergleichen Redensarten von ihr, aber es geht einem doch immer wieder auf die Nerven. Und sie ist wieder so maßlos anspruchsvoll! Man soll einfach seinen ganzen Haushalt im Stich lassen und bei ihr bleiben, dabei kann man ihr ja doch nicht viel helfen. Fräulein hatte ausgerechnet heute auch noch Ausgang, und ich musste Lieschen zu den Kindern setzen. Was sollte erst werden, wenn Mutter mal ein

Vierteljahr schwer krank würde? Kein Mensch hielte diese Pflege aus. Greta sieht jetzt schon aus wie ein Geist, nur durch die zwei Tage mit Mutter in Berlin. Mutter lädt nun alles auf uns ab, nur Papa schont sie. Wenn ich denke, als ich damals vor zwei Jahren mit der schweren Halsentzündung lag und so sehr elend war, da habe ich die Umwelt nicht so gequält. Allerdings muss ich zugeben, dass ich oft sehr geweint habe, weil ich so ganz allein war, während mein Justus Gäste hatte. Da habe ich innerlich sehr gelitten, und Du verstandest mich gar nicht. Ich glaube jetzt, wo ich gelernt habe, in allen Lebensumständen allein zu sein, jetzt könnte ich auch krank sein und nichts von meinem Mann verlangen.

Mich wundert, dass Dir meine Bemerkung über Tante Rohlich so unangenehm auffiel. Mit ihrer Anhänglichkeit ist sie doch wirklich oft eine Belastung für Deine Mutter. Mir ist auch unklar, warum Ihr in Eurer Familie so viel Wert darauf legt, Euch mit allen Verwandten gut zu verstehen, und Euch immer wieder besucht, und hinter den Kulissen ist dann doch so viel Uneinigkeit. Ich meine nicht Dich und Deine Mutter, Ihr kommt wirklich mit allen gut aus, aber die vielen Reibereien mit Tante Rohlich, Onkel Gottfried, Tante Lydia, den Weilburgern und Alsfeldern. Sie alle sind wie Katz und Hund, wenn sie länger als eine Stunde zusammen sind. Warum müssen sie dann eigentlich andauernd so aufeinandersitzen? Und Deine Mutter klagte mir selbst ihr Leid, was Tante Rohlich ihr so alles auferlegt. Ich weiß nicht, Liebster, wo bleibt da das echte Christentum, das in Eurer Familie doch so hochgehalten wird? Was nutzt da, dass alle Sonntag in die Kirche gehen? Ich selbst verstehe mich ja in vielen Punkten sehr gut mit Tante Rohlich, aber sie soll mir meine liebe, gute Schwiegermutter nicht nehmen und auch nicht diese Liebe geteilt haben wollen, dazu hat sie kein Recht! Bitte, Justus, verstehe diese meine Erklärung nicht falsch, mir liegt wirklich nur das Wohlergehen Deiner lieben Mutter am Herzen.

Deine Klara

14. Dezember 1915

Lieber Justus!
Heute Morgen haben wir Abschied von Frau Reimer genommen. Herr Reimer hatte uns zu sich nach Hause gebeten, da sie ja in Lübeck beerdigt wird und wir nicht alle dorthin fahren können. Es war zu traurig. Die Kollegenfrauen waren alle gekommen, und auch Greta und Frau Baum haben ihr die letzte Ehre erwiesen. Ich mache mir wirklich Sorgen um Reimer, er ist nur noch Haut und Knochen.

Mit Mutter ist es noch ernst, aber es ist jetzt eine Schwester zur Pflege da. Wir hätten es auch nicht länger ausgehalten. Der Arzt weiß immer noch nicht genau, was es ist. Der Belag ist erst auf Diphtherie untersucht worden, das ist es aber nicht. Im Hals hat sie einen Kloß, und die Augen kann sie nur schwer aufmachen. Sie spricht beständig vom Sterben. Der Arzt meinte, die Lähmung sei zum Teil nervöser Art. Ich war den ganzen Nachmittag bei ihr, und am Abend schien es mir, als ginge es besser. Ihr Appetit ist merkwürdigerweise sehr gut. Sie sprach übrigens sehr lieb von Dir. Sie will Dir zu Weihnachten Hummer und Soße senden. – Und als hätte ich es heute noch nicht schwer genug gehabt, eröffnete mir Berta, als ich eben nach Hause gekommen bin, dass ihr die Stelle nun zu schwer sei und sie sich lieber etwas anderes suchen wolle. Ich erregte mich sehr, weil sie doch zu Weihnachten die Ortskrankenkasse ausbezahlt bekommt und ich für 38 Mark Geschenke gekauft habe. Nun stellt sie mir ausgerechnet jetzt den Stuhl vor die Tür. Doch ich will mich nicht ärgern, Undank ist der Welt Lohn.

Wie herrlich muss Euer Adventsfest für die Offiziere gewesen sein! Kerzen und Lampions und ein Wagenrad als Kronleuchter mit elektrischen Birnen, da konntet Ihr wohl den Eindruck haben, in einem festlichen Saal zu dinieren. Und Deine Rede hat gewiss Eindruck gemacht. Dass der General die Karte an mich mit unterschrieben hat, das ist mir natürlich eine besondere Ehre. Und er meint, der Krieg dauere nur noch bis zum Frühjahr? Mir ist das zweifelhaft.

Hoffentlich ist der Regenmantel angekommen. Ich bin etwas in Unruhe, weil der Geschäftsjüngling so dumm war und wohl nicht alles richtig verstand. Den Gefreiten, der diesen Brief für Dich mitnimmt, habe ich mit ordentlich Konserven und Zigaretten versorgt. Er ist freudestrahlend abgezogen.

Hoffentlich wird es mit Mutter bald besser, sonst kommen ganz furchtbare Zeiten auf uns zu.

Deine Klara

15. Dezember 1915

Lieber Justus!
Wie herrlich habe ich Dich heute am Telefon verstanden! Ich hatte das Gefühl, als wärest Du auf Deinem Amtszimmer.

Ich habe mich heute wieder reichlich abgerannt, war am Vormittag bei Mutter, am Nachmittag in der Stadt und dann wieder bei Mutter. Der Arzt meinte heute, das Herz sei schwächer. Sie bekommt Digitalis, außerdem untersucht er den Urin. Sie hat heute von uns verlangt, dass wir Robert holen, damit sie sich von ihm verabschieden kann. Robert ist überhaupt ihre einzige Sorge. Zu uns ist sie nur hässlich. Greta und ich sind schon fast am Ende unserer Kraft. Die Ärzte meinen nach wie vor, von einer Halsentzündung sei Gift ins Blut gegangen. Die Natur müsse sich selbst helfen, es nach und nach wieder ausstoßen.

Ich wollte, der nächste Sonntag wäre schon um, bei meiner körperlichen Müdigkeit scheue ich mich etwas vor dem großen Tee im Gymnasium.

Deine Klara

17. Dezember 1915

Lieber Justus!
Wie bin ich enttäuscht, dass Du nicht kommst! Wir alle hatten uns schon so auf Dich gefreut, und nun wird es wieder ein Weihnachten ohne Dich. Aber für Dich ist es ja noch viel härter, so ganz ohne Familie irgendwo da draußen in einem fürchterlichen

Erdloch. Wie sehr hoffe ich auf Weihnachten 1916 und den Frieden!

Verzeih, dass ich Dir jetzt so wenig und so kurz schreibe, aber das mit Mutter strengt mich dermaßen an, dass ich kaum noch zum Luftholen komme. Ich glaube kaum, dass es in acht Tagen besser ist, und habe heute Deiner Mutter wegen Weihnachten abgeschrieben. Ich bin selbst viel zu herunter, um meinen Gästen etwas sein zu können. Und doch gibt es auch etwas ganz Wunderbares zu berichten: Justus, mein Liebster, weißt Du, dass ich trotz allem Kummer in den letzten Tagen eine so tiefe innere Glückseligkeit verspüre. Ja, es ist wohl wahr, meine Sehnsucht nach einem Baby wird gestillt werden! Ich bin recht sicher, da sich bereits Übelbefinden einstellt. Wie gern hätte ich nun alle an Weihnachten damit überrascht, und nun wirft Mutters Krankheit solch einen Schatten auf unsere Familie. Aber ich werde wohl in ein paar Tagen Greta einweihen müssen, denn ich fürchte doch beim Heben von Mutter, mir zu schaden. Wie gern hätte ich Dir diese wunderbare Neuigkeit in vertrauter Zweisamkeit gesagt und Deine freudige Überraschung mit allen Sinnen genossen. Gerade in solchen Augenblicken spüre ich immer, wie sehr ich doch durch Dich lebe.

Am Sonntag werde ich endlich einmal durchatmen können, da ist der Verwundeten-Tee in der Schule, und ich gehe nicht zu Mutter. Liebster, ist es nicht ganz unbeschreiblich, dass wir nun im nächsten Herbst schon zu sechst sein werden?

Berta hat sich übrigens beruhigt und will nun doch noch bleiben. Gottlob, eine Sorge weniger.

Deine Klara

20. Dezember 1915

Lieber Justus!
Ich konnte heute am Telefon nicht sprechen, all die mühsam bekämpfte Erregung brach hervor. Ich bin so glückselig, dass Du Dich genauso auf das Kind freust wie ich, und würde so gern

mit strahlendem Gesicht herumlaufen, und stattdessen musste ich heute diese schrecklichen Qualen miterleben, die Mutter so sehr peinigten! Ich war heute drei Stunden bei ihr, und sie litt fürchterlich an Leib- und Rückenschmerzen. Die Nacht soll aber noch viel schlimmer gewesen sein, sodass Papa uns heute Morgen mit starrer Miene empfing und meinte, es ginge zu Ende. Der Arzt hat gesagt, er hoffe, dass das Herz aushält.

Mir geht es recht gut, es wird mir zwar jetzt oft schlecht, aber dann bekomme ich immer Heißhunger, und nach dem Essen wird es besser. Ich hätte so Lust auf Beefsteak und Kaviar. Der Reisbrei heute rutschte nicht so gut.

Heute erhielt ich auch den Dank Deiner Kompanie für die Weihnachtsgeschenke. Habt Ihr denn schon Weihnachten bei Euch?

Die Kinder sind sehr traurig, dass der Papa nicht kommt. Helene und Paula wollten heute wissen, ob er vielleicht schon totgeschossen sei und ich es ihnen nur nicht sagen wollte. Worauf dann Emil fürchterlich losschrie. Er hatte verstanden, der Papa sei totgeschossen, und er war kaum zu beruhigen. Ich musste gleich an den armen Lucien denken. Er war ja nicht viel älter als Bübchen, als er mit ansehen musste, wie man seine Eltern erschoss. Es ist einfach alles zu schrecklich, man will gar nicht mehr daran denken und kann doch nie entkommen.

Es grüßt und küsst Dich tausendmal

Deine Klara

21. Dezember 1915

Lieber Justus!
Heute Vormittag war mir recht jämmerlich zumute, aber heute Nachmittag ging es wieder so gut, dass ich meine fünfstündige Pflege gut aushalten konnte. Und eben kam ich sehr wohl und hungrig nach Hause. Bei Mutter wagt man ja nichts zu essen, weil sie es einem dann vielleicht später vorrechnet. Für heute Nacht haben wir zwei Pflegerinnen, und ihre Köchin muss unten

schlafen, damit man sie rufen kann. Papa will heute nicht geweckt werden. Er ist schon ganz nervös von dem Aufstehen nachts. Er hat eingesehen, dass eine Engelsgeduld dazugehört, Mutter zu pflegen, obgleich er nur den kleinsten Teil davon kennt. Meinen Zustand habe ich Greta heute entdeckt. Mutter will ich es noch verschweigen, sie hat ja auch selbst gar nicht das Gefühl, dass sie uns anstrengt. Ich hoffe, dass ich Weihnachten ein bisschen Zeit für die Kinder finde. Im Moment sehe ich sie fast gar nicht mehr. Morgens elend, mittags Pflege und abends müde. Was bleibt da übrig?

Bitte, schreibe mir immer, wenn Du etwas möchtest. Ich werde Dir alles schicken. Was ist Geld, Justus? Mutter hat es haufenweise und friert in ihrem Reichtum. So wollen wir es nicht halten. Dass die Generalstochter, mit der Dein Oberstleutnant verlobt ist, ihm so guten Wein von der Mosel schickt und er ihn mit Euch teilt, das ist doch famos! So habt Ihr doch etwas zum Genießen.

Was Du meine Vorlesungen betreffend gesagt hast, so denke ich, dass Du recht hast. In meinem Zustand werden sie mir sicher bald zu anstrengend werden, ich bin jetzt abends auch immer schon so früh müde, was natürlich auch an der Lauferei zu Mutter liegt. Ich will mich auf keinen Fall unnötig überanstrengen.

Wenn Du doch nur bei mir wärst!

Deine Klara

23. Dezember 1915

Lieber Justus!
Gestern bei Frau Baum war es sehr nett, Aline Ambros und Lilly Berg waren auch dort. Lilly hat es sehr bedauert, als ich ihr sagte, dass ich nicht mehr zu den Vorlesungen gehen könne. Sie selbst will sie aber nicht aufgeben, Geschichte habe es ihr nun sehr angetan. Aline nutzte dann gleich die Gelegenheit und hielt uns ihrerseits eine geschichtliche Vorlesung über ihre Vorfahren, die früher in der Judengasse lebten. Sie hat sich fürchterlich darüber aufgeregt, dass die Menschen dort an Sonn- und Feiertagen und

den Kaiserkrönungen eingeschlossen wurden und an diesen Tagen nicht einmal ihr Abwasser in den Main leiten durften. Was ja auch wirklich eine Schande ist. Ganz stolz ist sie natürlich, dass einer ihrer Urahnen zu den Geschäftstüchtigen gehörte, denen es erlaubt war, Zins- und Pfandgeschäfte zu betreiben. Wie reich sie damit geworden sind, wissen wir. Aber dass man Menschen in ein Ghetto sperrt, nur weil sie Juden sind oder Christen oder was auch immer glauben! Ich musste gleich an Papas Spruch denken: »Der Glaube ist eine üble Macht, vor der man sich lieber nimmt in Acht.« Ich halte dieses Denken ja für sehr übertrieben, und auf Dich, der so einen tiefen reinen Glauben hat, trifft das sowieso nicht zu. Aber denk doch nur mal an die Kreuzzüge, was da im Namen Gottes gemetzelt wurde! Du siehst, ich bekomme auch ohne Vorlesungen geistige Anregung durch den Umgang mit den gebildeten Damen.

Morgen werde ich nun mit den Kindern allein bescheren, am ersten Feiertag kommt dann Nolde zum Kaffee, und abends erwarte ich Arthur, dem ich nicht absagen wollte. Er macht mir ja auch gar keine Umstände. Hoffentlich hast Du Weihnachten wenigstens ein bisschen Ruhe. Frau Lennert hat mir auch ein paar neue Bilder von der kleinen Elisabeth mitgeben. Es ist so ein reizendes Kind.

Deine Klara

24. Dezember 1915

Lieber Justus!
Das zweite Weihnachten ohne Dich. Wie sehr wünsche ich mir, dass wir im nächsten Jahr endlich wieder zusammen sind. Dieser Krieg will aber auch überhaupt kein Ende nehmen! Ich sitze hier in meinem Zimmer, habe das Licht ausgeschaltet und nur die Kerzen in dem Leuchter auf meinem Tisch brennen. Im Haus duftet es noch nach gebackenen Äpfeln mit Zimt und Nüssen. Die Kinder hatten es sich zu Weihnachten gewünscht. Nun schlafen sie friedlich. Ach, Justus, wie könnten wir es uns jetzt gemütlich

machen, ein Gläschen Rotwein zu zweit auf der Couch im Salon. Wie wunderbar wäre das.

Paula und Helene haben sich über die neuen Puppenwagen und die Schlittschuhe sehr gefreut. Ich hoffe, dass ich Fräulein überreden kann, mit ihnen bald mal auf die Eisbahn zu gehen. In meinem Zustand sollte ich auf das Vergnügen lieber verzichten, zumal mit Paula, die ja noch ganz ungeübt ist und Anleitung braucht. Emil war ganz außer sich vor Freude über den Roller. Auch die Bücher und Malstifte fanden großen Anklang.

Unser Christbäumchen steht wieder auf Deinem alten Rauchtischchen und sieht wirklich sehr hübsch aus mit den roten Kugeln und den bunten Holzfigürchen, die Greta mir geschenkt hat. Sie sind sehr schön geschnitzt. Heute Vormittag war ich zwei Stunden bei Mutter, es scheint ihr besser zu gehen. Sie hat nicht mehr so starke Schmerzen. Aber wie sie die Schwestern herumscheucht! Die werden nicht mehr lange bleiben.

Wenn es nur in den nächsten Tagen keine Kämpfe gibt. Eben hört man so wenig, dass man schon fürchtet, es ist etwas ganz Schreckliches in Vorbereitung. Gib auf Dich Acht, Justus, und im nächsten Jahr bist Du dann wieder ganz bei uns. Ich bin froh, dass Arthur kommt, so ganz ohne Besuch gefällt mir Weihnachten doch nicht.

Deine Klara

26. Dezember 1915, Sonntag

Lieber Justus!
Gestern Nachmittag waren Nolde, Greta und Albert mit den Kindern zum Kaffee da, was mir sehr angenehm war. Papa meinte, nachdem wir am Vormittag zwei Stunden bei Mutter am Bett gesessen hatten, dass er das nun übernehmen würde und wir die Weihnachtstage mit den Kindern verbringen sollten. Auch Mutter war ganz einsichtig und sagte, dass sie ja genug Hilfen um sich herum habe, auch wenn die in allem recht unfähig seien. Was ihr die Sache aber am meisten erleichtert, ist wohl, dass Robert

gestern angekommen ist, von dem sie natürlich erwartet, dass er ihr die Hand hält.

Der Käsekuchen, den ich gestern gemacht hatte, war mir wohl ausgezeichnet gelungen, jedenfalls wurde ich von allen gelobt. Albert hat uns sehr gut mit seinen Erzählungen über die Gärten in Konstantinopel unterhalten. Besonders die Eierfrucht hat es ihm angetan. Und die Kürbisse dort sehen aus wie Gurken, meint er. Albert sagt, dass die meisten Türken allein von Gemüse, Obst, Oliven und Brot leben, worauf Nolde meinte, dass sei eine sehr gesunde Küche und auch vollkommen ausreichend. Ich fragte ihn dann, ob er denn zukünftig auf seinen sonntäglichen Braten verzichten wird, der Gesundheit wegen. Er lenkte dann ab und kam auf seine geliebte Politik zu sprechen, sprach von den Reichstagsabgeordneten der SPD, die weitere Kriegskredite ablehnen wollen. Was meinst Du denn dazu? Würde das denn den Krieg beenden?

Kaum waren meine Gäste gegangen, kam Arthur. Die Kinder haben ihn gleich in Beschlag genommen, und er musste sich ihre Geschenke ansehen. Emil rief dann: »Arthur, Klavier spielen!« Unser Bübchen kann das R jetzt schon ganz ausgezeichnet sagen. Nach dem Abendessen hat Arthur den Kindern dann auch vorgespielt, wovon sie ganz begeistert waren. Eben sind sie selig eingeschlafen, und Arthur ist zu den Eltern. Er will Mutter besuchen und Papa bitten, ob er oder Albert ihn mal nach Konstantinopel mitnehmen können. Er will Frl. Kern suchen. Die Briefe, die er ihr geschrieben hat, hat sie nicht beantwortet. Er glaubt aber trotzdem, dass sie ihn noch liebt. Er hängt wirklich sehr an Frl. Kern.

Deine Klara

28. Dezember 1915

Lieber Justus!
Heute Morgen war ich bei Mutter, sie sieht noch immer schlecht aus, sagt aber, dass es ihr besser ginge. Robert, den ich fragte, was das mit diesen Gasmaskenversuchen auf sich hatte, meinte, dass

er das auch nicht so genau wisse. Er wäre jedenfalls sehr froh, dass er nicht mehr dorthin müsse. Ich glaube, er traut diesen Masken nicht, und man weiß ja auch gar nicht, was sie da versprühen. Nach dem Mittagessen gingen wir alle zur Eisbahn. Arthur hatte sich bereit erklärt, Paula die erste Stunde zu geben, und denk Dir, er brachte es sogar fertig, dass Fräulein sich aufs Eis wagte! Emil und ich machten es uns in eine Decke gewickelt auf einer Bank gemütlich und schauten zu. Paula hat sich ganz geschickt angestellt. Sie hat eine ganze Runde gedreht, erst an Arthurs Hand und dann ein Stück allein. In ihren rot-weißen Mäntelchen mit den roten Mützen sahen unsere beiden Mädchen ganz entzückend aus, ich war so recht die stolze Mutter.

Arthur ist nun voller Hoffnung auf ein Wiedersehen mit Frl. Kern. Papa hat versprochen, dass er ihn mitnimmt, wenn er wegen finanzieller Angelegenheiten wieder nach Konstantinopel muss. Er denkt, dass er Ende Januar fährt.

Mein Liebster, ich hoffe sehr, dass es Dir gut geht.

Deine Klara

30. Dezember 1915

Lieber Justus!
Paula und Helene sind mit Jahns im Theater in »Hänsel und Gretel.« Emil spielt mit Fräulein im Kinderzimmer, und ich genieße mal so vollständig die Ruhe. Arthur ist heute Morgen zurück nach Hamburg gefahren. Er will dort mit Freunden auf das neue Jahr anstoßen. Robert kommt am Abend zu mir. Greta und ich haben ihn dazu gedrängt, damit er ein bisschen Abstand zu Mutter hat. Der Ärmste hat in den letzten Monaten genug Schweres erlebt.

Ich werde mit den Kindern zu Hause bleiben und mit Fräulein und den Mädchen das neue Jahr begrüßen. Hoffentlich wird es ein gutes und vor allen Dingen ein friedliches Jahr.

Robert kommt gerade an, ich muss schließen.

Deine Klara

1. Januar 1916

Liebster!
Die Kinder waren eben eine halbe Stunde auf. Wir haben sie ganz dick angezogen und sind auf den Balkon gegangen. Unter dem Glockengeläute stießen wir mit Saft und Sekt auf das neue Jahr an. Es liefen auch einige Leute an unserem Haus vorbei und wünschten uns ein schönes neues Jahr. Paula meinte plötzlich, sie habe Dich unter den Leuten erkannt, und es dauerte eine Weile, bis wir sie beruhigt hatten. Das nächste Jahr werden wir hoffentlich wieder gemeinsam begrüßen!

Von Tante Maria und Onkel Heinrich gibt es wundervolle Nachricht: Ernst lebt! Er ist schon auf dem Weg nach Frankfurt. Robert hat heute erfahren, dass Hagen Westmann gefallen ist. Es hat ihn sehr getroffen, sie waren ja in der Schule unzertrennlich.

Nun sind schon beinahe zwei Stunden des neuen Jahres vorbei. Wenn ich doch sehen könnte, wo Du gerade bist. Ob Du schon schläfst oder Ihr noch feiert? Hat Dir denn der Hummer geschmeckt, und sind die Schokolade und die Zigarren gut angekommen? Arthurs Hiersein hat mich übrigens wieder drei Tassen und zwei Teller gekostet, einmal angebrannte Kartoffeln und einen schwarzen Kuchen. Fräulein hat sich einen Rock zerrissen, mit dem sie an der Türklinke im Esszimmer hängen blieb, als Arthur sie ansprach und sie – puterrot im Gesicht – hinaushuschen wollte. Sie sagt ja nichts, aber sie ist ganz sicher verliebt in ihn! Wenn ich mal von Frl. Kern spreche, wechselt sie sofort das Thema.

Deine Klara

3. Januar 1916

Liebster!
Jetzt habe ich schon seit vier Tagen nichts mehr von Dir gehört. Wo bist Du denn nur? Wenn ich heute keine Nachricht von Dir bekomme, dann möchte ich morgen mal versuchen, zu telefonieren. Papa hat vorgeschlagen, mir zu helfen. Vielleicht sind ja Deine Briefe auch nur liegen geblieben, weil die Post nicht richtig

transportiert. Wenn Dir etwas zugestoßen wäre, dann hätte ich doch längst Nachricht. Ich will mir auch deshalb vorläufig nicht zu große Sorgen machen.

Gestern hatte ich übrigens unerwarteten Besuch, Emilie Winter, Edgars Frau. Sie ist wirklich ganz reizend, Edgar hätte es nicht besser treffen können. Was mir, wie Du Dir denken kannst, eine große Beruhigung ist. Es war ihre Sorge um Edgar, die Frau Winter diesen Besuch machen ließ. Er soll wieder ins Feld, sie befürchtet aber, dass er das nicht übersteht. Seine Nerven seien noch lange nicht so weit. Sie hat mir von den furchtbaren Albträumen erzählt, die sie beide keine Nacht durchschlafen lassen, und meinte, Papa habe doch Beziehungen. Sie bat mich, ihn zu fragen, ob irgendwo Chemiker gebraucht werden. Edgar wäre doch dann unabkömmlich.

Ich hoffe, dass heute noch ein Brief oder wenigstens eine Karte von Dir eintrifft, damit ich weiß, dass es Dir gut geht. Es heißt, dass es am Hartmannsweilerkopf größere Gefechte gab, aber da bist Du doch nicht? Eben kommt Nolde, ich habe ihn zum Kaffee eingeladen, er sorgt sich sehr um Dich.

Sei tausendmal gegrüßt und geküsst

von Deiner Klara

5. Januar 1916

Liebster!
Noch immer kein Lebenszeichen von Dir! Papa und ich haben versucht zu telefonieren, leider erfolglos. Papa will nun heute Abend nach Berlin telefonieren. In Eurer Nähe soll es auch ein paar kleine Gefechte geben, aber Papa meint, dass man dazu keine Offiziere aus ihren Ruhequartieren abziehe. Nolde hat gestern auch beruhigend gesprochen. Er ist sich auch sicher, dass wir längst Nachricht hätten, wenn etwas Schlimmes passiert wäre. Alle wollen mich beruhigen, selbst Greta hat mich gestern bei Mutter in den Arm genommen, das macht sie sonst nie. Aber jeden Tag wird nun meine Angst größer. So lange hat es doch noch nie gedauert,

bis ich Nachricht von Dir bekam. Vor den Kindern lasse ich mir ja nichts anmerken. Wenn sie fragen, ob Papa geschrieben hat, dann sage ich nur, sie sollten sich keine Sorgen machen, es gehe Dir gut. Als ich heute Morgen bei Mutter war, war sie so schlecht gelaunt und hat wieder nur vom Sterben gesprochen, dass ich am liebsten davongerannt wäre. Ich habe immerzu gedacht, dass Du ja vielleicht jetzt schon tot bist. Ich wollte es nicht denken, aber es kam so über mich. Greta und Papa haben mich dann auch nach Hause geschickt. Sie haben wohl verstanden, was Mutter mit ihrem Gejammere angerichtet hat.

Ernst ist in Frankfurt im Lazarett. Tante Maria war heute bei Mutter. Den Armen hat es schlimm erwischt, er hat ein Bein verloren.

Wenn Du verwundest bist, dann lasse Dich bitte hierher transportieren, oder ich komme zu Dir. Wir vermissen Dich alle so sehr. Die Kinder, Jahns und Eltern grüßen Dich herzlich.

Deine Klara

7. Januar 1916

Liebster!

Noch immer nichts von Dir gehört! Papa hat jetzt schon viermal mit Berlin gesprochen. Man sagt dort, es liege nichts vor. Die Telefonverbindungen zu Euch seien nur gerade schlecht. Ich fürchte ja, sie verschweigen was. Immer wenn etwas Schreckliches passiert ist, würden sie es am liebsten erst gar nicht zugeben. Ich schreibe Dir, obwohl ich gar nicht weiß, ob Du den Brief lesen wirst oder lesen kannst. Warum hast Du Weihnachten nur keinen Urlaub bekommen, dann wärst Du jetzt vielleicht noch bei uns, und ich müsste mich nicht so furchtbar sorgen! Greta hat meinen Dienst bei Mutter mit übernommen. Sie meint, das könnte ich jetzt nicht aushalten. Albert und Papa sehen jeden Tag nach mir, und auch in Nolde habe ich einen treuen Freund. Alle sagen, ich solle fest daran glauben, dass es Dir gut geht. Sogar Papa spricht von Vertrauen in Gott.

Du siehst, wie sehr sie mir alle helfen wollen. Ich nehme mich auch sehr zusammen, schon damit die Kinder nichts merken. Nur nachts weine ich mit Deinem Kissen in den Armen. Ich will jetzt erst mal nicht mehr schreiben, bis ich Nachricht von Dir habe. Und ich darf mich auch nicht zu sehr aufregen, ich muss doch an das Kind denken.

Deine Klara

9. Januar 1916, Sonntag

Liebster!
Dass so was möglich ist, das hätte ich nicht gedacht! Da schicken sie eine Woche lang die Post für Euch in die falsche Richtung, und die von Euch bleibt einfach auf dem Bahnhof liegen. Aber es ist überstanden, und ich tanze nun in bester Stimmung durchs Zimmer mit der Depesche in der Hand, die ich eben von Dir erhielt. Papa war gestern Abend noch mal hier und hat gesagt, dass man ihm in Berlin versprochen habe, Dich irgendwie zu erreichen.

Wie bin ich froh, dass das geglückt ist, und wie bin ich selig, dass es Dir gut geht. Ich warte nun morgen auf Deinen ausführlichen Brief. Wenn ich Dich doch jetzt nur mal küssen und drücken dürfte! Der Krieg muss endlich aufhören. Diese Sorgen sind einfach zu unerträglich!

Deine Dich ewig liebende Klara

11. Januar 1916

Lieber Justus!
Da hast Du also geglaubt, ich wäre so überangestrengt gewesen wegen Mutter und hätte Dir deshalb nicht geschrieben. Was denkst Du denn von mir? Ich würde doch meinen Justus nicht eine ganze Woche lang ohne Nachricht lassen! Vielleicht kannst Du einfach jede Woche einmal zu telefonieren versuchen, damit ich weiß, dass

es Dir gut geht. Dass die Feldpost jetzt täglich fast 19 Millionen Sendungen hat, das habe ich nicht geglaubt! Dann muss man sich direkt wundern, dass solche Dinge nicht öfter passieren.

Heute habe ich Greta mal wieder bei Mutter abgelöst. Sie hat ja in den vergangenen Tagen reichlich dort gesessen. Morgen ist die Handarbeitsstunde unserer Töchter bei mir. Ich werde in der Stadt einen Kuchen holen, zum Backen komme ich wegen Mutter sicher nicht, und Berta will ich es auf keinen Fall überlassen. Papa hofft, dass Mutter bald so weit wieder hergestellt ist, dass sie im Februar nach Baden-Baden kann. Er baut sehr auf die Ärzte dort.

Ach, Justus, ich möchte am liebsten einen Winterschlaf halten und erst im Mai wieder aufwachen! Ich kann Dir gar nicht sagen, wie ich mich nach dem Frühjahr sehne. Wie wunderbar wäre es, wenn Gott uns im Frühjahr ein gesundes Wiedersehen schenkte und Du dann ganz bei uns bliebest. Obwohl ich Dich nun gesund und wohl weiß, bangt mir heute so um Dich und um uns alle. Es liegt sicher an meinem Zustand, vielleicht hat sich aber auch die Angst der letzten Tage noch nicht ganz gelöst. Nun, ich werde es schon überwinden.

Ist es nicht wundervoll? An der Bergstraße blühen schon die ersten Mandelbäume! Das ist doch sonst erst immer im Februar der Fall. Vielleicht hat es ja etwas Gutes zu bedeuten. Ich bin so unendlich froh, dass es Dir gut geht und Du so gar nicht in Gefechten bist.

Ich habe Dir vor zwei Tagen gleich ein Paket geschickt. Vielleicht hast Du es schon. Konserven, Butter, Obst und Zigarren.

Es küsst und umarmt Dich

Deine Klara

12. Januar 1916

Liebster!

Wie schön war heute Mittag das Telefongespräch, da konnten mir Mutters Klagen, die ich heute den ganzen Nachmittag auszuhalten hatte, gar nichts anhaben. Die zweite Schwester ist nun auch hinausgeflogen. Jetzt brauchen wir wieder Ersatz, denn die eine, die noch übrig ist, hat schon angekündigt, dass sie es ganz bestimmt nicht allein machen wird. Der Handarbeitsunterricht ist gut verlaufen. Helene ist in der Stunde eine der Lebhaftesten, aber auch flatterhaft, immer fürs Amüsieren und weniger fürs Stricken. Es war mir sehr interessant, alle zu beobachten. Paula schlug heute ihrer Schwester vor, dass jede von ihnen einen Teil von einem Schal stricken könnte, den man dann zusammennäht und Dir schickt. Ist das nicht rührend? Emil hatte ich mit Fräulein in den Park geschickt.

Abends: Jetzt war ich noch ein Stündchen draußen. Lilly kam gerade nach einem Vortrag hier vorbei und lud mich zu einem Spaziergang ein. Sie hat mir ganz begeistert von Frau Braun erzählt, einer Berliner Sozialistin, die »die Frau von übermorgen« gepriesen hat. Lilly meinte, dass irgendwann auch Frauen wählen dürften und auch gewählt werden. Sie war ganz erfüllt von diesen Gedanken und schwärmte auch von Luxemburg und Liebknecht. Solche Ansichten in der Villa des Herrn Generaldirektors, da wird sie bei ihrem Friedrich Wilhelm nicht gut ankommen. Aber das scheint ihr wohl egal, sie spricht auch kaum mehr von ihm. Der Altersunterschied zwischen ihnen ist auch mächtig. Er ist ja schon beinahe fünfzig.

So, nun will ich schließen, ich bin wirklich sehr müde.

Deine Klara

14. Januar 1916

Liebster!
Gestern ist das morgendliche Übelsein endlich mal ausgeblieben, vielleicht habe ich es überwunden. Ich war gestern den ganzen Vormittag mit Fräulein und Emil in der Stadt. Fräulein hat sich mit meiner Hilfe ein Kostüm gekauft, und ich habe mir einen Rock zum Weitermachen und einen Schlafrock gekauft. Nachmittags war ich bei Mutter. Sie war sehr schwach und hat viel geklagt. Greta schien mir auch schon halb krank, und so war es auch.

Heute lag sie im Bett, und ich musste den Dienst bei Mutter am Vormittag und Nachmittag übernehmen. Nächste Woche soll nun ein Arzt aus Heidelberg kommen. Ob es was nutzt?

Mein Umfang nimmt nun entschieden zu. Ich denke, ich werde meinen Zustand nicht mehr lange vor Mutter geheim halten können. Papa habe ich es heute gesagt. Er freut sich wirklich sehr. Ich glaube, er kann gar nicht genug Enkelkinder bekommen. Albert ist übrigens in Berlin, er trifft sich dort mit Arthur. Am 15. fährt doch der erste Balkanexpress von dort nach Konstantinopel. Albert hat es erreicht, dass Arthur mitfahren kann. Übrigens wird es Dich interessieren, dass ich jetzt mit großer Freude morgens Kakao trinke und Butterbrötchen ohne Fleisch dazu. Es bekommt mir viel besser und stößt mir nicht auf.

Deine Klara

16. Januar 1916, Sonntag

Es ist Sonntag, und Du weißt, wie sehr ich gerade die sonntägliche Ruhe immer genossen habe. Den Vormittag musste ich aber heute bei Mutter verbringen, und das war gar nicht erholsam. Dann kam glücklicherweise Greta, ihr geht es wieder besser. Professor Schnaudiegel, der heute wegen der Augen bei Mutter war, denkt, dass wir in fünf Wochen ein gutes Stück weiter wären. Welche Aussicht! Noch mal fünf Wochen! Heute waren zwei neue Pflegerinnen da, die hat sie so herumgescheucht, dass die auch nicht lange bleiben werden. Mutter glaubt auch so gar nicht an das, was die Ärzte sagen. Kaum sind sie draußen, schimpft sie, das sei alles nur Geschwätz und ihr gehe es kein bisschen besser. Morgen Abend kommt nun Exzellenz Erb aus Heidelberg zur Konsultation. Wir sind alle sehr begierig, was er sagen wird.

Albert und Arthur sind gestern wirklich mit dem ersten Balkanexpress abgedampft. Robert hat geschrieben, dass er in zwei Wochen mal Urlaub hat. Da wird Mutter hoffentlich aufblühen.

Es grüßt und küsst Dich tausendmal

Deine Klara

18. Januar 1916

Liebster!
Gestern war der große Tag mit Exzellenz Erb. Erb ist ein kleiner, liebenswürdiger, sehr einfacher Mann wie alle großen Männer. Er ist schon über 70 Jahre alt und spricht sehr vertrauenerweckend. Er hält Mutters Krankheit für eine schwere Nervenerkrankung, die geheilt werden kann, aber unter Umständen auch schlecht ausschlagen könnte, wenn das Herz plötzlich von einer Lähmung erfasst würde. Diphtherie sei es nicht, aber eine Nervenerkrankung durch eine Infektion irgendwelcher Art. Er hat vielerlei verordnet, auch Einreibungen für den Rücken, die scheinbar heute schon wohl getan haben. Für den Appetit hat er auch etwas verschrieben, und bei starken Schmerzen sollen wir ihr Morphium geben. Nach acht bis zehn Tagen soll sie dann Fichtennadelbäder nehmen, wenn es bis dahin möglich ist. Erb ist der berühmteste Nervenarzt Deutschlands, sagt Greta.

Heute Vormittag habe ich mal gekocht und gebacken, und da ging es mir so gut wie nie. Man sieht wieder, wie nötig mir die Bewegung und Arbeit sind. Was habt Ihr zu Montenegro gesagt? Die Truppen dort haben wohl den Kampf gegen uns aufgegeben! Die Friedensgerüchte mit Russland mehren sich. Dass Du gesellschaftliche Verpflichtungen hast, macht ja nichts. Behalte nur Geld dafür zurück. Ich komme eben auch kaum zum Rechnen, da lassen wir es einfach mal laufen. Im Sommer wird es sich schon ausgleichen. Ich sandte Dir heute Coronas und für Deinen Schellack Würstchen. Die Rasierseife kommt demnächst.

Dein Brieflein, das Du mir heute Morgen sandest, hat mir Tränen entlockt. Ja, mein Liebster, ich fühle es, wie Du immer meiner gedenkst, und ich wünsche mir so sehr, dass es Dir genauso ergeht und Du spürst, wie nahe ich Dir immer bin.

In Liebe, Deine Klara

21. Januar 1916

Liebster!
Nun scheinen sich wieder an allen Ecken Schwierigkeiten aufzutürmen. Aber wir werden schon durchkommen. Helene liegt mit starkem Schnupfen und Fieber zu Bett. Ich bin auch erkältet, und Berta will unbedingt ins Krankenhaus, wegen ihrer Nase. Sie bekommt immer so schlecht Luft, sagt sie. So werde ich vielleicht die nächsten Tage, die sie noch da ist, benutzen und mich auch mal einen Tag hinlegen, um mich auszukurieren. Der Husten könnte sonst schädlich werden. Bei Mutter war ich heute nur eine Stunde, da ich Helene nicht so lange allein lassen wollte. Du weißt ja, Fräulein ist bei Krankheiten immer so unsicher.

Denk Dir nur, Hermann Westphal, Lores Mann, ist am Hals verwundet. Das ist nun der letzte Mann von Westphals. Sie haben wirklich viel Unglück. Hoffentlich wird er wieder gesund. Die Friedensgerüchte schießen jetzt wie Pilze aus der Erde. Viele glauben, dass im Frühjahr Schluss ist. Verzeih die kurze Nachricht, aber Helene ruft nach mir. Ich hoffe, die beiden anderen stecken sich nicht an, dann hätten wir ein schönes Lazarett zusammen.

Deine Klara

24. Januar 1916

Lieber Justus!
Helene geht es besser, ich habe auch die letzten beiden Tage fast nur an ihrem Bett gesessen, was mir aber wie eine Erholung war, da ich so nicht zu Mutter konnte. Vorhin war ich schnell auf der Kreiskasse und habe 118 Mark zu viel gezahlte Steuern herausbekommen, was mir eine sehr angenehme Zulage war. Nun bitte ich Dich dringend, mindestens 50 Mark mehr zurückzubehalten für Deine Ausgaben. Die Bücher, die Du willst, waren nicht vorrätig, werden mir aber morgen geschickt.

Heute geht Berta zum Arzt, und dann wird es sich entscheiden, ob sie ins Krankenhaus geht. Lieschen will übrigens bald heiraten. Sie hat einen Kaufmann aus Kaiserslautern in den Sommerferien kennengelernt. Es ist mir sehr schade, wenn ich sie verliere. Gerade jetzt in meinem Zustand möchte ich mich nur ungern an jemand Fremden gewöhnen.

Es umarmt und küsst Dich
Deine Klara

25. Januar 1916

Lieber Justus!
Nun haben wir doch ein Lazarett. Gestern lagen alle drei Kinder im Bett. Paula hatte aber nur ein bisschen Fieber, und heute habe ich sie und Helene aufstehen lassen. Emil hat tüchtiges Schnupfenfieber. Eben wird er mit ein wenig Hühnersuppe und Apfelbrei gefüttert. Danach soll er schlafen, während wir zu Mittag essen. Mir geht es zum Glück ausgezeichnet, ich habe die Nacht vorzüglich geschlafen.

Wie schade, dass Du durch das schlechte Wetter so wenig zum Spazierengehen kommst. Hier ist es heute sonnig. Ich will mir den Mittagsschlaf verkneifen und nach Tisch, wenn die Kinder schlafen, ein wenig spazieren gehen. Ich überlege gerade, ob ich Fräulein über meinen Zustand einweihen soll. Aber vielleicht ist ihr ein weiteres Kind zu viel und sie kündigt mir dann.

Heute war ich für eine Stunde bei Mutter, es ging ihr ganz gut, und sie hat auch nicht mehr so geklagt.

Es umarmt Dich
Deine Klara

Kaisers Geburtstag 1916

Liebster!
Leider hatten wir eine sehr unruhige Nacht. Kurz nach Mitternacht hat Helene sich dermaßen übergeben, dass ich den Teppich abwaschen und die Betten beziehen musste. Um zwei Uhr bekam dann Paula die Husterei, sodass ich heute früh wie gerädert war.

Helene ist aber heute auf und viel wohler, hat sogar Schulaufgaben gemacht. Es war vielleicht gut, dass alles herauskam. Paula darf eben zwei Stunden aufstehen, Emil muss noch liegen bleiben. Es ist scheinbar eine richtige Infektion, die die Zwillinge aus der Schule mitgebracht haben. Ich hörte, dass auch andere Kinder in der Nachbarschaft krank sind.

Ich bedaure sehr, dass ich Dich mit den Zigarren so warten lassen muss, aber ich bin durch die Krankheit der Kinder nicht in die Stadt gekommen, und per Telefon kann ich die Zigarren schlecht bestellen, weil ich die Sorte und die Kosten nicht genau kenne. Ich schicke nun heute den Rest Coronas und Zigarillos, damit Du wenigstens etwas hast, und hoffe, am Montag größere Sendungen abgehen lassen zu können.

Doktor Greif kommt nachher und sieht mal nach den Kindern.

Die Bildchen, die Du geschickt hast, haben mir sehr gut gefallen, ich vergaß wohl darüber zu schreiben.

Abends: Doktor Greif meinte, dass die Kinder in zwei, drei Tagen wieder alle wohlauf sind. Emil wollte sich erst gar nicht untersuchen lassen, er brüllte mörderisch, als Greif an sein Bett kam. Greif erlaubt übrigens Aspirin für mich. Es schadet nicht. Ich hoffe, Dir nun bald die Auflösung unseres Lazaretts mitteilen zu können.

Sei tausendmal gegrüßt und geküsst
von Deiner Klara

30. Januar 1916, Sonntag

Liebster!
Den Kinder geht es allen besser. Emil liegt noch im Bett, die beiden Großen waren heute auf, haben aber noch einen langen Mittagsschlaf gemacht. Papa hat telefoniert, dass Mutter immer noch große Schmerzen hat. Er weiß sich bald keinen Rat mehr. All die hochgelobten Ärzte, die er kommen ließ – und doch keine Besserung!

Es scheint jetzt wieder mehr Schießerei zu sein im Westen. Hoffentlich bleibt Ihr von einem Angriff verschont. Hier befürchtet man, dass auch über Frankfurt bald Bomben fallen. Am Samstag hat doch ein Zeppelin Paris bombardiert. Welch eine Enttäuschung, da hoffte man doch schon auf Frieden.

Mir selbst geht es passabel. Nach dem Essen habe ich aber immer ein unglaublich schweres Gefühl im Leib, besonders abends. Ich sollte wohl abends nichts mehr essen, was mir aber sehr schwer fallen dürfte, da ich immer Hunger habe.

Denk Dir, am 1. Februar fängt Edgar bei Meister in Höchst an! Papa hat es erreicht. Frau Winter hat mir heute einen sehr schönen Blumenstrauß und Schokolade für die Kinder gebracht, beste Qualität. Winters haben wohl auch ihre Beziehungen in gewissen Dingen. Morgen kommt Nolde nach Langem mal wieder. Wir werden sicher viel von Dir sprechen.

Bleib gesund, Liebster, und komm bald zu uns zurück.

Deine Klara

2. Februar 1916

Liebster!
Die Kinder sind alle wieder ganz gesund! Nun muss sich Berta nächste Woche doch einer Nasenoperation unterziehen und wird dann wohl einige Tage richtig im Bett liegen. Eine Hilfe ist sie mir ja fast gar nicht mehr. Neulich war Greta mal abends ein Stündchen hier, da hat sie gestöhnt, dass sie erst um zehn Uhr ins Bett kam. Das geht doch nicht, ich habe doch abends kaum noch Besuch, und sie hat jeden Abend ab acht Uhr frei! Drei Kinder und drei Mädchen, da ist doch keine überlastet. Es ist beinahe lächerlich.

Das war aber eine Freude, als eben das Telefon läutete und man mir sagte, der Herr Hauptmann Sander wolle die Frau Hauptmann sprechen! Allerdings warst Du dieses Mal sehr schwer zu verstehen. Am besten verstand ich Dich ganz zuerst, als Du riefst: »Na, wer ruft denn da alles immer dazwischen?« Nun hast

Du aber die Beruhigung, dass es uns wieder gut geht, ebenso weiß ich, dass Du ganz wohl bist. Solch Telefonieren ist doch sehr viel wert, besonders jetzt in Kriegszeiten.

Die Zwillinge werden morgen wieder in die Schule gehen. Emil lasse ich noch einen Tag im Haus, dann geht es wieder an die frische Luft. Morgen will ich zu Bertas Arzt und mich erkundigen, wie lange sie nach der Operation liegen muss und wie lange sie arbeitsunfähig sein wird. Ich sehe eigentlich nicht ein, dass ich die ganze Arbeit übernehmen soll und sie auch noch pflegen muss. Ich schaffe mich noch ganz herunter. Die unruhigen Nächte und die Lauferei zu Mutter, da finde ich selbst überhaupt keine Ruhe mehr. Und am 1. April will nun auch noch Lieschen gehen. Schade, ich hätte sie zu gern behalten.

Papa war ein paar Tage in Zürich, er sagt aber nicht, warum. Morgen soll mal der Versuch gemacht werden, Mutter in einen Sessel zu setzen, wenigstens für ein paar Minuten.

Nolde meinte, er habe wieder von überall her nur Lob über Dich gehört. Wir haben ganz nett geplaudert. Er fand mich ein bisschen blass, und als er noch mal nachfragte, ob ich auch ganz wohl sei, habe ich ihm meinen Zustand entdeckt. Du hättest mal sehen sollen, wie er sich für uns freut!

Es grüßt und küsst Dich tausendmal

Deine Klara

5. Februar 1916

Lieber Justus!
Paula konnte heute doch noch nicht in die Schule, und Helene musste allein gehen. Die Arme hat heute Morgen auf dem Schulweg ihr Frühstück verloren und mit leerem Magen bis mittags hungern müssen. Keines der Kinder hat ihr was abgegeben, obgleich sie doch so beliebt ist, wie Frl. Schwan mir gerade neulich wieder versichert hat.

Vorgestern war ich nun bei Mutters erstem Aufstehen dabei. Sie wurde von zwei Schwestern in einen Sessel getragen und nach einer halben Stunde wieder ins Bett zurückgebracht. Es ging ganz gut. Papa war extra aus dem Büro gekommen und hat wunderbare Weintrauben mitgebracht. Mutter hat auch den Versuch unternommen, aufzutreten. Es ging, tat aber in den Knien noch weh. Und doch es scheint endlich vorwärtszugehen.

Ich war heute bei Bertas Arzt. Er sagte, im günstigsten Fall sei die Sache in drei bis vier Tagen gemacht, wenn eine Blutung dazukäme, könnte es acht bis zehn Tage dauern. Welch eine Aussicht.

In Liebe, Deine Klara

6. Februar 1916, Sonntag

Liebster!
Sehr gelacht habe ich gestern über das Telefongespräch. Es klang so komisch, wie der Telefonist sich für Dich erkundigte, zuerst nach den Kindern, dann nach der gnädigen Frau und zuletzt nach der Schwiegermutter. Gestern Abend, als ich gerade an Robert schrieb, traf eine Depesche von ihm bei Greta ein, er käme heute früh. Unsere Bestürzung war zuerst groß, da wir bei der Urlaubssperre annehmen mussten, es sei ihm etwas passiert. Aber kreuzfidel und gesund stand er dann vor uns. Er habe fünf Tage Urlaub, um sich seine Leutnantsausrüstung anzuschaffen, dazu 1100 Mark in der Tasche. Solch ein Glück! Was sagst Du dazu? Und zwar hat ihm Kahnmann dazu verholfen, hat ihn als Vizewachtmeister reisen lassen, denn als Offizier müsste erst die Division gefragt werden. So waren wir heute Nachmittag alle vergnügt zusammen bei Mutter, als ganz plötzlich ihre Hand anschwillt. Was das wohl wieder ist? Wir sind uns alle immer mehr darüber klar, dass die Krankheit wohl noch lange dauert.

Papa erzählte heute, dass das britische Handelsamt vorgeschlagen habe, nach dem Krieg sollten alle Waren aus Deutschland einen Vermerk erhalten: »Made in Germany«. Sie wollen damit erreichen, dass man im Ausland nichts mehr von uns kauft. Mit Österreich wollen sie es genauso machen. Man mag sich gar nicht ausmalen, was mit uns passiert, wenn wir den Krieg verlieren.

Verzeih, dass der Brief so kurz ist, aber ich will noch mal zu Greta. Sie hat Robert und mich zum Abendessen eingeladen.

In Liebe, Deine Klara

9. Februar 1916

Liebster!

Du hast doch sicher die von Robert und mir geschriebene Karte bekommen. Robert hat mich famos aufgeheitert. Das war mal dringend nötig. Nach den Krankheitszuständen der letzten Wochen ist es herrlich, mal so von Herzen vergnügt sein zu können. Am Montag war ich mit ihm in »Alt-Heidelberg« und habe geheult wie ein Schlosshund. Es wurde vorzüglich gespielt und ging mir natürlich wieder zu Herzen. Papa und Greta waren im Neuen Theater in »Die selige Excellenz.« Danach trafen wir uns im »Carlton«, wo Robert und ich ein fürstliches Mahl bestellten.

Gestern Vormittag habe ich gekocht, war nachmittags bei Mutter und dann mit Robert in »Lohengrin«. Es war ganz prachtvoll, nur Du hast gefehlt, und leider drückte mich mein Kleid, das war schon recht störend. Mutter ist eben wieder mehr daneben, man entzieht ihr nun etwas Morphium, das merkt sie sehr, und die Stimmung sinkt unter null.

Unsere Kinder pflege ich eben sehr. Sie bekommen Jod, Eisen und Lebertran. Sie sehen alle drei ganz gesund aus. Dass du neues Sattelzeug brauchst, darüber mach Dir keine Sorgen. Ich komme schon mit dem Geld aus. Nur schade, dass es jetzt kommt, da ich eben wieder Steuern, Wehrbeitrag usw. bezahlt habe und reichlich von der Bank holte, aber es wird sich schon wieder ausgleichen. Gib bitte gut auf Dich Acht. Irgendetwas wird passieren, Papa hat so merkwürdige Andeutungen gemacht, aber ich will sie lieber nicht weitertragen.

Deine Klara

10. Februar 1916

Lieber Justus!
Heute werde ich wohl wieder sehr spät ins Bett kommen. Wir wollen bei den Eltern Roberts Abschied feiern. Sein Zug fährt um Mitternacht. Zum Bahnhof werde ich aber wohl nicht mitgehen, denn draußen schneit es und windet, und ich bin schon den ganzen Nachmittag in der Stadt herumgetapst, um für Mutters Haushalt einzukaufen. Excellenz Erb korrespondiert übrigens mit Doktor Rosengard über den interessanten Fall. Mutter misstraut inzwischen aber auch diesen beiden Ärzten.

Hier ist es eben sehr gemütlich. In meinem Zimmer blühen die selbst gezogenen Hyazinthen und verbreiten einen wunderbaren Duft. Mir geht jetzt oft im Kopf herum, wie ich die Möbel auf die Zimmer verteile, wenn ich umräumen muss wegen des Kindes. Diese Änderung nehme ich natürlich erst im Juni vor. Ach Liebster, wärst Du nur hier! Ich bin jetzt in der unangenehmen Übergangszeit, wo kein Korsett und kein Kleid mehr passen, und habe dadurch oft Druckbeschwerden. Mein Appetit ist aber auch unheimlich und mein Darm noch nicht daran gewöhnt. Ich helfe mit Affenda nach, einem Bitterwasser. Nächste Woche will ich mich mal nach einem Reformkleid umsehen.

Abends: Mutter ging es heute viel besser. Ich glaube, Roberts Besuch hat sie aufgeheitert. Er hat ihr versichert, dass er in nächster Zeit nicht an die Front müsse und ganz gemütlich in seinem Quartier in Reserve hocke. Ich habe ihm das nicht abgenommen, aber Mutter glaubt es. Ich habe ihr und Robert nun auch eröffnet, dass wir ein Kind bekommen. Die Freude war groß, bei beiden. Mutter hat gleich von sich aus gesagt, dass ich auf mich sehr achten müsse und sie lieber noch eine Schwester mehr einstellen wolle. Da standen mir fast die Tränen in den Augen, dass sie sich so um mich sorgt.

In acht Tagen habe ich drei Monate um, da kommt bald die Zeit, dass es die Leute merken. Ich muss es nun auch bald Fräulein entdecken. Den Kindern will ich es im Mai oder Juni sagen. Wenn sie es zu früh wissen, dann werden sie ungeduldig und warten jeden Tag auf das neue Geschwisterchen.

Mit dem Bombengerücht ist es wohl doch nicht so ganz ohne. Flieger sind wohl vorigen Sonntagmorgen hier gewesen. Scheinbar ist aber nichts passiert. Die Zeitungen schwiegen natürlich. Du musst nicht in Sorge sein, wenn auch wirklich die Flieger einmal kommen. Dich wissen wir doch täglich in Fliegergefahr, dann könnten wir ja nie schlafen. Wenn es Dir nur gut geht, dann will ich aber ganz zufrieden sein.

In Liebe, Deine Klara

13. Februar 1916, Sonntag

Liebster!
Jetzt bist Du also wieder an der Front, genau wie Robert. Wir sind sehr in Sorge um Euch, weil man jetzt täglich große Angriffe erwartet.
Gestern Abend hatte ich einen rechten Schreck, weil ich etwa zwei Stunden lang dermaßen Leibweh hatte, dass ich fest glaubte, es gäbe einen Missfall, aber es ist gottlob gut gegangen. Heute hat mir Deine Mutter 20 Eier und ein halbes Pfund Butter geschickt. Ich denke, ich kann das gar nicht von ihr annehmen. Aber ich glaube, sie meinen, ich verpflegte mich nicht gut, während ich doch wirklich gut lebe.

Albert ist heute Morgen von Berlin gekommen. Arthur hat Frl. Kern gefunden. Sie sagte aber, sie habe kein Recht auf ein neues Glück, und hat Arthur unter Tränen abgewiesen. Ihre Schuld am Tod des Bräutigams sei zu groß, glaubt sie und überlegt, nach dem Krieg in ein Kloster zu gehen. Arthur ist nun wieder in Hamburg und ganz verzweifelt. Albert ist sicher, dass da noch was nachkommt. Er sagt, er habe die beiden zusammen gesehen und sie seien einfach füreinander geschaffen. Also, wenn einem Mann so was auffällt, dann ist es wohl sehr ernst.

Mutter hat einen Blasenkatarrh und glaubt nun fest, es sei Krebs. Was wir da noch alles mitmachen müssen! Gestern Abend versuchte ich mich mal abzulenken durch Storms Novellen, was mir dann auch vorzüglich gelang.

Albert hat mir heute auch gesagt, dass sie im Sommer nach Konstantinopel ziehen. Ich habe ja schon so was geahnt, aber nun bin ich doch ein bisschen erschüttert.

Deine Klara

16. Februar 1916

Lieber Justus!
Leider war heute wieder derselbe Sturm wie gestern, auch mit sehr heftigem Regen. Ich war nachmittags aus und bin kaum dagegen angekommen. Ich musste mich an einer Straßenecke festhalten, um nicht umzufallen. Ich war total nass geworden, trotz Regenmantels und Gummischuhen. Der Sturm soll große Verwüstung angerichtet haben. Viele Fenster sind kaputt, und Balken sind von den Dächern gestürzt. Hoffentlich seid Ihr von dergleichen verschont geblieben, denn es war beängstigend. Robert hat wieder mal in seiner Abwesenheit einen Volltreffer in seinem Unterstand bekommen. Das war das vierte Mal. Manchmal beschleichen mich jetzt so böse Ahnungen, als würdest Du mir doch noch genommen. Und dann ist mir, als ob mir einer ein Messer ins Herz stößt. Ich sehe mich dann so hilflos mit dem Kleinsten und den drei anderen.

Aber ich will nicht jammern und Dir das Herz schwer machen. Die Leute sollten in solchem Falle nichts merken. Ich hätte auch den Stolz, mein Liebstes dem Vaterland geopfert zu haben, aber innerlich ginge alles in Trümmer. Du bist ja mein Einziges, was ich besitze. Der Mann ist eben doch die Heimat der Frau.

Bleib Du uns nur gesund, Liebster!

Deine Klara

17. Februar 1916

Lieber Justus!
Wie leid ist es mir, dass Du in einem solchen Wasserloch sitzt. Das muss so schrecklich sein und der richtige Herd für Rheumatismus.

Das Missgeschick mit Deinen neuen Stiefeln ist bedauerlich, aber ich möchte Dir doch raten, dieselben irgendeinem Bekannten billig abzugeben, hier kann man sie sicher nur schwer umtauschen, auch wenn die Sohle sich so schnell gelöst hat. Aus Metz bekommst Du bestimmt neue.

Uns geht es allen gut, die Kinder sind wohlauf, können aber vorläufig nicht an die Luft, weil immer noch dieser furchtbare Sturm wütet. Jetzt am Abend hat er sich etwas gelegt und wird nun hoffentlich ausgetobt haben. Mutter war heute eine Spur besser. Vielleicht geht es ja jetzt vorwärts. Morgen gehe ich zu Frau Baum. Ich habe ihre Einladung mit Freuden angenommen. Frau Lennert wird auch da sein. Ich bin ja so begierig auf die kleine Elisabeth. Denk Dir, was mir Deine Mutter schrieb, in Kassel haben sie einen Mühlenbesitzer zu einem Jahr Gefängnis verurteilt, weil er Brotmehl mit Kalk vermengt hatte. Ich fürchte, in dieser Hinsicht wird uns noch so manches blühen. Ich werde jedenfalls nur in den mir bekannten Geschäften einkaufen. Eben telefoniert Greta, ich möchte doch kommen. Sie braucht mal ein bisschen Ablenkung.

Gib nur immer gut auf Dich Acht.

Deine Klara

18. Februar 1916

Liebster!
Gestern Abend das Plauderstündchen bei Greta war sehr nett. Papa kam auch noch dazu.

Arthur telefonierte gestern Abend Albert. In Hamburg war am Mittwoch Sturmflut. Sie selbst hatten auch Wasser im Haus. Man glaubt fast, die ganze Welt wolle gerade absaufen. Heute Abend mehr, ich gehe jetzt zu Frau Baum.

Abends: Endlich habe ich mal ein paar Stunden gar nicht an Mutter gedacht. Bei Frau Baum war es sehr schön, und wie Frau Lennert sich verändert hat! Sie scheint richtig erwachsen, immer noch sehr schön, aber nicht mehr so verspielt, ernster. Die kleine

Elisabeth ist so ein Sonnenschein, dicke rote Bäckchen, schwarze Locken, tiefblaue Augen und ein ganz entzückendes Lächeln. Man könnte sie immerzu herzen. Wie selig war ich, dass wir auch bald wieder so ein kleines, unschuldiges Wesen in unserer Familie haben werden. Herr Lennert ist ja inzwischen ganz dienstbefreit. Wie sie das geschafft haben? Aber Lennert findet ja immer einen Weg, wenn er etwas erreichen möchte.

Doktor Baum ist immer noch in Kiel. Sie meinte, er fühle sich dort wohl, und sie wolle ihn demnächst mit den Kindern mal besuchen. Lilly Berg und Aline Ambros waren auch da. Lilly studiert jetzt richtig Physik, sie hat ja das Abiturexamen. Sie hat die ganze Zeit von einem Kommilitonen gesprochen, drei Jahre jünger als sie. Ich glaube, dass der Herr Generaldirektor von ihm lieber nichts erfahren sollte. Die Damen lassen Dich alle herzlichst grüßen.

In Liebe, Deine Klara

21. Februar 1916

Liebster!
Bitte schicke mir diesen Monat kein Geld, Du hattest so viele Ausgaben, dass ich fürchten muss, Du sparst am Essen. Ich habe im Augenblick 1000 bis 1200 Mark von meinem Geld geholt und davon alle Rechnungen bezahlt. Du musst Dir also keine Sorgen machen. Es ist mir ein bisschen unangenehm, dass Du die Jahresabrechnung anscheinend verloren hast und jemand anders sie vielleicht lesen konnte. Das Resultat war dieses Mal 17 100 Mark Jahresausgaben. Die Geschenke waren etwa viermal so hoch als im Budget geplant. Dagegen war ich sehr stolz, für meine Garderobe weniger gebraucht zu haben. Aber merkwürdigerweise für Reisen über 1000 Mark.

Deine Mutter hat uns nun im April eingeladen. Sie meinte, dass die Zwillinge bei Tante Rohlich wohnen sollten, dann hätte sie auch etwas von unserem Besuch. Vielleicht sind wir ihr alle zusammen auch zu viel.

Für das reizende Bild von Deinem Max vielen Dank. Ich habe sehr viel Freude daran, es ist ausgezeichnet gemacht. Wie froh bin ich, dass Du mal einen angeregten Abend bei Lektüre verlebt hast mit den beiden Offizieren. Papa glaubt, dass es nun bald einen Durchbruch gäbe. Wenn das nur nicht wieder in einem blutigen Gemetzel endet!

Heute Vormittag saß ich zwei Stunden beim Zahnarzt. Vier Zähne wurden plombiert, drei Wurzeln behandelt und eine Krone abgeschnitten. Nun scheint eine Wurzel zu streiken, und eine Entzündung ist im Gang. Das bin ich ja gewöhnt. Ich bin jetzt übrigens beim Zahnarzt von Mutter. Doktor Adams hat eine sehr leichte Hand und scheint sehr viel zu verstehen. Er ist Amerikaner, spricht aber gut Deutsch und ist so fein gegen Damen, wie außer meinem Mann es nur Amerikaner und Engländer sind.

In einem der letzten Päckchen sandte ich das Reclam-Verzeichnis und bitte Dich zu wählen, was ich schicken soll. Hast Du eigentlich die 200 Mark für das Sattelzeug erhalten? Ich sandte sie am 16. ab. Im Übrigen sind wir beide eigentlich recht dumm, wenn wir uns Gedanken machen wegen dieser 200 Mark. Tu mir die Liebe und spare und darbe nicht um des elenden Geldes willen.

Und nun genug davon.

Deine Klara

25. Februar 1916

Liebster!

Ich hatte so schlimme Zahnschmerzen, dass ich gar nicht schreiben konnte. Zu viele Schmerzmittel will ich in meinem Zustand auch nicht nehmen. Es sind zwei schwierige Wurzelbehandlungen, die mich noch viel Zeit und Kraft kosten werden. An der einen Wurzel ist ein Geschwürchen, das sehr weh tut. Ich lag zwei Tage im Bett, da es mir da wohler war.

Mutter scheint es nun jeden Tag besser zu gehen. Vielleicht kann sie bald nach Baden-Baden. Roberts Nachricht von gestern haben wir Mutter verschwiegen. Er scheint mitten drin in der

Schlacht. Ich weiß gar nicht, wie er das aushält. Nun wünschte ich, dass er wirklich in Reserve wäre. Wenn ihm nur nichts geschieht! Papa meinte, es wird ein grauenvolles Schlachten werden, da keiner dem anderen überlegen ist.

Sind denn bei Euch auch Gefechte?

Deine Klara

27. Februar 1916, Sonntag

Liebster!

Du willst, dass ich mir keine Sorgen mache, obwohl Du in vorderster Reihe bist? Ich bin aber ganz krank vor Sorge! Die Verluste müssen schon ganz entsetzlich sein. Man schießt und schießt und kommt doch nicht vorwärts. Zu was denn all diese Toten? Ich will meinen Justus wieder zurückhaben! Der Stolz, ihn fürs Vaterland gegeben zu haben, macht mich nicht glücklich, das ist doch nur so ein Gerede, um sich selbst zu trösten. Verzeih, dass ich das mal einfach so ausspreche. Ich will Dich wiederhaben und nicht da draußen irgendwo in einem feuchten Erdloch totschießen lassen. Bitte schreibe mir, wann immer es Dir möglich ist. Ich muss wissen, wie es Dir geht. Man hält dieses Ungewisse doch gar nicht aus.

Ich will jetzt noch mit den Kindern und Nolde spazieren gehen. Er war gerade hier und hat uns dazu eingeladen. Ich glaube, er wird sich nun einiges von mir anhören müssen. Aber dafür ist ein Freund schließlich auch da. Ich hoffe, bald von Dir zu hören, mein Liebling. Den Kindern geht es sehr gut, ich soll Dich ganz herzlich von ihnen grüßen. Deine Mutter telefonierte mir heute, um zu fragen, wie es Dir geht. Du siehst, welche Sorgen sie sich macht, da sie sich doch sonst vor dem Telefon scheut. Sie haben ja auch noch so wenig Telefon dort in Kassel, in ihrer Straße nur diese eine Pensionärswitwe. – Bitte, Justus, bleib gesund. Wir brauchen Dich! Ich kann jetzt gar nicht mehr schreiben, weil mir die Tränen kommen wollen und ich ganz krank vor Angst um meinen Justus bin.

In treuer Liebe

Deine Klara

3. März 1916

Liebster!
Die Kämpfe müssen ganz furchtbar sein. Robert schrieb, dass es einen erfolgreichen Durchbruch bei Ypern gegeben habe. Aber es scheint, als ginge alles nur noch um Verdun. Verdun sei das Tor zum Frieden, sagen hier einige, wenn wir da durch sind, ergibt sich Frankreich. Wenn es nur schnell ginge und nicht so viele Leben forderte! Ich bin so froh, dass Du gestern telefoniertest, nun weiß ich wenigstens, dass es Dir gut geht. Ich hoffe, dass Du in der Nacht schlafen konntest und nicht gleich wieder nach vorn musstest zu Deinen Leuten. Aber ich will mir keine Sorgen machen, Du klangst so zuversichtlich, dass die Kämpfe bald vorbei sind. Wie kleinlich sind da doch meine häuslichen Kämpfe, aber sie wollen ja leider auch ausgefochten sein. Mit Berta habe ich nun Folgendes vor: Sie soll sich in den Osterferien operieren lassen, dann nach Hause fahren und sich dort pflegen lassen. Danach kann sie noch ein paar Tage Urlaub machen. Das wären dann insgesamt drei Wochen, da ich davon aber zwei in Kassel sein werde, stört es mich nicht so sehr. Fräulein wird dann nach den Osterferien Urlaub nehmen. Bis dahin hoffe ich, Ersatz für Lieschen gefunden zu haben. Das Telefon läutet, es ist gleich Mitternacht. Mir schlägt das Herz bis zum Hals!

Nun habe ich überhaupt nicht verstanden, wer mich da sprechen wollte, und die Verbindung ist dann auch abgebrochen. Ich glaubte, ich verstand Schellack, hoffe aber, dass ich mich irre. Wenn Dein Bursche mich so spät anriefe, dann bestimmt nur aus einem Grund! Aber daran will ich nicht denken. Wie sehr habe ich mich im Januar geängstigt, weil ein paar Tage kein Brief von Dir kam, und dann stellte sich alles als Schlamperei oder Überlastung der Post heraus. Vielleicht sollte Schellack, wenn er es war, mir auch nur etwas ganz Harmloses von Dir ausrichten. Wie wünsche ich mir, dass ich heute Nacht von meinem Justus träume, dass es ihm gut geht und er gar nicht im Gefecht steht.

In Liebe, Deine Klara

4. März 1916

Mein Liebster!
Heute Morgen um sechs Uhr läutete es wieder, da wusste ich gleich, dass doch etwas passiert ist. Ich sprang aus dem Bett und stürzte barfuß und im Hemd in die Diele. Als ich dann abhob und dieses Mal gleich Schellacks Stimme erkannte, musste ich mich direkt am Treppengeländer abstützen. Nun hat es Dich also auch ergriffen! Mein Justus blutet für das Vaterland! Ich zittere noch am ganzen Leib, obgleich Schellack seine Sache sehr gut gemacht hat, mich erst einmal beruhigte, dass es nichts Schlimmes sei. Hoffentlich telefoniert er mir morgen wieder, und ich erfahre möglichst Gutes. Was hattest Du Glück, dass es nur ein Streifschuss war und nur Dein Ohr ein bisschen angekratzt ist, wie Schellack sagte. Wenn nur Dein Gehör nicht leidet, dann hättest Du es vor Deinen Schülern sehr schwer. Wie gut, dass Dein Schellack bei Dir ist. Ich vertraue ihm sehr. Er hat mir auch versichert, dass die Behandlung und Pflege im Lazarett in Metz gut sei. Ich verstand ihn so, dass Du durch einen Granatsplitter verwundet seist. Hoffentlich ist der Splitter nicht stecken geblieben. Aber die Hauptsache ist, dass Du wieder gesund wirst, und das wirst Du ja, wenn Schellack mir nichts vorgemacht hat.

Ich tröste mich nun damit, dass Du im Lazarett wenigstens erst mal außer Gefahr bist. Wenn ich Dich doch nur zu mir holen oder zu Dir fahren könnte! Aber Schellack meinte, das wäre jetzt ganz unmöglich. Ich hoffe, morgen irgendwie von Dir zu hören.

Werde schnell wieder gesund, mein Liebster.

Deine Klara

6. März 1916

Liebster!
An Deine Mutter schrieb ich ein Kärtchen und hoffe, dass sie es ruhig aufnimmt. Die ganze Schule weiß es bereits durch Lieschen, die es dem Schuldiener gleich erzählte. Und Nolde kam auch

sofort herüber. Er meinte, es sei Glück im Unglück, dass Du jetzt verwundet seiest, wegen der großen Offensive. Schellack sagte heute am Telefon, dass er Dich fragen wolle, was Du am nötigsten brauchst, und es mir dann schreiben will. Da hast Du also einen Kopfverband, und Dein Arm ist auch verbunden. Es war also doch mehr als nur ein Streifschuss! Hast Du mir denn noch etwas verschwiegen? Was es auch ist, Du kannst es mir sagen. Die Wahrheit ist mir lieber als die Ungewissheit. Um uns musst Du Dich dagegen nicht ein bisschen sorgen, es geht uns allen hervorragend, sogar Mutter ist besser.

Ich will jetzt schließen, da ich fürchte, lange Briefe strengen Dich an. Die Kinder, die Eltern, Jahns, Nolde, die Mädchen: Alle lassen Dich herzlichst grüßen.

In treuer Liebe
Deine Klara

7. März 1916

Lieber Justus!
Wie erlöst bin ich, dass Deine Verwundung wirklich keine schwere ist. Schellack hat es mir am Telefon mehrfach versichert. Vor allem war mir auch Deine Karte heute früh eine große Beruhigung, auch wenn nur ein paar Worte in ganz schlechter Schrift darauf standen, aber wenigstens kannst Du selbst schreiben! Hoffentlich wird auch recht vorsichtig mit Deiner Wunde verfahren, damit keine Infektion dazukommt. Mutter, die alles schwarz sieht, meinte natürlich gleich: »Ein Kopfschuss ist immer schwer.« Ich will mich ihrer Schwarzseherei aber nicht anschließen, ich will lieber ordentlich dankbar sein, dass es nicht schlimmer ist. Ich wünsche Dir sehr, dass Du nicht so viele Schmerzen beim Verbinden aushalten musst. Ob es wohl genäht ist? Ich kann mir noch gar keine genaue Vorstellung davon machen.

Und wenn Du es doch erreichen könntest, nach Frankfurt in ein Lazarett zu kommen? Sie werden doch wohl bald alle Verwundeten, die transportfähig sind, nach der Heimat abschieben. Die neuen Kämpfe kosten doch so enorm viel Blut, da brauchen sie die Ärzte und die Betten für die frisch Verwundeten. Schellack meinte, Du könntest Wurst, Käse und Obst gebrauchen. Ich werde heute in der Stadt alles besorgen und gleich abschicken. Ich sandte gerade vor Deiner Verwundung vier Päckchen Zigarren, die bekommst Du hoffentlich nachgesandt. Eier werde ich Dir nun auch senden, zu Deiner allgemeinen Kräftigung.

Schreibe mir nur immer gleich, was Du brauchst. Es soll Dir an nichts fehlen, mein Liebling, das ist das Mindeste, was ich für Dich tun kann.

Mit meinen Zähnen ist es immer noch nicht in Ordnung. Ich bin heute beim Zahnarzt recht gequält worden und war nachmittags zu einer Röntgenaufnahme bei Doktor Tork, da Adams meinte, es stecke noch etwas Eiter an der Stelle, wo damals die Operation gemacht wurde. Wenn Du mich das nächste Mal siehst, bin ich jedenfalls schon im Besitz von sechs neuen Zähnen. Du brauchst aber gar keine Sorgen haben, ich kann das bisschen Schmerzen sehr gut aushalten. Es ist sicher viel leichter als Deine Schmerzen.

Wie dankbar bin ich unserem Herrgott, dass er es unendlich gut mit uns meint und er auch Dich vor Schlimmeren behütet hat. Pflege Dich nur recht gut und spare nicht am Geld.

In Liebe, Deine Klara

8. März 1916

Liebster!

Konserven, Zigaretten und Schokolade habe ich am Montag gleich abgeschickt. Gestern sandte ich noch einige Blutapfelsinen und hoffe, dass sie Dich etwas erfrischen. Ich habe heute einen anstrengenden Tag hinter mir. Vormittags eineinhalb Stunden schmerzhafte Zahnbehandlung, dann in die Stadt. Um vier Uhr bei Tork Röntgenaufnahme der anderen Wurzel. Etwas Eiter ist noch in der alten Wunde und muss abgesaugt werden. Die drei schwarzen Zähne sind nun abgeknipst, und ich sehe aus wie eine ganz alte Frau. Die Kinder sind entsetzt über ihre hässliche Mutter. Ich bin froh, dass Du mich nicht siehst.

Bei Mutter war ich auch noch für zwei Stunden. Sie will mich zwar nicht anstrengen, aber wenn ich mal einen Tag nicht komme, fragt sie gleich, ob Klara sie nun ganz vergessen habe. Aber ich kann die Besuche ganz gut ertragen, da ich mich selbst eben ausgezeichnet fühle. Soll ich Dir was zum Lesen senden? Tu mir die Liebe und steh nicht zu früh auf, dass Du nicht plötzlich noch Fieber bekommst! Lass Dich recht hegen und pflegen und träume in den Tag hinein. Geleistet hast Du schon so viel. Nolde kommt jetzt jeden Tag und fragt nach Dir. Er ist wirklich zu besorgt.

Robert hat noch nicht geschrieben. Wenn ihm nur nichts passiert ist. Was denkst Du, wie lange dauert das mit Verdun?

Deine Klara

10. März 1916

Liebster!
Ich bin glücklich, dass es Dir so weit normal geht und die Wunde gut heilt. Die Nervenschmerzen sind unangenehm und schwer zu ertragen und werden wohl auch noch einige Zeit anhalten. Gut, dass Du vorläufig Pyramidol dagegen nehmen darfst. Schwäche und Ruhebedürfnis werden wohl noch nachkommen, und ein Urlaub würde Dir sehr gut tun.

Ich bin im Augenblick sehr beschränkt mit meiner Zeit und meinen Kräften, da ich täglich beim Zahnarzt bin. Morgen und übermorgen habe ich die Putzfrau und wasche Gardinen. Heute musste ich mit Papa und Greta nach Königstein, um mal nach dem Rechten zu sehen. Es war mir mehr Anstrengung als Vergnügen.

Die Kämpfe um Verdun werden hier sehr großartig dargestellt, schon 100 Luftgefechte und jeden Tag ein paar Meter nach vorn. Ob das wahr ist? Am Sonntag sind hier 10 000 Gefangene durchmarschiert. Sie waren auf dem Weg nach Darmstadt und Gießen. Sie sahen alle todmüde aus von der furchtbaren Schießerei.

Arthur hat geschrieben, dass er sich zur Handelsmarine gemeldet hat. Er meint, da braucht man jeden Mann, da käme es auf eine lächerliche Behinderung nicht an. Onkel Egon ist natürlich nicht beglückt über diesen Entschluss. Ich denke, Arthur will einfach nur weit weg, um über Frl. Kern hinwegzukommen.

Die Kinder haben jedes ein Bild für den kranken Papa gemalt, damit er schnell wieder gesund wird. Ich lege sie diesem Brief bei.

Sei tausendmal gegrüßt und geküsst

von Deiner Klara

13. März 1916

Lieber Justus!

Vielen Dank für Deinen lieben Brief, Du schreibst ja schon wieder viel besser.

Heute früh beim Zahnarzt hatte ich Pech. Die neuen Zähne sollten eingesetzt werden und passten nicht. Nun muss ich morgen früh wieder hin. Allmählich bekomme ich genug vom Zahnarzt. Es nimmt mir auch so viel Zeit.

Ich habe Mutter gesagt, dass ich im April für mindestens zwei Wochen nach Kassel reisen werde. Sie klagte kein bisschen darüber und meinte, dass es mir bestimmt gut tut, mal in eine andere Umgebung zu kommen, auch wegen des Babys.

Wie es Dir wohl geht, mein Liebster? Ich vermisse Dich heute so sehr und habe die Arme nach Dir ausgestreckt, als ich mal allein im Zimmer war. Eben mehren sich die Verluste wieder schrecklich. Leistmanns Ältester vor Verdun gefallen, Theobalds Sohn vor Verdun gefallen, es sind so viele! Ich wusste gar nicht, welch ein Trost es sein kann, seinen Liebsten im Lazarett zu wissen, nur mit einer kleinen Verletzung.

Komm bald zu uns zurück!

Deine Klara

14. März 1916

Liebster!

Wie bin ich glücklich, dass es Dir schon so gut geht. Dass Du aber gleich wieder ins Feld willst, das ist doch nicht richtig! Warum setzt Du denn nicht einen Urlaub durch? Der stünde Dir doch bestimmt zu.

Der Bräutigam von Mutters Köchin ist gefallen, und das arme Mädchen läuft ganz verweint herum. Es dauert wirklich jeden, der es sieht. Mutter meinte, sie hätte sich wohl besser kriegstrauen lassen, dann hätte sie jetzt wenigstens noch einen pekuniären Vorteil. Sie hat ihr ab heute zwei Tage Urlaub gegeben, damit sie sich ein bisschen erholt. Greta und ich sehen dann nach der Küche. Albert ist schon wieder in Berlin, wegen ihres Umzugs nach Konstantinopel. Dass Jahns bald so weit fort sein werden, bedrückt mich immer mal wieder. Da merke ich dann, wie sehr ich trotz aller Unterschiede an meiner Schwester hänge.

Denk Dir, für morgen hat sich Frl. Kern angesagt. Sie ist bei ihren Eltern in Wiesbaden und will mich für einen Tag besuchen. Ich bin sehr begierig, was sie zu erzählen hat. Frau Baum habe ich für morgen auch zum Kaffee eingeladen.

Heute war ich wieder mit frischem Mut beim Zahnarzt. Es wird nun hoffentlich bald ausgestanden sein. Heute Abend gehe ich mit Greta ins Opernhaus, und Papa will uns dann zum Essen abholen. Berta hat furchtbar gemurrt, dass sie ihre Nase in den Ferien operieren lassen soll. So geht ihr natürlich die freie Zeit verloren, die sie gehabt hätte, wenn ich mit den Kindern in Kassel bin. Aber soll ich mich deshalb so abquälen? Ich gebe ihr doch sogar eine Woche Urlaub extra. Für Lieschen habe ich immer noch keinen Ersatz gefunden. Fräulein hat gesagt, dass sie ihren Urlaub auch gut verschieben könne, bis wir ein neues Mädchen haben. Sie ist eben doch die Beste von allen.

Werde Du nur bald wieder ganz gesund, mein Liebster. Käse und Zigarren schicke ich morgen. Die Reclambüchlein gehen heute an Dich ab.

Deine Klara

16. März 1916

Liebster!
Vielen herzlichen Dank für die Fotografie. Wer ist denn der geheimnisvolle Fremde, der da mit einem weißen Turban auf dem Kopf so gemütlich im Bett sitzt und Zeitung liest? Ist das etwa mein Justus, der durch gute Pflege im Lazarett ein bisschen zugenommen hat? Ach, Liebster, ich bin so froh, dass Du so gesund und munter aussiehst und mit Deinem Verband gar nicht wie ein Verwundeter, sondern mehr wie ein Scheich. Schellack scheint wirklich etwas vom Fotografieren zu verstehen! Dass Dir die Apfelsinen so gut geschmeckt haben, das freut mich. Ich versuche, wieder welche zu bekommen. – Gestern hatte ich einen sehr angeregten Tag. Frl. Kern war schon zum Mittagessen hier, und um drei Uhr kamen Greta und Frau Baum. Frl. Kern ist sehr, sehr unglücklich. Sie hat uns anvertraut, dass sie Arthur aufrichtig liebt. Sie erzählte, als sie einwilligte, die Braut von Herrn von Meininger zu werden, da wusste sie wohl gar nicht, was es mit der Liebe wirklich so auf sich habe. Ihre Eltern wären ja nun auch sehr dafür, dass sie Arthur nachgibt. Ihre Mutter meinte, wenn Reichtum und Schönheit so gut aufeinanderträfen, dann könne man auch auf den Adelstitel verzichten. Frau Baum hat uns eröffnet, dass sie im Mai nach Kiel gehen, wie ich es mir gedacht habe, und Greta geht dann im Juni nach Konstantinopel. Ich war direkt ein bisschen enttäuscht, dass ich keinen Umzug zu verkünden hatte. Sie sind alle so voller Pläne und auf herrliche Weise aufgeregt dabei. Nun, uns erwartet ja auch eine Veränderung, und dazu die schönste, die sich eine Frau nur wünschen kann.

Frl. Kern ist auch ganz geprägt von dem vielen Leid, das sie gesehen hat. Sie glaubt fest daran, dass es nach diesem Krieg keinen weiteren mehr geben wird. Sie meinte, da müsste man ja sonst am Verstand der Menschheit zweifeln. Wie recht sie hat!

Das Obst an Dich ist gestern abgegangen, lass es Dir schmecken. Die Kinder grüßen Dich ganz herzlich und legen wieder jedes ein Bild dazu.

Sei tausendmal gegrüßt und geküsst
von Deiner Klara

19. März 1916, Sonntag

Lieber Justus!
Das war aber eine Überraschung, als das Telefon läutete und ich dann gleich Deine Stimme hörte! Aber wieso meinst Du denn, Du seist dort unentbehrlich? Du würdest doch in Deinem Urlaub sicher von einem guten Offizier vertreten, dem genauso an Deinen Leuten gelegen ist. Dass Du nur in Reserve bleiben willst und nicht gleich an die Front, ist mir nicht wirklich ein Trost, das kann sich doch über Nacht ändern, und dann müssen alle vorn mithelfen. Es gibt wieder so viele schreckliche Nachrichten hier. Lilly Bergs Onkel und einer seiner Söhne sind gefallen und Frau Baums Neffe, gerade mal 19 Jahre. Überall in der Stadt hört man von Gefallenen und Verwundeten. Wie warst Du bis jetzt beschützt! Und wie dankbar will ich dafür sein, aber ein Urlaub stünde Dir doch auf jeden Fall jetzt zu.

Von Robert hatten wir heute gute Nachricht. Er ist nun wirklich in Reserve, ist aber mit seinem Geld knapp, weil sein Hauptmann ihn ständig zum Spielen anhält. Du weißt ja, der, der nach dem Krieg in Frankfurt als Richter einziehen will. Mutter hat Robert gleich Geld anweisen lassen. Wenn Söhnchen etwas braucht, dann ist sie immer gleich zur Stelle. Fräulein will nun auf jeden Fall in den Osterferien noch bleiben. Wir werden dann alle zusammen am 7. April nach Kassel reisen. Ich bin eigentlich sehr froh, dass Fräulein mitfährt. Mit einem neuen Mädchen, das sich noch gar nicht auskennt und auch kein Kinderfräulein ist, hätte ich sicher kein bisschen Erholung.

Butter- und Brotmangel sind hier eben ein großes Thema, und meine Leute entwickeln einen solchen Appetit, besonders auch Fräulein. Ich weiß manchmal gar nicht, wie ich alle satt machen soll. Fleisch kostet enorm. Doch dieser Kummer ist leicht zu ertragen gegen die Nöte des Krieges. Ich esse gern auch trocken Brot, aber die Mädchen lehnen es ab. Wenn es Dir nur weiter gut geht! Lass von allen Sorgen ab und lebe nur in den Tag hinein, dann bist Du schnell wieder ganz auf den Beinen.

Lilly Berg war heute zum Kaffee hier. Sie hat mir gestanden, dass sie sich in den Studenten verliebt hat, von dem sie schon ein paar Mal erzählte. Er geht demnächst nach Berlin. Ich fürchte fast, Lilly will mitgehen. Das heißt wohl Scheidung. Wie sie das ihren Eltern beibringen will und vor allen Dingen dem Herrn Generaldirektor? Zwanzig Jahre Altersunterschied sind eben doch zu viel.

Deine Klara

21. März 1916

Lieber Justus!
Heute früh habe ich mir die Wurzel ziehen lassen und bin glücklich, es nun überstanden zu haben. Adams hat sie glänzend gezogen. Er ist überhaupt ein vorzüglicher Zahnarzt. Nun habe ich fünf neue Zähne. Du wirst es vielleicht gar nicht merken, denn sie sehen sehr echt aus.

Ich bekomme immer noch von allen Seiten Briefe und habe reichlich zu tun, sie einigermaßen zu beantworten. Alle fragen nach Deinem Befinden. Ich hätte gern noch mal Eier geschickt, aber als Schellack gestern telefonierte, wehrte er so entschieden ab, dass ich es lasse. Er sorgt wohl sehr gut für Dich.

Gestern Abend hat Nolde mich zu einem Spaziergang eingeladen. Wir marschierten zum Main und liefen zwei Stunden die Uferpromenade entlang, dabei unterhielten wir uns so angeregt, dass die Zeit nur so verflog. Er sprach auch davon, dass Bethmann Hollweg im Reichstag vor einem uneingeschränkten U-Boot Krieg gewarnt hat. Er fürchtet, Amerika würde so mit in den Krieg gezogen, weil sie ihre Handelswege in Gefahr sehen. Nolde meinte, wenn Wilson seine Truppen schickt, dann wäre der Krieg für uns verloren. Nolde war heute ganz Gentleman, so rührend besorgt, dass ich auch ja keinen falschen Tritt mache. Er lässt Dich herzlichst grüßen und will Dir nächstens mal wieder schreiben.

Verzeih, wenn ich jetzt schließe, aber bin heute sehr müde.

In treuer Liebe
Deine Klara

23. März 1916

Liebster!
Dass Du in fünf Tagen aus dem Lazarett entlassen werden sollst und nun doch nach Hause kommen willst, das ist so wunderbar herrlich, dass ich es Dir gar nicht sagen kann! Wenigstens bist Du dann für ein paar Tage außer Gefahr. Vielleicht könntest Du auch anschließend noch in ein Sanatorium, da käme ich dann mit, und das wäre dann wie Urlaub. Wie kannst Du nur denken, dass mich Deine Narbe stören könnte! Das wäre ja noch schöner, da schätzt Du mich aber sehr gering ein als deutsche Frau, die solche Ehrenzeichen doch lieben sollte.
Wie schade, dass Du für die letzten Tage nun einen Zimmergenossen bekommst. Ich kann mir denken, wie störend es ist, jemanden nebenan stöhnen zu hören. Aber wie viele Soldaten müssen zusammen mit vielen anderen liegen, da seid Ihr nur zu zweit noch sehr gut dran.

Gestern erhielt ich einen Brief von Reimer mit einer ganz entzückenden Fotografie des kleinen Gustav. Du weißt es sicher noch nicht, aber Reimer ist nach Lübeck ans Gymnasium versetzt. Er hat es beantragt. Dienstbefreit ist er nun auch, sein Arm hatte sich entzündet und musste ihm abgenommen werden. Der arme Mann tut mir zu leid. Ich hoffe, dass der kleine Gustav ihm ein Trost sein wird. Frau Lennert schrieb auch recht nett, sie war vor ein paar Tagen bei Frau von Hoffer eingeladen, letztere heiratet wieder im Herbst, einen Oberstleutnant aus reichem Haus, natürlich mit Adelstitel. Manchmal bin ich direkt eifersüchtig auf die Frauen, die ihre Männer nicht ins Feld schicken müssen. Greta gehört ja auch zu diesen Glücklichen. Ich will mich aber gar nicht weiter beschweren. Ich muss mich wieder mehr in Geduld üben und auf unseren Herrgott vertrauen, dann wird diese Zeit der Trennung auch bald vorüber sein.

Ich hoffe nun sehr, dass man uns in manchem eine Extraration zustellt, wenn Du nach Hause kommst. Die Mädchen werden ja wohl kaum auf ihren Anteil verzichten wollen, und mit der Butter und dem Brot sind wir immer sehr knapp.

Deine Klara

26. März 1916, Sonntag

Liebster!

Wie tut mir das leid, dass Du so schwer empfindest, dass Du mir zu Hause vielleicht zur Last fallen könntest. Ich habe direkt weinen müssen nach unserem Telefongespräch. Es klang, als ob Du glaubtest, ich wünschte, dass Du nur möglichst bald wieder ins Feld kämest. Meine Überlegung, ob ich Butter und Brot für Dich bekäme, war doch so nicht gemeint! Es bekommen eben nur Schwerkranke extra Butter. Ich habe nun alle hier angewiesen, zu sparen, damit Du wenigstens ein Viertelpfund Butter für Dich allein vorfindest. Unser Essen besteht jetzt aus Folgendem: Um acht Uhr gibt es Kakao mit Wasser und für jeden ein trockenes Brötchen. Um zehn Uhr zwei Stück Brot mit Gelee oder etwas Wurst ohne Butter. Um ein Uhr Mittagessen, viermal mit Fleisch, dreimal ohne. Um vier Uhr Brot mit Gelee und Kaffee ohne Milch. Um sieben Uhr Abendessen mit Butter und Käse und viel Kartoffeln, ungebraten, um Butter zu sparen.

Liebster, ich mache mir doch nur Sorgen, wie ich es fertigbringe, Dir etwas extra zu kochen. Ich möchte Dir so gern so viel Gutes und Nahrhaftes vorsetzen, das allein waren meine Überlegungen. Du klangst aber so, als täte mir das Geld leid, was ich für Dich ausgebe, während mir doch nichts zu teuer für Dich ist! Es ist selbstverständlich, dass Du gutes Essen bekommst, aber wir brauchen doch nicht alle mitzumachen. Das ist eben einfach unmöglich. Nun genug davon. Ich will Dich mit offenen Armen empfangen und nichts, aber auch gar nichts, wird mir für meinen Justus zu teuer oder zu beschwerlich sein.

Es küsst und umarmt Dich tausendmal

Deine Klara

27. März 1916

Liebster!

Das Telefonieren war heute sehr merkwürdig. Ich verstand Dich teilweise sehr gut, teilweise gar nicht. Es muss eine fortwährende

Störung dazwischen gewesen sein. Ich bin recht enttäuscht, dass vielleicht doch nichts aus Deinem Urlaub wird. Ich hoffte, man könnte mal ein paar Tage auf Dich verzichten. Aber wenn es so kommt, dann ist es eben nicht zu ändern. Nolde, den ich heute mal im Amtszimmer besuchte, glaubt leider auch nicht, dass Du Urlaub bekommst. Er meint, das Heer könne jetzt nicht auf seine gute Führung verzichten. Wenn der Frieden wirklich von der Eroberung Verduns abhängt, so wollen wir hoffen, dass es bald geschafft ist. Wie froh wäre ich, wenn unser Kind in eine friedliche Welt hineingeboren würde.

Ach Justus, wie Du mich heute wieder gelobt hast und all die Frauen, die sich so um ihre Männer sorgen. Aber der Madonnenschein meines Geschlechtes ist doch wohl recht zweifelhafter Natur und wird nur von solch idealen Männern gesehen, wie Du einer bist. Die meisten sehen ihn nicht, und die meisten Frauen wissen ihn auch nicht zu tragen. Und Frauen untereinander sind oft so grausam, da kommt einem nur ganz selten der Gedanke an eine edle Gesinnung.

Deine Klara

31. März 1916

Lieber Justus!
Jetzt sitze ich hier an meinem Schreibtisch und kann vor lauter Enttäuschung gar nicht richtig schreiben. Ich hatte mich doch so auf Dein Kommen gefreut, und Butter haben wir auch schon genügend gespart. Wie sehr schmerzt es mich, dass Du nun wirklich gleich wieder ins Feld musst und ich gar nicht weiß, wann ich Dich wiedersehen werde.

Am Telefon habe ich Dich heute wunderbar verstanden. Deine Stimme war ganz nah, so, als stündest Du im Zimmer nebenan. Ach, Justus, jetzt muss ich wieder jeden Tag und jede Nacht um Dich bangen! Wo soll man denn nur all diese Geduld und Hoffnung hernehmen? Ich möchte Dich wieder bei mir haben. Hier bei mir und den Kindern ist doch Dein Platz, nicht da draußen in diesem blutigen Schlachthaus, das immer wieder nach neuen Opfern schreit! Bitte, Liebster, gib auf Dich Acht. Ich will auch ganz fest für Dich beten. Deine Mutter wird ganz elend sein, wenn sie erfährt, dass Du nicht kommst. Man hört gerade wieder von den grausamsten Verstümmelungen. Wie sollen denn all diese Leben weitergehen? Aber wir müssen es ja hinnehmen, das Vaterland steht nun an erster Stelle.

Wir vermissen Dich so sehr! Die Kinder lassen Dich herzlichst grüßen.

Deine Klara

1. April 1916

Liebster!

Heute Nachmittag waren Greta und ich mit den Kindern im Palmengarten. Jetzt, wo ich sie bald so weit weg weiß, genieße ich die Zeit, die wir noch zusammen sind. Mutter, die ich am Vormittag zwei Stunden besuchte, wäre auch gern mitgegangen. Leider ist sie dazu noch zu schwach. Im Haus kann sie aber schon ganz gut herumlaufen. Am nächsten Wochenende wollen wir alle mal zusammen nach Königstein. Da kann sie dann im Garten sitzen, und die Luft dort oben wird ihr sicher guttun. Nolde, den ich heute Morgen traf, sprach mich darauf an, ob Du Deine Verwundung nicht dazu nutzen könntest, Dich sofort zurück in den Schuldienst versetzen zu lassen. Mir wäre das natürlich sehr angenehm, aber mein Justus möchte das Vaterland ja nicht im Stich lassen. Andererseits, wenn Du die Jugend in einem guten Sinn erziehst, dann tust Du auch viel fürs Vaterland! Wenn alle Menschen auf der Welt eine gute Erziehung erhielten, vielleicht gäbe es dann keine Kriege mehr. Einige der Kollegen haben sich übrigens für eine Direktorenstelle in Berlin beworben. Der Bruder von Professor Banner scheidet in ein paar Wochen wegen Krankheit aus dem Schuldienst. Nolde meinte, dass man sich dort schon für jemanden entschieden habe. Der Name sei aber noch nicht bekannt. Weißt Du etwas darüber?

Denk Dir nur, Berta hat gerade wieder furchtbar gemurrt. Sie wollte es durchsetzen, schon diese Woche ins Krankenhaus zu gehen: Genau eine Stunde, nachdem Lieschen gegangen war, kam sie damit an. Ich habe es ihr natürlich nicht zugestanden. Die 14 Tage wird sie wohl noch aushalten. Lieschen habe ich zum Abschied eine Tischdecke, Handtücher und Besteck geschenkt für den Hausstand, den sie nun bald gründen wird. Sie hat sich mit Tränen in den Augen verabschiedet und versprochen, mal zu schreiben. Es tat mir wirklich sehr leid, sie ziehen zu lassen. Wer weiß, was nachkommt. Dass ich Dir in den nächsten Tagen nicht schreiben soll, weil Du nicht weißt, wo Du sein wirst, das beunruhigt mich, so was hast Du noch nie verlangt. Aber ich werde mich auch in diesem Fall gedulden müssen und warte nun sehnsüchtig darauf, wieder von Dir zu hören.

Emil hat heute im Palmengarten einen Soldaten gesehen, der einen Kopfverband trug, so wie er es bei Dir auf der Fotografie sah. Er hat gleich gerufen: »Guck, Mama, der Mann hat auch so einen Verbandhut wie der Papa.« Es war der Vetter von Doktor Greif. Er begrüßte uns freundlich und meinte, dass ich froh sein solle, dass Du gerade verwundet bist. Er sei am 21. bei dem Durchbruch vor Verdun dabei gewesen, und dass seine Kameraden ihn alle um seine Verwundung beneideten, weil die meisten völlig ohne Hoffnung seien, dieses Mal davonzukommen. Als ich ihm dann sagte, dass Du wieder im Feld bist, sah er mich mit so einem mitleidigen Blick an, dass es mir ganz eiskalt über den Rücken lief. Greta wollte mich beruhigen und erinnerte mich daran, dass Du ja nicht in vorderster Front seist. Das hast Du mir ja auch gesagt, aber ich kenne meinen Justus, er wird seine Leute nicht allein ihrem Schicksal überlassen.

Wenn Du doch nicht immer ganz so pflichtbewusst wärest! Aber vielleicht liebe ich ja gerade auch das an Dir.

Ich vermisse Dich so sehr.

Deine Klara

5. April 1916

Liebster!

Wie bin ich froh, dass ich nun wenigstens weiß, wo Du bist. Dass Du aber in einem so grauenvollen Unterstand bist, dass Dir die Füße schon beim Aufstehen nass werden, das macht mir große Sorgen. Und natürlich sende ich Dir gleich heute Konserven und will auch Obst, einen guten Cognac und Zigarren dazutun. Du schreibst, dass um den Nachfolger von Banner in Berlin ein großes Geheimnis gemacht wird. Ich denke, da wird es wohl um eine große Persönlichkeit gehen, wenn man noch nichts verlauten lässt.

Und nun denk Dir, was passiert ist: Lilly Berg stand am Montag mit Wotan vor der Tür und sagte, sie sei von zu Hause fortgelaufen. Ihr Mann habe fürchterlich getobt, als sie ihn um die Scheidung bat. Sie gestand mir zum ersten Mal ein, dass er ihren Wunsch nach Kindern immer abgelehnt habe, da er ja schon einmal verheiratet war und bereits zwei erwachsene Kinder hat, das reiche. Lilly meinte, sie sei nur das hübsche Anhängsel für den Herrn Generaldirektor. Ich ließ sie dann eine Nacht im Gästezimmer übernachten, und am nächsten Morgen wurde sie von ihrem Studenten abgeholt, so einem großen mit breiten Schultern und wirrem Kraushaar. Sie wollten gleich weiter nach Berlin. Ich habe Lilly gebeten, mir nicht zu schreiben. Ich fürchte, dass ihre Familie mich nach ihr fragen wird, und ich will nicht lügen. Heute Nachmittag sprach dann der Herr Generaldirektor auch bei mir vor. Ich wusste gar nicht mehr, dass er so klein ist, bei Lillys Hochzeit erschien er mir größer. Jedenfalls stand er da vor mir, zwirbelte die ganze Zeit seinen dicken Schnauzbart und ließ mich nicht aus den Augen, als er mir dauernd dieselben Fragen stellte. Wo Lilly sei, was sie mir erzählt habe und was sie vorhabe? Ich sagte ihm ganz ruhig, dass Lilly am Montag bei mir war und meinte, sie müsse mal eine Nacht außer Haus schlafen. Von dem Studenten habe ich aber nichts gesagt. Greta, die gerade kam, als der Generaldirektor ging, sagte, ich hätte mich da ja in was Schönes reinziehen lassen. Hätte ich Lilly denn verraten sollen? Was denkst Du, habe ich falsch gehandelt?

Deine Klara

7. April 1914

Liebster!
Wie herrlich habe ich mich gefühlt, als Du heute Morgen telefoniertest! Mitten aus dem Feld heraus, während überall die Granaten und Gewehrschüsse zu hören waren. Dass so etwas überhaupt möglich ist. Dass Du meinst, ich hätte Lilly lieber nach Hause schicken sollen, das gibt mir zu denken. Andererseits: Sagst Du nicht immer, ich soll öfter mal mit dem Herzen entscheiden, nicht mit dem Verstand? Das mit Lilly habe ich wohl ohne Verstand entschieden.

Dass unsere beiden Großen das Schuljahr so wunderbar abschließen werden, das macht mich ganz stolz. Papa hat mich sehr gelobt und meinte, dass Du in dieser Beziehung sehr zufrieden mit Deiner Frau sein kannst. Das hat mich wirklich zu Tränen gerührt, weil Papa mit seinem Lob doch immer so sparsam ist. Morgen wollen wir nun alle nach Königstein, Nolde ist auch dabei, da er mal wieder andere Luft schnuppern will. Am Montag kommen wir zurück, dann geht es ans Packen für Kassel. Ich hoffe, dass die Kinder dort auch ein bisschen Ruhe finden und wir nicht wieder so viele Besuche machen müssen.

In treuer Liebe
Deine Klara

10. April 1916

Liebster!
Wir sind heute Morgen aus Königstein zurückgekommen und haben nach dem Mittagessen gleich angefangen zu packen. Die Kinder freuen sich schon auf ihre Großmutter. Paula und Helene wollen allerdings auf keinen Fall bei Tante Rohlich schlafen, was mir ja auch nicht angenehm wäre. Ich will mir lieber mit den beiden Zimmerchen bei Deiner Mutter behelfen.

In Königstein haben sich die Kinder mal so richtig ausgetobt. Emil hängt ja sehr an Gerhard und folgt ihm auf dem Fuß. Die Eltern sind noch dortgeblieben. Mutter meinte, es gehe ihr dort viel besser. Es war überhaupt beinahe wie vor Mutters Krankheit. Sie ist sogar ein paar Minuten mit Papas Hilfe im Garten gewesen und hat abends mit uns Skat gespielt, das ist schon seit Monaten nicht mehr vorgekommen. Wir sind wirklich alle voller Zuversicht, dass es bald überstanden ist. Jahns sprechen natürlich viel von ihrem Umzug, und Mutter scheint sich damit auch schon abgefunden zu haben. Meine Hoffnung ist, dass der Krieg nun bald vorbei ist und Robert zurückkommt. Er will ja in Frankfurt studieren, Rechtswissenschaften. Ob wohl der Major (der Herr ist inzwischen befördert worden) dahintersteckt?

Das ist mir aber eine wirklich interessante Neuigkeit, was Du da von Hauptmann Sänger erzählst. Da zerbrecht Ihr Euch monatelang die Köpfe, wo er abgeblieben sein könnte, und nun das! Da habt Ihr sicher alle recht gestaunt, als Schellack mit dieser französischen Zeitung ankam. Aber dass Ihr Sänger überhaupt erkannt habt! Ich hätte ihn unter all diesen Sozialisten ja kaum ausgemacht, wenn Du mir ihn nicht angekreuzt hättest. So was nennt man doch wohl Fahnenflucht, wenn ein deutscher Soldat einfach aus dem Feld verschwindet und bei einem Kongress der Sozialisten in Paris wieder auftaucht? Dass man glaubt, die Liebe zu einer Französin habe ihn dazu getrieben, ob man das als Entschuldigung gelten lassen kann? Unsere Berta ist nun endlich ins Krankenhaus abgezogen und wird hoffentlich ganz gesund wiederkommen. Ob die Operation allerdings auch ihre ständigen Launen vertreibt, das bezweifle ich. – Den nächsten Brief nun aus Kassel. Die Kinder lassen ihren Papa herzlichst grüßen.

Sei tausendmal geküsst und umarmt

von Deiner Klara

12. April 1916
Kassel

Liebster!
Hoffentlich erreicht Dich dieser Brief. Ich wusste nicht genau, wohin ich schreiben sollte, als Schellack mir gestern telefonierte,

Ihr zöget schon wieder weiter. Ich verstand ihn ganz schlecht und musste dann auch gleich zum Bahnhof.

Deine Mutter hat uns hier sehr herzlich aufgenommen. Fräulein und die Kinder teilen sich das größere Zimmer, und ich begnüge mich mit dem kleinen. Eben sind wir alle von einem Spaziergang zurückgekehrt. Das Wetter ist leider nicht besonders, aber solange es nicht regnet, werden wir die Luft trotzdem genießen. Einladungen haben wir natürlich wieder mehr als genug. Morgen will ich mit den Kindern zu Onkel Markus und Tante Anna. Ich konnte es ihnen nicht abschlagen. Deine Mutter meinte, die beiden sind noch lange nicht über den schrecklichen Verlust hinweg.

Am Montag wollen sie nun hier schlachten und uns auch einiges davon mit nach Hause geben. Wenn nur bald Nachricht von Dir kommt! Es fallen eben wieder so viele. Auch hier in Kassel. Tante Rohlich sagte, dass in der letzten Woche drei Jungens allein hier aus der Straße bei Verdun verblutet seien. Manchmal will ich es gar nicht mehr hören. All dieses Leid, wird es denn nie genug sein? Die Eltern sind heute nach Baden-Baden gereist. Nun hoffen wir, dass Mutter gute Fortschritte macht.

Ich warte so sehr auf Antwort von Dir.

Deine Klara

14. April 1916
Kassel

Liebster!
Heute waren wir bei Onkel Markus und Tante Anna. Ich glaube, der Besuch der Kinder hat ihnen gut getan. Wir sind aber nur zwei Stunden geblieben, weil wir dann noch zu Tante Ottilie wollten. Die Kinder sind seitdem ein bisschen verstört. Tante Ottilie wird ja auch immer merkwürdiger. Sie empfing uns in einem karminroten Hausmantel aus Samt und war auch ganz herzlich. Aber denk Dir nur, als sie uns in ihren Salon führte, den sie mit schweren grünen Samtgardinen und vielen billigen Metallfiguren ausstaffiert hat, da sehe ich auf dem Tisch vor ihrem Sofa eine Glaskugel. Tante

Ottilie gibt sich als Wahrsagerin aus und scheint wirklich daran zu glauben, dass sie Dinge sehen kann. Mir wollte sie auch gleich wahrsagen, was ich natürlich abgelehnt habe. Sie meinte, sie hätte es sich zur Aufgabe gemacht, den Menschen nur die schönen Dinge zu erzählen, was die Geschäfte in diesen unglücklichen Zeiten sehr gut gehen ließ. – Ob sie wohl sehen könnte, wer der geheimnisvolle Nachfolger von Banner in Berlin ist? Ach, Justus, wenn nur Du es wärest, dann würdest Du in ein paar Wochen aus dem Heer entlassen! Verzeih diesen kleinen Traum Deiner Frau, aber manchmal ist meine Sehnsucht nach Dir eben stärker als die Treue zu unserem Vaterland.

Bei Onkel Markus war heute auch ein Junge, der mit Konrad in die Schule gegangen ist. Er hatte beide Arme eingebunden. Ich habe ihn gefragt, wo er verwundet wurde, da fing er an zu zittern und konnte gar nicht mehr richtig sprechen. Onkel Markus erzählte mir später, dass man den Jungen als Melder bei Verdun eingesetzt hatte. Er ist zwischen den Fronten in einen Granatenhagel geraten. Kaum einer überlebt das überhaupt, meinte Onkel Markus, und Tante Anna weinte gleich wieder, weil sie an Konrad erinnert wurde. Die Arme des Jungen sind entzündet, wenn sie nicht besser werden, müssen sie ihm abgenommen werden. Er tut mir so leid, wie soll es denn dann mit ihm weitergehen? Ich bin froh, dass wir Nachricht von Robert haben, es geht ihm gut.

Die Kinder lassen Dich sehr herzlich grüßen.

Deine Klara

16. April 1916, Sonntag
Kassel

Lieber Justus!
Eben zwölf Uhr komme ich ganz erfroren aus der Kirche. Es ist schrecklich kalt hier und immer noch regnerisch. Man sehnt sich so nach Wärme, aber es wird jeden Tag kälter. Morgen ist unser großes Schlachtfest, da müssen wir alle helfen, und ich werde wohl kaum zum Schreiben kommen.

Es ist überhaupt hier etwas schwierig mit dem Schreiben, weil die Kinder meist im selben Zimmer sind. Es gibt ja nur den kleinen Salon. Heute Nachmittag sind wir bei Tante Rohlich zum Kaffee eingeladen. Hoffentlich können wir hinterher noch etwas spazieren gehen, denn dort ist es ja auch recht beengt. Manchmal scheinen mich diese kleinen, dunklen Zimmer erdrücken zu wollen. Wenn sie wenigstens nicht so vollgestopft wären. Ich finde das ja nicht sehr gemütlich.

Gestern Abend schüttete mir Deine Mutter mal ihr Herz aus über die liebe Verwandtschaft und im Besonderen über Tante Rohlich. Selbst wenn Deine liebe Mutter mal einen Besuch macht, von dem sie Tante Rohlich vorher nichts sagt, ist diese schon beleidigt. Tante Rohlich hat immer so eine herrische Art und will jeden bevormunden. Deine Mutter dagegen ist so herzlich und viel beliebter bei allen. Das weiß Tante Rohlich natürlich und ist deshalb eifersüchtig auf ihre Schwester. Du siehst, auch bei Euch tut es nicht immer gut, wenn man so nahe aufeinanderhockt. Ansonsten fühlen wir uns hier aber sehr wohl. An das schwere Essen haben wir uns auch einigermaßen gewöhnt. Die Kinder vertragen es jetzt auch schon besser.

Bleib gesund, Justus, und hege und pflege Deinen Max gut, damit er Dich sicher durch die Gefechte trägt.

Deine Klara

18. April 1916
Kassel

Liebster!
Gestern war das große Schlachtfest. Ich war verschiedentlich in der Waschküche und habe zugesehen. Aber man kann nicht lange dort sein, es ist zu kalt. Es ist eine Masse Fleisch und Speck geworden und wird eine Zeit lang reichen.

Von Dir habe ich leider bis jetzt noch nichts erhalten. Hoffentlich erreichen Dich meine Briefe! Ich denke so viel an Dich. Das Wetter ist mir hier eben wirklich eine Sorge, es ist unglaublich kalt und regnerisch. Wir haben unsere dicksten Wintersachen an und frieren doch noch.

Die Schlachterei gestern hat bis Mitternacht gedauert. Das heißt, ich fror so fürchterlich in der Waschküche, dass ich um zehn Uhr ins Bett ging. Um zwölf Uhr klingelte es plötzlich an der Tür. Ich war so im Traum, dass ich erst glaubte, es sei ein Telegramm. Schließlich merkte ich, dass Deine Mutter draußen am Tor stand, und schloss ihr auf. Sie hatte ihren Schlüssel im Haus vergessen. Fräulein und die Kinder schliefen so fest, dass sie nichts hörten. Da hätte Deine arme Mutter beinahe bei Tante Rohlich übernachten müssen!

Heute geht es nun an die Wiegerei. Es ist ein recht schöner Vorrat, und ich werde davon mitnehmen, so viel ich packen kann. Leberwurst, Blutwurst, Cervelatwurst, Speck und Schinken im Überfluss. Sobald ich wieder in Frankfurt bin, werde ich Dir ordentlich schicken.

Heute schrieb mir Greta, dass Lilly ihr telefonierte und wissen wollte, wo ich sei. Sie habe es ihr aber nicht gesagt, da sie nicht wolle, dass ich noch mehr in die Sache hineingezogen werde. Greta weiß von Josefa, dass der Generaldirektor wieder in Frankfurt ist. Weil er Lilly nicht gefunden hat, hat er einen Detektiv beauftragt. Wenigstens hat Greta Lilly gewarnt. Aber da sieht man mal wieder, dass auch der größte pekuniäre Reichtum nicht fesseln kann, wenn die Liebe so ganz fehlt.

Wie glücklich bin ich da, dass wir uns so nah sind, in der Seele und auch körperlich. Ach, Liebster, wie sehne ich mich gerade hier wieder nach Dir in der herrlichen Kassler Umgebung, wo mich doch alles an unsere erste Verliebtheit erinnert.

Komm bald zurück!

Deine Klara

19. April 1916
Kassel

Lieber Justus!
Wie bin ich froh, dass mich nun endlich ein Brief von Dir erreicht hat. Das glaube ich gern, dass es zurzeit länger dauern kann, wenn bei Euch überall Gefechte sind. Da muss man froh sein, überhaupt eine Nachricht zu erhalten. Dass es Dir gut geht und Du von Deinem Schellack ordentlich verpflegt wirst, das beruhigt mich sehr. Dein Bursche ist wirklich tüchtig und eine treue Seele.

Heute ist nun endlich besseres Wetter, und die Kinder sind mit Fräulein spazieren. Ich selbst habe eben im kühlen Keller mit Tante Rohlich die Würste abgewogen, eingeteilt und bezeichnet. Ich bin nun ganz durchfroren und habe mich dick verpackt ins Esszimmer gesetzt.

Denk Dir, gestern sandte ich an Robert einige Paketchen ab, da höre ich heute, dass er nach Baden-Baden kommt, anscheinend auf Urlaub. Nun sind meine Paketchen im Wert von 7 Mark futsch, denn er verschenkt immer alles, wenn er abwesend ist. Greta reist heute auch nach Baden-Baden mit den Kindern, Albert ist ja wieder in Konstantinopel.

Ach, Justus, mein Liebster, manchmal kann ich mich gar nicht zurechtfinden in der Wirklichkeit ohne Dich. Hier lasse ich mir natürlich nichts anmerken, sondern bin ganz heiter und guter Dinge, aber innerlich jammere ich hinter Dir her. Die Aussicht, dass Du im Juni vielleicht Urlaub bekommst, hält mich aber nun aufrecht.

Deine Klara

21. April 1916
Kassel

Lieber Justus!
Heute Morgen habe ich einen großen Gang gemacht bis zum Bahnhof, um mich nach den Zügen zu erkundigen, da wir nun am 27. nach Hause fahren wollen. Berta hat geschrieben, dass sie am

28. wieder in Dienst treten könne. Sie hat auch gleich angefragt, ob ich denn nun ein zweites Mädchen gefunden habe. Ich denke mir, dass Berta uns nicht mehr lange bleibt, wenn sie die ganze Arbeit allein machen muss. Nach dem Bahnhof war ich in der Stadt, um für Ostern einzukaufen, danach war ich mit den Kindern spazieren zum Schlossberg. Dies Laufen hat mir sehr gut getan. Die letzten Tage hatte ich zu viel gesessen. Zu Ostern habe ich für Deine Mutter als Überraschung eine sehr hübsche Waschgarnitur (20 Mark) und einen schönen, großen Blumenstock eingekauft. Und Tante Rohlich will ich in einem Kuvert 20 Mark geben, auch mit Blumen.

Heute hatte ich einen sehr lieben Brief von Mutter aus Baden-Baden, selbst geschrieben. Ich habe mich riesig darüber gefreut. Sie schrieb auch so lieb wie selten. Obwohl sie Robert und Jahns bei sich hat, klang es, als vermisse sie mich. Ihre Gesundheit macht große Fortschritte. Ich liebe Baden-Baden ja, wie wundervoll habe ich diesen Blick in der Erinnerung, als ich noch ein kleines Mädchen war und zum ersten Mal mit Papa zur Burgruine hinaufstieg. Die weite Aussicht bis zu den Vogesen, das war mir so ein Genuss! Wenn nur nicht immer diese üppige Vornehmheit dort herrschte. Nun, wenn der Krieg noch länger andauert, wird es damit vielleicht bald zu Ende sein. Irgendwann wird es wohl jedem an den Kragen gehen, und wir werden alle um das Nötigste kämpfen müssen. Möge unser Herrgott dafür sorgen, dass es nicht so weit kommt.

In der Brüderstrasse haben sie einen Metzger verhaftet. In seinem blutverschmierten Kittel haben sie ihn aus dem Laden gezerrt. Die Leute, die in einer langen Schlange davor warteten, meinten, es sei wegen Preiswucher. Darauf stehen ja seit dem 1. April Verhaftung und bis zu 10 000 Mark Strafe.

Die Kinder, Deine Mutter und Fräulein lassen Dich alle herzlich grüßen.

Es umarmt und küsst Dich tausendmal

Deine Klara

22. April 1916
Kassel

Liebster!
Zum morgigen Osterfest sende ich Dir die herzlichsten Wünsche und Grüße. Ob ihr wohl in Ruhe ein wenig feiern könnt? Wir wollen schon heute Nachmittag mit den Kindern nach dem Schlosspark und dort einige Eier verstecken. Vorausgesetzt das Wetter hält.

Heute Vormittag ist es endlich mal warm und schönster Sonnenschein, sodass die Kinder draußen wundervoll getobt haben und eben wie die Mohren wieder hereinkamen. Heute Morgen war ich mit Emil und Deiner Mutter auf dem Markt und in einigen Geschäften, habe dann das Esszimmer festlich mit Blumen geschmückt und die Osterkleider für die Kinder zurechtgelegt. So ist der Vormittag verflogen, und nun ist gleich Mittagszeit.

Ich habe nun ein Mädchen aus Ockershausen in Aussicht, die mir recht gut gefallen hat. Sie war bei einer Familie in Stellung, die nach München gezogen ist, das war ihr wohl zu weit.

Robert hat geschrieben, dass er am Montag wieder aus Baden-Baden abreist. Er bleibt vorläufig in Reserve und bezieht mit dem Major ein Privatquartier. Er hat auch von Onkel Egon gehört. Arthur soll im Juni mit einem Handels-U-Boot nach New York auslaufen. Von Greta weiß ich, dass Frl. Kern bei ihren Eltern in Wiesbaden ist, sie soll schwer erkrankt sein. Wenn ich zu Hause bin, will ich mich mal nach ihr erkundigen. Ich denke ja, es ist seelisch, nach allem, was sie erlebt hat.

Frau Baum hat mir eine sehr nette Osterkarte geschickt, ebenso Frau Lennert mit einem Bild von Elisabeth. Frau Lennert erwartet nun auch ihr zweites. Sie schreibt, dass sie ihr Töchterchen sehr genieße, und auch ihr Mann sei ganz entzückt von dem Kind. Wie schnell doch aus diesem unbekümmerten Mädchen, das ich einmal in Mainz kennenlernte, eine liebreizende Mutter geworden ist! Diese kleinen Wesen verändern eine Frau doch sehr. Ich bin so selig darüber, dass auch uns dieses Geschenk noch einmal zuteil wird.

Abends: Die Kinder hatten heute riesig Vergnügen beim Ostereiersuchen. Besonders Emil war ganz stolz und brachte mir jedes Ei, das er fand, mit den Worten: »Mama, gut aufpassen.«

Ich hoffe, dass der Osterhase auch meinem Justus etwas Gutes zu essen bringt. Vielleicht ist ja mein Paketchen auch schon angekommen.

Deine Klara

23. April 1916, Sonntag
Kassel

Liebster!
Heute Vormittag waren wir in der Kirche, dann bei Deinem Vetter Josef und danach bei Tante Rohlich zum Mittagessen. Fräulein war bei einer Verwandten in Göttingen und kam erst zum Abendbrot wieder, sodass ich die Kinder allein hatte. Deine Mutter ist sehr lieb und tut alles, was sie kann, kocht für Emil abends sogar Hafer. Das viele Sauerkraut und schwere Gemüse war doch noch nichts für ihn. Er hatte in den letzten Tagen oft Bauchschmerzen. Wir kochen ja mehr leichte Gemüse. Das ist auch mir hier ein kleines Entbehren. Die schweren Gemüse und Kartoffelspeisen stopfen zu leicht. Aber das macht ja nichts, jeder Haushalt hat so sein Steckenpferd.

Heute habe ich Deiner Mutter von dem geheimnisvollen Nachfolger von Banner erzählt. Sie meinte, diese Stelle in Berlin wäre doch gerade richtig für Dich gewesen und dass Du ja jetzt genug für das Vaterland getan hättest. Ich finde, sie hat sehr recht damit.

Gestern ist nun auch der Jüngste von Sendlings gefallen. Deine Mutter ist gerade drüben. Frau Sendling hilft ihr ja noch immer bei der großen Wäsche, wenn Deine Mutter Pensionärinnen hat. Wenn doch dieses elende Sterben endlich mal aufhörte, wir werden noch ein Land ganz ohne Männer!

Bitte, Liebster, gib Du nur gut auf Dich Acht!

Deine Klara

24. April 1916
Kassel

Liebster!
Heute ist schönes Wetter, sodass wir gleich nach Tisch einen Spaziergang machen. Deine Mutter und Tante Rohlich wollen mitkommen. Hoffentlich gehen wir nicht zu langsam, das ist für mich eine große Geduldsprobe. So gemütlich hier vieles ist, so ist das Tempo in allen Dingen doch unglaublich langsam. Das macht mich oft ganz nervös. Aber es ist auch sehr interessant, dass ich nun alles mal richtig kennenlerne, und vieles wird mir klar, was ich sonst nicht an Dir begriff. Jede Familie hat eben ihre Eigenheiten.

Es geht mir etwas gegen das Gefühl, meine Wurst und das Fett im Koffer nach Frankfurt zu bringen. Es stehen schon Verbote in der Zeitung, und es wird mit Kontrollen und Untersuchungen gedroht. Da könnte ich schließlich noch gründlich hereinfallen. Ich will mal erst nur ein Postpaket schicken und warten, ob es ankommt. Tante Ottilie und auch andere Verwandte schmuggeln alles Mögliche durch, egal, wen sie besuchen. Aber das ist nicht meine Natur, deshalb ließe ich am liebsten alles hier, da ich ja auch gar keine Angst habe zu verhungern.

Liebster Justus, über Dein Lob in Deinem letzten Brief bin ich sehr beschämt, denn wie Du aus meinem heutigen Brief ersiehst, war ich in den Tagen hier nicht immer so harmonisch, wie Du wohl annahmst. Ich weiß allerdings genau, dass es nur von meinem Magen herkommt. Das viele Sauerkraut und die Kartoffelspeisen kann ich in meinem jetzigen Zustand nicht vertragen, obwohl ich mich sehr darum bemühte und keine Extrawünsche äußerte. Aber nun bin ich schrecklich verstopft, und daher kommt dann die Gereiztheit. Zu Hause werde ich nun eine Diät anfangen und vor allem von Obst, Salat, Eiern und frischem Gemüse leben, wonach ich einen Heißhunger habe. Ich habe heute mal was eingenommen, und morgen wird alles wieder gut sein.

Greta schreibt heute, dass sie sich sehr gut erhole und pflege in Baden-Baden und es sehr genieße. Mutter war heute schon fast eine Stunde im Kurpark, zwar mit Papa, der sie immer mal stützen musste, aber ich finde, es ist ein großartiger Fortschritt. Meine Osterüberraschungen gestern sind gut gelungen und haben scheinbar Freude verursacht.

Deine Klara

26. April 1916
Kassel

Liebster!
Siehst Du, heute bin ich nun wieder ganz wohl und nehme alles leichter, nachdem ich in anderer Hinsicht gründlich erleichtert bin. Wir waren gestern auf der Wilhelmshöhe, fuhren ein Stück mit dem Pferdwagen hinauf und hatten dann Gelegenheit, uns mal richtig auszulaufen. Es war geradezu himmlisch. Fräulein, die Kinder und ich waren den anderen immer ein Stück voraus, was mich aber gar nicht störte. Ich fühlte mich einmal so richtig befreit von der Enge der Wohnung. Zu Kassel gehört wirklich gutes Wetter, dann ist es noch zehnmal so schön. Leider gerieten wir auf unserem Spaziergang auf einen sumpfigen Weg, und ich wurde von furchtbar vielen Mücken zerstochen. Oben im Gasthaus waren dann so viele Menschen, dass wir nur mit Mühe einen Platz bekamen. Den Rückweg gingen wir ganz zu Fuß, und das war das Schönste. Die Kinder sangen Lieder, und Kassel lag so recht im warmen Sonnenglanze vor uns.

Eben war das Dienstmädchen aus Ockershausen hier, ich habe es gemietet. Das Mädchen heißt Trinchen Nüsslein und ist 19 Jahre. Hoffentlich macht sie sich gut bei uns. Jedenfalls ist es mir angenehm, dass ich nun in Frankfurt nicht weitersuchen muss.

Justus, mein Liebster, lass uns im nächsten Jahr mal ein paar Tage in die Berge fahren und dann tüchtig wandern. Wie sehne ich mich nach diesen Wanderschaften, die ich nur mit Dir so richtig genießen kann. Wenn ich an was recht Schönes denken will, so male ich mir immer den nächsten Sommer aus, den wir dann alle zusammen in Königstein verbringen wollen. Ich würde auch gern mal wieder nach Swinemünde, aber das wird ja wegen des Babys noch nicht gehen. Morgen fahren wir nun wieder nach Hause. Trotz all der Liebe und Freundlichkeit hier freue ich mich schon sehr auf unser Häuschen; den Kindern und Fräulein geht es ebenso.

Deine Klara

28. April 1916

Lieber Justus!
Unser Zug gestern war enorm besetzt. Bis Gießen waren wir 13 Personen im Coupé, dann gab es etwas Platz. Hier haben wir im Bahnhof zu Abend gegessen, nahmen uns dann nach Deinem Muster einen Dienstmann für das Gepäck und gingen schön zu Fuß bis hierher. Und wer steht vor der Tür? Berta! Einen Tag früher als angekündigt und bester Laune. Wir brachten dann alle zusammen die Kinder gleich ins Bett und packten dann noch sämtliche Koffer aus.

Und heute hatten wir nun alle Hände voll zu tun, etwas Ordnung in das Chaos zu bringen: Vorräte anschaffen, Brotkarten holen und Schulbücher kaufen. Mutters Anna ist gestern Abend noch herübergekommen. Sie wird uns helfen, bis unser Trinchen aus Ockershausen kommt.

Die Verpflegung scheint immer mehr an Schwierigkeit zuzunehmen. Die Fleischerläden sind geschlossen. Nun bin ich doch froh, dass ich zehn Pfund Schweinefleisch und zehn Pfund Wurstfett vom Schwein mitgebracht habe. Aber denk Dir nur, wie unangenehm, Onkel Gottfried ist angezeigt, weil er zu spät geschlachtet habe, und der Landrat hat ihn zu sich bestellt. Leider wissen sie nicht, wer es war, der die Anzeige gemacht hat.

In unserem Frankfurt komme ich mir gerade beinahe so vor wie im Süden. Hier ist die Natur viel weiter als in Kassel. Die Luft wundervoll warm, der Flieder blüht großartig. Der Schuldiener hat mir vorhin einen Riesenstrauß gepflückt und herübergebracht. Man lebt richtig auf bei so viel Frühlingspracht. Paula und Helene freuen sich übrigens sehr auf die Schule und ihre Kameradinnen.

In Kassel gibt es ja leider keine Kinder in ihrem Alter bei den Verwandten.

Eben kommt Nolde auf einen Besuch. Morgen mehr.

Deine Klara

29. April 1916

Liebster!

Wir gewöhnen uns langsam wieder ein. Gestern habe ich mit Wonne gleich gebadet, was mir sehr gut tat. Heute wollen wir die Köpfe der Kinder mit vereinten Kräften waschen, was sehr nötig ist. An das Baden und Waschen sind wir doch sehr gewöhnt und vermissen es nur ungern. Mutters Anna ist mir eine große Stütze und sehr viel wert für die Anfangstage. Montagmittag wird nun Trinchen Nüsslein kommen. Man muss sich eben sehr die Beine ablaufen, um einiges in den Haushalt zu bekommen, dadurch geht viel Zeit verloren. Gestern hörte ich von Greta, die wieder von Baden-Baden zurück ist, dass Mutter entschieden besser sei. Greta erwartet Albert Anfang Mai und wird wohl Ende Juni reisen. Das gemietete Haus in Konstantinopel soll ganz wunderbar sein.

Unsere Töchter zogen heute ganz beglückt in die Schule und kamen strahlend wieder. Sie haben jetzt schon an drei Tagen vier Stunden. Neue Fächer sind Schönschreiben und Nadelarbeit. Aber ihr Schönstes ist die Aussicht auf die Anschaffung von Turnschuhen. Im Turnen und Singen haben sie ja beide Note 1. Sie haben famos rote Backen, ihnen bekommt Kassel stets am besten, während Emil hier besser aussieht. Ich selbst sehe vorzüglich aus, und es geht mir auch sehr gut. Das Beschweren Dir gegenüber will ich aber künftig wieder lassen und lieber mal etwas schwindeln. Das scheint mir besser, im Besonderen, wenn es um die Kassler Verhältnisse geht. Papas Rezept, der Mensch muss sich beherrschen können und schweigen, sollte ich mehr beherzigen.

Nolde hat mir gestern einen schönen Frühlingsstrauß gebracht und sich dafür entschuldigt, dass er Ostern nichts von sich hören ließ. Er war in München und hat zum ersten Mal seit drei

Jahren seine Schwester besucht. Ihr Mann ist verwundet und liegt im Lazarett. Nolde deutete an, dass er sich nicht gut mit seinem Schwager versteht, ein Bankmensch ohne Sinn für die Wissenschaft. Da siehst Du es, wer keinen Sinn für seine Wissenschaft hat, der steht in keinem großen Ansehen bei ihm. Heute hat er zum ersten Mal angedeutet, dass er sich unter gewissen Umständen mit dem Direktorenposten hier an der Schule anfreunden könnte. Als ich fragte, welche Umstände denn das wohl seien, zuckte er die Schultern und meinte, dass er darüber lieber nicht sprechen möchte. Also, da ist es mir ganz eiskalt geworden. Mir scheint, er rechnet damit, dass Du nicht zurückkommst! Bitte, Justus, schreibe es mir ganz offen, wirst Du demnächst ganz nach vorn an die Front müssen? Weiß Nolde vielleicht mehr als ich? Ich habe ja schon mitbekommen, dass Du mich gern schonst.

Frl. Kerns Mutter hat mir geschrieben. Ihrer Tochter gehe es sehr schlecht, sie habe 15 Pfund abgenommen und scheint ihren Appetit ganz verloren zu haben. Frau Kern bat mich, doch mal mit Greta zu kommen. Vielleicht erhofft sie sich von uns etwas Aufmunterung für ihre Tochter. Ich will mal sehen, ob ich die Zeit finde. Diese Andeutung von Nolde hat mich ganz in Unruhe versetzt. Was denkst Du, hat er damit gemeint?

Es küsst und umarmt Dich

Deine Klara

30. April 1916, Sonntag

Lieber Justus!
Da sitze ich nun wieder in meinem Stübchen bei offenem Fenster. Draußen ist festlich geflaggt, und das sonntägliche Publikum wandert durch die Straße. Die Kinder spielen mit Fräulein im Hof, und meine Gedanken fliegen zu Dir und sehnen Dich herbei.

Morgen kommt nun mein Trinchen, und es wird wohl einige Zeit vergehen, bis ich sie angelernt habe. Da wir von morgen ab alle eine Stunde früher aufstehen müssen, so werden wir heute schon um sechs Uhr zu Abend essen, damit die Kinder ausgeschla-

fen haben. Habt Ihr im Felde auch die Sommerzeit? Ich glaube, am Anfang wird es etwas Durcheinander geben, und ob es wirklich etwas nützt, wird sich zeigen müssen. Am wenigsten erbaut ist natürlich meine Berta, die ja auch eine Stunde früher aufstehen muss.

Was Du mir da von Deinem Pferdeburschen erzählst, das ist ja geradezu unheimlich. Wie kommt er denn plötzlich zu epileptischen Anfällen? Das war doch bei Rasch ganz genauso. Dass die Herren dort zum Teil so nervös sind und von Dir beruhigt werden müssen, gibt mir einiges zu denken. Was soll da nur werden, wenn der Krieg noch Jahre dauert? Ich halte Letzteres freilich für ausgeschlossen. Ich fürchte, bereits in einem halben Jahr wird es Aufruhr hier im Lande geben, die Verpflegung wird einfach zu schwierig. Alles geht auf Karten, vieles ist überhaupt nicht mehr zu haben. Die Metzgerläden sind immer noch geschlossen. Es fängt wirklich an ernst zu werden.

Wenn Du nur nicht in schlimme Gefechte verwickelt bist! Ich denke ständig an Dich, wo doch die Kämpfe dauernd weitergehen. Aber wie immer gibt es keinen Fortschritt. Man hat den Eindruck, als trample dieser ganze Krieg immer nur auf der Stelle und schieße dabei in alle Richtungen, bis alles um ihn herum totgeschossen ist. Verzeih, dass ich mal wieder so rede, aber manchmal ist mir dieser Krieg nur noch zuwider.

Deine Klara

1. Mai 1916

Liebster!
Heute erhielt ich Dein liebes Schreiben und das Geld. Leider doch 500 Mark. Ich hätte mich so gefreut, wenn Du 50 Mark für Dich behalten hättest. Nun, dann werde ich Dir dieser Woche mal wieder ein paar Paketchen schicken, damit Du wenigstens so etwas Gutes bekommst. Heute Vormittag hatten wir Wäsche und ziemlich viel zu tun. Nach Tisch kam Trinchen Nüsslein, mit der ich dann gleich zur Polizei und Brotkommission musste. Danach

habe ich ihr unseren Haushalt erklärt, und so flog der Nachmittag nur so dahin.

Eben gehen die Kinder ins Bett. Es ist noch ganz hell und sonnig draußen und soll doch schon acht Uhr sein. Das Licht macht wohl vor allen Dingen etwas für die öffentlichen Betriebe aus, denn die Privatleute werden im Hochsommer doch nicht früher ins Bett gehen, wenn der Tag heiß war und der Abend mit seiner Kühle winkt.

Vielleicht fahren Greta und ich am Samstag mal nach Wiesbaden zu Kerns. Hoffentlich ist eure Verpflegung im Feld noch genügend, das wäre ja zu furchtbar, wenn Ihr zu all dem Gräuel auch noch hungern müsstet.

In treuer Liebe
Deine Klara

3. Mai 1916

Liebster!
Wie freue ich mich, dass Ihr eine so schöne Maifeier hattet. Ich erinnere mich an die wunderbaren Maifeiern in Lübeck, wie fröhlich es da immer zuging, gerade mit Reimers und Wendlers. Es ist zu furchtbar, dass die beiden Frauen nicht mehr da sind. Dass Ihr nun in den Priesterwald rückt, ist mir nicht angenehm, auch wenn jetzt dort angeblich keine große Gefahr besteht. Es ist mir eine Beruhigung, dass Du meinst, Nolde habe Deine Nachfolge nur mal vorsichtig durchdacht. Natürlich finde ich auch, dass er der geeignetste Nachfolger für Dich wäre. Es schien mir nur so fremd, da er vorher nie in dieser Richtung gesprochen hat. Nun, da der Krieg schon so endlos andauert, denkt man vielleicht in vielem anders.

Heute sind meine Leber- und Blutwürste aus Kassel eingetroffen, 21 Stück. Ich bin wie erlöst, dass man nun wenigstens etwas hat. Die Wurst ist hier kaum noch zu bezahlen, und Fleisch gibt es fast gar nicht mehr. Ich notiere genau, was ich alles von dem Schwein bekomme, und dann kann ich am Schluss abrechnen, was mich das Pfund kostet. Aber jedenfalls ist es viel billiger, denn hier kostet Fleisch jetzt 3 bis 5,50 Mark das Pfund und Wurst 3,60 bis 5,50 Mark das Pfund. Tante Rohlich schrieb mir, dass die Anzeige gegen Onkel Gottfried zurückgenommen wurde, was mir eine große Erleichterung ist. Der Landrat meinte, das Vergehen sei geringfügig. Aber um was man sich jetzt alles sorgen muss!

Wie war es mir leid, dass ich gestern Dein Telefon versäumte, aber Papa war von Baden-Baden gekommen und hatte Neuigkeiten. Man hat jetzt wohl herausgefunden, dass Mutters Schmerzen von den Nieren kommen. Man vermutet große Steine. Die Ärzte schlugen eine Operation vor, da Mutter inzwischen gut zugenommen habe, könne sie den Eingriff überstehen.

In diesen Tagen will ich nun auch mit Fräulein sprechen wegen des Babys, ich bin begierig, wie sie es auffasst.

Sei geküsst und umarmt

von Deiner Klara

4. Mai 1916

Lieber Justus!

Heute Nachmittag habe ich meinen Haushalt gehen lassen und bin mit den Kindern und Fräulein in den Palmengarten. Es war eine unglaubliche Hitze, und man merkte sehr die Stunde Unterschied. Man war gewissermaßen von drei bis fünf Uhr fort anstatt von vier bis sechs Uhr. Der Palmengarten ist eben ideal schön. Ich beneide beinahe Fräulein, die täglich hinkommt. Ach Justus, die Abende im Palmengarten sind eben auch so wunderschön, all die Pflanzen und Bäume versprühen einen Duft, der die Sehnsüchte so richtig entfacht. Ein Jammer, dass Du nicht da bist und wir nicht hier umherspazieren können.

Gestern Abend habe ich nun mit Fräulein über das Baby gesprochen. Gottlob, sie bleibt und scheint sich sogar mit uns zu freuen. Endlich mal jemand wie aus früherer Zeit. Neuerdings wollen die Mädchen ja nie bleiben, wenn ein Baby kommt. Ich denke, dass Fräulein schon länger etwas von meinem Zustand geahnt hat. Ihre feine Art hat es ihr aber sicher verboten, mich auf meinen zunehmenden Umfang anzusprechen.

Eben telefoniert Greta, Doktor Reiser aus Baden-Baden habe ihr telefoniert, der berühmte Chirurg Israel habe Mutter untersucht (vorher geröntgt) und festgestellt, dass es nur kleine Steine wären und vorläufig keine Operation nötig sei. Sollte sie wieder Anfälle bekommen, so könne man immer noch operieren. Das ist mir eine große Erleichterung.

Was Ihr wohl im Priesterwald macht? Ich denke so viel an Dich.

Deine Klara

6. Mai 1916

Liebster!
Wie freut es mich, dass es in Eurer neuen Stellung so ruhig ist. Hoffentlich bleibt es so. Wie gut, dass Du vorläufig weiter das Bataillon führen darfst, da weiß man Dich doch wenigstens etwas mehr in Sicherheit.

Heute war ich nun mit Greta bei Frl. Kern. Ihre Mutter empfing uns mit strahlendem Gesicht und meinte, dass ihre Tochter gestern Abend etwas erfahren habe, was ihr den Lebensmut zurückgebracht habe, aber sie solle es uns selbst erzählen. Wir fanden Frl. Kern auf der Terrasse. Sie ist noch sehr schwach, aber mit dem festen Willen, schnell wieder zu Kräften zu kommen. Bei Kaffee und einem vorzüglichen Schokoladenkuchen erfuhren wir, dass gestern Abend ein junger Gefreiter bei ihr vorgesprochen habe. Er erzählte, dass er einige Monate in russischer Gefangenschaft war und zusammen mit anderen deutschen und österreichischen Soldaten am 17. April auf Rügen gegen russische Kriegsgefangene ausgetauscht wurde. Der junge Mann übergab ihr den Verlobungsring von Herrn von Meininger, Letzterer hatte ihm diesen, kurz bevor er starb, mit der Bitte überreicht, ihn Frl. Kern zurückzugeben. Denk Dir, Herr von Meininger hat sich nicht aus Kummer erschossen, sondern hat beim Russisch-Roulette-Spiel mit den Wachsoldaten verloren. Der Gefreite versicherte Frl. Kern, dass der Bräutigam schon seit Monaten diese Gefahr gesucht habe. Du kannst Dir Frl. Kerns Erleichterung denken. Sie fühlt sich jetzt nicht mehr schuldig an seinem Tod. Gleich heute Morgen hat sie Arthur geschrieben und wartet nun auf Antwort.

Deine Klara

7. Mai 1916, Sonntag

Liebster!

Ein herrlicher Sonntag! Ich habe mit den zwei Großen gleich um acht Uhr einen zweistündigen Spaziergang nach der Ginnheimer Höhe unternommen. Es war prachtvolle Luft und so ruhig, da die meisten Leute noch schliefen oder nach der Eisenbahn strömten. So haben wir es recht genossen. Etwas müde war ich wohl, aber nun bin ich schon wieder gut ausgeruht.

Liebster Justus, ich wollte, Du kämest heim, das wäre so schön. Letzte Nacht träumte ich, Du seist der unbekannte Nachfolger für den Direktorenposten in Berlin. Es ist zu schade.

Wir haben nun auch die Seife nicht mehr frei und müssen sehr sparsam mit der Wäsche umgehen. Zuckerkarten gibt es auch, und so knapp, dass man kaum Obst einkochen kann. Das Trinchen hat auch einen guten Appetit, sodass wir kaum mit den Brotkarten auskommen. Alle Welt spricht nur noch vom Essen. Wir schwelgen gerade im frischen Salat, Greta hat ihn in Königstein geerntet. Die Kinder sind sehr vergnügt und gesund, gottlob.

Justus, es lässt mir keine Ruhe, dass Du denkst, ich wäre mit der Kassler Reise nur so ziemlich zufrieden gewesen. Das wäre ja eine Undankbarkeit ersten Ranges. Ich möchte Dir noch mal versichern, dass ich mich wirklich sehr wohl gefühlt habe und dass die kleine Verstimmung damals rein körperlich war, zum Teil natürlich hervorgerufen durch die wenig entsprechende Ernährung. Aber ich sehe jetzt wieder so recht, wie schwer es für Deine Mutter ist, frischen Salat, Gemüse, Obst usw. zu geben. Es ist alles so unglaublich teuer. Ich erkenne es immer wieder mit großer Bewunderung an, dass sie es fertiggebracht hat, in dieser Kriegszeit uns alle so lange aufzunehmen. Das war wirklich großartig. Dass ich im Übrigen mit Deiner Mutter vorzüglich auskomme, weißt Du ja, und so kleine Missstimmungen haben nichts zu bedeuten für diese Wärme des Gefühls.

An den Kindern habe ich meine helle Freude. Paula und Helene sind fröhliche Schulkinder und Bübchen unser aller Sonnenschein, der noch jeden Tag seine Freiheit im Palmengarten und im Garten genießen kann. Alle drei tragen nun wieder Halbstrümpfchen, was ich immer so gern mag. Ich habe ihnen weiße Segeltuchschuhe gekauft, da das eben billiger ist als Lederschuhe, dazu für die Mädchen neue Hüte, Emil hat ja schon einen zu Ostern bekommen. Mir geht es sehr gut, ich brauche wenig Schlaf und bin recht leistungsfähig.

Liebster, die bange Ahnung des Dich-Verlierens beschleicht mich wieder mal, seitdem Du im Priesterwald bist. Aber sie soll nicht Herr über mich werden. Mit einem Gutenachtkuss schließe ich nun.

Deine Klara

8. Mai 1916

Lieber Justus!
Danke für Deinen Brief, wie freue ich mich über jede Nachricht von Dir! Ich bin glücklich, dass es Dir so gut geht, und ein bisschen erstaunt, dass Du vom Buchengrün des Priesterwaldes erzählst. Haben denn die armen zerschossenen Bäume wieder frisch getrieben? Das hielt ich für unmöglich.

Du schreibst allerdings auch, dass manche Strecken ganz verwüstet sind, da kann wohl in diesem Jahr nichts sprießen. Hier prangt jetzt alles im schönsten Blütenschmuck. Es ist ganz wunderbar anzusehen.

Ich hatte vormittags, da heute Wäsche war, vielerlei im Haus zu tun und war nachmittags mit den Zwillingen in der Stadt.

Für Dich habe ich Fischkonserven und Zigarren bestellt, die ich morgen an Dich sende. In der Stadt traf ich Frau Baum. Sie war wieder für ein paar Tage in Berlin und meinte, dass Herr Lennert wie das blühende Leben aussehe, zum Militär muss er aber nicht mehr.

Frau Baum fährt jetzt schon häufig nach Kiel, um das neue Haus einzurichten. Ich wünschte, ich hätte auch so ein Ziel vor mir. Wäre es nicht schön, wenn wir irgendwo noch einmal ganz von vorn anfangen könnten, nach dem Krieg? Mir scheint, ich lasse mich von der Aufregung der anderen anstecken.

Jetzt denk Dir nur, Lilly Bergs Student soll in Berlin verhaftet worden sein! Der Herr Generaldirektor will nun doch die Scheidung. Er meint, da Lilly sich mit Ganoven herumtreibe, schade das doch sehr seinem Ruf, und Geld bekommt sie auch nicht mehr von ihm. Arme Lilly, da hat sie nun eine ganz ungewisse Zukunft vor sich, hoffentlich ist wenigstens die Liebe groß genug.

Wie wenig habe ich mich doch über mein Leben zu beschweren! Ich habe Dich, unsere Kinder und meine Reserven auf der Bank. Uns geht es wirklich wunderbar. Nun muss noch der Krieg aufhören, dann lebten wir so recht wie im Paradies.

Die Kinder lassen ihren Papa herzlichst grüßen.

Deine Klara

9. Mai 1916

Liebster!
Heute war ich mit den Damen des Kollegiums auf dem Forsthaus und bin etwas müde. Es war heute sehr kalt hier, sodass die Kinder im Esszimmer beim Gasofen spielen mussten. Hoffentlich ist die Kälte nur von kurzer Dauer, dass man nicht noch einmal heizen muss.

Gestern Abend erhielt ich einen Brief von Lilly. Ihr Student ist wieder aus dem Gefängnis entlassen. Er hatte gegen den Krieg demonstriert, vor dem Reichstagsgebäude. Sie wollte auch mit, war aber erst in der Universität, und als sie hinkam, war er schon verhaftet. Lilly schreibt, sie wohnt mit Wotan und ihrem Studenten in einer billigen Wohnung, nur zwei kleine Zimmer, kein eigenes Bad. Sie will jetzt Medizin studieren, nicht mehr Physik. Später will sie sich um die armen Leute kümmern, die keinen Arzt bezahlen können.

Mein neues Trinchen isst so viel, dass wir zum ersten Mal nicht mit den Brotkarten auskommen. Ich muss von nächster Woche ab den Mädchen ihr Brot zuteilen. Trinchen Nüsslein hat es außerdem fertiggebracht, in acht Tagen vier weiße Blusen, zwei weiße Unterröcke, ein weißes Kleid, ein Waschkleid, einen bunten Unterrock und etwa sechs Schürzen bei der Wäsche zu haben. Und hat demgemäß heute den ganzen Tag ihre eigenen Sachen gebügelt, kein Stück von uns. Da gibt es noch was zu erziehen!

Die Kinder sind wohlauf. Aus dem Zimmer nebenan klingen die fröhlichen Stimmen der Töchter herüber, mit Fräuleins zweiter Stimme vereint. Emil ist hier bei mir und spielt auf dem Boden mit seinen Bausteinen.

Nolde, der gestern Abend mal hier war, meinte, dass die Franzosen Verdun bis zum letzten Mann verteidigen werden. Er glaubt nicht mehr an die Eroberung der Festung. Überhaupt sind alle hier so kriegsmüde.

Robert hat geschrieben, dass er das Eiserne Kreuz hat. Nun wird er wohl endlich zufrieden sein. Es geht ihm sehr gut.

Wenn es Dir nur auch gut geht! Wir vermissen Dich so sehr.

Deine Klara

11. Mai 1916

Liebster!

Ich war heute in tüchtiger Arbeit, indem ich meinem Trinchen das Parkettschrubben beibrachte und nebenbei allerhand neue vegetarische Gerichte ausprobiere. Dadurch habe ich meine Beine gehörig anstrengen müssen. Ich bin im Laufe des Vormittags wohl fünfzig Mal die Treppe hinauf und hinunter.

Jetzt bist Du also auch im Ruhelager. Wie bin ich froh darüber, und wie nett Du Dein Häuschen dort schilderst. Ich freue mich, dass Ihr acht Tage dort bleiben könnt und wohl nicht zu viel Arbeit habt. Hier ist es gerade so kalt, dass man sich fast überlegt, ob man die Heizung nochmals anstellen soll. Aber man denkt dann doch, es kann nur von kurzer Dauer sein. Wenn Sie nur Dich nicht noch mal ganz nach vorn schicken. Davor habe ich große Angst.

Frl. Kern telefonierte mir gestern, dass sie heute nach Hamburg fährt. Arthur meinte, wenn sie ihm etwas zu sagen habe, dann müsse sie dieses Mal zu ihm kommen. Er reise ihr nicht mehr hinterher.

Ach, Liebster, wenn Du mir sagtest, ich könnte Dich nach Hause holen, wenn ich Dir nachreiste, dann würde ich mich sofort auf den Weg machen. Wenn Du mir nur nicht noch genommen wirst! Dieses Warten ist grausam. Warten, dass der Krieg aufhört, warten, dass Du gesund zurückkommst, warten, Geduld haben, das muss doch alles mal ein Ende haben!

Deine Klara

13. Mai 1916

Liebster!
Deine Mutter scheint sehr in Anspruch genommen mit ihren Damen. Sie kann mir keine Pakete schicken. Sie meint, ich solle Schinken, Speck und Wurstwaren per Koffer abholen, in etwa 14 Tagen. Ich weiß noch nicht, ob sich das machen lässt. Ich müsste mir ja jemanden mitnehmen, da mir der Koffer wohl zu schwer sein wird.

Wie lieb hast Du mir heute wieder geschrieben, und wie glücklich bin ich in Deiner Liebe! Wie hegst und trägst Du mich aber auch. Ich glaube, es gibt doch wenige Männer, die das so tun wie du. Ich fühlte so recht Deine Nähe beim Lesen Deines lieben Briefes. Dass Du vielleicht noch vor Juni Urlaub bekommen könntest, das wäre ja zu schön! Wir müssten dann aber hier in Frankfurt bleiben. Nach Königstein können wir nicht hinauf. Papa meint wegen der Verpflegung, da man ja jeden Tag aufs Neue nach Essen anstehen muss.

Herr Stiefel, dessen Tochter zu Paula und Helene in die Klasse geht, ist vor Verdun gefallen. Er war 35 Jahre alt. Es ist zu traurig.

Deine Klara

14. Mai 1916, Sonntag

Lieber Justus!
Der Sonntag neigt sich dem Ende zu. Es war für uns ein sehr ruhiger Tag. Morgens war ich mit den Zwillingen in der Kirche. Sie können jetzt schon die Lieder mitlesen und einiges von der Predigt verstehen. Nachmittags haben wir erst einen ausgiebigen Mittagsschlaf gehalten und waren dann spazieren. Wir wurden aber bereits auf der Bockenheimer Landstraße vom Regen überrascht und eilten nach Hause, wo wir den Nachmittag im Esszimmer beim Gasofen verbrachten. Heute Mittag hatten wir jeder ein großes Schweinekotelett, das wir sehr genossen haben. Allerdings habe ich sechs Mark dafür gezahlt, was noch billig war. Ich probiere jetzt alle möglichen vegetarischen Gerichte aus, wie Grünkernkoteletts, Fleischersatz usw.

Heute früh kam Dein Priesterwaldheft. Das sind ja vorzügliche Bilder! Und die hübschen Blockhäuschen, alles so nett und wohnlich sauber. Bist Du auf dem ersten Bild die sitzende Person? Wir haben darum gestritten. Paula behauptete, das sei nicht der Papa. Ich bin mir auch nicht ganz sicher. Jedenfalls sind die Haltung und Art sehr ähnlich.

Arthur hat mir eine Karte geschrieben. Nun denk Dir mal das: Er und Frl. Kern wollen heiraten, gleich am 4. Juni. Die Fahrt mit dem Handels-U-Boot muss er nun aber machen, er hat sich ja verpflichtet. Papa meinte, das Unternehmen sei höchst brisant, weil das U-Boot die Seeblockade durchbrechen müsse und der Feind nur auf so etwas lauere. Man erwartet nun auch eine Offensive von Österreich gegen Italien. Das heißt: Wieder kein Frieden in Sicht!

Jeden Tag warte ich darauf, dass das Telefon läutet und ich dann Deine Stimme höre, die sagt: »Komme morgen, Ankunft zwölf Uhr Frankfurt Hauptbahnhof.« Welch ein Traum!

Deine Klara

16. Mai 1916

Mein Liebster!
Dass Du Schellack nach dem Krieg helfen willst, sein Abiturexamen zu machen, das gefällt mir sehr. Der Junge hat es wirklich verdient, dass er es einmal zu etwas bringt. Wie werden all diese jungen Menschen nur mit den schrecklichen Erlebnissen fertig werden? Nolde, der mich gestern Abend besuchte, las mir den Brief eines ehemaligen Schülers vor, der in einem Lazarett in Metz liegt. Seine Schilderungen haben mich so entsetzt. Die Gegend um Verdun muss ja schon völlig verwüstet sein, und überall die Toten, die man nicht bergen kann. 100 000 oder noch mehr sollen es schon sein. Und in den Schützengräben gibt es kaum frisches Wasser und oft nichts zu essen. Wie elend ist dieser Krieg!

Verzeih diesen kurzen Brief, morgen mehr.

Deine Klara

17. Mai 1916

Liebster!
Hier ist es jetzt strahlendes Wetter und so warm, dass ich die Heizung wieder ausgehen lassen werde. Übrigens, der Schuldiener drängt mich, ich solle meinen Keller mit Koks füllen, da es eben noch billig sei.

Heute Vormittag war ich in der Stadt, gestern Abend mit Frau Baum in der Oper. Sie gaben »Carmen«. Die Oper war überfüllt, sehr viele Offiziere, die Aufführung gelungen. Die Zerstreuung und die Musik tun mir immer gut, man muss ja sonst den ganzen Tag ans Essen denken. Wir essen jetzt nur noch zweimal die

Woche Fleisch, mehr gibt es nicht, und die Rechnung wird dabei doch teurer als früher bei täglich Fleisch. Es ist gut, dass Du Dein Fleisch hast. Wir entbehren es nicht so, leben viel von Nudeln, Spargel, Salat, Reis, usw. Das Schlimmste ist das vollständige Fehlen jeglichen Fettes zum Kochen. Wir laufen zu dritt täglich in so viele Läden, um danach anzustehen. Wenn ich nicht noch mein Schmalz hätte, wüsste ich gar nicht, womit wir kochen sollten. An die 40 g Butter pro Person und Woche haben wir uns gut gewöhnt. Wir sind alle sehr gesund dabei und sehr fröhlich. Das Auge der Hausfrau gehört eben unbedingt in den Haushalt, wenn nicht enorm verbraucht und doch jeder satt werden soll.

Deine Klara

18. Mai 1916

Lieber Justus!
Der Tag ist mir wie im Flug vergangen. Vormittags habe ich gekocht, und nachmittags war ich mit Fräulein und den Kindern im Garten. Unser Gärtchen ist jetzt so reizend, alle Blumen blühen, und auf dem Rasen haben wir sehr gemütlich gesessen mit unseren Handarbeiten und dabei geplaudert. Nolde kam ein Viertelstündchen. Er sieht nicht gut aus und klagt über zu viel Arbeit, keine Erholung in den Ferien usw. Er erzählte mir unter anderem einen sehr traurigen Fall: Gestern Abend sei Direktor Eriks gestorben, und zwar an einer Vergiftung durch Büchsenbohnen. Da sieht man wieder, man braucht gar nicht im Felde zu stehen, um plötzlich dahingerafft zu werden. Die arme Frau tut mir zu leid. Sie soll auch an der Vergiftung liegen, aber nicht so schlimm.

Und nun will ich Dir noch etwas erzählen, was Nolde mir im Vertrauen gesagt hat. Die Kollegen, die sich auf die Stelle in Berlin beworben hatten, haben nun auch von anderen Seiten gehört, dass der Posten wohl schon vergeben sei. Jetzt haben sie alle sehr schlaue Briefe nach Berlin geschrieben, dass sie aus dem einen oder andern Grund ja gar nicht nach Berlin könnten und wollten. Ich habe sehr gelacht über all die Bewerbungen. Die halbe

Lehrerschaft scheint Lust auf den Posten zu haben. Und doch weiß man immer noch nicht, wer diese höhere Person ist. Nolde meinte aber, es käme jetzt sicher bald heraus.

Deine Mutter schreibt heute, dass sie den Schinken und Speck selbst bringen wolle, was mich sehr freut. Die Cervelatwürste müssen leider sehr bald gegessen werden. Sie seien nicht gut geraten und als Dauerware nicht zu gebrauchen, meint sie.

Warum schreibst Du, ich solle mit der Koksbestellung auf jeden Fall noch warten, wenn man doch mit einer frühen Bestellung sparen kann?

Deine Klara

19. Mai 1916

Liebster!
Heute Vormittag war ich mit den Kindern in der Stadt, Strohhütchen kaufen für den Sommer. Vorher haben wir alle Kleider gesonnt und geklopft und die Motten vertrieben. Recht herzlich möchte ich Dir nochmals für Deinen letzten lieben Brief danken und gratuliere Dir zu Deiner Beförderung zum Bataillonskommandeur. Was Du nun schon alles erreicht hast und wie schön Du Dein Bataillon schilderst! Wie viele Leute hast Du eigentlich unter Dir? 1000? Mit den Leuten wirst Du persönlich wohl kaum noch in Berührung kommen, und das ist eigentlich schade, das hat Dir als Kompanieführer doch bestimmt besser gefallen.

Berta erklärte mir heute, sie komme mit dem Brot nicht aus, dabei hat sie mehr als wir. Jeden Abend koche ich warm, Schmalz und Butter bekommt sie extra und reichlich Gelee. Wir alle, selbst Fräulein, haben genug, nur die kleine Berta nicht. Ich glaube kaum, dass sie woanders besser verpflegt würde. Ich tue wirklich, was in meinen Kräften steht, und spare nicht mit Geld.

Heute Nachmittag will ich mit den Kindern in den Zoologischen Garten, ein längst gegebenes Versprechen einlösen. Es ist schönes Wetter, nicht zu warm, aber doch Sonne.

Deine Klara

21. Mai 1916, Sonntag

Lieber Justus!
Heute Vormittag war Fräulein mit den Kindern im Wald spazieren. Sie kamen sehr vergnügt wieder, und zu Mittag hatte uns Trinchen ein vorzügliches Essen gekocht: Grießsuppe, Schweinebraten mit Sauerkraut und Speck, warmer Grießpudding. Berta war heute aus, und Trinchen meinte, sie wolle es mal mit dem Kochen versuchen. Es ist ihr prächtig gelungen. Den ganzen Nachmittag habe ich dann mit den Kindern im Garten gesessen, es war wunderbar!

Eben beim Abendessen erhalte ich ein Telegramm von Robert, dass er heute Abend um elf Uhr hier ankommt. Wahrscheinlich zu längerem Urlaub, der Glücksmensch. So habe ich eben, nachdem ich die Kinder zur Ruhe brachte, ein Bett für ihn gerichtet und will nachher zum Bahnhof, ihn abholen. Papa kommt morgen Nachmittag und wünscht, dass Robert in Frankfurt bleibt und Dienstag nach Baden-Baden fährt und mit Mutter am Freitag hierher reist. Nun kommt sie also doch früher, da wird die Unruhe hier losgehen.

Das Wetter ist eben himmlisch, und mir geht es so vorzüglich, dass ich Bäume ausreißen könnte.Heute im Garten haben wir Dich so vermisst! Ich sagte immer, Kinder, was wäre es schön, wenn Papa hier mit uns säße. Wir alle vermissen Dich so sehr.

Deine Klara

22. Mai 1916

Liebster!
Die Erklärungen der Kompanieführer Deines Bataillons haben mich sehr interessiert. Ich werde die Herren ja nun nach und nach durch genauere Erzählung bald kennenlernen. Vorläufig werfe ich sie noch etwas durcheinander. Bei der Erwähnung der Ananasbowle, die Ihr getrunken habt, lief mir das Wasser im Munde zusammen. Dergleichen können wir uns hier nicht leisten, das ist aber auch gar nicht nötig.

Gestern Abend habe ich nun also Robert empfangen. Der Zug hatte natürlich Verspätung, und kein Dienstmann war aufzutreiben, so war es schließlich fast ein Uhr, bis wir ins Bett kamen. Robert kam heute Morgen erst um elf Uhr zum Kaffee herunter, hat bei mir noch zu Mittag gegessen und ist nach Tisch in die Westendstraße übergesiedelt. Heute Abend wollen wir alle noch mal in den Palmengarten.

Abends: Ich komme gerade aus dem Palmengarten. Albert war auch mit. Er sieht vorzüglich aus und bringt viel frisches Leben mit, das tut uns Frauen immer sehr gut. Jahns scheinen fürstliche Gelder in Konstantinopel zu beziehen.

Sei tausendmal gegrüßt und geküsst
von Deiner Klara

25. Mai 1916

Liebster!
Gestern kam Deine Mutter und hat mir den Schinken und die Speckseiten wohlbehalten abgeliefert. Ohne entdeckt zu werden! Ich habe nun einen schönen Vorrat.

Den Schinken hebe ich auf, bis Du auf Urlaub kommst. Die Würste und Speck werden wir langsam verzehren und sind nun fein heraus.

Es ist eine ganze Aufgabe, die Sachen gut aufzuheben. Ich muss extra Müllsäcke nähen, damit keine Fliegen drankommen. Oben in der Bodenkammer ist es schon zu heiß, so muss ich alles in den Keller transportieren, damit nur nichts schlecht wird. Deine Mutter sah sehr gut aus und erzählte viel von ihren Damen. Sie hat natürlich viel Arbeit mit dem Essen, Einkaufen usw. und ist auch heute Morgen schon wieder gefahren.

Deine Klara

27. Mai 1916

Liebster!

Heute war ich mit Greta bei Frau Baum. Es waren zwanzig Damen da, und es wurde recht viel geredet. Greta, die ja nun am weitesten fortgeht, stand natürlich im Mittelpunkt, und auch Frau Baum wusste sehr viel von Kiel zu erzählen. Unsicher ist sie allerdings, ob sie das mit der Versorgung so gut hinbekommt wie hier. Wenn man neu irgendwo ist und die Geschäftsleute nicht kennt, dann stelle ich mir das mit dem Einkaufen auch schwer vor. Frau Baum meinte auch, dass wir uns mal bei Lennerts in Berlin treffen könnten, damit man sich nicht so ganz aus den Augen verliert. Ja, vielleicht könnte man das ja. Ich will mich jetzt aber erst mal ganz in Ruhe auf unser Kind freuen.

Justus, ich habe seit drei Tagen nichts von Dir gehört. Ich hoffe, es liegt wieder nur an der Post. Die Todesnachrichten sind doch inzwischen so viele, dass man schon gar nicht mehr hinhört, weil man es nicht erträgt, und doch hat man jeden Tag aufs Neue Angst, dass eine Depesche oder ein Anruf kommt.

Deine Klara

28. Mai 1916, Sonntag

Liebster!

Heute Morgen kam Deine Karte, dass er Dir gut geht und ich bald mit einer Überraschung rechnen dürfte und ich Dir nicht böse sein solle, weil Du vorher nichts sagtest, da Du erst ganz sicher sein wolltest. Wie begierig ich auf diese Überraschung war, kannst Du Dir ja denken.

Und nun komme ich eben von einem längeren Spaziergang mit den Kindern von der Ginnheimer Höhe zurück und finde eine Depesche aus Berlin vor: »Kriegsminister verfügt eben auf Gesuch die Entlassung aus dem Heeresdienst zwecks Übernahme des Direktorats. Glückwunsch, Doktor Banner, Berlin.« Und gleichzeitig kam ein Brief mit einer Fotografie von dem dortigen Direktorenhaus! Eine kleine Villa mit einem hübschen Garten, umgeben von Bäumen, ganz in der Vorstadt gelegen, so wie ich es mir immer erträumt habe! Ich bin so erregt darüber, dass ich weinen möchte. Liebster, Du bist also diese höhere Person! Es geht mir alles wirr im Kopf herum. Du kommst zu uns zurück. Wir werden umziehen! Welch eine glückliche Aufregung! Wann Du wohl kommst? Vielleicht schon in acht Tagen? Es wäre nicht auszudenken. Ich hoffe und bete inständig darum, dass unser Herrgott Dich diese letzten Tage so gut beschützt, wie er es in den letzten Monaten getan hat. Und nein, ich bin gar nicht böse, dass Du es mir nicht vorher gesagt bist. Du kommst zurück!

Deine Klara

Zwei Tage später ist Justus da. Klara hat dem Krieg ihr Liebstes wieder entrissen. Sie hat über den Krieg gesiegt.

Nachwort der Verfasserin

Klaras Briefe entdeckte ich 2006 auf einem Flohmarkt – unbeachtet in einem Schuhkarton. Ohne Umschläge mit den begehrten Feldpoststempeln erschienen sie Sammlern wohl wertlos. Sofort war ich von diesen Briefen, die in einer wunderschönen klaren Schrift geschrieben waren, gefesselt. Zunächst waren es die einer Unbekannten, doch plötzlich war da diese einsame Feldpostkarte und darauf Klaras Adresse in Frankfurt am Main. Für einen Moment verschlug es mir den Atem. Genau gegenüber von dem Ort, wo Klara ihre Briefe schrieb, habe ich einmal gearbeitet und sah jeden Tag hinüber »zu ihr« (auch wenn das Haus, in dem sie wohnte, längst abgerissen worden ist). Und ich kannte jetzt auch ihren Namen, was mir ermöglichte, Nachforschungen anzustellen. Ich fand heraus, dass Klara später nach Berlin zog, genau wie ich – nur ein paar Straßen von mir entfernt war ihre Wohnung –, und dass sie im hohen Alter in einer Stadt starb, in der ich nur ein einziges Mal war – doch das genau zum Zeitpunkt ihres Todes.

Klaras Leben ließ mich nicht mehr los. Ich kam in Kontakt mit einer ihrer Enkelinnen, die keine Ahnung davon hatte, welchen Weg die Briefe ihrer Großmutter inzwischen gegangen waren. Es war ein aufregender Augenblick, als ich zum ersten Mal ein Foto von Klara in Händen hielt und dabei in einem Sessel sitzen durfte, in dem auch sie vor vielen Jahren gesessen hatte. In diesem Moment stand für mich fest: Ich würde zusammen mit Klara den Ersten Weltkrieg einmal aus einer anderen Sicht schildern: aus Sicht der Frau, die zu Hause mit ihren Ängsten fertig werden musste. Umfangreiche Nachforschungen in Archiven, historischen Zeitschriften und Büchern ermöglichten mir, mich in ihre Welt hineinzuversetzen. So entstand aufgrund der Originalbriefe und dessen, was ich über Klara herausbekommen hatte, ein Briefroman, der sehr vieles so schildert, wie es war, anderes, wie es gewesen sein könnte, und der uns die damalige Zeit durch die Augen einer ungewöhnlichen Frau entdecken lässt.

Die Autorin

Brigitte Märker begann bereits während ihrer Ausbildung zur Werbekauffrau in Frankfurt am Main mit dem Schreiben. Es entstanden zunächst Theaterstücke für Kinder. Einige davon kamen zur Aufführung, darunter auch „Millie, die Mülltonne". Mitte der 80er Jahre folgten Theaterworkshops für Kinder sowie zahlreiche Lesungen in Kindergärten und Schulen. Später machte sie eine Weiterbildung zur Drehbuchautorin und begann Online-Kolumnen zu verfassen. Aber vor allem entdeckte sie den Roman für sich und hat bereits eine Reihe von Werken in diesem Genre veröffentlicht. Seit 2002 lebt Brigitte Märker in Berlin.